VOCÊ ME AMA

VOCÊ ME AMA

CAROLINE KEPNES

TRADUÇÃO
Maira Parula

Rocco

Título original
YOU LOVE ME
A YOU Novel

Este livro é uma obra de ficção. Referências a acontecimentos históricos, pessoas reais ou localidades foram usadas de forma fictícia. Outros nomes, personagens, lugares e incidentes são produtos da imaginação da autora, e qualquer semelhança com fatos reais, localidades ou pessoas, vivas ou não, é mera coincidência.

Copyright © 2020 *by* Caroline Kepnes

Todos os direitos reservados, incluindo os de reprodução no todo ou em parte sob qualquer forma.

Direitos para a língua portuguesa reservados com exclusividade para o Brasil à
EDITORA ROCCO LTDA.
Rua Evaristo da Veiga, 65 – 11º andar
Passeio Corporate – Torre 1
20031-040 – Rio de Janeiro – RJ
Tel.: (21) 3525-2000 – Fax: (21) 3525-2001
rocco@rocco.com.br
www.rocco.com.br

Printed in Brazil/Impresso no Brasil

Preparação de originais
GISELLE BRITO

CIP-Brasil. Catalogação na publicação.
Sindicato Nacional dos Editores de Livros, RJ.

K46v   Kepnes, Caroline
        Você me ama / Caroline Kepnes; tradução Maira Parula. –
1ª ed. – Rio de Janeiro: Rocco, 2021.

        Tradução de: You love me
        ISBN 978-65-5532-148-7
        ISBN 978-65-5595-086-1 (e-book)

        1. Ficção americana. I. Parula, Maira. II. Título.

21-73571   CDD-813
                                                                CDU-82-3(73)

Meri Gleice Rodrigues de Souza – Bibliotecária CRB-7/6439

O texto deste livro obedece às normas do
Acordo Ortográfico da Língua Portuguesa.

Para minha mãe, a MonKon

1

ACHO que foi com você que falei ao telefone, a bibliotecária de voz tão suave com quem acabei saindo e fui comprar um suéter de cashmere para mim. Quente. Macio. Você me ligou três dias atrás para confirmar meu novo emprego na Biblioteca Pública de Bainbridge. A ligação era para ser breve. Superficial. Você: Mary Kay DiMarco, a supervisora. Eu: Joe Goldberg, o voluntário. Mas rolou uma química. Nós rimos durante a conversa. Sua voz melodiosa me cativou e fiquei tentado a pesquisar seu nome no Google, mas não o fiz. As mulheres percebem quando um cara sabe demais, e eu queria jogar limpo. Cheguei cedo e você é muito gostosa — se é que é você, é você mesmo? —, mas está ocupada com um frequentador — sinto cheiro de naftalina e gim. Uma gata selvagem, mas submissa, exibindo as pernas, embora as esconda sob meias pretas opacas, tão ocultas quanto as janelas sem cortina de Guinevere Beck, que descanse em paz, eram reveladoras. Você ergue a voz — sugere que o velho tente ler Haruki Murakami — e a reconheço de imediato. Você é a mulher do telefone, mas puta merda, Mary Kay.

Você é a mulher certa para mim?

Eu sei. Você não é um objeto, *blá-blá-blá*. E talvez eu esteja "projetando". Eu mal te conheço e já passei por um inferno. Fiquei na *cadeia* muitos meses da minha vida. Perdi meu filho. Perdi a mãe do meu filho. É um milagre eu não estar morto, e quero falar com você *agora*, porra, mas dou uma de paciente e me afasto. Sua foto está na parede do saguão e o cartaz é a confirmação final. Você é *Mary Kay DiMarco* e trabalha nesta biblioteca há dezesseis *anos*. Você tem um *mestrado* em biblioteconomia. Me sinto um moleque. Impotente. Mas então você pigarreia — eu ainda em posse do meu poder — e eu me viro. Você está fazendo um sinal de paz e sorri para mim. *Dois minutos*. Retribuo o sorriso. *O tempo que você quiser.*

Sei o que você está pensando — *Que cara legal, tão paciente* — e pela primeira vez em meses não me aborreço por ter de sair da porra do meu caminho para *ser* legal e paciente. Veja, não tenho mais escolha. Eu *preciso* ser a merda do Cara Bonzinho. É a única maneira de garantir que nunca mais vou cair nas garras do Sistema de Injustiça Americano. Aposto que você não tem experiência com o *SIA*. Eu, por outro lado, sei tudo sobre o jogo fraudulento de Banco Imobiliário. Eu usei minha carta do Habeas Corpus — obrigadinho, abonada família Quinn! —, mas também fui ingênuo — vá se foder, abonada família Quinn — e vou esperar por você o dia todo, porque se uma única pessoa nesta biblioteca me considerar uma ameaça... Bem, eu não vou arriscar.

Me faço de humilde para você — *não* mexo no celular — e observo você coçar a perna. Você sabia que me encontraria na *vida real* hoje e comprou essa saia só por minha causa? É possível. É mais velha do que eu, mais ousada do que eu, como as garotas do ensino médio com o meu filho do ensino fundamental, e consigo te ver nos anos 1990 aparecendo na capa da revista *Sassy*. Você seguiu em frente, avançando no tempo, esperando e não esperando que um bom homem aparecesse na sua vida. E aqui estou eu agora — na hora certa para nós —, enquanto o Sr. Naftalina está "lendo" Murakami, e você olha para mim, *Você me viu lá?*, e eu faço que sim.

Sim, Mary Kay. Eu vi você.

Você é a Mãe dos Livros, rígida como um robô numa fantasia de criada francesa — sua saia *é* realmente um pouco curta —, e cruza os braços segurando os cotovelos enquanto o Naftalina vira as páginas como se você trabalhasse por comissão, como se *precisasse* que ele pegasse aquele livro emprestado. Você se preocupa com os livros e eu pertenço a esse lugar junto com você e seus dedos magros. Você é uma bibliotecária, alguém superior ao livreiro que sou, e o Naftalina não precisa sacar um cartão de crédito e, ah, é isso aí. Há coisas *boas* na América. Eu me esqueci da merda do Sistema Decimal de Dewey, e Dewey era conhecido por ser um homem tóxico, mas olhe só o que ele fez por este país!

O velho dá um tapinha no Murakami.

— Ok, boneca, depois te falo o que achei.

Você abre um sorriso — gosta de ser chamada de "boneca" — e estremece. Está se sentindo culpada por não ficar indignada. Você é parte *boneca* e parte *patroa*, e é uma leitora. Uma pensadora. Vê os dois lados. Você me lança outro sinal de paz — *mais dois minutos* — e se exibe para mim um pouco mais. Você diz a uma mãe que o bebê dela é uma gracinha — hum, nem tanto — e todo mundo te adora, não é? Você, com seu coque alto e despenteado que está quase se transformando em um rabo de cavalo e seu protesto estilístico contra os outros bibliotecários, com suas camisetas e calças largas, era de se pensar que se sentiriam rejeitados por você, mas isso não acontece. Você diz *"Ééé"* tantas vezes que tenho certeza de que uma Diane Keaton sábia acasalou com uma Diane Keaton apatetada e criou você só para mim. Ajeito minha calça — *gentilmente, Joseph* — e doei cem *mil* dólares para esta biblioteca para conseguir este trabalho voluntário, e você pode perguntar ao estado da Califórnia ou ao barista da Pegasus ou ao meu vizinho, cujo cachorro cagou *de novo* no meu gramado hoje de manhã, e todos eles dirão a mesma coisa.

Eu sou uma pessoa boa pra caralho.

É uma questão de fato jurídico. Eu não matei Guinevere Beck, que descanse em paz, e não matei Peach Salinger, que descanse em paz. Aprendi minha lição. Quando as pessoas revelam o que há de pior em mim, eu corro. Beck, que descanse em paz, poderia ter fugido — eu também não era bom para ela, ela não era madura o suficiente para o amor —, mas ficou, como a famosa mulher infeliz e autodestrutiva de filme de terror que era, e eu não era melhor. Deveria ter cortado os laços com ela no dia em que conheci Peach, que descanse em paz. Deveria ter largado Love quando conheci seu irmão sociopata.

Uma adolescente entra na biblioteca e esbarra em mim, me jogando de volta ao presente — nenhum pedido de desculpa —, e é rápida como um suricato. Você grita para ela.

— Nada de *Columbine*, Nomi. Estou falando sério.

Ah, então a Suricato é sua filha e os óculos dela são pequenos demais para o rosto e ela provavelmente os usa porque você disse que eles não ficaram bons. Ela é desafiadora. Mais como uma criança travessa do que uma adolescente malcriada, ela retira um grande exemplar branco de *Columbine* da mochila. Ela mostra o dedo do meio para você e você mostra o dedo do meio para ela, sua família é esquisita. Tem uma aliança no seu dedo?

Não, Mary Kay. Não tem.

Você tenta pegar o *Columbine* da Suricato, mas ela sai correndo e você a segue porta afora — um intervalo imprevisto —, e então me lembro do que você me disse durante nosso telefonema.

Sua mãe era uma Sra. Mary Kay feroz e competitiva. Você cresceu no chão de várias salas de estar em Phoenix brincando com bonecas Barbie e vendo sua mãe persuadindo mulheres com maridos adúlteros a comprarem batons que poderiam fazer com que aqueles sacanas ficassem mais em casa. *Como se um batom pudesse salvar um casamento.* Sua mãe era boa no trabalho, dirigia um Cadillac cor-de-rosa, mas um dia seus pais se separaram. Você e sua mãe se mudaram para Bainbridge e ela deu uma guinada de cento e oitenta graus, começou a vender produtos da empresa *Patagonia* em vez de maquiagem *Pancake*. Você contou que ela faleceu há três anos, e então respirou fundo e disse: "Ééé, foi informação demais."

Mas não foi, não, de jeito nenhum, e você me contou mais: seu lugar favorito na ilha é Fort Ward, você gosta dos bunkers de lá, e mencionou o grafite. *Deus mata a todos.* Eu disse que é verdade, e você quis saber de onde eu era e respondi que fui criado em Nova York, e você gostou disso. Falei que cumpri pena em Los Angeles e você pensou que eu estivesse brincando, e quem sou eu para corrigi-la?

A porta se abre e você está de volta. Em carne e saia. O que quer que tenha dito para sua Suricato a irritou, e ela pega uma cadeira, a coloca de frente para uma parede e se senta. Finalmente, você vem até mim, quente e macia como a cashmere em meu peito.

— Desculpe por todo esse drama — você diz, como se não quisesse que eu visse tudo. — Você é o Joe, certo? Acho que conversamos ao telefone.

Você não acha. Você sabe. *Ééé.* Mas não sabia que iria querer arrancar minhas roupas e, em vez disso, aperta minha mão, pele com pele, e eu respiro você — você cheira a Flórida —, e o poder dentro do meu corpo é restaurado. Como uma flecha.

Você olha para mim agora.

— Pode devolver a minha mão?

Eu a segurei por muito tempo.

— Desculpe.

— Ah, não — você diz, e se inclina mais para perto como no filme *Closer*. — Eu é que peço desculpas. Comi uma laranja lá fora e minhas mãos estão um pouco grudentas.

Cheiro minha palma e me inclino também.

— Tem certeza de que não era uma tangerina?

Você ri da minha piada e sorri.

— Não vamos contar aos outros.

Já somos nós contra eles, e eu pergunto se você terminou a Lisa Taddeo — sou um cara bonzinho e caras bonzinhos se lembram das merdas que uma garota diz ao telefone —, e, sim, você terminou e adorou. Pergunto se posso perguntar a você sobre sua filha e o *Columbine* e você enrubesce.

— Ok — você diz. *Ok.* — Bem, como você viu... ela é um pouco obcecada por Dylan Klebold.

— O atirador da escola?

— Ah, Deus, não por isso — você diz. — Só que, segundo minha filha, ele era um *poeta*, e é por isso que ela acha que pode redigir um trabalho sobre ele...

— Bem, isso é uma má ideia.

— Obviamente. Eu digo isso e ela me chama de "hipócrita", porque tive problemas por escrever sobre Ann Petry em vez de Jane Austen quando tinha a idade dela... — Você gosta tanto de mim que fica citando nomes famosos sem parar. — Não consigo me lembrar... — Sim, você consegue.

— Você disse que tinha filhos?

Stephen King não precisa matar gente para descrever a morte e nenhum homem precisa ter filhos para entender o que é ser pai, e, tecnicamente, eu tenho um filho, mas não o "tenho". Não posso vesti-lo como todos os malditos pais de cáqui deste lugar. Faço que não com a cabeça e seus olhos brilham. Você espera que eu seja livre e quer que tenhamos coisas em comum, então volto aos livros.

— Eu também adoro Ann Petry. *The Street* é um dos meus livros favoritos de todos os tempos.

Você deveria ficar impressionada, mas muita gente que lê conhece *The Street* e você é como uma raposa: atraente, reservada. Dobro a aposta e digo que gostaria que mais pessoas lessem *The Narrows* e isso provoca um sorriso — porra, agora sim —, mas estamos no local de trabalho, então você coloca as mãos no teclado. E franze a testa. Não há sinal de botox em você.

— Hum.

Algo chama sua atenção no computador e será que ficou sabendo de mim? Eles me entregaram?

Fica frio, Joe. *Absolvido. Inocente.*

— Já estou despedido?

— Bem, não, mas vejo uma inconsistência na sua ficha...

Você não sabe que doei dinheiro para a biblioteca porque insisti no anonimato e a mulher da diretoria jurou que *me pouparia do incômodo de uma verificação de antecedentes*, mas será que mentiu para mim? Será que você descobriu o blog de teoria da conspiração do Dr. Nicky? Teria a mulher da diretoria descoberto que sou *aquele* Joe Goldberg? Ela ouviu falar de mim na porra do podcast de alguma mulher obcecada por assassinatos?

Você acena para mim, e a *inconsistência* é na minha lista de autores favoritos — ufa —, e estala a língua baixinho.

— Não vejo Debbie Macomber nesta lista, Sr. Goldberg.

Fico vermelho. Outro dia, ao telefone, te falei que tirei a ideia de me mudar para o noroeste do Pacífico por causa daquela merda de série *Cedar Cove* de Debbie Macomber e você riu — *É sério?* —, e eu fiquei na minha. Não sou um ditador. Não mandei você ler um dos livros dela. Só disse que Debbie me ajudou, que ler sobre a sensível e imparcial juíza Olivia Lockhart e seu namorado jornalista local, Jack, restaurou minha fé em nosso mundo. Você disse que iria *dar uma olhada*, mas todo mundo diz isso quando recomendamos um livro ou algum programa de TV, e agora aqui está você, piscando para mim.

Você pisca para mim. Seu cabelo é vermelho e amarelo. Seu cabelo é fogo.

— Não se preocupe, Joe. Vou comer a carne e *você* come brócolis. Ninguém precisa saber.

— Ah — eu digo, porque carne e brócolis são uma referência da série. — Parece que alguém foi dar uma olhadinha em *Cedar Cove*.

Seus dedos tocam o teclado e o teclado é meu coração.

— Bem, eu disse que daria... — Você é uma mulher de palavra. — E você estava certo... — BINGO. — É um bom "antídoto para a realidade infernal do mundo de hoje..." — Este sou eu. Você está me citando. — Todas as bicicletas e a luta por igualdade, isso meio que diminui nossa pressão arterial.

Continue com os prós e os contras do escapismo — você aprendeu minha língua e quer que eu saiba — você é sexy, confiante — e esqueci a tensão sexual. Começos.

— Bem — digo. — Talvez possamos começar um fã-clube.

— Ééé... — você diz. — Mas primeiro você vai ter que me dizer o que o levou a esse livro...

Vocês, mulheres, sempre querendo saber sobre o passado, mas o passado acabou. Já era. Não posso te dizer que *Cedar Cove* me ajudou a sobreviver ao meu tempo na *cadeia*. Não vou te dizer que foi meu bálsamo curativo enquanto estava injustamente preso, e eu não deveria *ter que* contar os detalhes. Todos nós passamos por períodos em que nos sentimos presos, enjaulados. Não importa onde você sofra. Dou de ombros.

— Não é uma grande história... — Ahah! — Há alguns meses, passei por uma fase difícil... — Fato: os melhores livros para ler na cadeia são os de ler na praia. — Debbie estava lá para me ajudar... — ... quando Love Quinn *não estava*.

Você não me atormenta pedindo detalhes — eu sabia que você era inteligente — e diz que *conhece esse sentimento*. Você e eu somos iguais, sensíveis.

— Bem, não quero desapontá-lo, mas devo avisá-lo, Joe... — Você quer me proteger. — Aqui não é Cedar Cove, nem de longe.

Gosto da sua coragem — você quer rebater — e aponto em direção à mesa vazia onde você estava com aquele velho.

— Diga isso ao Naftalina que acabou de voltar para casa com o Murakami que você sugeriu. Isso foi muito *Cedar Cove*.

Você sabe que tenho razão e tenta sorrir, mas seu meio-sorriso é um sorriso.

— Veremos como vai se sentir depois de passar alguns invernos aqui. — Você enrubesce. — O que tem na bolsa?

Eu lhe dou o meu melhor sorriso, aquele que nunca pensei que daria novamente.

— Almoço — digo. — E, ao contrário da *juíza Olivia Lockhart*, eu trouxe uma tonelada de comida. Você pode comer o brócolis e a carne.

Eu disse isso em voz alta — FODA-SE, CÉREBRO SEQUELADO — e você pode se esconder atrás do seu computador enquanto fico aqui sendo o cara que acabou de lhe dizer que você pode comer minha *carne*.

Mas você não me tortura por muito tempo.

— Ok — diz. — O computador está com problemas. Cuidaremos do seu crachá mais tarde.

O computador é um abusado de merda, ou talvez você esteja me testando. Você está me levando para a área de descanso e pergunta se fui no Sawan ou no Sawadty. Quando digo Sawan, sua Suricato ergue os olhos do *Columbine* e enfia o dedo na garganta fingindo que vai vomitar.

— Eca. Que nojo.

Não, garota, ser grosseira é que é um nojo. Ela elogia o *Sawadty* e você fica do lado dela, e eu não falo sua língua. Não agora. Você colocou a mão nas minhas costas — legal — e depois colocou a mão no ombro da Suricato — você está nos unindo — e me disse que tenho muito a aprender sobre Bainbridge.

— Nomi é exagerada, mas há dois tipos de pessoas aqui, Joe. As que vão no Sawan e aquelas que vão no Sawadty.

Você cruza os braços. Será que é mesmo tão provinciana?

— Tudo bem — digo. — Mas os restaurantes não são da mesma família?

A Suricato geme e coloca os fones de ouvido — grosseira de novo —, e você me leva para a cozinha.

— Bem, sim — você diz. — Mas a comida é um pouco diferente nos dois. — Você abre a geladeira e eu guardo meu almoço. Você está sendo irracional, mas sabe disso. — Ah, por favor! Essa peculiaridade de cidade pequena não é o que você queria quando se mudou para cá?

— Puta merda — digo. — Eu moro aqui.

Você pousa as mãos nos meus ombros e é como se nunca tivesse assistido a um seminário sobre assédio sexual.

— Não se preocupe, Joe. Seattle fica a apenas trinta e cinco minutos de distância.

Eu quero te beijar, e você tira as mãos e saímos da área de descanso. Digo que não me mudei para cá para pegar uma balsa para a cidade grande. Você me encara.

— *Por que* você se mudou para cá? Sério. Nova York... Los Angeles... Bainbridge... Estou genuinamente curiosa.

Você está me testando. Exigindo mais de mim.

— Bem, *Cedar Cove* é uma brincadeira...

— Ééé, eu sei...

— Mas acho que parecia o certo para mim. Nova York costumava ser como um livro de Richard Scarry.

— Adoro ele.

— Mas a cidade perdeu aquele clima do Scarry. Talvez por causa do Citi Bikes... — Ou de todas aquelas garotas mortas. — Los Angeles é apenas um lugar que fui porque é isso que as pessoas fazem. Elas vão de Nova York para Los Angeles. — Já faz muito tempo que ninguém queria me conhecer e você me traz de volta para casa e para longe disso tudo de uma só vez. — Ei, você se lembra daquelas fotos em preto e branco do Kurt Cobain e seus amigos numa campina? Fotos dos primeiros tempos, antes de o Dave Grohl entrar no Nirvana?

Você balança a cabeça. Você acha que lembra, *ééé*.

— Bem, aquilo me pegou. Minha mãe tinha uma foto dessas na geladeira quando eu era criança. Parecia o paraíso para mim, a grama alta...

Você acena com a cabeça.

— Vamos — você diz. — A melhor parte deste lugar é lá embaixo.

Você para nos livros de receitas. Alguém está lhe mandando uma mensagem e você está respondendo, mas não consigo ver quem é. Você olha para mim.

— Você está no Instagram?

— Sim, e você?

É tão *fácil*, Mary Kay. Eu te sigo e você me segue, e você já está curtindo minhas postagens de livros — coração, coração, coração. Curto uma foto de você e Nomi na balsa, aquela com a melhor legenda do mundo: *Gilmore Girls*. Pelo Instagram, é oficial: você está solteira.

Você lidera o caminho até as escadas e me provoca por causa da minha conta.

— Não me entenda mal... Eu amo livros também, mas sua vida me parece um pouco desequilibrada.

— E o que você sugere, Sra. "Gilmore Girl"? Devo postar minha carne e meu brócolis?

Você fica vermelha.

— Ah — você diz. — Isso foi uma brincadeira da Nomi. Eu engravidei na faculdade, não na época do colégio.

Você diz isso como se o pai fosse um doador de esperma anônimo.

— Eu nunca vi essa série.

— Você iria gostar — você diz. — E eu queria incentivar minha filha a ler.

Eu sei o que está pensando. Você gostaria que houvesse mais informações sobre mim na porra do meu "feed", porque aqui estou eu, vendo sua vida inteira. Fotos suas e de sua melhor amiga, *Melanda*, em várias vinícolas, você e sua Suricato sendo #*GilmoreGirls*. Você não descobre muito sobre mim e isso não é justo. Mas a vida não é justa e não vou aborrecê-la me vangloriando por ser uma "pessoa reservada". Guardo meu telefone e digo que comi Corn Pops no café da manhã.

Você ri — sim —, sai do Instagram — oba! — e eu te alimento da maneira certa, da minha boca aos seus ouvidos. Conto-lhe sobre a minha casa quase à beira-mar na Winslow Way e você arregaça um pouco mais as mangas.

— Somos praticamente vizinhos — você diz. — Eu moro dobrando a esquina, na Wesley Landing.

De jeito nenhum você é assim com todos os voluntários. Nós descemos as escadas e você roça meu braço, eu vejo o que você vê. Uma Cama Vermelha. Embutida na parede.

Sua voz sai baixa. Quase um sussurro. Há crianças presentes.

— Não é bonita?

— Ah, é uma bela Cama Vermelha.

— Eu chamo de Cama Vermelha também. Eu sei que é menor do que a verde... — A verde é verde demais, do mesmo tom que o travesseiro de

Beck, que descanse em paz. — Mas eu gosto da Vermelha. Além disso, tem o aquário ao lado... — Como o aquário de *Closer*, e você se coça sem motivo, porque quer me jogar naquela Cama Vermelha agora e não pode. — Minha biblioteca não era assim quando eu era criança, quer dizer, essas crianças se deram muito bem, você não acha?

É por isso que eu queria criar meu filho nesta ilha, e assinto.

— Minha biblioteca mal tinha cadeiras.

Houve um pequeno tremor em minha voz — pare de reclamar em voz alta sobre sua infância de merda, Joe —, e você se inclina mais para perto, como em *Closer*.

— É ainda melhor à noite.

Eu não sei o que dizer diante disso, e isso é bom demais com você, uma fartura parecida com comer sorvete no café da manhã, almoço e jantar. Você sente isso também e aponta para um armário.

— Infelizmente, um garoto fez xixi nela e o zelador está doente. Você se importa em sujar as mãos?

— De jeito nenhum.

Dois minutos depois, estou limpando a urina da nossa Cama Vermelha e você está tentando não olhar, mas quer olhar. Você gosta de mim, como poderia não gostar? Faço o trabalho sujo com um sorriso na cara. Me mudei para cá porque achei que seria mais fácil ser uma pessoa boa se convivesse com outras pessoas boas. Me mudei para cá porque a taxa de homicídios é baixa, tipo zero homicídios em mais de vinte anos. O crime é tão inexistente que não há apenas um, mas *dois* artigos no *Bainbridge Islander* sobre um casal de arquitetos que roubou um painel sanduíche de outro arquiteto, e a população só envelhece. A Cama Vermelha está como nova, guardo meu material de limpeza e você já se foi.

Subo para encontrá-la e você bate na parede envidraçada do seu escritório.

— Entre.

Você me quer ali na sua sala e eu gosto de entrar na sua sala. Aponto para os pôsteres de Whitney Houston, que descanse em paz, e Eddie Vedder, e você me oferece uma cadeira, seu telefone vibra, e eu nunca pensei que me sentiria assim novamente. Mas também nunca pensei que Love Quinn sequestraria meu filho e me pagaria quatro milhões de dólares para ir embora. Se coisas indescritivelmente ruins são possíveis, então coisas indescritivelmente boas também são.

Você desliga o telefone e sorri.

— Então, onde estávamos?

— Você estava prestes a me dizer qual é a sua música favorita de Whitney Houston.

— Bem, isso não mudou desde que eu era criança. "How Will I Know."

Você engole em seco. Eu engulo em seco.

— Eu gosto do cover dessa música com os Lemonheads.

Você tenta não olhar para mim e sorri.

— Eu não sabia que eles fizeram um cover. Vou precisar ouvir.

— Ah, sim. Ficou bom. Os Lemonheads.

Você lambe os lábios e me imita.

— Os Lemonheads.

E eu quero lamber o *seu* Lemonhead na Cama Vermelha.

Aponto para o desenho de uma lojinha pendurado na parede.

— Sua filha que desenhou?

— Ah, não — você diz. — E agora que você mencionou... eu deveria ter algo que ela fez aqui. Mas esse fui eu que fiz quando era pequena. Queria ter minha própria livraria.

Claro que sim, e eu sou um homem rico. Posso ajudá-la a realizar seu sonho.

— Essa livraria tinha nome?

— Olhe mais de perto — você diz. — Está bem ali no canto... Empathy Bordello.

Eu sorrio.

— Bordello, é?

Você toca sua clavícula como se estivesse usando um colar fantasma. Está sentindo a mesma coisa que eu, e seu telefone toca. Você diz que precisa atender e pergunto se devo ir embora, mas você quer que eu fique. Quando pega o telefone, sua voz muda, aguda como uma professora de jardim de infância em uma instituição de ensino rica.

— Howie! Como você está, querido, e o que podemos fazer por você?

Howie diz o que quer. Você aponta para um livro de poemas, e pego o William Carlos Williams e o entrego. Você lambe o dedo para virar a página — realmente não precisava fazer isso —, e sua voz muda novamente. Você murmura um poema para Howie e sua voz é como um sorvete derretido, depois fecha o livro e desliga o telefone. Dou uma risada.

— Tenho muitas perguntas.

— Eu sei — você diz. — Quem ligou foi Howie Okin... — Você disse o nome completo dele. Também gosta dele? — Ele é um senhor tão gentil...

— Não! Ele é um Naftalina. — E está passando por um inferno agora... —

Ninguém conhece o inferno melhor do que eu. — Sua esposa faleceu, e o filho se mudou...

Meu filho nasceu quatorze meses e oito dias atrás e eu nem o conheci. E ele não é apenas meu filho. Ele é meu salvador.

— Isso é tão triste — digo, como se minha história não fosse mais triste. *Eu* sou a vítima, Mary Kay. A família de Love Quinn mergulhou em seus cofres para pagar meus advogados de defesa porque Love estava grávida de meu filho. Pensei que era sortudo por ter dinheiro do meu lado. Pensei que seria pai. Aprendi a tocar *guitarra* na porra daquela prisão e reescrevi a letra de "My Sweet Lord" — *Hare Forty, Hallelujah* — e disse a Love que queria que nossa família se mudasse para Bainbridge, para a *Cedar Cove* da vida real. Pesquisei na internet e encontrei a casa perfeita para nós, completa, com a porra de uma *casa de hóspedes* para os pais dela, mesmo que eles nunca me deixassem esquecer que estavam pagando a conta, como se tivessem que hipotecar a merda de uma casa de praia.

Checagem de fatos: não foi o que aconteceu.

Seu telefone toca. E é Howie de novo. Agora ele está chorando. Você lê outro poema para ele, e eu olho para o meu telefone. Uma foto que salvei. Meu filho no primeiro dia de vida. Molhado e manhoso. Um pequeno aventureiro. Um malandro. Não fui eu que tirei essa foto. Eu não estava lá quando ele emergiu do útero "geriátrico" de Love — vão se foder, médicos — e eu sou um pai ruim.

Ausente. Invisível. Fora da cena, e não por estar tirando a foto.

Love ligou dois dias depois. *Eu dei a ele o nome de Forty. Ele se parece muito com meu irmão.*

Concordei. Bajulando. *Eu adorei, Love. Mal posso esperar para ver você e o Forty.*

Nove dias depois, meus advogados me tiraram da cadeia. As acusações foram retiradas. O estacionamento. Ar quente e viciado. A música na minha cabeça. *Hare Forty, Hallelujah.* Eu era o pai de alguém. *Papai.* Entrei em um carro. Meus advogados estavam comigo. *Precisamos passar na firma para que você assine alguns papéis.* Próxima parada, a estrutura de estacionamento de uma fortaleza de concreto na merda de Culver City. Sem sol no subsolo. Sem filho nos meus braços, ainda não. *Apenas alguns papéis.* Pegamos o elevador até o vigésimo quarto andar do prédio. *Apenas alguns papéis, não demorará muito.* A sala de reunião era ampla e indiferente. Eles fecharam a porta, embora o andar estivesse vazio. Havia um capanga no canto. Peito largo. Blazer da Marinha. *Apenas alguns papéis.* E então entendi o que deveria ter entendido o tempo todo. Os meus advogados não eram meus. A família de Love assinou os cheques. Os advogados mercenários trabalhavam para eles, não para mim. *Apenas alguns papéis.* Não. Eram papéis da injustiça.

Os Quinn me ofereceram quatro milhões de dólares para eu sumir de vista.

Abrir mão de todo o acesso à *criança. Sem contato. Sem perseguição. Sem visitas.*

Os Quinn ficarão felizes em pagar pela casa dos seus sonhos em Bainbridge Island. Eu gritei. *Não há sonho sem o meu filho, caralho.*

Joguei um iPad no chão. Quicou e não quebrou, e os advogados não gritaram. *Love Quinn acha que isso é o melhor para a criança.* Eu não desistiria de minha própria *carne e sangue,* mas o capanga colocou sua arma na mesa. "*A private dancer, a dancer for money.*" Alguém assim pode escapar impune de um assassinato no vigésimo quarto andar de um escritório de advocacia na merda de Culver City. Eles poderiam me matar. Eles me matariam. Mas eu não podia morrer. Sou pai. Então assinei. Peguei o dinheiro e eles levaram meu filho. Você fica girando na cadeira. Pega um bloco de notas. Rabisca: *Está tudo bem?*

Acho que sorrio. De qualquer modo, tento. Você parece triste e rabisca novamente.

Howie é um homem tão bom. Eu me sinto péssima.

Concordo com a cabeça. Compreendo. Eu também era um bom homem. Estúpido. Preso na cadeia principal de *Cedar Cove,* tentando me manter otimista. Acreditei em Love quando ela disse que nos mudaríamos para cá juntos, como uma família. Rá.

Novamente você rabisca: *O mundo pode ser tão injusto. Não consigo esquecer o filho dele.*

Você volta a consolar Howie Okin, e eu não sou um monstro. Lamento pelo sujeito. Mas Howie pôde criar seu filho idiota. Eu nunca vi o meu pequeno Forty. Não na vida real. Só o vejo pelo *Instagram.* Love é uma psicopata, isso sim. Ela sequestrou meu filho, mas não me bloqueou. Tenho calafrios toda vez que penso nisso. Tiro o volume do meu telefone e abro a *live* no *story* de Love e vejo meu filho bater na cabeça com uma pá. A mãe dele ri como se fosse engraçado — não é — e o Instagram é pequeno demais — não posso cheirá-lo, não posso abraçá-lo — e, ao mesmo tempo, grande demais — o menino está vivo. Ele está fazendo isso agora.

Não quero ver mais. Fecho o aplicativo. Mas aquilo não para, não de verdade.

Tornei-me pai antes de ele nascer. Memorizei poemas de Shel Silverstein e ainda os conheço de cor, embora não possa lê-los em voz alta para o meu filho e sinta falta dele. A jiboia de Silverstein me sufoca, essa jiboia desliza na minha pele, no meu cérebro, um lembrete constante do que perdi, do que vendi, tecnicamente, e está errado, tão errado, *a jiboia está no meu pescoço* e não posso viver assim. Você desliga o telefone, olha para mim e suspira.

— Joe, você está... Quer um lenço de papel?

Eu não queria chorar — era alergia, era William Carlos Williams, era a saga do pobre Howie Okin —, e você me entrega um lenço de papel.

— É tão reconfortante que você tenha entendido. Eu sei que não é meu trabalho ler poemas quando alguns de nossos clientes têm um dia ruim, mas aqui é uma *biblioteca*. É uma honra estar aqui e poder fazer tanta coisa, e eu apenas...

— Todo mundo precisa de uma poesia às vezes.

Você sorri para mim. Para mim. Por minha causa.

— Tenho um bom pressentimento a seu respeito.

Você está comovida porque *eu* estou comovido — você acha que eu estava chorando por Howie — e me dá as boas-vindas a bordo. Nós apertamos as mãos — pele com pele — e faço uma promessa na minha cabeça. Vou ser o seu homem, Mary Kay. Serei o homem que você pensa que sou, o homem que tem empatia por Howie, pela mãe cruel do meu filho, por todos neste planeta terrível. Não vou matar ninguém que fique no nosso caminho, mesmo que, bem... Deixa pra lá.

Você ri.

— Pode devolver a minha mão, por favor?

Eu te dou a sua mão e saio da sua sala e quero chutar as prateleiras e rasgar todas as páginas porque não preciso mais ler a porra de *livro nenhum*! Agora sei do que todos os poetas estavam falando. Estou fazendo isso, Mary Kay.

Estou carregando seu coração no meu coração.

Perdi meu filho. Perdi minha família. Mas talvez as coisas ruins *aconteçam* por um motivo. Todas aquelas mulheres tóxicas me conquistaram e me foderam porque tudo era parte de um plano maior para me empurrar para este lugar, para esta biblioteca.

Vejo você em sua sala, no telefone novamente, girando o fio do fone entre os dedos. Você também parece diferente. Você já me ama também, talvez, e você merece, Mary Kay. Você esperou demais. Você deu à luz. Você lê poemas para Howie e nunca conseguiu abrir sua livraria — vamos chegar lá —, ofereceu o Murakami para aquele Naftalina, como se aquele Naftalina pudesse sequer apreciar ser *quase sugado para dentro*. Você passou a vida na sua sala, olhando para os pôsteres que guardou desde o colégio, a estrela do pop e a estrela do rock. A vida nunca correspondeu às letras das canções deles, à paixão, mas estou aqui agora. *Tenho um bom pressentimento a seu respeito.*

Somos iguais, mas diferentes. Se eu tivesse tido um filho quando era jovem, teria sido como você. Responsável. Paciente. Dezesseis *anos* em um maldito emprego em uma maldita ilha. E você lutaria para melhorar as coisas se estivesse tão sozinha como eu, e esta manhã nós dois saímos da cama. Nós dois nos sentíamos vivos. Vesti meu suéter novinho em folha e você aquele sutiã azul, sua meia-calça e sua saia minúscula. Você gostou de mim no telefone. Talvez tenha se masturbado enquanto *Cedar Cove* estava no mudo na TV. Será que estou corando? Acho que sim. Pego meu crachá na recepção. Gostei da minha foto. Nunca estive melhor. Nunca me senti melhor.

Prendo o crachá ao cordão — que satisfação quando a vida faz sentido, quando as coisas encaixam, você e eu, carne e brócolis, o crachá e o cordão —, e meu coração bate um pouco mais rápido e depois um pouco mais lento. Não sou mais um pai sem filho. Tenho um propósito. Você fez isso comigo. Você me deu isso. Fez um pedido especial e aqui estou eu, etiquetado. Com o crachá oficial. E não tenho medo de estar me adiantando. Quero me apaixonar por você. Tive uma vida difícil, *ééé*, mas você teve que segurar tudo por causa de uma *filha*. Eu sou seu livro, aguardando ser entregue há muito tempo, aquele que você nunca pensou que iria ser devolvido. Demorei para chegar aqui e me machuquei no caminho, mas as coisas boas só acontecem para pessoas como nós, Mary Kay, pessoas dispostas a esperar e sofrer e passar o tempo olhando as estrelas nas paredes, os blocos de concreto nu de uma cela. Eu puxo o cordão do crachá para baixo e parece que foi feito para mim, porque foi, embora não de verdade. Perfeito.

2

ONTEM eu ouvi dois Naftalinas nos chamarem de *pombinhos* e hoje estamos em nosso local de almoço habitual, a poltrona namoradeira no jardim japonês. Nós almoçamos aqui todos os malditos dias e agora você está rindo, porque estamos sempre rindo, porque é isso, Mary Kay. Você é especial.

— Não — você diz. — Não acredito que você realmente roubou o jornal da Nancy.

Nancy é minha vizinha de olhos fecais com quem você cursou o ensino médio. Você não gosta dela, mas é sua amiga — *mulheres* —, e digo que tive que roubar o jornal dela porque ela me passou para trás na fila em nossa cafeteria local, a Pegasus. Você concorda.

— Acho que isso é carma.

— Você sabe o que dizem, Mary Kay. *Seja a mudança que deseja ver no mundo.*

Você ri de novo e fica extasiada por alguém *finalmente* estar enfrentando Nancy e ainda não consegue acreditar que moro ao lado dela, que moro *dobrando a sua esquina*. Você mastiga sua carne — comemos carne e brócolis todos os dias —, fecha os olhos e levanta um dedo. Precisa de tempo — essa é a parte mais séria do nosso almoço —, então conto dez segundos e faço um barulho de campainha.

— Bem, Sra. DiMarco? Sawan ou Sawadty?

Você inclina a cabeça como um crítico gastronômico.

— Sawan. *Tem* que ser o Sawan.

Você errou de novo e faço outro barulho de campainha. Você fica emburrada e me diz que *vai ganhar essa merda* um dia desses. Eu sorrio.

— Acho que nós dois ganhamos, Mary Kay.

Você sabe que não estou falando de um teste estúpido sobre o sabor da comida tailandesa e enxuga uma lágrima de felicidade da bochecha.

— Ah, Joe, você me mata. Me mata.

Você diz coisas assim para mim todos os dias e nós deveríamos estar nus na Cama Vermelha agora. Estamos chegando lá. Suas faces estão rosadas e você já me deu uma promoção. Agora sou o *especialista em ficção* e criei uma nova seção na biblioteca chamada "Os Quietos", onde expomos livros como *The Narrows*, de Ann Petry, obras menos conhecidas de autores famosos. Você disse que é bom ver os livros *encontrarem novos olhos* e sabia que eu ficava te observando rebolar a bunda quando se afastava. Você fica colada em mim na biblioteca, a cada chance que tem, e está colada em mim aqui, na namoradeira, me avisando que Olhos Fecais pode me dedurar ao Nextdoor.

— Ah, para com isso — digo. — Eu roubei um jornal. Não o cachorro dela. E eles são como todos aqui. Desligam as luzes às dez da noite.

— Ah, para com isso, *você* — responde, toda atrevida. — Você adora ser a coruja noturna rebelde. Aposto que fica acordado a noite toda fumando um cigarro atrás do outro e lendo Bukowski.

Eu gosto quando você me provoca, então sorrio.

— Já que você mencionou Bukowski, ele pode ser uma forma de resolver a fixação de Nomi em *Columbine*.

— É uma ótima ideia, talvez eu comece com *Mulheres*...

Você sempre aprecia minhas ideias — amo o seu cérebro —, e eu pergunto o que você acha que Bukowski teria pensado de minha vizinha de olhos fecais. Você ri e engasga com sua carne, minha carne, e aperta a barriga — que dói ultimamente, com tantos frios na barriga, com nossas piadas internas. Dou um tapinha nas suas costas — eu me importo —, você toma um gole de água e respira fundo.

— Obrigada — você diz. — Achei que fosse desmaiar.

Quero segurar sua mão, mas não posso fazer isso. Ainda não. Você pega o telefone — não — e seus ombros caem, e conheço sua linguagem corporal. Sei dizer quando a Suricato está te mandando mensagem — você se senta um pouco mais reta — e sei quando não é a Suricato, como agora. Eu fiz meu dever de casa, Mary Kay — é incrível como é fácil conhecer uma mulher quando ela te segue na internet! —, e sei quem são as pessoas na sua vida, no seu telefone.

— Tudo bem? — pergunto.

— Sim — você responde. — Desculpe, é apenas meu amigo Seamus. Isso vai levar só um segundo.

— Não seja ridícula — eu digo. — Fique à vontade.

Eu sei, Mary Kay. Você tem uma "vida" aqui. O principal é a sua filha, mas você também tem seus *amigos*, um dos quais é a merda desse Seamus Cooley. Você fez o ensino médio com ele — bocejo —, e ele tem uma loja de ferragens. Correção: ele *herdou* a loja dos pais. Sempre que ele te manda mensagem é para se queixar de uma garota de 22 anos que está fodendo com a cabeça dele — ahah! —, e você é compreensiva. Sempre diz que ele é *sensível* porque costumava ser sacaneado por ser baixinho — aposto que os brutamontes cuzões do colégio costumavam chamá-lo de *Nanicus* —, e eu sempre mordo a língua — veja o babaca do Tom Cruise! Você ainda está enviando mensagens de texto.

— Desculpe — diz. — Eu sei que isso não é educado.

— Sem problema.

Fazer você se sentir melhor faz com que *eu* me sinta melhor. Mas não é fácil, Mary Kay. Toda vez que peço para tomarmos um café ou a convido para me *visitar*, você me diz que não pode por causa de Nomi, por causa de seus amigos. Eu sei que você me quer — suas saias estão mais curtas a cada dia, sua Murakami está doida para dar para mim —, então chego cedo e fico até depois do meu expediente. Você não se cansa de mim e é mimada, porque estou aqui quase todos os dias. Você nunca me manda para casa e quando brinca sobre nós dois *vagando* pelo estacionamento, eu digo que estamos *divagando*. Você curte isso. E mais: você curte todas as minhas malditas fotos.

@LadyMaryKay curtiu sua foto.

@LadyMaryKay curtiu sua foto.

@LadyMaryKay QUER TREPAR COM VOCÊ E ELA É EXIGENTE E RESERVADA E PACIENTE E FINALMENTE ENCONTROU UM BOM HOMEM E ESSE HOMEM É VOCÊ, JOE. VOCÊ É O CARA. SEJA PACIENTE. ELA É MÃE. ELA É SUA CHEFE. ELA PODERIA SER DESPEDIDA SE DESSE EM CIMA DE VOCÊ!

Finalmente, você enfia o telefone no bolso.

— Ufa, acho que preciso de uma bebida.

— Tão ruim assim, é?

— Ééé — você diz. — Acho que já te contei que ele tem uma cabana nas montanhas...

Você me contou sobre a porra da cabana dele e não fiquei impressionado. Eu vi o Instagram dele. Ele não gosta de ler e comprou o bíceps na academia de *CrossFit*.

— Acho que sim.

— Bem, ele levou uma garota lá e ela passou a viagem toda reclamando da falta de Wi-Fi. E depois o dispensou.
— Caramba.
— Ééé — você diz. — E eu sei que parece ruim, aquela mesma velha história de um cara de meia-idade pegando garotas de 22 anos, mas... — Não existe *mas*, é simplesmente péssimo. — Você sabe como é. Ele é como um irmão para mim. É inseguro... — Não. Ele é só um homem. — E eu fico com pena dele. Ele *faz tanto* por esta ilha. Ele é um santo, de verdade. Ele doa livros constantemente... — CEM MIL DÓLARES, MEU BEM. — Ele é como nossa própria Árvore Generosa...

Nenhum homem é uma ilha *ou* uma árvore, mas eu sorrio.

— Tive essa impressão — digo. — Vi placas para a corrida Cooley 5K dele e sua "equipe Cooley de limpeza de rua". Mas talvez, em vez de fazer tanto pelos outros... — Deus, isso dói. — Talvez ele devesse estar naquela cabana arejando a cabeça.

— Ééé — você diz. *Ééé.* — E essa provavelmente é a atitude certa, porque ele realmente não tem sorte com as mulheres.

Desculpe, Mary Kay, mas se você soubesse das minhas ex...

— Ele tem sorte de ter uma amiga como você.

Você fica vermelha. Você está quieta, quieta demais. Não quer esse homem escroto, quer? Não. Se o quisesse, você o teria, porque *veja só você*. Você está suspirando. Suspiros são sinais de culpa. Tudo bem. Ele quer você e você não o quer, você quer *a mim*, e você dá de ombros.

— Eu não sei. É da minha natureza, sabe, ajudar as pessoas, estar presente...

Nós somos iguais, Mary Kay. Nós apenas temos estilos diferentes.

— Eu compreendo.

Estamos em silêncio de novo, mais perto agora do que há uma hora. Todo o meu plano de ser o Sr. Bonzinho Demais Para Ser Verdade não é mais só sobre mim. É sobre sermos bons juntos. Jurei que nunca machucarei ninguém por você, nem mesmo aquele sujeito dono da loja de ferragens onde as *mulheres* que trabalham lá ficam andando com jeans apertados e camisetas justas nas quais se lê Cooley. Eu sou gentil como você. Sou bom como você. Engulo em seco. E vou em frente.

— Talvez pudéssemos tomar uma bebida mais tarde...

Você coloca a mão na sua blusa. Suéter com decote em V hoje, decotado demais para uma bibliotecária que se curva muito. Diga que sim.

— Bem que eu queria — você diz enquanto se levanta. — Mas vou sair com uma amiga hoje. É melhor eu voltar lá para dentro.

Eu fico de pé porque tenho que ficar.

— Sem pressão — digo. — Deixa pra lá.

Mas ficamos *divagando* por ali como se não suportássemos a ideia de entrar, e o tempo passa mais devagar como costuma acontecer antes do primeiro beijo e nós realmente *precisamos* nos beijar. Você deveria me beijar ou eu deveria te beijar e é outono e você está se apaixonando por mim e eu nunca me senti menos sozinho na minha vida do que quando estou com você. Há uma corda invisível puxando nossos corpos, mas você caminha até a porta.

— Ei, se eu não te vir mais, tenha um bom fim de semana!

SEIS horas depois e ESTOU TENDO UM FIM DE SEMANA DE MERDA, MARY KAY. Quero passar meu tempo livre com *você*. E ok, você não mentiu para mim. Não saiu com Seamus — ele está em um bar assistindo a um jogo de futebol porque as pessoas aqui gostam de futebol —, mas você está na Eleven Winery com *Melanda*.

Ela é sua "melhor amiga" e é *@MelandaMatriarcado* no Instagram — afe — e comemorou o aniversário de Gloria Steinem postando uma foto de... *Melanda*. Esta mulher é professora de inglês, ela é a professora *da sua filha*, constantemente insistindo que a sua Suricato pare de romantizar Dylan Klebold nos comentários — limites, alô? —, mas você vê o melhor nas pessoas. Melanda foi a primeira amiga que você fez em Bainbridge e "salvou sua vida" no colégio, então quando ela divulga palavras de ordem no Instagram, como ACREDITE NAS MULHERES — ou em uma camiseta esticada sobre os seios desnecessariamente grandes —, bem, você curte todas elas.

E você faz isso mesmo que ela não curta todas as *suas* fotos — você é uma pessoa superior, assim como eu —, então quando Melanda quer ir à Eleven Winery para reclamar das paqueras dela no OkCupid — geralmente toda terça e sexta —, você vai.

Não é preciso ser um gênio para ver que eu deveria estar com você, que Melanda deveria estar com o *Nanicus*. Mas eles são dois lados da mesma moeda. Ela gosta de falar mal dos homens porque fica na defensiva demais para encontrar o amor verdadeiro — palavras suas, não minhas —, e aquele moleque quer uma *gatinha* para chupar seu Nanicus. Aí meu telefone vibra. É você.

Você: *Como está a sua noite?*

Eu: *Tudo tranquilo. E como está a noite das meninas?*

Você: *Você quer dizer a noite das mulheres.*

Esta é a nossa primeira troca de mensagens — SIM! — e dá para ver que você está um pouco bêbada. Minha vontade é de bater no peito e dar um soco no ar porque fiquei esperando *você* me procurar e não dei o primeiro passo porque tenho que ser paranoico. Eu sei como as coisas funcionam neste mundo antirromântico. Eu não poderia procurar você, no seu telefone pessoal, porque o Sistema de Injustiça poderia pegar o meu gesto inocente e me enquadrar como um maldito "stalker". Esta é a vida sem uma carta de Habeas Corpus, mas acontece que a vida é *boa*. Você me procurou, Mary Kay! Você cruzou a linha e me mandou uma mensagem depois do expediente, e a biblioteca está fechada, mas você está aberta. E graças a Deus eu arrastei minha bunda para o *Isla Bonita* esta noite — outra vitória! —, porque agora você vai saber que não estou sentado sozinho em casa lamentando por você. Sou como você, saio com meus amigos — os outros caras no bar parecem ser meus "amigos" na gravação da câmera de segurança —, e agora posso te deixar exasperada por ter perdido esta oportunidade de ficar *comigo*.

Eu: *Bem, eu estou na noite dos MENINOS. Cerveja, nachos e futebol no Isla.*

Você fica em silêncio. Está lhe matando perceber que também estou na Winslow Way, a uns setenta metros de distância. Vamos lá, Mary Kay. Entorne esse vinho e corra para mim.

Você: *Você me faz rir.*

Eu: *Às vezes, meninos e mulheres bebem no mesmo bar.*

Você: *Melanda odeia bares esportivos. Longa história. O garçom foi grosseiro com ela uma vez.*

Aposto que todos os garçons do estado já foram grosseiros com Melanda, não deve ser fácil ser Melanda. Tiro uma foto dos adesivos de para-choque atrás do bar — MEU BARMAN PODE CULPAR SEU TERAPEUTA e EU NÃO TENHO PROBLEMA DE CONDUTA. VOCÊ É QUE É LESADO —, envio a você e depois digito:

Eu: *Diga à sua amiga Melanda que compreendo.*

Você: *Eu amo você.*

Eu. Paralisado. Apaixonado. Sem palavras. Nas nuvens. Fico olhando para o meu telefone, para os pontinhos que me dizem que há mais coisa por vir e então... Bum.

Você: *Quer dizer, eu amo a sua foto. Dedos desastrados. KKKKKKK desculpe... ops... é o vinho.*

Meu coração está batendo forte e você me ama. Você disse. Todos à minha volta estão absortos, mas Van Morrison nos estimula pelos alto-falantes — *parece* uma noite totalmente nova e a *sensação* é de uma noite totalmente nova —, e o que diabos estou fazendo?

Você me quer. Eu quero você. Porra.

Estou do lado de fora, a caminho da Eleven Winery, mais perto como em *Closer*, mas então paro de repente.

Sim, você me disse onde está, mas não me convidou para te encontrar. E digamos que eu interrompa a sua *noite das mulheres*. É realmente assim que devemos começar nossa história de amor? No fundo, sei que a etiqueta de homem bonzinho nesta ilha exige que eu lhe dê a merda do seu "espaço". As paredes da Eleven são finas e ouço risadas no "seu bar". Você não está apenas com sua melhor amiga. Conhece um monte de locais com camisa de flanela, e quero resgatá-la desse tédio barulhento que nem se compara aos nossos almoços de pombinhos no jardim japonês.

Mas não posso te salvar, Mary Kay. Hoje à noite nós fizemos progressos — você me mandou uma mensagem, a iniciativa foi sua —, e eu quero que seja isso que você pense quando acordar amanhã. Não é fácil, mas entro no beco, me afasto do som da sua voz. Antes de chegar em casa, estou sorrindo de novo porque, ei, ainda assim foi uma grande noite para nós. Você tinha todas aquelas pessoas com quem conversar, a merda da sua melhor amiga, mas isso não foi o suficiente para você, foi? Você pegou o telefone e mandou uma mensagem *para mim*. Impetuosa. Obcecada. *Atrevida*. E é claro que você não conseguiu evitar.

Afinal, você me ama.

E você pode me dizer que não foi exatamente aquilo que quis dizer. Você pode apontar o fato de que estava bêbada. Você pode dizer que foi erro de digitação. Mas qualquer pessoa com um telefone celular sabe que existem muito poucos erros *reais* no que diz respeito às coisas que colocamos por escrito, *especialmente* depois de alguns drinques. Você disse aquilo de fato e, em algum nível, foi o que você quis dizer, e suas palavras são minhas agora, brilhando no escuro em meu telefone.

Durmo bem, para variar, como se o seu amor já estivesse operando sua mágica em mim.

3

TODO mundo que *trabalha pensando no fim de semana* que vá para o inferno. Eu odeio os fins de semana nesta ilha, este abismo de tempo flácido e glutão onde famílias e casais se reúnem e se divertem por estarem juntos sem nenhuma consideração por mim, aqui sozinho, sentindo tanto a sua falta que vou até o supermercado Town & Country — o seu supermercado — só para tentar te encontrar em *algum* momento neste fim de semana enquanto o seu Eu-Amo-Você ainda está fresco, ainda é novo.

Infelizmente, sentimos falta um do outro no sábado e novamente no domingo. Mas fodam-se, guerreiros de fim de semana, porque *segunda-feira enfim chegou*. Estou bem, embora não tenha dormido na noite passada — *sem dúvida, estou no fundo do poço*—, e visto um suéter laranja-claro. Isso tornará mais fácil para você me localizar entre as estantes. Verifico o Instagram. Ontem à noite, fiz uma postagem sobre um livro de Richard Yates. Você clicou no coração branco e vazio que está debaixo do meu *Jovens corações em lágrimas* para torná-lo vermelho?

Não, não clicou. Mas tudo bem.

@LadyMaryKay não curtiu sua foto porque ela curte VOCÊ, Joe.

Tranco a porta, embora os Naftalinas da ilha me digam que não preciso trancar a porta, e passo pelo cinema na Madison — quero chupar você no escuro — e entro no Instagram de Love e vejo meu filho rasgando um exemplar de *Good Night, Los Angeles*. Eu sei que não devo entrar no museu virtual da família de Love pois preciso estar na melhor condição possível, então vejo seu Subaru no estacionamento — você está aqui! — e acelero o passo e depois desacelero — *gentilmente, Joseph* — até entrar no prédio, mas você não está no andar e não está na sua sala. *Grrr.* Eu me arrasto para a área de descanso, onde um Naftalina velho e casado me conta de sua esposa insistindo para que ele tomasse Advil para suas dores lombares e eu quero que sejamos nós daqui a trinta anos, mas nunca seremos nós se não começarmos a trepar.

Encho o carrinho Dolly de livros e o empurro entre as estantes e bum. É você. Você coloca as mãos no carrinho e os olhos em mim.

— Oi.

Luto contra a vontade de fazer o que você quer que eu faça, agarrar você bem aqui, agora.

— Oi.

— Você quer ir almoçar no centro comigo ou prefere almoçar na sua *Cedar Cove*?

SIM, QUERO IR ALMOÇAR NO CENTRO.

— Vou com você.

Suas bochechas estão vermelhas como a Cama Vermelha e você quer comer comigo e tem um zíper no meio da sua saia e é uma saia que nunca vi, uma saia que você estreou hoje, para mim, para o nosso almoço. Você mexe no zíper. Você quer que eu mexa no zíper.

— Quer ir agora?

Estamos colocando nossos casacos e somos pombinhos em um filme, passeando na Madison Avenue com uma trilha sonora clássica ao fundo. Você quer saber se Olhos Fecais já foi me fazer uma visita de cortesia, eu digo que não e você suspira.

— Inacreditável — você diz. — Se aqui fosse *Cedar Cove*, Nancy e o marido já teriam feito uma torta para você.

Não quero que sintam pena de mim, então pergunto sobre o seu fim de semana — senha para: *lembra quando você me disse que me ama?* —, e você diz que foi com a Suricato para Seattle. Eu me mostro animado, interessado.

— Parece divertido. O que fizeram?

— Ah, sabe como é. Ela está naquela idade em que anda três metros à minha frente e se eu quero italiano, ela quer chinês, se eu disser que tudo bem irmos no restaurante chinês...

— Ela quer italiano.

— E ela estava congelando, se recusou a levar um casaco. Fomos lá para visitar alguns velhos amigos que têm uma loja de guitarras, eles são como família para nós... — Sua voz vai sumindo e você dá de ombros. — E o almoço foram só folhados na balsa. Outro momento de mãe orgulhosa, sabe? — Você ri. — Então, Joe, você já teve... Você quer ter filhos?

É uma pergunta capciosa. Nomi está no último ano do ensino médio, e se eu disser que quero filhos e você não *quer* mais filhos, então terá um motivo para me afastar. Mas se eu disser que *não* quero filhos, você pode pensar que não quero ser padrasto.

— Sempre achei que se tiver que ser será.

— Eis a diferença entre homens e mulheres. Um dia alguma criança pode aparecer na sua porta com um exame de DNA na mão e dizer "Oi, papai!"

Se você soubesse, e eu sorrio.

— E você? Quer ter mais filhos?

— Bem... Nomi foi uma surpresa na minha vida, sabe? Ultimamente, tenho percebido que há todo um novo capítulo pela frente. Não sei sobre outro filho, mas abrir uma livraria, isso eu posso ver. — Sua voz vai sumindo, você está nos imaginando em nossa livraria Bordello, e enfia as mãos nos bolsos. — Então — continua, a voz trêmula com a tensão do primeiro encontro. — Como foi o resto da sua "noite dos meninos"?

Gosto desse seu novo lado, Mary Kay. Ciumenta. *Brincalhona*. E eu sou sarcástico.

— Ah, sabe como é, cerveja... nachos... gatas.

— Ah, então isso significa que você conheceu alguém?

Deus, você está *louca* por mim e eu sorrio.

— Bem, eu achei que sim... — Preciso provocá-la um pouco. — Mas aí uma mulher com quem trabalho me mandou uma mensagem e acho que meio que estraguei tudo.

Você sabe que *essa mulher* é você e dá de ombros, ligeiramente envergonhada, o que é um lembrete de que, por mais que sejamos almas gêmeas, não nos conhecemos, não assim, andando por uma calçada.

— Ora, vamos — digo. — Você sabe que estou brincando... Não saio por aí de bar em bar catando mulheres, e certamente nunca *corro atrás de gatas*... — Beck, que descanse em paz, entrou na *minha* livraria da mesma forma que você trabalha na *minha* biblioteca. — Para mim, é sempre o intangível. Não tem a ver com aparência... Tem a ver com química.

Você acabou de arquear as costas um pouco? Sim, foi sim.

— Entendo — você diz. — Sei como é.

Caímos em um silêncio natural e excitante, como se estivéssemos em uma movimentada rua de quatro pistas em Los Angeles e eu pudesse pegar sua mão. Pudesse te beijar. Mas estamos numa ilha e aqui não há anonimato, a caminhada acabou. Você abre a porta do pequeno restaurante e meus olhos se transformam em corações. Vermelho retrô. Espaços reservados com sofás vermelhos como nossa Cama Vermelha. Você escolheu esse lugar por causa dos reservados. Conhece o garçom, um homem gentil — aliança no dedo —, e ele diz que seu reservado não está ocupado, seu reservado sendo o nosso.

Sentamos um de frente para o outro e eu escolhi assim. Eu tenho você só para mim. E você escolheu assim. Você me tem só para você.

Eu abro um cardápio e você abre um cardápio, embora frequente esse lugar *há cem anos*.

— Sempre peço a mesma coisa, mas acho que vou variar hoje.

Eu faço você querer experimentar coisas novas e abro um sorriso.

— Alguma sugestão para mim?

— Tudo aqui é bom — você diz. — Mas eu não me importaria se você pedisse algo com fritas... apenas sugerindo.

Você pede uma tigela de chili e vou comer um sanduíche com *batatas fritas* e você sorri para mim, mas então algo chama sua atenção. Você se senta ereta e acena.

— Melanda! Aqui!

Era para ser eu, você e as batatas fritas, mas sua amiga Melanda invade nosso reservado. Corpo modelo atacadista — grande volume de peitos —, e ela se movimenta como um *linebacker* avançando na *end zone*, como se a vida fosse uma guerra. Está coberta de suor — lave essa merda antes de entrar em um restaurante, Melanda — e precisa de um tutorial sobre filtros do Instagram, porque a dissonância não deveria ser *tão* chocante. Você dá um beijo no ar e diz que ela está ótima — discordo —, e por que ela está aqui? Você está me passando um trote, como se eu fosse um calouro? O garçom entrega um cardápio para Melanda, e ela dilata as narinas. Melanda é uma pessoa *desse tipo*, suga o oxigênio com argumentos ilógicos.

— Então, acabei de ter uma severa desavença na escola com aquele professor de matemática, Barry, que acha que por ser "pai de filhas" tem o direito de me ajudar na Futuro.

Melanda não é inglesa, mas fala como se fosse, o que não deveria fazer. Você olha para mim.

— Melanda está abrindo uma organização sem fins lucrativos para as garotas locais... — Ela morde o lábio em protesto e você dá uma cutucada nela em resposta. — Uma organização sem fins lucrativos para mulheres jovens... — Ela estremece e você ergue as mãos para sinalizar *Eu desisto* e ela fixa os olhos em mim.

— O que MK quer dizer é que estou construindo uma *incubadora* para mulheres jovens. Chama-se O Futuro é Feminino. Você provavelmente já viu os cartazes na biblioteca...

— Claro que sim — digo, lembrando-me das mensagens ambíguas que convidam as jovens para *estabelecer limites* na internet e ordenando que elas usem a hashtag de Melanda em todas as postagens que fazem. #*Melanda-MatriarcadoEsmagaOPatriarcado*... e também as jovens que se esquecem de promover a marca dela!

Melanda ri.

— E?

— E, obviamente, eu sou totalmente a favor.

Você fica diferente perto dela, mais cautelosa, mas essa é a história dos seres humanos. Nós nos encolhemos para nos adaptar. Eu conheço o tipo de Melanda. Ela não quer questionamentos, quer elogios. Então digo a ela que é uma ideia *genial*. Não digo que existe uma maneira de fazer essas coisas sem ser uma completa cretina. Mas é verdade.

— Bem — ela diz. — Já passei da fase da *ideia*. Lançaremos no início do ano que vem. — Ela pega seu copo de água. — O que me lembra, MK, você revisou minha última declaração de missão?

Você não fez isso ainda e tira um saquinho de adoçante da bolsa, e ela faz uma careta como se tivesse tirado um cachimbo de crack ou uma biografia de Bill Cosby.

— Querida, não — ela murmura. — Você tem que parar de tentar se matar.

Essa linguagem é reveladora. Em algum nível, ela quer que você morra, e você não sabe disso e nem mesmo ela sabe muito bem, e é tudo um pouco triste.

— Eu sei — você diz. — Eu sou terrível. Preciso parar de usar Splenda.

Não é minha função me intrometer — você não vai nos apresentar? —, e ela bebe sua água e suspira.

— Então eles despediram meu treinador, *finalmente*. Não fui a única que reclamou dele.

Você diz que nunca entrou em uma academia e eu quero ouvir mais, mas Melanda corta a sua fala para reclamar do *treinador tóxico* dela, e eu gostaria que ela seguisse as regras enunciadas na camiseta dela — DEIXE-A FALAR! Você pisca para mim e... espera. Isso aqui é a porra de uma armação?

— Melanda — você diz. — Antes que eu me esqueça, este é Joe. Eu te disse que ele é voluntário na biblioteca, acabou de se mudar para cá faz alguns meses.

Eu estendo minha mão.

— Prazer em conhecê-la, Melanda.

Ela não aperta minha mão, só meio que dá um tapinha, e isso não é uma armação. Meu primeiro instinto estava certo. Você *está* me passando um trote e Melanda é como um aspirante a valentão de fraternidade em um filme da Lifetime, que não quer que mais ninguém entre.

— Que ótimo. — Ela sorri. — Outro homem branco nos dizendo o que ler. — Ela dá outro tapinha, sua mão úmida na minha. — Querido, por favor. Você sabe que estou brincando, apenas tive um dia difícil.

Você me olha como fez no primeiro dia na biblioteca — *por favor, seja paciente* —, e Melanda diz que seu treinador tóxico pediu que Greg, o barista da Pegasus, parasse de vender biscoitos para ela, e você faz que sim com a cabeça, como uma terapeuta.

— Bem, fico feliz que Greg tenha contado isso a você. Ele é um cara legal nesse aspecto.

As narinas de Melanda dilatam.

— Bem, não vamos passar pano para *Greg*, Mary Kay. Ele estava rindo quando me contou, o que significa que provavelmente riu disso com meu treinador também. *Ex*-treinador.

Você concorda, Dra. Mary Kay DiMarco.

— Tudo bem, mas lembre-se. Greg fica lá o dia todo, e quando se lida com o público o dia todo, a gente ouve muita maluquice. Greg me parece legal. E imagine se ele *não* tivesse contado a você sobre o treinador.

Você a subjugou sem criticá-la — brilhante —, e ela faz uma piada autodepreciativa dizendo ser uma *Bitchy McBitcherson* e agora é você que corta a fala *dela*.

— Pare com isso, Melanda. Tudo bem você ter uma reação.

Quero arrancar sua meia-calça, mas por enquanto apenas balanço a cabeça afirmativamente.

— Concordo, Mary Kay.

Eu estava radiante quando disse isso, radiante com você, e Melanda sentiu, e somos um grupo de três e ela examina o restaurante, e você a cutuca, de amiga para amiga.

— Mudando de assunto, você vai ver aquele tal de Peter esta semana, não é? Aquele do Plenty of Fish?

Ela grunhe. Nenhum contato visual com você ou comigo.

— Do Plenty of Fish? Aquele mar cheio de peixes está cheio é de porcos. Ele me mandou uma piada suja sobre a Cinderela e um Comedor de Abóbora e, nem preciso dizer, eu o denunciei.

— Bem — você diz. — Você sabe minha opinião sobre esses aplicativos de namoro...

Melanda fixa os olhos em mim agora.

— E quanto a você, Joe? Você usa esses aplicativos?

Ela não é burra. Ela me viu sorrir para você. Mas não quero ser um babaca que vai ridicularizar o modo de vida dela.

— Não — eu digo. — Mas talvez eu entre apenas para dizer a esse Peter o que acho dele.

Era uma piada e você ri, mas ela não.

— Ah — ela diz. — Isso é gentil da sua parte, mas não me lembro de ter pedido sua ajuda para lutar minhas batalhas. Estou me saindo bem até agora.

Eu deixo passar. Imagine todas as fotos de pau que ela recebe, toda a rejeição. Você toma as rédeas e muda de assunto.

— Então, Melanda. Como está minha filha? De verdade.

— Bem — ela diz.

Você olha para mim e me diz que Melanda sabe mais sobre Nomi do que você. Melanda está orgulhosa — ela é uma daquelas *melhores tias* — e diz que Nomi está perdendo o interesse por Dylan Klebold. Você suspira.

— Graças a Deus. Eu esperava mesmo que fosse apenas uma fase.

— Foi o que me pareceu também — digo, porque eu também tenho voz. — Adolescentes passam por fases.

Melanda grunhe.

— Bem, eu não subestimaria os sentimentos de uma jovem como uma *fase*...

Tudo bem para mim quando *você* disse que era uma fase, e nós três não estaremos juntos na Eleven Winery tão cedo. Entendi. Você cuida de Melanda porque ela está sozinha. Ela está contando a você sobre as ideias de Nomi para sua incubadora imaginária, e ela não é tia Melanda. Ela é a Tia Intrusa, e você quase pula do sofá.

— Seamus! — você grita. — Aqui!

Portanto, isso é mais que um trote, é uma emboscada, e ali está Seamus na vida real, adentrando o restaurante como um político, cumprimentando os outros clientes com suas patas de masturbação. *Aquela secadora funcionou bem com você, Dan? Oi, Sra. P, vou dar uma passada lá e verificar sua fornalha.*

Ele usa uma camiseta de mangas compridas, onde se lê Cooley Hardware, e um boné de beisebol com o mesmo logotipo — já entendemos, cuzão —, e ele é baixo demais para você. Puxa-saco demais para você. Mas ele sorri para você como se pudesse ter você, se quisesse.

— Senhoras — diz ele, todo juvenil. — Desculpem o atraso.

Quase consigo ouvir Deus Todo-Poderoso que estais no céu. *Digamos que ele seja baixo e atarracado, com braços compridos demais para o corpo e uma voz bombástica que brocha as mulheres. Mas é muito difícil viver aqui na Terra, então vamos dar-lhe olhos azuis penetrantes e uma mandíbula forte para que ele não estoure os miolos quando a ceifadora da meia-idade arranhar sua porta.* Mas nem tudo é tão ruim assim. Eu deslizo no sofá para perto da parede. Pelo menos ainda estou de frente para você.

— Joe — você diz. — Estou tão contente por você conhecer o Seamus.

Você diz isso como se ele não tivesse a sorte de *me* conhecer, mas eu sou o Joe Bonzinho. O Joe Camarada. Pergunto a ele se aquela é a sua loja de ferragens, como se a pergunta precisasse ser feita, e uma garçonete serve café — ele nem precisou fazer o pedido. Ele ri. Presunçoso.

— Pelo menos da última vez que verifiquei, era.

Vocês três fofocam sobre um cara com quem você saiu nos tempos do colégio e que a polícia pegou por dirigir bêbado. Você está me deixando no escuro e não temos nenhuma história juntos. E isso não se parece com você, usar seus amigos para me deixar de fora da conversa. Fico sentado ali como um monge em voto de silêncio quando deveria é sair e ligar para Slater, Ushkin, Graham e Powell para entrarmos com uma ação coletiva contra Marta Kauffman et al., porque criaram *Friends* e o seriado é o motivo de estarmos todos ali almoçando juntos. Em uma série como *Cedar Cove*, o objetivo é o amor. A gente assiste porque quer que Jack e Olivia fiquem juntos. Mas em *Friends*, tudo é uma piada interna. Eles fazem uma lavagem cerebral nas pessoas para que acreditemos que a amizade é mais valiosa do que o amor, que o velho é inerentemente melhor do que o novo quando se trata de gente.

Despejo ketchup nas minhas batatas fritas e você estica a mão para o meu prato, restabelecendo nossa intimidade.

— Posso?

— Claro.

Seamus torce o nariz.

— Nada de batatas fritas para mim — ele se gaba. — Vou fazer um *Murph* mais tarde. Você topa entrar na academia, Novo no Pedaço?

Limpo os cantos da boca com um guardanapo.

— O que é um Murph?

Melanda pega seu telefone e Seamus me "esclarece" sobre as maravilhas do *CrossFit*, dizendo que um Murph vai dar o pontapé inicial na minha *transformação corporal*.

— Tenho mais músculos agora do que no tempo do colégio, e em alguns meses... seis, no máximo... você também poderia ter, se topar fazer.

Melanda está totalmente desligada e você não está mais comendo minhas batatas fritas. Você está prestando atenção *nele*, balançando a cabeça como se exercício físico fosse uma coisa que lhe interessa — não é —, e é por isso que as pessoas não levam amigos na porra do primeiro encontro, Mary Kay.

Você bate com o punho na mesa.

— Esperem — você diz. — Nós *temos* que falar sobre Kendall.

Melanda interrompe você.

— Não, nós precisamos falar sobre a minha rainha. *Shiv.*

Abro a boca.

— Quem é Shiv?

Seamus ri.

— Você nunca viu a série *Succession*? Ora, Novo no Pedaço. Você não tem emprego. Você tem todo o tempo do mundo!

E você começa a tagarelar sobre *Kendall*, e Kendall é um nome estúpido, a poucas letras de Ken Doll. Não é nada divertido quando três pessoas estão falando sobre um programa que a quarta pessoa nunca viu. Você pega uma batata frita e sua mão permanece no meu prato, e não consigo ficar com raiva de você.

— Escutem — eu digo. — Alguém viu o filme *Gloria Bell*?

Nenhum de vocês viu *Gloria Bell*. Seamus não se interessa — *parece filme pra mulher* — e Melanda está aérea. *Não posso acrescentar mais nada à minha lista* e você sorri.

— Quem dirigiu?

— Um cara chileno — eu digo. — Sebastián Lelio.

Melanda faz uma careta.

— Um homem dirigindo um filme da história de uma mulher... Que ótimo.

— Entendo sua posição — digo. — Mas Julianne Moore está incrível. E os diálogos são a cereja do bolo... têm um clima meio Woody Allen.

As narinas de Melanda dilatam.

— Ok, então — ela diz. — Acho que essa é a minha deixa.

Você fica tensa, ela acena pedindo a conta e eu preciso consertar isso. Rápido.

— Calma aí — digo. — Só quis dizer que é um filme inteligente.

Melanda não olha para mim.

— Eu não tolero Woody Allen ou sua *arte*.

Você tira o cartão de crédito da bolsa, e não vamos acabar assim.

— Melanda, não estou defendendo Woody Allen. Só estava tentando dizer que *Gloria Bell* é um bom filme.

— E você acha que Woody Allen é sinônimo de bom? Que beleza. Privilégio masculino branco para a sobremesa! Argh, onde está essa conta?

Você se mantém fora da discussão e Seamus está rindo como um garoto da oitava série na aula de educação sexual.

— Melanda, eu realmente acho que você me entendeu mal.

— Ah, deve ser o meu cérebro feminino prejudicado.

Seamus ri e você mostra os dentes.

— Ai, gente... por favor. Joe, a verdade é que acho que Melanda e eu vimos *Amigas para sempre* e *Romy e Michele* tantas vezes naquela época que perdemos muitos filmes bons e acabamos não conseguindo ver depois.

Melanda grunhe.

— Querida, não se preocupe. Nós podemos ir.

— Olha — digo. — Só mencionei Woody Allen porque, digam o que quiserem dele... seus filmes têm grandes protagonistas femininas. E Julianne Moore está incrível em *Gloria Bell*. — Você está me olhando como se quisesse que eu parasse com aquilo, mas não posso parar agora. — Melanda, acho que você gostaria do filme, tenho certeza.

— Claro que você tem certeza. Você sabe de tudo!

Estou levando a culpa por todos os homens monstruosos do mundo — quem pode culpar Melanda por me usar como um tronco de açoite? —, e você pega minhas batatas fritas geladas, come de nervoso, e eu não vou deixar Melanda me queimar.

— Melanda — eu digo. — Eu não sei tudo. Ninguém sabe.

— Puf — ela diz. — Muito menos eu, uma mulher... — Ela balança a cabeça. — Um bibliotecário que endossa um molestador de crianças. Que legal!

Nanicus deixa uma nota de vinte e sai correndo, você pega a conta e Melanda fica de pé, me dando um sermão.

— Desculpe por me importar.

— Melanda — eu digo. — Você não precisa se desculpar.

— Não estou me desculpando com *você* — ela diz e olha para você tipo *Olha só o cara. Pode uma coisa dessas?* — Como professora, sei que não podemos separar a arte do artista. E não vou elogiar um homem por contar a história de uma mulher. Mas cada um sabe de si, "Novo no Pedaço". — Ela sorri para você. — Está pronta, querida? Precisam de uma carona?

Você se contorce. Mensagem recebida.

— Obrigado — digo. — Mas prefiro caminhar.

Melanda sorri.

— Eu também faria isso se comesse tantos carboidratos.

Você olha para mim, mas o que pode fazer? Ela é sua amiga, sua velha amiga, e entra no carro com ela, e eu vou a pé. Mas que inferno. Estraguei o meu teste de calouro e, quando volto para a biblioteca, você foi embora — para uma conferência em Poulsbo —, e acho que não vou entrar na sua fraternidade mista.

No final do meu expediente, sondo o terreno e posto uma página de uma cena de restaurante no *Empire Falls* e dois minutos depois...

@LadyMaryKay curtiu sua foto.

Ok, você não curtiria a foto se não gostasse mais de mim, e é claro que gosta de mim. Temos nossos livros e o pessoal do Brooklyn tem razão. Os livros são mágicos. Nós somos mágicos. Você me envia uma mensagem.

Você: *Se divertiu na hora do almoço? :)*

Eu sei que é considerado rude responder a uma mensagem de texto com um telefonema, mas também não é certo passar trote num cara antes de fazer sexo com ele. Vou lá para fora. Eu te ligo.

Você atende no primeiro toque.

— Oi!

— Liguei em má hora?

— Acabei de chegar em casa, mas tenho alguns segundos... E aí? Tudo certo?

— Bem, isso é o que eu ia te perguntar...

— Você se refere ao almoço? Ah, Joe, Melanda vive para debater e ela gostou de você, gostou, sim.

Meus músculos relaxam.

— Ufa, porque por um minuto pareceu que não, mas se você diz que está tudo bem...

— Joe, sério. Você se saiu bem. Melanda... Bem, sim, ela se empolga. Mas ela é muito impulsiva, muito inteligente, e sabe como é...

Sua filha está em casa. Ouço portas de armários batendo e você me diz que *é melhor* ir agora e eu faço a coisa certa. Eu deixo você desligar. Por um momento, considero ir até sua casa. Mas se eu for espionar você, vou me revelar para vizinhos intrometidos que podem "avisá-la" de que havia um "homem estranho" na rua espreitando a sua casa. (Povo de Bainbridge: arrume o que fazer na *vida*.) As coisas deveriam ser diferentes com você, Mary Kay. Eu deveria ser diferente com você. Se observá-la de longe, vou passar de uma pessoa que está na sua vida para uma pessoa que está do lado de fora, olhando para dentro. Não quero isso para nós e sei que você também não quer.

Eu faço a coisa certa e vou para casa. Não me sinto em casa na minha própria casa porque a família de Olhos Fecais está lá fora, jogando Cornhole — bocejo —, então pego um café e desço as escadas até o porão, onde tem um lugar que torna minha casa especial, a razão pela qual escolhi a propriedade entre todas as outras. Chama-se *Quarto dos Sussurros*. A gente acende as luzes, fecha a porta e pronto. O mundo se foi. Ninguém consegue me ouvir e eu não consigo ouvir ninguém — vida longa aos espaços à prova de som. Love achou este espaço *assustador* quando mostrei as fotos a ela. Viu as paredes acolchoadas e chamou a cabine de gaiola. Mas você me entende, Mary Kay. Você conhece esta casa. Quando soube onde moro, você disse que passou *momentos maravilhosos* neste Quarto dos Sussurros. Você conhecia os proprietários da casa. Você andou por este lugar. Respiro fundo — talvez esteja respirando você agora — e tenho que ser paciente. Você realmente é única. Eu só preciso me esforçar mais.

Eu faço abdominais e assisto um pouco de *Succession*. Seu garoto Kendall tem ombros fracos e olhos de basset hound. Aposto que ele nunca leu *Empire Falls*, muito menos *Last Night at the Lobster*, outra seleção para a nossa seção "Os Quietos" da biblioteca. As endorfinas entram em ação — o Nanicus tem razão em *algumas* coisas — e não quero mais processar Marta Kauffman. Quero mandar flores para ela, porque ela e *Friends* também nos ensinaram que relacionamentos reais levam tempo, que às vezes você faz um filho com a pessoa errada, se apaixona pela pessoa errada, mas acaba ficando com a certa.

Você.

4

JÁ se passaram dois dias desde que você me emboscou com seus irmãos da fraternidade e eu não "stalkeei" você. Estou sendo bom. Eu fui contra todos os meus melhores instintos e entrei na academia de CrossFit para ser legal com o Nanicus (também para ficar de olho naquele filho da puta, só por cautela), e devo confessar uma coisa, Mary Kay. Fui um pouco crítico em relação a você. Este seu lado adolescente de turminha fechada não é o ideal. Você é uma mulher. Uma *mestra* em biblioteconomia. Mas você passou a vida toda presa na porra do Fim do Mundo. Rasgo a etiqueta de um suéter de cashmere preto novo em folha — meu presente para você, para nós —, e esta noite você verá a luz.

É noite de encontro a dois, seus filhos da puta!

Você foi tão adorável quando me convidou para sair. Você estava colocando um adesivo no carrinho Dolly e eu me inclinei para olhar o adesivo — O FUTURO É FEMININO — e você ficou abaixada, perto. Eu me inclinei para mais perto.

— Você conseguiu permissão para vandalizar a Sra. Dolly?

Você ergueu-se rápido e alisou a saia.

— Ahah — você disse. Depois olhou para o seu telefone. — Eu talvez devesse ir agora. Tenho um clube do livro hoje à noite no bar de vinhos... — Eu sorri. Ah, Bainbridge, você precisa ver *Cocktail*, e você quis que eu soubesse para onde estava indo. — Eleven Winery — você disse, tão nervosa, tão *bonitinha* pra caralho. — Mas sairemos de lá às dez.

Você acenou um adeus e coçou sua meia-calça, atraindo meus olhos para suas pernas.

Convite recebido, Mary Kay, e eu confirmo que sim.

Estou esperando por você em um minishopping recuado do outro lado da rua da Eleven Winery e, finalmente, seu Clube do Livro acaba e há cartões de crédito e abraços, falsas promessas de se *reunirem em breve* e por que vocês, mulheres, mentem tanto uma para a outra? Eu me esgueiro para dobrar a esquina — e desacelero —, mas você me vê.

— Joe? É você?

Você atravessa a rua imprudentemente — nada de Fincher, que descanse em paz, emitindo multas aqui — e eu a encontro no meio do caminho, *atravessando o céu*. Nós nos abraçamos? Não nos abraçamos. Eu aponto na direção do bar que escolhi para nós, não a porra de uma vinícola, apenas um pub.

— Vamos lá — eu digo. — Só um drinque.

Você troca a bolsa de lugar.

— Eu talvez devesse ir para casa. Saímos tarde esta noite.

Eu esperava uma pequena resistência e sei tudo sobre o seu transtorno do *talvezdevesse*. Shel Silverstein *talvez devesse* ter escrito um poema sobre os *talvezdevesse* e a necessidade feminina de expressar sua consciência do que uma mulher boazinha faria agora. Mas você ainda está hesitante e no que há para pensar, diabo? Você é minha vizinha. Você mora ali *dobrando a esquina* e o pub fica ali *dobrando a esquina* e sua filha não tem seis anos — não precisa de babá — e seus ombros estão cada vez mais tensos.

— Eu não sei, Joe...

Você não aprendeu nada com a porra da Lisa Taddeo? Pare de se sentir culpada, pelo amor de Deus.

Eu sou o homem que você precisa que eu seja agora. Relaxado. Cavalheiro.

— Que pena — eu digo. — Este poderia ter sido o meu primeiro Clube do Livro.

Seus ombros caem.

— Bem, eu odiaria que você perdesse seu primeiro Clube do Livro. Um drinque. *Só um.*

Ninguém fala sério quando diz isso, e eu abro a porta do Harbor Public House, você entra e somos um casal agora. Nós nos dirigimos para uma mesa e eu digo o quanto realmente gostei de conhecer seus amigos e você se envaidece.

— Ah, que bom! Eles são legais, não são?

Você se senta num sofá do reservado e eu me sento do outro lado.

— E você estava certa — eu digo. — Melanda não se zangou. Ela me seguiu no Instagram... — Uma mentirinha. Eu a segui primeiro e ela me seguiu de volta. — E ela me fez pensar em um monte de coisas... — Risos! — E a ideia dela de uma *incubadora* é incrível... — Como se os cartazes dela estivessem *fazendo* alguma coisa por alguém, a não ser por ela mesma.

— Você tem que amar isso, sabe?

Você tem que amar *a mim* e você ama. Estou em seu círculo, em sua mesa.

— Sim — você diz. — Ela é ótima, tem uma voz poderosa...

— Muito. Seus amigos são gente boa.

Você sorri. Eu sorrio. O calor entre nós é palpável e você olha em volta e observa como está vazio e somos apenas nós e uns homens com gorros de lã tipo marinheiro. Tiramos os casacos e é óbvio que você esteve bebendo e a garçonete se aproxima, uma pré-Naftalina com quadris avantajados. Peço para ver o cardápio, e você olha para mim.

— Ah — você diz. — Já comi. Eu talvez devesse apenas tomar água.

Eu sorrio, sem me abater por outro *talvezdevesse*.

— Não me importo de comer sozinho.

Você acaba pedindo uma dose de tequila — *danada* —, e eu peço um sanduíche de frango frito do sul e uma vodca com soda, e você promete roubar minhas fritas *de novo* enquanto entrelaça os dedos como se estivesse em uma entrevista de emprego.

— Então — você diz. — Como está indo na casa?

— Ora, ora — eu digo. — Então, é verdade. Vocês realmente não falam de livros no Clube do Livro. Falam de tudo, *menos* de livros.

Sua língua está solta com a bebida, mas você está nervosa — é nosso primeiro encontro de fato — e fica tagarelando sobre Billy Joel — você sempre amou "Scenes from a Italian Restaurant" — enquanto envia uma mensagem de texto para sua filha e depois enfia o telefone na bolsa. Você me fala do seu Clube do Livro, de como minha vizinha de olhos fecais, Nancy, rasgou um livro. Concordamos que sempre tem uma Nancy, e conto a você sobre uma leitura que fiz em Nova York, quando uma Nancy deu dicas para o autor. Estamos indo no fluxo. A conversa é superficial, mas nunca estivemos assim, sozinhos no escuro, à noite, em uma mesa.

— Ok — você diz. — Tenho que perguntar. Eu sei que você se cansou de Nova York e de Los Angeles. Mas estive pensando em você... — Disse tudo.

— E sinto que tem que haver mais. Um cara solteiro se muda para uma casa grande em Bainbridge. Qual é o nome dela? A razão pela qual está aqui.

Eu gemo como qualquer homem quando uma mulher quer saber do seu passado, e você implora. Você suportou *três horas* com um bando de mulheres que conhece desde os tempos de colégio, a maioria delas casada com homens ou mulheres que você conhece há *séculos*.

— Ora, vamos — você diz. — Diga-me por que você realmente resolveu encarar essa. De quem está fugindo?

É o sonho — você quer saber tudo sobre mim — e é o pesadelo — não posso te contar tudo sobre mim. Aprendi da maneira mais difícil, com Love, mas não há como seguirmos em frente, a menos que você descubra por que sou do jeito que sou: bonito, disponível, bom.

Começo do princípio, meu primeiro amor em Nova York. Eu te digo que me apaixonei muito por Heather (Candace, que descanse em paz). Foi tesão à primeira vista. Eu a vi em uma peça — bela como Linda Ronstadt — e fui atrás dela no teatro.

Você limpa seu copo com um guardanapo.

— Uau. Você ficou de quatro por essa garota.

— Eu era jovem. É diferente quando se é jovem. A gente fica obcecado.

Você diz "Ééé" e está com ciúmes só pela ideia de eu estar *obcecado* por outra mulher. Eu dou um gole em minha bebida enquanto você imagina Linda Ronstadt em cima de mim e digo o que você precisa ouvir, que Heather partiu meu coração. Você se anima. Quer saber mais. Então eu te conto sobre o dia em que ela me deixou.

— Então lá estava eu, vendo um apartamento em Brighton Beach porque achava que iríamos morar juntos — começo, lembrando daquele dia na praia, Candace. — Era uma noite quente de verão. Nunca vou esquecer do cheiro, dos mosquitos...

Você está feliz porque essa garota me fez infeliz e faz beicinho.

— Por favor, não estrague Nova York para mim, Joe.

Eu rio e digo que *Heather* me dispensou por mensagem de voz enquanto eu estava naquele apartamento, e você fica chocada.

— *Não!*

Dou uma risada meio na defensiva, com ternura, do jeito que fazemos quando passa tempo suficiente e estamos prontos para amar de novo, de uma maneira que nunca aconteceu antes.

— Sim.

Meu sanduíche de frango chega e você pega uma das minhas batatas fritas e mastiga.

— Nossa. Você perdeu a garota e o apartamento.

Dou uma mordida no sanduíche e você pega outra batata frita. Estamos indo bem. Você quer o bacon, percebo, e então tiro o bacon do meu sanduíche como se fosse um bloco de madeira do Jenga e você o pega. *Mastiga ruidosamente.*

— Se você acha que Heather é má, meu Deus, espere até saber de Melissa.

Você esfrega as mãos, e isso *é* divertido. É catártico para mim falar de Melissa (Beck, que descanse em paz). Nessa versão, eu era garçom em um restaurante no Upper West Side e Melissa entrou no restaurante, sentou-se na minha seção e escreveu seu número na conta. Você toma um grande gole — *bem, isso é agressivo* —, e eu digo que Melissa era jovem demais para mim. Seu rosto fica vermelho como a Cama Vermelha. Você gosta que eu seja o anti-Seamus, que eu queira uma mulher, não o que a nossa sociedade obcecada pela juventude chamaria de *troféu*.

— Sim — digo. — Ela era jovem demais, mas eu achava que Melissa tinha uma alma antiga. Seu livro favorito era *Desesperados*.

Você limpa as mãos, sentindo-se ameaçada novamente. Digo o que aprendi com Melissa, que a leitura nem *sempre* promove empatia. Ela era uma esgrimista competitiva e estava em um relacionamento de amor e ódio codependente com a melhor amiga, Apple (Peach Salinger, que descanse em paz).

— Mas esse não era o problema — continuo. — Afinal de contas, Melissa estava em um relacionamento com apenas uma única pessoa.

Dizemos ao mesmo tempo:

— Com ela mesma.

Você lamenta por mim. Eu suportei as inúmeras microtraições de Melissa. Tentei amá-la, ajudá-la a se concentrar em sua esgrima (escrita). E então ela me traiu. Dormiu com o seu *coach* (psicólogo). Você enterra a cabeça nas mãos.

— Não — você diz. — Ah, Deus, isso é horrível em tantos níveis.

— Eu sei.

— Um *coach*.

— Eu sei.

Estou comendo meu sanduíche e você me olha como se eu estivesse chorando.

— Na verdade, não é tão ruim — eu digo, percebendo que *não é*, porque veja aonde isso me levou, a você. — É uma sorte ter o coração partido. Isso significa apenas que você tem um coração. — Não estou pronto para falar de Amy, de Love, então passo das minhas histórias para a teoria. — Todo mundo é a pessoa errada até você encontrar a pessoa certa... — Você esfrega seu dedo anelar vazio. — Não guardo rancor, Mary Kay. Pelo contrário, espero que elas estejam indo muito bem... — Lá no céu, ou na poeira ao vento. — Espero que tenham encontrado a pessoa certa. — Rezo por um senhor todo-poderoso cheio de penitência, *Hare Forty*. E dou uma grande mordida no sanduíche.

Você diz à garçonete que gostaríamos de outra rodada — porra, sim — e admira minha *visão saudável* da vida. Eu te falo que *não é grande coisa*.

— Então — digo, porque a porta do seu coração está rachada agora, a tequila, os detalhes sobre a minha vida, e você está finalmente pronta para eu entrar. — Você e Nomi... as *Gilmore Girls* da vida real. Qual é a história?

Você solta um suspiro profundo. Olha em volta do pub, mas ninguém está nos ouvindo. Ninguém está perto. Eu sei que não é fácil para você estar em um encontro, mas você está. Você sabe. Você começa.

— Eu era jovem, mas não *tão* jovem, e minha vida... bem, eu te falei sobre meus pais.

— Mary Kay mãe e querido papai.

Você sorri.

— Ééé.

— Seu pai brigou quando vocês se mudaram para cá?

Sinto o cheiro de cebola, camadas descascando, revelando verdade sob verdade. Você me diz que não entendeu o divórcio. Não houve escândalo nem traição.

— Foi como se um dia minha mãe acordasse e não quisesse mais seu Cadillac rosa. Ela também não queria meu pai.

— Houve sinais?

— Não percebi nenhum — você diz. — Você é bom de perceber sinais? De interpretar pessoas...

Sim.

— Bem, quem pode dizer?

— Acho que todos nós vemos o que queremos ver. — Você olha em volta de novo, tão nervosa, como se uma das pessoas ali fosse mandar uma mensagem para Nomi e dizer que a mãe dela está em um encontro com um cara. Então você relaxa novamente. — Bem, minha mãe meio que anunciou que estava cansada de ser Mary Kay, que íamos nos mudar para Bainbridge Island, que ela estava querendo a natureza.

— E você não sabe por que ela o deixou?

— Não tenho ideia — você diz. — Foi amigável. Não houve batalha por custódia, nem brigas. Ele estava tão calmo que nos levou até o aeroporto! Ele é meu *pai* e nos deu um beijo de despedida como se estivéssemos viajando para um fim de semana. Nós o deixamos sozinho. Minha mãe me tornou cúmplice. Mas não é justo dizer isso, porque foi como eu disse. Foi tudo muito *amigável*.

Eu lamento por você, lamento mesmo.

— Meu Deus.

— Um dia minha mãe está insistindo para eu usar mais maquiagem... e no seguinte estamos morando aqui e ela fica me dizendo que não preciso de batom. Eu não perguntei a ela por que fomos embora, mas... o que é mais assustador do que sua mãe se tornando uma completa estranha?

Penso na minha situação com Love, impotente diante da determinação cega de uma mulher de ficar com o nosso filho só para ela.

— Entendo.

— E aí, depois de tudo isso, minha mãe passou todas as noites no telefone com meu pai, incentivando-o a se alimentar direito.

— Estranho.

— Não é? E isso foi antes dos telefones celulares. Eu não podia ligar para os amigos que deixei para trás. Ainda não tinha nenhum amigo aqui. E me sentia tão sozinha. Ela estava sempre no quarto dela, dando atenção ao meu pai, deixando-o dizer como ela era *linda*, como se eles ainda fossem casados. Lembro de ter pensado: "Nossa, você abandona seu marido... muda para outro estado, mas nunca abandona um homem, mesmo quando faz isso."

— Meu Deus.

Você me faz um brinde no ar com seu copo vazio.

— E *isso*, meu amigo, é informação demais. — Nós fechamos o círculo, invertemos a piada e você sinaliza pedindo outra bebida. Você está fluindo, as comportas *romperam*. — E, tipo assim... todos nós sabemos que existem casamentos de fachada. Mas um *divórcio* de fachada?

— É uma boa maneira de descrever.

Você fica olhando para a mesa, a garçonete traz nossas bebidas, você agradece e toma um gole.

— Eu só queria saber por que ela o abandonou se era para passar o resto da vida no telefone com ele, sabe? Por que não ficarmos juntos se ia fazer isso? Por que virar a minha vida inteira do avesso?

Eu não respondo à pergunta. Foi retórica. Tudo de que você precisa é que eu a ouça.

— Olho para trás e não sei como sobrevivi. — Você respira. Você está ativando a empatia mais importante, a empatia que temos por nós mesmos.

— Minha mãe e eu brigávamos sem parar. Uma noite perdi a cabeça e joguei o aparelho de telefone nela. Ficou um hematoma enorme na testa, tão feio que ela precisou usar uma franja para cobri-lo. — Eu sorrio, mas você franze a testa e, ah, tem razão: a violência contra as mulheres é sempre ruim, mesmo quando é você a agressora. — Foi como um *Grey Gardens* sem graça...

— Eu amo você. — Acho que sua fantasia de *Cedar Cove* me irritou porque ninguém aqui *nos* recebeu de braços abertos. — Você toma um gole de sua bebida. — Então, um dia, Melanda me pediu para almoçarmos juntas. Ela me contou tudo sobre a família fodida *dela*... — Conclusão dispensável. Eles deram o nome de Melanda à filha. — Eu contei a ela tudo sobre a minha. Ela disse que eu me adaptaria muito bem porque todo mundo nesta ilha é fodido da cabeça, eles só gostam de fingir que não são e... sei lá. A vida seguiu em frente. Melanda era minha zona de proteção. Ela me mostrou aquele grafite em Fort Ward. E aquele grafite... bem, ajudou. Ainda ajuda.

— Como assim?

— É como uma conversa que ainda está viva. Minha mãe e eu nunca tivemos tempo de discutir isso. Mas vou até Fort Ward e sinto que ainda posso falar com ela, mesmo que ela tenha morrido. Tipo, talvez um dia ela apareça no céu e me diga que não estou condenada a ferrar a minha filha do jeito que ela me ferrou... — É por isso que você fica longe do amor. Você dá de ombros. — Não sei. Talvez eu esteja apenas bêbada.

Você não está bêbada. Simplesmente não encontrou ninguém com quem conversar. Você olha para mim — não pode acreditar que finalmente estou aqui — e dá um sorriso irônico. Você não pode acreditar que ainda estou aqui.

— Ruim demais, hein?

— Não — eu digo. — Humano demais.

Eu disse a coisa certa, e você ri.

— Bem, eu jurei que nunca estragaria a vida de Nomi desse jeito. Nunca.

Você é insegura. Mas se sentiu tão segura comigo que se esqueceu de onde estávamos e olha em torno do pub, nervosa. Você enxuga uma lagriminha e bufa.

— Às vezes acho que engravidei só para irritá-la, para lembrá-la de que se a gente realmente ama alguém, a gente trepa com a pessoa em vez de só ficar falando por telefone... — Você está um pouco bêbada agora. — E de vez em quando, quando a gente está fazendo sexo, a camisinha rasga. *C'est la vie.*

— Eu entendo — digo.

Outro olhar ansioso em torno do bar.

— Bem, foi na hora errada... mas, sim, eu tinha uma ânsia de ter a minha própria família, de mostrar isso para a minha mãe.

— E você conseguiu.

— Você conheceu minha filha?

— Ora, por favor — digo eu. — Sua filha é ótima. Você sabe disso.

Você sabe e é importante para você saber que é de fato uma boa mãe, porque, uma vez sabendo disso, você vai poder deixar que eu me aproxime. Ainda estamos testando o terreno, mesmo depois de tudo o que me disse. Você está se contendo mesmo quando se abre para falar do seu pai e explicar que ele telefona com frequência para você.

— Eu nem sempre atendo. Quer dizer, tenho Nomi, tenho um emprego e toda ligação dele acaba em frustração. Não sou minha mãe, entende?

— É fundamentalmente diferente.

— Não posso ficar no telefone com ele a noite toda. *Não vou* fazer isso com Nomi.

Você acha que todos os homens são uma ameaça ao seu relacionamento com sua filha, e estou aqui para ajudá-la a mudar.

— Tenho certeza de que ele entende isso.

— É só que... não vou fazer isso com minha filha. Não vou deixar a minha vida arruinar a vida dela.

Você acha que é sua culpa o fato de seu pai estar triste, e eu sei como é isso. Eu empurro meu prato para a beira da mesa. Você me olha. Você precisa de mim.

— Olha — começo. — Você não pode consertar uma pessoa que não quer ser feliz. — Oi, Candace. — Você não pode fazer uma pessoa ver a luz se ela prefere a escuridão. — Oi, Beck. — Se tentar fazer isso, acabará entrando por um caminho sombrio você mesma. Tomando decisões ruins. — Eu realmente me mudei para Los Angeles por causa de Amy, que estupidez. — E aí você pode ficar presa. — Tenho um *vínculo* permanente com Love Quinn, um filho. — Não é fácil, mas você tem que aceitar que não há movimento *certo* com seu pai. Você não pode salvá-lo de si mesmo.

O pub está esvaziando e você esfrega o pescoço.

— Puxa — você diz. — Eu achei que ficaríamos apenas fofocando sobre os Naftalinas.

Você está oficialmente bêbada. Mãos moles e lábios soltos, e eu *ainda* quero você. Você conta uma longa história sem sentido sobre uma velha amiga do Arizona e não consegue lembrar o nome dela e diz que às vezes se sente uma traidora. Você não mantém contato com ninguém do seu passado no deserto e veio para cá como uma *fênix de Phoenix*.

— Eu sou assim também, Mary Kay. A capacidade de seguir em frente não faz de ninguém um sociopata.

Você ergue o copo e pisca.

— Espero que sim.

Estamos mais perto do que em *Closer*. Você apoia o queixo na mão.

— Joe — você diz, puxando-me para dentro, fazendo-me pensar no Murakami, *quase sugados para dentro*. — Me conta... você gosta da nossa biblioteca?

O que vou dizer agora importa muito, então penso por um tempo.

— Eu gosto da *sua* biblioteca.

Você sentiu o meu *sua*. Seus lábios de raposa estão molhados.

— Você se sente *bem* na biblioteca?

Eu senti o seu *bem*.

— Sim, me sinto bem na sua biblioteca.

— E você está satisfeito com sua chefe?

Ah, isso é *divertido*, e eu mexo o gelo no meu drinque.

— Na maioria das vezes.

— Ah — você diz, e eu sou o humano e você é meu recurso. — Sr. Goldberg, o senhor tem alguma queixa de sua supervisora?

— Queixa é uma palavra forte, Sra. DiMarco.

Você lambe os lábios.

— Relate a sua queixa.

— Como eu disse, não é uma queixa. Eu só quero mais, Mary Kay.

— Mais o quê, Sr. Goldberg?

Seu pé descalço encontra minha perna debaixo da mesa e eu pago a conta. Rápido. Em dinheiro. Eu me levanto. Você se levanta. Você diz que precisa ir ao banheiro e os banheiros ficam à esquerda. Você entra e fecha a porta. Depois abre a porta.

Você me agarra pela gola do suéter preto e me puxa para o banheiro e pressiona seu corpo no meu, meu corpo na parede. As pinturas aqui são cheias de paixão. Nudez e água salgada. Uma mulher nua de costas no mar. As mãos dela agarram os ombros de um marinheiro assustado, ainda vestido. É um naufrágio. Somos nós. Naufragados. Tateando. Você me beija e eu a beijo e sua língua está em casa na minha boca — terra à vista! — e as ondas batem em seus *talvezdevesse*. Minhas mãos deslizam sob sua meia-calça — sem calcinha, *virilha de algodão* — e o meu polegar encontra o seu *Lemonhead* — e você se agarra em mim. Você diz tudo. Você me queria na Cama Vermelha e morde meu suéter — esse suéter te deixa *louca* — e há fagulhas na água — estamos pegando fogo — e você é a última página de *Ulisses*. Você me agarra. *Ah, meu Deus, Joe. Ah, Deus.*

Mas de repente você foge. Cinderela depois da meia-noite.

Você se lembra do que é. Uma mãe. Minha chefe.

E vai embora.

5

EU sei, eu sei. Foi só um beijo. Eu mal senti a sua Murakami e não lambi o seu Lemonhead, mas caramba. *Ah, meu Deus, Joe. Ah, Deus.* E que beijo!

Quando está com a pessoa certa, você faz a coisa certa, e eu fui inteligente em deixar você ir para casa. Fui para o meu Quarto dos Sussurros e dei graças a Deus por todas as mulheres más que vieram antes de você. Entendo agora. Claro que você fugiu. O amor verdadeiro é intenso demais, especialmente na nossa idade.

Não passo na Pegasus a caminho do trabalho — seu beijo é minha cafeína — e você me empurrou, mas essa é a natureza do amor adulto, ainda mais quando há filhos envolvidos: empurrar, puxar, empurrar, puxar. Abro a porta da biblioteca — *puxando* — e você não está na recepção e a Naftalina de plantão não gosta de mim. No dia em que nos conhecemos, ela perguntou se eu era um *Bellevue Goldberg* e quando eu disse não, ela torceu o nariz para mim. Ela aponta para a cadeira de Nomi.

— Você se importa de tirar dali? Está muito frio naquela janela.

Eu coloco a porra da cadeira no corredor entre pilhas de livros e pego meu almoço — *NÓS comemos a carne e NÓS comemos brócolis* —, digo à Nafta *esnobe* que já volto e ela revira os olhos. Grossa.

— Lamento desapontá-lo, mas sua amiguinha ligou dizendo que está doente hoje.

Não. *Não.*

A Nafta esnobe apenas ri.

Você não está *doente*. Vou para a área de descanso e onde você está? Você estava mesmo tão bêbada? Nosso beijo foi feito de tequila? Eu afugento os *E se?* do poema de Shel Silverstein, passo pela sua sala e a porta está fechada. Não há luz no sótão e você não está *doente*. Você está assustada.

Assumo o meu posto na Ficção e o dia se arrasta. Convenço uma contadora recém-viúva a ler Stewart O'Nan e uma turista lésbica a ler o primeiro capítulo de *Fashion Victim*. Eu sou bom no meu trabalho, mas sou melhor quando você está aqui para colaborar. Fico o dia todo verificando meu telefone, você não me manda mensagem e eu não te mando mensagem. Você *me* beijou, então talvez caiba a mim enviar uma mensagem. Tento encontrar as palavras.

Oi.

Mas isso é muito idiota.

Ei.

Isso é presunçoso demais.

Você está aí?

Muito agressivo.

Estou aqui.

Isso é muito carente.

Eu odeio telefones celulares porque, se estivéssemos em 1993, eu não *teria* a porra de um celular. Será que você contou a Melanda sobre o nosso beijo? Ou ela percebeu? Vou para o jardim japonês. Eu poderia largar o trabalho agora — sou apenas um voluntário — e dar uma passadinha na sua casa e ser o John Cusack da sua formatura, mas não posso fazer isso porque Nomi é quem está se formando este ano, não você. E não faço isso. Não "dou uma passadinha" nem roubo telefones, não mais. Dou uma olhada no seu Instagram — nada — e, depois, no Instagram da Suricato, mas não há nada sobre você, nada além de Klebold. Quero compartilhar uma foto de *Love Story*, mas eu nunca seria tão chato com você. Tão contundente. Tão pegajoso.

Preciso falar com você agora porque quanto mais tempo estamos separados, mais o beijo parece um arranhão no para-brisa que pode ser facilmente removido e eu quero saber por que você está se escondendo.

No final do meu expediente interminável, eu volto para a área de descanso me perguntando se usei demais a língua e então a porta se abre. É você. Seus olhos estão inchados e você finge um sorriso.

— Oi.

— Ei — eu digo. — Você está aqui.

Nós nos abraçamos? Não nos abraçamos. Você está vestida com um suéter verde desbotado e não sorri. Você morde o lábio — não dormiu bem essa noite — e diz que está passando ali para pegar algumas coisas. Você se senta à minha frente como se fôssemos dois Naftalinas comparando nossos resultados do exame de ressonância magnética, como se você não tivesse chupado a minha língua algumas horas atrás. Eu me inclino sobre a mesa para chegar mais perto e você arqueia as costas. Fria. *Distante*.

— Olha — eu digo. — A última coisa que quero é deixá-la desconfortável.

— Eu sei — você diz. — Eu sinto da mesma forma.

Eu não falo. Você não fala. Você me contou muitas coisas ontem à noite, mas estou ficando com aquela sensação doentia de que você não me contou tudo, de que o que me contou não é a história toda, apenas parte dela. Você está me olhando como se estivesse me preparando para a notícia. A má notícia. A pior notícia do mundo.

E lá vem. Essas palavras traiçoeiras:

— Joe... não podemos fazer isso. Você não contou a ninguém, não é?

— Claro que não, Mary Kay. Você sabe que eu nunca faria isso...

Você se mostra aliviada demais.

— Ok, bom, porque se alguém aqui descobrir... Se alguém falar alguma coisa para Nomi...

— Mary Kay, olhe para mim.

Você me olha.

— Minha boca é um *túmulo*. Você tem a minha palavra.

Você se acalma um pouco, mas ainda hesita, olhando por cima do ombro, uma prisioneira paranoica na ilha do *Crisol*. Você não me deixa falar. Você diz que a noite passada foi um *erro de embriaguez* — não — e você não estava pensando claramente — estava, sim, porra. Eu digo que você foi perfeita e você estremece.

— Eu sou tudo *menos* perfeita.

Minhas palavras estão saindo todas erradas e sei que você não é perfeita. Eu não sou perfeito, mas seria muito extravagante e desnecessário dizer a você que somos perfeitos juntos.

Você franze os lábios, aqueles lábios que estão inchados por causa do meu beijo. *Por mim.*

— Podemos apenas voltar ao normal? Você sabe... como estávamos?

Balanço a cabeça como uma foca treinada que não conseguiria sobreviver na selva.

— Claro — digo. — Eu não esperava me precipitar em nada com você. Podemos ir devagar. Eu *quero* ir devagar.

É uma grande mentira, e você resmunga.

— É aí que está, Joe. Não há nada para se precipitar. Não pode haver *nada*. Eu tenho uma filha.

— Eu sei.

— Não posso chegar em casa bêbada depois da meia-noite. Ela tem que vir *primeiro*.

— É claro que Nomi vem primeiro. Eu sei disso.

Você esconde o rosto nas mãos e me diz que não está *emocionalmente disponível* naquele momento. Quero dar uma marretada no para-brisa e quebrar o vidro porque você está transformando o *nosso* beijo na *sua* filha. Você tira as mãos do rosto.

— É o último ano dela, Joe, e não quero perder nenhuma parte dele... — Então não passe duas noites por semana na porra de um bar de vinhos com Melanda. — Ela precisa de mim. Não tem muitos amigos. — Você criou uma filha independente que gosta de ler, e daí se ela não for uma minissocialite como você era? Nem eu era assim nessa idade. — Para você, ela está a meio caminho da porta, completamente adulta... mas o tempo voa, e é quase Dia de Ação de Graças e em alguns meses ela vai embora. E eu simplesmente não posso fazer grandes mudanças quando a mudança já está chegando. — Rá! Como se a vida fosse tão previsível. Você deveria me deixar entrar agora, bem agora, para eu poder cortar o peru na semana que vem. Você está errada, tão errada, e suspira. — Você entende?

— Claro que entendo, Mary Kay. Você está certa, não tem pressa. Podemos dar um tempo.

Você sorri.

— Que alívio. Obrigada, Joe.

Você venceu porque construiu o ringue de boxe — Eu x Nomi — e não consigo acertar acima da cintura, no útero. Dito isso, você veio me ver e não estaria se justificando para mim se não se importasse comigo, se não quisesse que eu comesse seu purê de batatas e sua Murakami. *Ééé*, havia algo de estranho no seu pequeno discurso, Mary Kay, porque, no fundo, você sabe que pertence a mim agora, agora mesmo.

Nossas cadeiras rangem quando nos levantamos e você abaixa a cabeça.

— Você me odeia?

Você é melhor do que isso. Não faz perguntas estúpidas. Mas dou a resposta estúpida que você merece agora.

— Claro que não te odeio. Você sabe disso.

Aí você morde o lábio e diz a pior palavra da existência.

— Amigos?

Você não pode me jogar em um sofá estofado junto com Seamus e Melanda. Nós não somos amigos, Mary Kay. Você quer trepar comigo. Mas aperto sua mão e digo o nome da sua sitcom frívola com um nome que não se aplica a nós.

— Amigos.

6

EU vou para a rua. Ando sem parar e meus dedos mindinhos ardem — esses tênis são para quem quer aparecer, não para andar — e passo na frente da sua casa e quero *entrar*, porque realmente estraguei tudo ontem à noite, hoje. Eu deveria ter rasgado sua meia-calça da castidade. Deveria ter levado você em casa ou para a minha casa e não há como voltar atrás e eu sou o *homem*. Bainbridge é segura, mas enviei uma mensagem para você para ter certeza de que chegou bem em casa?

Não.

Você bebeu demais e eu insisti em acompanhá-la até sua casa?

Não.

Eu entro na Blackbird e toda a família de olhos fecais está ali — até mesmo o avô —, porque esta ilha é pequena pra caralho e há tantos deles e apenas um de mim. Pego um café e sento do lado de fora em um banco.

Entro no Instagram. Joe é mau. Mau. A noite cai e Nomi postou uma foto sua no sofá, onde você está dormindo com as roupas de sair.

Quando mamãe está "doente". #Ressaca.

Eu gostaria de poder curtir esta foto, gostaria de poder amar esta foto, mas não sinto amor agora. Meus dedos estão em chamas, meu corpo inteiro está em chamas, mas você está fria, morta para mim, para o mundo. Faço um print da foto e examino cada canto, cada centímetro. Não estou invadindo sua privacidade, Mary Kay. Todos nós postamos nossas fotos sabendo que *nossos seguidores* vão dar um zoom para nos avaliar. Eu dou zoom. Meu coração dispara.

A família de olhos fecais sai da Blackbird e nenhum deles me diz olá — FODA-SE, FAMÍLIA —, daí olho para o meu telefone e que merda é essa, Mary Kay? Tem uma garrafa de *cerveja* numa mesinha que faz meus dedos

dos pés doloridos latejarem. Você não bebe cerveja, não gosta do sabor, e não deixa Nomi beber. A garrafa está aberta, parcialmente vazia. De quem é essa garrafa, Mary Kay? Quem está bebendo cerveja na sua casa, caralho? Mando uma mensagem para o Nanicus.

Oi, Seamus! Aquela academia acabou comigo hoje. Cerveja?

Eu espero e volto a andar. Meus dedos dos pés nunca mais vão falar comigo.

Não posso, Novo no Pedaço. Estou fazendo uma desintoxicação, dez dias sem beber. Lembre-se: aquela voz na sua cabeça que diz que você não consegue fazer isso está mentindo.

Merda. *Odeio* essa cultura de academia, e a cerveja não é dele, mas de quem é? Chego ao início da sua rua e sua casa está perto, mas se eu seguir pela sua rua e olhar pela sua janela... não posso. Eu prometi que seria bom e ser bom significa acreditar em você, em nós, mas, ei, é só uma cerveja. Você parecia mal hoje. Não sei tudo sobre você e é possível que tenha bebido meia garrafa de cerveja para acalmar a ressaca, daí vou para casa assistir mais *Succession* e você não liga, não manda mensagem, e o Nanicus manda uma mensagem para dizer que podemos tomar uma cerveja na próxima semana, *talvez*, e os telefones tornaram tão fácil ter amigos sem nunca precisar vê-los. Isso é uma das coisas legais dos dias de hoje. Uma.

EU consegui. Sobrevivi ao dia mais longo e fodido do ano, e minha mente está clara novamente. Estou calmo. Não vou deixar que uma garrafa de cerveja estúpida nos atrapalhe. Tudo o que importa é o beijo, Mary Kay. Você infringiu uma regra por minha causa. Jurou que nunca se envolveria com um homem enquanto sua filha morasse em casa, e foi o que você fez.

E sabe de uma coisa? Preciso transgredir uma regra também.

Esta é uma ilha pitoresca e eu mal a explorei — não vou à merda de Fort Ward sem você — e sim, *ééé*, fiz algumas caminhadas pelas trilhas de Grand Forest quando me mudei para cá, mas não estava preparado para realmente curtir e respirar a natureza.

Amarro os cadarços dos meus tênis de corrida — meus dedos não vão me odiar hoje — e fecho o zíper do moletom com capuz, coloco meus fones de ouvido — Olá, Sam Cooke — e fecho a casa, faço tudo o que todos os filhos da puta daqui fazem todos os dias, alguns deles duas vezes por dia: correr.

Eu poderia correr em uma das praias, mas a costa é rochosa e lotada de McMansões. Poderia correr na calçada, mas por que perder meu tempo na calçada quando posso correr na mata? Não fui eu que projetei a ilha, Mary

Kay. E não é culpa minha a localização da sua casa. Não é culpa minha você ter escolhido viver em uma casa à beira-mar, onde a única coisa que separa o mar do seu quintal é uma trilha de meio metro de largura aberta ao público.

Escolha sua, não minha.

Não te conhecia quando me mudei para cá, e foi você quem *me* disse que morava bem ali *dobrando a esquina*. Você já disse isso umas dez vezes e não estava mentindo. Estou aqui, não na sua rua, mas na trilha perto da água, e meu Deus, Mary Kay. Há algo de quase perverso nesta trilha, algo que diz respeito a você e seus vizinhos em *Wesley Landing*. Todos vocês são uns exibicionistas destemidos, não são? Todos vocês optaram por viver em uma propriedade que é o oposto de particular. Vocês não têm cercas porque cercas bloqueariam o acesso de *vocês* à trilha, sua visão da vegetação, da costa rochosa, da água. Eu nunca viveria assim.

Mas vocês vivem.

Paro para me alongar, como todos os corredores devem fazer para manter os músculos flexíveis. Saudáveis.

Há uma grande pedra no limite da sua propriedade com o nome da comunidade gravado. É mais larga do que os troncos das árvores, e este é o lugar perfeito para eu alongar minhas panturrilhas. Estico os pés às costas e me inclino, é bom me esticar, e por sorte — em algum momento minha sorte tinha que mudar — tenho uma visão do seu deque. Quem diria?

Sua porta de correr envidraçada está aberta e você está sentada no deque com uma garrafa de Coca Diet pela metade. Viu só, Mary Kay? Você precisa *mesmo* de mim. Você não precisa dessas merdas de substitutos do açúcar. Você está ao telefone, sem dúvida com Melanda, e desligo Sam Cooke e tiro os fones de ouvido como muitas pessoas fazem enquanto se alongam. Não consigo escutar o que você fala e, não sou botânico, mas acho que deve ter hera venenosa aqui onde estou, então, para não me arriscar, vou até outra árvore. Você está acostumada com as pessoas andando na floresta, nas trilhas, e nem se preocupa com o som das folhas sendo esmagadas por meus pés. Estou te ouvindo agora. Você não sabe o que vai fazer para o jantar. Você tem filés de salmão no freezer, mas estão congelados — você precisa de um freezer novo, você precisa ver o *meu* freezer — e em seguida você volta a aconselhar Melanda. *Não mande mensagens para ele. Você sabe como é. Se ele gostar de você, vai te mandar uma mensagem, e se não gostar, ele é que sai perdendo.* Melanda está discutindo — não consigo ouvi-la, não preciso ouvi-la — e a Suricato está na cozinha, batendo portas de armários. Aborrecida. Você pede a Melanda para esperar na linha e vira a cabeça.

— Nomi, querida, você quer salmão?

— Eu alguma vez quis salmão? Parece que tem cem anos. E antes que você diga, não, eu não quero frango mexicano.

Você ri — está farta do próprio frango também — e suspira. Ah, ser mãe e cozinhar todos os dias por milhares de dias e estar cansada do próprio frango mexicano.

A Suricato bate outra porta de armário.

— Podemos fazer um churrasco aí fora?

— Bem, acho que sim... Você já está com fome?

A Suricato dá de ombros — tanto faz —, pega um saco de Tostitos e vai para o quarto. Você volta para Melanda e tenho pena dela, que provavelmente vai cogitar comer uma pizza individual de couve-flor.

— Desculpe — você diz. — Voltei.

Você recebe uma mensagem, lê e responde. Será do homem que bebeu aquela cerveja na sua mesinha? Você ainda está aconselhando Melanda, mas e quanto a *nós*? Quando é que você vai contar a ela sobre o Melhor Beijo da Sua Vida? Falo sério. E quem bebeu a merda dessa cerveja?

O ácido lático está esfriando minhas coxas, mas está queimando meu coração. Você estremece, se levanta, vai para a cozinha e fecha a porta de tela. Você fecha a porta de correr e ela range — você precisa usar WD-40 —, e não suporto o silêncio, então coloco meus fones de ouvido. Sam Cooke tenta me confortar, mas está perdendo tempo. Toco meus dedos dos pés e o sangue sobe para a minha cabeça e meus fones de ouvido cancelam o ruído do mundo, mas não podem silenciar o alarme em meu sistema límbico, aquele que apita agora. Arrepios aparecem em meus braços e pernas enquanto os cabelos da minha nuca se arrepiam, tantos soldados minúsculos. Lutar ou fugir. Lentamente ergo a cabeça e o alarme do meu cérebro estava certo. Tem alguém aqui. A um metro de distância. Armado com uma mochila e um telefone celular e as duas armas mais perigosas nesta floresta: olhos, piscando por trás de óculos redondos que não lhe favorecem em nada.

É a sua filha. A Suricato.

7

NO Animal Planet, é assim que o leão morre. O leão não tem predadores naturais, mas um humano intrusivo com a missão de quebrar as regras da natureza atira nele só pela porra do prazer.

— Ei — ela diz. — Você sabe que essa é a minha casa, não sabe?

Eu fecho os olhos. *Por favor, Deus. Por favor, não me mate agora.*

A Suricato permanece de pé. Impassível. Parada.

— Você está bem?

— Sim — eu digo. — Só uma cãibra.

Ela assente com a cabeça. Distraída. Bom sinal.

— Uma vez um velho morreu aqui. Era verão. Ele teve um ataque cardíaco.

Isso me ofende um pouco, mas também me tira da paranoia.

— Bem, eu não sou *tão* velho assim.

— Desculpe — ela diz. — Só estou de mau humor porque minha mãe está me obrigando a comprar carvão.

Ah, então você estava enviando mensagens de texto para a sua Suricato.

— Você vai no Town & Country?

Ela franze a testa.

— A gente chama só de T&C. Deus, você ainda é um completo turista.

Isso foi um pouco cruel, mas é assim mesmo com crianças e adultos. Nunca é sobre você. É sempre sobre eles. Ela sabe que foi grosseira e aperta as alças de sua mochila. Eu sorrio. O Joe Legal. O Joe Gente Boa.

— Eu vou para lá também — digo. — Melhor comprar um Gatorade.

Agora estamos caminhando e isso é normal. Isso é o que as pessoas fazem quando elas se esbarram e a Suricato realmente não ficou alarmada ao me ver, e lá vem outro corredor — *Oi, Nomi!* — e ela o conhece também, e eu me encolho quando um cachorro late na floresta e ela ri.

— É só um cachorro! Você tem medo de cachorros?

— Não — digo. Ainda estou abalado, mas preciso lembrar a mim mesmo. Fui pego de surpresa, sim. Mas não fui *pego*. — Só estou fora da minha zona de conforto. Você foi criada aqui, mas a floresta é assustadora para mim.

Lembro que levei Beck, que descanse em paz, para a floresta e estremeço. A Suricato grunhe.

— Ah, por favor — ela diz. — Isto aqui não é uma *floresta*. Floresta de verdade é lá em cima, na minha antiga escola. Quando eu estava no secundário, achei um velho Buick lá.

Eu balanço a cabeça.

— Legal.

— Ééé... — Ela soou como você nesse momento. — Tinha um monte de garrafas de álcool vazias... — Ela é tão jovem para a idade que tem. *Álcool*. — E, no ano anterior, vi um casarão abandonado na floresta também. *Aquele* lugar era superlegal. Costumava ser um lar para garotos rebeldes.

Eu ergo minhas sobrancelhas como um bom ouvinte.

— Uau.

— Agora, *aquilo* era assustador, sabia? Você subia até o quarto andar e achava que a casa ia desabar e tinha cadeiras de rodas antigas e teias de aranha. Era tão legal. Mas, enfim. Tudo que é legal aqui acaba destruído.

— Isso é apenas o que se chama "crescer". Veja, no Isla, eu ouço uns coroas, caras *bem* velhos, e eles falam como você.

— Como eu? Acho que não.

— Ah, é sim, Nomi. Eles falam de como este lugar costumava ser também, como ninguém trancava as portas e eles deixavam as chaves no carro e não se preocupavam com arrombamentos porque havia mais grilos e sapos do que gente.

— Eu não acho que isso seja verdade.

— Bem, essa é a questão. Cada geração acha que na época *deles* tudo era melhor.

— Mas a casa dos garotos rebeldes... lá era realmente legal. Era um lugar para ir. Depois foi demolida e agora não tem mais nada.

Damos um passo para o lado, deixando passar um grupo de *ciclistas*.

— Então você é de Nova York ou coisa assim, não é?

Isso é um bom sinal, Mary Kay. Uma demonstração de habilidades sociais reais!

— Sim — digo. — E não era nada assim. Minha biblioteca é um bom exemplo. Tínhamos moradores de rua lá, viciados em crack... *isso sim* era assustador.

— Pelo menos é real. Tudo aqui é falso, falso, falso.

Ela puxa as alças da mochila, e estou tão aliviado por ser um adulto. Que pesadelo é ser adolescente, pensar que existe algum lugar onde nem todos são *falsos, falsos, falsos*.

— Desculpe — ela diz. — Eu só estou brava. Minha mãe sempre fica meio pirada antes do Dia de Ação de Graças, mas esse ano ela está completamente louca.

Louca de *amor*.

— É?

— Nós sempre ficamos aqui, mas agora ela está nos arrastando para o Arizona para ver meu pai.

Eu gostaria de ter alças de mochila para apertar, porque aquela informação é novidade para mim. *Fica frio*, Joe.

— Bem, talvez Phoenix seja divertido.

Ela apenas grunhe, "*É, sei*".

— E você? O que vai fazer nessa porcaria de Dia de Ação de Graças?

Ler ensaios de Jonathan Franzen e comer pizza congelada.

— Talvez eu pegue uma balsa para ser voluntário em uma cozinha comunitária.

Ela acena para uma mulher que varre as folhas do chão e a mulher acena de volta e estamos fazendo algo normal. Isto é normal. Mas em seguida Nomi me olha com o que chamam de "rabo do olho".

— Mas você disse que odiava cidade grande. Você sabe que não tem cozinha comunitária aqui, não é?

— *Odiar* é uma palavra forte, Nomi. Eu gosto daqui, mas, em um dia como esse, é bom estar lá e ajudar as pessoas necessitadas.

Ela apenas olha para a frente.

— As pessoas nunca dizem que *amor* é uma palavra forte.

Ela está drogada? Não. Ela está apenas numa overdose de poemas de Klebold e solidão.

— Hum. Por que acha isso?

— Sei lá. Só estou chateada porque minha mãe me disse para eu não falar que a odeio, mas ela pegou o meu *Columbine* de novo e tem um monte de anotações minhas no livro e eu a odeio por isso e por querer nos arrastar para Phoenix. Qualquer um ficaria com ódio. E não me diga que ela está apenas cuidando de mim. Você está errado. Ela é uma hipócrita. Ela está brava porque é o *Columbine*. Ela não ficaria furiosa se eu gostasse de algum livro idiota sobre babás taradas e me desculpe, mas *Columbine* é o melhor. É *o* livro.

E agora sinto saudade de ser adolescente, daquela convicção pungente de que encontramos alguma coisa na nossa mente que faz sentido. Você quer que eu seja compassivo, então digo a ela que entendi, que também adoro esse livro. Ela apenas olha para mim. Olhos desconfiados de Suricato. E não é de admirar, os adultos mentem o tempo todo, mas este não!

— Tudo bem — eu digo. — O que realmente me prendeu no livro foi a parte de Eric, de como enganava seu agente da condicional, de como era fácil para ele convencer todos aqueles pretensos adultos inteligentes de que ele era um garoto normal e brilhante. Esse é o problema deste país, o Sistema de Injustiça é bastante ineficaz.

Eu quero falar sobre assistentes sociais incompetentes, mas a Suricato não tem nenhum interesse pelo *estúpido Eric* e é por isso que ela não tem amigos, porque ela não entende que as pessoas têm revezes. Ela volta a discorrer sobre os poemas de Dylan e esta é minha chance de salvá-la, de ajudá-la.

— Eu entendo — digo, porque esta é a primeira regra para ajudar qualquer criança. Você tem que validar seus sentimentos. — Mas acho que sua mãe está chateada porque... Bem, um terapeuta que procurei uma vez me disse que às vezes todos nós temos um rato em casa.

— Você é tão desleixado assim?

Eu a imagino indo para casa e contando a você que eu tenho *ratos* em casa.

— Não — digo. — É uma metáfora. O rato é uma coisa que você não consegue parar de fazer ou pensar.

— E a casa é a sua cabeça. Que chatice.

— Eu sei — digo. — É um pouco simples, mas a questão é que, quando você fica *realmente* ligado em uma coisa, isso parece bom. Mas não é necessariamente bom para você. Já aconteceu comigo muitas vezes.

Ela fica em silêncio. As crianças são um alívio, a maneira como simplesmente se fecham e pensam quando têm vontade. E então ela olha para mim.

— E qual era essa coisa para você?

Mulheres. As mulheres terríveis das cidades grandes.

— Bem, quando eu era garoto, era um filme chamado *Hannah e suas irmãs*.

Ela torce o nariz para mim e, porra, é verdade. *Melanda*.

— Ih... — ela diz. — Isso é Woody Allen e ele está na lista de cancelados da Melanda...

— Aqueles que ninguém deve assistir?

— Sim — ela diz. — E ele está no topo. O top dos tops.

— Bem, sua professora sem dúvida está no *topo* das coisas.

— Ela é mais como se fosse minha tia.

Melanda é o rato da sua casa.

— Bem, o que quero dizer é que... aquele filme foi meu *Columbine*, a única coisa que mudou minha vida. Eu morava em Nova York, mas não morava *naquela* Nova York, e queria morar naquele filme. Eu roubei a fita VHS da Blockbuster e assisti a cada segundo que pude.

Nomi responde repetindo que Woody Allen é ruim, assim como seu filme, e eu não vou estragar as coisas como fiz no restaurante.

— Ok, mas Melanda acha que não tem problema você ler os poemas de Dylan Klebold?

Ela resmunga para as árvores acima.

— Não tem comparação. Ele tinha a minha idade.

— Sim... mas você tem que admitir que ele fez coisas terríveis... Explique por que você acha que não tem problema.

Nenhuma criança quer um teste surpresa, e ela resmunga novamente.

— Porque *não tem*.

— Olha, Nomi. — Estou incorporando o Dr. Nicky. — Saímos do assunto. Eu só estava tentando dizer a você que nem sempre é bom ter um rato em casa, não importa o que seja.

— Você realmente leu *Columbine*? O livro inteiro?

Eu não sou Benji, que descanse em paz, e nunca minto sobre livros, especialmente com minha potencial enteada.

— Sim.

— Você também leu todas as coisas que Dylan escreveu que estão na internet?

Adolescentes fazem isso. Eles trazem tudo de volta para si, especialmente uma garota como Nomi, mais jovem do que a idade real, indo à escola todos os dias com aqueles óculos — tão errados — e desejando que algum garoto ou garota desajustada esteja escrevendo poemas para ela, mas sabendo que não é possível porque ela vigia muito de perto. Ela rói uma unha.

— Você lembra quando ele escreve uma carta para a garota que ama dizendo a ela que se ela o ama, ela deve deixar um pedaço de papel em branco no armário dele da escola?

— Sim — eu digo. — Mas ele nunca entregou a carta a ela.

— Mas ele escreveu — diz ela. — E isso foi fofo. — Espero que algum estudante de intercâmbio dentuço se mude para cá este ano e mude a vida dela. Ela cruza os braços. — De qualquer forma, mesmo assim não vou assistir a um filme de Woody Allen.

— Tudo bem. Faça o que você quiser.

— Então você não se importa?

Eu rio da pergunta e talvez eu volte para a escola e me torne um orientador.

— Olha, Nomi. É tipo assim: quem se importa com o que Melanda pensa? Quem se importa com o que eu penso? Você só precisa decidir o que *você* pensa.

Ela chuta uma pedra.

— Bem, eu não vou poder ver *nenhum* filme amanhã, porque temos esses estúpidos *laços de família*.

Não faço parte da sua família, mas *faço* parte da sua família e forço a voz para soar firme, como se estivesse pedindo informações.

— O que isso significa para vocês duas, as Gilmore Girls?

— Bem, primeiro dormimos demais. Então terminamos tudo às onze horas, embora a gente tenha combinado que estaríamos prontas às dez.

— E depois...

— Pegamos a balsa, damos uma volta e olhamos os brechós.

— Brechós.

— Também vamos a livrarias ou o que for, mas sabe como é. Principalmente brechós.

Sua mesa vive cheia de quinquilharias. Dou uma risada.

— Sim.

— Aí vamos num restaurante com uma fila enorme e minha mãe está esfomeada demais para esperar e eu digo "Basta colocar nosso nome" e ela não faz isso e aí as pessoas que chegaram *depois* de nós pegam uma mesa e eu fico, tipo, *"Viu, mãe?"*... — Você disse que ela era o problema e ela diz que você é o problema e eu mal posso esperar para fazer parte da porra da sua família. — E uma hora ela quer *pizza*, na outra quer pasteizinhos, e ela diz: "Ah, vamos num lugar que a Melanda me falou."

Eu ri.

— Já passei por isso.

— Aí a gente vai e o lugar ainda não está aberto porque ela mal consegue consultar o Yelp e nós ficamos só andando mortas de fome e olhamos mais brechós e aí ela quer ir comprar uma quinquilharia que viu mais cedo e fica paranoica que outra pessoa tenha comprado o negócio e corremos de volta para a loja mas já foi vendido e ela fica toda *aaaaaah.*

Você tem medo de perder a mesma chance comigo e eu sorrio.

— E depois?

— Ela ainda não consegue se decidir por outro brechó ridículo porque isso significaria tomar uma decisão, então vamos a um café e ela fica irritada quando eu pego meu livro, como se devêssemos conversar *a porcaria do tempo todo.* Mas é conversa mole dela porque ela também está cansada de mim e pega um livro e depois voltamos para casa. São esses os nossos *laços de família.* Fim.

Eu aplaudo e a Suricato ri, mas depois ela vira uma versão jovem de você, séria.

— Na verdade, não é tão idiota quanto parece. Não sou tão má.

— Você não é má. Família é... muito isso também.

— É estranho, tipo... *tentar* criar laços, sabe?

Eu sei. Lembro-me de sentar com Love na prisão e tentar me sentir apaixonado por ela. Nomi me dispensa.

— Vou tomar um café primeiro. Até mais.

Eu aceno.

— Dê um oi à sua mãe.

Ela ouviu meu pedido, mas já está distraída porque encontrou meus vizinhos de olhos fecais e não posso confiar que Nomi não vá comentar com você sobre nossa ótima conversa. Ela encontra pessoas o tempo todo porque a vida aqui é assim e ela está puta porque você tirou o *Columbine* dela. Entro no T&C e está movimentado. Eu me sinto bem. Contornei as regras e o universo me recompensou, Mary Kay, porque agora sei sobre os seus planos para amanhã e eu estou dentro.

Chegou a hora de a nossa família criar a porra dos laços.

8

EU sei que a vida é feia. Eu sabia que Bainbridge Island nunca seria *exatamente* como Cedar Cove. Estou esperando para embarcar na balsa e um sujeito na minha frente na fila está usando a porra de um gorro de tricô — alguém fez para ele, dá para ver — e óculos escuros de armação amarela e ele está esfregando o filho na minha cara, um Forty menor com nariz escorrendo. Ele também está com a esposa, a pessoa que tricotou aquele gorro idiota e mentiu para ele dizendo que ele podia usar óculos escuros de armação amarela. Ela é uma rabugenta de jaqueta bufante e está cheirando o café — *acho que isso é leite de aveia, querido* — e eu estou sozinho e eles estão juntos e isso é um absurdo.

Mas não por muito tempo, certo? Certo.

Vou pegar a balsa das 10h até Seattle para chegar lá antes de você e sou um pouco hostil — *gentilmente, Joseph* — porque quero fugir dessa família grudada na minha cara que nem minha família é, então me desloco para o lado esquerdo da multidão aglomerada e fico perto de um bando de advogados aposentados famintos por processos judiciais apenas *esperando* que o paisagista de alguém corte a grama deles porque isso lhes daria um projeto. Sim, é pitoresco aqui. Se você for à delegacia no seu aniversário, você ganha um donut de graça — não precisa nem mesmo mostrar a identidade —, mas há 25 mil residentes que comem beterrabas cultivadas localmente e se deslocam para trabalhar em Seattle, formando grupinhos de passageiros. Debbie Macomber teria pena de mim, sozinho em um sábado, agora isolado com alguns nerds falando de futebol. Eu não pertenço a lugar nenhum, mas isso é temporário e estou a bordo — já é um progresso — e coloco meus fones de ouvido e viro à esquerda para a escada — dois degraus de cada vez — que dá no convés. O ar ajuda. O mar também, muito diferente daquela espuma marrom estonteante de Malibu, e eu me sento em um banco, na frente de um relógio de parede onde se lê um aviso: ESTOU QUEBRADO.

Eu procuro outro lugar para sentar — devo ser otimista —, porque é um grande dia para nós, Mary Kay. Não vou atrapalhar seus *laços* com sua filha e não estou "stalkeando" você. Meu plano é simples. Ter algum "tempo para mim" enquanto você terá tempo para a sua família e eu observarei os sinais; quando eu notar que vocês duas estão ficando enjoadas uma da outra, eu vou dar de cara com você casualmente — *Joe! Que surpresa agradável!* — e voltaremos para a ilha juntos. Depois vamos jantar na minha casa. (Eu comprei filés de salmão e eles não estão congelados como os seus.) O Dia de Ação de Graças é daqui a cinco dias e é tempo suficiente para você cancelar sua viagem para Phoenix, e você fará isso depois de perceber que pode namorar comigo e ser uma boa mãe ao mesmo tempo.

Eu sigo em direção à proa, para outro grupo de bancos, e fecho o zíper da minha jaqueta. O clima não está glacial, mas também não é nenhuma *primavera para Hitler*, e tiro meus fones de ouvido porque as pessoas aqui são educadas, solitárias como eu. Ninguém obriga as pessoas próximas a ouvir um lado de uma conversa no celular sobre uma vida agitada e entediante e eu não consigo tirar aquele relógio da minha cabeça.

ESTOU QUEBRADO.

Dou uma olhada no Instagram de Love — ESTOU NERVOSO — e Forty está mordendo sua babá *Tressa*, que diz que meu filho parece a merda do Adam *Levine* e Love está rindo — não é nada engraçado — e não há nada que eu possa fazer. Deleto a porra do aplicativo e coloco meu telefone de volta no bolso, mas de repente fico paralisado. E pisco. Eu queria poder deletar meu corpo inteiro porque que porra é essa, Mary Kay?

Você está aqui. Você e Nomi estão neste barco, no meu barco, aquele que você deveria perder. Você está a nove metros de distância e está apoiada na balaustrada e eu pulo fora do banco, para mais perto do centro da embarcação, pego um jornal e ouço meu coração bater nos ouvidos.

Calma, Joe. Isso é que nem ontem. Se você me vir, você me viu. Tudo bem. As pessoas vão para Seattle e eu sou uma pessoa. Eu dobro o canto superior do jornal e quem está conduzindo esta balsa decide que está na hora de partir e logo entramos em movimento.

Você tira um gorro de lã da sua bolsa sem fundo, oferece à Suricato e ela não quer. Não consigo ouvir você, mas vejo você erguer as mãos para o alto e olhar para o céu — Cristo, me ajude! — e a Suricato fica de mau humor e olha para o horizonte. Vocês duas têm um começo difícil e eu assisti a um episódio de *Gilmore Girls* na noite passada. Elas precisavam de Luke em momentos como este e talvez eu devesse apenas ir até você agora e salvar sua manhã. Eu monto a história na minha cabeça.

Joe, é você?

Oi! Mary Kay, que surpresa! Você quer ir foder no banheiro?

Eu sei. Assim é demais. E a Suricato pode dizer a você que ela me contou tudo sobre seus planos. *Pense, Joe, pense.* Se você me visse, você viria dizer oi. Isso é o que amigos fazem. Ainda estou escondido e você ainda não me notou — vida longa aos jornais impressos — e a Suricato se inclina sobre a balaustrada.

— Ai — ela grita. — Se você não me deixar em paz, eu vou pular, juro!

Você diz a ela que não é engraçado e ela lhe diz para parar de se preocupar tanto e isso é adorável — eu amo a nossa família —, e então um imbecil de camiseta sobe a escada e entra no quadro e Nomi aponta para o imbecil como se o conhecesse.

— Olhe para o meu pai — ela diz. — Ele está vestindo uma camiseta e short sem problema.

A palavra *Pai* é um iceberg e não existe pai. O pai se foi. O pai não está no seu Instagram e Nomi nunca disse a palavra *pai* e nosso barco está afundando. Rápido.

— Ei, Phil — você diz. — Marido do Ano, você pode dizer à sua filha para colocar um gorro?

O pai tem um nome — é Phil — e eu sou Leonardo DiCaprio na água gelada, vou congelar até a morte neste barco, nesta água. O homem que você chama de Phil, *marido* — isso não está acontecendo —, ele manda você se calar e nosso navio está singrando, estamos afundando — e ele é o tipo de babaca do rock 'n' roll e você está *Casada. Enterrada.*

Não, Mary Kay. *Não.*

Você não tem um marido — mas você tem — e esse sujeito não tem estofo de *marido* — mas ele é — e ele não é Eddie Vedder e não estamos em 1997, então por que ele está sentado lá com os pés para cima — Doc Martens — limpando as mãos pegajosas numa camiseta Mother Love Bone enquanto digita no telefone Deus sabe o quê? Ele dá um beijo no seu rosto — e você deixa ele te beijar — e o salão de baile deste barco está inundado e a água está fria — e você o toca. Toca no rosto dele. Você casualmente quebra todos os ossos do meu corpo e puxa um suéter da bolsa.

Ele não vai pegar o suéter e eu não posso suportar isso. Não vou aceitar isso.

Casada. Enterrada.

Você deve pensar que eu sou idiota. Os Naftalinas não me contaram, Melanda não me contou, Seamus não me contou e sua pequena *comunidade* é um bando de mentirosos mesquinhos. Mas eu que *me foda* porque isso é o que eu ganho por ser o Sr. Bonzinho Demais Para Ser Verdade, porque desde quando confio em estranhos para me contarem a verdade sobre as pessoas que amo? Você é casada. Você realmente é. Ele está reclamando sobre sua próxima viagem para Phoenix agora e ele dorme em uma cama com você e não podemos sair como uma família hoje porque *ele* é a porra da sua família. Não eu.

Casada. Enterrada.

Ele segura um saco de batatas chips e Nomi bate palmas e eu tiro uma foto do filho da puta e tem uma tatuagem na perna dele e a tinta é preta: *Sacriphil*. Eu me lembro dessa banda, era só um daqueles grupos dos anos 1990, não como o Nirvana, e POR QUE DIABOS NÃO TE PROCUREI NO GOOGLE NA PORRA DO PRIMEIRO DIA?

Seu marido não passa de um moleque idiota de short cargo sujo, com péssimo gosto para tatuagens e mostra outro saco de batatas chips como um mágico de terceira categoria — eu odeio mágicas — e o odeio e agora, o pior de tudo, eu me identifico com Nomi porque te odeio, Mary Kay. Você mentiu para mim. Você quer as batatas de Phil e acena para ele e eu me lembro de você no banheiro do pub, quando você era minha, quando me beijou. Ele joga as batatas para você e você pega o saco como se estivesse em uma festa de noiva, como se fosse um buquê.

Casada. Enterrada.

É por *isso* que você fugiu de mim, é por *isso* que estamos marcando passo, e Nomi grita a plenos pulmões.

— Pai! Venha ver!

Seu marido é um iceberg e eu não aguento mais. Esta é a história da minha vida. Tudo o que deveria ser meu, todos, foram arrancados de mim. Perdi meu *filho* e tentei tanto ser decente. Bom. Tentei esquecer de todos os poemas de Shel Silverstein que decorei quando estava preso, quando pensei que realmente seria pai, e agora você faz o mesmo. Você rouba a minha chance de ter uma família e eu não posso te perdoar, da mesma forma que não posso esquecer daqueles malditos poemas. Você me usou, Mary Kay. Love roubou meu filho, mas você roubou minha dignidade, meu respeito próprio, e eu deveria ter invadido sua casa no dia em que nos conhecemos.

Tudo parece diferente agora. Você não estava me testando naquele restaurante. Você estava arriscando-se, não estava? Você pensou que um de seus *Friends* poderia comentar sem querer algo sobre o seu marido. E era por isso que ficava olhando tanto em volta do pub no dia do nosso encontro. Você estava com medo de sermos flagrados. Você é uma mulher desonesta. Você não usa aliança e critica sua mãe por sua farsa de divórcio, mas como diabos você chama *isso*?

A roupa de adolescente rebelde do seu marido é ridícula — você deve sustentá-lo — e sim, nunca perguntei diretamente se você era casada, mas é porque você é minha chefe. E sim, seria presunção de sua parte declarar de forma *passivo-agressiva* o seu estado civil — *O meu marido adorou o livro da Lisa Taddeo* —, porque esse não é o seu estilo. Mas quem estamos enganando aqui?

Seu marido jamais leria o livro de Lisa Taddeo. Ele não é um leitor. Eu posso te garantir e você está certa, Mary Kay. Nós vemos o que queremos ver e eu não quis ver. Da mesma forma que não quis acreditar que Love seria capaz de roubar o meu filho.

Eu me agarro na balaustrada. O barco ainda não afundou. Sim, você é casada, mas se seu casamento fosse bom você não estaria tão interessada em mim. Eu ainda posso nos salvar. Eu procuro no Google — eu deveria ter feito isso semanas atrás — e aí está você, Mary Kay DiMarco e, ah, não, ah, *não*. Seu marido não é um fã dessa banda de merda. Ele *é* da banda, o vocalista principal — é claro — e o Google sabe o nome dele porque Phil DiMarco foi o cara que cantou aquela música.

Você é o tubarão dentro do meu tubarão, você é a segunda dentição e eu só morro por baixo.

Sou eu quem *morre por baixo* porque é você na capa do álbum dele e a história está se aprofundando, afundando nosso barco. Essas são suas pernas sob a meia-calça preta e festas de chá revelação não são nada comparadas a esta grande descoberta — *É um pai! É um marido! É uma ex-estrela do rock de short!*

Estamos chegando perto do cais e não vou ser *intimidado* pelo seu marido. Você foi a musa dele e não é a minha musa. Eu te respeito como *pessoa*. E tudo bem, ele era tipo semifamoso, mas ele jamais poderia concorrer no *Jeopardy!*, e prefiro ser seu amor platônico no trabalho do que o marido que você despreza tanto que nem consegue falar dele em uma conversa casual.

Ele caminha até você e coloca os braços em volta de você e, novamente, o barco está inundado e a água está gelada, mas não vou deixar isso me afetar. Eu não vou congelar até a morte. Você está dizendo a ele que ele precisa colocar um suéter — eu conheço você — e é assombroso ver você assim. *Casada. Enterrada.* Por quanto tempo você achou que poderia se safar com isso, Mary Kay?

Estamos diminuindo a velocidade e você está procurando por algo em sua bolsa, e aposto que está improvisando porque é isso que você faz — *Nomi foi uma "surpresa na sua vida"* — e antes de eu entrar na sua vida você estava no piloto automático. Você se casou com um músico e tenho certeza de que o amou no início. Você era a pequena dançarina dele e raposas gostam de atenção — partes do seu corpo estão na capa do álbum dele —, mas os tempos mudam. Você me disse que nunca entendeu por que sua mãe deixou seu pai. Você chamou isso de *divórcio de fachada.* É por isso que você ainda está na gaiola com Phil. Você não sabe como deixar esse rato, não é?

Ninguém da sua família está com fome, mas você está vasculhando sua bolsa. Você tira um livro de Ani Katz da bolsa — eu disse para você ler esse! — e faz uma pausa. Você está pensando em mim. Você me quer. E então enfia o livro de volta na bolsa e *eu* me sinto culpado porque você deve estar constantemente preocupada com o que acontece quando o livro sai da bolsa, quando eu descubro sobre a sua vida, quando Phil descobre sobre mim.

Seu rato resmunga.

— Emmy, pare com isso, *cara.* Não estamos morrendo de fome.

— Não — você diz. — Eu sei que tenho uma barra de chocolate. Está aqui em algum lugar.

Você e eu somos iguais, não somos? Sacrificamos nossos sentimentos e desejos pelas pessoas que amamos. A Suricato está irritada — *Deixa pra lá, mãe* — e Phil está desinteressado — *Em, eu vou comer com Freddy.* Mas você ainda está procurando o chocolate, determinada a ser a provedora da sua família, e então você prevalece e balança uma barra de 3 Musketeers no ar.

— Achei!

É impossível não te amar agora, a alegria pura em seu rosto, a vitória. Você morde o invólucro da barra de chocolate que *sabia* que estava na bolsa e é a garota que sonhou com a Empathy Bordello. Você se preocupa com todos e isso inclui seu marido rato. Você parte a barra de chocolate ao meio e eu te amo pelas coisas grandes e pelas pequenas coisas, pelo prazer que você tem em compartilhar. Mas há uma linha tênue entre devoção altruísta e a autodestruição e você dá metade do seu 3 Musketeers para Nomi e a outra metade para Phil e o que resta para você?

Desembarcamos e eu fico fora do caminho e deixo você e sua família cruzarem a ponte para a cidade enquanto eu desço as escadas para a rua. Vejo Phil acenar para você e para a Suricato e, claro, esse rato ficou com você — quem iria te abandonar? — e você não poderia abandoná-lo. Ele é patético demais, expondo as pernas para que todos possam ver sua tatuagem *Sacriphil*. Você ficou porque não seria justo para Phil fracassar como estrela do rock e como marido.

E eu não previ nada disso.

Fiquei afável quando me mudei para cá, tentando tanto ser "bom", como se ser bom fosse sempre assim tão simples. A vida é complicada. A moral é complicada. Eu nem estaria aqui hoje se não tivesse contornado as regras. Entro em um restaurante para turistas — realmente prefiro nossa vida de cidade pequena —, peço uma xícara de café e começo meu trabalho. A banda do seu marido está em frangalhos, mas ele "trabalha" à noite apresentando seu próprio programa de rádio chamado *Philin' the Blues* — argh — e se ele fica acordado a noite toda, bem, aposto que vocês não fazem sexo há muito tempo.

Ele não se importa com você, não realmente. O homem vive para os seus fãs — eles se autodenominam *Philisteus* — e ele incentiva esses fracassados perdidos e barulhentos a continuarem torcendo por um retorno da banda Sacriphil. Nosso mundo está fodido — Phil tem fãs — e sua vida está fodida — Phil tem você —, mas agora que estou dentro de casa, sozinho, não me sinto tão mal com nada disso. Estou feliz porque a farsa acabou. Não somos adolescentes e não tenho interesse em triângulos amorosos — nunca tive — e sou nova-iorquino, Mary Kay. Lidei com ratos toda a minha vida. Não é nada pessoal. Eu não os "odeio". Mas ratos transmitem doenças e você está com sorte, porque eu sei como me livrar deles.

Eu vou para o canal do rato no YouTube. Eu só conheço "Shark", a música do tubarão, o hit legítimo da Sacriphil. Mas é hora de conhecer as letras, as faixas desconhecidas que contam a sua história. A primeira música no alto da página tem dez minutos e trinta e dois segundos de duração — dá um tempo — e se chama "Dead Man Running" e, ah, Phil, *meu amigo*, não se preocupe.

Sua hora chegou.

9

NA sexta série, havia um garoto na minha turma chamado Alan Brigseed. Obviamente, todos o chamavam de Alan *Bad*seed e ele era corpulento. Mancava por causa de um problema nos ossos. Usava camisas de futebol para ir à escola todos os dias e estava determinado a ser o *quarterback* dos Giants. A vida real não é *Rudy* e já naquela época eu sabia que o pobre Alan *Bad*seed acabaria trabalhando numa loja da Dick's Sporting Goods em Nova Jersey — eu estava certo — e dois anos atrás, o pobre Alan *Bad*seed morreu no porão de sua mãe enquanto se masturbava.

Seu marido me lembra o Alan, Mary Kay. Passei as últimas 36 horas aprendendo tudo o que há para saber sobre Phil DiMarco. Li todos os perfis. Assisti a todas as antigas entrevistas gravadas em que ele fala dos outros membros de sua banda. Pesquisei nos arquivos do *Philin' the Blues* e fui em seu Twitter — ele não entende de hashtags e escreve *Paz#* no final de cada tweet — e a maioria de seus seguidores são putas velhas drogadas — desculpem aí, prostitutas e drogados — e elas o marcam em fotos de seus implantes e às vezes ele dá uma *curtida* nessas fotos, você sabia disso? Ou você apenas parou de se importar há muito tempo?

Como Alan Brigseed, Phil não desiste do sonho. E como Alan Brigseed, Phil estaria melhor morto. Ele não dá certo. Ele ganha uma merreca para apresentar seu programa de rádio nas madrugadas das almas penadas — é um infomercial pretensioso — cinco vezes por semana e ok, então ele fatura uma boa grana em royalties, um de seus assuntos preferidos no *Philin' the Blues*, mas essa grana encurta a cada ano. Há poucas coisas mais trágicas do que um homem determinado a tornar-se algo que ele simplesmente não pode ser. Você provavelmente esperava que mais sucessos como a música do tubarão aparecessem, mas, como tantos artistas, isso foi o melhor que Phil tinha dentro de si.

Ele foi famoso por um segundo. E a fama é um veneno.

A fama de estrela do rock é especialmente perversa. É uma gota de corante comestível, e uma gota — um tubarão inocente e faminto na água — basta para tornar vermelha toda a água cristalina e mantê-la assim. Cada álbum do Sacriphil faz menos sucesso do que o anterior e isso é uma merda meio Edgar Allan Poe, Mary Kay, a morte lenta de uma estrela em ascensão decadente, a forma como ele luta todas as noites no ar, manipulando psicologicamente os *Philisteus*, esbravejando contra a *indústria*, agradecendo a você por salvar a vida *dele* ao mesmo tempo em que a culpa por *domesticá--lo*. Ele desempenha bem o seu papel, alegando que colocou sua "arte" em segundo plano para que pudesse dedicar toda a sua *alma* a ser pai. Na realidade, Phil simplesmente fracassou. O índice de rotatividade em sua banda é alto — assustadoramente alto — e se ele gerenciasse a porra de um Dunkin' Donuts teria sido demitido por sua incapacidade de tocar os negócios com outras pessoas.

Ligo o aquecimento do carro. Está frio esta noite e estou estacionado em frente ao estúdio de gravação do seu rato. Eu contornei as regras por nossa causa e regras contornadas foram feitas para serem quebradas. Eu trouxe duas facas Rachael Ray e a morte prematura de Phil não manchará a reputação de Bainbridge como um porto seguro. Ele é famoso o suficiente para ser um curinga e quando um corredor matutino encontrá-lo na rua amanhã, vai parecer o trabalho de um *Philisteu* enlouquecido, vingança cármica depois de anos se aproximando de seus *fãs*, seguindo-os de volta no Twitter, incentivando-os a *aparecer e se ligar nessa*. Os policiais também podem pensar que foi um tráfico de drogas que deu errado porque eu também descobri que seu marido está em recuperação. Eu ouvi todas as músicas que ele compôs e lamento te dizer, mas você não é nada comparada ao verdadeiro amor dele: a heroína.

Eu sei tudo, Mary Kay. Eu sei que você teve que fazer uma "reestruturação" alguns anos atrás — é tudo tão relativo — e mudar-se para o que Phil chama de sua *casinha arrumadinha* na Wesley Landing. Ele é muito engraçado, devo admitir, mas o privilégio de tudo! Como se ele *merecesse* um castelo Led Zeppelinesco na floresta porque ele tem *uma* música que algumas pessoas sabem de cor. Estou tão feliz por não ser famoso. E eu tenho uma visão totalmente nova de você.

Você ficou com Phil no colégio. Ele tinha uma banda. Você gostou disso.

Você engravidou na faculdade. Ele colocou uma agulha no braço e compôs as melhores músicas de sua vida.

Você era a musa dele e quando ele não conseguiu mais usar sua mágica, foi a você que ele culpou.

Você é a mãe dele. Você é a babá dele. Você é a mecenas dele.

Mas, esta noite, eu te liberto.

São *4h da manhã e Phil está terrivelmente solitário* — ah, como ele odiaria essa referência! — e eu deveria sair do meu carro, entrar e acabar com a vida dele de uma vez por todas. Eu agarro o cabo da faca.

Aumento o volume do canto do cisne de Phil — desculpe, *cara* — e cheguei na hora certa, Mary Kay. O pobre coitado está realmente saindo dos trilhos esta noite, reclamando do sortudo Kurt Cobain.

Como sempre, sua boca está muito perto do microfone. "É verdade, cara..." A voz dele não é mais a mesma de antes. "Nirvana é o Nirvana porque a Courtney matou o Kurt. E quando você é um cara como eu, um sobrevivente... bem, nós adoramos os mortos. Nós os colocamos em pedestais. A música *soa* melhor quando o cantor está morto e esta é a história de muitos artistas... você morre, você não está mais aqui para sentir o amor, e aí vem o amor."

Ele fala como se Kurt Cobain não fosse já uma estrela *antes* de morrer e talvez eu não precise nem matar Phil. Talvez haja uma multidão furiosa a caminho agora e eu verifico o retrovisor. Nada. E, claro, não há multidão furiosa nenhuma. Eu sou uma entre dez, talvez doze, pessoas ouvindo o programa a esta hora da madrugada.

"Ah, cara", ele diz. "Eu não sou um sujeito amargo..." Ah, você é sim, *cara*. "Mas houve uma noite em que eu e o Chris estávamos tocando..." Impossível confirmar. Chris Cornell está morto. "Eu tinha um riff... ele tocou o meu riff... e vou dizer aqui, um crédito de coautoria em 'Black Hole Sun' teria caído bem..." Eu agarro a minha faca porque não se fala mal dos mortos, mas de repente ele rosna. *"Cala a boca, Phil! Não seja um babaca chorão!"* Ele abre uma lata de *cerveja*. "O problema é que não sou um cara bonito e se eu me parecesse um pouco mais com o lindinho do Eric Clapton..." Valha-me Deus, não. Não! "Vocês viram aquele documentário sobre ele? Eu vi esta tarde, quando estava meio dormindo..." Que bom parceiro para você, Mary Kay! "Cara, o '*Crapton*' usa e abusa daquele charme de garoto de colégio..." Verdade. "Mas o cara sabe ser um *cuzão*..." Também verdade. "Ele era desagradável no palco, ficava bêbado. Ele roubou a mulher do melhor amigo... e as pessoas o odiaram por isso? Nada. Ele cavalgou até o inferno, não conseguiu nem finalizar *Layla*, e a porra do Duane Allman entrou naquela paisagem infernal como um cavaleiro branco e *ele* é a razão de termos 'Bell Bottom Blues'. Alguns caras, eles *inspiram* essa lealdade nas pessoas. Quando se trata de mim... bem, ninguém nunca me pagou uma fiança..." Ah, céus. "Chris não apareceu quando eu tentava terminar *The Terrible Twos*..."

Pesquiso na Wikipédia e lá está, o terceiro álbum: *The Terrible Twos*. Não coloque a palavra *terrible* no título, Phil. Assim fica fácil demais para os críticos massacrarem você.

Ele analisa sua carreira fracassada — *quando o casamento é bom, fica difícil compor uma música sobre isso* — e eu revisito uma de minhas entrevistas favoritas de Phil. Nomi tinha dois anos. Phil tinha saído da reabilitação, mais uma vez, largado da *nuvem de algodão rosa* (ele roubou essa metáfora do puto do Eric Clapton). De qualquer forma, Phil comparou você à Gibson dele — você não é um instrumento — e disse que poderia ficar limpo pelo resto da vida se tocasse com você todos os dias. O repórter contou o que o seu *marido* disse e sua resposta foi: "Não é o que você espera quando é uma musa... Mas o que se pode fazer?"

Você falou como uma mulher verdadeiramente maltratada e presa numa armadilha, e eu li a letra de "Waterbed", a quarta faixa de *Moan and Groan*.

> *Eu te dei o que você queria, um colchão de água*
> *Estou mareado por você, pode me dar um boquete?*
> *Por que se despir se não vai se entregar?*
> *Por que deitar se eu não sou o suficiente?*

Você não era a *musa* dele. Você foi seu tronco de açoites e está com vergonha, não é? Você era jovem, Mary Kay. Eu também cometi erros — Candace, que descanse em paz —, mas não casei com meu erro. Eu sei, eu sei. Você estava grávida e ele escreveu umas cartas de amor desvirtuadas sobre o medo dele de assumir um compromisso quando era jovem também. Mas então eu volto ao programa dele e ele está cavando fundo no passado como sempre, explodindo numa canção triste que ele chama de "Sharp Six".

> *Ah, você tem que fazer isso, CARA*
> *Você cala o grito dela com um ANEL, todos mandam*
> *A Hustler... o que você quer*
> *Está na banca de jornal...*

VOCÊ ME AMA

O verão chega numa LABAREDA e vai embora
E aonde ela FOI você não sabe
O corpo dela... o que você quer
Mas agora está fora de alcance...

O alarme te LEVANTA às seis em ponto
Você é apenas mais um TOM, mais um otário
Seu taco... Está quebrado
Ela te deixou fracassado...

Você acorda num CAIXÃO e está morto
Ela está num TAMBOR na sua cama
Um caixão e um tambor... O cano de uma arma...
Você lembra... do verão...
O fim de toda a sua diversão...
O cano de um canhão (Repetir 10x)

A música termina e ele gargalha. "Cara", ele diz. "Eu era um idiota ou o quê?"

Ainda bem que ele se arrepende da letra. Mas ainda bota a música para tocar. Um *Better Man* como Eddie Vedder enterraria essas letras sexistas e odiosas, mas Phil não é nenhum Eddie Vedder e este álbum mais odioso também é o mais popular. "Bem, Philisteus, preciso tirar água do joelho."

Ele é um mentiroso e não precisa mijar. Ele abre uma janela e fuma um cigarro — aposto que é proibido — e olha para o prédio do outro lado da rua e a playlist é um exercício de lavagem cerebral. Ele bota para tocar um lado B da Sacriphil que vai a lugar nenhum entre canções maiores da Mudhoney e dos Melvins como se nós, os ouvintes, devêssemos achar que Phil e seus acólitos estão na mesma liga que essas lendas, como se nós, os ouvintes, fôssemos trouxas.

"Bem", ele diz. "Phil está de volta e a galera já sabe, toda vez que ouço 'Shark' eu tenho que dar um grito para as minhas garotas em casa. Todos vocês sabem que não sou nada sem elas. Diabos, às vezes eu penso, e se Emmy nunca tivesse engravidado... eu não teria a minha filha ou a minha música do tubarão."

Ele "ama" você, mas você não o ama. Quando se ama alguém, a gente grita dos telhados, mas você nem mesmo usa uma aliança e a Suricato também não fala do pai. Seus amigos não perguntam sobre ele. Você acha que abandoná-lo iria matá-lo, empurrá-lo de novo para as drogas, e você fica presa neste ciclo codependente de abuso e ele suspira. "Ok, Philisteus. *Fun fact:*..." Fato como ficção. "A primeira vez que toquei 'Shark' para o Kurt ouvir, ele colocou o cabelo atrás da orelha e disse que gostaria de tê-la composto. Eu tenho arrepios, cara." CONVERSA FIADA, SEU MENTIROSO. KURT, QUE DESCANSE EM PAZ, JAMAIS FARIA ISSO. "Talvez seja por isso que 'Shark' ainda esteja bombando depois de todos esses anos e, vocês me perdoem, minha noite hoje é de Blue Moon..." Ah, Deus. "Eu sei que Kurt é um deus. Vocês sabem que Kurt é um deus. Ele se apaixonou por uma Courtney e eu me apaixonei pela minha garota e... bem, eu ainda estou aqui. Eu tenho outro 'tubarão' em mim. Vocês sabem. Eu sei disso. Paz, Philisteus, e a todos os meus irmãos e irmãs dos Narcóticos Anônimos, estarei com vocês amanhã."

Ele bota "Shark" para tocar no final de *cada* maldito programa e eu odeio gostar dessa música. Em tese, deveria ser uma merda, guitarras cobrindo o baixo e eu esqueci do cowbell e dos gemidos do jovem Phil, antes que os cigarros levassem o máximo de sua voz, cantando para você, para mim, para todos no planeta.

> *Você é o tubarão dentro do meu tubarão, você é a segunda dentição*
> *Rosas não desabrocham, espinhos se escondem na coroa*
> *Você bate na minha porta, me deixa entrar, me bota pra fora*
> *Você me prende, eu me torço, você grita*
> *Me coma, me morda, me mate, me despreze*
> *Seu corpo me convida e seu fogo me inflama e*
> *Por que você é a chama (a única culpada, você e seu jogo)*
> *Você incha e se esconde e me tranca neste quadro*
> *Onde não posso me mexer, não posso respirar, e só morro por baixo*
> *Porque eu sou o tubarão dentro do seu tubarão, ah, eu sou a segunda dentição...*

Aumento o volume, não tenho escolha. Tenho que terminar. Tenho que cantar o resto.

> *Você é o tubarão dentro do meu tubarão, mas eu sou o tubarão dentro do seu tubarão*
> *Você sou eu, eu sou você. O que podemos fazer? Você sou eu, eu sou você*
> *Você range os dentes, eu te alimento... você e sua semente...*
> *Mas você me quer em seus sonhos?*

Você me ama quando estou limpo?
Você me ouve quando eu...

(Cowbell)

TUBARÃO!

São rimas pobres e é uma zona de metáforas misturadas, mas ele foi inteligente ao terminar com outro cowbell deslocado e eu aposto que você sabia que essa música ia ser um sucesso. Eu olho para as suas pernas na foto do álbum. Você quer que eu pense que você ficou com ele por causa de Nomi, mas tudo parece diferente agora que sei sobre o seu rato. Você gosta de ser uma musa. Você ainda usa sua meia-calça típica todos os dias e a música dele vem de você. Só uma vez, gostaria de me apaixonar por alguém que não é prejudicado pelo narcisismo, mas é tarde demais. Eu amo você. Não posso matar o sucesso dele, mas posso pegar minha faca.

O seu rato apaga as luzes, desce as escadas e lá está ele, a dez metros de distância, na calçada. Ele se encosta na parede do prédio da mesma forma que faz na capa de seu single de sucesso, posando para uma câmera que não está lá e acendendo um Marlboro Red como se ele fosse James Dean, como se seus *Philisteus* imaginários reunissem coragem para emergir das sombras. Ele sopra anéis de fumaça e os observa desaparecer na névoa de halogênio e eu não sei como soprar anéis de fumaça. Você gosta disso, Mary Kay? Você gosta desse tipo de merda?

Eu escondo a faca na minha manga e estou pronto, mas ele tira um coelho da manga *dele*. O telefone dele está tocando e ele atende a ligação e é você.

— Emmy — diz ele. — Querida, você está bem? Por que acordou?

Eu deixo a faca cair da minha manga. Você está acordada. Você estava ouvindo. Eu não te chamo de Emmy e ele diz isso muitas vezes — *Emmy Emmy Emmy* — e ele jura que dormiu muito hoje — filho da puta preguiçoso — e ele diz a você que vai compor durante o nascer do sol — ah, vai se foder, Phil — antes de ir a uma reunião. Ele jura que vai arrumar seus *mijados* para ir a Phoenix — mentiroso — e joga o cigarro em uma poça.

— Reduzi para dois maços por dia, Emmy. E agora você quer que eu pare por uma semana pelo seu *pai*? Você está tentando me fazer voltar para as drogas? É isso que você quer?

Eu não sei o que você está falando. Ele também não sabe por que segura o telefone longe. Mas ele deve ser capaz de ouvir um pouco, porque respira fundo e interrompe você.

— Emmy, Emmy, Emmy. Relaxe. Pela milionésima vez... é um programa de rádio. Um teatrinho. A gravadora gosta da minha atitude e os amigos de Nomi... eles não estão acordados *me* escutando. Pare de se preocupar com o que os outros pensam... — Eu gostaria de poder ouvir você. — Emmy, Nomi não dá a *mínima* se eu for para Phoenix e eu te disse, eu vou. Você venceu de novo, baby!... O que há com você ultimamente? O que aconteceu? — Eu. Sou eu! — Meu Deus, mulher, já vou perder uma *semana* inteira de compromissos e você ainda está reclamando de mim. O que mais quer de mim? — Você pode estar chorando. Ou se desculpando. Ele esfrega a testa. — Emmy. Baby, vamos. Não faça isso. Você sabe que eu também te amo.

Meu sangue gela. Ferve. Não.

Ele entra na lata-velha dele, bota para tocar uma de suas músicas desconhecidas e eu guardo minha faca. *Também te amo* significa que você disse *eu te amo*. Eu ligo meu carro, boto Prince para tocar a todo volume, mas mesmo assim "When You Were Mine" não pode silenciar *o tubarão dentro do meu tubarão*.

Você o ama. Sim, ama.

É uma viagem miserável para casa — *um caixão e um tambor, o cano de uma arma* — e eu coloco a faca Rachael no porta-luvas. Isso é pior do que Beck, que descanse em paz, e Benji, que descanse em paz. Eles não tinham um filho e vinte anos juntos. Eu vou precisar ser inteligente nessa história. *É*, quero sim que Phil vá embora. Mas o verdadeiro problema é você, Mary Kay. Seu jeito adolescente, carinhosa, autodestrutiva, maternal equivocada e codependente... você realmente ama o seu marido. Posso tirá-lo da estrada, mas isso seria perigoso. Pode até piorar as coisas. Preciso de ajuda — *Hey, Siri, como se mata o amor?* —, mas a quem estou enganando? Ela não sabe. Ninguém sabe. Eu tenho que descobrir sozinho, enquanto você está em *Phoenix* esculpindo perus e reforçando seus laços familiares disfuncionais.

Eu sigo para a Taco Bell. Posso ter o que quiser, mas tudo que eu quero é você, então pego só isso.

Feliz merda de Dia de Ação de Graças adiantado para mim.

10

É a época... mais horrível... do ano — o meio da porra de dezembro — e somos escravos da rotina. Ao que parece, você não tem obrigações apenas para com o seu marido. Você também é responsável por seu *pai*. Você deveria ficar em Phoenix por apenas uma semana, mas no dia seguinte ao feriado de Ação de Graças seu pai caiu da escada. O Naftalina Howie Okin sabe mais sobre a saúde do seu pai do que eu — temos de corrigir isso — e Howie me informou que seu pai tem uma *lesão osteocondral*, que é como Howie chama um buraco no osso. Sendo a boa filha que é, você colocou seu rato e sua Suricato num avião e foi ficar com o seu pai para ajudá-lo a se mudar para uma nova casa e eu não levo a mal o fato de você ajudar o velho. Eu não sou um imbecil do tipo que diz *E quanto a mim?*, mas seu pai não é o único que sofre. Eu tenho uma *lesão cardiocondral*, Mary Kay. Você não me telefona. Você mal envia uma mensagem. O tempo se arrasta, o tempo voa — novembro já se transformou em dezembro — e eu saio para pegar o jornal e a Nancy de olhos fecais está martelando uma guirlanda de flores na porta da frente. Ela não acena e eu não aceno e PORRA, QUANDO VOCÊ VAI VOLTAR PARA CASA, MARY KAY?

Eu tenho sido tão bom. Eu não matei Phil. Eu "processei" meus sentimentos sobre sua vida secreta. Eu dei "espaço" a você. E nas raras ocasiões em que você me envia uma mensagem, não falo sobre o seu retorno. Eu perguntei apenas uma vez e sua resposta foi irritante. *Em breve, acho eu, só acho.*

Em breve (adv.) QUE MENTIRA MAIS ESCROTA, MARY KAY.

Mas eu também sou ruim em relacionamentos a distância. Eu vejo a mensagem que enviei a você ontem à noite.

Eu: *Como cê tá?*

Eu não poderia ter feito pior e sei disso. Você não é *cê* e é uma pergunta genérica e idiota, o tipo de choramingo de que você não precisa agora e eu coloco cereais em uma tigela. Tento ler o jornal, mas não quero mais saber de nenhuma notícia ruim. Entro no Instagram de Love — vou tirar nota máxima no curso Autodestruição Induzida por Feriado 101 — e vejo meu filho batendo no próprio braço com *outro* "mimo" adiantado de Natal, a merda de uma espada de plástico, e isso também não é bom, então me levanto. Visto o seu suéter favorito de cashmere preto, saio e entro no meu carro gelado. O marido de Nancy também está em seu carro, esquentando o *Land Rover* para a sua esposa, como de costume. Eu meio que aceno para ele e ele finge que não me vê — *Feliz Natal para você também, babaca* — e Nancy sai de casa. Ela está ao telefone — *Sim, mãe, mas precisamos de uma árvore mais cheia para nossa foto no e-card* — e eu me sinto como o equivalente humano da porra de um *cartão virtual*, destinado a uma lixeira virtual. Nancy entra no seu carro bonito e aquecido. Ela ama o marido e ele a ama (talvez) e ele é uma ferramenta. Ela é uma ferramenta. Mas eles têm um ao outro enquanto você nem me conta como *cê tá*.

Pego a estrada e diminuo o volume de "Holly Jolly Christmas" porque você não me ligou nenhuma vez desde que partiu. (Nem para os seus *Friends.*) Aposto que liga para o rato do seu *marido* e meu telefone vibra — você leu a minha mente? —, mas não. Não é você. É apenas o *Nanicus*. Ele quer tomar uma cerveja de novo — *CrossChatos* não são imunes à tristeza dos feriados — e não vou perder mais uma noite com ele. Ele não sabe merda nenhuma sobre você — ele também não é seu amigo — e tudo o que ele realmente quer é reclamar de todos os presentes que vai ter de comprar para as *suas* garotas da loja.

No meio do caminho para a biblioteca, desacelero — não estou com pressa para minha frustração diária — e verifico seu Instagram — nada — e prossigo para o meu lugar feliz, que é, curiosamente, a porra do perfil do seu marido no Twitter. Os tweets dele me enchem de esperança. E paciência. Eles me ajudaram a suportar a primeira semana do seu êxodo porque ele passou esse tempo com você reclamando... de *estar* com você.

Ei @SeaTacAirport se eu pirar é por sua causa c/ essas músicas de natal. Paz#

O Dia de Ação de Graças é o oposto do rock n roll. Paz#

Ei Phoenix. Fumar é um direito. Lide com isso. Paz#

Meu patrocinador escolheu o dia errado p/perder celular. Sogros# Socorro#

A esposa me deixou sair da minha gaiola. Saca só @copperblusPHX se quiser ouvir música DA BOA. Vou autografar seus peitos E camisetas. Brincadeira, só as camisetas, senhoras. Apaixonado# Paz#

Phil é um fracassado e eu preciso me manter otimista, Mary Kay. Você provavelmente ficou *feliz* com o buraco no osso do seu pai, porque só assim você teria uma folga de Phil. Ele é tão transparente. *Ééé*, ele se gabou do seu programa, que deve ter sido um fracasso total porque ele não postou uma única foto com um único fã, muito menos com uma mulher peituda. Melhor ainda, seu rato não apareceu em nenhuma de suas fotos de família posadas com a Suricato... mas isso não é novidade. O rato nunca aparece em suas fotos, talvez porque ele siga alguma regra para não manchar a própria imagem, porque ele quer que as pessoas imaginem o *jovem* Phil. (Diga o que quiser sobre as drogas, mas o estilo de vida combinava com ele e eu entendo por que ele está *TBT1997#* desde que ele e a Suricato voltaram de Phoenix. O homem estava em sua melhor forma quando vivia drogado pra caralho e magro como um espeto e ele não é nenhum George Clooney, Mary Kay. Ele não melhora com a idade.)

Alguém atrás de mim buzina e eu aceno — desculpe! — e "My Sweet Lord" toca no rádio quando eu paro no estacionamento e *Hallelujah, caralho.* Você está aqui. Usei seu suéter favorito — sim! — e quero tanto sair deste carro e entrar na sua órbita que tropecei no gelo. *Respire, Joe, respire.* Eu não quero morrer, não agora, antes de batizarmos a Cama Vermelha — ho, ho, ho —, então dou passos largos e cautelosos e entro na biblioteca. Você está bronzeada, seu rosto está mais cheio do que antes e eu gosto de você assim. Nutrida. Bronzeada. *Aqui.*

Eu aceno para você. Totalmente normal.

— Bem-vinda de volta!

Você levanta a mão. Robô rígido. Como se eu nunca tivesse tocado no seu Lemonhead.

— Olá, Joe. Espero que tenha tido um bom feriado. O carrinho está na seção de História e estamos bem ocupados.

Só isso? Isso é tudo que eu ganho?

Sim. Sim, é. Você já está se escondendo atrás do computador e eu sigo suas ordens e me arrasto até a seção de História e estou preocupado com você, Mary Kay. Por acaso seu rato pegou você olhando ansiosamente para as letras de Bruce Springsteen que eu postei, aquelas que você *curtiu* às 2h14 da manhã, horário de Phoenix? Eu sei que você não pode me abraçar, mas sou *eu*. É *você*. Você não vai me perguntar *como cê tá?*

O dia está voando e *em breve* é hora do almoço, mas você come na sua sala com Whitney e Eddie. Eu deveria estar lá com você, botando o papo em dia, lembrando a você de como é estar comigo, mas não posso pressionar. Preciso me lembrar de que você não teve privacidade por várias semanas. Você estava se afogando em pratos sujos e na ansiedade de Nomi com relação às inscrições para a universidade — a primeira opção dela é a Universidade de Nova York, obrigado, Instagram! — e depois, você também era a filha obediente. Isso não tem a ver comigo. No momento, você está compensando a solidão perdida.

Eu faço minha pausa para o almoço no jardim japonês porque está frio, mas não é o frio de Nova York e, finalmente, aqui está você, esfregando os ombros.

Sem casaco.

— Você não está congelando?

Eu engulo a carne na minha boca.

— Nada — eu digo. — Ei, como foi sua viagem? Como está seu pai?

Agora seria um bom momento para você me contar sobre o *outro* pai em sua vida, mas você não conta.

— Meu pai está muito melhor, obrigada, isso é um alívio... E pelo menos tivemos um bom Dia de Ação de Graças antes de ele cair... — Seu feriado não foi *bom*, Mary Kay. Nas fotos de família, você e a Suricato pareciam marionetes com armas apontadas para as costas. — Enfim... — você diz, como se eu fosse apenas mais um Naftalina. — E você? Teve um bom feriado?

A pior parte dos feriados é a maneira como as pessoas falam deles quando acabam, e você sabe o que eu fiz no Dia de Ação de Graças. Você viu minhas fotos. Você as *curtiu. Eu te sigo e você me segue de volta* e as regras do Gênesis são como as regras do tabu. Eu tenho permissão para desafiar.

— Bem, como você viu, foi principalmente eu comigo mesmo e alguns livros, o que significa que foi perfeito.

Você olha para o seu colo.

— Eu contei ao meu pai sobre você.

Eu abaixo meu garfo. Você me ama mais do que mês passado.

— Ah, sério?

— Sim... Acho que nunca passei tanto tempo sozinha com ele. Fiquei pensando que vocês dois realmente se dariam bem...

Você sentiu minha falta e eu sorrio.

— Estou feliz por ele estar bem. Eu li sobre lesões osteocondrais. Elas parecem difíceis.

Eu sou um homem *tão* bom, bom pra caralho! Eu não voltei a conversa para mim e você está falando de lesões e caminhões de mudança e eu estou aqui para tudo o que você diz e então você toca no seu cabelo. Você *quer* me incluir na conversa.

— Você realmente gostaria do meu pai, Joe. Ele é da velha guarda, obcecado pelos livros, todos os seus Tom Clancy alinhados em ordem alfabética. Ele os areja e os limpa uma vez por semana. Todos esses anos, eu nunca soube que ele fazia isso. Achei que você iria se divertir ao saber.

Sinto pena de você, Mary Kay. Eu achava que só eu sofria. Mas você foi forçada a ficar dentro do seu casamento por uma semana inteira. Você brincou de enfermeira. Você cuidou de uma mudança e como superou isso? Você sonhou acordada comigo. Você armazenou histórias curiosas para me contar e agora me alimenta com elas e estou feliz que você não me disse *como cê tá* em uma mensagem de texto estúpida. Às vezes a gente ama tanto alguém que não consegue suportar um toque ou um texto, porque apenas este tipo de momento serve. O ar compartilhado. A quietude de uma poltrona para dois. Seu silêncio é pesado com o que você não diz, que você quer que eu esteja com você na próxima vez que for para longe. Eu amo o fato de você me amar. Eu amo que você saiu no frio para me ver e nós pertencemos um ao outro. Mas não assim. *Casada. Enterrada.*

Fecho a tampa da minha caixa de carne com brócolis.

— Ei — eu digo. — Você se importa se eu sair mais cedo?

É divertido ver você lutar contra a devastação em seu corpo.

— Grandes planos para esta noite?

Lembro do primeiro tweet de Phil hoje: *Luzes de Natal. Por quê? Não! Não superamos isso? PrimeirodeJaneiro# Paz#*

— Bem, eu encomendei luzes de Natal especiais no mês passado... — Não é mentira. É uma pré-verdade. — É meio constrangedor, mas eu adoro colocar luzes de Natal. — Eu sou o anti-Phil e sou a *sua* luz.

— Isso é tão legal.

— Luzes são uma situação mais-é-mais, sabe como é?

Você aperta seu copo de papel. Eu sei que é difícil estar com a pessoa errada quando a pessoa certa está bem aqui.

Eu dou uma passada na loja Cooley Hardware para pegar as luzes e a sorte está ao meu lado — Seamus não está! Chego em casa e há uma caixa na minha varanda. Minha serotonina aumenta e Jeff Bezos é um homem rico porque sabe o quanto todos nós *adoramos* ganhar um presente, mesmo que seja um presente que compramos para nós mesmos.

Eu penduro minhas luzes — *engole essa*, Phil — e entro, desço para o meu Quarto dos Sussurros. Abro meu presente para mim mesmo, mas é, na verdade, um presente para você: *Texto Básico*, 6ª edição. Autor: Narcóticos Anônimos.

Estou lendo a bíblia de Phil pelo mesmo motivo que você mergulhou na série *Cedar Cove* depois que conversamos pela primeira vez ao telefone. Você queria saber o que eu sou. Você queria falar a minha língua. Não preciso da porra de um livro de autoajuda, Mary Kay, mas farei o que for necessário para ajudá-la a seguir o seu coração e *acabar* com o seu casamento morto. É a época de doar e esta noite eu reservo o meu tempo a você, a nós.

QUERO escrever ao Dr. Nicky e dizer-lhe que leia o *Texto Básico,* porque me fez perceber o que tínhamos em comum naquela época: o vício em mulheres tóxicas.

Fiquei acordado a noite toda e meus olhos estão injetados e inchados — perfeitos — e escolhi um suéter velho. Para minha sorte, seu marido gosta de *tweetar* sobre suas reuniões nos Narcóticos Anônimos, então estou aqui, no estacionamento de Grange Hall. Eu vou conhecer seu marido e fingir ser um colega adicto e superfã da Sacriphil. Em tese, meu plano é simples — fazer amizade com ele, provocá-lo sobre seu fracasso em compor outro hit como a música do tubarão, torná-lo a pior versão possível de si mesmo e desfazer tudo o que aprendeu com sua "bíblia". Quando eu estiver na cabeça de Phil, quando ele estiver no auge do modo monstro, achando que poderia sim e deveria sim ser um sucesso se não fosse por sua maldita família, bem, você não terá escolha a não ser acabar com o seu casamento de fachada. Se eu fizer um bom trabalho, você verá Phil aceitar o fato de que ele não é a porra de um marido e a porra de um pai.

Ele é a porra de uma estrela do rock, *cara*.

E você terá uma justificativa para abandoná-lo. Mas se eu estragar tudo...

Eu acendo outro Marlboro Red e estou andando de um lado para o outro como fazem os viciados antes de irem para a primeira reunião. Isso é arriscado. Você poderia descobrir o que estou a ponto de fazer, mas foi você quem começou isso, Mary Kay. Você não me contou do seu marido e os melhores presentes de Natal nunca vêm de modo fácil. Se e quando nós três estivermos na mesma sala, vou lhes dizer a verdade, que fui a uma reunião pelo mesmo motivo que muitas pessoas que não têm um vício vão a essas reuniões: era feriado. Eu estava sozinho.

Agora eu preciso me concentrar na missão, como um pai dirigindo por toda a cidade para encontrar a merda de uma boneca Cabbage Patch Kid. De longe eu ouço o som da Sacriphil e lá está ele. Em sua lata-velha entrando no estacionamento, ouvindo sua própria música no carro. Respiro fundo. Eu posso fazer isso. O Natal é o tempo dos milagres e da transformação — *Oi, sou Jay e sou viciado em heroína* — e Phil sai de sua lata-velha e eu repasso a história de Jay: machuquei minhas costas em um acidente de automóvel, precisei tomar oxicodona e fiquei viciado em oxicodona, depois experimentei heroína porque era mais barata e ontem... bem, não vou contar minha história hoje — esta é uma daquelas situações em que *menos é mais* —, mas um bom ator se prepara e o *Texto Básico* tem um bom conselho para todos nós: *Encontre novos playgrounds. Encontre novos brinquedos.*

Aí vem o meu brinquedo ainda um pouco gorducho e queimado de sol por causa da temporada em Phoenix. Eu fico paralisado como um stalker de celebridades e olho para ele enquanto tento não olhar para ele. Esse é Phil DiMarco! Olha ele lá abrindo a porta! Famosos: pessoas tão fodidas quanto *nós*! Ele desaparece dentro do prédio e eu tusso toda aquela merda para fora dos meus pulmões e ajeito meu suéter puído. É isso. Já estou entrando.

Meu novo *playground* é menor do que eu esperava: há duas senhoras ricas — uma gosta de Kahlúa, a outra de Percocet —, um casal de idosos ricos ressentidos que vieram por ordem judicial e um trio de adolescentes vindos também por ordem judicial. Uma simpática mulher de trinta e poucos anos pega um donut glaceado.

— Oi — ela diz. — Você já veio a essa reunião antes?

— Não — eu digo. — E você?

Ela sorri. Usa dois anéis de noivado de diamante — ó Deus — e aponta para Phil, que está do outro lado da sala, tão bombástico pessoalmente quanto em seu infomercial. Ele aponta para o rosto recém-barbeado, rindo de sua própria piada medíocre.

— Você sacou, cara? Fiz barba, cabelo e bigode e agora tudo está *crescendo* em mim!

— Só um alerta — me diz a mulher dos dois diamantes. — Algumas pessoas neste grupo gostam de falar *demais*. Mas pelo menos isso aqui não é chato.

Logo estamos tomando nossos lugares e o rato está tão perto e o espírito do Natal está vivo em mim — é a época mais maravilhosa do ano — e eu me apresento — minha voz sai trêmula, mas isso é normal — e ninguém me pressiona para eu vomitar minhas entranhas.

Bom.

A Sra. Kahlúa fala sobre o quanto gosta de Kahlúa, de como é difícil ir a festas de fim de ano, e a Princesa Percocet reclama de sua filha *hipócrita* e, finalmente, seu rato ergue a mão.

— Posso me intrometer?

Ele esfrega a nuca encardida e faz uma longa pausa grávida de dez meses, e tento não imaginar você em cima dele agarrando seu cabelo, até que ele finalmente corta todo aquele silêncio exagerado e egoísta que impôs a nós.

— Então a esposa finalmente voltou do Dia de Ação de Graças. Parece que ela se foi para sempre. — Não me diga, Sher*coca* Holmes, mas isso é muito animador. Eu consigo ouvir o lado da história de Phil, um lado que nem você consegue ver. — Mas é como se voltássemos a brigar da mesma forma que antes em Phoenix. Foi difícil. A Coisa Um estava de *mau humor*, cara. — Eu sei que não podemos citar nomes, mas sério, Phil? *Coisa Um?* — Eu e a Coisa Dois... nós não conseguimos fazer nada por ela... — A Coisa Dois é Nomi, mas Nomi não é uma *coisa*. — A Coisa Um ficou brigando com a Coisa Dois por causa de um livro que ela está lendo... — Qual é, Phil, o livro é *Columbine*. — E ela me encheu o saco por causa dos meus cigarros. Não vou dizer que cigarros não fazem mal, mas sabe o que mais faz mal? Ser importunado.

Eu começo a bater palmas e paro. Fascinado. Fã de carteirinha. Phil pisca. *Obrigado, cara.*

— A Coisa Um tem problemas com o papai, mas ultimamente está fora de controle... — Eu fiz você pensar sobre algumas coisas, Mary Kay. Eu fiz você crescer. — A maldita semana inteira ela ficou no meu pé para *participar da família*. Eu tento "participar", cara, juro. Um bar local me convidou para tocar...

Mentira. Ele tuitou sobre esse bar e sobre quatro outros bares. Ele *se convidou*.

— Eu consigo uma mesa para nós e eles são legais com a minha filha, mas a Coisa Um perde o controle. *Não queremos ir a um bar! Meu pai mal consegue andar! A Coisa Dois tem dezessete anos!* Cara, eu sei que não devo dizer isso... — Diga, Phil. Diga! — Mas a Coisa Um... ela estragou o peru, ela não conseguia ficar longe do *Instagram*, e para uma pessoa que adora tanto ler... bem, ela não tem lido ultimamente...

Você me ama demais para se concentrar, e, em breve, estaremos no meu sofá lendo juntos.

— E a Coisa Dois tem dezessete, mas parece ter doze. Ela precisa crescer... Tudo o que ela faz é andar de bicicleta sozinha por aí... — Phil balança a cabeça. — Costumávamos ser uma dinastia... eu era o seu *rei*. Ela era a minha rainha. Éramos heróis... — Outra pausa e a mulher dos dois anéis morde o lábio. Ela não está sozinha. O seu pobre marido é uma piada recorrente, Mary Kay. — Eu não cedi — diz ele. — Mas o problema é... sim, eu acabei cedendo, cara. Deixei de tocar por uma *semana* inteira. — Mentira. — Eu sei que já disse isso antes... — Diga de novo. Por favor. — Mas, cara, é isso? A minha *vida* é isso? — Ele balança a cabeça. — Deixa pra lá — ele diz. — Vocês teriam que estar no meu lugar para... deixa pra lá.

A mulher dos dois diamantes começa a falar sobre seus dois noivados e Phil não está escutando. Ele pega o *telefone* e está digitando e batendo o pé e será que ele... está tentando transformar a história triste dessa mulher em uma música bem na frente dela? Minha vontade é de ligar para a polícia e relatar um roubo, mas a reunião está terminando e é hora de socializar e estou nervoso novamente. Estamos perambulando, comendo mais donuts, e o seu rato vai lá para fora e se eu quiser que seu presente esteja pronto para o Natal, tenho que fazer isso.

Largo meu donut e vou atrás do seu rato.

Ele segue na direção do carro e eu estou chegando perto e posso fazer isso. Eu sou JAY ANÔNIMO: FÃ DA SACRIPHIL. Limpo minha garganta — nervoso, ele é um roqueiro — e coço minha cabeça — nervoso, ele é seu *marido* — e ele abre a porta e eu finjo um tropeço — *ai* — e ele olha por cima do ombro e ri de mim, apenas um pouco, e peço desculpas, só um pouco, e pego um Marlboro Red e estou gaguejando quando começo meu primeiro contato oficial com Phil DiMarco.

— Com licença — eu digo. — Você... você tem um isqueiro?

Ele se encosta no carro como fez nas fotos promocionais do *Moan and Groan* e eu gostaria de estar usando uma camiseta da Sacriphil, mas o que posso fazer, Mary Kay? É uma época agitada do ano e fazer compras de última hora é difícil.

— Ei, cara — ele diz. — Você está bem?

Eu faço que sim, deslumbrado demais para falar, e ele me passa seu isqueiro — Zippo com uma garota nua, que bom pai — e eu o deixo cair na calçada e ele o pega e acende meu cigarro e graças a Deus você não pode nos ver agora. Eu olho para ele como se ele fosse a merda da Arca da Aliança e inspiro, expiro.

— Uau — eu digo. — Se não é Phil DiMarco em carne e osso.

O rosto dele é um Shrinky Dink no forno, expandindo-se, iluminando-se.

— Ah, porra — ele diz. — Um Philisteu me pegou no flagra.

— Eu sinto muito. Merda. Eu sei que não devemos usar nossos nomes.

— Nada, cara, tudo bem.

— Eu tive que vir atrás de você, cara. O tempo todo lá dentro, eu estava, tipo, *Não posso me mexer, não posso respirar, e só morro por baixo!* — Ele gosta de ser citado, todos os autores são patéticos assim, e ri e isso é doloroso, mas essa é a única forma de eu conseguir o que você realmente quer: eu. — Eu pensei que estava viajando. Phil DiMarco, a estrela do rock mais horrivelmente subestimada de todos os tempos está a três metros de mim e, cara, estou apenas... *cara*. — Eu deixo cair o meu cigarro — as mãos tremendo — e ele me oferece outro e eu pego. — Não *acredito* que estou fumando com Phil DiMarco.

— Você é *hardcore* — diz ele. — E você? Você tem um nome?

— Jay — digo, feliz por ter trabalhado tanto no meu personagem.

Ele tosse e escarra na calçada.

— Não se preocupe — diz ele. — Você não está estragando o meu disfarce. Todo mundo sabe quem eu sou. Qual é o seu nome mesmo?

Eu acabei de dizer, mas ele nem mesmo sabe o nome do livro favorito da filha.

— Meu nome é Jay — eu digo. — Meu Deus, cara. O que você está fazendo aqui?

— A mesma coisa que você, cara. Um dia de cada vez.

— Mas você é você. Quer dizer... qual é. Você não precisa disso. Essa merda que você disse sobre Phoenix. Como você aguenta?

Ele ri.

— Sim, Phoenix é uma merda.

— Mas o que você disse aí me fez pensar. Alguns anos atrás, você disse numa entrevista na *Mojo* que você não podia passar seis horas sem pegar numa guitarra... — Eu sorrio. — Ou trepando.

Ele ri de sua própria velha piada de mau gosto.

— Bem, isso foi naquela época, cara. As coisas mudam.

Na verdade, ele *não* acha que as coisas mudam e ele está certo. As coisas não mudam. Eu fumo o meu cigarro e espero não ter câncer por causa dessas merdas. Não suporto a ideia de morrer antes de você, deixando você aqui para sentir a minha falta. Ele sopra um anel de fumaça e eu tento o mesmo e fracasso — perfeito — e bato as cinzas sobre uma pilha de jornais velhos porque ele bateu as cinzas ali primeiro, mas há risco de incêndio, Mary Kay. Seu marido é um incendiário.

— Então — eu digo. — Posso perguntar se... você está trabalhando em alguma coisa agora?

— Ah, porra, sim — ele diz. — Sempre.

— Bom, porque eu estou *morrendo* por um novo álbum. E uma turnê. As pessoas dizem que isso não vai acontecer... eu digo, tipo, porra, vai sim. Phil DiMarco vai *voltar* em grande estilo.

Ele rói a unha suja.

— Não se pode forçar a barra. Cada álbum chega quando tem de chegar. Você falou como um verdadeiro procrastinador e eu concordo.

— Nunca pensei que iria conhecê-lo porque vocês não fazem mais turnês.

— Não estamos fazendo turnês *agora* — diz ele. *Bum!* — Seu álbum está a caminho, eu prometo.

— Eu preciso perguntar. Você... você estava compondo uma música lá dentro?

— Pode apostar que sim. Veja, como artista, frequento essas reuniões pelo *pathos*. Para não soar como um babaca pretensioso... — Como se essa ressalva não o classificasse como um babaca pretensioso. — Mas, como artista, eu sei aproveitar melhor o que acontece. As pessoas têm um animal dentro de si, e temos de alimentar esse animal. Eu tiro muito material bom daqui. *Toneladas.*

— Isso é tão radical. — Eu tinha razão. Ele é um ladrão. — Sabe, estou pensando em comprar uma guitarra... uma Schecter... — Encontre um novo brinquedo. — Você pode dizer não... mas há alguma maneira de eu contatar você para um conselho?

Ele me dá o número do telefone e diz que precisa ir para casa enquanto cita sua própria música, *"Eu tenho um caixão e um tambor... o cano de uma arma".*

— Aqui está o meu conselho sobre como encontrar uma boa Schecter... — Pausa. — Compre uma Gibson, cara.

Eu dou uma gargalhada como se a tirada dele fosse muito inteligente e ele liga o carro. Será que consegui? Entrei na cabeça dele?

Eu sintonizo seu programa à meia-noite e é claro que ele está lamentando os feriados, ansiando pelos bons e velhos tempos, quando ele tinha tempo para se concentrar em sua verdadeira vocação, sua música. O homem está sofrendo, Mary Kay. E você não pode fazê-lo feliz. Ouça o "programa" dele e observe melhor o seu corpo. Ele tem uma tatuagem da *Sacriphil*. Ele deu o sangue pela aquela banda. Ele suportou uma agulha por aquela banda. Mas o seu nome não está tatuado na pele dele, e está na hora de vocês dois perceberem isso.

11

NO dia seguinte, entro na biblioteca e me esgueiro para os fundos sem dizer olá, mas uma hora depois você me encontra. Você está brincalhona. Você coloca as mãos no carrinho e me diz que Nomi quer ganhar um filhote de gato no Natal.

— Você é alérgica ou algo assim?

— Não, eu adoro gatos, mas ela vai embora em breve... — Você olha bem para mim. — Você gosta de gatos? — Você está tão louca por mim que já planeja nossa vida juntos e aperta o carrinho. Nervosa. — Eu pergunto porque nossos amigos... eles têm três filhotinhos, então você pode ter um também.

Você quer que adotemos *filhotinhos* juntos e eu sorrio.

— Eu amo gatos. É tentador.

Você tira as mãos do carrinho.

— Bem, é algo para se pensar. Nossos gatos seriam irmãos. — Você mexe no seu cinto. — Bem... — você diz. — Vamos ambos pensar no assunto, certo?

Eu te dou um sim e meu plano já está funcionando.

No dia seguinte, vou a uma reunião e Phil reclama comigo... sobre *gatos*.

— Gatos são legais. Mas eu preciso cuidar de mais uma coisa? Já não tenho tempo suficiente nem para tocar.

Em uma situação normal, não podemos aconselhar alguém a se separar do parceiro porque, se a pessoa não se separa, você fica sendo aquele idiota que falava merda sobre o parceiro do outro. Mas nada em nossa situação é normal e eu sou *#TeamPhil*.

— Você não precisa de um gato — eu digo. — Você precisa de um estúdio.

— Diga isso para a esposa. Cara, estamos tão perto da liberdade. Minha filha está a caminho da universidade em alguns meses e a esposa quer me amarrar com um novo *gato*.

— Ela não... eu não quero me meter... mas ela não entende quem você é?

Ele joga o cigarro em uma pilha de folhas.

— Não — ele diz. — Não ultimamente.

No dia seguinte, vou correndo para a biblioteca e entro afobado em sua sala.

— Ok — eu digo. — Vamos pegar os gatos. Estou nessa.

Você fixa os olhos na tela do computador. Ele luta com você a cada passo do caminho e eu estou no *#TeamMaryKay*.

— Bem — você diz. — Você foi rápido. Já escolheu um nome?

Sento na minha cadeira e você coça a clavícula, e coloco as mãos atrás da cabeça e sorrio.

— *Riffic* — eu digo. — Pequeno Riffic Goldberg.

— Ah — você diz. — Eu adoro uns sufixos.

Sufixo soa como *sexo* e você é a mulher mais inteligente e sexy do planeta. Você é *fantástica* ao me mostrar uma foto do seu gatinho favorito, aquele que tem um smoking natural no pelo.

— Olhe para *esse* fofo. Ele está todo arrumado e *encontrará* um lugar para ir.

Eu digo a você que o nome dele deveria ser Licious e você resmunga — *tudo menos Licious* —, e sonho com um longo e lento sábado, você e eu nomeando nossos gatinhos.

— Bem — eu digo. — Tem três deles, não é?

Você acena com a cabeça.

— Sim.

— Ok, então depois do trabalho vamos pegar *Riffic*, *Tastic* e *Licious*.

Mas você joga seu copo de café vazio no lixo e me diz que agora Nomi está em cima do muro. Você está fazendo aquilo de novo, está protegendo o seu rato. Você me diz que Nomi quer um filhotinho, não um gato, mas os filhotes crescem rápido. Você dá de ombros.

— Não há como contornar isso. É o destino de todos os filhotes.

Você é uma fatalista e precisa acreditar no *destino*. Em mim. Eu pego uma de suas *quinquilharias* que enfeitam a mesa e faço uma proposta.

— Que tal eu pegar os três filhotinhos, Tastic, Riffic e Licious, e depois, quando você estiver pronta, você pega um?

— Você é tão gentil, Joe... — Sim, eu sou. — Mas três gatos... e os seus móveis?

— Eu tenho espaço de sobra. E posso arrumar uns brinquedos, arranhadores...

Eu sou uma pessoa que cuida da casa e Phil é um destruidor de casas. Você mexe na sua caneta.

— Sempre tive essa ideia para quando tiver minha livraria... Bem, toda livraria precisa de um gato.

— Assim como qualquer taverna. O que você acha? Eu fico com um. Você fica com um. E Licious vai morar na sua livraria.

Você praticamente ronrona para mim.

— Bem, com uma condição. O filhotinho de smoking não pode se chamar Licious. Você não pode fazer isso comigo, Joe. Você tem que desistir desse nome.

Eu ronrono de volta.

— Desistir não é exatamente meu estilo, Mary Kay.

TRÊS dias depois, meus braços estão todos arranhados e sou um homem com três filhotes de gato. Também sou o novo proprietário de uma *Gibson* e espirro — meu corpo vai se adaptar aos pelos de gato — enquanto Phil gesticula. Aflito.

— Sai de perto, por favor. Eu não quero pegar o que você tem.

Ele estava mal-humorado durante a reunião e está mal-humorado *depois* da reunião. Peço desculpas e ele dá de ombros.

— Não é nada com você — diz ele. — A esposa está com raiva por causa da história dos gatos. Fica me mostrando vídeos de filhotes.

Envio meus vídeos para você e você adora que eu não os poste na internet, que eles sejam apenas para você, para mim, para nós. Agora descubro que você mostra os vídeos para ele — ah —, e ele dá uma tragada no cigarro.

— Eu sei — diz ele. — Eu preciso me separar.

Ele vai para casa com você — que injustiça —, e eu vou para casa com Riffic, Licious e Tastic e eles não são apenas excepcionalmente fofos. Eles também nos dão um motivo para nos comunicarmos 24 horas por dia. Você me envia links para brinquedos para gatos e está "ocupada demais com o Natal" para vir conhecer nossos futuros gatos, e eu sou um homem ocupado, empurrando Phil para colocar sua carreira musical em primeiro lugar. O Natal está chegando — a cada dia Phil está *um pouco mais perto* do limite — e todos os dias eu mando fotos, principalmente de Licious. Você me diz que vai *morrer* de tanta fofura e, de alguma forma, eu vou dormir e no dia seguinte vou a uma reunião e Phil passa o tempo todo compondo uma música em seu telefone sobre como sua esposa está insistindo em falar com ele sobre *gatos e livrarias*.

Vou para casa depois da reunião e brinco com meus gatinhos e verifico os tuítes de Phil.

Mal posso esperar para fazer uma turnê. Philisteus# Paz#

Alguém disse SacriPHIL albumsurpresa# NatalCancelado# Paz#

Preparando p/ colocar outro tubarão dentro do seu tubarão, Philisteus... Paz#

O que você faz quando sua esposa te deixa louco? Perguntando para um amigo Paz#

Licious e Tastic e Riffic são tão bonitinhos — estão arranhando os álbuns da Sacriphil que comprei no eBay —, mas não posso simplesmente ficar sentado aqui. Não essa noite. Quero ver você. Quero ver como ficará seu casamento quando estiver implodindo. Eu coloco um moletom e pego meu binóculo e saio.

Está frio e escuro na floresta e suas janelas estão iluminadas e eu vejo você, Mary Kay. Você está virando as páginas de um livro e seu rato entra na sala e você não olha para ele. Você mostra o dedo do meio, ele sai batendo a porta e você é minha. Você não o ama mais. Você me ama.

O golpe vem do nada.

Algo duro atinge o meio das minhas costas. Binóculos: no chão. Eu: no chão. O golpe vem de novo: uma bota nas minhas costas e respiração pesada — minhas pobres costelas — e depois outro chute. POW. Estou caído de lado e sinto o gosto de sangue e outro chute me joga contra uma pedra. Raízes castigam minhas costas e a bota castiga a frente do meu corpo e eu conheço essa bota. Eu vi essa bota. Uma Sorel pesadona, uma bota militante-mas-também-puta.

Com um gemido de dor, cuspo o nome dela da minha boca.

— Melanda?

12

— EU sabia! — Melanda segura uma lata rosa de spray de pimenta, rosa como o Cadillac da sua mãe. — Eu sabia que você era um pervertido desde o dia em que nos conhecemos — diz. — Duas palavras: Woody. Allen.

Merda. *Merda.*

— Melanda, não é nada disso que você está pensando.

Ela grunhe.

— Pela última vez, *você* não venha me dizer o que *eu* penso. Eu sei o que você está fazendo, pervertido.

— Você está enganada. Me deixe... por favor, me escute.

Ela pisa no meu peito com aquela bota imensa e raivosa e isso vai deixar um hematoma.

— Ah, você quer que eu *escute* você, Joe? Você vai me dizer que estava aqui observando pássaros? Vai me dizer que nem sabia que Nomi mora nesta casa?

Nomi. Não, ela não. NÃO. Não consigo respirar e *eu* sou o pássaro, morrendo na terra suja.

— Melanda, não é o que você está pensando.

— Ele adora livros! Ele adora *filmes*. E sem dúvida adora *pássaros*. Pássaros como meninas adolescentes.

Minhas cordas vocais estão paralisadas. A bota. A mentira.

— Não, Melanda. Não, não, eu *não* estava olhando para Nomi.

— Nem tente, pervertido. — Ela digita um número em seu telefone e pensa que sou um pervertido e ninguém se safa de uma acusação de *pedofilia* e eu *não* sou a merda de um *pedófilo* e Melanda pode ser habilidosa na arte da legítima defesa, mas ela tem muito para aprender sobre o crime. Eu a pego pela bota e puxo. Com força. Ela cai no chão e seu

telefone cai também e cubro com a mão a sua grande boca cruel. Pego a pedra mais próxima.
Tum.

AINDA estou tremendo, Mary Kay. Minha agressora está trancada lá embaixo na minha cabine à prova de som no porão e esse tipo de merda não deveria acontecer em *Cedar Cove*. Vim morar aqui para ser feliz. Para ter paz, para encontrar a *paz*, e agora minhas costelas estão ardendo, quentes como *McRibs*.

Meus gatinhos são inúteis e inocentes, ficam miando e brincando como se nada tivesse acontecido — obrigado, filhos da puta — e pego meu telefone com a mão trêmula. Coloquei câmeras de segurança no andar de baixo para ficar de olho nela, e por enquanto ela ainda está desacordada.

Não pedi para ficar enredado em sua tristeza, Mary Kay. A situação está calma por enquanto, mas não posso mantê-la aqui para sempre — ela não é a porra de um *gato* — e não posso deixá-la ir embora, e não quero ser o sujeito que matou a sua melhor amiga. (Mesmo que seja por autodefesa, se pensarmos na reputação como parte do si mesmo de um indivíduo, o que *é*.)

Pelo menos estou com o telefone dela — obrigado pelo acesso por impressão digital, Apple! — e estou fazendo um mestrado em Tudo Sobre Melanda. Ela planeja mudar-se para o estado de Minnesota para ir atrás do *único cara decente* que já namorou, então comunico à escola que ela estava tirando uma licença para sair da cidade para algumas entrevistas de emprego. Eles não pareceram surpresos — ela briga com todo mundo naquela escola —, e eu *tive* de dar a ela um álibi, Mary Kay. Vivemos na América e uma mulher solteira e mais ou menos atraente não pode simplesmente "desaparecer", porque não há nada que mulheres gostem mais do que histórias sobre mulheres desaparecidas.

Mas ela tem que ir, Mary Kay. Descobri que sua "melhor amiga" é uma agente dupla. Ela está sempre se queixando de Netty com você, uma antiga amiga dela — elas se conheceram no semestre acadêmico de Melanda no *exterior* — e você se solidariza com Melanda. Mas depois ela fala com Netty... sobre *você*. Precisamos acabar com a amizade tóxica delas — não podemos ter Netty ligando para a Interpol —, então envio uma mensagem para Netty do telefone de Melanda, uma mensagem destinada a você.

Eu sou horrível kkkkkkkk mais uma vez não aguento mais a Netty. Ela fica choramingando porque é aniversário dela como se estivesse na sexta série e porra Netty querida acorda pra vida sabe kkkkkkk horrível eu sei.

Netty recebeu a mensagem — ops! — e respondeu imediatamente: *Acho que essa mensagem era para Mary Kay. Seja feliz. Block. Mute. Adeus.*

Ela deixa de seguir Melanda em todos os lugares estúpidos — isso é uma conquista desbloqueada! — e compartilha um meme passivo-agressivo sobre *falsos amigos* e talvez eu pudesse fazer isso para viver. Pegue seu telefone, conserte sua vida.

Minhas costelas estão melhorando e, de um jeito doentio, estou feliz por Melanda ter vindo atrás de mim. Entenda, Mary Kay, você nunca me disse que tínhamos uma inimiga entre nós. Ela está fazendo campanha contra mim há semanas — eu sabia disso — e você sempre me defende, as mulheres estão com a guarda levantada quando se trata de homens — eu entendo —, mas não se preocupe comigo, Mary Kay. Você deveria ver o que ela fala de *você*. Tirei print de uma das piores coisas que li no aplicativo do bloco de notas dela:

MK e aquelas saias francamente já entendemos que você tem pernas kkkkkk e MK aparece sem avisar pq moro sozinha como se eu não tivesse vida ALÔÔ EU TENHO UMA VIDA. Eu sei que você a ama, mas essa mulher não é sua amiga. É por isso que não tento muito acompanhar o Ethan Ponto de Exclamação, Mary Kay, e é por isso que *Friends* é uma mentira.

A maioria das pessoas não gostaria dos amigos se desse uma olhada no telefone deles.

Você gostaria que eu tivesse *empatia* por Melanda, e ok. Ela tenta ser uma pessoa melhor. Ela comprou nove aplicativos de meditação — eles não estão funcionando — e você a avisa que Alice e Olivia são como seus traficantes de drogas e ela lhe envia trechos de seu diário alimentar — *NOVE BURACOS DE DONUTS DO SAFEWAY EU ODEIO O MUNDO MAS ME ODEIO AGORA GRRRR FODA-SE PATRIARCADO FODA-SE SAFEWAY* — e você, com razão, diz a ela que ela não é *gorda* — fodam-se, Estados Unidos da Dismorfia Corporal —, mas há muita coisa que você não sabe, Mary Kay.

Você ainda teria *empatia* por Melanda se soubesse que ela manipulou duas estagiárias não remuneradas e sem créditos para construir sua incubadora feminista? Isso mesmo, Mary Kay. Basta perguntar às estagiárias, Eileen e DeAnn. Sua melhor amiga não apoia outras mulheres. Ela as apaga.

E ela quer *nos* apagar também.

Na semana passada, você disse a ela para não desistir do sonho de Minnesota e ela respondeu RISOS.

Risos MK não vou me mudar. Nunca mais quero ver Harry.

Você parecia tão animada em ir para lá. Nunca se sabe... talvez você vá

Sei. Mais ou menos como você e seu novo namorado... nós SABEMOS viu kkkkk Isso não é justo. Aquilo foi... foi só um beijo.

Risos MK. Sejamos realistas. Eu não vou me mudar para Minnesota. Bainbridge é o meu lar. Você não vai largar o Phil. Ele é o seu lar. Fatos. É por isso que bebemos nosso vinho kkkkkkk

Mas ela não é sincera com *você*, Mary Kay. Depois de dispensá-la com um "risos", ela enviou dois e-mails de *follow-up* para representantes de RH na cidade de Minneapolis. Ela tem permissão para fazer os movimentos *dela*, mas desencoraja você a fazer os *seus* movimentos. Ela sofre e quer que você sofra e agora está bem acordada, batendo nas paredes envidraçadas do meu Quarto dos Sussurros, gritando como uma atriz canastrona em um filme B. Estalo os dedos. Eu consigo. Consigo imitar a voz dela. E tenho que fazer isso porque vocês duas trocam mensagens o *dia todo*. Você digita. Da mesma forma que você faz em todas as malditas manhãs.

Como vai a vida?

SÃO SETE DA MANHÃ. POR QUE VOCÊS NÃO SE DEIXAM EM PAZ? Eu respiro fundo. Este é o lado bom dessa confusão. Eu posso *mudar* a sua vida. Eu digito.

Querida grandes notícias. Vamos torcer. Estou numa corrida louca para Minneapolis para uma entrevista de emprego eeeba e já conversei com alguns caras no Bumble kkkkkkkkk quem sabe eeeee kkkkk bjs

Meu coração está batendo forte, o sol nasceu. Fiz um bom trabalho? Você acredita em mim como acredita em Melanda? Aí vejo os pontinhos — por favor, Deus, você me deve — e lá vem sua resposta.

Parabéns!

É uma vitória e eu precisava de uma vitória e você envia uma mensagem de texto novamente, compartilhando suas próprias notícias — você vai *cortar o cabelo* hoje. Coloquei o telefone de Melanda no bolso — ela disse a você, Mary Kay, ela está numa *corrida louca* — e será uma satisfação ver você crescendo, se livrando de sua "sister", mas agora é a parte mais difícil.

Eu tenho que enfrentar minha agressora.

Quando desço as escadas, não olho para a gaiola, e meu Quarto dos Sussurros nunca deveria *ser* uma gaiola. Fico na frente da TV e Melanda está atrás de mim, trancada e gritando: "*Você é um pervertido filho da puta*", mas devo isso a você por *tentar* fazê-la ver a luz. Ela cospe no vidro e descubro que a cabine não é exatamente à prova de som, o que significa que ouço cada palavra de seus insultos.

— Você é um pedófilo, um psicopata, um sociopata, e vai pagar por isso, seu psicopata filho da puta. Me deixe sair daqui. Agora.

Ah! *Não* é assim que se pega uma mosca, Melanda, e eu suspiro.

— Bem, decida-se. O que eu sou exatamente? Todos os três ou apenas um?

Sento-me na cadeira e pego meus cartões de memória. Ela é a professora, mas eu sou o professor e fiquei acordado a noite toda fazendo um plano de aula. Ela bate com os punhos na parede envidraçada.

— PEDÓFILO!

Eu suspiro e balanço minha cabeça.

— Errado.

— Vai se foder.

— Ora, vamos, Melanda. Você é mais inteligente do que isso.

— Eu sei, Joe. Eu sei sobre o seu livro imundo de *Bukowski*.

Você deve ter contado a Melanda por telefone que falei que Nomi poderia gostar de Bukowski, porque não vi isso em suas mensagens.

— Pelo amor de Deus, Melanda, você deve saber que ler Bukowski é uma boa forma de aprender como os homens são canalhas. Você é professora de inglês.

Ela pisca rápido e se vira.

— Para a sua informação, eu sou realmente especialista em detectar pedófilos, e o fato de usarem as mães como um canal de acesso, bem, é o truque mais antigo do manual. Obviamente.

— Acho que seus aplicativos de meditação estão deixando você paranoica.

— Faça todas as piadas maliciosas que você quiser, meu caro. Eu sei o que vi. Você é um monstro. Você é um pedófilo e será *você* quem acabará atrás das grades.

— Seguindo em frente — eu digo. Volto aos meus cartões de memória. — Encontrei seu diário no bloco de notas do seu telefone...

— Não. Não, você não fez isso.

Ela soca o vidro e escolho uma das minhas anotações preferidas.

— Data: 1º de novembro — eu digo. — "MK liga e espera que eu atenda como se eu não tivesse uma VIDA mas quando sou eu que ligo ELA atende? Não! Ocupada demais com sua famíííília. Tente ficar sozinha mamãe chorona!"

Ela tampa os ouvidos.

— Pare com isso.

Eu escolho outra anotação. Uma verdadeira *pérola*.

— Data: 27 de outubro.

— Você é um molestador de crianças, seu doente. São apenas anotações. Eu tenho TPM. Isso é *particular.*

Eu mantenho a compostura e leio o diário de Melanda.

— "Às vezes eu gostaria de poder MATAR MK tão presunçosa como se fosse a primeira mulher a ter uma paixonite no local de trabalho ACORDA PRA VIDA GRRR e se Nomi fosse minha filha isso não aconteceria. Seja um modelo a seguir PARE DE PAQUERAR SUA VAGABUNDA ELE NÃO ESTÁ APAIXONADO POR VOCÊ NEM TODO CARA É LOUCO POR VOCÊ e compre umas calças decentes CADÊ MINHA MENSTRUAÇÃO FODA-SE O MUNDO."

— Pare com isso, Joe. Você não tem ideia. Amizades femininas... elas são complicadas.

Olho as mensagens dela, a história de Melanda e *Seamus*.

— Hum — eu digo. — É por isso que, bêbada, você mandou uma mensagem para Seamus perguntando quem era melhor de cama na época do colégio?

Ela cospe na minha direção, como se fosse *eu* que mandasse mensagens para o Nanicus — ainda não consigo acreditar que você dormiu com ele, Mary Kay, isso dói —, e suspiro.

— Eu não estou julgando você, Melanda. Estou apenas tentando ajudá-la a ver que às vezes... você está errada.

— VAI SE FODER, PERVERTIDO.

Eu escolho outra anotação.

— Data: 4 de novembro. "Eu estaria morando em Minneapolis agora se não fosse por Mary Kaysada. EU ODEIO ELA. Nomi deveria estar morando COMIGO e UGHGHGHGH." Mary "Kaysada" — eu digo. — Que criativa.

Ela me olha.

— Você não vai me fazer pensar que sou eu a vilã desta história, seu psicopata. Você estava observando a Nomi. *Eu vi.*

— Hum — eu digo. — Sabe, Melanda, acho que o que mais dói, além das minhas costelas...

Ela revira os olhos. Um emoji ganha vida.

— Entendo. Este não é um lugar fácil para ser solteiro. Diabos, eu moro ao lado de uma família. Você e eu... somos minoria. Você tenta fazer o bem... *eu* tento fazer o bem, mas você decidiu que, porque sou solteiro, deve haver algo de errado comigo.

— E eu estava certa. Você é um pedófilo.

— Melanda, eu não sou pedófilo. Mas depois de ler seu bloco de notas, devo dizer, eu me pergunto o que você estava fazendo na floresta...

— Ah, seu doente, eu estava cuidando de Nomi.

— Ah.

— Bukowski... Woody Allen... eu sabia disso tudo na época e obviamente eu *realmente* sei agora. Eu estou *te vendo*.

Eu escolho outra anotação.

— "É tão insanamente bom dizer a DeAnn e Eileen que serei eu quem levarei o crédito pela incubadora. Essas meninas são TÃO PRIVILEGIADAS que alguém precisa dar um tapa nelas porque elas NÃO têm ideia de como é difícil ser mulher no mundo real."

Ela se endireita como se houvesse um livro em sua cabeça.

— Aonde você quer chegar?

— Você não vê a hipocrisia? "Mulheres apoiam mulheres." Você está literalmente apagando as mulheres que apoiam você.

— Não sou eu que estou sendo julgada aqui.

— Você me chamou de *pedófilo*. Você me atacou, mas olhe para você. E *você*? Você odeia sua melhor amiga e está roubando crédito de suas *irmãs* na causa.

Ela cruza os braços, indignada.

— Boa tentativa, pervertido, mas você não sabe *nada* da minha vida. Eileen e DeAnn são *garotas de faculdade*. Eu não estou "apagando" o trabalho delas. Elas não têm a menor ideia de como é difícil ser solteira em um sistema escolar. Deixe só elas tentarem ir para uma escola todos os dias, onde todos te tratam como uma prostituta leprosa porque você não é casada. E elas acham que você só é capaz de trabalhar todos os dias, o dia inteiro, porque você não tem uma "vida", como se houvesse algo inerentemente *errado* em você por ser uma mulher sozinha.

— Meu Deus, Melanda. Apenas admita isso. Elas estão erradas a seu respeito e você está errada a *meu* respeito.

— Bem, destranque a porta e me deixe ir embora e vou ter certeza de que você não é um predador.

— Melanda, gostaria de poder confiar em você, gostaria mesmo, mas eu não estava *assediando* Nomi e você *me* atacou e isso é culpa *sua*.

Ela bate no vidro, o que dói mais em sua mão do que em mim.

— Me deixe sair. Agora.

O telefone dela está no meu bolso e vibra. E é você: *Quando você viaja para Minneapolis?! Tão feliz por você!*

Melanda deixa cair os punhos.

— É Mary Kay? — Ela está tremendo agora e seu vocabulário considerável está reduzido a uma única palavra. — PSICOPATA!

Eu respondo a mensagem porque é isso o que vocês fazem. *Saindo daqui a poucas horas!*

Melanda bate no vidro. Mais gentilmente agora. Ela é uma professora de novo.

— Joe, olhe... me desculpe. Eu estava paranoica e me enganei, ok? Eu pensei mesmo que você estava apenas usando Mary Kay para chegar a Nomi... Quer dizer, Mary Kay é velha.

Você não é velha, Mary Kay.

— Joe — ela diz. — Sério. Eu sinto muito. E se você me deixar ir embora... Olha, você está certo. Nós dois exageramos. E ninguém precisa saber disso. Agora que estamos conversando... Bem, você tem razão. Estamos do mesmo lado. Podemos estar.

Eu não nasci ontem e suspiro.

— Há um controle remoto na cama.

Ela chuta a parede como se fosse a única presa.

— Vai se foder.

E devo dizer, Mary Kay. Estou um pouco ofendido porque *eu sou* a vítima aqui. Eu saí do meu caminho para ser o Sr. Bonzinho e agora, por causa *dela*, meu Quarto dos Sussurros é uma gaiola e o Dr. Nicky está certo. Não podemos controlar as outras pessoas. Você só pode controlar os seus próprios atos. Melanda não merece minha ajuda, mas, para a sorte dela, quando vejo alguém preso em uma gaiola, mesmo que a culpa seja desse alguém, bem, o que posso dizer? Eu sou a merda de um bom samaritano.

Ela grita por socorro e eu aponto para o controle remoto na cama.

— Vá em frente — eu digo. — Pegue-o. Eu tenho um plano para você.

Ela está tremendo — pode ser teatro — e pega o controle remoto e a tela se ilumina e lá estão eles, todos os filmes da conta dela no iTunes. Veja, Mary Kay, Melanda faz um inventário obsessivo de cada caloria que põe no corpo. Mas ela precisa levar essa obsessão analítica em uma direção diferente. Ela precisa pensar nos *filmes* que assiste continuamente. Tento explicar isso a ela, mas é como tentar ensinar algo a um cachorro velho.

— Ah, Deus — ela suspira. — Você não é um pervertido. Você é um psicopata.

— Você está *me* chamando de psicopata? Eu sou o "pervertido". Melanda, você já viu o tamanho de sua coleção de Woody Allen? Você tem mais filmes dele do que eu!

— É diferente — ela rosna. — Eu sou *mulher*. Nós precisamos conhecer o inimigo.

— Conversa fiada — eu digo. — Você tem *Igual a tudo na vida* e *Melinda e Melinda*, e estes nem mesmo fazem parte da porra do cânone.

Ela ferve.

— Me tira daqui.

— Este é um momento de aprendizagem, Melanda.

— Isso não está acontecendo.

— Ah, *querida*, acho que já estabelecemos que isso certamente está *acontecendo*.

— Você é doente.

— Bem, como você, eu aprecio *Crimes e pecados*.

— Esse filme é da *Anjelica Huston* — ela rosna. — Não daquele porco.

Estou no telefone dela, andando de um lado para o outro, e gostaria que você pudesse me ver agora, Mary Kay.

— Ok — eu digo. — Bem-vinda ao curso Cinemateca de Melanda 101.

— Pare com isso.

— Nós casualmente compramos filmes no meio da noite, mas às vezes nossas seleções dizem muito sobre nossos problemas subjacentes.

— Não.

— Você gosta de suas histórias de vínculo feminino: *Amigas para sempre*, *Romy e Michele* e *Laços de ternura*, e se identifica fortemente com Bridget Jones. Você tem todos os três filmes, além de *Jerry Maguire* e *Recém-chegada*. Hum. Talvez a mulher com quem você mais se identifique seja Renée Zellweger.

Ela fica vermelha.

— Comprei na porra de uma oferta, seu idiota.

— Você também é fã do gênero mulher psicopata. *A mão que balança o berço... Mulher solteira procura...*

Ela afunda no chão e está chorando agora, ela está avançando — ei! — e eu me agacho como um conselheiro, encontrando-a no nível do chão.

— Melanda, está tudo bem. Nós dois estamos em choque. Nós dois perdemos a cabeça... — Não é verdade, eu agi em legítima defesa, mas às vezes precisamos mentir para um aluno. — Precisamos de um minuto para desestressar... — E preciso de um minuto para descobrir o que fazer com ela. — Você estava esgotada do trabalho. Qualquer um pode ver isso. Então, aproveite isso pelo que é, algum tempo para autorreflexão. Esses filmes são suas histórias para dormir, seus alimentos reconfortantes.

Ela assoa o nariz na camiseta. UMA GAROTA É UMA ARMA.

— Você é insano.

— Esqueça-se de mim, Melanda. Estou preocupado com *você*. Você poderia ter se machucado lá fora... — Ela me olha como se *eu* fosse o louco. Eu continuo. — Olha — digo. — Todos os domingos você planeja uma desintoxicação do seu telefone. Você desativa suas notificações, mas nunca prossegue com isso.

Ela morde o lábio. Depois olha para a sacola do Safeway que coloquei ali enquanto ela dormia.

— Você pode colocar a TV aqui? Eu tenho retinas sensíveis.

— Melanda...

Ela sabe que não deve me pressionar — ela aprende rápido, Mary Kay — e aponta para a mesa com a cabeça.

— O que tem na sacola?

— O que você mais gosta no mundo — eu digo. — Buracos de donuts do Safeway.

Ela quase sorri, porque é uma puta emoção, mesmo em circunstâncias como esta, uma pessoa ser conhecida pelo que realmente é.

13

ESTOU na porra da *academia* — tenho que ser visto, aparentar normalidade no estrago — e Seamus está malhando a meio metro de distância, cantando junto com a merda do Kid Rock, cujas gravações são perversões nostálgicas sobre seus dias de glória encharcados de uísque trepando com uma garota menor de idade à beira de um lago. Argh. Você e eu — bem, você e Melanda — estamos trocando mensagens de texto e, pela segunda vez em cinco minutos, eu coloco o kettlebell no chão para ler sua última mensagem.

Você: *Um drinque hoje à tarde antes de você pegar a balsa? A que horas é o seu voo?*

Melanda: *Querida bem que eu queria mas estou tãão ocupada kkkkk por que...*

O telefone de Melanda vibra — você está *ligando* para ela, ah, merda, merda — e os músculos do meu abdômen tremem como se eu tivesse acabado de terminar a porra de um *Murph* e não posso falar com você — eu não sou ela — e não posso falar agora — estou na bosta de uma *academia*. Eu deixo você cair na caixa postal e digito. Rápido.

Melanda: *kkkkk desculpe mas não posso falar muito ocupada.*

Você: *Eu sei mas você pode falar por dois minutos?*

NÃO, MARY KAY, ELA NÃO PODE.

Eu digito.

Melanda: *risos mil desculpas mas estou atrasada. É mais um drama sobre o Joe?*

Meu coração bate forte. Mas este é o seu padrão.

Você: *sim e não, só queria que a gente pudesse beber alguma coisa*

Não estaríamos nessa confusão do caralho se você falasse mais *comigo* do que fala *sobre* mim, e Nanicus tira seus fones de ouvido.

— O que há com você tagarelando aí?

— Nada — eu digo. — Um amigo de Nova York está tendo problemas com a esposa.

Nanicus resmunga.

— Que chato pra ele. Mas isso não significa que deve ser chato pra *você* ou pra nós, Novo no Pedaço. Deixe essa merda lá fora. Isso desconcentra.

Não sou mais Novo no Pedaço — eu moro aqui —, e todos esses viciados em fitness estão aqui só porque isso os distrai da vida sem graça que levam. Nanicus recoloca os fones de ouvido e eu limpo o kettlebell como se minhas mãos estivessem sujas e saio para cuidar de você.

Melanda: *Eu também gostaria que pudéssemos ir beber mas o voo sai logo!*

Você: *Ah! Você sabe que sempre torço por você mesmo que a ideia de você REALMENTE se mudar me deixe louca. Eu senti mesmo vontade de beber hoje mas enfim... tão feliz por você!*

Isso dói, Mary Kay. Você não se sente louca com a falta de Melanda. Você sente falta *de mim*. E Melanda não tem tempo para você — ela está vendo um filme de Woody Allen, um dos favoritos dela. Você precisa cair na real.

Ah, querida, você vai ficar bem. Mande um beijinho para Phil e Nomi bj

Você não gosta do tom paternalista — eu conheço você e não te culpo — e vou de carro até o centro e entro na Blackbird — apenas mais um dia normal de merda, nenhuma mulher presa no *meu* porão —, e a família multigeracional de olhos fecais está ali. Eu esbarro na cadeira do avô e Nancy me encara como se não fosse um acidente e eles são tão frios comigo quanto afetuosos uns com os outros. Filhos da puta, todos eles. Mas pelo menos eles me viram. O Joe normal! Nada de novo!

Você não é Nancy, Mary Kay. Você não tem um casamento feliz. Mas você não está *me* enviando mensagens para tomarmos uma bebida e esse é o problema. Atravesso a rua e sigo para o T&C e o telefone de Melanda vibra. É você de novo — perturbador — querendo saber o que ela vai vestir para a entrevista de emprego. Infelizmente, isso é normal entre vocês duas. Ela envia os vestidos que usa para encontros e você avalia — *eu gosto do vermelho* — e ela discute com você até você desistir — *o que importa é como você se sente nele. Tenho que ir. Phil está em casa e, como sabemos, isso é um milagre* — mas agora você está no salão de beleza, está entediada e atormenta Melanda pela segunda vez.

Preciso de fotos! Quero viver vicariamente através de você.

Existem tantos problemas nesta declaração, Mary Kay. Melanda não pode enviar uma selfie para você. Ela está usando a camiseta que usava quando me atacou — UMA GAROTA É UMA ARMA —, e você é jovem demais para sentir que a única vida que lhe resta para viver é vicária. Eu pressiono.

kkkkk que tristeza. Sem ofensa, mas acho que o lance do Joe está te deixando maluca.

Você muda de assunto e diz que talvez corte uma franja hoje — *só para ficar igual à minha mãe* — e isso é um pedido de ajuda, mas Melanda é uma péssima amiga. Eu li o suficiente para saber o que ela diria, então minto na sua cara:

Nossa sim. Você vai arrasar! Seu rosto combina com franja e você NÃO é sua mãe. Mande uma foto, tenho que correr aqui, muito ocupada antes do meu voo risos

Você envia uma carinha sorridente. *Mande fotos! Estou aqui! Feliz por você, M!*

Você está fingindo. Cortando o cabelo em vez de ser sincera *comigo* só porque sua melhor amiga está prestes a entrar num avião. Você manda outra mensagem.

Fotos por favor!

Melanda tem 24.985 *fotos* no telefone dela, a maioria fotos dela mesma na frente de um espelho de corpo inteiro. Eu escolho uma selfie recente e mando para você com o emoji de menina morena dando de ombros — seu favorito — e você está digitando. Muito. Isso aqui não é um concurso de redação. É uma questão de sim ou não e enfim lá vem você.

Ué achei que você tivesse devolvido esse vestido azul na semana passada. Quando estávamos em Seattle

Meu alarme cardíaco dispara e não. NÃO. Isso seria mais fácil se não houvesse dez mil mensagens entre vocês duas e tantas fotos idiotas de tantas roupas e eu fecho os olhos. O que Melanda diria?

Ah é uma longa história e estou mais tipo que o mundo se exploda, na boa, kkkkk, apenas animada demais para ir embora

Isso foi cruel, talvez cruel demais, e você fica em silêncio. Envio outra foto de Melanda de calça mostarda e suéter verde — ela estava tentando vomitar no Halloween? — e mais uma vez: nada. Eu estudei suas conversas e não é assim que funciona. Esse silêncio é ruim e me deixa nervoso. Por mim, por você. Você está contando ao estilista o que aconteceu? Eu estraguei tudo?

Eu digito como Melanda: *Você está aí? Querida, desculpe, estou exausta risos você está bem?*

Mais silêncio. Você está no salão, na cadeira, a exatamente 300 metros de mim. Você não tem nada a *fazer* a não ser responder a sua amiga e está desconfiada? Você tem um sexto sentido? Você saiu correndo do salão? Você está batendo na porta da frente de Melanda? Que Deus me ajude se uma *selfie* que nem é minha me derrubar e eu não conseguir tirar esse silêncio de você. Preciso saber se você não está em uma missão paranoica para *encontrar sua amiga*. Preciso saber se você não está na *delegacia*, onde eles não estão acostumados com esse tipo de coisa e tenho que te encontrar porque não é normal você ficar muda. Eu sigo na direção do Firefly e fico vagando pelo gazebo — sinto falta de ficar com você — e então a porta do salão se abre.

É você. E você não está de franja.

Você acena para mim e eu aceno para você e estou segurando o telefone de Melanda, mas você não sabe disso. Graças a Deus tirei a capa FEMALE FIRST do aparelho — Joe Malandro Esperto! — e você coloca as mãos nos bolsos e está vindo na minha direção e está mais perto a cada segundo e agora está aqui.

Você passa a mão no seu cabelo.

— É um pouco demais, não é?

— Bem, Mary Kay, você *acabou* de sair de um salão de beleza.

Você ri e eu estou a salvo. Nós estamos a salvo. Você não suspeita de nada — posso afirmar isso porque, se suspeitasse, você estaria segurando seu telefone como se ele contivesse provas — e você não acha estranho que eu esteja aqui porque aqui é a porra de Cedar Cove. Nós moramos aqui.

— Bem — você diz. — É bom ver você, mas talvez eu devesse ir para casa...

Mentirosa. Você acabou de dizer a Melanda que queria beber.

— Ora, vamos lá. Que tal um drinque? — Eu levei um golpe nas minhas *costelas* por você e mantenho meus olhos fixos nos seus. — Hitchcock?

Você faz que sim com a cabeça.

— Hitchcock.

Seu cabelo balança quando você anda — estamos em movimento — e eu digo que preciso cortar o cabelo e você diz que no Firefly não precisa agendar e eu abro a porta para você e você me agradece e nós nos sentamos de frente para a janela.

Você junta suas mãos.

— Ok — você diz. — Eu me sinto mal que as coisas estejam tão estranhas.

Eu tomo um gole da minha água.

— Não seja ridícula, Mary Kay. Eu entendo.

Você pega o cardápio e age como se eu tivesse dito a verdade e você não sabe se quer vinho ou café e isso é novo para nós. Esta é a primeira vez para nós. Você pede um copo de *Chablis* — da última vez bebemos pesado — e puxa a gola alta até o queixo. Você acabou de dizer que se sentiu mal porque as coisas estavam estranhas, mas olhe para você agora, goles tão deliberadamente minúsculos enquanto passa as mãos pelo cabelo, como se eu fosse cego, como se você estivesse com fome de um elogio, como se eu devesse dizer que você está linda.

Você é uma raposa. E raposas sabem que são belas. Eu fico olhando para você.

— Ei, você está bem?

— Sim — você diz. — Só cansada. — Mentira. — Acordei do lado errado da cama. — Mais mentira, e isso é uma resposta preguiçosa, a resposta de uma criança, a resposta de uma estranha. — E estou um pouco estranha. Melanda disse que está indo para Minneapolis hoje.

Estou cansado e extenuado e agora espero que você volte para suas mentiras porque SUA MELHOR AMIGA ESTÁ NA PORRA DO MEU PORÃO e por que não deixei você ir para casa? Mas balanço a cabeça.

— De férias?

— Ela disse que vai a uma entrevista de emprego.

Bandeiras vermelhas erguidas. Se você tivesse acreditado na história de Melanda, diria que ela está saindo da cidade, não que ela *disse* que está saindo. Eu bebo minha água. Você esfrega a testa.

— Talvez seja só eu... — Sim. Vamos ouvir essa teoria. — Ela sempre falou em se mudar para lá um dia... mas parece que está indo na hora errada. Ou talvez eu esteja enganada.

— Talvez devêssemos comer alguma coisa.

Você ignora minha sugestão.

— Na semana passada, fizemos um desses testes para descobrir qual personagem de *Succession* você é... — Eu sei. Já li as mensagens e fiquei surpreso que Nanicus parece ser o Roman. — Enfim... Melanda é o *Ken Doll*, como você chama... — Deus, eu te amo. Você se lembra de tudo. — E eu sou o pai ogro malvado.

— Não acho que Logan seja um ogro.

— Ah, então você assistiu.

— Sim, eu vi, e Logan Roy é um bom homem. Seus filhos mimados são os ogros malvados.

— Não — você diz. — Logan Roy é um monstro. Seus filhos têm problemas *por causa* dele.

— Isso é um grande engano — eu digo. — Você não pode passar a vida jogando a culpa na infância pelas besteiras que faz quando adulto.

Você se desliga de mim e talvez você e seu marido devessem ficar na minha gaiola à prova de som junto com sua amiga Melanda, porque talvez vocês sejam todos aves feridas, incuráveis. Você esfrega os olhos e suas mãos estão tremendo e é apenas um programa de TV idiota. Tenho empatia por você. Quero cuidar de você.

— Ei — digo. — Acho que devemos pedir algo para você comer.

— Joe, sou casada. — Uma pausa. — É sério.

Você enfim falou. Você me disse a verdade. E agora não vai olhar para mim, apenas para a mesa, e eu deveria estar aliviado — estamos em um novo lugar —, mas se formos fundo agora, você vai querer discutir tudo com Melanda. Eu rezo por um incêndio na cozinha, mas nada.

Estamos aqui. Melanda está no meu porão. E você está olhando para mim. Esperando.

Eu faço o que qualquer um faria em um momento como este. Fico em silêncio. Não percebo o garçom quando ele deixa cair a conta, como se estivesse nos empurrando porta afora, e fico olhando para a mesa. Lembro do *Titanic*.

Você suspira.

— Bem?

— Bem o quê?

— Bem, diga alguma coisa.

— O que você quer que eu diga? Eu já sei.

— Você *sabe*?

— Mary Kay, por favor. Você não pode ficar tão surpresa...

Você bebe sua água.

— Há quanto tempo você sabe?

Não quero que você pense que sou um mentiroso como você e não quero que você se sinta pior do que já se sente, e você é *parte* raposa. Você quer se sentir inteligente. Você *gosta* de se sentir inteligente. Então minto.

— Só faz alguns dias.

Você bufa um pouco. Não é bonito de se ver. Não é você.

— Uau. Acho que sou uma mentirosa das boas.

— Eu não procurei.

Você quer ter todo o poder e é por isso que Melanda se ressente de você, porque você acha que estar em um casamento de merda a torna superior.

— Joe, não vamos brigar.

— Não estamos brigando. — Estamos brigando.

Meu coração não está no meu corpo. Está na mesa. Bem na sua frente. Sangrento. Cru. Pulsando.

— Joe — você diz, e diz da maneira errada. — Eu não vim aqui para dizer que vou abandonar o meu marido. Isto aqui não é um encontro romântico.

Sim, você vai, e sim, é.

— Eu sei disso.

— E não sou uma adúltera.

Sim, você é, mas as coisas serão diferentes comigo.

— Claro que não.

— Minha filha... se ela soubesse daquela noite...

Você amou aquela noite e eu também.

— Estou falando sério, Mary Kay. Eu não disse uma palavra.

— E eu não disse nada porque estou prestes a fazer uma mudança na minha vida. E se isso acontecesse... O que não quer dizer que vá acontecer...

— Sim, vai! — Nós vamos... E é por isso que não posso fazer isso com você em nenhum nível. Você não pode ser o homem que destruiu meu casamento.

Todos sabem que as pessoas casadas são as responsáveis pelo casamento, todos sabem disso, exceto os casados, então bebo minha água.

— Concordo.

— E eu sinto muito. Eu deveria ter te contado naquela noite no pub. Droga, quando "Scenes from an Italian Restaurant" começou a tocar... Quer dizer, por que eu simplesmente não contei tudo naquele dia? O que há de errado comigo?

Digo que não há nada de errado com você e você diz ao garçom que queremos outra rodada — sim! — e você se levanta — *já volto* — e pego o telefone de Melanda e, claro, aí está você.

Eu sou uma pessoa horrível, não sou?

Melanda te ignora porque você precisa pensar por si mesma. Coloco o telefone dela de volta no bolso e, um minuto depois, você volta. Seu cabelo está mais liso e você respira fundo como se estivesse usando um dos aplicativos de meditação de Melanda.

— Tudo bem — você diz. — O que você quer saber?

— Não é da minha conta. Estamos bem. Estou feliz por você ter me contado e sei que não foi fácil.

Você pressiona o guardanapo.

— Por favor, pare de me defender. Você sempre foi franco comigo. Você me contou tudo sobre o seu passado... — Tudo o que importa. — E eu deixei você pensar que era solteira. Lembra aquele primeiro dia, quando você falou de *Gilmore Girls*...

Eu me lembro de tudo sobre você.

— Eu lembro.

— Eu deveria ter contado naquele momento. Mas admito. Eu queria fingir. Você era assim... novo.

Você quer que eu diga coisas boas para você, mas não posso dizer coisas boas ou você vai me chamar de destruidor de lares. Eu concordo.

— O nome do meu marido é Phil. Ele é músico. Você deve até saber quem ele é...

Você fala como se ele fosse a porra do George Harrison.

— Estou falando sério, você não precisa fazer isso.

— Phil DiMarco... Ele era o vocalista da Sacriphil.

É divertido dizer que não conheço a Sacriphil e você gostaria que eu conhecesse — raposas gostam de atenção — e me diz que ele não é apenas seu *marido*.

— Ele é o pai da Nomi.

Eu faço que sim como se dissesse *eu sei disso, caralho*, e você sibila para mim.

— E aí? Não vai me dizer que sou horrível? Que não uso aliança e fiquei de onda com você... Saí com você...

— Bem, tudo o que podemos fazer é assumir a partir daqui.

— Mas veja só, o problema é esse. Eu não estou aqui, Joe. — Sim, você está, porra. — Eu não posso *estar* aqui. — Sim, você pode, porra. — Joe, eu menti para você, enganei você, deixei você adotar todos aqueles gatinhos.

— Eu queria os gatinhos.

Você tira um cubo de gelo de sua bebida com os dedos. Esconde na palma da mão.

— Olha, nenhum casamento é perfeito... — De acordo com todas as pessoas que deveriam ter se divorciado dez anos atrás. — Mas parte do motivo pelo qual nunca pensei em fazer qualquer mudança é que... — Você abre a palma da mão. O cubo de gelo brilha. — Joe — você diz. — Eu não achava que existisse alguém como você.

Eu quero beijar você. *Este* é o nosso momento, mas você o supera com suas palavras, me dizendo o quão egoísta acredita ter sido, como se quisesse que eu a abandonasse e tornasse mais fácil para você permanecer em sua rotina. Você não me deve uma explicação, mas quer explicar. Você adora falar comigo porque pode ser sincera. Você não diz isso, mas é a verdade.

Olhe para você, relaxando e pensando em voz alta. Eu sou o único com quem você pode falar. *Eu.*

— Veja — você diz. — Parece banal, e Melanda ficaria *horrorizada*... — Você diz o nome dela tão casualmente. Você não consegue ouvir os alarmes disparando na minha cabeça porque O QUE DIABOS EU FAÇO COM ELA, MARY KAY?

Não posso pensar nisso agora, então respiro fundo. *Fique aqui agora.*

— Como assim?

— Bem — você diz. — Eu me casei tão jovem. Nunca passei por nada assim... conhecer um homem disponível, passar um tempo com ele, conhecê-lo aos poucos... E as histórias de Melanda sobre estar sozinha são sempre tão sombrias. Mas você... construí minha vida em torno da ideia de que não encontraria ninguém como você.

Mas você encontrou.

— Sério, Mary Kay, está tudo bem. Nada mudou. Nós podemos esperar.

Você balança a cabeça negativamente e luta contra meu plural coletivo com seu plural coletivo — *Somos uma família, Joe, não é tão simples* — e deixo você vencer esta batalha. Não vale a pena discutir com você agora. Melanda só "foi embora" por algumas horas, e você já está mudando. Crescendo. Você ainda não chegou lá, eu sei. Seus instintos maternais superaram sua necessidade básica de amor, de autopreservação, e logo seu telefone vibra e é ele.

Nós dois sabemos que é hora de partir.

Na calçada, não nos abraçamos. Você diz que *talvez devesse* ir embora e os sinos estão tocando nas portas das lojas conforme elas abrem e fecham. As férias estão à nossa volta. Você me agradece por ser *tão adulto* sobre tudo isso e eu te digo a verdade, que só quero que você seja feliz. Você acha que isso é um adeus. Você acha que este é o fim. Mas eu saio com um sorriso na cara.

Eu não achava que existisse alguém como você.

Ah, Mary Kay, eu existo sim, merda, e, no fundo, você sabe que não há como voltar atrás.

14

DESÇO rápido a escada envolto em uma deliciosa nuvem de vaidade. Melanda tentou virar você contra mim e fracassou e, embora eu devesse matá-la por me colocar nesta posição, eu quero ostentar, Mary Kay.

Eu quero me vangloriar, cacete. Eu quero que a professora saiba que fracassou.

Ela cumprimenta a mim e aos buracos de donuts em minha mão com um olhar vazio.

— Melanda, tem algemas na gaveta da mesinha de cabeceira. Algeme-se na coluna da cama que eu te dou um docinho.

Ela protesta como se *eu* não fosse o único que está neste inferno agora, e meu nível de açúcar cai. Ela está aqui, ela realmente está — será que estou fodido? —, e encontra as algemas — os policiais é que deveriam tê-la trancafiado, não eu —, mas a vida é um tubarão que avança — até *Phil* sabe disso —, e meu tempo na rua foi produtivo. Eu vi você — você me ama — e as coisas estão diferentes por aqui também. Melanda está mais lenta. Está curvada, quase se desculpando por sua incapacidade de colocar as algemas. Ela nunca iria admitir, mas agora entende: eu sou a porra do chefe. E ela se algema porque trabalha em um sistema escolar. Ela está condicionada a respeitar os níveis de autoridade, então eu entro na sala como o professor, como o diretor.

— Ok, Melanda. O que nós aprendemos hoje?

Ela me olha.

— Bem, você está de bom humor. Suponho que viu MK, hein?

Isso não é da sua conta, Melanda.

— Achei que deveríamos começar com uma imersão profunda nas narrativas de amizade.

— Se você é tão obcecado por Mary Kay, por que não raptou *ela*?

— Eu não "raptei" você. Você não é uma criança. Agora vamos lá. Filmes de amizade. *Romy e Michele. Amigas para sempre.* Vamos nos aprofundar nisso.

Não quero ser a merda do Dr. Nicky da Melanda, mas quer saber, Mary Kay? Eu quero *sim* que sua amiga admita os pecados dela. Só agora percebo o quanto ela nos magoou. Se você tivesse uma melhor amiga de verdade, teria me contado sobre seu marido *semanas* atrás. O telefone dela vibra. É você: *Consegui. Eu contei a ele. Te ligando agora ahahahha*

Você é uma mulher de palavra e o telefone de Melanda está vibrando e eu deixo a ligação cair na caixa postal — que porra de escolha eu tenho? — e agora *Melanda* está exultante, alisando a calça de moletom amassada.

— Ops — ela diz. — Eu diria que alguém tem um grande problema.

— Sim, você tem uma coleção inteira de filmes sobre a amizade entre mulheres, mas você não sabe ser amiga.

— Ah, por favor — ela diz. — A maioria das mulheres da nossa idade adora *Amigas para sempre, Romy e Michele*. Mas vou te dizer o que é incomum. Eu não atender a uma ligação da MK. Me dê o telefone.

— Não.

— Como quiser. E, para sua informação... — Ela é tão condescendente assim com seus alunos? — Meus filmes são apenas histórias para dormir que vejo depois de tomar um Xanax, querido.

O telefone vibra. É você: *Você pode falar? Prometo que serei rápida! Ou marcamos para outra hora?*

Eu sei que você não tem a intenção de me magoar, Mary Kay, mas pelo amor de Deus, SE TOCA, CARALHO. Digito: *Desculpe estou insanamente ocupada kkkkk te ligo mais tarde!*

Você não responde — está puta — e Melanda diz que estou brincando com fogo. Eu a odeio, Mary Kay. Eu odeio Melanda por estar *certa*. Enfio um buraco de donut na boca — Deus me livre se essa mulher me fizer ter pneus na barriga — e pergunto a ela se ela é Hillary Whitney ou C. C. Bloom. Ela suspira.

— Eu sei que você trabalha com muito empenho na perspectiva do "cavaleiro solitário", mas aqui vai uma dica sobre amizades. Quando eu saio da cidade, MK rega minhas plantas. Nós conversamos, Joe. Conversamos muito.

PUTA QUE PARIU.

— Você é Hillary Whitney ou C. C. Bloom?

— Quando eu preciso conversar, ela atende. E quando ela precisa conversar, eu atendo.

Você envia uma mensagem de novo, como se estivesse do lado *dela*, não do meu — *Você está bem? Posso fazer alguma coisa?* —, e eu gostaria que você não fosse tão gentil, mas sei que você tem um motivo oculto — quer falar sobre mim —, e Melanda estala os dedos.

— Me deixe falar com ela.

— Você sabe que isso não é uma opção.

— Cai na real, querido. Eu sou uma mulher solteira. MK é mãe. Ela sempre quer saber se eu estou bem. Uma vez, meu telefone ficou sem bateria quando eu estava com um cara... Ela tem a senha do alarme da minha casa. Apareceu no meu apartamento naquela mesma *noite*.

Por que você tem que ser uma amiga tão dedicada, Mary Kay?

— Vamos nos concentrar em você, Melanda.

Minha voz está trêmula — como poderia não estar? —, e há uma rachadura na minha nuvem de vaidade.

Melanda me olha.

— Você *quer* ir parar na cadeia.

Posso não saber o que vou fazer com Melanda, mas não vou para a cadeia e você não vai para a merda da casa da Melanda. Você manda uma mensagem de novo — *Desculpe ser grudenta mas preciso mesmo conversar* — e eu sei, Mary Kay. Entendo. Mas Melanda ESTÁ OCUPADA AGORA CARALHO. Ela se esparrama no futon e me dá um sermão sobre como todas as mulheres são C.C. Bloom *e* Hillary Whitney, e todas as mulheres são Romy *e* Michele, e eu preciso que você não queira falar com ela, então não tenho escolha, Mary Kay. Tenho que ser mau. Bem, Melanda tem que ser má.

Querida, estou superfeliz que você contou a ele, mas sou uma pessoa tentando cuidar de mim mesma e será que... você pode me contar sobre seu namoradinho quando eu me instalar no meu hotel rsss

Você está tão brava que não responde por um minuto inteiro e é tão benevolente que, quando responde, é educada: *Entendi. Vou regar suas plantas hoje à noite. A senha ainda é a mesma?*

Eu prefiro chaves a senhas e você fica impaciente. Você realmente não se preocupa com as *plantas* dela, mas quer se esconder no apartamento dela, pensar em mim e fingir que é solteira. Melanda sorri.

— Mesmo para ela, isso já é mandar mensagem *demais.* — Ela se senta no futon. — Qual é o seu plano, Joe?

EU NÃO SEI, PORRA, e você manda uma outra mensagem. *Me avise se a senha mudou, te amo.* E eu amo *você*, então digito: *Kkkk mesma senha mas não precisa se preocupar com as plantas. Eu joguei todas fora alguns dias atrás.*

Agradeceria MUITO se você pudesse recolher minha correspondência na próxima semana bjs.

Você envia um polegar para cima para Melanda, mas eu conheço você, Mary Kay. Você não vai esperar uma semana, e o que diabos eu vou fazer com ela?

— Não é tão fácil quanto você pensava, não é, querido?

— Você chora quando Hillary Whitney morre em *Amigas para sempre*?

— Você não percebeu que melhores amigas de verdade se falam todos os dias. E não me refiro a mensagens de texto. Elas se *falam*. De verdade.

— Você ficará feliz por C. C. Bloom quando ela conseguir a custódia daquela garotinha, não é? Você sempre quis que algo assim acontecesse com você para que pudesse ter Nomi só para você.

— Querido, chega de filmes. Você está encrencado. MK vai procurar a polícia se eu não ligar de volta. Ah, sim, sua historinha de Minnesota é bacaninha, sem dúvida, mas se eu *tivesse* viajado para Minneapolis, ligaria para ela do aeroporto para reclamar de um "empresário" grosseiro e ligaria para ela do hotel para reclamar dos lençóis. Você não sabe como são irmãs.

— Você não é irmã dela.

Ela bufa.

— Tudo bem. Você não será o primeiro homem superzeloso a cavar a própria cova.

Você vê o melhor nas pessoas — sempre uma abordagem perigosa para a vida — e é por isso que formamos uma boa dupla, Mary Kay. Eu vejo o pior. Digo a Melanda que não me importo se for para a cadeia. Digo que *ela* é quem está atrás das grades, que toda a vida dela é a merda de uma mentira sem amor. Ela se vira — estou chegando perto — e digo a ela que estou ali para proteger você *dela* e que, não importa o que aconteça, tenho todas as provas. Sei que ela se ressente de você, e digo que ela não é feminista nem irmã e que você não será mais prisioneira dela.

E agora ela se senta e olha para mim.

— Phil e eu namoramos na escola, sabia?

É tão triste ver como ela fica toda *inflada* ao mencionar uma história antiga dos tempos de colégio.

— Ah — eu digo. — Então Mary Kay roubou o seu namorado. Não me admira que a amizade de vocês duas seja tão tóxica.

— Pelo contrário — ela diz. — Eu só te conto isso porque, obviamente, não segui em frente com o namoro. Phil é... Bem, ele é uma estrela do rock... — Mick Jagger é uma estrela do rock. Phil DiMarco é um cara de banda. — E, meu querido... — Ela põe a mão no peito. — É triste você pensar que ela abandonaria o Phil para ficar com você.

— Me dê a senha do seu apartamento.

Ela sorri.

— Ah, agora eu te peguei, não foi?

— Vou entrar lá de uma forma ou de outra, Melanda.

— Eu sei — ela diz. — Você vai entrar no meu apartamento. Mas você jamais vai ficar entre MK e Phil... — Ela sorri novamente. Cruel como uma abelha rainha da oitava série. — É tão engraçado. Você se vangloria porque ela finalmente lhe contou sobre Phil. Você invadiu o meu telefone... você acha que nos conhece... Eu não sei das suas intenções, mas você obviamente viu *Amigas para sempre* e *Romy e Michele*. Sabe que melhores amigas falam *de tudo*.

— Me dê a porra da senha.

— Mas você não tem as transcrições de nossas noites no bar de vinhos... nossos telefonemas...

Eu odeio a minha pele por ficar vermelha.

— Apenas me dê a senha.

— Libra 342 — diz ela, 342 é o número de *Você me ama*. Argh. — Você pode anotar.

Eu deveria simplesmente matar essa mulher, Mary Kay.

— Obrigado.

Eu me viro para ir embora, e ela me espicaça:

— Eu queria que você estivesse lá na noite em que ela me contou sobre você.

Fico calado.

— Sobre como não fez faculdade... como não tem nenhum amigo... e eu *definitivamente* gostaria que você estivesse lá na noite em que ela me contou de como você beija mal. Língua demais.

Eu não vou deixar que ela veja a expressão em meu rosto. Tenho juízo suficiente para não acreditar, Mary Kay. Ela está mentindo. Só pode estar mentindo.

— É tão triste que você realmente pense que pode competir com Phil... — Meus dentes estão rangendo. — E ela tem razão, Joe. Você lê demais. — Não é verdade. — Você é uma overdose *de carne e brócolis*... — Você nunca diria isso de mim. — Essa é a única explicação possível para você acreditar que ela trocaria alguém como ele por alguém como você. Ela é supergentil porque gosta de ser assim. *Obviamente* ela disse hoje *alguma coisa* que te botou pra cima, mas, meu Deus, querido, caia na real. MK é legal com todo mundo. Ela é uma *bibliotecária*, uma funcionária pública. Ela precisa agradar as pessoas. É uma pena quando caras como você levam a gentileza para o pessoal.

Ela boceja como minha mãe e me faz lembrar de minha mãe, que aumentava o volume de Jerry Springer quando eu chegava da escola e queria contar a ela sobre o meu dia. Quando eu estava morto para ela *porque* eu era feliz. Isso é o que está acontecendo agora, Mary Kay. Você me "botou pra cima", você me disse que eu *existo*, e sua amiga quer me colocar pra baixo. Ela não é inteligente como você e eu, ela não consegue ser feliz pelas outras pessoas, não de fato, e nunca aprenderá a lição e foda-se. Devo fazer isso agora? Matar sua melhor amiga?

— Querido — ela diz. — Você poderia colocar a TV aqui? Tenho retinas sensíveis e o brilho da janela realmente está me *matando*. Eu também adoraria um filé. Estou simplesmente morrendo de vontade de comer *carne* vermelha de verdade, sabe?

Eu quero, quero sim. Mas não. Não tenho um plano e não vou ser preso por causa de *Melanda*.

Eu bato a porta e, ao subir a escada, minha língua pulsa na minha boca. *Vai se foder, Melanda*. Minha língua é ótima.

Não é?

15

EU não dei a ela a porra da minha TV e não vou comprar *carne* nenhuma. Cachorros maus não ganham gostosuras. Todo mundo sabe disso. E é isso o que ela é, Mary Kay: uma cachorra má. Territorialista e violenta. Ela me atacou, e eu a trouxe para casa. Eu a alimentei. Tentei treiná-la e ela se virou e me agrediu novamente.

Eu definitivamente gostaria que você estivesse lá na noite em que ela me contou de como você beija mal. Língua demais.

Agora estou andando de um lado para o outro no meu jardim (vendo pelo Instagram meu filho distante para me lembrar de como eu sou bom pra caralho. Ele está engatinhando. Ele é uma gracinha. Fui eu que fiz). Tropeço em uma raiz exposta na *paisagem natural* e odeio Bainbridge Island porque aqui tem uma coisa chamada SILÊNCIO DEMAIS. Não estamos no deserto e ninguém precisa estar no chão de fábrica às 7h, então por que todos, exceto eu, estão dormindo?

Eu não ia machucar ninguém. Sou um homem bom, mas sou um solitário, maltratado e usado. Foi *ela* quem *me* atacou! É culpa dela o fato de estar naquele porão, de eu estar nessa confusão. E você realmente tirou sarro dos meus beijos? Você falou sério quando disse que não achava que existisse alguém como eu? Ou Melanda está certa? Foi esse o seu jeito *gentil* de me dizer que não sou bom o suficiente?

Não posso ficar aqui. E não, eu não quero pegar a *balsa* para Seattle e encher a barriga de salmão & quinoa e visitar uma livraria debaixo de um mercado — já sabemos, Seattle, você tem *história* — só para ficar com fome uma hora depois e procurar um restaurante qualquer com portas cor-de--rosa. Tudo isso só é realmente divertido se a gente estiver com alguém que ama, e eu amo você, mas você é como o resto dos habitantes desta ilha agora.

Você está na cama.

Coloco minhas luvas — nada de impressões digitais, nada de DNA —, digito a senha e abro a porta do apartamento de Melanda. Preparo o cenário indicador da partida dela, caso você apareça por aqui. Vou até o banheiro — a porta está mantida aberta por um exemplar de *Pássaros feridos* dividido ao meio — e ali dentro é uma bagunça nojenta de absorventes internos, revistas fitness e toalhas com o monograma MRS. Nossa. Melanda Ruby Schmid é realmente uma cachorra muito má. Os pais dela sabiam disso, escondendo o rubi no meio porque sabiam que ela não era nenhuma joia, sobrecarregando-a com iniciais das quais ela nunca estaria à altura. Eu pego uma foto emoldurada de você e sua *melhor amiga* e vejo que, mesmo quando ela está feliz, ela é amargurada. Escondendo-se atrás de óculos escuros enquanto você franze os olhos ao sol.

Verifico meu telefone. Melanda está rasgando os lençóis da cama e ela não é capaz de apreciar uma maratona de filmes de férias porque ela não é capaz de amar. Em casa ela só dorme na metade da cama — a outra metade está cheia de embalagens de minibombons e, pelo amor de Deus, Melanda, você não é uma supermodelo. Compre logo uma barra de chocolate tamanho família.

Ela está lendo *As violetas de março*, de Sarah Jio e, não, Melanda, esse livro não é sobre você. É sobre uma mulher boa, uma divorciada que se casou porque acreditava no amor, ao contrário de *certas* pessoas.

Melanda tem razão, Mary Kay? Você nunca vai deixar o seu marido?

Abro a gaveta de tralhas da cozinha onde ela guarda dezenas de calendários de exercícios do *Women's Fitness* e eles estão colados um no outro pela ação do tempo e pela autoaversão. Eu olho para o espelho dela — ele fica sobre a outra metade de *Pássaros feridos* —, que mente para mim porque me mostra mais alto e mais magro do que sou. Eu olho acima do espelho, onde há outra grande mentira na forma de uma alegre inscrição: VOCÊ É LINDA. Verifico o computador dela e a última coisa que pesquisou no Google foi *Carly Simon jovem* e, não, Melanda, você não se parece com Carly Simon porque Carly Simon tem uma alma. Ligo a TV, onde não há nada além do programa *The Real Housewives*. Ela não assiste aos documentários feitos por mulheres para mulheres que ela elogia tanto no Twitter. E ela ouve tanto "Coming Around Again" porque se ninguém nunca fica — e quem poderia ficar? —, então ninguém vai embora, logo, ninguém pode "começar tudo novamente" com ela.

Mas esse é o fardo de ser um homem bom. Eu nunca diria nada disso a ela.

A pessoa de quem preciso agora é *você*. E é tarde, mas não tão tarde.

Pego o telefone de Melanda.

Melanda: *Você está aí?*

Você: *Sim. Não consigo dormir. Como está a viagem? Tudo indo bem?*

Ah, Mary Kay. Você conseguiria dormir se estivesse comigo, e eu também dormiria.

Melanda: *Entãããããão... tá eu conheci alguém rsss*

Você: *Já? Mas você acabou de pousar, não?*

Melanda: *Bem... na verdade começamos a conversar alguns meses atrás mas era a distância e eu não comentei nada porque quem sabe mas agora estou aqui e bom... AGORA EU SEI kkkkkk*

Você: *Nooossa isso é... maravilhoso?*

Ah, Mary Kay, você está mais verde que os três pontinhos.

Melanda: *kkkkkk sim estou com ele agora então tenho de sair mas vivas para mim!*

Você: *Uau! Detalhes? Não me diga que ele é casado.*

Meu Deus, você está com inveja e deveria estar, sim. Você vê agora que Melanda deu um salto de fé para ser feliz e é *assim* que eu faço você ver a luz.

Melanda: *Não! Divorciado. Totalmente livre... não me leve a mal rsss*

Você: *HA.*

Eu sorrio. É um *pouco* divertido irritar você.

Melanda: *NOSSA e ele beija TÃO BEM kkkk falando nisso... como vai seu amiguinho?*

Você: *Isso é ótimo M!*

Você não mordeu a isca, mas numa boa. Ouço a dor em sua voz.

Melanda: *Eu já tinha me esquecido como era beijar alguém que realmente sabe beijar rs desculpe me sinto na sétima série agora kkkkkkkkkk*

Você: *Ééé. Nada como um beijo.*

Eu sinto falta do seu *Ééé* e você quis dizer o *nosso* beijo?

Melanda: *Você está bem?*

Você: *Sim. Só estou tentando fazer com que Nomi faça sua redação para a admissão da universidade. Talvez eu volte para a universidade também! Quando você fica sabendo do seu emprego?*

Meu Deus, Mary Kay. A vida segue em frente. Você já fez uma universidade. Você se casou com Phil. Siga o programa e siga em frente. Não anseie pelo passado e não faça tudo ser sobre o futuro. Esteja aqui agora e me dê o seu Lemonhead.

Melanda: *Ahah eu não voltaria a estudar nem que me pagassem. Estou tão feliz agora. Tem o Carl... minha entrevista é amanhã mas estou bem tranquila com isso sabe?*

Você: *Tão feliz por você M. Sério.*

Sério. Aceite, Mary Kay. Eu sei que o divórcio costumava parecer uma má ideia, como se você estivesse em bares de vinhos oito noites por semana com Melanda. Brigando por causa de homens do tipo Nanicus excitado, homens de quem você nem gosta, arrependida de todas as decisões que a levaram aos bares. Mas você me conheceu. É hora de deixar aquele filho da puta e ficar comigo. Carl fez isso. Ele deixou a esposa, e você também pode fazer.

Melanda: *Ok sério fale de você VOCÊ ESTÁ BEM? pode falar sobre Joe. Eu não vou gritar com você e falar mal do suéter dele kkkkkkk eu prometo*

Eu espero. Eu vejo a tela. Nada. Nada mesmo. E então, um minuto depois:

Você: *Melanda você não precisa zombar dele a cada vez que eu o menciono. Sei que você não gosta dele. Mensagem recebida.*

Melanda: *Desculpe só penso em CARL CARL CARL O MELHOR HOMEM DA TERRA*

Você: *Bem isso é ótimo. Mal posso esperar para conhecê-lo se as coisas derem certo.*

Se. Ai! É esse o problema? Você quer a certeza em vez do risco?

Melanda: *Ah eu quero pagar pra ver, seja o que for que aconteça estar com ele é uma virada de jogo, sabe? Ele superou tantas dificuldades e largou a esposa e mesmo que não dê certo estou tão feliz por termos nos conhecido, sabe? Dito isso sim vamos nos casar kkkkkkkk*

Você: *Ah.*

Você não costuma dizer só *ah* e Melanda está realmente afetando você. *Bom.*

Melanda: *Você está com raiva de mim?*

Você: *Não. Só me sinto uma merda esta noite. E eu sei. Eu sou casada. Eu me meti nesse rolo e tenho um marido mas não preciso de sermão agora por favor me poupe.*

Melanda: *Só te amo querida. E falando nisso... eu sei que fui dura com Joe.*

Mary Kay: *Ah sei lá. Eu talvez devesse esquecer isso. Foi só um beijo. Um beijo bom. Eu estava vivendo uma fantasia. Clichê, mas é verdade, sabe?*

Eu tenho minha resposta. Você *gosta* do *meu* beijo e Melanda estava certa sobre uma coisa. Eu não sou nada como Phil. Eu sou *melhor* do que Phil. E Melanda pode não ter *recomeçado* e visto a luz ainda, mas eu estou no controle agora e é hora de ela ser uma amiga de verdade.

Melanda: *Não MK. Antes de Carl eu estava no modo anti-homem. Eu posso admitir isso. Quer dizer, você sabe disso...*

Mary Kay: *Eu sei que ele não era seu favorito...*

Melanda: *Faça-me um favor. Dê uma chance. Não estou dizendo para deixar Phil e não estou dizendo que Joe está perto do homem que Carl é... lol mas eu apenas... eu quero que você seja feliz. Não há nenhuma lei que diga que você não pode conhecê-lo. Quer dizer você contou a ele sobre Phil. Não o afaste.*

Mary Kay: *Olha só, quem é que está falando? Você pode mandar minha amiga Melanda de volta? :)*

Um arrepio percorre meu corpo. Fico olhando para o telefone e fodam-se Steve Jobs e a Mãe Natureza, porque essa é a falha de toda comunicação. Por que não podemos retirar as coisas? A pressão está aumentando a cada segundo e eu tenho que dizer algo, mas fui longe demais?

Melanda: *Ah pode acreditar eu também estou chocada e totalmente ciente de que daqui a sete dias talvez eu esteja odiando Carl e Minnesota kkkkkkkkk*

Você está digitando. Devagar. Os pontinhos de digitação aparecem e desaparecem. As pessoas que vão para a cama cedo acordam cedo, e eu preciso terminar de fazer as malas para a viagem imaginária de Melanda e tenho que dar o fora daqui antes que os corredores acordem e bum.

Mary Kay: *Eu só estava brincando. Muito feliz por você estar feliz. E sim... sobre Joe, veremos.*

Ah, sim, veremos, Mary Kay.

16

É véspera de Natal e durante todo o dia vivo como um Naftalina. Eu não faço contato visual com você, a menos que você se dirija a mim, o que faz duas vezes, ambas as vezes por motivos *profissionais*. Ao meio-dia, saio para a nossa poltrona no jardim, porque sempre faço isso. Eu sei entender indiretas, Mary Kay. "Melanda" disse para você me dar uma chance, mas da última vez que conversamos você me disse para eu me afastar.

A porta se abre às 12h13. Você está vestindo seu casaco — você pretende ficar — e faz uma cara triste para o meu almoço.

— Bem, isso não é carne e brócolis.

— Não — digo. — Isso é o que chamamos de sanduíche de pasta de amendoim com geleia.

Você se senta na namoradeira. Não tão perto como em *Closer*. Mas tampouco grudada no braço da poltrona. Você sorri para mim. Brincalhona.

— Posso dizer que Nomi gostou do Bukowski que você sugeriu?

— Eu acho que pode. Posso dizer que estou muito feliz por você ter vindo?

— Acho que pode, sim. Mas devo perguntar, posso dizer que fiquei acordada a noite toda porque não conseguia parar de pensar em você?

— Acho que você pode me dizer isso... contanto que eu possa dizer que fiquei acordado a noite toda pensando em você também.

Estamos pegando fogo e você coça o seu coque despenteado. Vermelho. Ouro. *Você*.

— Posso dizer que pensei em você no chuveiro?

— Só se eu puder dizer que *sempre* penso em você no chuveiro.

Você fica vermelha.

— Posso dizer que eu queria que você dissesse isso?

— Só se eu puder dizer que na minha cabeça eu te comia em cada metro quadrado desta biblioteca.

Você olha para mim. Será que fui longe demais? Você sorri.

— Posso me sentir um pouco insultada por você não ter imaginado o que poderíamos fazer bem aqui onde estamos?

— Eu disse em *cada* metro quadrado da biblioteca, Mary Kay.

— Sim, mas na minha cabeça passamos por cada metro quadrado da *propriedade*.

Agora *você* foi longe demais e fica vermelha. Eu quero abraçá-la, mas há Naftalinas aqui dentro e uma aliança invisível em seu dedo.

— Veja — você diz. — Isso é uma espécie de ardil 22. Nós dois sabemos que grande parte disso tem a ver com *limites*. Quero dizer, quem poderia afirmar que toda a tensão entre nós não tem a ver com limites? Estou pensando em nós dois aqui, Joe. Porque olhe só para nós. Ontem eu estava uma pilha de nervos para te contar e acabou que você já sabia... Que piada... E hoje, bastam dez segundos e pronto... Bem, meu Deus, nosso QI está caindo um milhão de pontos por segundo.

Você é casada, eu não sou casado, e eu não te respeitaria, muito menos te amaria, se você não estivesse tão transtornada agora. Mas é hora de eu me mostrar para você da mesma forma que você se mostrou para mim.

— Você tem razão — eu digo. — Talvez devêssemos voltar para dentro.

Você me olha como se esperasse que eu te beijasse. Como se eu pudesse fazer isso.

— Posso dizer que sinto muito por implodir?

Eu me levanto. Você ainda está sentada. Nessa altura, você poderia abrir meu zíper e me colocar em sua boca e é isso o que você quer, mas você se convenceu de que isso é *tudo* o que quer de mim. Deixo você na namoradeira e volto para as estantes de livros, espero três minutos e mando uma mensagem pelo telefone de Melanda.

Melanda: *E aí?*

Você: *E aí o quê?*

Melanda: *Você já viu o Joe? Desculpe kkkkkk estou no modo amor!*

Você vai passar o resto da sua hora de almoço escondida de mim em sua sala e então suspira.

Bem, eu apenas me ofereci para dormir com ele no estacionamento. Ele deve estar pensando que sou louca. ISSO é insano.

Você está se convencendo do contrário e estou farto de como vocês, mulheres, chamam de *insano* tudo que é natural e possível. Mas eu não sou eu. Eu sou Melanda.

Bem, talvez você deva fazer isso rssss brincadeiriiiiinha

Você pega uma bengala doce em sua mesa e a morde. *Tum*. Como a pedra batendo na cabeça de Melanda na floresta. E talvez haja um pouco de magia de Natal só para nós. Talvez algo de bom saia dessa confusão, afinal.

E se eu só sentir tesão por ele ou se ELE só sentir tesão por mim? E se eu estiver apenas construindo uma imagem dele na minha cabeça? Quer dizer, veja o Seamus. Um porco simpático, mas um porco. Nós conhecemos os homens. Joe talvez seja bom demais para ser verdade. Você disse isso. Sem amigos. Sem vínculos. Ele passou o Dia de Ação de Graças sozinho e você sabe o que dizem. As pessoas mostram quem são.

Quero invadir sua sala e mergulhar na sua Murakami porque a frustração sexual é venenosa.

Querida, Carl está aqui então eu preciso ir mas sinceramente... eu estava mal-humorada naquele dia no restaurante. Você gosta dele. Ele gosta de você. Lide com isso. bjs amo você

Melanda está certa, Mary Kay. Você gosta de mim. Você precisa lidar com isso, porra, e eu sei como forçá-la a lidar com isso. Há um seminário acontecendo em uma das salas de conferências envidraçadas. É uma receita para o desastre — Naftalina ensinando Naftalina como usar um iPhone —, e você forçou Nomi a ajudar, mas ela é a única com menos de sessenta anos. Ela nem está fazendo a porra do trabalho direito, Mary Kay. Está segurando o telefone *dela*, obrigando um dos alunos a olhar suas fotos.

— Olha só — diz Nomi. — Isto é uma cabana em Fort Ward. O musgo no telhado é como o chão de uma floresta para as Barbies. Quando eu era pequena, queria que meu pai roubasse o musgo.

Eu sei que Phil é o pai dela, mas *argh*, e o Naftalina me encara e Nomi me olha e resmunga.

— Então minha mãe te obrigou a estar aqui também? Legal.

— Nem um pouco — digo, arregaçando as mangas e limpando as migalhas de biscoitos de fibra em um guardanapo. — Estou aqui porque quero.

Nomi abre espaço para mim na mesa e a Sra. Elwell comenta sobre os *modos* de sua Suricato, e sou muito profissional, defendendo sua filha sem passar pano para o seu comportamento — adoro jogar dos dois lados! —, e, antes que você perceba, estamos trabalhando com eficiência. Ajudamos a Sra. Elwell a se "conectar" com sua família no Facebook — lembra quando as apresentações de slides eram universalmente reconhecidas como tortura? —, Nomi está suavizando sua abordagem, aprendendo a ser mais paciente, mais parecida *comigo*. Ela não aprende tão rápido assim e ainda bufa quando uma Naftalina de suéter não consegue acessar seus livros de sacanagem. Mas eu olho para ela tipo, "Seja simpática, Nomi", e o que posso dizer, Mary Kay?

Eu sou bom com crianças. Sou altruísta. Sei lidar com celulares e sou paternal, não *patriarcal*, e você tem um lugar na primeira fila. Você me vê e eu vejo as engrenagens girando em sua cabeça quando você se lembra de que não só beijo bem. Eu sou uma boa *pessoa*. E não descanso sobre os louros porque compus uma canção de sucesso *vinte* anos atrás — larga o osso, Phil —, e quando o seminário acaba sua Suricato suspira.

— Bem — ela diz. — Nós sobrevivemos.

— Ah, que isso — digo. — Você se divertiu um pouco que eu sei. Eu achei divertido.

Nomi não admite — crianças são assim mesmo —, mas quando estou me preparando para ir para casa, ela conta uma piada de sacanagem. Você vê que formamos um vínculo — marco mais um ponto! — e aceno. Joe Amigo! Joe equilibrado!

— Tenham um ótimo feriado! Vou me encontrar com uns amigos em Seattle!

Claro que você envia uma mensagem de texto para Melanda enquanto estou indo para casa.

Ele é tão legal. É como se eu quase tivesse me esquecido de como ele é inteligente porque era tão surreal eu me abrir tanto com ele sobre o outro lado das coisas e... é isso. Ok, uau. Aahahhahah.

Melanda está ocupada com Carl e tem ciúmes em seu coração, então ela apenas dá uma curtida na sua mensagem. E você não manda mensagens de novo e tudo bem, porque posso não ter *amigos* e posso não ser doentiamente apegado à minha família que odeio secretamente — estou falando com vocês, meus vizinhos de olhos fecais —, mas tenho Melanda no meu porão, e sabe de uma coisa, Mary Kay? Estou muito feliz por ela estar lá.

Essa nunca foi uma noite feliz para mim. Quando eu era criança, escrevia cartas para o Papai Noel dizendo que eu seria um bom menino e esperaria pelo próximo Natal, quando as coisas seriam melhores — ah! —, mas agora a mentira da minha infância é verdade. Tenho um futuro com você e esse é realmente o último Natal de merda da minha vida, a hora mais sombria antes de nosso amanhecer permanente. Não vou piorar as coisas dando a mim mesmo um *corpo* para lidar quando todos os outros nesta ilha estão abrindo seus malditos presentes, então esquento um frango frito que tenho no freezer, pego um pote de sorvete e desço as escadas. Ela me vê. Ela fareja o frango. E, antes mesmo que eu pergunte, ela se algema na cama e joga a chave na direção da porta. Uma cachorra tão boazinha de repente, e eu entro no Quarto dos Sussurros e ela faz uma espécie de dança feminina em seu futon.

— Ah, querido, eu *adoro* frango frito!

Eu entrego a bandeja e ela arranca a pele do frango e coloca na boca. "Delícia", ela murmura, enquanto lambe a porra dos dedos. Eu sei o que ela está fazendo, Mary Kay. Ela está jogando comigo. Como se pensasse que essa é a primeira vez que estou encurralado em quarentena com uma pessoa perigosa e instável na porra do meu espaço pessoal. Entro no jogo também.

— Bem, você parece feliz.

— Sabe o que é? Na verdade, estou feliz. E, meu Deus, eu realmente esqueci o quanto adooooro *A mão que balança o berço*.

— Ah, é?

Ela come mais pele. Ela lambe os dedos.

— Mas isso me deixa meio triste...

— É mesmo?

Ela arranca a tampa do sorvete e enfia o garfo no pote. Isso faz parte do jogo dela.

— Sim — ela diz. — Eu sinto que você pensa que Mary Kay é a Bridget Fonda, a Annabella Sciorra. Você acredita no comportamento de mãe dedicada de jaqueta rústica e todas essas coisas de mulher santinha... — Você *é* uma boa mulher e Melanda suga a gengiva. — Querido, você deve saber que Mary Kay é apenas... Bem, ela não é o que você imagina.

Pobre Melanda. Se ela soubesse que você e eu tivemos um dia maravilhoso. Eu digo a ela para esperar um pouco e subo para fazer duas canecas de chocolate quente e, no próximo ano, estarei fazendo chocolate quente para *você*.

Melanda bate palmas quando eu volto para o Quarto dos Sussurros.

— Aah, sim. Eu sinto tanta falta de carboidratos.

Você pode ter este último feriado nuclear com sua família não escolhida, da mesma forma que Melanda vai poder aproveitar o alto teor de açúcar. O vapor deixa a pele dela vermelha, e ela ronrona como um dos meus gatos.

— Mmmm — ela diz. — Delícia.

— Então, você estava dizendo...

Ela coloca a caneca na mesa de cabeceira, pega o controle remoto, pausa *Igual a tudo na vida* e somos apenas eu, Melanda e Jason Biggs. Ela futuca a palavra ARMA impressa na camiseta.

— Então, eu engravidei no colégio.

Permaneço calmo. Eu sou a porra do chefe.

— Isso é outra mentira? Porque eu sei que Mary Kay nunca disse que eu beijava mal.

Ela bate os cílios, o que resta deles.

— Eu sei — diz. — Eu falei algumas coisas *realmente* desagradáveis quando estava me desintoxicando... — Sempre com uma desculpa. — Mas você estava certo... — Pare de tentar foder com a minha cabeça, Melanda. Estou feliz demais para ser burro. — E você deveria saber por que eu estava realmente na floresta naquela noite.

Vou me sentar na cadeira e tomo um gole de chocolate.

— Bem, continue.

— Então, eu tinha 15 anos e mal conhecia o cara, não podia ter um filho.

— Sim.

— E Mary Kay foi incrível, me ajudou totalmente, coisas que só uma verdadeira melhor amiga faz.

— Bem, isso não é surpresa.

Ela mergulha um dedo na baunilha derretida.

— Verdade — diz ela. — E eu a ajudei alguns anos depois. Quando ela engravidou.

— E...

Melanda dilata as narinas.

— E ela já estava mais velha. Não foi *dramático*... — Você não é uma pessoa dramática. Se fosse de fazer drama à toa não teria sido tão receptiva a todas as minhas boas ações na biblioteca hoje. — E eu fui para o hospital no dia em que ela entrou em trabalho de parto. Estava na sala com ela segurando sua mão porque Phil... Bem, ele não era esse tipo de cara... — Eis uma verdade. — Então Nomi nasce e ela é linda. Perfeita. Parece o nosso bebê, sabe? E MK olha para mim e diz: "Obrigada, Melanda. Se você não tivesse me mostrado como é difícil desistir de uma gravidez, eu poderia não ter tido meu bebê."

Ótima jogada porque, como homem, não posso dizer nada.

— Isso é muito para absorver.

— Então ela colocou Nomi em meus braços. Eu segurei aquela garotinha e estava bem com minha decisão. Não me arrependo. Fiz a coisa certa na hora certa... — Eu conheço o sentimento. — Por isso eu estava na floresta naquela noite, porque Nomi é parte de mim. Mary Kay sabia o que estava fazendo quando colocou Nomi em meus braços, quando encontrava um defeito em cada cara com quem eu *nem* chegava a namorar. Sim, eu tive

alguns momentos difíceis. Talvez não seja a melhor amiga às vezes... — Rá-
-rá! — Mas Mary Kay me usa, Joe. Eu cuido de Nomi. Em *A mão que balança o berço*, Annabella Sciorra praticamente *mora* naquela jaqueta rústica. Como Mary Kay com sua meia-calça. Mas esse é o olhar do diretor homem. Na realidade, nenhuma mulher usa aquela jaqueta todos os dias. Você deve saber que está se arriscando por uma mulher que só existe na sua cabeça. — Ela olha para a TV. Depois olha para mim. — Você se parece com ele, sabe? Jason Biggs. Uma versão bonita, *obviamente*.

Eu não me pareço com Jason Biggs. Ela lambe os dedos e volta a assistir a porra do filme dela e eu *não* desejo um Feliz Natal. Ela deveria ver o que há de errado com ela, mas, em vez disso, está tentando me fazer pensar que há algo de errado com *você*.

Subo as escadas e estou furioso, encalacrado, fodido. *Ho-ho-ho Merda* e todos nesta ilha estão dormindo, exceto eu e Melanda. Leio o meu horóscopo estúpido em um dos *aplicativos de astrologia* dela — não, Joe, não —, entro no Instagram de Love e vejo Forty abrir seus malditos presentes novamente — não, Joe, não — e sinto falta do meu filho, meu filho que nunca conheci, e agora a vadia está certa.

Você realmente não está aqui comigo. Você só existe na minha cabeça.

Mas então meu telefone vibra. É você: *Feliz Natal, Joe. Estou pensando em você.*

Eu precisava de você e você sabia disso — nossa conexão é como eu, *existe* —, então me acomodo no sofá e meus gatos brincam juntos. Passei o resto da noite mandando mensagens para você sobre histórias de Natal e do Bukowski que você comprou para Nomi, é tudo calmo e aconchegante — você me manda uma foto de suas pernas nuas, seus chinelos felpudos —, e nossos telefones são mágicos. *Nós* somos mágicos e iluminamos as primeiras horas da noite longa e árdua, mas, por fim, você *precisa* dormir um pouco — vai ser um dia importante — e te desejo bons sonhos. Sinto-
-me feliz. Amado. É quase como se sua amiga Melanda deixasse de existir, como se Papai Noel finalmente me fizesse um favor atrasado e se arrastasse para dentro desta casa e rebocasse sua amiga para fora daqui, para a porra de seu trenó.

Quase.

17

É o dia seguinte ao Natal e estou vivendo uma fantasia, trocando mensagens com você quando consegue esquivar-se de sua família. Este desequilíbrio de poder não funcionaria com ninguém além de você, Mary Kay, constantemente empática — *espero que não se importe que eu tenha apenas um minuto aqui e ali* —, e embora não digamos isso, nós dois sabemos que esse é o último feriado que passaremos separados.

Meu presente para Melanda foi dar a ela exatamente o que ela queria: zero comida. Mas já se passaram quase dois dias e não quero que ela morra de fome — isso leva muito tempo —, então desço as escadas com uma tigela de comida — ela realmente é como se fosse meu cachorro — e, para a minha sorte, ela está dormindo. Nada de *escola de cinema* hoje, porque ela vai inventar mais histórias para se manter viva. E não é culpa dela pensar que tem uma chance. Ontem à noite, contei a você que dei uma guirlanda de Natal para a família de olhos fecais, e você disse que sou uma pessoa boa até demais. E você está certa, Mary Kay.

Eu sou. Mas também sou um maldito procrastinador. Eu sei que tenho de matar Melanda. Mas continuo adiando.

Não sou só eu, Mary Kay. A maioria das pessoas "normais" nos Estados Unidos está no mesmo barco agora, divididas entre querer salvar as pessoas com quem estão presas e querer matá-las. Não sei se a história dela sobre você é verdade, mas sei que não me importo. E daí que você foi insensível com ela depois do parto? Você tinha acabado de ter um filho com *Phil*. Somos animais. Os animais comem outros animais vivos. É assim que o sistema foi projetado para funcionar. E daí que você manipulou Melanda para ser sua segunda mãe não oficial? Você estava presa a Phil, e mães fazem essas loucuras. Love deixa meu filho mastigar luzes de Natal — eu não deixo nem meus gatos fazerem isso — e o fato é que a maternidade é a tarefa mais difícil do mundo. Eu amo a pessoa que você é agora, Mary Kay — *você me desejou um feliz Natal, você me desejou um feliz Natal* —, e se alguém do meu passado atacasse *você*, bem, você poderia ouvir coisas sobre mim que a desencorajariam.

Eu sou muitas coisas, Mary Kay, mas não sou hipócrita.

Estou indo para a biblioteca quando o telefone de Melanda vibra no meu bolso.

Mary Kay: *O Natal não foi o mesmo sem você. Espero que tenha se divertido com Carl! Adoraria ver fotos!*

Melanda: *RISOS sem fotos porque os filhos dele estavam com a esposa e nós ficamos quase nus o tempo todo ahahahahha*

Mary Kay: *Que beleza. Não consigo parar de pensar no Joe... Estamos nos falando sem parar feito dois adolescentes.*

Eu ergo o punho. Bem, não de fato, mas é o que eu queria fazer.

Querida, não pense. Apenas faça! kkkkk te amo! Espero que vocês tenham tido um feriado divertido também!

Há uma grande diferença entre dizer a alguém que você espera que ela tenha se divertido e perguntar se ela se divertiu. Você também sabe disso e não responde a Melanda. *Bom.* Você está certa. Temos trocado mensagens feito dois *adolescentes*, mas não estamos no ensino médio, então está na hora de você assumir e abrir espaço para mim. Chego à biblioteca antes de você e estou colocando livros de Richard Scarry na estante ao lado da Cama Vermelha quando ouço sua voz.

— Oi — você diz, e que sensação, ouvir sua voz enfim falando alto pessoalmente, poder ver o seu rosto. Você sussurra agora, como se as coisas tivessem mudado para nós nos últimos dias, porque elas mudaram, *sim*. — Eu... eu tenho uma coisinha para você.

Você está segurando uma caixinha branca e há uma fita vermelha enrolada em torno da caixa. Você faz um gesto em direção à porta e eu a sigo lá para fora, onde tudo é cinza. Monótono. Como se o maldito janeiro não pudesse esperar um pouco para chegar. Não ficamos mais de duas horas e doze minutos sem nos falar nos últimos cinco dias, mas agora estamos sentados em nossa namoradeira como estranhos num ônibus.

Você segura a caixa.

— Isso não é estranho?

— Só se tiver uma bomba dentro.

Você ri. Eu sempre te faço rir.

— Sim... Eu tenho um presentinho para você... — Porque nos unimos no Natal. — Você foi tão bom com Nomi outro dia e isso significou muito para mim.

— Acho legal da sua parte.

Você assente. Você ainda é casada e se sente culpada, e é por isso que não pode falar a verdade e eu entendo. Estamos no trabalho. Precisamos fingir que os últimos dias nunca aconteceram, não porque alguém possa estar bisbilhotando — estamos sozinhos aqui —, mas porque você também está procrastinando. Você olha para a caixa que está em seu colo. Uma saia de veludo cotelê hoje. Meia-calça preta.

— Então, como foi? Como foi o Natal com a família?

Você olha para mim — você não *acredita* em como sou bom — e abre um sorriso.

— Bem, foi nosso primeiro Natal sem Melanda. Portanto, não tínhamos uma mediadora.

Você realmente acredita que é Melanda que está lhe enviando mensagens e eu sorrio.

— E como foi então?

Você esfrega a fita na minha caixa, minha caixa que é a sua caixa.

— Não sei por que estou lhe contando isso. Não parece justo.

— Estamos apenas conversando. E eu me importo com você. Você sabe disso.

— Ééé — você diz. — Eu acho que tem um negócio que, mesmo quando alguém quase faz parte da família, o que é o caso da Melanda, bem, ainda assim é uma visita. Então você se arruma um pouco, sabe? Você tem uma *convidada*. E foi diferente sem ela. Teve um momento, depois de comermos. Phil... — Você engole em seco. — Meu marido estava tocando guitarra, tocando uma música dele alto, e Nomi estava usando fones de ouvido e lendo *Columbine*, e eu quase... — Entrou no carro para vir me ver. — Bem, abra logo o seu presente.

Você me entrega a caixa, um carro passa, as janelas estão abertas e Sam Cooke faz uma serenata para nós — *Darling you send me, honest you do*. Love me arrebatou para fora da vida dela, mas você me *arrebata* e eu te *arrebato*. Você me cutuca.

— Anda logo. Abra.

Puxo a fita e abro sua caixinha — quem dera — e conto seis morangos vermelhos, todos eles embebidos em chocolate e aposto que *Phil* não ganhou nem um morango. Eu olho pra você.

— Eu gostaria de ter algo para você.

Suas bochechas estão vermelhas e seus olhos, colados em mim. Você sentiu *saudade*.

— Ééé — você diz. — Eu gostaria de muitas coisas ultimamente...

Eu quero sua Murakami e quero o seu Lemonhead e nós dois olhamos para a nossa árvore.

— Não quero ser egoísta, Joe.

— Você não está sendo egoísta.

— Não é isso o que Phil diz...

Não posso ser o homem com quem você fala sobre o rato e é você quem faz as regras. Concordo com a cabeça.

— Joe, acho que Melanda está com raiva de mim. Acho que é por isso que ela me dispensou no Natal.

Eu também não posso falar sobre isso e meu coração bate forte. *Melanda*.

— Por que diz isso?

— É uma história antiga, mas no colégio... Caramba, estou velha demais para começar histórias com essa frase... Enfim, quando ficamos amigas, ela me disse que todas essas pessoas, como a sua vizinha Nancy... Bem, ela me disse que elas me *odiavam*. E então um dia eu vou ao banheiro e escuto Melanda dizendo a Nancy que *eu* odiava a Nancy.

Então é por isso que você roubou o rato dela e é por isso que você não foi exatamente sensível com a gravidez dela quando você engravidou. E você não sabe que ela está no meu porão. Você não sabe mesmo. Sabe?

— Você nunca disse a ela que escutou isso?

Você faz que não.

— É estranho sentir falta dela e ao mesmo tempo *não* sentir falta dela, entende? Ela pode nem voltar por alguns meses... — Eu sei. "Melanda" disse isso numa mensagem para você. — Ela vai começar num trabalho novo. Ela conheceu um cara... Eu não sou muito boa com mudanças. E é estranho me sentir quase rejeitada, como se eu estivesse sendo "possessiva" ou algo assim, quando sei que deveria estar feliz por ela. Sei que nós duas estávamos nos botando pra baixo. Mas dói de uma maneira estranha, se sentir... abandonada.

Beck, que descanse em paz... Candace, que descanse em paz... Love. Eu concordo.

— É — eu digo. — Mas, no final das contas, a distância pode levar você a um lugar mais verdadeiro, sabe?

Você fica contemplativa. Você precisa de mim porque sou a primeira pessoa a entrar na sua vida que realmente a *escuta*. Eu lhe dou o silêncio pelo qual você ansiava, e você me quer tanto que está tremendo.

— Vamos — você diz. — Está ficando frio.

Você abre a porta — você não está com frio, você está com calor, um calor por mim — e você olha para a Cama Vermelha e *eu* olho para a Cama Vermelha e você enrubesce.

— Tenha um bom resto de dia!

Eu tenho um *excelente* resto de dia por sua causa. Você me ama e eu deveria comprar alguns morangos com cobertura de chocolate para Melanda — ah! — porque veja o que ela fez por você, por mim, por *nós* —, e carrego sua caixa debaixo do braço e "You Send Me" de Sam Cooke fica se repetindo na minha cabeça e o mundo seria um lugar mais feliz se mais pessoas elevassem a alma com música em vez de podcasts asquerosos. Eu chego no centro e tiro meus fones de ouvido e há música na cafeteria hoje — Bob Dylan tocando na Pegasus — e realmente *a revolução está no ar*, e os morangos estão em minhas mãos. Até me arrepiei.

Estávamos enredados na tristeza de *Phil* e você era casada quando nos conhecemos, mas você me deu um presente e *logo se divorciará* e eu estou ajudando *você* a sair do martírio que é sua vida ruim e triste. Estou salvando você! É quase como se você *soubesse* da minha situação com Melanda, e agora não preciso me sentir mal porque você não quer que as coisas voltem ao normal.

Por que iria querer? Você tem a *mim*.

Abro minha caixa e olho para os meus seis morangos vermelhos igual a Cama Vermelha, cobertos de chocolate. Eu coloco minha mão em sua caixinha que é minha caixinha, mas o corpo de um idiota esbarra em mim. A caixa sai voando e o idiota de tênis Adidas que fez isso se enfurece comigo como se *eu* tivesse feito algo de errado.

— Cara — eu digo. Estou tão puto que chego a dizer "cara". — Que porra é essa?

Ele não fala nem se move e eu não gosto disso, Mary Kay. Eu não gosto dele.

— Desculpe — ele diz. — Calçada pequena... mundo pequeno também, meu amigo.

Eu não sou seu *amigo* e ele não é um de *nós*. Ele não mora aqui. Isso eu posso dizer. Dou um passo em direção a ele — esta é a *minha* cidade — e ele balança a cabeça lentamente, como um gângster de filme B, como se alguém usando tênis Adidas e uma velha camiseta de manga comprida surrada — NÃO-SEI-O-QUÊ BOATHOUSE — pudesse ser remotamente intimidante.

Uma criança de skate atropela um dos meus morangos e o homem que derrubou os morangos na calçada dá um passo à frente.

— Belo presente — diz ele. — Não há nada que diga *para sempre* como uma caixa de frutas. Você realmente sabe escolher, Goldberg.

O céu desaba. Ele disse meu nome.

É um policial? Saberia da minha cachorra lá em casa?

Eu não respondo nada. Não digo nada. Eu não sei de nada. Ele ri.

— Acalme-se — começa ele. — Morangos nunca são tão saborosos quanto parecem, não é, Goldberg? — Eu poderia derrubá-lo ali mesmo. Fecho o punho. — Tudo bem — diz. — Eu sei que você perde a calma fácil... — Não, não mais, caralho. — Então, vou direto ao assunto. Estou aqui trazendo um recado de nossos amigos, os Quinn.

Os Quinn? A família de Love? Não. É um novo ano. Uma nova vida.

— Quem é você?

— É muito simples, Goldberg. Fique longe de Love. Fique longe de Forty.

— Eu não sei quem você é, mas obviamente está mal-informado porque *tenho* me mantido bem longe.

— Ora, Goldberg — ele diz. — Cuidado com suas atividades no Instagram ou você vai acabar como seus morangos. *Capiche?*

Eu vi os stories de Love porque era A MERDA DO NATAL E ELA ROUBOU O MEU FILHO E VOCÊ VEM ME DIZER PARA EU NÃO VER O MEU PRÓPRIO FILHO e eu pergunto a mando de quem ele estava e ele ri.

Pego minha caixa vazia.

— E você fique bem longe de mim e da minha família.

Ele avança e se posta na minha frente.

— Eu não falaria assim comigo se fosse você, Joe.

— Você vem até aqui, começa a me provocar, eu não sei de onde você saiu e você vem falar da minha *família*.

O filho da puta bufa.

— "Família" — diz ele. — Bem, não deixa de ser uma palavra para isso, meu amigo.

— Quem é você?

— Escute aqui, você não é membro da família Quinn, Goldberg. *Eu* trabalho para a família Quinn. Estou aqui *em nome* da família Quinn. Pense em mim como seu colega de trabalho.

— Mas eu não trabalho para os Quinn.

— Hum — ele diz. — Como você paga a sua casa?

Não respondo à pergunta porque ele sabe a porra da resposta e ri. Porco. Esnobe.

— Olha só — ele diz. — A diferença entre mim e você é que a família está do meu lado, não do seu. Entendido? Então, pare de stalkear sua ex, meu amigo, e mantenha-se off-line. Porque se você não parar...

Ele esmaga um morango com o sapato e olha para mim.

— Entendeu?

Ele vira o boné e vai embora. Eu não faço nada. Não tenho escolha, merda.

18

NÃO consigo tirar da cabeça aqueles morangos sangrando e mutilados — o que *mais* o Assassino de Morangos sabe? — e Melanda está fazendo polichinelo. Que porra é essa que está acontecendo? Eu estava com *você* e você comigo e agora seus morangos foram destruídos — não consegui comer nenhum — e Melanda em nenhum momento comeu a comida que levei para ela. Ela alega *ainda estar jejuando de corpo e alma* e isso é uma mentira. Não há nada de espiritual nessa merda dessa greve de fome — ela só quer ser mais magra do que você — e eu não a quero mais aqui.

Mas ela está aqui.

E parece diferente, Mary Kay. Ela acabou de ver "The Anjelica Huston Story" (vulgo *Crimes e pecados*) e está doidona de endorfinas, parecendo Rebecca De Mornay em *A mão que balança o berço* — Quem não enlouqueceria trabalhando para uma mamãezinha de jaqueta rústica casada com o homem mais legal do planeta? —, e levou um soco no estômago com *Mulher solteira procura* — Quem não enlouqueceria morando com Bridget Fonda e aquele pescoço de cisne estúpido?

Ela não para de falar e eu não consigo parar de pensar no Assassino de Morangos, em por que a merda dessas pessoas chegam a fazer fila para ficar no nosso caminho? Por fim, ela para de pular e suspira.

— Você estava certo em relação a *Amigas para sempre*, Joe.

— Eu vou voltar lá pra cima. Você parece bem por enquanto.

— Espere — ela diz. — Falo sério. Você estava certo, Joe. Você estava certo em muitas coisas.

Desculpe, Melanda, não sou um babaca burro que tem orgasmos quando uma mulher lhe diz que está certo.

— Veja — ela diz. — Eu não choro quando Barbara Hershey morre. Você quer saber por quê?

Eu nunca estive nem aí antes e não estou agora.

— Por quê?

— Porque ela *merecia* morrer, Joe. Ela roubou o namorado da colega de quarto. — Ela toca os dedos dos pés e ergue o corpo, merda de Jane Fonda, e agora está pulando de novo. Clap. Zum. Clap. — Eu quero ir para Minnesota, Joe. Estou pronta. — Isso deveria ser uma boa notícia. Ela quer sair fora e eu quero que ela saia fora. A VIDA DEVERIA SER FÁCIL QUANDO AS PESSOAS QUEREM A MESMA MERDA. Mas ela está *aqui*. Ela sabe coisas. Ela pula e salta e empurra. — Estou cansada desta ilha, onde espera-se que as mulheres perdoem as outras mulheres que cagam na cabeça delas. Agora, eu só quero perdoar *você*, Joe. — Ela para de pular e pega o próprio pulso e pobres dos seus pais, não admira que tenham morrido cedo. — E eu prometo a você, Joe, jamais direi uma palavra sobre isso a ninguém... — Ela já está pronunciando meu nome *demais*. — Você me ajudou. E estou pronta para seguir em frente. — Ela se joga no futon com um "*Ufa, estou tonta*", pega a jarra de água e bebe direto, embora tenha um copo de plástico na mesa de cabeceira. Está relaxada e eu estou tenso, transpassado pelos *E se?* do poema de Shel Silverstein. *E se* alguém me viu com o Assassino de Morangos? *E se* você vir os morangos esmagados na calçada? E por que eu não dei um jeito naquele estrago e o que vou fazer com *essa* confusão toda?

— Eu trepei com ele — ela diz. — Eu trepei com Phil.

— Na época do colégio. Eu sei.

— Não, Joe. Estou falando de algumas semanas atrás, quando MK estava fora. Vá até o meu apartamento. Eu te desafio. Estou *tão* atrasada com a roupa para lavar que você pode levar minha calcinha para o laboratório. Eles vão encontrar o DNA de Phil, eu prometo.

Outra história, sem dúvida. Eu quero a *sua* calcinha, não a calcinha de *Melanda*, e eu tiro o telefone dela do meu bolso e ela ri.

— Ah, qual é — ela diz. — Eu sou professora. Eu não troco *mensagens safadas* com ele. É um caso. Confie em mim... — Ela esfrega a panturrilha, como se estivesse fingindo que a mão dela fosse de um homem, a mão da porra do seu rato. — Lembra quando Jennifer Jason Leigh trepa com o namorado de Bridget Fonda em *Mulher solteira procura*? É mais ou menos assim. Estamos falando de *milhões* de boquetes.

Ela bebe diretamente da jarra.

— Melanda, isso não importa.

— Errado — ela diz. — Isso muda *tudo*. Agora você sabe do meu segredinho sujo. Você pode me deixar ir porque não *quero* que Mary Kay descubra sobre mim e Phil. E você não quer que ela descubra sobre você e eu.

Eu não quero que haja *eu e Melanda* — por que os seus amigos não podem ser normais? —, e ela cruza as pernas.

— Você não acredita em mim.

— Eu não disse isso.

— Então, tudo começou depois que fiz trinta anos, não foi a melhor época da minha vida, como pode imaginar... MK queria fazer uma festa surpresa, mas sabe como é... — Como eu poderia saber sobre a bosta de uma festa surpresa e se você reconheceria os morangos que me deu se os visse na calçada? — Eu disse a ela que não queria festa, mas ela insistiu. Então, me arrumei, achando que iríamos a um pub, talvez em algum lugar em Lynwood... — Ah, Melanda, aprenda a contar uma história e ah, Mary Kay, me perdoe pelos seus morangos. — Mas então MK me pegou de carro e fomos para a casa *dela*...

Ela está inventando isso à medida que conta?

— Você pode simplesmente ir direto ao que interessa?

Ela enrola o cabelo.

— Vá no meu Facebook. Veja as fotos. Não foi uma festa para mim, Joe. Para mim foi um *foda-se a Melanda*. Só tinha familiares. A casa cheia de crianças e bebês, e não é que eu não goste de crianças e bebês, mas por favor. Com trinta anos, sem namorado, e era para Phil ter levado um cara da banda dele que parecia bacana e o cara não estava lá. E eu era literalmente a única pessoa na festa do *meu* aniversário que não tinha um marido ou um filho.

Eu desencavo as fotos na porra do Facebook dela e vejo você. Vejo todas as crianças, mas, como a maioria das fotos, essas não contam a história toda. Melanda se enrola como uma universitária em uma masturbação coletiva emocional. Ela diz que ficou bêbada e desmaiou no seu sofá antes do fim da festa.

— Eu acordei... e não sabia onde estava. Não sabia em que ano estava. Você conhece esse tipo de bêbada? — Não. — O tipo bêbada balzaquiana ninfomaníaca... — Ela é *Bridget Jones* agora, ela é *britânica*. — E quem aparece? Phil descendo a escada. — Ela engole em seco, de uma forma que faz sua história parecer legítima. — Ele tirou o pau pra fora. Eu poderia ter afastado ele. Mas eu estava tão puta com MK que eu quis chupar o pau dele, Joe... — Bridget não falava assim. Vulgar demais. — E eu queria fazer isso de vingança, porque ela me aprontou aquela festa de mentira. Então foi o que eu fiz. — Ela arqueia as costas, um misto de orgulho, vergonha e alegria. Você merece coisa melhor, Mary Kay. — E é isso. Nosso aniversário de dez anos está chegando e eu não quero estar aqui para "comemorar". Também não quero ser forçada a voltar aqui para uma audiência no tribunal sobre tudo isso... então é assim que estamos.

— Você espera que eu acredite que Mary Kay não tem ideia sobre você e Phil...

— Eu sou uma mentirosa das boas, Joe. Você, mais do que ninguém, deveria saber disso.

Enfio o telefone dela no bolso.

— Isso não tem nada a ver com a nossa situação.

— Você está de brincadeira? Você não entendeu? Eu quero sair dessa. Odeio a pessoa em que me transformei. Odeio que eu lenta e inconscientemente me conformei em ficar com esse homem só porque ele me chama de *Ruby* e odeio ter me tornado alguém que começou a enganar minha melhor amiga. Odeio o meu apartamento. Odeio minha profissão. Odeio minha geladeira barulhenta, odeio sentir culpa e odeio ficar tão *feliz* por ter perdido o Natal porque isso significa que não tive que me sentar na casa deles como uma órfã adulta e depois voltar para a minha casa e devorar cupcakes sentada no sofá me *odiando*. Eu te juro, você vai se livrar de mim porque *eu* quero ficar livre. Eu quero ir embora.

Vejo seus morangos na calçada. Vejo a chuva levando-os embora.

— Tudo bem — ela diz. — Você não acredita em mim. Precisa de detalhes... — Não, Mary Kay. Não. — Então, alguns anos atrás, ele conseguiu um emprego num escritório... e, ora, o homem *não tem nada a ver* com um trabalho assim... — Ela diz isso como se fosse uma coisa boa. — Eu saía escondida da escola na hora do almoço, estacionava a um quarteirão de distância e ia para o escritório dele para... você sabe. Ele dizia que não podia viver sem mim e era terrível, mas também tão emocionante, entrar escondida, chupá-lo e voltar à escola para ensinar Zora Neale Hurston aos meus alunos.

Ela está balançando os braços como se esse peso *finalmente* tivesse saído de seus ombros e tudo *parece* real, mas ela pode estar fingindo. Ela estudou as atrizes mais fenomenais do mundo e você é uma raposa. Você saberia se sua melhor amiga e o seu marido estivessem trepando. Raposas veem coisas.

— Não sei, Melanda...

— Ora, por favor — diz ela. — As esposas boazinhas de jaqueta são *sempre* cegas. Nesses últimos dias... por estar longe da minha *vida*... bem, agora eu entendi. Phil é casado com MK. Você está apaixonado por MK. E essa é a história da minha vida. Eis a ironia da coisa... — Uma longa pausa dramática, e de repente sou a Bonnie Hunt para a sua Renée Zellweger na merda de *Jerry Maguire*. — Você tem razão, Joe. Não sou uma mulher que apoia outras mulheres. Eu não quero ir embora. Eu *preciso* ir embora.

Ela inspira teatralmente e me sinto manipulado.

— Melanda, acho que você precisa comer alguma coisa.

— Você está me julgando. Pode me julgar se quiser. Eu era burra como Anjelica Huston. Quem sabe? Talvez eu seja muito romântica... — Ah, pelo amor de Deus. — E sim, Joe, sim, eu *sonhei* com Mary Kay sofrendo de uma doença cardíaca rara ou com um câncer agressivo, mas isso foi apenas porque eu queria que Phil ficasse livre. — Ela esfrega os olhos. — E agora estou apenas... cansada. Agora só quero ir embora.

Eu a imagino no apartamento de Charlize Theron em *Jovens adultos*, bêbada e sozinha, telefonando para você no meio da noite e contando o que eu fiz com ela enquanto ela minimiza o que fez *comigo*. Bato no vidro e ela suspira, sempre a professora condescendente, e ela diz que me *ouve*.

— Veja a coisa deste modo. Se tem algo de que você pode ter certeza é de que eu sei guardar um segredo. Nunca dei um ultimato a Phil. Nunca ameacei contar a MK. E eu não quero magoá-la mais. E dessa vez... esse é um segredo que eu guardaria porque não *quero* que ela saiba. Eu já causei danos suficientes a eles.

— Você não é a esposa dessa história, Melanda. Ele se aproveitou de *você*.

Ela me olha bem nos olhos.

— Não, Joe. Eu me aproveitei *dos dois*.

Ela chuta a parede com o pé descalço e agora está esfregando o pé, o que me lembra meu filho, sempre batendo na própria cabeça, a mãe dele implorando por conselhos às putas de suas seguidoras no Instagram. *Como faço para que meu filho pare de se agredir? Devo colocar um capacete nele?*

Eu digo a ela que sua *história é muito criativa* e ela me acusa de dizer que ela não é *gostosa o suficiente* para Phil porque ela não *anda de minissaias* como você. Eu digo que ela está distorcendo minhas palavras e ela futuca a ARMA escrita na sua camiseta.

— Você leu aquele livro, *The Beloveds*?

— Da Maureen Lindley? Não, ainda não li.

Seu rosto é o motivo pelo qual pessoas como Benji, que descanse em paz, mentem a respeito da leitura de livros e os olhos dela se enchem de veredito. Esnobismo crasso e feio.

— Bem, a teoria é a seguinte. Algumas pessoas conseguem ser amadas e outras, não.

— Isso é uma puta palhaçada. Você acabou de dizer que Phil "ama" você. Então, qual é?

— Você é um sequestrador. Eu trepo com um homem casado. Vamos concordar que não somos cidadãos exemplares. Você quer entrar nessa, eu quero sair dessa. — Ela faz tudo parecer tão simples, Mary Kay, como um conto de fadas de um mundo bizarro no Noroeste Pacífico cheio de finais felizes para todos. Mas é isso o que os professores fazem. Eles simplificam as coisas. Ela esfrega os olhos. — Bem, se você não vai me colocar num avião agora, pode *por favor* trazer a TV aqui? Estou com uma enxaqueca *terrível*.

Também estou cansado, Mary Kay. E não posso lidar com os restos mortais dela, não com a porra do Assassino de Morangos circulando por aí. Sou uma boa pessoa e ela está começando a chorar, então levo a TV que pediu. Ela se vira e pega o controle remoto.

— Obrigada — ela diz. — E se não for pedir muito... eu adoraria uma bela e farta última ceia. Carne ou salmão. Ou mesmo frango.

— Não é a sua última ceia, Melanda.

Ela coloca o terceiro e último filme de Bridget Jones.

— Será que você pode apenas me deixar assistir em paz?

Deixo-a para ser amada vicariamente por intermédio de Bridget Jones e há momentos em que quero que ela seja feliz. Talvez ela esteja certa. Talvez ela realmente queira um recomeço. Imagino um mundo onde você e eu vivemos juntos. Phil se foi, atrás de novas mulheres para chuparem o seu *Philstick*, e Melanda liga para você uma vez por semana de sua nova vida em Minnesota. Ela nunca conta a você sobre aquela noite na floresta e você nunca descobre que ela te traiu. Levamos nossos segredos para o túmulo. As pessoas fazem isso. Eu *quero* fazer isso porque quero ser o homem que consertou sua vida. Não o homem que matou sua melhor amiga.

Mas então me lembro da bota dela em minhas costelas. Lembro de como os cantos de sua boca de Carly Simon se ergueram quando a deixei agora há pouco. Não posso confiar nela, Mary Kay. Preciso checar os fatos da saga dessa novela, então boto um salmão na grelha. Coloco a carne no forno — O Bom Joe! O Chef Joe! — e ponho para tocar as músicas da Sacriphil do ano em que Melanda completou trinta anos. Não adianta, Mary Kay. Este é um álbum *conceitual* sobre um dia na vida de um fantasma — ah, Phil, você deveria ter parado depois da sua música do tubarão — e desligo a merda da "música" e mando uma mensagem para Phil do meu celular: *Ei, você está por aí?*

Uns bons cinco minutos depois, meu *cara*, Phil, responde: *E aí, Joe!*

Eu piso no rabo de Riffic e ele bufa e minhas veias se contraem. Phil me chamou de Joe. Para ele eu sou *Jay*. Será que ele sabe? Eu estou fodido? Dez segundos depois: *Opa, Jay. Me desculpe, cara!*

Babaca do caralho.

Eu escrevo de volta: *Pergunta. Trepando com a melhor amiga da namorada. Vou pro inferno por causa disso ou essa merda dá uma música das boas?*

Phil responde com um aviso em maiúsculas — TOP-SECRET, AINDA NÃO TERMINEI — e mostra uma página do seu bloco de notas. O título da música é "A Diamond for You, A Ruby for Me", e eu leio a letra e ele está *minerando rubis em Fort Ward*, e Meu Deus, Mary Kay. É tudo verdade. A história de Melanda não era "criativa" e às vezes a verdade é realmente mais repugnante e útil do que a ficção.

Fico furioso por você e triste por você. De todos os lugares que eles poderiam ter ido, foram para a merda de Fort Ward. O salmão está chiando e a gordura da carne borbulhando e Melanda tem razão. Ela conhece o meu segredo e eu conheço o dela. Posso fazer isso, Mary Kay? Posso deixar sua melhor amiga ir embora?

Eu nunca *quis* matá-la — não quero matar *ninguém* —, mas, tudo bem, é uma loucura imaginá-la subindo as escadas, indo para um aeroporto e começando do zero. Mas um dia também foi loucura imaginar uma mulher como você entrando na minha vida, e eu quero fazer o certo por você.

Acalmo seu rato mentiroso e trapaceiro com todas as lorotas que consigo — *VOCÊ É O REI* — e coloco Sam Cooke no *repeat* para limpar meus tímpanos.

Então minha campainha toca.

Isso não é algo que minha campainha costuma fazer e será o Assassino de Morangos? Ou o Phil? Ele de alguma forma descobriu onde eu moro? Eu não gosto do som da minha campainha e ela toca *de novo* e agora há batidas e se o rato descobriu meu endereço e agora é a campainha *e* os punhos batendo na porta e minha pele se arrepia.

Eu não olho pelo olho mágico e não corro. Minha mão transpira enquanto agarro a maçaneta.

E aí está você.

19

VOCÊ está molhada — começou a chover — e selvagem. Você invade minha casa.

Seu cabelo está pingando na blusa e a blusa está encharcada — vejo o contorno do seu sutiã — e você anda pela minha sala de estar — será que fechei a porta do porão? — e você está em silêncio. Sem palavras e hermética, como o meu Quarto dos Sussurros. Você sabe de Melanda? Sabe de *Jay*? Eu nunca deveria ter nocauteado Melanda e trazido para a minha casa. Deveria tê-la deixado tentar arruinar o meu nome — UMA GAROTA É UMA ARMA —, porque você teria vindo em minha defesa. Você teria dito que ela estava errada. Mas deixo meu medo tomar conta de mim e você se joga no meu sofá vermelho e me olha como se eu fosse um traidor.

Você aponta para a minha grande poltrona vermelha.

— Senta! — você diz, como se eu fosse um cachorro. — Senta!

Você não fala comigo. Só tira a blusa, e parece a primeira vez que me masturbei — Blanche DuBois, eu te amo para sempre —, e isso me lembra da primeira mulher real que vi nua — minha mãe caiu no chuveiro, havia pelos embaixo, havia seios em cima —, e a primeira vez que fiz sexo — a Sra. Monica Fonseca —, e era Sam Cooke naquele carro que passava, eram os Eagles em uma noite de verão quando até mesmo as pessoas que começaram a odiar os Eagles de certa forma tinham que amá-los.

Você não veio me prender e não sabe como dei duro para isso, mas aí está você, deixando cair sua saia, tirando sua meia-calça — *Ah, Deus, Joe. Ah, Deus* — e sua Murakami está tão perto que posso sentir o cheiro e você se senta no sofá e eu começo a me levantar e você me manda sentar e fica olhando para a minha calça, então eu abro o zíper e está tudo bem? Sim, tudo bem.

Seus olhos estão na estrada e suas mãos no volante e estamos indo para a maldita hospedaria no caminho e seus mamilos saltam para mim — *Ah, Deus, Joe. Ah, Deus* — e as páginas do seu livro estavam coladas. Coladas como suas pernas por baixo da meia-calça, mas olhe para você agora. Solta. Molhada. *Ah, Deus, Joe. Ah, Joe.* Você está dentro de você, mas está aqui por mim.

Eu me movo novamente. Quero ficar mais perto e novamente você me espanta. *Senta!*

Você não vai me deixar entrar hoje — você ainda é casada —, mas eu estou dentro de você, dentro da sua mente —, e você veio aqui para me ensinar e eu sou seu aluno e aprendo rápido — *Este dedo ali. O polegar aqui* —, e seus joelhos se dobram e seus dedos do pé se curvam e você chega lá primeiro — *Female First* — e se encolhe e esconde o rosto em uma almofada vermelha. Você sabe que estou chegando perto e você espia e seus olhos estão logo acima da almofada vermelha e eu termino por causa dos seus olhos.

Você suspira.

— Ah, Deus, Joe.

Mais uma vez, não falamos. Não nos movemos. Nossos corpos murmurejam. O ar está abafado com nosso suor, nossos fluidos. Devo te abraçar? Devo te parabenizar? Eu te conheço tão bem, mas não te conheço nua e você veio aqui, de tantas maneiras. Você está enojada? Estou virando uma anedota na sua cabeça? — *Então, uma vez eu apareci na casa de um cara e me masturbei enquanto ele se masturbava, quer dizer, é assim que a gente sabe que está na hora de fazer uma terapia de casal* — A serotonina está baixando. O que eu digo a você? O que eu faço? Trago uma água? Te alimento?

E então você ri.

— Estou um pouco envergonhada.

— Não fique. Foi muito gostoso.

— Foi?

— Sim.

Você é uma raposa e raposas precisam estar em movimento, então você pega sua meia-calça e me diz que nunca fez nada assim — você acha que precisa me contar isso —, e eu atravesso a sala. Eu pego sua meia-calça em minhas mãos. Cheiro o centro de algodão branco, a parte que respira você todos os dias. Eu sou um cavalheiro. Você quer suas roupas, então devolvo sua meia-calça e você ri.

— Nunca é uma atividade elegante vesti-la.

Passo a mão na sua perna.

— Vou ter que discordar.

Você se afasta e tiro a mão de sua perna. Você veste a meia-calça e arruma o coque.

— Hum — você diz. — Eu não sabia que você tocava guitarra.

— Um pouco. — Eu deveria ter escondido aquele maldito *Philstick*. — Mas nada sério. Também tenho um oboé. E uma flauta.

Você sorri.

— E toca todos de uma vez, é?

Estamos sorrindo de novo, e eu nos tirei do aperto. Deito você no sofá vermelho, a *Cama Vermelha*. Ficamos deitados de conchinha. Somos um só. Sua voz está baixa, assustada.

— Não sei o que dizer agora.

— Você não precisa dizer nada.

O silêncio cai sobre nós como a neve de Guterson caindo sobre os cedros. Estamos aprendendo como é ficarmos sozinhos sem ninguém. Você sente o que eu sinto. Aconchego. Segurança.

Eu não deveria te dizer isso, mas você está aqui. Você veio.

— Então, um dia depois de nos falarmos pela primeira vez ao telefone, antes de eu começar a trabalhar na biblioteca... comprei um suéter de cashmere.

— É?

— Sim — eu digo. — Eu não sabia no momento, mas cheguei em casa, vesti o suéter e percebi... que ele parecia com você.

— Acho que você sabe que gosto desse suéter.

Licious entra na sala, e você se ilumina.

— Ah, Deus. — Você suspira. — Licious é ainda mais fofo pessoalmente. Venha aqui, gatinho.

Licious sai da sala — malditos gatos — e você se aninha no meu peito e eu beijo sua cabeça.

— Todos os nossos gatos são fofos.

Você acaricia meu peito.

— Eu gosto do jeito que você diz isso. Nossos gatos.

Poderíamos ser adolescentes em uma praia nos anos 1990 e poderíamos estar em leitos de hospital aos noventa anos, e há algo de velho em nós dois juntos, algo de jovem. Então você dá um tapinha na minha mão.

— Joe, talvez eu devesse ir.

Eu seguro você.

— Talvez você não devesse dizer tantos "talvez".

Você me manda à merda com voz de cama e se afasta, fica de pé vestindo sua saia e o que eu digo para fazer você ficar? Você calça uma bota, estende a mão para pegar a outra e recua.

— O que foi esse barulho?

O Quarto dos Sussurros é *quase* à prova de som e é melhor que não seja a minha cachorra.

— Acho que tem um rato aqui.

— Bem, não se preocupe. Riffic cuidará disso. Ele é o mais valentão do grupo.

Você está completamente vestida agora e eu ainda estou deitado no sofá, uma conchinha maior sem a conchinha menor ao lado e não consigo ler seu rosto. Isso é culpa? Arrependimento? Você murmura algo sobre ratoeiras não letais como se estivéssemos na porra de um grupo de bate-papo no Facebook sobre exterminadores e concordo, como se me importasse com ratos agora.

Então me levanto. Eu te toco? Eu te abraço?

— Você quer algo para comer?

Você estremece e me diz de novo que *talvez devesse* ir e então ri do que eu disse sobre os seus *talvez devesse* e eu talvez devesse construir uma máquina do tempo porque estraguei o clima. O brilho remanescente.

— Veja, Joe, este é o problema. — Você abre a porta e abre a boca e olha para mim e desvia o olhar e apenas diz isso, Mary Kay. — Você *talvez devesse* parar de ser tão perfeito... Eu, hum... te vejo em breve?

— Sim — eu digo. — Em breve.

Tastic se aproxima de nós e se esfrega em sua perna e você o pega e arrulha.

— Ah, Deus, Tastic, você é o mais lindinho, é sim! Você é meu bebezinho perfeito, sim, você é.

Você está enganada — Tastic é o mais carente, Riffic é o mais lindo —, mas não questiono o seu julgamento e você vai embora antes que eu diga algo estúpido e SIM! Você me chamou de "perfeito" e é isso que vou ser a partir de agora. Se eu fosse seu gato, meu nome seria *Perfeito*.

Quando você sai, encosto a cabeça na porta. Eu quero que você bata do outro lado e implore por mais, mas isso não vai acontecer. Homens perfeitos não são gananciosos. Eles são gratos. Vou para a cozinha e gosto da ideia de nós em tela dividida passando o tempo enquanto damos replay em cada nanossegundo de nossa (quase) primeira vez. Coloco o salmão cozido demais e a carne torrada em um prato. Pego o ketchup. Pego alguns cupcakes e a bandeja está pronta.

Olho para o meu sofá vermelho. Você estava ali. Você estará ali novamente.

Abro a porta do porão. A bandeja é pesada e cada passo é um desafio. Mas, ao mesmo tempo, não tenho medo de cair. Não estou andando. Estou flutuando. *Perfeito.*

Mas então chego ao pé da escada e paro de repente. Algo está errado. A sala da cabine está em silêncio. Sem vida.

Então a vejo. Melanda está caída de bruços no chão da cabine. Há sangue no chão, na parede envidraçada, e a TV também caiu. Estilhaçada.

Largo a bandeja e grito o nome dela.

— Melanda!

Tateio em busca das minhas chaves, entro e me ajoelho no chão da cabine, mas é tarde demais. Ela usou a *televisão* e há sangue, muito sangue, e eu agarro seus ombros e sussurro. Espero.

— Melanda, você está me ouvindo?

Mas o coração dela está em silêncio — estou perdendo meu tempo —, e é quando percebo que o sangue na parede não são respingos. São letras. Ela usou o próprio sangue como tinta. Pintura a dedo. Suas últimas palavras, seu adeus:

Mulher Solteira Procura.

20

ISSO não é um pecado. Isso é um crime, e Melanda é o *tubarão dentro do meu tubarão*, o corpo na minha *casa*, e não era para ter acontecido assim. Se você não tivesse vindo esta noite...

Não. Não é culpa sua. Ela fez isso. Não foi você. Nem eu. *Melanda.*

Não posso deixar minha empatia tirar o melhor de mim agora. Ela decidiu acabar com a própria vida na minha *propriedade* e deixou o trabalho sujo para mim, tenho que arrumar essa confusão. Desligo as câmeras de segurança e deleto os arquivos — não gosto de filmes *snuff* —, e se algum voyeur degenerado fanático por tecnologia já viu o que ela fez, bem, esse é o ponto, não é?

Ela fez isso. Não eu.

Ela nunca poderá ouvir "Coming Around Again" e, quando a poeira baixar, bem, de certa forma eu poderia tê-la matado pelo que ela fez conosco. O sangue dela está na ponta dos meus dedos, nas paredes da minha cabine à prova de som, e ela estava presa nesta cabine porque *me* atacou. Pego o telefone dela. Não posso ligar para o serviço de emergência. Não posso confiar no Sistema de Injustiça — ah, se você soubesse — e não posso enterrá-la no meu jardim. *Nancy* de Olhos Fecais é uma abelhuda fofoqueira viciada no app *Nextdoor*. Abro um sorriso. Há algo de errado comigo? Não. Rir em funerais é um fenômeno comum. Rimos da morte porque temos que rir, porque o que é mais irônico do que ficar preso a uma mulher muito inteligente e obstinada que não consegue avaliar os próprios pensamentos num momento em que eu realmente poderia precisar da porra da sua ajuda?

Eu poderia levá-la para o cais e deixá-la afundar nas águas da baía, mas a maré está baixa. Eu poderia colocá-la no porta-malas e dirigir até a passarela da rodovia 305, mas eu *gosto* daquela rodovia. Eu poderia desová-la em Murden Cove — o cheiro lá já é ruim, porém, a porra da maré é baixa também... Para ela foi fácil — *Mulher Solteira Procura* —, mas isso é um inferno para mim e, ao contrário daquele sociopata amante de novelas de TV em *Fargo*, eu não tenho acesso a um triturador de madeira. E por que eu iria querer um triturador de madeira? As coisas não deram muito certo para ele e todos sabemos como isso termina — calafrios —, e eu não vou acabar no banco traseiro da porra de uma viatura policial.

Mas que merda, Melanda, por que eu? Por que na minha casa? Eu sei que Melanda tinha seus motivos. Eu li em seu telefone — eu precisava saber tudo sobre você — e li seus diários — eu precisava saber tudo que ela não colocaria no telefone. Eu sei que há apenas duas semanas ela estava mal por nunca ter tido um filho.

Eu quero ter um filho, mas depois vou até a Blackbird e aquelas mamães são tão presunçosas! Como se dar à luz as tornasse mais mulheres do que eu e elas são tão ENTEDIANTES e se acham tão INTERESSANTES e como posso querer ser uma delas? ARGH MK tem sorte por ter tido um antes de todas essas mulheres se transformarem em mártires e ALÔÔ elas têm maridos e ok que os maridos não tiram a louça da máquina de lavar louça a menos que alguém peça, mas eles fazem, sabe? MK tem sorte e eu não tenho kkkk eu sei. Supere! Suspiro.

Mas ela não superou, e agora olhe o que ela fez conosco. *Mulher Solteira Procura.*

É difícil ser sozinho, eu sei. Todos nós precisamos falar o que pensamos. Mas ela ouviu "Coming Around Again" da Carly Simon, sobre as dificuldades dos relacionamentos e começar tudo novamente, quase nove *mil* vezes, e não assimilou nada? Essa canção fala de crimes e pecados. Você "quebra uma janela", você "queima um suflê", mas você *não* "fica aos pedaços". Você arruma um novo psiquiatra. Você se muda. Seattle está bem ali e não é isso que todos vocês acham que é *tão bom* nesta ilha? Você pega a balsa e vai para a cidade e encontra Frasier, caralho, ou até mesmo Niles, mas não faça *isso*. Não deixe o planeta e não vá na Blackbird quando você *sabe* muito bem que haverá mamães de olhos fecais lá dentro, ostentando seus bebês numa masturbação coletiva.

Estou triste por Melanda — ela simplesmente não conseguiu "começar tudo novamente" — e estou triste por mim.

O que faço com ela agora?

Estou congelado — o congelamento de Seattle é oficialmente real — e não posso levá-la para a casa dela. Não posso permitir manchetes no *Bainbridge Island Review* — FEMINISTA LOCAL CORTA OS PULSOS —, porque as manchetes levarão a investigações e rumores. Você é tudo o que importa e você nunca saberá que ela tirou a própria vida. Da mesma forma que nunca poderá saber que ela estava aqui enquanto estávamos lá em cima. Eu queria que Melanda nunca tivesse me atacado na floresta. Queria que ela tivesse se mudado para Minnesota anos atrás, quando era o momento certo.

Rolo o corpo dela até um edredom e o enrolo como um burrito e isso ajuda. Não preciso mais olhar para o cadáver. Mas então meus olhos pousam em seus pés descalços — "eu sei que nada será como antes" — e ah, Melanda, por quê?

Eu pego o telefone dela. Estou sem escolha, Mary Kay. Preciso fazer com que você a despreze. Preciso queimar a ponte e contar o que você não deve saber para que nunca mais queira falar com ela. Ela é sua melhor amiga há muito tempo. Você não lutou por Phil. Vocês permaneceram próximas como irmãs, pulando do píer em Point White, passando o Dia das Mães juntas, compartilhando sua filha, do mesmo modo que você, sem saber, compartilhou seu marido.

Eu fecho meus olhos. Eu imagino Melanda se apaixonando pelo Carl Imaginário. É novo para ela. Ela conta tudo a ele e ele diz que ela precisa acabar com essa amizade tóxica. Você roubou o namorado dela e era jovem — eu sei —, mas em algum momento todos nós temos que admitir nossos erros do passado. As pessoas fazem isso quando se apaixonam, quando pensam que finalmente encontraram a pessoa certa. Eu fiz isso com Love. Contei a ela tudo sobre mim. E agora Melanda vai chegar ao fundo de seu imenso coração partido.

Eu no papel de Melanda:

Querida, isso não é fácil para mim e não vai ser fácil para você, mas isso é apenas parte do problema. A vida é fácil para você. Você mergulha nas coisas. Phil quis você no instante em que te viu e eu disse que tudo bem porque o que eu poderia fazer? Ele não se sentia assim por mim. Ele se sentia assim por você. A gente não pode obrigar ninguém a nos amar. Eu sei disso.

E isso doeu. Mas eu fiquei do seu lado. Disse a mim mesma: sabe de uma coisa? Ela é uma boa amiga. Eu a amo. Deixa pra lá.

Depois que você teve Nomi você me disse que estava feliz por eu ter feito um aborto porque se eu não tivesse feito, você teria medo de ter Nomi.

E isso doeu. Mas eu fiquei do seu lado. Disse a mim mesma: sabe de uma coisa? Ela é uma boa amiga e eu a amo.

Quando fiz trinta anos você preparou uma festa surpresa para mim e convidou só famílias e casados e eu fiquei de vela no meu próprio aniversário e você poderia ter feito a festa num bar.

E isso doeu. Mas eu fiquei do seu lado. Disse a mim mesma: sabe de uma coisa? Ela é uma boa amiga e eu a amo.

Na véspera do Dia das Mães, você me convidou para jantar fora com você e Nomi, mas não telefonou para o restaurante e alterou a reserva para três pessoas e eu tive que ficar na passagem de todos os garçons e passei a refeição inteira pedindo desculpas.

E isso doeu. Mas eu fiquei do seu lado. Disse a mim mesma: sabe de uma coisa? Ela é uma boa amiga e eu a amo.

No outono passado eu contei a você que gostaria de ter um namorado ou um filho só para ter alguém com quem passear de carro quando as folhas estão mudando de cor e você disse aaah e no dia seguinte postou uma foto sua e de Nomi indo passear em Fort Ward.

E isso doeu. Mas eu fiquei do seu lado. Disse a mim mesma: sabe de uma coisa? Ela é uma boa amiga e eu a amo.

Eu li aquele livro da Sarah Jio e te disse que ele me deixou esperançosa porque todos aqueles homens sensuais cobiçavam uma mulher quase da nossa idade e você riu e disse "Boa sorte" e depois perguntou se eu já tinha uma resposta do tal emprego em Minneapolis.

E isso doeu. Mas eu fiquei do seu lado. Disse a mim mesma: sabe de uma coisa? Ela é uma boa amiga e eu a amo.

Natal. Eu disse que estava gripada e você sabia que eu estava mentindo porque me conhece e não foi na minha casa me obrigar a ir na sua casa mesmo sabendo que eu não estava doente.

E isso doeu. Mas eu fiquei do seu lado. Disse a mim mesma: sabe de uma coisa? Ela é uma boa amiga e eu a amo.

Eu não quero mais sofrer. Eu não sou uma boa amiga. Então não posso culpá-la por não ser uma boa amiga para mim.

Eu não vou enfeitar e não vou dar desculpas porque as coisas são como são e você precisa saber disso.

Phil e eu dormimos juntos há dez anos. Na minha casa. No carro dele. No estúdio dele e naquele lugar de gestão de patrimônios perto do pub. Nos bunkers de Fort Ward.

Eu te traí. Sinto muito.

Você me traiu. E espero que sinta muito.

Por favor, respeite minha decisão de ir embora e salvar minha própria vida. Nomi vai sentir minha falta, mas ela tem uma mãe e um pai que a amam e vai ficar bem. Adeus, com amor. M.

Enviar. Vomitar. Respirar.

Carrego minha pobre cachorra escada acima, meu animal de estimação é pesado e minha casa cheira a salmão. Licious, Tastic e Riffic estão correndo por aí, preguiçosos, frios como a gramática que inspirou seus nomes, agindo como se nada estivesse errado, como se eu não estivesse segurando a porra de um *cadáver*. Mas, de certa forma, nada está errado. Eu não matei essa mulher. Eu carrego o corpo dela para a minha garagem, abro o porta-malas, entro no carro e ligo o motor.

Coloco Sam Cooke para ouvir — tenho que me manter otimista — e ultrapasso o limite de velocidade, mas apenas por oito quilômetros — o Sistema de Injustiça não pode me sacanear, Mary Kay. Não esta noite — e você me disse para ir a Fort Ward antes mesmo de nos conhecermos, e esta noite eu finalmente vou fazer isso. Você gosta de Fort Ward e Melanda transou com seu marido em Fort Ward, então é onde Melanda vai descansar. Eu sei como chegar lá e sei onde estacionar. Eu queria estar indo com *você*, não com ela.

Não é justo. Nada disso é justo. Desligo os faróis. Meu coração bate forte no peito. Basta que passem um policial, um andarilho intranquilo, um casal de adolescentes excitados. Mas é janeiro e já passa da meia-noite e o tempo é a única coisa do meu lado, agradeço a Deus por isso.

Eu saio do carro. Não há câmeras no estacionamento e vejo a pequena cabana de que a Suricato falou quando estávamos treinando os Naftalinas com seus iPhones — *o musgo no telhado é como o chão de uma floresta para as Barbies* — e há uma picada para a trilha que você comentou — *o caminho mais rápido para os bunkers é a primeira entrada* — e há a entrada de que preciso: uma longa subida.

Prendo a lanterna na cabeça — obrigado, Cooley Hardware — e retiro Melanda, que descanse em paz, do porta-malas. Eu não pertenço a este lugar. Eu não a matei e Fort Ward não é Grand Forest e eu ouço você em minha cabeça, em minha alma — *Quando você for caminhar em Fort Ward, não saia da trilha porque há declives surpreendentemente íngremes* —, e a trilha é mais íngreme do que eu esperava e maldita seja Melanda, porque essa é a definição de injustiça.

Eu não a matei. Eu não fiz isso.

Eu me esforço para me manter de pé e você não estava brincando. Aqui não é a merda de Grand Forest — *a primeira parte da trilha é pavimentada, graças a Deus* — e ajuda ter você comigo enquanto subo, pois a pavimentação dá lugar a um terreno rochoso. Minhas coxas ardem — Desculpe, Seamus, mas isso é mais difícil do que um *Murph* — e as endorfinas batem e eu fico com raiva. Fico triste.

Eu não a matei. Eu não fiz isso.

Mas meu coração está batendo mais rápido e mais alto e minha testa está suja e suada e cada vez que coloco um pé na frente do outro, fico mais estável, meus músculos estão se adaptando. Mas aí vou ficando com mais raiva a cada segundo. Uma raiva que estraga todas as endorfinas do meu corpo.

Eu não fiz isso, porra, Mary Kay. Eu não fiz.

Passo por uma cerca fechada com corrente, estou chegando lá, e as pedras escuras do terreno trabalham contra mim, inimigos instáveis no chão da floresta tentando me derrubar a cada passo, e estou cheio de dor até que finalmente a trilha faz a curva e à minha esquerda vejo o barranco — não tão profundo quanto eu esperava, mas o suficiente —, aí me afasto da trilha. Eu sou um cavalheiro e tento carregar Melanda, mas é íngreme — você tinha razão — e, por fim, não consigo mais segurá-la.

— Desculpe, Melanda.

Deixo seu corpo cair e rolar para baixo e ela perde o edredom no caminho e tudo volta à minha lembrança, o horror do que ela fez.

Desço correndo o barranco para cobri-la. Não gosto de caixões abertos.

A terra é úmida e solta, como você disse — *Estou te avisando, Joe, não saia da trilha* —, e cavo o chão com uma espátula — obrigado novamente, Cooley Hardware — e com as mãos. Lembro das aulas de cerâmica na terceira série e de uma excursão da escola à praia quando eu tinha oito — nove? — anos, e cavei e cavei, mas não encontrei nenhum caranguejo. Cavo como um cachorro, como uma criança, como o meu filho, como uma jovem Melanda à beira-mar, bronzeada de sol e cheia de esperança no futuro, parecida com uma jovem Carly Simon, supondo que elas seguissem o mesmo caminho na vida, e minhas unhas estão sujas e a sujeira está manchada de sangue.

Eu não fiz isso, Mary Kay. Eu não fiz isso.

Ajudo Melanda a se deitar e a cubro com terra e folhas grandes e largas de laranjeira. Ela gostaria de estar aqui. Ela queria contribuir com a comunidade — *o futuro é feminino* — e sua incubadora se concretizará. Eu não posso deixar de sentir orgulho pelo meu trabalho. Eu a coloquei para descansar e ela fertilizará a terra que tanto amava e que não conseguia deixar para trás.

E essa parte, isso eu fiz. Este lugar de descanso é meu trabalho, minha empatia, meu suor.

Beijo minha mão. Toco uma folha.

— Bons sonhos, Ruby. Observe em paz.

Limpo as mãos na camisa, uma camisa que preciso queimar. E então uma luz branca me atinge e sei que não é um raio. Não é natural. É luz artificial. E onde há luz feita pelo homem, há homens.

— Diga *xis*, Goldberg.

21

EU conheço aquela voz. O Assassino de Morangos me seguiu. Ele está sozinho. Eu estou sozinho. E essa é a versão sombria do poema "Pegadas na Areia", quando Deus carrega no colo o homem solitário e atormentado na praia. O Assassino de Morangos não me salvou. Ele me seguiu. Está armado com uma câmera, uma lanterna e uma pistola, e isso é o que eu ganho por me importar tanto com Melanda e esquecer de cuidar de mim mesmo. É isso que ganho por tentar deixá-la descansar em paz. Chego na trilha e estou sem fôlego. É assim que vou morrer?

— Eu não... não é o que parece — digo.

Até eu sei que é uma coisa estúpida de se dizer, mas é por isso que as pessoas dizem tanto isso nos filmes. Porque é a verdade. O Assassino de Morangos aponta sua arma para mim.

— Vire-se e coloque as mãos atrás da cabeça, meu amigo. Um passo de cada vez.

Isso é o que um policial diria, mas um policial não me chamaria de "amigo".

Olho para o céu cheio de estrelas e, quando dou um passo à frente, sinto a pressão do metal nas minhas costas. Nós descemos até o estacionamento por entre os buracos e sulcos do caminho. É isso? É assim que termina? Love vence? Meu pé pisa numa pedra, eu perco o equilíbrio e o Assassino de Morangos me agarra pelo ombro. Eu me aprumo e sigo andando no escuro. Vou voltar para a cadeia? Eu quero me casar com você, mas esse capanga mauricinho vai me *enterrar*, não é?

Por fim o estacionamento aparece, apenas contornos sombrios de dois carros. Eu quero correr para o meu, mas a estrada à frente é larga e eu sou a merda de um alvo fácil. Então, antes que eu possa pintar um quadro completo de nós em minha mente, antes que eu possa fazer uma boa tentativa de fuga, a parte de trás da minha cabeça explode e todas as luzes de Natal no céu desaparecem de uma vez.

ACORDO com um inchaço na nuca e minha garganta está seca. Está escuro, *escuro demais para ver*, mas não estou batendo na porta do paraíso. Sinto cheiro de sangue velho e gosto de donuts e quero ir para casa, mas *estou* em casa. Estou na minha cabine à prova de som e o machucado na parte de trás da minha cabeça lateja.

Estou tateando no escuro e talvez esteja sangrando. Melanda, que descanse em paz, acabou de morrer — serei o próximo? Não, não serei o próximo. Você precisa de mim agora. Já se passaram horas — não é? — e você já deve ter lido a mensagem de vai-se-foder dela e deve estar arrasada, arranhando as paredes, desesperada para me ver, então eu me ponho de pé. Bato na parede envidraçada manchada de sangue — *gentilmente, Joseph* — e meu grito no escuro é recebido com um canto — *Some people call me the space cowboy* — e o Assassino de Morangos é o tipo de idiota que sabe todas as palavras dessa musiquinha babaca. Ele está tocando minha guitarra no escuro — tentando, pelo menos —, e eu bato no vidro como Melanda, que descanse em paz, e a guitarra emudece e as luzes se acendem todas de uma vez.

O cabelo dele está todo penteado para trás — sem boné — e ele balança a cabeça.

— Ora, ora, ora — diz ele. — Parece que alguém precisa fazer uma faxina aqui.

Não é meu sangue e não é minha sujeira e uma mulher *morreu* aqui e olhe as últimas palavras dela. *Mulher Solteira Procura*. É quase como se ela soubesse que isso ia acontecer, como se soubesse que eu precisaria de um lembrete de que não sou psicologicamente perturbado como ela.

— Tudo bem — eu digo. — Acho que houve um grande mal-entendido aqui.

— Então você não jogou um corpo na lama, meu amigo?

Sim, e não, e o Sr. Mooney me diria para conhecer meu inimigo.

— Quem é você?

Ele balança a cabeça como um hippie burguês na Pegasus numa noite de microfone aberto.

— Oliver Potter — ele diz. — Quer pedir alguma música?

Não peço nada e não gosto da piada e ele toca mal a guitarra, o sujeito é puro Los Angeles, Mary Kay, água gelada nas veias, arrogante como Patrick

Bateman e aquele sorriso malévolo de *Psicopata americano*. Ele está rindo de mim — *quem afinou esta guitarra?* — e eu preciso me concentrar.

Já estive aqui antes e já saí — *Você se libertou, Joseph. Acabei de girar a chave* —, e ele fica dedilhando, uma microfonia explode e ele cobre o microfone e pestaneja.

— Desculpe aí, meu amigo.

Um verdadeiro psicopata não seria tão atencioso; Oliver é apenas alguém que *aspira a ser* um psicopata. Ele tem uma Glock — *o cano de uma arma... o cano de um canhão* —, mas minha arma é superior: meu cérebro.

— Então — ele diz. — Explique aí, Goldberg. Você mata a melhor amiga... — Mentira. Eu não matei Melanda. — Depois você conquista com uma guitarra a sua bibliotecariazinha MILF. E aí você prepara uma armadilha de ciúme e do nada, bum, você está de volta ao Pac Pal com Love?

A tese dele é um disco arranhado e ele está errado. Eu não quero Love. Quero você. E é por isso que estou nesta gaiola, para aprender, para enfrentar a realidade com que tenho lutado, que me sinto culpado *sim* por mudar, por não sentir mais falta do meu filho tanto quanto antes, por aceitar que nosso destino é viver separados. Vemos isso nos memes o tempo todo. *A vida é mudança.* Mas mudar é difícil. Veja a mensagem de sangue de Melanda, que descanse em paz. Ela não conseguiu fazer isso. Ela não conseguiu aceitar a pessoa que era, a pessoa que queria ser. Mas eu posso. Oliver afina minha guitarra e zomba — *Seu Ré está prestes a arrebentar, Goldberg* —, mas eu não vou arrebentar. Estudo meu inimigo: sua camiseta é velha, não vintage. Ele não gastou quatrocentos dólares nela em alguma butique masculina Hulkshit em Veneza. Ele cresceu dentro dessa camiseta. Tem manchas nas axilas. Manchas de gordura. O logotipo na camiseta diz BAXTER'S BOATHOUSE e isso deve ser algum lixão à beira-mar na Flórida. Eu dou de ombros.

— Na verdade, eu não tenho um plano.

— Bem — ele diz, entrando naquela vibe aspirante a sociopata (psicopata?). — Se você me perguntar, meu amigo, sua MILF não vale a pena. Tem bagagem demais. E a Love não é realmente do tipo que cai em armadilha de ciúme. Você teria se saído melhor com o seu primeiro plano, que só posso supor que seja reconquistá-la com sua *música*.

Você não é uma *MILF*. Você é uma raposa. E eu não sou o Phil.

— O que é Baxter's?

Oliver olha para sua camiseta como se tivesse esquecido que a estava vestindo e fica inseguro. Isso é uma boa notícia para mim e ele puxa a bainha.

— Bem, na verdade eu costumava trabalhar neste lugar na época do colégio, a primeira família que me contratou, meus donos antes dos Quinn. Parece que você e eu temos isso em comum.

— Os Quinn não são meus donos.

— Continue dizendo isso a si mesmo, meu amigo. Entenda que o segredo da vida é saber que você tem dono e maximizar o potencial dessa propriedade. Escrevi um piloto sobre a Baxter's. Um roteiro de merda, mas com ele consegui meu primeiro agente porque o esqueleto estava lá.

Penso no esqueleto de Melanda, que descanse em paz, e nos animais que podem estar encontrando-a neste momento e, ah, Deus, Oliver é um *escritor*. Eu entro no jogo. Digo a ele o que ele quer ouvir, que nunca havia pensado nisso dessa forma, que trabalhei numa livraria no colégio e que o proprietário era meio que meu dono, sim. Ele balança a cabeça, satisfeito, porque escritores não querem escrever. Eles só querem ter razão a respeito de toda merdinha estúpida do mundo.

— Isso mesmo, meu amigo. Ah... e que gatos bonitos você tem. Três gatos. Uma demonstração e tanto.

Eles são *filhotinhos*, babaca, e eu faço cara de falsa vergonha. Escritores são narcisistas que querem contar suas histórias, então pergunto a Oliver de onde ele é e ele diz que cresceu em Cape Cod, Massachusetts.

— Você sabe onde fica, Goldberg?

Vai se foder, eu não sou burro.

— Sim. Como você conheceu os Quinn?

Ele quer o controle — um escritor típico —, então ajusta um botão da guitarra.

— Como você *lida* com isso, Goldberg? Sua corda Sol está fodida.

A mão dele escorrega na guitarra e ele culpa a minha corda, da mesma forma que um mau jogador de tênis culpa a raquete. Por fim, ele coloca a guitarra no chão e agora acho que devemos fingir que ele nunca colocou as mãos nela.

— Você parece calmo demais para alguém preso numa gaiola, meu amigo.

— Bem — eu digo. — Você não deixa de ter razão... — Elogie o escritor. — Os Quinn são donos desta casa, tecnicamente, então era apenas uma questão de tempo.

— Eles realmente te ferraram com esse caixote de merda.

— Está de brincadeira? Você viu a vista que eu tenho?

— Sim, Goldberg. Você mora numa casa em uma ilha. E você tem uma vista... para o outro lado da ilha. Muito bem, meu amigo.

PARE DE ME CHAMAR DE SEU AMIGO, SEU MERDA.

Digo calmamente que descobri a casa sozinho, que a Winslow Way é ideal porque dá para ir a pé a todos os lugares. Ele coça o queixo — por que bandidos sempre têm mandíbulas proeminentes? — e diz que teria escolhido a Rockaway ou a Lynwood e isso é outra coisa típica de sociopatas, Mary Kay. Eles gostam de falar de *imóveis*. Eu sou paciente. O objetivo é a liberdade, então digo a ele que concordo — não concordo — e ele pega a guitarra — nããão — e reclama da minha corda Si. Guitarras sempre trazem à tona o pior dos homens, não é?

— Vamos, Goldberg. Fala sério. Que lugar tem para se ir aqui?

— Todos. Aqui é a rua principal, basta ir em frente e você está no coração da cidade. Onde você me viu.

— Coração da cidade? Você quer dizer aquela faixa de bares de vinho menopáusicos que fecham às onze? Você chama *aquilo* de coração da cidade? Você morou em Los Angeles, meu amigo. Por favor. Vamos mandar a real.

Meu coração pulsa por você, pelo poder de quebrar este vidro e atirar esse sujeito na água por ousar caluniar a nossa casa.

Oliver tira minhas chaves do bolso.

— Tudo bem — diz ele. — Eu conheço a sua história, então acho justo você conhecer a minha. Os acordes básicos são os seguintes. Nascido e criado em Cape Cod. Queimei meus pulsos numa fritadeira. Fui para Emerson, escrevi umas peças boas, escrevi outras não tão boas... — Suas peças são todas uma merda. — Me mandei para Los Angeles, onde consegui um bico num *spin-off* de *Law & Order*... — Deveria ser proibido usar essa palavra com esse sentido. — Escrevi um episódio de *Law & Order: Los Angeles*, mas a série acabou... — Assim como sua carreira. — Fui ser garçom. Mantive contato com um consultor da série que era IP, investigador particular. Ele me convenceu a trabalhar nisso, disse que seria produtivo para a minha escrita no longo prazo... — Como se eu me importasse, e os escritores presumissem que os leitores são mais burros do que nós. — Virei IP e coloquei meu irmão Gordy nessa parada quando ele veio para a Costa Oeste... — É um ponto de virada ele mencionar o irmão porque, pela primeira vez, Oliver não parece totalmente iludido e narcisista. Ele tem orgulho do que fez pelo irmão e suspira. — Eu tive um mentor. Sabia que ia dar certo. Mas os Quinn fizeram conosco o que fizeram com você, meu amigo.

— E o que foi isso, Oliver?

— Gordy e eu estávamos indo muito bem com o Eric. Eric era o meu mentor... — Diga outra vez, Oliver, e eu espero não me repetir tanto quanto ele. — Os Quinn queriam a ajuda de Eric com aquele filho imbecil deles, o Forty. Eric tinha uma regra. Ele faria qualquer coisa pelos Quinn, qualquer coisa menos ajudar aquele merda do Forty.

Eu encaro o filho da puta.

— Você sabe que meu filho tem o nome dele, não sabe? — E foi por isso que eu disse a Love que era uma péssima ideia dar ao nosso filho aquele nome sujo e estúpido.

— Sim, meu amigo, e eu lamento por você. Sinceramente. — Então ele suspira, querendo voltar para a história *dele*. — Uma breve história bem longa... — É um pouco tarde para isso, Oliver. — Eric recusou o trabalho. Os Quinn então ofereceram o serviço para mim e Gordy. E temos trabalhado para eles desde então.

— Que bela história.

— Joe, Joe, Joe, eu não sou o vilão aqui. Eu odeio os Quinn tanto quanto você. Você deveria ver onde eles me instalaram, um motel de segunda categoria que serve ovo em pó e tem um colchão tão fino que eu mal consigo dormir, e é por isso que minhas costas estão fodidas e não consigo o ângulo certo para tocar a merda dessa Gibson.

— Bem, talvez você deva registrar uma queixa no RH.

— Olha, meu amigo, estou tentando fazer você ver que os Quinn me prenderam, assim como fizeram com você. Eles me deram um emprego. Eles te deram este caixote de merda. Mas eles são nossos donos, Joe.

Eu entro no modo Melanda, que descanse em paz. Não consigo evitar.

— Oliver, você me prendeu aqui. Nossas situações não são nada parecidas.

— Você está de sacanagem? Eu salvei o rabo do Forty em uma acusação de estupro antes de ele morrer. Você entrou na história através da irmã dele. Nós salvamos os preciosos filhos de merda deles. Nós *dois* pegamos a grana deles.

— Eu não entrei na história *através* da irmã, Oliver. Eu a amava.

Ele sorri.

— A sua MILF sabe disso?

Eu ignoro a pergunta e ele suspira.

— Você diz que quer sair. Mas está falando sério?

— Sim, falo sério. Vamos conversar lá fora. Está fedendo aqui.

— Estou falando no sentido geral, meu amigo. Por que você está morando nesta Nantucket de pobre?

— Eu *escolhi* me mudar para cá. Isso não tem nada a ver com os Quinn. Eu queria sair de Los Angeles e queria morar aqui e *escolhi* esta casa.

— Ah — ele diz. — Então você queria abandonar o seu filho?

— Porra, não, Oliver. Isso é diferente. Eu não tive escolha e você sabe disso.

Oliver faz que sim. Todo cheio de si.

— E por fim fez-se a luz sobre o óbvio.

Oliver é como Melanda, que descanse em paz, Mary Kay. Ele não acredita que as pessoas possam evoluir e mudar de ideia e não quero ser analisado por este escritor fracassado que se tornou um IP, *invasor de privacidade*, e digo a ele que ele está certo — isso dói — e pergunto o que acontece a seguir. Qualquer bom escritor deve ser capaz de responder a essa pergunta, mas Oliver fracassou como escritor.

— Vamos chegar lá — diz ele. — Primeiro, eu preciso saber de uma coisa. Qual foi o seu número mágico?

— Você quer dizer quanto eles me pagaram? Oliver, eles apontaram uma arma para a minha cabeça. Tive que assinar o contrato.

— Aham. E quanto foi? Oito, dez, para deixar o seu filho?

É por isso que estou na gaiola. Oliver não está totalmente errado e eu fiz mesmo isso. Eu peguei o dinheiro. Mas não *vendi* o meu filho.

— Quatro milhões — eu digo. — Além da casa.

— A casa que compraram para você.

— A casa está no *meu* nome.

— Bem, isso não é bacana da parte deles? Minha Mercedes também está no meu nome. O problema é que não vou poder pagar as prestações dela se parar de trabalhar para eles.

Eu não quero ser como Oliver e não *sou* como Oliver.

— Ok — diz ele. — Encaremos os fatos. Tenho um vídeo de você e da garota morta...

Mulher, não *garota*, e digo a ele que não a matei e ele suspira.

— Bem, meu amigo, se eu chamasse agora os policiais caipiras locais e eles vissem você na cabine com o sangue dela nas paredes...

— Eu não a matei.

— Não importa, Goldberg. Tudo o que importa são as aparências. Agora ouça. Enviei as imagens para Gordy, mas Gordy não as mostrou a Ray... Se ele fizer isso, você será jogado na cadeia e eles não precisarão mais que eu cuide de você. Eu vou ficar sem emprego. Os Quinn vão ganhar.

— O que você quer?

Oliver se acomoda na cadeira como qualquer aspirante a escritor prestes a vender a merda do seu peixe e eu sou o executivo, então me inclino para a frente porque tenho de inclinar-me para a frente. Eu quero comprar o argumento dele. Eu quero dar o fora daqui e ficar com você.

— Você e eu estamos do lado errado da grana alta, meu amigo. Os Quinn nos encontraram. Eles veem nosso potencial, nossos cérebros, e gostam de esmagá-los porque seus próprios filhos nunca tiveram o que nós temos. Nós não fazemos parte do clube dos velhos ricos e nunca faremos, mas o que temos aqui é uma oportunidade de criar um clube dos *jovens* pobres. Um clube dos garotos pobres, se você preferir.

— Oliver, eu não entendi. O que vamos fazer neste "clube"?

Ele é um escritor defensivo, então ele me diz que eu não tenho que *entender*, como se fosse minha culpa o seu argumento confuso.

— Nós ajudamos um ao outro. Eu não mostro ao Ray o que você fez com essa garota e você me ajuda porque você recebeu muito mais do que eu, meu amigo.

— Você quer dinheiro.

— Minha mãe está doente, então meu fluxo de caixa está um pouco apertado. — Ele mostra-se humano de novo, como quando mencionou seu irmão pela primeira vez, e ele rompe o contato visual. — Minha mãe tem câncer e, porra, câncer é uma merda, o tratamento é caro.

— Eu sinto muito.

— E minha namorada Minka... ela é nota dez... — Eu odeio quando os homens fazem isso, atribuir uma nota a alguém como se eles fossem jurados e você estivesse de maiô. — E uma mulher nota dez tem certas expectativas em relação a um homem, e eu quero manter a minha nota dez. Nós acabamos de nos mudar e a casa está meio vazia para o gosto dela, e ela quer fazer reformas chiques, gosta de antiguidades e tem uma vibe meio *Psicopata americano*... — Eu sabia. Eu sabia que aquele penteado dele era de propósito. — Então você me ajuda a manter minha nota dez comprando antiguidades, e eu te ajudo a tirar os Quinn da sua cola.

Eu não consigo concordar rápido o suficiente, mas Oliver faz uma careta que me lembra de suas aspirações fracassadas a roteirista. Ele olha para o sangue nas paredes envidraçadas.

— Eu te conheço, Goldberg. E é importante que você me conheça. Gordy e eu nos comunicamos de uma forma bem única e se ele entrar em contato comigo e não receber uma resposta de forma *bem* única, ele vai mostrar as imagens ao Ray e você vai parar numa gaiola que fede mais do que esta. O negócio é o seguinte, você me tirando dessa, você sai dessa também. Está me entendendo?

— Entendi. Estou dentro. — Então digo o que ele quer ouvir, o nome do programa dele. — O Clube dos Garotos Pobres pode começar.

Oliver coloca a chave na porta, mas de repente hesita. É um mito acerca das gaiolas e eu estive onde ele estava, eu estava ali apenas algumas horas atrás, segurando a chave, sabendo que a *minha* vida também estava em risco.

— Quando eu era roteirista — não, Oliver, você só escreveu *um* episódio de televisão —, nós usávamos uma expressão: *na cara*. — Eu não sou um palerma, mas é como sair com o Seamus. Às vezes, a gente tem que deixar nossos *Friends* pensarem que estão ampliando nossos horizontes, então concordo como se nunca tivesse ouvido essa expressão na vida. — O que você fez com essa garota esta noite foi na cara demais, muito você. Então, quando eu te deixar sair daqui, você vai se *comportar*. Chega de maldades. Nada de procurar Love no Instagram, nada de garotas mortas em masmorras. Nada. Zero. Nadinha. Basta você roubar um garfo de plástico da Starbucks e você já era.

Oliver gira a chave.

— Espere — ele diz. — Você tem uma conta na 1stdibs?

Eu balanço a cabeça.

— Não.

Ele me deixa sair da gaiola como se não estivesse na minha casa e devolve meu telefone.

— Baixe o aplicativo da 1stdibs — diz ele. — Agora.

Baixo o aplicativo de compras para pessoas ricas, abro uma conta e olho para ele.

— O que mais agora?

— Pesquise "Mike Tyson" aí — diz ele. — Tem um retrato de autoria do Albert Watson que você vai comprar para mim.

Gasto vinte e cinco mil dólares numa fotografia da porra do Mike Tyson, e Oliver estica os braços — suas manchas nas axilas são piores de perto — e me pergunta onde eu guardo meus produtos de limpeza.

— Amadores não sabem limpar uma cena de crime. Não queremos que o Clube dos Garotos Pobres acabe antes de começar.

Eu entrego um esfregão para Oliver e encontro um frasco de alvejante e logo estamos limpando as últimas palavras de Melanda na parede envidraçada. Oliver dá um espirro na curva do cotovelo.

— No meu primeiro trabalho em Cape Cod, eu tinha que limpar o banheiro das mulheres no terminal das balsas. Nada jamais será tão desagradável quanto aquilo.

— Trabalhei numa livraria — digo. — Um sujeito costumava se masturbar nas nossas *National Geographic* e meu chefe me mandava raspar a porra seca com um abridor de cartas.

— Meu Deus — ele diz. — Talvez os Quinn não sejam tão ruins. — E então ele pisca. — Brincadeira, Joe.

Finalmente, terminamos o serviço e o meu Quarto dos Sussurros está impecável. Oliver está saindo pela porta.

— Vejo você na sua *Avenida Menopausa*.

Em um mundo ideal, eu telefonaria para você agora. Mas não vivemos em um mundo ideal, Mary Kay.

Pego o telefone de Melanda, digito a senha e me preparo para o pior. Você sabe tudo agora. Você teve tempo para ler, ficar obcecada com cada detalhe. Seu coração pode estar em pedaços... se eu fiz um bom trabalho. Você acreditou que era ela? E se acreditou, essa traição vai afastá-la dos homens? De *mim*? O que você diria para a mulher que traiu sua confiança por dez malditos *anos*? Abro as mensagens de texto de Melanda e...

22

NADA! Sua melhor amiga deixa você estarrecida com a revelação de que trepava com o seu marido, rompe com você via *mensagem de texto* e tudo o que você disse foi: *Fique bem. Bj.* Eu vou ao Instagram e Nomi ainda segue Melanda — talvez você não tenha contado a ela? —, mas você *deixou de seguir* Melanda.

As mulheres são estranhas. Você fica na biblioteca o dia todo agindo como se nada tivesse mudado, como se você não tivesse chegado ao clímax por mim na minha casa. Nomi entra na biblioteca com botas enlameadas e você é a porra da Carol Brady.

— Nomi, querida, você pode limpar suas botas?

E ela é a porra da Cindy Brady.

— Foi mal, mãe.

No mês passado, quando você disse a ela para limpar as botas enlameadas, ela latiu para você e lhe mostrou o dedo do meio, e você fez o mesmo. Mas hoje ela está calma. Você está calma. Está tudo *calmo* demais. Nomi sabe que você deixou de seguir a "tia" dela? Você está fingindo que você e a sua maldita Murakami não fizeram um show para mim na minha sala de estar? Cada vez que você está a três metros de distância, eu me preparo para você me dar um tapinha no ombro e perguntar se podemos conversar. Nós quase trepamos! Nós *temos* que conversar. Mas você permanece calma, distante. Eu cutuco a onça. Deixo o carrinho Dolly na frente dos livros de culinária — você odeia isso —, mas você simplesmente tira o carrinho do corredor e almoça sozinha em sua mesa. A Suricato volta antes de fecharmos e bate na mesa. Você também odeia isso, mas sorri.

— Oi, querida.

— O livro da mãe do Dylan já chegou?

— Desculpe, querida, eu te mando uma mensagem quando chegar.

Ela sai pela porta sem se despedir e ainda assim você está calma. Uma calma mortal.

Uma calmaria antes da tempestade. Eu sei que as raposas são furtivas, e você está ocupada planejando sua fuga. Eu te vejo, Mary Kay, eu te vejo na iminência de bloquear tudo o que aconteceu entre nós porque é demais, para piorar, a *mensagem* que você recebeu de Melanda, que descanse em paz.

Mas também estou ocupado. Não é fácil ter um stalker, e a porra do Oliver Potter *é* um stalker, e eu preciso sair desta ilha e comprar alguns acessórios se vou salvar você de sua consciência culpada hiperativa. *Pense, Joe, pense.* O motel de Oliver fica em frente à Starbucks e digo a ele que estou fazendo um pedido pelo celular e pergunto se ele quer me encontrar. Ele pede uma *loura alta e gostosa* — que babaca —, e eu faço o pedido e digo a ele que estarei lá em dez minutos.

Agora ele está na Starbucks, explodindo de raiva no meu telefone — *cadê você*—, e digo a ele que mudei de planos — *Desculpe, Oliver, preciso dar um pulo em Seattle resolver um problema de empréstimo interbibliotecas.* Ele nunca vai me pegar agora e sabe disso. Sua resposta é seca, mas respeitosa: *Bela jogada, meu amigo.*

Amém, Oliver, e eu pego a balsa com todos os passageiros do grupinho passivo-agressivo de residentes em trânsito. Sento num lugar e um escravo da Amazon estraga-prazeres projeta a mandíbula para a frente.

— Você vai sentar aí?

— Sim, vou sentar aqui.

— Bem, às vezes um de nossos amigos senta aqui.

Fascinante. Eu sorrio e coloco meus fones de ouvido.

— Acho que hoje não vai, não.

Chegando em Seattle, uso meu dinheiro dos Quinn para comprar câmeras e isso é uma coisa boa que o puto do Oliver Potter me ensinou. Ele me lembrou de que tenho dinheiro. E dinheiro é poder.

Reservo um quarto num Marriott e envio a Oliver uma foto do recibo, e aí meu telefone vibra. Oliver.

— Isso não é legal, Joe.

— Oliver, estou assustado demais para ficar em casa. Só preciso de uma noite.

Ele desliga na minha cara — todos os amigos brigam — e me envia um link para uma reprodução de *Peaches* de Andy Warhol à venda na 1stdibs. Depois uma mensagem: *Não me sacaneie de novo, Goldberg.*

Eu compro o *Peaches* para ele, saio do Marriott e pulo de volta na balsa — nada de grupinhos de residentes da ilha em trânsito, apenas almas perdidas e solitárias esperando que os caminhos cativantes da Winslow Way as tirem de sua vida miserável —, e é um alívio saber que Oliver não estará no meu rastro pelo resto da noite.

Compro uma cerveja na cantina — é estressante ter um stalker — e verifico o telefone de Melanda quando desembarco. Não posso mais usá-la para chegar até você — sinto falta de nossas conversas, eu como Melanda, você como você —, e você não escreveu mais nada. A cerveja está gelada. *Você* está gelada. Você não me procura e eu gostaria que fizesse isso, Mary Kay. Eu me preocupo. Você dormiu na noite passada? Você está chorando no chuveiro como Glenn Close em *O reencontro* ou está atacando o rato do seu marido como Glenn Close em *Atração fatal*?

Preciso saber como você está, Mary Kay. Eu sei que a mensagem de Melanda foi muito difícil de engolir. Eu sei que talvez você esteja achando que é uma pessoa má, e você não é uma pessoa má. Eu me identifico com você mais do que nunca. Não consegui formar a minha família com Love e você *ainda* está tentando encontrar seu lugar nesta ilha depois de vinte anos, mas seu lugar é comigo.

Você precisa de mim para cuidar de você. Estou correndo na trilha de Eagle Harbor e é um pouco enervante, para ser franco. Eu ainda não superei o que aconteceu — maldita seja Melanda, que descanse em paz — e saio da trilha para o seu gramado e paro. O silêncio. A calmaria. Você e a Suricato foram a uma loja da Costco depois do trabalho — Nomi chama isso de #*ShoppingTerapia*, comprar toalhas de papel em grande quantidade para limpar a sujeira da vida —, e seu rato está em Seattle esperando a chegada de um ex-fotógrafo da gravadora Sub Pop. Infelizmente, isso não vai acontecer porque fui eu que enviei o e-mail falso e fui eu que me desculpei com Phil, garantindo a ele que o encontrarei em breve, *cara*. Na visão de mundo de Richard Scarry, todos na minha vida estão ocupados em ser ocupados. E eu também estou ocupado.

São apenas dez passos até a porta de correr envidraçada e é bom que seu marido seja um pateta devoto do não-trancamos-nossas-portas porque isso significa que sua porta está aberta. Seguro a maçaneta e a porta range — pelo amor de Deus, Phil, cuide da sua casa —, e, pela primeira vez em nossa vida juntos, estou em sua casa.

Nomi não estava brincando, Mary Kay. Você realmente gosta de quinquilharias e suas estantes estão cheias de brinquedinhos literários. Vejo um boneco de Shakespeare, uma marionete de Virginia Woolf — quem faz esses coisas, quem? — e um minúsculo exemplar de *A redoma de vidro* e de repente entendo tudo. Você compra bugigangas para fingir que sua casa é a sua livraria Empathy Bordello Bar & Books. É a sua forma de suportar. Você vive em negação há quase vinte anos, se esforçando muito para não ver o horror que a cerca — Melanda, que descanse em paz, esfregando o pé na perna de Phil por debaixo da mesa no pub enquanto todos engolem o *brunch* — e a recusa passivo-agressiva de Phil de deixar suas músicas velhas no passado — *o cano de uma arma... o cano de um canhão* —, e você ignorando todo o mal do mundo, jogando filés de salmão no freezer, na grelha, repetindo ao infinito.

E não são apenas as quinquilharias que me alarmam, Mary Kay. Sua casa é um santuário aos anos 1990 e início dos 2000, quando todos vocês moravam em Hidden Cove em *Manzanita*. É como se vocês dois estivessem enviando uma mensagem perigosa para a sua filha: a de que tudo de bom, cada lembrança que vale a pena preservar, foi há quase vinte anos, antes mesmo de ela nascer.

Você tem o álbum de estreia dele emoldurado, mas todos os outros álbuns estão na sua garagem, como se não existissem. Pego uma foto sua de quase dezenove anos atrás. Eu reconheço o fundo, a ilhota que chamam de Ilha do Tesouro. Você embala sua filha recém-nascida e parece uma noiva criança. Seu sorriso é um grito de socorro e você está tentando esconder uma *segunda dentição* enquanto só *morre por baixo*, e eu vejo o que ninguém mais queria ver. Uma mulher presa, sob a mira de uma arma, mas, neste caso, a arma é o *Philstick*, o *pau* do seu marido.

Eu poderia passar horas examinando suas fotos, rastreando a desintegração do seu amor e do seu casamento, enquanto fotos espontâneas de sua família *unida* nos bunkers de Fort Ward — Melanda, que descanse em paz — dão lugar a constrangedoras fotos posadas nos feriados — *Sorriam para o temporizador do iPhone e todos fazem isso e escondem a infelicidade!* —, mas a Costco não fica *tão* distante assim e eu não estou aqui para visitar o museu da sua família.

Estou aqui para ajudá-la a fechá-lo.

Montei câmeras na sala de estar — em frente à poltrona de Phil — e mais câmeras na cozinha — onde você se esconde da guitarra do seu rato — e outras na parte mais fétida da sua casa: o quarto de vocês dois.

Tem o cheiro dele, não o seu, e o rato tem um monte de seus próprios CDs arranhados e irrecuperáveis, por que vocês têm tanta fixação no passado?

Meu telefone vibra e eu estremeço. É Oliver: *Atualização*.

Estou de saco cheio dessa palavra. Ele já pediu *oito* atualizações hoje. A regra é simples: quando ele pede uma atualização, eu tenho que dar a ele a porra da atualização.

Saio da sua casa pelo caminho que entrei e estou na trilha, a trilha vazia, e envio a Oliver uma foto da vista do meu quarto de hotel que tirei mais cedo — junto com a foto mando um link de umas *cadeiras Mackintosh* à venda na 1stdibs. Ele me envia um pedido — *Boa ideia, compre* —, então eu compro a merda das cadeiras e envio a ele um print de confirmação. Mais oito mil dólares se foram, mas notei um padrão. Quanto maior a minha *inclinação* para o meu papel de personal shopper de Oliver, maior o intervalo entre seus malditos pedidos de *Atualização*.

Eu paro no T&C e compro pipoca picante — preciso beliscar alguma coisa enquanto assisto ao Episódio Muito Especial da sitcom de sua família esta noite —, depois coloco a pipoca em minha sacola reutilizável — salvamos o planeta juntos — e vou para casa. Aí me acomodo no meu Quarto dos Sussurros — a cabine mais limpa agora do que quando me mudei: obrigado, Oliver!

As câmeras são nota dez em eficiência e tudo parece mágica. Aí está você na cozinha! E lá vem Nomi com sua mochila.

— Vou dar um pulo na livraria.

— Agora? Ela fecha cedo.

— *Você* se esqueceu de pedir meu livro na biblioteca.

— Nomi, o sistema de empréstimo é complicado... Eu não quero brigar, mas você podia pelo menos considerar a leitura de algo que não tenha relação com esse *Columbine*? Isso já está ficando um pouco... Nomi, por favor.

Nomi fica olhando para o fogão e minhas câmeras são de alta definição. Da melhor qualidade.

— A sopa está pegando fogo.

A sopa está fumegando, mas não está pegando fogo. A Suricato se foi e você despeja a maldita sopa no lixo. A porta bate quando Nomi sai e Phil entra. O episódio vai começar a ficar feio, e eu enfio um punhado de pipoca na boca.

Phil não se senta à mesa e não pergunta o que aconteceu com a sopa. Ele apenas fica ali parado. Você lava a panela. Não o cumprimenta. É um impasse mexicano, apenas isso. Já posso ouvir você dizendo na minha cabeça: *Phil, eu quero o divórcio*.

Você larga a panela dentro da pia e aperta a borda da bancada com as mãos. Ele não se move. Como se soubesse que você quer matá-lo.

— O que foi agora, Emmy?
— Uma de suas músicas não me sai da cabeça.
Ele sorri e, ah, está tudo *bem*.
— Ah, é, qual?
— Aquela do tubarão, é claro.
Ele fica um pouco desapontado porque *todo mundo* conhece essa.
— Ah — ele diz. — Bem, estou trabalhando numa agora que vai colocar aquele tubarão para dormir. Algo muito melhor...
— Sabe, Phil, eu sempre adorei essa música... — Você olha para ele e ele sorri. — Eu gostava porque era muito intensa. Era sobre nós, a tensão do nascimento de um bebê... a sensação de uma vida mudando de dentro para fora. Mas é engraçado, agora. Nunca percebi que, na verdade, a música era para Melanda.
BUM. Aumento o volume e Phil enfia as mãos nos bolsos sujos.
— Porra... Emmy. Pera aí. Essa música *é* sobre nós.
— Ora, por favor, Phil, vá à merda, eu não dou a *mínima* para a porra da música. Você e a Melanda? Pelas minhas costas? Por quantos anos?
— Emmy, me deixa... *merda*.
— É — você diz. — Isso é o que vocês são. Os dois. Uns *merdas*.
Você pega uma esponja e espreme a água suja. Esponjas são planejadamente imundas, podem ser lavadas na máquina de lavar, mas nunca mais ficarão limpas. Você futuca o reboco sujo da bancada.
— A pior parte é... Meu Deus do céu, todo esse tempo eu me considerava a pessoa que te faz feliz...
— Você faz.
— Ah, vai se foder, Phil. *Não* me venha com essa conversa agora. Ela era minha melhor *amiga* e você... Eu quero que você vá embora.
Eu bato palmas. ISSO.
— Emmy, você não pode estar falando sério. Você sabe que não existo sem você. Meu bem, eu sou um imbecil, eu sei.
Ele cai de joelhos e está com as patas nas suas pernas como o cachorro que ele é e está chorando. Tudo que eu quero é que você dê um chute na cara dele, mas agora *você* está chorando, e eu deixo cair minha pipoca no chão e não. Não chore, Mary Kay. Isso não é culpa sua. Ele está gritando que merece *morrer* e você está cuidando *dele* como se ele NÃO TIVESSE TREPADO COM A PORRA DA SUA MELHOR AMIGA.
Você o ajuda a se levantar e ele fica choramingando, tremendo e soluçando na sua panela manchada de sopa e ele *vomita* na sua panela e você esfrega os ombros dele.

— Emmy, eu sou o maior filho da puta do planeta.
— Phil, pare com isso. — Sua voz é suave.
— Eu nunca mereci você. Você acha que eu não sei disso? E Melanda... ela... ela ameaçou arruinar a nossa vida. Ela sentia *prazer* em magoar você e eu não... eu sou um merda.
— Phil, pare com isso. Assim você vai passar mal.

Você segura uma folha de papel-toalha para ele como se ele fosse uma criança e ele assoa o nariz e você enxuga suas lágrimas e eu jogo minha pipoca na TV porque assim não dá. Você precisa se revoltar. Ele está lançando calúnias sobre *Melanda* e você está assegurando a ele que ela está fora de *nossas vidas* e ela não era a vilã da história.

Phil é a porra do seu *marido*, Mary Kay. E se Tyler Perry estivesse aqui, ele diria para você encher aquela panela de papa de milho fervendo e esmagá-la na cabeça dele. Se Melanda estivesse aqui — cacete! —, ela iria lembrá-la da porra da *sororidade*. Mas olhe só para você, enxugando as lágrimas dele enquanto absorve suas palavras manipuladoras.

— Eu não mereço você, não sei o que diabos há de errado comigo. É como se meu velho estivesse me dizendo que não valho nada desde criança, e então tento ficar limpo, mas preciso encontrar outra forma de me sujar para provar que meu pai tinha razão. Eu deveria estourar a porra dos meus miolos.

— Phil, pare com isso. Estou falando sério.

Isso não pode estar acontecendo, Mary Kay. Você o está perdoando pelo imperdoável. Pergunte à Bíblia. Pergunte a qualquer um, Mary Kay. ELE COMEU A SUA MELHOR AMIGA E ISSO ESTÁ ERRADO. FIM.

Você assoa o nariz na flanela dele e seu casamento é feio, anti-higiênico.

— Tudo bem, Phil... Olha, eu não posso ser hipócrita. Eu também não sou perfeita.

Ele se afasta devagar, e eu dou um zoom, devagar. Sua empatia é o seu pior inimigo agora. E ele sabe disso. Será que você não vê isso?

— O que quer dizer com você também não é perfeita? — ele diz. — Há algo que eu deva saber? *Alguém* que eu deveria conhecer?

Ele não está chorando mais. Ele pode foder com a sua melhor amiga e exigir perdão imediato, mas você diz uma *coisa ínfima* sobre a própria vida e ele te rechaça. Os opostos se atraem. Mas os opostos se destroem.

— Meu Deus, não — você diz. — Eu só quis dizer que deveria ter descoberto isso antes.

Você não mente bem e não pode comparar nosso relacionamento ao que ele fez com você.

Ele pega o seu *Ulisses,* um saleiro, e o atira num armário — quebrado! Quebrado como o relógio da balsa! —, e sai de cena gritando com você, xingando você de todos os nomes. Ele está na sala de estar andando de um lado para o outro — que homem grande e forte! — e dizendo que sempre soube que você faria isso com ele, e você quer saber como ele pode dizer isso depois do que você acabou de descobrir e ele cospe em você.

— Você é uma vagabunda. Olha só como você se veste.

— Como eu me visto? Eu uso saias, então isso significa que estou me *oferecendo* por aí? Você realmente quer entrar nesse assunto?

— Você vê outras mulheres por aqui usando saias?

— Vai se foder, Phil.

Não acabou, e ele rosna.

— Quem é o cara?

— Só posso te dizer que não é o seu melhor *amigo.*

Ele pega uma boneca de cerâmica de uma das irmãs Brontë e a joga num porta-retratos — BAM — e quer saber quem é.

— Eu contei a você. Eu mereço a mesma sinceridade, Emmy.

— Você está ouvindo o que está dizendo, Phil? Você não me contou *nada.* Fui eu que te confrontei. E estou tentando ser compreensiva. Estou tentando ser sensata.

— Quem é, caralho? Ele é daqui? Eu conheço o filho da mãe?

— Essa é a sua questão? *Eu conheço o filho da mãe?* Ah, Phil, eu apenas... Isso é tudo com que você se preocupa. Se você o conhece. Eu digo a você que tenho sentimentos por outro homem e você não quer saber do que sinto falta... você só quer saber se pode falar dele na merda do seu programa. E a resposta é não, por falar nisso. Ao contrário de você, ele não expõe os ressentimentos dele ao vivo cinco noites por semana. Ao contrário de você, ele *lê.*

Isso foi para mim! Um ovo de Páscoa só para mim e estou longe das câmeras, mas estou na única tela que importa, a que está na sua cabeça. Sim! Vai fundo, Mary Kay!

Phil chuta o tapete como um touro no curral.

— Quem é ele, Mary Kay? Quem é o maldito do seu namorado?

— Não se trata do meu *namorado* e também não se trata de Melanda. Trata-se de nós. De *mim.*

Você me chamou de seu namorado e eu coloco um pouco mais de pipoca na boca e Phil pega *outra* quinquilharia, mas desta vez ele não joga. Com sorte, o troço vai quebrar na mão dele e ele nunca mais vai conseguir tocar guitarra. Você está tensa. Está andando em círculos. Aí você para.

— Ei.

Ele não diz nada.

Você dá um tapa nas coxas. É tão exagerado.

— Então é isso? Você vai se calar e agir como se nada tivesse acontecido?

— Bem, eu sou assim, Emmy. Você se esconde nos seus livros. Eu toco guitarra.

— Ah, tá. A culpa é minha se gosto de ler. A culpa é minha por querer um marido que queira ir para a campina *comigo* e se aconchegar nos bunkers com nossos livros.

— Isso foi no tempo do colégio.

— A merda da sua música também.

Outra quinquilharia é quebrada e estou adorando este episódio. Você também. Você bate palmas. Aplausos sarcásticos.

— Muito bem — você diz. — Mais coisa para eu limpar. Pode me dizer, você saía com *Melanda* quando eu estava lendo e sendo burra o suficiente para acreditar que você estava compondo as merdas das suas "canções"?

Phil bufa de irritação. Ele está literalmente acendendo um cigarro.

— É sempre a mesma coisa — diz ele. — Você quer se esconder da vida e eu quero *vivê-la*.

Você fica tão boquiaberta quanto deveria.

— Ah, que ótimo, Phil. Que interessante. Então, suponho que você seja o herói porque é o *compositor*. Você me humilhou com a merda das suas músicas, você trepa com a minha melhor *amiga* e de alguma forma está tudo bem porque... ah, claro! Phil é um *artista!*

É isso, o fim do seu casamento, e eu levanto o punho no ar. Diga a ele, Mary Kay!

— E como todos sabemos, artistas são *talentosos*. E eles precisam de coisas para escrever, então acho que devo apenas abaixar a cabeça e abastecer a geladeira porque a música vem em primeiro lugar nesta casa! Eu não importo, não importa a... sei lá... não importa a *lealdade*. — Você está tremendo agora. — Ela era minha melhor *amiga*. Era como minha *irmã*. Ela era *tia* de Nomi... e você destruiu isso. Destruiu tudo.

Ele joga as cinzas em um prato sujo.

— Sim — ele diz. — Bem, isso é uma coisa que nós três temos em comum. Nós convivemos com você, Emmy. E conviver com você... Bem, é o pior tipo de solidão que existe. Pergunte a Melanda. Pergunte a Nomi. Elas vão concordar totalmente comigo, querida.

Você vai até ele e lhe dá um tapa na cara e eu quero dar mil estelas a este episódio e Phil apenas balança aquela cabeça grande e gorda. Ele pega a sua mão e você deixa. Ele começa a chorar — fake news, choro fake — e está te abraçando, pedindo *mil perdões* e dizendo que não estava falando sério — estava sim — e implorando para você perdoá-lo e falando mil vezes a mesma coisa:

— Nunca compus uma música para ela, Em. Me perdoe, me perdoe.

Isso é uma mentira — ele me enviou a música — e você sabe que perdão não basta, mas o homem é um performático. Chora que é uma beleza. Você esfrega a testa. Você sabe que este homem não te entende, e como poderia? Pela sua porta envidraçada você vê que desperdiçou grande parte da sua vida com este *artista*. Você quer uma vida nova. Uma vida comigo. Você disse isso no Hitchcock. *Eu não achava que existisse alguém como você. Eu sou seu novo começo. Eu.*

Diga a ele, Mary Kay. Diga a ele que você me ama.

Diga a ele que você seria mais feliz naquela campina do Nirvana, *deitada na grama alta com quem você ama*, sendo inocente comigo, jovens para sempre, velhos para sempre, alimentando nossas almas famintas com palavras, com histórias. Diga a ele que você cresceu mais do que ele e que não pode continuar fingindo que combinam. Diga a ele que você quis que desse certo pelo bem de Nomi, mas agora você tem uma filha nervosa e sem filtros que quer ler sobre assassinos em série adolescentes e você vê a luz.

Você se afasta dele. É um passo. Literal e metaforicamente. Você está ainda mais perto da janela.

Diga a ele, Mary Kay. Diga que ele foi o amor da sua juventude, que você não o odeia. Você queria estar num pedestal e dizer a ele que o que mais dói não é a traição com Melanda, porque no fundo você não se importa com isso, você se importa com o que sente por mim, o parceiro que você quer, o amante que você merece. *Eu.*

Phil vai até o CD player — vocês vivem nos anos 1990, no passado — e procura até achar o que quer e bota para tocar o que quer e é a voz do maldito Jeff Buckley e são as palavras de Leonard Cohen.

— "Hallelujah."

Não é para onde estávamos indo. Ele segura seu rosto com as mãos.

— Eu preciso de você.

— Phil...

— Eu sinto sua falta.

É por isso que já *deveríamos* ter começado a fazer sexo, porra. Ele está prendendo você. Você me quer, mas eu estou aqui e ele está aí. Ele passa as mãos no seu corpo e você fecha os olhos e dos seus lábios ele tira um beijo, mas *você realmente não liga para o seu rato, não é?* Ele costuma abusar de você nas próprias letras que compõe, mas agora ele a seduz com a letra de Cohen, sussurrando em seu ouvido sobre a fé e aí está você, deixando-o sussurrar as palavras de um homem melhor que ele enquanto desliza a mão sob a sua saia.

Eu aperto o saco de pipoca. Ele é uma jiboia e abre o zíper de sua saia safada e aperta seu pescoço e diz que você é *uma garota má* e morde sua orelha e arranca sua meia-calça e de alguma forma ele tem seis mãos, oito mãos. Sua blusa já saiu, a calça jeans dele está no chão e ele está dentro de você — *ele destrói o seu trono e puxa o seu cabelo* — e você geme como se quisesse aquilo, como se gostasse daquilo. Você finge o clímax — não tem como você ter gostado disso — e ele ergue você como o capitão de cachimbo faz com sua sereia cativa sem pernas. Esta foi a *nossa* pintura de Normal Norman Rockwell no pub e agora você está nela com ele, na gaiola dos braços de Phil, no seu casamento. Ele acende outro cigarro e deita você com ele no sofá e as cinzas do cigarro atingem seus seios. Você se assusta e ele beija os lugares onde ele te queimou e vocês não combinam. Nós sim. Ele coloca a guimba do cigarro na sua xícara de café meio vazia e acaricia sua Murakami com a mão manchada de nicotina, com seus dedos calejados.

— Tudo bem — diz ele. — Você vai ligar para Layla ou quer que eu ligue?

Você ri como se isso fosse engraçado e então suspira.

— Ah, qual é, Phil. Nós dois sabemos que você não vai ligar. Você pode ir amanhã à uma hora?

Ele abraça você de um jeito que eu nunca fiz, com os braços e as pernas.

— Eu farei o que você quiser, Emmy. Você é a minha garota. Eu morreria sem você. Você sabe disso, não é?

Você vai deixá-lo comer você de novo — *você é a segunda dentição* — e eu desligo minha TV, mas ainda o vejo — *espinhos se escondem na coroa* —, e grãos picantes da pipoca fazem cócegas na minha garganta. Eu engasgo e vem toda aquela pipoca indigesta, saindo da minha boca, e *eu não posso me mexer, não posso respirar, eu só morro por baixo.*

Phil não é Leonard Cohen e não é Jeff Buckley, mas eu nunca me movi com você do jeito que ele fez, do jeito que ele faz, e é um relógio frio e quebrado de um *Hallelujah*. Eu despejo Woolite no seu suéter preto favorito e procuro no Google "Layla" e "terapia de casal" e "código de área 206" e lá está ela em Poulsbo, sua diplomada assassina de sanidade: Layla Twitchell. Ela é sua facilitadora, sua inimiga à plena vista, a mulher que tenta salvar o seu casamento, a mulher que você *paga* para salvar o seu casamento. É tentador entrar no carro e dirigir até Poulsbo e fazer *Layla* pagar por seu pecado, mas eu não sou mais o mesmo de antes.

Eu sou a merda de uma pessoa boa e seu rato está desmaiado na poltrona dele. Você tomou banho — não coloquei câmeras no seu banheiro, não preciso ver isso — e agora está na cama lendo Murakami, fechando o livro, escrevendo em seu diário, voltando ao livro. Você é como meu jeans na máquina de lavar e precisa que eu a tire dessa câmara de pressão e ponha fim a este ciclo vicioso e você olha para as lentes e eu dou um zoom e nossos olhos se encontram. Foda-se. Amanhã, vou pedir-lhe para juntar-se a mim na campina de Kurt Cobain, que descanse em paz, e amanhã você vai dizer *sim*.

23

VOCÊ não vai almoçar para ir ao dentista em Poulsbo — bela mentira, Mary Kay —, e eu estou a caminho do Sawatdy para comprar carne e brócolis. Eu paro no shopping — nem Bainbridge é perfeita —, e esta ilha está se voltando contra nós. Houve uma morte na família e o restaurante está fechado, então eu sigo de carro para o Sawan, mas, ah, é mesmo. A família dona do Sawatdy também é dona do Sawan, e este é o problema de uma ilha. Não tem carne, nem brócolis, e eu não consigo tirar isso da porra da minha cabeça.

Fico imaginando você com aquele rato. Você o deixou arrancar sua meia-calça. Você o deixou gozar dentro de você. Mas você não sabe que eu sei disso, e caras bonzinhos seguem *em frente*. Não vou deixar que *um* momento de fraqueza entre você e seu carcereiro manipulador atrapalhe a nossa família. Eu sigo para a Starbucks. Compro dois lattes, um para você e outro para mim — *Seja a mudança que você quer ver no mundo* —, e ouço Sam Cooke a todo volume. Joe Otimista! Vou para a biblioteca — lembra quando eu achava que estava me mudando para o paraíso dos pedestres? — e entro no prédio com um largo sorriso no rosto, como se você não tivesse arruinado definitivamente o maldito Jeff Buckley para mim.

Eu bato na sua porta. Você ergue a cabeça e não me convida a entrar.

— Algo de errado?

— Não, nada — eu digo. — Fiz um pedido por telefone e recebi dois por engano. Quer um?

Você engole em seco. Você quer.

— Veja se a Ann quer. Ela está lá embaixo.

Eu sorrio para você.

— Perto da Cama Vermelha?

Você não sorri para mim. Exagerei.

— Joe...

— Desculpe. Foi só uma brincadeira.

Você parece tão triste, aposto que Layla está do lado de Phil — talvez *ela* esteja transando com ele também! —, e você está sofrendo por todos os lados. Vamos lá, Mary Kay. Eu sei que você está passando por um inferno. Se abra comigo. Conte-me sobre sua nada boa, ruim, péssima semana. Conte-me sobre Melanda. Fale-me de Phil. Fale-me de Layla. Mas você não fala. Você só diz que está *muito ocupada* agora. Mentira.

Mas continuo otimista. Rosie Joe, a Rebitadeira.

— Eu poderia ir até a campina na montanha e ficar lá lendo.

Você engole em seco e isso foi ao mesmo tempo demais e muito pouco.

— Ou quem sabe talvez eu finalmente dê um pulo em Fort Ward para conhecer.

— Faça isso.

— Você quer ir também?

Você olha para Eddie Vedder e depois para o relógio.

— Você deve sair mais cedo, antes que escureça. E a campina talvez seja uma ideia melhor. Fica mais perto.

Eu chego um pouco mais perto. Depois *mais perto*.

— Talvez *você* devesse sair mais cedo e ir até a campina. Posso cobrir você aqui se isso ajudar...

— Joe... — Três pontinhos. — Parece uma boa ideia e sei que nós... — Você não consegue nem terminar a frase. Você apenas expira. — Vamos conversar mais tarde, ok?

Consegui chamar sua atenção, o que não é fácil, porque você faz um esforço descomunal para me evitar.

— Você sabe onde me encontrar.

Você assente.

— Divirta-se por lá.

Saio da sua sala e você sabe para onde estou indo e é minha função ir para lá. Mas de repente ouço risos na seção de História. Os pelos da minha nuca se arrepiam. É *Oliver* e ele me vê e eu o vejo e ele está falando com um Naftalina, como se morasse aqui, como se tivesse permissão para pegar *livros*.

O Naftalina o distrai — obrigado, Naftalina —, e eu entro no meu carro e sigo para a floresta porque você assim disse.

Está *mais perto*.

Estou a pé. Oliver quer uma *atualização* e eu tiro uma foto da placa — *Barn or House* — e mando para ele. Oliver se satisfaz, por enquanto, e posto minha foto da placa *Barn or House* no *Instagram* e, vinte segundos depois, lá está.

@LadyMaryKay curtiu sua foto e mal pode esperar para se juntar a você na campina.

Eu subo a colina e espero por você na grama alta e a luz no céu não vai durar para sempre. Ouço ruídos. De gente. Visto meu suéter e não, não é você. É minha vizinha e sua *frenemy* Nancy e toda a sua família estendida de olhos fecais. Eles trouxeram a cadela labrador amarela, que avança na minha direção, e eu a deixo me beijar.

— Flowerbed — eu digo. — Como você está, garota?

Flowerbed me baba todo — ela sabe que sou bom — e eu a deixo me dar beijos molhados. É uma demonstração aberta de afeto e pensamentos positivos são mais fáceis quando se tem um cachorro abanando o rabo para nós. Eu sei que você está a caminho. Você me ama, ama sim. Mas então o papai chama — *Flowerbed!* — e quer que a cadela me deixe e eu quero que você deixe o Phil e toda essa maldita ilha que está contra nós.

Flowerbed não obedece — boa menina — e abana o rabo ainda mais, sorrindo para mim, como se soubesse que eu precisava de uma força.

— Boa menina — eu digo. — Menina boazinha.

Mas agora o dono — Papai Palerma — está vindo até nós com seu pulôver *Columbia*, sua legging masculina e suas botas Timberland. Ele bloqueia o que sobrou do sol e não sorri nem comenta que me conhece da vizinhança, mesmo que conheça. Seus parentes de olhos fecais estão cochichando sobre mim, como se fosse triste e grotesco eu estar sozinho aqui. Eles deveriam fazer a única coisa decente e acenar um *oi, foda-se*, e você deveria fazer a única coisa decente e aparecer logo aqui. Ele assobia para *Flowerbed* e ela obedece a seu dono palerma, embora goste mais de mim, mesmo que queira uma nova vida comigo, mas homens possessivos e dominadores como ele e Phil arruínam *tudo*.

Meu telefone vibra. É você? Não. É apenas mais um homem mandão — o puto do Oliver —, e eu compro outro presente para ele na 1stdibs. Já se passaram sessenta e três minutos desde que você curtiu a minha foto e o bebê de olhos fecais está chorando e Nancy bate palmas — *Vamos embora?* — e foi ruim quando eles estavam aqui, mas é pior agora que estão de partida.

Meu telefone vibra — pico de serotonina, é você? —, mas é apenas Oliver. Eu mando uma mensagem para você com uma foto da campina —

merda — e você não responde e não vai responder e eu não posso mais fazer isso, Mary Kay.

Pego minha manta e vou caminhar — somos apenas eu e as árvores —, depois paro e fico olhando aquela placa que oferece a todos uma escolha, porque é impossível seguir duas trilhas ao mesmo tempo. *Barn. House.* Celeiro. Casa. Eu sou o celeiro, a morada de tudo que é natural, e você escolhe a casa, pré-fabricada, falsa. Você é como Flowerbed, programada para obedecer ao seu "dono". Eu sei disso agora. E sei o que devo fazer.

UMA hora depois, estou na garagem, olhando o porta-malas do meu carro.

Está na hora de fugir. Sua melhor amiga está morta. Você trepou com o seu marido. Falo mais com *Oliver* do que com você, a mulher que amo, e mereço coisa melhor, Mary Kay. Não quero que você seja uma mulher que fica excitada ao ser tratada como lixo, mas é isso que você é, e é como o Dr. Nicky diz em seu blog, como Melanda disse a você. Quando as pessoas nos mostram quem são, devemos prestar atenção.

Meu telefone vibra, mas é diferente desta vez. Eu não tenho aquela explosão de serotonina — meu cérebro é inteligente demais — e volto para dentro para pegar uma última sacola. Verifico meu telefone e eu estava certo. Não é você. Nunca vai ser você. É Oliver, me pedindo outra "antiguidade" da 1stdibs. Largo minha sacola reutilizável no chão lamacento — é por isso que pessoas ricas têm antessala para tirar botas e casacos — e faço um lance num leilão de taxidermia para Minka, para Oliver, e ele não me agradece. Ele apenas pergunta se eu paguei para entrega rápida e me envia uma foto da casa em Rockaway para a qual se mudou — *ISTO é que é uma vista, Goldberg* —, e ele está certo. Você pode ver Seattle de Rockaway e eu não consigo ver nada da minha casa. Você me ama, mas isso não significa nada se você não agir. Digo a Oliver que estou indo para Seattle porque estou assustado demais para ficar nesta casa e ele diz para manter minhas notificações ativas e enviar uma mensagem com meu novo endereço quando estiver instalado.

Filho da puta.

Eu encho as tigelas de comida para meus filhotinhos — praticamente gatos adultos —, e não me sinto bem em deixá-los, mas a porta lateral está entreaberta. Eles encontrarão seu caminho.

Pego a última caixa, a que mais dói — meias-calças que você deixou na lata de lixo do trabalho, um cardigã ainda com seu cheiro —, e levo-a para fora. Uma mulher com um pulôver escrito Cooley Hardware está levando seu cachorro para passear, ela olha para mim sem dizer olá — ah, Bainbridge, relaxe — e eu abro meu porta-malas e largo a caixa.

— Você está indo embora também?

Eu conheço essa voz, me viro e sua Suricato está na minha garagem, olhando a caixa no meu porta-malas. Eu não *lacrei* a caixa e suas meias-calças estão bem ali — não, não, não, será que ela pode vê-las?

— Nomi — eu digo. — Como você está?

— Você está se mudando ou o quê?

Sua filha adolescente parece tão criança agora, puxando uma mecha do cabelo. Eu fecho o porta-malas. Mais seguro assim.

— Só vou ficar alguns dias fora. Viagem de negócios.

Eu pareço um idiota em um conto de John Cheever e ela bufa.

— Então tá. Divirta-se em sua nova vida.

Ela me vira as costas e eu não posso ir embora assim, não com ela brava, perdendo a tia e o cara legal da biblioteca na mesma merda de semana, obrigada a te contar o que ela viu. Meu plano era sumir de você, não arrasar o espírito de sua filha, e ela já está descendo a rua e foda-se, Bainbridge, seu aquário de merda.

— Nomi, espere um segundo.

Ela se vira.

— O que foi?

— Eu não estou me mudando.

— É um país livre. Faça o que quiser. Minha tia foi embora. Quer dizer, acho que eu também faria o mesmo se fosse vocês. — A tia dela tentou me *matar*, mas ela não sabe disso. Ela chuta uma pedra. — Só vim dizer que voltei para a biblioteca para ajudar aqueles velhos. Eu ia escrever sobre Dylan para um seminário... mas agora acho que vou escrever sobre as alegrias estúpidas do serviço comunitário, sobre os velhos ou o que for. Mas enfim... eu sei que você não se importa.

— Ei, o que é isso? Claro que me importo.

— É por isso que você está indo embora sem se despedir?

— Eu te disse. Eu não vou embora.

É a verdade. Eu não vou embora, porra. Não vou mais. Por causa da nossa família e porque Nomi precisa de mim e graças a Deus Bainbridge é uma ilha minúscula e bisbilhoteira. Graças a Deus você mora bem ali *dobrando a esquina.* Caso contrário, eu já estaria na balsa.

— Me faz um favor, Nomi. Não os chame de "velhos".

— Tudo o que eles fazem é ficar dizendo como eu sou jovem, então como isso é justo?

— É diferente e você sabe disso.

— Se é grosseria chamar alguém de velho, então deveria ser grosseria chamar alguém de jovem.

— Tem razão — eu digo, e extrapolei hoje, da mesma forma que ela está extrapolando agora. É assim que se enlouquece um rato. Você o aprisiona numa ilha, fode com a cabeça dele. Nomi e eu estamos nessa juntos e meu telefone vibra. É *Seamus*, e aquela funcionária da Cooley Hardware agiu rápido. Ele é direto: *Ouvi dizer que você está se mandando. É verdade?*

Bainbridge Island: Onde Todos os Limites Morrem — e Nomi franze os olhos.

— Quem está mandando mensagem para você?

Ela não tem o direito de perguntar sobre minha comunicação privada, e é hora de dar uma lição a essa criança.

— Nomi, não me leve a mal, mas existe uma coisa chamada privacidade... — Estou falando com ela, mas o sermão serve para mim também. Eu plantei câmeras na sua casa e é meu dever arcar com as consequências. — E a privacidade é um direito. Todos nós precisamos disso.

— Ah — ela diz. — Então você está defendendo os velhos porque você *é* um velho.

— Acreditar na privacidade não faz de mim um velho. Significa apenas que acho que algumas coisas são particulares. — Eu ergo meu telefone. — E se você estiver de fato curiosa... é só Seamus.

Ela estremece.

— Argh. Ele é tão irritante.

Verdade.

— Ah, que isso — digo, encorajado pela preocupação dele, como se ele e Nomi e toda a porra dessa *comunidade* estivessem nos protegendo, implorando para eu ficar. — Ele é um cara legal.

Ela dá de ombros.

— Eu trabalhei na loja dele. Mas só por alguns meses.

A Suricato acena para Nancy, que está tirando um catálogo da Athleta da sua caixa de correio.

— Olha só — diz Nomi. — Eu não sou *contra* a privacidade. Mas você foi criado num lugar onde podia ser anônimo. Em Bainbridge isso é impossível. Não se pode ter privacidade aqui. Se você ultrapassa o sinal fechado e não recebe uma multa, mas alguém viu você fazer isso, antes que você se dê conta lá está sua mãe dizendo: "Fiquei sabendo que você ultrapassou o sinal fechado." O cara do T&C pisca para você e diz para você dirigir com segurança e você tem que dirigir com segurança porque obviamente sua mãe disse para ele para ficar de olho em você. Mal posso *esperar* para morar em Manhattan, isso se eu conseguir entrar na Universidade de Nova York, claro.

Dou uma risada e isto *é* Cedar Cove e você não poderia se juntar a mim na campina, você está se punindo pelo que fez na *privacidade* da minha casa.

— Sei como é, Nomi. Verdade.

Ela agarra as alças de sua mochila.

— Vou indo. Divirta-se com Seamus, mas, por favor, não diga a ele que me viu. Eu deveria estar na biblioteca e ele vai contar à minha mãe e...

Eu faço o sinal de boca fechada e ela vai embora, mais feliz do que quando chegou. Tiro a bagagem do meu carro e faço um vídeo de Riffic e Licious disputando a caixa menor. Mando o vídeo para você, que me responde com uma carinha sorridente e isso é tudo de que preciso hoje, Mary Kay. Pego uma quinquilharia que tirei da sua casa. Um boneco da porra do Phil Roth. Encho-o com erva-de-gatos e jogo para os gatinhos e eles ficam ensandecidos, disputando o boneco e arrancando seus membros.

Deus, como eu gostaria de poder matar Phil por você. Mas não.

Eu dou uma olhada no seu Instagram — nada, você está no modo envergonhada — e depois no da Suricato. Ela compartilhou uma foto dela com alguns Naftalinas com deficiência tecnológica — ela não me marcou nem me agradeceu —, mas você sabe quem a levou para aquela sala. Você me deu morangos com cobertura de chocolate, e meu telefone vibra. Oliver quer uma *atualização* e eu digo a ele que foi apenas *frescura* minha — é a verdade — e que vou ficar em casa.

Eu sou um bom homem, Mary Kay. Bons homens não fogem. Eu não sou um bundão introvertido que foge de você para jogar videogames. Eu compro para Oliver um presente para Minka — um vidro de perfume bosta falsificado chamado *Chanel Nº 5* de Axel Crieger —, e isso compra para *mim* um tempo para preparar o jantar antes do seu programa de hoje à noite. Não fiquei louco com o primeiro episódio — excesso de nudez gráfica e violência emocional —, e sei que você ficaria arrasada e envergonhada com seu comportamento naquela casa. Eu sei que você não quer que eu veja a parte feia da sua vida doméstica. Mas o episódio de hoje será melhor. E se não for, sou o homem certo para reformulá-lo.

24

EU consegui, Mary Kay. Eu sou o rato da *sua* casa e você não consegue me entender. Você continua tentando chamar minha atenção. Seu rato teve um show na véspera de Ano-Novo, mas você não saiu de casa para ficar com a sua Suricato. Você me enviou um feliz Ano-Novo, depois da meia-noite, e eu respondi com um *para você também* e vi você olhando o telefone, digitando e deletando, por fim largando o telefone no sofá. Você também tem procurado minha atenção na nossa biblioteca. Você incrementou a seção "Os Quietos" com algumas antologias de contos e um romance de Richard Russo que estava tendo muita procura, segundo você. Mas eu não bati na sua porta para te parabenizar com um *aí, garota*. Um dia depois, você anunciou que ia até a Starbucks, uma jogada óbvia para me fazer acompanhá-la, mas fiquei exatamente onde estava.

 Você carrega a frustração para sua casa todas as noites — bom trabalho, Joe! — e está passando por um período de abstinência, o que significa que seu programa está *cada vez melhor*. No episódio 3, você estava mal-humorada. Você sente minha falta e não pode fazer com que eu seja seu — *ééé* —, então bate as portas dos armários. Pede desculpas à Suricato e se retira para o seu quarto, evitando o seu rato, e esta noite — episódio 104 — você está totalmente no modo esposinha conformista e submissa. Você não está de mau humor e olha para as paredes e pensa em mim. Você está em movimento ininterrupto, vasculhando a mesa de cabeceira do rato e suas gavetas porque vive com medo de que ele use drogas de novo e acha que ele está escondendo heroína no estojo da guitarra, no fundo do amplificador.

 Ele não está escondendo drogas, o que significa que você não está *encontrando* drogas e quer encontrar drogas porque isso tornaria mais fácil para você forçá-lo a ir para a reabilitação, o que abriria caminho para vocês dois se separarem. Não tem a ver com drogas. Tem a ver com mentiras.

Então, agora estou fora da ilha num bar em Poulsbo chamado Good Old Daze, que está lotado assim como bares como este costumam estar na porra das quintas-feiras. É fácil localizar o traficante de drogas Aaron (vulgo Ajax. Também é fácil saber que nem *todas* as crianças criadas em Bainbridge são anjos). Eu li sobre ele na página da comunidade de Bainbridge Island no Facebook. As pessoas culpam Ajax pela morte prematura de alguém chamado Davey, e Ajax atende o público numa mesa nos fundos com uma completa falta de vergonha sobre o objetivo da sua presença ali. Ele usa uma jaqueta de couro marrom que berra 1987, Bruce Springsteen solta o seu lamento sobre corações famintos e a garçonete serve bebidas fortes em copos sujos. Eu havia me encontrado com Seamus para tomar uma cerveja no Isla e fingi receber uma ligação para uma trepada casual, saindo depois furtivamente pelos fundos para que Oliver não visse — o esforço que faço por você, Mary Kay — e pegando o carro para ir até Poulsbo.

Peço uma dose de Jack Daniel's e me aproximo de Ajax, que me olha de cara feia quando fico ali de pé ao lado da sua mesa. Tremendo.

— O que é? — ele diz.

— Eu ouvi... você é o Ajax?

Ajax dá uma olhada em torno do bar para certificar-se de que não é uma cilada, e eu digo a ele que conhecia Rudy — graças ao Facebook, eu sei tudo sobre o amigo de má influência do falecido Davey, Rudy —, e, antes que se perceba, eu sento numa cadeira na mesa bamba de Ajax. Trocamos umas palavras rápidas sobre o clima chato do bar — Ajax esperava descolar uma *foda* esta noite — e pouco depois estamos no banheiro e pronto, sou o orgulhoso proprietário de dez comprimidos de fentanil altamente tóxicos e nada recomendáveis.

É arrepiante, Mary Kay. Um homem *morreu* por causa desses comprimidos venenosos e Ajax não me avisa sobre isso. Ele realmente não se importa comigo ou com o cara morto, mas o mundo é assim, não é? A família de olhos fecais também não se importa comigo, e é por isso que precisamos encontrar nossa tribo e cuidar uns dos outros.

Ele me diz que eu posso ir agora, e então eu vou, saio pela porta dos fundos, na chuva, passando por uma garota chupando o pau de um cara em um Honda, por uma mulher chorando em seu carro — *Bell Bottom Blues, you made me cry* —, e depois entro no meu carro. Estou tremendo de verdade agora. É assustador estar em posse de todos esses comprimidos fatais e a paranoia de Ajax me contaminou. Eu ajusto o retrovisor, ligo a luz interna e coloco aquela merda no porta-malas.

Eu sei que é irracional, mas não quero morrer com as possíveis emanações dos comprimidos.

É uma estrada reta até em casa depois que eu chego na rodovia 305 e coloco Simon & Garfunkel para tirar o Good Old Daze do meu cérebro, mas eu dirijo ou muito rápido ou muito devagar. Eu não consigo parar de vigiar pelo retrovisor. Está realmente chovendo forte esta noite, não é um mero chuvisco, e Nanicus está indo para casa — *Você teve mais sorte do que eu esta noite*—, e meus limpadores de para-brisa não estão funcionando direito. É uma estrada de duas pistas, sempre silenciosa e escura à noite — é a porra de Bainbridge — e digo a mim mesmo que os faróis a alguns metros atrás de mim não são nada com que eu deva me preocupar, porque, afinal, este é o caminho para o terminal das balsas. Aumento o volume e me concentro em *"bridge over troubled waters"*, mas meu coração está acelerado.

Pode-se absorver fentanil só de tocá-lo num saco plástico contaminado? Eu estou doente?

Finalmente em casa e suado pra caralho — eu não deveria ter usado seu suéter favorito —, entro e chamo meus gatos, mas gatos não são cachorros. Eles não vêm quando chamados. Pego algumas folhas de papel-toalha e volto lá para fora. Fico olhando para o meu carro, meu carro cheio de veneno. Não quero nenhum contato acidental e certamente não quero que nada aconteça aos meus gatos. Abro o porta-malas e papel-toalha não é plástico, mas pelo menos vai me proporcionar alguma separação entre minha pele e o fentanil.

Dobro quatro folhas de papel-toalha e pego o saco da morte e meu coração bate mais rápido — o fentanil está no ar? — e volto para dentro de casa.

Então eu ouço o som da minha guitarra. Aperto o papel-toalha em minhas mãos.

Oliver.

— Aqui — ele diz.

Eu desço até minha sala de estar rebaixada e lá está ele, no meu sofá, dedilhando minha Gibson. Arrepios. Flashbacks. Tudo ao mesmo tempo.

— Divertiu-se esta noite, meu amigo?

— Foi legal.

Ele está afinando a guitarra novamente e é um sujeito típico de Los Angeles. Não é um grande escritor. Não é um grande investigador particular e provavelmente colocou seu chapeuzinho de detetive esta noite porque encontrou um pepino no *roteiro de especificação* que sem dúvida deve estar escrevendo em seu tempo ocioso.

Ele olha o maço de folhas de papel-toalha.

— O que é isso, Goldberg?

— E aí, Oliver? Meu lance no Frank Stella não foi aceito?

Eu jogo o papel-toalha na lixeira — rezo para que meus gatos não encontrem uma maneira de entrar — e ele joga minha guitarra no chão e se espalha no meu sofá no local onde *você* se sentou.

— Eu vi você em Poulsbo — diz ele. — E nem preciso lhe dizer que não estou nada satisfeito, meu amigo.

Claro que ele me seguiu. Claro que esta noite tinha que ser a noite em que ele se dedicou ao trabalho.

— Não sei do que você está falando.

Ele apenas balança a cabeça.

— Não me sacaneia, Goldberg. Nós tínhamos um acordo. Você fica longe de problemas. E isso significa que você fica limpo. Longe do lixo que é o *Ajax*.

De alguma forma eu me estrepei ao esquecer que ele é o que é, a merda de um investigador particular, um "*dancer for money*". Mas isso não é culpa minha. É fácil esquecer a origem do nosso relacionamento porque na maioria das vezes ele só fala comigo sobre obras de arte. Eu me jogo em uma poltrona.

— Oliver, não é o que você está imaginando.

— Ah, então suponho que você comprou drogas para um "amigo"?

Sim.

— Não. Olha, ouvi um boato de que drogas fatais estavam circulando por aí... Eu só queria tirar essa porcaria das ruas para que algum garoto não morresse de overdose de novo.

— São Joseph, é?

— Não estou me chamando de santo...

Mas é verdade, Mary Kay. Salvei uma vida esta noite, talvez mais de uma. Oliver me dá um sermão sobre o perigo das drogas e de pessoas que traficam narcóticos como se ele fosse meu orientador educacional da escola que não iria permitir que eu ficasse com meu estoque de drogas. Ele me obriga a tirar o saco do lixo e me lembra de que está de olho em mim. *Sempre*. Em seguida, me envia um link para a porra de uma foto de Whitney Houston intitulada *Closed Eyes* tirada por David LaChapelle, e este é o primeiro item que não mostra o preço. *Preço sob consulta*. E eu deveria comprar isso para *você*, não para Minka, mas, na verdade, não deveria comprar para ninguém, porque ninguém precisa ter essa fotografia de bosta.

Riffic entra trotando na sala e bufa para Oliver. *Gatinho bom.*

— Desculpe — eu digo. — Mas, Oliver, isso está ficando fora de controle. Eu compro para você cada pequena "antiguidade" que você quer e você invade minha casa só porque fui dar uma *volta*?

É como o disparo de um relâmpago, o Oliver artístico e o Oliver investigador tornam-se um só.

— Você parece esquecer que eu tenho um vídeo de você segurando um cadáver, meu amigo.

EU NÃO A MATEI.

— Eu não esqueci. Mas você disse que estávamos nessa juntos.

— Joe — ele diz. — Estou um pouco decepcionado com você. Achei que você fosse mais inteligente do que isso... — VAI SE FODER, OLIVER. — Eu te mantenho em rédea solta porque quando as pessoas se sentem livres... quando se sentem *relaxadas*... é aí que elas fazem merda. E, agora que eu sei o que você anda aprontando, agora você também sabe que não pode sair por aí comprando drogas. Não se trata apenas de sua saúde. Estamos nessa juntos, meu amigo, mas se você desperdiçar o seu dinheiro para ficar doidão... isso não será nada bom para o meu fundo para as artes, não é?

Os comprimidos não eram para mim e Oliver nunca vai acreditar em mim, e eu entro em contato com o vendedor e pergunto a porra do preço de *Closed Eyes* e agora tenho de esperar por uma resposta e Oliver está me vigiando, Mary Kay. Ele realmente está. Mais do que eu sabia. Os piores e mais perigosos olhos deste mundo são os de um investigador particular. Eu poderia me levantar, nocauteá-lo e acabar com a vida dele, mas aí o irmão dele acabaria com a minha vida.

— Bem — ele diz. — Eles já deram uma resposta? Quanto Whitney vai nos custar?

Este *nos* custar significa *me* custar e eu sonho com minha sala de estar implodindo, arrastando-o para dentro de um ralo de pia, mas como o meu plano é fazer Phil experimentar esses remedinhos, isso não vai acontecer. Eu atualizo o app da 1stdibs e penso no que o Dr. Nicky diria agora. Algo banal, mas verdadeiro. *Tudo acontece por um motivo.* Eu sou bom, e os bons encontram o lado bom — é como aquela citação de Stephen King na placa do posto de gasolina perto da rua de Beck, que descanse em paz — *A possibilidade de escuridão é que fazia o dia parecer tão luminoso.*

Talvez seja verdade. Talvez o universo tenha enviado Oliver à minha vida para me ensinar uma lição. Ele pega Licious e ele não se debate, e você estava certa, Mary Kay. Licious é um nome idiota.

— E aí? — ele diz. — Nenhuma resposta ainda?

— O cara disse que vai me ligar amanhã.

Ele tira uma selfie com meu gato e envia para Minka. Argh.

Oliver é um babaca, sim, mas ele está tentando fazer sua namorada feliz arrumando a casa dela. Meu coração acelera no bom sentido. Sem paranoias de fentanil no ar. (Eu pesquisei no Google. Estou bem.) Eu tenho que ser como Oliver.

Quando ele vai embora, eu levo meus gatinhos para o meu quarto e dou a eles um rolo de papel higiênico. Eles brincam na minha cama — é fofo pra caralho —, e eu mando um vídeo para você com um simples e sincero *Adivinha só, preciso de mais papel higiênico*. Você curte o vídeo e envia uma carinha sorridente, e agora você já viu a minha cama. Precisamos desses momentos porque você mantém distância na biblioteca, eu entendo, mas não vou deixar você esquecer que me ama. Que eu *existo*.

Eu desço para o meu Quarto dos Sussurros para te observar. Você está na cama ao lado do seu rato — ele só está gravando aquele programa de merda dele *três* noites por semana agora e não desce até Nomi dormir — e você está comendo um saco de tortilla chips — isso! — e ele cutuca você, "Você precisa mastigar tão alto, Emmy?".

Você enche a boca de chips. *Chomp. Chomp. Chomp.*

Seu rato se vira para o outro lado e você pega o telefone, rola a tela e meu telefone sinaliza.

@LadyMaryKay curtiu sua foto.

Você errou. A foto é antiga. Você *descurte* e abaixa a cabeça e Stephen King é o Mestre das Trevas, mas eu sou o mestre das *suas* trevas. Eu apaguei as luzes dentro de você e o seu rato pega no seu corpo e você o empurra para longe. Nada de sexo de despedida. Nada de sexo de reconciliação. Você não o quer. Você quer a mim.

25

ESTAMOS fazendo tanto progresso, Mary Kay. Oliver foi convidado para uma *prolongada festa de despedida de solteiro* em Las Vegas. É de um de seus melhores amigos lá em Cape Cod e ele ficou choramingando, achando que está perdendo algo incrível, e eu roubei uma página do manual de Melanda, que descanse em paz, e fiz a cabeça dele com psicologia reversa.

É uma merda você não poder ir. Essa é a vida de ser uma cadelinha dos Quinn.

Regra do Clube dos Garotos Pobres: o jogo é para jovens riquinhos que não sabem o valor do dinheiro.

Imagine a cara do Ray se ele descobrir que você me deixou aqui sozinho. Não que eu vá contar a ele, mas cara. Ele iria SURTAR.

Então, é claro, Oliver *está* em Vegas para provar que não é uma cadelinha dos Quinn e que nós estamos nessa "juntos".

☺

Prometi ser bom e sou um homem de palavra, Mary Kay. Você tem feito terapia de casal religiosamente duas vezes por semana durante duas semanas, e sua psicoterapeuta, Layla, devia ser banida da profissão. Ela está alheia à dor que você está escondendo. E ela deixa a janela do consultório aberta como se não houvesse um beco ao lado do prédio servindo como a porra de uma câmara de eco.

Eu esperava mais de alguém com mestrado em serviço social que vive em uma cidade média, mas em algum momento da vida vou aprender a esperar menos.

Layla aconselha você e seu rato a "preencherem o vazio" e "se aninharem" e eu sei o que ela quer dizer — conversem, *se toquem*, trepem —, mas você não quer conversar com ele. Você não quer fazer sexo com ele. Você só quer comprar um monte de móveis novos. Você adorou "se aninhar" quando estava se preparando para o nascimento de Nomi e você está extrapolando como uma louca agora ao afirmar que você e Phil se *aninham bem juntos*. Sua terapeuta classifica isso como um *trabalho de equipe positivo* — que idiota —, só que Phil deixou bem claros seus sentimentos a respeito de coisas materiais uns cem anos atrás ao criticar você em uma canção que falava de *um caixão e um tambor, o cano de uma arma, você lembra do verão, o fim de toda a sua diversão. (Repetir 10x.)* O problema é que ele não quer perder você, então ele fica sentado na caixa terapêutica balançando a cabeça enquanto você discorre sobre "o valor simbólico" de comprar uma nova cômoda como o hipócrita insensível que ele é.

— O que for preciso, Emmy. Qualquer coisa por nós.

Então você comprou uma cômoda azul novinha que não era *Made in USA* — Bom trabalho, China! —, e ela não tem forro de cedro ou deslizadores de metal nas gavetas. Pesa menos de noventa quilos e a "madeira" é fabricada. Eles pegam a madeira verdadeira, desintegram e depois juntam tudo com aditivos artificiais. Como o seu casamento, ela não é real. Chegou há uma semana e seu marido medíocre e preguiçoso não se mexeu para te ajudar a montá-la. Portanto, a cômoda espera por você, por ele, em duas caixas gigantescas de placas desmontadas de madeira falsa no deque dos fundos, onde todos os trilheiros e turistas que passam podem vê-la ali apodrecendo e mofando na umidade.

É este o *valor simbólico*?

Eu assisto do meu Quarto dos Sussurros você olhando para aquelas caixas murchas. Phil está passando mais tempo por perto ultimamente por causa da "terapia", e você o importuna por causa da cômoda. Ele é evasivo — *Peça ao seu amigo Seamus, ele se diverte com esse tipo de merda* — e diz que está muito *perturbado* por conta de uma reunião dos Narcóticos Anônimos.

Parte de "trabalhar o casamento" significa abordar o passado de vocês. O rato não vai para a campina com você e não vai fazer uma caminhada até os bunkers de Fort Ward — *você sabe que tenho problemas na minha lombar, Emmy, e não posso tomar analgésicos, obviamente* —, então você recorreu a outra merda. Uma merda mais triste. Você quer fazer uma sessão nostalgia exibindo o filme *Caindo na real* para casais no jardim da biblioteca. (Tosco. Triste. Apenas não.) Tudo o que você precisa que ele faça é concordar em aparecer e ainda assim ele reclama — *Ah, cara, você está tentando me colocar numa sepultura precoce?* — e você rebate — *É apenas uma noite* —, mas ele quer sair naquela noite porque *os garotos estão de volta à cidade*. Ele pega a caneta — *É um belo verso, preciso anotar* — e ele abaixa a caneta — é um belo verso de outra pessoa, seu idiota.

Nomi desce a escada pisando forte. Ela não consegue se concentrar com toda essa briga — Não se preocupe, garota, essa cena de Edward Albee vai acabar logo —, e você abaixa sua voz para um silvo — *Eu preciso que você cresça, Phil* — e ele diz, *Fica fria, Emmy. Não jogue esse papo de Melanda pra cima de mim. Eu não sou seu tronco de açoites.*

Eu bato palmas. É isso aí, Phil! Além de roubar os Allman Brothers, você a joga direto nos meus braços!

Você geme e diz que *ele* é quem precisa crescer. Ele não pode preferir os *garotos* e *uma banda qualquer da Tractor* em vez de você e o seu *trabalho*. Ele grita que as bandas estão tocando músicas novas enquanto você fica passando filmes velhos e ele estala os dedos — *Isso dá uma música* — e pega sua Gibson e está dedilhando, e você sente minha falta. Seu celular toca e você quer que seja eu, mas é o Nanicus, e Phil para de cantar para dar ordens — *Por favor, não me diga que este imbecil está vindo aqui, Emmy, não aguento mais ouvi-lo falar de CrossFit* — e você é uma noiva criança obediente. Você deixa o Nanicus cair na caixa postal, o que significa que ele envia mensagens de texto para *mim*.

Nanicus: *Isla mais tarde?*

Eu: *Claro!*

Veja, Mary Kay. Ao contrário do seu marido rato, eu tenho empatia por caras solteiros que talvez não tenham a mais cintilante das personalidades. Eu sei que é difícil ficar só, então vou fazer o sacrifício e tomar uma cerveja com o Nanicus porque sinto pena dele. Vocês eram *Friends* quando Melanda, que descanse em paz, ainda estava entre nós. Era legal vocês três se encontrarem, sempre "dando uma passadinha" naquele restaurante para destilarem nostalgia, mas dois não são três. E agora que ela se foi, você deu um gelo no Nanicus.

Phil recomeça a tocar sua não música e você serve vinho — *Você consertou o fogão?* — e Phil é uma criança — *Assim que eu concluir essa música.*

Você odeia a sua vida e sobe lentamente para o seu quarto. É um campo minado. Sua velha cômoda fica no jardim da frente — o que seus vizinhos do beco sem saída devem *pensar?* —, e seus suéteres e suas meias-calças estão misturados com as roupas *dele* em grandes sacos de lixo pretos. Você não consegue lidar com esses malditos sacos de lixo e fecha a porta e sobe na cama. Você lê suas partes favoritas de Murakami — *quase sugados para dentro* — e olha meu Instagram — não consigo ver, mas eu sei —, então coloca uma máscara de seda para dormir. Sua mão penetra na *sua* Murakami e fica tocando o seu Lemonhead, e eu não sou um pervertido, mas esse jejum de sexo não é fácil.

Você chega ao clímax. Eu chego ao clímax. Por enquanto, isso é bom o suficiente porque tem que ser.

No dia seguinte, quando chego na sua casa, subo no seu lado da cama de casal, coloco sua máscara de dormir, imagino você aqui e quando termino estou tonto. Meu joelho bate em sua mesa de cabeceira — *Merda!* — e procuro em um saco de lixo por suas meias-calças, mas acabo pegando sem querer uma calça *dele* suja de cocô — *Puta que pariu!* — e corro para o seu banheiro para lavar as mãos.

Estou ficando cansado dessa merda e seco minhas mãos em uma toalha de mão nova de pelúcia — você está se esforçando tanto — e eu verifico seu Instagram e é tudo *#TBT* de você e seu rato. Sua nostalgia está equivocada, você deveria estar olhando para o futuro — eu —, mas aqui está você, por volta do final dos anos 1990 pairando sobre seu *homem*. Em vez de ficar triste com Melanda e com a situação da sua vida, você é sarcástica. Você tira uma foto de si mesma com seu vestido bufante do baile de formatura nos anos 1990.

Esse é ótimo para usar no trabalho, né? #CaindoNaReal Sessão amanhã à noite! Vejo vocês lá, doidinhos! #DateNight

Você realmente precisa estabelecer alguns limites, Mary Kay. Esta é a sua página pessoal e os eventos da biblioteca pública não têm lugar aqui. Precisamos de limites, nós dois. O alarme no meu telefone toca — é quase 1h45 —, e é hora de começar a trabalhar. O trabalho que estou fazendo agora não é diferente do meu trabalho na biblioteca — ninguém está me pagando para fazer isso —, mas a sensação que tenho por ajudar você é pagamento suficiente. Abro meu bloco de notas.

REFORMAS DA CASA DIMARCO: DIA OITO
- Despejar leite de amêndoas de Phil pelo ralo e devolver caixa vazia à geladeira.
- Deletar *Monterey Pop* do DVR.
- Afrouxar parafusos da mesa da sala de jantar.
- Aumentar aquecimento do termostato.
- Desfazer o conserto de merda que Phil fez no fogão.
- Colocar carvão no deque para pegar chuva.
- Esconder porta-copos.
- Ligar todas as TVs. Volume alto. VH1.

Sim, eu sou o seu *faz-tudo* — ao seu dispor —, e você não sabe que sou o seu cenógrafo, preparando o cenário para que a trama avance com vocês dois culpando um ao outro quando as coisas derem errado, quando você chegar em casa e encontrá-la quente e ele *jurar* que diminuiu o aquecimento antes de sair. Gosto do jeito que ele reage com uma fúria indignada, acusando você de *maluca*. Eu odeio a forma como você se recupera depois dessa — *Eu sei que ando temperamental, ainda estou em choque por causa de Melanda* —, mas logo você vai se jogar desse prédio, para bem longe do seu bebê de 45 anos. E ele é um bebê. De todos os meus truques, é o do leite que o leva a bater portas de armários e a queixar-se das próprias cordas vocais, do seu egoísmo — *Eu não estou pedindo demais de você, Emmy. Meu Deus. Eu preciso do meu leite de amêndoas!*

Termino meus projetos, chego em casa, preparo o jantar — pizza Bene velha —, desço para o Quarto dos Sussurros, ligo a TV e me acomodo para ver a minha série favorita: *Você*. As coisas estão particularmente feias na sua casa esta noite. Eu fiz uma assinatura para você receber os catálogos da Pottery Barn, da Restoration Hardware e, claro, da *Crate & Barrel*. O rato está descontrolado — *Que merda é essa?* —, você não consegue encontrar seu suéter favorito em seus sacos de lixo — eu troquei todas as suas coisas de lugar —, você quer que ele monte a cômoda *agora*, mas ele não pode porque machucou as costas na Guitar Store — ah! Obrigado pela sua participação, Phil —, ele não pode tomar um analgésico, ele *não vai* tomar um analgésico — isso aí, *brother*! —, Nomi está de saco cheio — *Mal posso esperar para sair daqui* —, e parabéns, Mary Kay. Você está em *Caindo na real* vinte anos depois e há uma razão pela qual esse filme não existe, porra. Na vida real, Troy e Lelaina se separaram três meses depois e Lelaina percebe que Ben Stiller realmente a amava, mas Troy só queria controlá-la.

Agora, o seu Troy Dyer pobre pega a Gibson e você a arranca das mãos dele e é isso? Você vai pedir agora o divórcio? Você suspira.

— Eu não quero brigar com você.

Ele pega a guitarra de volta e começa a dedilhar.

— Então não brigue.

Você olha para a Michelob Light dele. A cerveja não está no porta-copo porque escondi os porta-copos. Você entra na cozinha e arranca uma toalha de papel do rolo, pega a cerveja dele e coloca no seu porta-copo improvisado, e ele beija a sua mão — *Desculpe* — e você esfrega o topo da cabeça dele — *Desculpe também* — e eu grito para a minha TV — *NÃO!*

Por um tempo vocês coexistem, vivendo vidas separadas, mas depois você tenta preparar o jantar. Você liga o fogão, mas nada acontece.

— Phil!

— Estou compondo!
— O fogão não funciona de novo.
— Não pode ser. Eu consertei, Emmy.

Ele consertou, mas eu *desfiz* o conserto hoje, e este é o último ato onde tudo se acumula porque a panela não está fervendo, você não pode cozinhar, e agora, jogando a cartada da falta de leite de amêndoas — Bom garoto, Phil —, ele retalia atirando um catálogo da Pottery Barn na lixeira e você pega seu telefone. Faça agora, Mary Kay. Contrate um advogado!

— O que você está fazendo, Em?
— Vou procurar alguém na Craigslist para montar a cômoda.
— Ah, que isso. Eu procuro nos sacos de lixo, será como nos bons velhos tempos.

Você geme — *expulse-o daí* — e desaba no seu velho sofá azul. Você finalmente desistiu? Você finalmente *vê* o que precisa acontecer?

— Ok — você diz. — Devemos apenas pedir no Sawadty? De qualquer modo, estou exausta.

Você pode pedir toda a carne e brócolis do mundo, mas isso não vai satisfazer seu desejo de comer carne e brócolis *comigo*, e Phil concorda com comida tailandesa, concorda com qualquer coisa, e você passa um sermão nele como se ele fosse seu filho adolescente indolente — *Nós precisamos ajeitar a casa antes de Nomi se formar* — e ele bufa — *É só em março, vou colocar as caixas na garagem* — e você fica calma — *Umas cem pessoas vão aparecer* — e ele é uma criança — *Para ficarem confraternizando no jardim dos fundos, Em, faltam dois meses. Relaxe.* Ninguém gosta de ouvir alguém dizendo *relaxe* e você discute com ele sobre o campo minado no quarto de dormir. Ele ri entredentes — *A festa não é no quarto, Em* — e pega a guitarra — *Essa é uma boa frase. Um verso de ouro.* Ele enterra a cabeça em sua música — *Eu vou cuidar da cômoda amanhã* — e você serve mais vinho — *Eu vou cobrar*. Mas você não vai cobrar dele, Mary Kay. Você nunca faz isso, porra. Você sobe e se masturba e eu desligo esse programa de TV horroroso: *marido relapso e mulher raposa, que original!* Eu não tenho forças para me masturbar. Não essa noite.

Preciso me esforçar mais.

Oliver me chateia para mais uma atualização — ele fica mais fácil de lidar quando está fora da cidade —, e eu digo a ele que estou em casa — a verdade — e não o censuro por ter roubado meus comprimidos de fentanil porque Ajax me vendeu um pouco de heroína e, infelizmente, teremos que usá-la agora.

Estou de volta à sua casa menos de doze horas depois e refaço os seus passos. Você está sempre bisbilhotando a mesa de cabeceira dele porque é *Casada, Preocupada*. Eu planto um saquinho de heroína dentro de um exemplar de *O apanhador no campo de centeio* que ele mantém na mesa de cabeceira. Tem um adesivo na capa — PROPRIEDADE DA ESCOLA PÚBLICA DE BAINBRIDGE —, e ah, Phil, cresça. Atravesso o quarto e coloco outro saquinho embaixo de um amplificador — quem guarda um amplificador no quarto? — e depois vou até a *sua* mesa de cabeceira. É ali que você guarda um livrinho que só posso presumir que seja o seu diário. Eu sei que não deveria ler. Mas estamos numa rotina, então abro sua gaveta e pego seu diário. As primeiras páginas são listas de tarefas — *leite de amêndoas, vender cômoda, encontrar uma que já venha montada* — e você é uma raposa. Sorrateira. As coisas boas estão no final.

A cômoda, a maldita cômoda. É como uma caixa de Joe e é como se ele estivesse na minha varanda nessas malditas caixas e o que estou fazendo? Estou punindo Phil porque quero estar com Joe e não posso ficar com raiva de Phil e Melanda porque, convenhamos. Eu já sabia. E de alguma forma doentia eu me sentia bem em deixar isso rolar porque todos nós sabemos que eu o roubei dela mesmo e talvez eu estivesse alimentando a esperança de que ele fosse me abandonar para ficar com ela, será? Mas ele não foi embora e agora ele nunca vai embora e eu não posso ir, mas e quanto a MIM? Quando poderei ser feliz? Deus, eu sinto falta de Joe. Mas seria porque desejo o que não posso ter? Joe nos bunkers em Fort Ward. Joe na campina. Joe Joe NÃO AHAHAHAHAHAH

O perigo de um bom livro é que ele engole você por inteiro e os animais selvagens não leem, porque se você se perder num livro, perderá de vista o que está à sua volta. Você não ouve o predador. Apesar de toda a preguiça de Phil, o filho da puta fez uma coisa que você pediu a ele na noite passada. Ele borrifou WD-40 na sua porta de correr envidraçada. E eu não pude desfazer esse reparo dele. É por isso que não ouvi a porta abrir.

Mas agora ouço os passos acima de todas as TVs ligadas. Alguém está aqui, dentro desta casa.

As tábuas da escada rangem sob os pés.

— Pai? É você?

É sua filha. É Nomi, a Suricato.

26

QUANDO eu era criança, minha mãe não lia para mim. Ela estava sempre zonza, cansada. *Eu trabalho dobrado, chego em casa e agora você quer que eu leia para você?* Ninguém ia ler para mim, então aprendi a ler para mim. Você pode fazer isso, pode ler a história em voz alta e, se a história for boa o suficiente, você transcende os limites do seu ego. Você se divide. Você se torna leitor e ouvinte, criança e adulto. Você vence o sistema. Você vence o seu destino. Ler salvou a minha vida quando eu era um garotinho suado e salva a minha vida de novo hoje porque eu *sempre* levo um livro comigo. Estou levando um agora: *The Listener*, de Robert McCammon. Você me deu na semana passada, Mary Kay, e vamos lá, livro, faça sua mágica e salve a minha vida, porque Nomi está no pé da escada com a mão no peito.

— Você me assustou pra caralho!

— Você me assustou também, Nomi.

Ela agarra o corrimão.

— O que está fazendo aqui?

Eu ando, um passo de cada vez.

— Sua mãe me emprestou este livro para ler e eu vim devolver. Achei que tinha alguém em casa... Vocês sempre deixam tantas TVs ligadas?

Ela suspira, o medo em sua voz diminuindo.

— É o meu pai. E eles ainda se perguntam por que eu sempre uso fones de ouvido.

Chego ao pé da escada.

— Desculpe por ter te assustado...

Ela dá de ombros.

— Eu pensei que fosse o Seamus — ela diz e, ah, isso é verdade, aquele filho da puta é como o seu faz-tudo e ela *não está* assustada, não mais. Ela boceja. — Podemos ficar lá fora? É um alívio quando tenho a casa só para mim.

Abro a porta de correr envidraçada e ela desliza — Maldito Phil —, e Nomi e eu nos sentamos à mesa em seu deque. É a primeira vez que estou aqui como um de seus *Friends* e Nomi pega o meu livro.

— Então por que você simplesmente não devolveu o livro na biblioteca?

Eu não vou deixá-la fazer perguntas e sorrio.

— Então por que você está em casa cedo?

Agora eu a peguei — rá! — e ela me implora para não contar aos pais — não vou fazer isso.

Meu telefone vibra e ela boceja.

— Quem é?

Oliver.

— Um velho amigo...

Oliver encontrou um cavalo deslumbrante de trinta e cinco mil dólares em alguma galeria de um cassino e eu digo a ele que isso é cafona e ele me manda à merda e depois dispara.

Oliver: *Se comportando direitinho?*

Eu: *Sim. E NÃO se compra obra de arte em Las Vegas, Oliver. Isso é coisa de amador.*

Eu olho para a Suricato. Seus olhos estão vidrados e ela fica contraindo os lábios e o que é isso? Ela está chapada? Bem, isso significa que ela não vai contar a você sobre nosso pequeno encontro.

— Nomi, eu não sou um adicto, mas preciso perguntar... você está drogada?

— Um *adicto*? *Você* está drogado?

Ela ri e tira um bong da mochila.

— Não é ilegal — ela rebate. Ela mal sabe usar o troço, seu isqueiro está quase no fim e ela é desastrada. Descoordenada. Ela tosse. — Dizem que essas coisas deixam as pessoas paranoicas. Mas eu nasci paranoica. Talvez isso me torne normal.

Ela me mostra o "novo" livro que está lendo — uma reedição de *A sangue frio* —, e me dói ver uma jovem preenchendo sua mente com mais escuridão, mas pelo menos não é *Columbine*, e eu sorrio.

— Então, presumo que isso significa que você deu um basta em Dylan Klebold?

Ela bate seu bong na mesa.

— Eu te disse que só gosto dos poemas dele. Bons escritores quase sempre são malucos. — Ela tosse e espero que não tenha uma overdose. Ela me pergunta se eu moro sozinho (*com todos aqueles gatos*) e eu faço que sim e ela tosse no meio de um suspiro. — Eu nunca poderia fazer isso. Ficaria tão paranoica. Louca. E gatos nem podem proteger a gente.

Eu não serei insultado. Claro que ela tem problemas. Seu pai é um playboy e seus pais não se amam.

— Não é tão ruim. Você se acostuma, Nomi. Os gatos são uma boa companhia.

Ela dá de ombros.

— Eu sempre disse a Melanda que ela deveria ter um gato. — Engano seu. Ela não conseguia manter o apartamento limpo mesmo sem um gato. — Acho que ela pirou de tanto ficar sozinha. — Bem, isso está mais perto da verdade. — É legal morar sozinho numa cidade ou sei lá onde, mas *aqui*? Sem querer ofender.

— Tudo bem — digo, e preciso me lembrar de que converso com uma criança. Uma menor. Milhões de pessoas perfeitamente ajustadas moram sozinhas, não formam casais, mas *ainda* assim pessoas que moram com a família agem como se houvesse algo de errado conosco. Então eu digo: — Melanda se mudou?

Ela sorri para mim de uma forma que me lembra que ela veio de dentro de você. Seu sorriso é pura Alanis Morissette, um pouco astuto *demais*.

— Sim — ela diz. — Talvez tenha fugido porque ficou chateada quando eu contei o quanto eu adorei aquele filme de que você me falou.

Eu sou o adulto. A figura de autoridade.

— Isso é loucura, Nomi. Não se culpe. Nem por um segundo.

Ela é uma criança de novo, passando a mão pelo cabelo despenteado.

— Sim, talvez ela tenha ficado de saco cheio dos meus pais. Eles são tão chatos. — Não posso concordar com ela, então não respondo, mas também não consigo me imaginar morando nesta casa. — Você a conhecia? — pergunta. — Chegou a conhecer Melanda?

Eu não gosto da pergunta e posso estar recebendo o efeito da droga por tabela. A paranoia. Eu nos conduzo de volta a águas seguras, aos mares dos dramas da adolescência.

— Nomi, seus pais não são chatos. Todos os pais são chatos. Isso é design biológico. Caso contrário, ninguém jamais iria querer abandonar o ninho.

Ela tira os óculos e os limpa com um guardanapo.

— Mal posso esperar para sair daqui. Meus pais... Eles agem como se nada prestasse desde os tempos de colégio deles, como se fossem entrar numa máquina do tempo se pudessem. É tão triste. Eu acho que a vida tem a ver com o *depois*, sabe?

Eu gostaria que você fosse mais parecida com sua filha, Mary Kay, mas eu e Nomi não podemos ficar falando merda sobre você, então defendo você e sua leve febre nostálgico-depressiva. Lembro a Nomi que fomos criados em uma época diferente, antes de telefones celulares e do Instagram.

— Sua mãe não está vivendo no passado, as pessoas da nossa idade apenas sentem saudade de como as coisas costumavam ser.

— *Oi?* Por favor, não me venha com essa. — Ela bufa.

— Não, Nomi, não estou dizendo que éramos melhores do que você. Só estou dizendo que estávamos *melhor*.

— Discordo totalmente.

Quero que a porra da sua Suricato me *escute* e estalo os dedos.

— Pense num suricato.

— Ok...

— Um suricato na selva está apenas vivendo sua vida de suricato. Mas um suricato em uma gaiola vai precisar de pessoas para alimentá-lo. Ele tenta fazer coisas de suricatos, mas não tem espaço. E sejamos sinceros. Ele quer que as pessoas olhem para ele porque ele aprendeu que é assim que vai ganhar comida.

Sua Suricato me dá um *hum* — ela está pensando no meu suricato metafórico —, mas talvez não, porque agora ela está me encarando novamente. Olhos de Alanis. Penetrantes.

— Você quer saber de um lance doentio?

Não. Este é um passo longe demais e eu roubo suas palavras, Mary Kay.

— Eu talvez devesse ir agora... — Mas Nomi se inclina como a pequena suricato que é.

— Minha mãe é tão paranoica com meu pai que colocou *câmeras* na casa toda. — Todo o sangue do meu corpo para no meio do fluxo. Ela sabe. *Ela sabe.* Você sabe? — Então, sim, acho que ela meio que gosta de capturar o momento.

Apoio a mão no *The Listener* de McCammon para que toda a força dele penetre em minhas veias. Eu não vou ficar vermelho. Não vou ceder à paranoia.

— Nossa. Como você sabe?

Ela se balança para a frente e para trás na cadeira.

— Bem, eu não *sei*. É apenas uma sensação.

Graças a Deus, então pego o bong dela.

— Os rumores são verdadeiros, Nomi. Isso realmente pode deixar a gente paranoico. Uma vez fiquei tão chapado que pensei que houvesse um terremoto em Nova York. Liguei para a emergência.

Ela é uma boa ouvinte e está recuando, duvidando de si mesma.

— Sim, acho que você tem razão. E minha mãe é tão ruim em tecnologia que nem saberia como usar as câmeras.

Estamos a salvo — acho — e respiro fundo, pensando "hora de ir embora", mas ela puxa os joelhos junto ao peito e continua falando.

— Sabia que meus pais começaram a namorar no colégio? Dá para imaginar?

Eu não posso ir agora, não quando ela fala isso.

— Não sabia.

— Todo mundo acha isso tão romântico. Eles ainda têm emoldurado o canhoto de um ingresso para o show do Nirvana, e ela jura que se lembra daquela noite e eu fico, tipo, *lembra mesmo?*. Ou apenas fica olhando tanto para o canhoto do ingresso que *acha* que se lembra? Ela age como se sua vida fosse tão boa, como se as coisas fossem assim mesmo, como se postar o canhoto do ingresso todo ano não fosse patético. Ela diz assim, "Você tem uma quedinha por alguém na escola?" E eu, "Não, mãe. Os garotos da minha idade são idiotas. Você acha que isso significa que vou morrer sozinha?" Mas depois eu fico, tipo, dane-se... Eu não gosto dos caras e eles não gostam de *mim*. Quer dizer, Dylan Klebold era tipo... muito mau...

— Sim.

— Mas foi meio que uma identidade trocada...

Não. E eu detesto drogas. Mesmo.

— Tudo bem, Nomi, mas...

— Se *eu* fosse aquela garota, aquela garota por quem ele estava apaixonado, eu teria ido até ele e tipo... quem sabe? Eric o teria perturbado para ajudá-lo com sua missão psicopata, mas Dylan teria reagido, tipo, não... Eu sou bom. Quer dizer, ninguém *precisava* morrer, sabe? Aquela garota... Ela poderia tê-lo salvado.

Essa é a fantasia de uma criança que acha que o amor é capaz de curar qualquer coisa, até doença mental, e eu me identifico até certo ponto. Tentei salvar a Limítrofe Beck, e meus pais eram como os pais de Nomi — menos na *nostalgia* —, mas não há nada que eu possa dizer para consertar o dano que Phil fez a essa criança. Você é cúmplice, Mary Kay. Ela é uma criança sensível, uma artista sem um meio onde se expressar, e com todos os seus "*Nomi precisa de mim*", você não parece estar ajudando a sua filha, e, afinal, ela sabe das minhas câmeras, cacete?

Ela boceja.

— Desculpe — ela diz. — É por isso que não posso fumar maconha. Eu fico burra.

— Não seja ridícula, Nomi. Nunca se desculpe por falar.

Ela franze os olhos, uma Suricato de novo, uma criança cheia de dúvidas, maravilhada.

— Você conhece minha tia Melanda? — ela pergunta novamente.

Ela cometeu suicídio no meu porão. Eu faço que não.

— Não muito bem. Ouvi dizer que ela se mudou.

— Bem, você sabe por quê?

Porque ela pensou que nunca iria encontrar o amor verdadeiro e percebeu que não é Carly Simon.

— Eu acho que foi porque arrumou um trabalho.

A Suricato luta contra um sorriso.

— Foi o que ela disse, mas todos na escola dizem que ela estava... hum... *transando* com um garoto do primeiro ano e os pais dele não quiseram prestar queixa à polícia, só quiseram que ela, tipo, *saísse da escola*. Um garoto da minha turma de química orgânica disse que a viu enfiando um negócio na *bunda* dele quando fomos soltar ovos de salmão quando a gente era pequeno. Bom, *eu* acredito. E minha mãe não está falando com ela e ela sempre ficava falando coisas na minha cara, mas agora está... quieta. Aposto que é verdade.

— O que sua mãe disse?

— Ela disse que não devo acreditar em tudo que ouço, mas acho que eu também ficaria louca se tivesse a idade dela e morasse sozinha aqui neste lugar. Sem querer ofender...

— Tudo bem.

Digo à Suricato que preciso ir, e ela diz para eu dar um tchauzinho para as câmeras — calafrios —, e fico ofendido, Mary Kay, mas não da maneira que você imagina. A Suricato está chapada, fingindo cinismo com o desaparecimento da tia, mas, por trás de sua bravata adolescente, sua filha está sofrendo. Melanda, que descanse em paz, não era perfeita, mas era a porra da *tia* de Nomi, além de uma presença constante na sua casa. A Suricato sente falta da tia e quer acreditar na merda da história de que a tia abusou do garoto porque é mais fácil do que pensar que uma das únicas pessoas neste planeta que se preocupava com ela simplesmente saiu de sua vida. Isso seria como se o Sr. Mooney tivesse fechado a livraria por minha causa e saído da cidade sem dizer uma palavra, e não dá pra fazer isso com uma criança. Eu teria enlouquecido se tivesse perdido o único mentor em minha vida. Você não vê, Mary Kay? Phil não é prejudicial apenas para você. Ele é prejudicial para todos. Por causa dele, Melanda está morta para você — para não dizer morta na vida real —, e você precisa protegê-la. Você precisa encorajar Nomi a *acreditar* em uma mentira descarada porque é uma boa mãe e você se perguntou o que é pior: sua filha saber que seu marido trepou com sua melhor amiga ou sua filha pensar que Melanda era uma molestadora de crianças solteirona pervertida.

Mas eu entendo. Você não quer que Nomi despreze o pai, e eu sei que você não pode contar a Nomi o que Melanda fez com você, o que ela fez com Phil, mas Nomi está sofrendo. Você está sofrendo. Vocês, mulheres, sofrem enquanto ele fica testando *guitarras, cara,* e já chega.

É hora de a realidade morder o Phil. Mas então eu ouço a Suricato em minha mente — *Dê um tchauzinho para as câmeras, Joe* — e espero que a realidade não me morda primeiro.

27

SÃO 12h36. Estou na Starbucks e essa é uma das coisas mais estranhas desta ilha. Você poderia achar que as pessoas daqui desprezariam o café corporativo, mas este lugar está sempre lotado e aquele idiota de gorro de tricô que vi na balsa está bloqueando o balcão de atendimento com o seu *carrinho de bebê* e o que posso dizer? Estou de mau humor. Oliver está de volta — a quatro mesas de distância, como se toda a confiança que construímos tivesse acabado — e a série da TV que mais amo odiar está sendo cancelada — obrigado, Nomi —, e as pessoas ficam rabugentas quando perdem as séries que estavam maratonando. Eu empurro o carrinho vazio do babaca de gorro de tricô e ele me olha feio como se seu insignificante Forty menor estivesse *ali* na merda do carrinho.

— Desculpe — eu digo. — Só estou tentando pegar o meu café.

Ele fica me encarando, no estilo glacial de Seattle, e eu pego meu latte e estou *tentando* de verdade, Mary Kay. Eu saio da loja e, claro, Oliver também sai.

— Você parece um pouco mal-humorado, meu amigo. Devo me preocupar com algum desequilíbrio?

— Oliver, ninguém gosta de ser seguido.

— Não sei disso — diz ele. — Minka conseguiu mais dois *mil* seguidores depois de uma sessão de fotos de biquíni e quando uns pervertidos mandam DM dizendo que querem se encontrar com ela... essa merda a deixa feliz.

Eu rio e finjo um espirro.

— Ah, tá — digo. — Seth MacFarlane a segue, não é?

Eu não sei se a porra do Sr. *Uma Família da Pesada* "segue" Minka, mas não importa. Seth MacFarlane tem a carreira que Oliver queria, então Oliver se afasta, resmungando que precisa enviar uns e-mails quando já sei que ele vai dar um mergulho profundo e demorado para fuçar os seguidores de Minka.

Ele acena para mim.

— Divirta-se com seus gatos, meu amigo. Cuide-se.

Ele está ligando o carro e abrindo o Instagram — eu sabia —, e agradeço a Deus por isso porque preciso *mesmo* do meu espaço. Tenho tentado melhorar as coisas para nós, mas sua filha é um caso de evasão escolar paranoica e não tenho escolha, não é? Preciso reduzir minhas reformas na sua casa, como se Nomi tivesse dado entrada num pedido de suspensão das obras por meio de algum órgão controlador do estado. Estudei as gravações a noite toda no Quarto dos Sussurros e Nomi nem uma vez olhou diretamente para as câmeras, então acho que estamos seguros. Eu não acho que ela saiba mesmo sobre elas. Mas os *E se?* do poema de Shel Silverstein pesam sobre mim e não serão ignorados.

Nomi está na escola e você e Phil estão com Layla — desculpe perder nossa terapia, mas meu carro precisa ficar na entrada da garagem caso a Enfermeira Oliver apareça. Eu me esgueiro e saio pela porta dos fundos da minha casa, direto para a floresta. Consigo chegar na sua casa — obrigado, floresta, pela camuflagem — e entro e coloco meu café na bancada. Eu vou de aposento em aposento e removo todas as minhas câmeras de alta definição e isso não é justo. Mesmo com esse tipo de acesso, você me excluiu. Eu não sabia da sua conversinha com Nomi sobre Melanda porque ela deve ter ocorrido no seu carro ou na biblioteca e agora como vou poder me *manter informado* sobre a merda da família DiMarco?

Coloco todas as minhas câmeras em uma sacola reutilizável e saio do jeito que entrei e não serei como Phil, não me permitirei ficar mal por sua causa. Eu sempre fui bom em me levantar e dar a volta por cima. Ok, então a série de TV acabou, mas quer saber? Eu estava mesmo ficando um pouco cansado de assistir a vocês três. Ontem à noite foi mais do mesmo e lembro de palavra por palavra enquanto caminho pela trilha à beira-mar.

Você jurou que compraria leite de amêndoas, Emmy.

Você jurou que montaria a cômoda.

Bem, eu teria feito se a chave Allen estivesse onde você disse que estava.

Você está me chamando de maluca?

Eu seria tão burro? Claro que não, Srta. Perfeita. Eu sei que não posso chamar uma mulher de maluca.

Quer saber, Phil? Talvez esse hiato seja ruim. Talvez você devesse voltar ao seu maldito programa porque o seu mau humor está fora de controle.

Bem, talvez eu não estivesse de mau humor se houvesse um pouco de café nesta casa.

Comprei café. Eu disse que está no freezer.

Emmy, eu procurei no freezer. Não tem café.

Café. *O meu café.* Eu deixo cair a minha sacola e as câmeras se espalham e, *ah, diabos, a jiboia está no meu pescoço,* e eu enfio a porra das câmeras na porra da bolsa e estou voltando, correndo mais rápido do que corria em Nova York, mais rápido do que em Little Compton e isso não pode estar acontecendo, mas está acontecendo e não é tão ruim quanto uma caneca de mijo. É pior. É um copo de café de papel com meu nome no rótulo e está na bancada da sua cozinha e essa trilha está lutando contra mim a cada passo do caminho, raízes e outros corredores — saiam da porra do meu caminho —, e é por isso que todos vocês bebem café em canecas térmicas, porque meu nome está naquele copo.

O meu nome.

É um nome comum, mas não tem nenhum Joe na sua casa e agora estou na sua casa e o copo de café é uma caneca de mijo, aquela que quase arruinou minha vida. Eu pego o copo e comemoro, só que não, porque a porta da frente acabou de abrir e é você. E ele. Não consigo abrir uma janela e me enfio no banheiro de hóspedes e não há chuveiro ali e não tem janela e não posso acender a luz porque e se houver um exaustor?

Eu fecho a porta do banheiro — estava aberta quando você saiu de casa? —, e se você precisar fazer xixi? É assim que tudo termina? Pois somos todos escravos da cafeína?

— Então? — você diz a ele, não a mim, e você deveria estar no trabalho. — Está a fim ou não?

Ah, não. Este não é o momento para você ficar *Closer*. Não enquanto eu estiver tão perto. Ele resmunga e você abre uma gaveta e remexe lá dentro e cada som é um motor na minha cabeça.

— Tudo bem — você diz. — Então vamos discutir o contrato. Eu prometo parar de importunar você com coisas estúpidas.

— Coisas estúpidas — diz ele. — Podemos ter uma pequena definição aqui?

— Ai, Phil, não comece a criticar já. Nós precisamos partir de algum ponto.

Não, você não precisa, Mary Kay. Você pode ir embora.

Ele suspira.

— Está bem então. Mas o que significa "coisas estúpidas"?

Você, rato. Você é a coisa estúpida aqui, e é difícil ser estátua, ficar segurando esta caneca de mijo. *Café.* Café.

— Você sabe o que significa, Phil. Você estava comigo. A cômoda. Coisas da casa.

Ele fica em silêncio e o silêncio é pior do que os motores, porque o que significa o silêncio? Vocês estão trocando olhares? Você está percebendo que a porta do banheiro está fechada quando normalmente está aberta?

Sua voz soa monótona.

— Então, diga. O que está errado? E não me enrole com essa história de como é difícil ser vulnerável. Isso só funciona quando *você* é o vulnerável.

Eu te amo loucamente e olhe para mim aqui. A própria definição de *vulnerável*.

— Eu não sei — diz ele. — Eu esperava que "coisas estúpidas" se referissem mais a... Emmy, pelo amor de Deus, você sabe que eu não quero ir a essa sua sessão de cinema na biblioteca.

— E você sabe que eu vou, Phil. Você sabe que fui eu que planejei isso.

— Eu sei.

— E eu *tenho* que ir.

— Emmy...

— Não sei, Phil. Você gostava do jeito que eu sou... — Eu gosto do jeito que você é. — Você costumava dizer que precisava de mim *porque* eu planejo as coisas, porque me importo, porque sou alguém que *move o mundo*. E agora... é como se você sentisse nojo de mim.

— Em, os caras vão ficar aqui apenas uma noite.

— Claro. Da mesma forma que fizeram isso no mês passado. E no mês anterior.

— Mas eles vão tocar.

— E hoje à noite você está ocupado. Como muitos homens casados de vez em quando estão.

— Viu só, eu tento conversar e você fica desagradável.

— Você acha isso *desagradável*? Você chama isso de conversa?

Você joga sua caneta na janela e graças a Deus não a jogou na minha porta. Você o enfrenta e critica as merdas que ele fez — *isso!* — e o lembra de que sempre o apoiou. Você cuida dele.

— A minha vida toda eu vou aos lugares sozinha. Reuniões na escola porque você está dormindo, ou festas de aniversário à noite porque você está no seu programa. E eu reclamo? Não. E quando eu quero só *uma* noite com você, é isso o que sempre acontece.

— Ei, agora me dê um pouco de crédito. Estou em um hiato. Layla disse isso, Em. Você queria que eu desse um tempo no meu programa e o que eu fiz? Eu dei uma pausa.

— Eu sei, mas é dessa forma que você deseja passar o seu hiato. *Com os caras.*

Você está chorando agora. Você sente muito a minha falta e não aguenta mais. Você está se esforçando tanto e ele não está se esforçando nem um pouco, fica dando tapinhas nas suas costas, literalmente, como se você fosse um cachorro. Ele está andando agora. Ele pega a caneta e assina o pequeno contrato não oficial.

— Eu vou ver o filme e montar a cômoda para que você não precise ficar me pedindo para montar a cômoda.

Você suspira, satisfeita. Acho que você tocou nele.

— Viu só? — você diz. — Conseguimos.

Não, não conseguiram não, porra, porque ele não vai na sua sessão de cinema — contratos são como promessas, são feitos para serem rompidos — e ele pega o casaco com tanta agressividade que quase derruba uma cadeira.

— Ok — diz ele. — Eu tenho que ir agora. Preciso ir a uma reunião...

— A manipulação, Mary Kay. O que ele realmente quer dizer é, *Meu vício em drogas é tudo culpa sua, assim como a minha vida.* E isso é mentira. Ele é o homem mais sortudo da porra do planeta.

Você assoa o nariz — provavelmente num guardanapo áspero, não tem lenços de papel na mesa — e diz a ele que sente muito.

— Mas, Phil, às vezes parece que você não se lembra mais das coisas boas que fizemos. Puxa, você sabe por que escolhi este filme...

Ele faz um barulho e assobia e isto é *informação demais.* É óbvio que cem anos atrás você se jogou para cima dele num cinema e Alanis Morissette ficaria enojada — desculpe, mas ele simplesmente não é um homem muito atraente —, mas eu sou um cara bom. Isso é passado e eu te perdoo. Você era jovem e veja só você agora tentando tanto apimentar o seu casamento insípido. Você realmente é uma guerreira e tem o direito de tentar salvar o seu casamento. Eu vou permitir. Vou, sim. Porque no *nosso* relacionamento damos um ao outro espaço para respirar. Como agora, você está pressionando Phil para sair logo para ele poder ir à loja de ferragens comprar uma chave inglesa antes da reunião dele, como se você soubesse que preciso dele fora daqui. Você precisa voltar para a biblioteca — você disse a eles que precisava sair porque tinha uns afazeres, e o seu casamento é um deles

—, e a porta da frente se abre e a porta da frente se fecha e, enfim, vocês dois vão embora.

Eu acendo a luz e respiro e como o mundo é diferente com você, Mary Kay. No meu antigo mundo, eu esqueci uma caneca de urina e isso me levou ao abismo, a *Los Angeles*. Mas em nosso mundo, eu levo a caneca comigo e a caneca é um copo de papel. Ele vai se desintegrar. E Bainbridge está se exibindo hoje — o céu cinza está ficando azul — e tenho certeza de que não há urina neste copo. Nunca houve. É apenas café, e eu despejo o café na terra úmida — sempre úmida, permanentemente úmida — e reciclo o copo e gosto do nosso mundo. Gosto sim. Gosto do esquilo parado aqui perto e gosto da mulher de jaqueta da North Face e gosto do feliz labrador preto dela e estou radiante. Sorrindo de orelha a orelha, e é por isso que as pessoas adoram histórias de terror: não é pela sanguinolência. É pelo momento em que o mocinho foge como a gente queria, porque isso significa que, pela primeira vez neste planeta injusto e moribundo, o mocinho vence.

Eu me sinto inspirado. E mando uma mensagem para o seu rato: *Ei cara, estou com um amigo na cidade. SUPERFÃ. Estamos na Dock Street e se o Grande Phil DiMarco quiser aparecer inesperadamente. Só sugerindo...*

DUAS horas depois, estou sentado a uma mesa de piquenique na floresta perto do cais quando a lata-velha do seu rato aparece. Ele sai do carro, mais inflado do que nunca.

— Jay — ele diz. — É seu dia de sorte. Onde está o seu amigo?

— Ah, merda — eu digo. — Eu deveria ter mandado uma mensagem para você, mas meu amigo foi se encontrar com uma garota que conheceu no aeroporto.

Ele agora é um balão vazio — o pobre filho da puta tinha acabado de tuitar sobre o quanto adora surpreender os seus *Philisteus*. Ele acende um Marlboro Red.

— Sem problema — diz ele. — É bom sair de casa. — Ele se encosta numa árvore perto da minha mesa. Esse é o Phil. Sempre encostado. — Você está bem?

— Sim — eu digo. — Aconteceu uma merda com minha mãe, mas está tudo bem.

Phil sente pena de si mesmo agora. Ele dirigiu até aqui pronto para deslumbrar um *fã* e agora vai ser obrigado a me ouvir falar da minha mãe. Ops.

Ele não tem escolha a não ser me perguntar o que aconteceu.

— Ah, merda — eu digo. — Nem sei por onde começar...
— Coisa de mulher?
Eu faço que sim e ele bufa.
— Experimente morar com uma.
Bingo.
— Problemas com a esposa?
— Parece que vou morrer, cara. É o tipo de merda que só entende quem é casado há vinte anos... — Narcisista típico. — Estamos fazendo aquele negócio, sabe, estamos fazendo terapia de casal, ambos cometemos alguns erros, mas esta noite... esta noite meus parceiros estão na cidade.
— Não brinca? Onde?
Ele omite os detalhes. Por enquanto.
— O que estou tentando fazer com que ela entenda... é que ver os garotos *significa* algo para mim, cara. E minha mulher está agindo como se fosse minha mãe... Elas fazem isso. Elas confundem as coisas na cabeça.
— Nossa. Ela não quer deixar você ver os caras?
— Ela quer que eu veja um *filme* com ela. Diz que tenho que ir. Que sou um cara rebelde...
— Ah, por favor — eu digo. — Ela se *casou* com um rebelde.
Ele sorri.
— Isto é verdade.
— Eu não entendo nada de casamento... — Entendo sim, porra. — Mas, para mim, um casamento é como uma guitarra, não é? Você precisa de tensão nas cordas ou não pode fazer música.
Phil sopra um anel de fumaça.
— O pupilo tem um bom argumento, tem sim.
Eu continuo, Mary Kay. Digo a ele que você *quer* que ele revide, seja mais como o rebelde com quem ela se casou. Ele joga o cigarro na mata — que escroto do caralho —, e o suspense é capaz de me matar. Ele sopra um anel de fumaça.
— E aí — ele diz. — Você quer conhecer a banda?

ALGUMAS horas depois, Phil e eu estamos em Seattle. Homens livres. Prontos para detonar.
Ele acende um cigarro e eu verifico meu bolso interno em busca de minha faca Rachael Ray. Claro que eu trouxe uma arma. Estamos numa cidade grande e, como todos sabemos, cidades grandes não são a porra de Cedar Cove.

Ele tem que consultar *Ready Freddy* para ter certeza de que poderei entrar e eu verifico como você está. Você está criando um story no Instagram sobre como se preparar para um *#DateNight* — o seu estado de negação é preocupante — e está vestida como Winona Ryder com um vestido florido largo — esse look não funciona para você —, e Phil desliga sua ligação com Ready Freddy e suspira.

— Deus do céu. Ela *ainda* está me chateando com a porra dessa noite do cinema.

— Você disse a ela que não vai?

— Eu disse a ela que estou numa reunião — diz ele. — Ela deveria pensar duas vezes antes de me encher o saco.

Entramos em um Uber — eu peço o carro, como se fosse uma honra para mim — e ele está dando uma aula de música para o motorista — *Hum, eu nunca ouvi falar de "Drake"* —, e o motorista terá razão em me dar uma avaliação de merda. Eu me certifico de que meu telefone está no mudo e assisto a uma nova cena do seu story no Instagram. Você trocou o vestido por uma camiseta vermelha e calça de pijama. Telepatia Direta com Winona Deprimida. Você parece assustada. Derrotada. Você sabe que ele não vai brincar de marido. Por que simplesmente não desiste?

Phil geme.

— Outra mensagem. Meu Deus, mulher, pare.

Eu fico de boca fechada e Phil assobia para o motorista.

— Ei, cara — ele diz. — Nós vamos saltar aqui mesmo.

Estamos a dois quarteirões do bar e na calçada Phil me diz para parar.

— Você está bem?

— Sim — ele diz. — Só preciso fazer uma ligação rápida.

Ele se encosta num prédio e não pode *ligar* para você agora, na minha frente. Fiz de tudo para manter minha vida com Phil separada de nossa vida e isso não é nada fácil na porra de Cedar Cove. Se ele me colocar no telefone para confirmar qualquer história de merda que ele inventou, eu e você estamos fodidos. Ele está implorando — *não atenda, não atenda* — e eu estou do lado dele pela primeira vez — *não atenda, não atenda* — e ele dá um pulo de satisfação.

— Correio de voz!

Ele acende um cigarro e é do tipo de sujeito que não precisa usar as mãos para fumar.

— Oi, Em, escute. Meu patrocinador acha que não é uma boa ideia eu ir neste negócio de *Date Night*. A terapia que estamos fazendo é ótima, mas me ocupa demais. — Ele não é músico, Mary Kay. Ele é um *ator*. — Eu estou muito ocupado e não tem a ver com os meus parceiros. Eu apenas não posso ir a esse encontro com o pessoal dos livros... Eu te amo, Em. É só que eu... eu não posso ser o seu cara. Não esta noite. — Então ele pisca para mim. — E por favor. Você mesma disse isso. É só uma noite. Você sabe que, se não estou sóbrio, não sou nada. A cômoda eu monto amanhã, eu juro. Amo você, baby.

É um milagre eu não vomitar na calçada. Seguimos a pé até a Tractor Tavern e não é o que eu esperava, mas é o que eu deveria ter esperado. Os trogloditas na porta do bar são típicos gângsters de cinema e precisam de cirurgia dentária, e dá para sentir na pele a vontade deles de puxar o spray de pimenta. Tem um aviso que faz grandes promessas — *TODAS as religiões. TODOS os países de origem. TODAS as orientações sexuais. TODOS os gêneros. Estamos do seu lado e VOCÊ ESTÁ SEGURO AQUI* — e aposto que esses caras mijam nessa placa todas as noites.

— Tudo certo — diz Phil. — Preciso fazer umas paradas primeiro. Você vai conhecer os caras depois que eles tocarem. Você não vai querer conhecê-los agora, quando estão todos nervosos pra caralho.

Felizmente eu posso me esconder no bar como um fã tímido e os *garotos* do Phil não estão felizes em vê-lo. Isso aqui nem mesmo é um show de verdade, é uma noite de microfone aberto, mas a maneira como eles sugam o oxigênio me faz querer pular no bar e gritar VOCÊS NÃO SÃO WARREN ZEVON, NENHUM DE VOCÊS. Meu telefone dá um sinal. Você acrescentou algo ao seu story e é triste. *Caindo na real* foi um fracasso. Apenas quatro casais apareceram — três casais de Naftalinas e um casal recém-casado que mora na ilha há pouco tempo —, e nenhum deles está fantasiado. Aí está você com uma camiseta vermelha sem mangas, presa no filme sem Ben Stiller, sem Troy. E sabe de uma coisa? Foda-se a multigeracional família de olhos fecais e foda-se o casal de gorro de tricô também, porque como eles se atrevem a fazer isso com você?

Seu rato está implorando aos *garotos* dele para não subirem no palco — *Vocês vão arruinar o nosso nome, a acústica aqui é uma merda* — e Ready Freddy está mudo e o pequeno Tony fala — *Nada jamais será perfeito* — e os três me lembram os meus gatinhos. *Nossos* gatinhos.

Os *garotos* vão para os bastidores para se aquecer e Phil assobia para mim como se eu fosse um cachorro. Eu obedeço e o sigo em direção ao palco enquanto ele resmunga que o show vai ser uma merda. Uma banda leva a outra banda e você fica em silêncio no Instagram e isso aqui está lotado.

Ensurdecedor. Eu li *Killing Eve* e vi *Killing Eve* e poderia esfaquear seu rato com minha Rachael Ray bem aqui na pista de dança, mas, se eu fizesse isso, a gerência teria que retirar a placa que promete segurança. Eu não sou insensível. Não quero que o pessoal da Tractor sofra pelos crimes de Phil.

Ele me dá uma cotovelada e grita no meu ouvido.

— Está vendo aquele baixista dançando? Porra, cara. Nunca confie num baixista que balança os quadris. Você sente a música nas mãos, não nos quadris.

Eu verifico meu telefone. Sem mais cenas nos seus stories e você realmente desistiu. Aposto que está em casa agora, chorando enquanto arruma seus sacos de lixo e os joga pela janela. Eu mereço a porra de uma *pausa*, então digo a ele que preciso de uma bebida e luto para abrir caminho entre a multidão.

O barman grita na minha cara.

— O que você quer?

Ele pega meu cartão e eu peço uma vodca com soda e ele é lento e os copos são de plástico e eu ergo os olhos e não. *Não.*

É você.

Você está aqui. A menos de seis metros de distância com sua fantasia e meu plano saiu pela culatra. O *rato* vai querer que você conheça o *fã* dele e o barman tem meu cartão de crédito e você está abraçando o pequeno Tony e a banda está fazendo o cover de "One".

Eu fiz tudo isso por você e você veio aqui para *perdoar* aquele maldito rato e agora você se vira e, merda, Mary Kay. Você me viu?

28

VOCÊ não me viu. Certo? Certo.

Saí de fininho pela porta, peguei um Uber para o terminal da balsa, cheguei em casa e me cuidei porque ninguém cuida de mim. Agora eu coloco a música do U2 em replay automático no meu sistema de som — desculpe, gatos, mas papai precisa disso agora — e sento debaixo do chuveiro como uma bola de nudez, como David Foster Wallace num manicômio, exceto que ninguém está me observando porque eu não sou *especial*. Não sou um escritor e não sou uma estrela do rock e vi um lado seu que nunca tinha visto até esta noite. Você adora estar *com a banda*. Você provavelmente está montando no seu rato agora, e eu coloco minha calça e uma camiseta — *Nirvana* — e você "se preocupa" em ser como a *sua* mãe? Bem, *eu sou* a minha mãe, ouvindo minha música a todo volume e batendo portas de armários e limpando minhas mãos na cara de Kurt Cobain.

Você acha que Phil é especial? Bem, eu não sou uma estrela do rock. Mas sou especial. Sou especial porque realmente assumo a responsabilidade pelos meus atos. Eu não vivo minha vida na reabilitação e faço você pensar que é culpa sua toda vez que eu caio nas drogas de novo. Eu sou especial porque nunca cheirei cocaína, muito menos usei *heroína*, e se você soubesse alguma coisa sobre a porra da minha infância, você entenderia que eu sou especial. Ele não. *Eu.*

Você está mudando em minha mente e isso dói, mas não consigo parar. Até o seu escritório parece diferente para mim agora. Você se senta lá e fica olhando as fotos de Whitney Houston — você *Enterrada* — e Eddie Vedder — você *Casada* — porque você gosta de amar pessoas "especiais" a distância. Eu era sua estrela — *Voluntário do Mês: Especialista em Ficção* —, e como é que eu não sei fazer você ver que *eu* sou o especial?

Você simplesmente não me ama, não é? Eu continuo vendo você naquele bar, abraçando os *garotos* de Phil.

Eu não sou uma estrela e não sou a sua estrela e minha campainha toca — foda-se, Oliver — e eu ignoro, então agora o idiota está batendo na minha porta e ele tem coragem e eu vou arrancar aquela cabeça materialista dele — foda-se, você não me ama, por que se preocupar em tentar ser bonzinho? — e abro a porta e não é Oliver.

É você.

Bono se pergunta em voz alta se pediu demais e você tirou a sua fantasia de camiseta Winona vermelha — você está de volta com as meias-calças que são sua marca registrada — e seus braços são dois galhos nus, sem folhas. Você está aqui. Você me viu na Tractor e estou prestes a ser atropelado, mordido pela realidade, e por que você não está dizendo nada, e o que eu vou fazer, e então você abre a boca.

— Acabou, Joe. Eu acabei. Está feito.

Eu não consigo falar. Acabei de me despedir de você porque você foi para o Phil, mas agora mudou de ideia. Você veio até mim. Você joga seus braços em volta de mim e eu a levanto e suas pernas são vinhas crescendo em torno de mim, em mim, e a gravação dessa música é bombástica. Viva. São cordas em uma orquestra, superiores a *guitarras*, e é ópera, é rock, é *você*, me amando com todo o seu corpo, não apenas com seus olhos de raposa, mas com suas patas e seus dedos do pé e suas unhas e seus lábios — os nossos — sem sapatos, meias arrancadas — e eu coloco você na Cama Vermelha e desta vez não há hesitação. Não há limite. Não há nenhum *senta*!

Esta é a sua vida única e nós somos um só e você é minha alma gêmea, úmida e quente, e eu estou dentro de você, renascido. Eu tremo, você treme, e nós somos virgens que sabem o que estão fazendo, somos adolescentes dentro de um carro — há vapor nas janelas a nossa volta — e sua Murakami está por baixo e depois por cima e eu sou um menino e eu sou um homem e você é uma menina e você é uma mulher. Estamos reverberando, nos multiplicando — você está gozando, ah, e este é um *grande* gozo — e você é especial — você sabe como me tocar — *Ah, Deus, Joe, Ah, Deus* — e eu sou especial — você me ensinou a tocar você — e então terminamos.

— Ah, Deus — você diz. — Ah, Deus, Joe.

Estamos vivos e mortos e você continua dizendo as palavras mágicas — *Ah, Deus, Joe. Ah, Deus* —, e enquanto diz você me sente nos dedos dos pés e nos olhos e nos pelos das narinas e no estômago e você é engraçada e sacana e eu simplesmente solto. Não posso evitar.

— Eu te amo, Mary Kay.

Você não perde o ritmo.

— Eu te amo, Joe.

As palavras de amor nos arrastam para baixo. Pesadas como a música, a música que faz com que esteja tudo bem se ficarmos sem palavras. Eu não posso dizer se esse é o seu coração ou o meu coração e eu sei que você me ama e eu sei que te amo, mas não precisava ser dito. Os gatinhos sabem que terminamos e estão tornando ao quarto deles novamente. Você ri e manda um beijo para o seu favorito e rola em mim e suas pálpebras batem nas minhas. Seu nariz também. Você está tão perto que eu não posso ver, que eu posso ver. Você não está *Closer*. Você está completamente perto.

— Joe.

— Eu sei — eu digo. — Eu sinto muito. Podemos esquecer que eu disse isso. Nós podemos... podemos não dizer isso.

Você me envolve em seus galhos e diz que não há necessidade de se desculpar e você beija meu cabelo, você beija minha cabeça, e você diz que gostaria de entrar em meu corpo e beijar meu fígado e meus rins, e eu aperto seu traseiro — você é meu pequeno Hannibal Lecter e você ri — *você é doido* — e eu rio — *Ok, Hannibal* — e você me diz que queria que Hannibal e Clarice ficassem juntos e eu digo que eu também queria e você suspira.

— Eu gostaria de poder entender por que Nomi não consegue deixar Klebold.

— Você se lembra de quando isso começou?

Você suspira.

— Talvez seja porque eu costumava brincar que Hannibal Lecter era o meu namorado literário, o que é uma prova do meu prêmio de Pior Mãe de Todos os Tempos... No meio da noite, fico irritada... Eu vou arrastá-la para um terapeuta, vou intervir totalmente. Mas de manhã, não tenho essa urgência... Eu talvez devesse fazer algo, mas só quero que isso desapareça por conta própria.

— Vai desaparecer — eu digo. — Não se esqueça de que ela é *sua*. Você a fez... — Da mesma forma que fiz meu filho. — E você está certa em confiar no dia. As noites tornam tudo pior.

Você me diz que eu seria um bom pai e que sou um bom pai e você ri.

— Espere... esta música está no replay automático?

Você me ama tanto que não percebeu a música até agora e eu te digo que sou estranho e você me diz que sou um *apaixonado*.

A música termina e começa novamente, e o público aplaude e soa como uma centena de velas acesas no escuro e o solo do instrumento leva a mais aplausos e as pessoas na plateia cantam junto e nós cantamos também, do nosso jeito, com nossos corpos, nossos corpos que já conhecemos de cor.

29

ESTAMOS há três semanas e meia em nosso pornô: *The Office: NC-17. XXX.* Estou de quatro limpando a Cama Vermelha e você está a três metros de distância, vestida. Com meia-calça. *Profissional.* Mas não era assim que estava ontem à noite!

Ah, Mary Kay, eu li sobre esse tipo de sexo e pensei que *já* tinha feito esse tipo de sexo, mas estava enganado. Sua Murakami é meu lugar favorito no planeta. Seu coque deu lugar a um rabo de cavalo — você teve que fazer *alguma coisa* para expressar o novo amor em sua vida — e nós somos um segredo por enquanto e não há nada mais divertido neste mundo do que um *segredo* realmente bom e picante.

Eu saio para ir à Starbucks e Oliver está na minha cola. Um desmancha-prazeres. Uma mosca na sopa.

— Para sua informação, é ilegal fornicar numa biblioteca pública — ele diz.

Eu não fico contando a todo mundo quando beijo ou deixo de beijar, quando fodo ou deixo de foder, mas Oliver não é um imbecil. Todos nós sabemos quando nossos amigos estão trepando.

— Então chame a polícia, Oliver. Ou me prenda. Você pode fazer isso? Ou está só brincando de *Loucademia de Polícia*?

Ele para de andar.

— Ela tem marido.

— Um marido que dormiu com a melhor amiga dela. — Oliver é de Los Angeles, então isso não funciona como deveria. — Dormiu com essa amiga por mais de dez anos.

— Caramba — ele diz. — E a filha? A garota sabe?

— Sobre o caso? De jeito nenhum. Oliver, está *tudo bem.* Eles têm problemas há anos. A filha está prestes a ir para a faculdade... — Isso está mexendo comigo, Mary Kay. A primavera chegou, está chuviscando, mas a chuva tem um propósito, as flores estão desabrochando e nós estamos realmente chegando lá.

— Se ele perder a parada e matar você...

— Ele não é esse tipo de cara. E a mulher com quem ele teve um caso... Bem, você a viu. Quer dizer, mais ou menos.

De vez em quando, gosto de lembrar a Oliver que ele sabe onde uma mulher está enterrada e é como aqueles desenhos onde a gente pode ver a pressão arterial do sujeito subindo e então ele tosse. Ele disfarça. Ele tenta ser o meu chefe.

— Você é quem está dizendo, mas eu andei ouvindo as músicas da *Sacriphil*, meu amigo, e tem muita violência naquilo.

— Exatamente, ele é músico. Ele tem problemas com drogas. Ele agride a si mesmo, a ninguém mais.

Oliver boceja.

— Tudo bem — diz ele. — Eu te enviei umas cadeiras Eames para você comprar.

— Quantas cadeiras *cabem* na porra desse lugar onde você mora?

Ele se acalma e eu sigo para a Starbucks e compro as malditas cadeiras e a porra de um frappuccino para mim porque tudo está finalmente acontecendo. O seu rato mudou-se para o seu quarto de bagunça, onde ele dorme em um futon — ele nem mesmo consegue arrumar um colchão, mas conseguiu *foder* com a sua melhor amiga — e nós temos que dar passos de bebê por causa da Suricato, mas logo você e o rato serão como a Brenda e o Eddie de Billy Joel: divorciados!

Você realmente está se divorciando como uma *consequência natural*, e o divórcio começa com uma separação dentro de casa, por trás de portas fechadas, para que Nomi possa se acostumar com a ideia de vocês dois se separarem. Você está se sentindo bem com isso porque Nomi está lidando bem — *Ela disse que já vinha percebendo os sinais disso e eu acho que de certa forma ela tem sorte. Com meus pais eu fiquei chocada* — e estou tão feliz por você e a Suricato, por nós.

Naturalmente, Phil não está levando a coisa numa boa. Você disse a ele que *não pode perdoá-lo* por não ter aparecido naquela noite como o combinado e que ele é *Philin' the Blues* antes de qualquer outra coisa. Ontem à noite, ele passou o programa inteiro atacando Courtney Love, que ela deveria estar atrás das grades porque *assassinou Kurt Cobain*, e porque ele sabe que não deve atacar você. Depois disso, até os *Philisteus* telefonaram, irritados.

Phil, cara, apenas bote umas músicas pra gente ouvir.
Phil, cara, você sabe que estaria no mesmo nível do Nirvana se o mundo fosse um lugar justo. Você pode tocar "Sharp Six"?
Phil, cara, quando vai sair um novo álbum?

Ele ignorou os pedidos e se degradou ainda mais, agredindo Eric "*Crapton*" por compor "Tears in Heaven" *como se o único inferno na Terra fosse perder um filho, como se esse maricas tivesse algum dia conhecido o paraíso.* Ah, você deveria tê-lo ouvido, Mary Kay. "*Eu tenho uma filha, cara, e não me levem a mal. Eu morreria se algo acontecesse com a minha filha, cara, se alguém a machucasse... mas o Eric Clapton anda por aí como se tivesse dominado o mercado da tristeza e não, não é nada disso... o cara ainda está por aí! Ainda está vivo! Tem uma esposa e um enorme centro de reabilitação nas Bahamas ou algo assim e vou contar a vocês um pouco sobre o blues, cara. O blues significa tristeza. Não significa o azul das Bahamas. O blues é a meia-noite, cara. O verdadeiro blues nos fecha, o verdadeiro blues nos silencia. Podem confiar em mim, eu sei.*"

Claro que se ele estivesse de fato numa espécie de tristeza blueseira tipo Springsteen, no *túmulo* de sua mente, ele não teria energia para pontificar. Ele está apenas no modo babaca chorão. "Jay" mandou uma mensagem para eles se encontrarem e ele foi grosseiro com "Jay": *Sem querer ofender cara, mas algum dia se você tiver uma família, você vai entender que a merda de uma família consome o nosso tempo. Paz. Estou na área compondo.*

Fico preocupado de pensar em você sob o mesmo teto que ele, mas você está certa. Ele é o pai da sua Suricato e essas coisas levam tempo. E eu não o matei, Mary Kay. Você me ama tanto que não *precisei* matá-lo. *Você escolheu terminar com ele*, e é por isso que estou calado, por isso que só preciso ser paciente e ouvir você, ouvir as coisas doces que você me diz o dia todo. Você está vendendo sua casa, está conversando com corretores de imóveis, e usa a palavra D regularmente.

A ironia é que Melanda estava certa. Estávamos só nos segurando um no outro e quem sabe? Se ela nunca tivesse ido embora... talvez eu nunca tivesse me divorciado.

Falei com um advogado de Seattle. Ele acha que o divórcio vai sair mais rápido do que disse a outra mulher com quem falei, e ele tinha uns bombons tradicionais deliciosos.

Eu sou seu e você me trouxe bombons do escritório do advogado e os deixou na minha mochila porque, mais uma vez, é um segredo. Tudo. *Nós.* Eu coloco o bombom vermelho e branco na boca e estou sem casaco — está ficando cada vez mais quente, como se a Mãe Natureza estivesse tão excitada que não consegue dormir — e eu saio pela porta e nós temos a noite de folga — você tem que ver os seus *Friends* —, mas é uma ilha pequena e eu sou um homem inquieto. Trepar bem nos enche de energia, então saio para dar uma caminhada e passo na Eleven e não é culpa minha que o lugar todo seja cercado de janelas e não é culpa minha que nossa atração seja a invenção da eletricidade e você me vê. Você capta meu olhar e acena e eu aceno e não enviamos mensagens — somos muito bons nisso porque sabemos que o que temos é especial —, então você precisa esperar até o dia seguinte para me ver, para me dizer o que eu provoquei em você. Você se inclina sobre a mesa de sua sala.

— Buster... — Este sou eu. — Quando você passou por mim ontem à noite... era como meu corpo, minha mente e minha alma... Eu sei que talvez eu não devesse dizer isso a você, mas tenho que dizer, porque é tudo em que consigo pensar.

Eu tinha razão. Somos mais do que um relacionamento romântico, somos Tudo, um *EVERYTHINGSHIP*. Não que precisemos de uma nova palavra boba para o que somos.

— Eu não preguei o olho.

Você sorri.

— Ah, sem essa. Você dormiu, sim. As pessoas vivem dizendo que não dormem, mas todo mundo dorme um pouco, pelo menos algumas horas.

É por isso que te amo e dou uma gargalhada.

— Tudo bem, eu fiquei acordado *a maior parte* da noite sentado no meu sofá, sem fazer absolutamente nada além de pensar em você... — Exceto pela parte em que eu estava ouvindo o programa do seu marido. — Mas eu admito, das quatro às seis... está um pouco embaçado. Eu devo ter dormido um pouco.

Você sorri para mim.

— Que bom. Isso é bom porque eu dormi algumas horas também e, bem, gosto da ideia de estar em sincronia com você, Buster.

Não é imaginação minha. Whitney, que descanse em paz, e Eddie estão brilhando para nós — eu limpei os vidros das molduras para você — e você não pode me tocar, não agora. Você faz um gesto com a mão — *volte ao trabalho* — e o dia é longo, é *uma calçada que não termina*, porra — desculpe-me, Shel — e o baixo lateja na minha cabeça — *Hare Mary, Aleluia* — porque, ao que parece, você é minha verdadeira salvadora, a razão pela qual estarei em grande forma quando meu filho vier me encontrar, a razão pela qual, pela primeira vez na porcaria da minha vida, estou *entusiasmado* com o meu futuro. Faça o bem e você receberá o bem. O dia termina e Oliver está ficando sem *espaço nas paredes* e você me deseja uma viagem segura para casa como se houvesse algum perigo, como se algo pudesse me ferir agora.

Por fim a noite cai.

Vou dar uma caminhada pela Madison e que mundo diferente é ao sabermos que estaremos naquele cinema, naquela lanchonete, andando por essas ruas até nossos corpos se esgotarem. Chego à biblioteca e subo os degraus até a nossa namoradeira no jardim japonês e, quem diria, Mary Kay. A porta para o andar de baixo está aberta. Você não trancou. Eu entro na biblioteca e lá está você na Cama Vermelha, como prometido.

Nua.

Você quer a minha mão no seu pescoço e minha outra mão acima da sua Murakami, não em cima, ainda não, e o silêncio é ensurdecedor, partes iguais de sexo e amor e, após terminarmos, ficamos mudos. Depois é hora de brincar.

— Ok — você começa. — Precisaríamos de motosserras.

— E um caminhão.

— E um carrinho de livros.

— Alguns carrinhos, Mary Kay. Essa coisa é grande.

Este é o nosso plano. Nós vamos roubar a Cama Vermelha. Eu aperto você.

— Você conhece os hinos seculares?

Você enfia a cabeça no meu peito e seu cabelo é um cachecol, um cobertor, uma dádiva divina.

— Você quer dizer as músicas sobre religião que não são exatamente religiosas?

— Sim.

— Então, sim, eu conheço os hinos seculares.

— Bem, eu realmente gosto deles. Acho que é porque meus pais eram confusos com a religião, um pouco católicos, um pouco judeus... e em toda a minha vida, a música era o que eu gostava, aquilo que me fazia sentir conectado a algo maior, especialmente os hinos seculares ou canções com o tema do colapso nas trevas e a escalada de volta para a luz, onde nos lembramos de que não podemos ascender sem primeiro passarmos pela queda.

Você me beija duas vezes e então fala nos pelos do meu peito.

— Aleluia, Joe. Eu sei exatamente o que você quer dizer.

Eu te beijo.

— Estar com você... é como se realmente *houvesse* um crescendo. E não se trata apenas de sexo...

Você me abraça e você é perfeita.

— Eu sei — você diz. — O sexo é... sim... mas é como se a magia fosse real, como se você realmente tirasse uma moeda da minha orelha.

— Isso mesmo, Hannibal.

Suas mãos estão na minha cabeça, nas minhas têmporas, e você ronrona.

— Posso sequestrar você e trancá-lo num porão, Clarice?

— Se você insiste — eu digo. — Mas uma pequena dica. A melhor forma de sequestrar uma pessoa e trancá-la num porão é não avisá-la sobre o seu plano.

Você aperta minhas orelhas e eu movo minha boca ao longo do seu corpo, para baixo, para baixo, para baixo, onde tiro um coelho da sua cartola, da sua Murakami, da sua alma.

30

SUCESSO. Você conseguiu tirar um "dia de folga" — adoro que não o tenha chamado de uma *folga por doença* — e me disse para estar no estacionamento de Fort Ward às 11h. Nós vamos em carros separados — *amantes secretos* — e chego lá primeiro para me certificar de que Melanda, que descanse em paz, ainda está dormindo —, e ela está exatamente onde a deixei. Não é a maneira mais fácil de começar um dia romântico na floresta, mas quando uma coisa boa costuma ser fácil?

Estou encostado na cabana de telhado de boneca de Nomi quando vejo o seu carro. A simples visão de você chegando me faz ir em sua direção. Estou usando uma mochila — na verdade, sou Joe de *Cedar Cove* — e você estava nervosa pela possibilidade de sermos pegos, mas há apenas dois veículos no estacionamento. Uma caminhonete com um trailer — os donos estão lá no *barco* deles — e um Family Truckster com placa do Oregon. Nós estamos seguros aqui e você está com roupas que são novas para mim, uma meia-calça cheia de estrelas — uma galáxia delas — e um pulôver preto longo e macio, um espelho para meu suéter preto.

Você diz olá e ouve um galho estalar e suas pupilas dilatam, mas não era nada, apenas o som da mata. Você está um pouco tensa — isso faz sentido —, então não pego a sua mão — estamos num estacionamento —, mas não desgrudo meus olhos dos seus.

— Está tudo bem — eu digo. — E lembre-se, se alguém nos vir, acabamos de nos esbarrar na trilha.

Minhas palavras significam algo para você e você concorda.

— Bem, os bunkers ficam no alto da colina. Mas já que é a sua primeira vez aqui... — Acho que não, minha noite com Melanda aqui é inesquecível.
— Você quer pegar o caminho mais longo ou o mais curto?

— O que você acha, Mary Kay?

Você fica vermelha. Excitada. Apaixonada.

— Ok — você diz. — É um longo caminho. — Você olha para o telhado da cabana. — Nomi costumava adorar isso.

— Eu sei — eu digo, me perguntando se a porta estaria trancada, se seria demais para nós simplesmente ficarmos aqui na cabana. — Ela me contou quando estávamos fazendo a sessão de ajuda técnica.

— Vamos — você diz, e você está certa, Mary Kay. Não podemos fazer sexo em uma casa que lembra sua filha, então estamos subindo a colina, no caminho asfaltado, e me pergunto se o cobertor que eu trouxe é grande o suficiente e você deixa escapar: — Você acredita que o céu existe?

— Às vezes — eu digo. — E você?

— Às vezes — você diz. — Principalmente quando perdemos alguém de que gostamos fica mais fácil pensar que a pessoa encontrou algo novo, algo que não poderia encontrar aqui, sabe?

Eu imagino Beck, que descanse em paz, em uma casa limpa e bem cuidada finalmente terminando um livro, e vejo Candace, que descanse em paz, fazendo canções sobre como ela faria tudo de forma diferente, e sorrio.

— É verdade — eu digo. — Acho maravilhosa a ideia de que o céu existe.

— Quem você perdeu?

CandaceBenjiPeachBeckHendersonFincherDelilah, que descansem em paz.

— Ninguém ainda. Sorte a minha.

— Ééé — você diz. — Mas vamos mais fundo no assunto. Você acredita que há mais alguma coisa além da vida, ou você acha que quando morremos... acabou?

— O que você acha?

— Primeiro você — você diz. — Não vou cair nesse seu truque duas vezes. Você me cutuca e quer me conhecer tanto quanto eu quero te conhecer.

— Bem, eu acho que é como o Papai Noel.

— Como assim?

— Quando eu era criança, eu não "acreditava" em Papai Noel porque eu sabia que por mais que eu pedisse bonecos de soldados na minha lista... minha mãe dizia categoricamente, *Você não vai brincar de boneca.*

— Ah, Deus.

Eu digo a você que minha mãe era uma figura e um corvo nos sobrevoa e eu me pergunto se ela já estará morta.

— O problema é que eu me lembro desse momento, sabe, quando a gente está começando a entender o mundo... e vemos um garoto no parquinho e esse garoto está *ativamente* tentando ser bonzinho porque ele *realmente* acredita em Papai Noel, mas aí você vê a mãe dele, o lanche dele e seus tênis novinhos e... Bem, é claro que esse garotinho acredita em Papai Noel. Papai Noel aparece na casa dele. Ele tem motivos para acreditar e acho que sempre tive motivos para questionar as coisas.

    Você passa seu braço pelo meu. Você não se importa mais que alguém esteja nos vendo, e não me pressiona para eu contar todos os detalhes sórdidos da minha infância de merda. Você sabe que preciso da sua empatia e me dá o que preciso, depois suspira.

— Comigo foram as bonecas Glamour Gals.

— Eu vi essas bonecas no seu Instagram.

    Eu adoro poder revelar isso a você, sem nenhuma implicação de que estou te *stalkeando*, e agora caminhar com você, conversar com você, é a minha recompensa por ser um homem bom, embora o mundo não tenha sido bom para mim quando eu era garoto. Você está me contando sobre as Glamour Gals, *as piores bonecas que se pode imaginar, nada de empregos, só vestidos de baile e cabelos enormes*, e então você aperta o meu braço com mais força.

— Mas tem uma coisa boa que o meu marido fez.

    Ex-marido e você está num encontro comigo, não com ele, mas você é você. Sempre pensando. Sempre *ééé*.

— O que foi?

— Aquela cabana com telhado. Nomi queria o telhado de Natal e ela não desistia e nós dissemos a ela que não podíamos roubar um telhado e isso estava me deixando louca o mês todo porque eu ficava perguntando o que ela queria e era só *o telhado o telhado o telhado* e Phil ficou procurando o mês inteiro, mas aí, na manhã de Natal, ele tirou um presente gigantesco de dentro do nosso galpão. E olha que esse homem nunca tocou em papel de embrulho em toda a sua *vida*... mas lá estava o presente. O telhado de Nomi. Ele colocou grama, até mesmo plantou umas flores minúsculas no telhado. E não foi apenas um presente para ela, foi um presente para mim.

    Meu coração está ficando branco e costumava ser vermelho e este é o nosso encontro e você está olhando para o céu quando deveria estar olhando para mim e eu não posso voltar no tempo e construir a bosta de um telhado para Nomi e ela está velha demais para isso agora e você respira fundo.

— Ok — você diz. — Eu sei que foi estranho falar disso agora.

    Mas seu braço não está mais apoiado no meu. Você para de andar e fica rígida. Você vai me dizer que não pode deixá-lo por causa de *uma única* maldita coisa boa que ele fez cem malditos anos atrás em um feriado.

O que nem conta, porque todo mundo se diverte fazendo coisas boas nos feriados, na merda dos glorificados domingos quando os homens ganham troféus por esvaziarem a máquina de lavar louça ou construírem uma casa de bonecas. Como se uma boa ação compensasse o fato de ser um BABACA DROGADO EGOÍSTA AUSENTE INVISÍVEL todos os dias do maldito ano.

Mas então você pega minhas mãos.

— Joe, não posso fingir que ele não existe.

Você fingiu que eu não existia.

— Eu sei — digo a ela.

— E não quero fazer dele o vilão ou algo assim.

Ele é.

— Claro que não.

— E eu não quero me reprimir toda vez que penso nele porque... um dia desses... em tese... você vai conhecê-lo.

Já conheço!

— Eu sei.

Meu coração pulsa acelerado e Melanda, que descanse em paz, está no Quarto dos Sussurros do céu e seu marido, não. Ele realmente *está* aqui e eu *terei* que conhecê-lo e eu preciso contar a você que já o conheci e, pelo menos, se eu te contar agora, você não vai poder fugir porque estamos sozinhos na floresta, em uma trilha.

— E todas as minhas histórias, bem, isso é que é estranho sobre nós dois. Eu inventei uma outra versão de mim mesma na primeira vez em que conversamos ao telefone, quando te falei sobre mim e Nomi, sobre a nossa vida... eu apaguei o Phil. Mas a maior parte da minha vida adulta... ele estava lá ou por perto. Ele faz parte de todas as minhas histórias, e não quero mais mentir para você. E não quero que você se feche comigo toda vez que eu pronunciar o nome dele.

A maioria dos casamentos termina em divórcio e a maioria das mulheres não *quer* elogiar seus desprezíveis ex-maridos, mas você não é a maioria das mulheres. Você é sensível.

— Não seja ridícula, Mary Kay. Vocês têm muita história juntos. Eu entendo.

Você me beija.

— Você é incrível, Joe Goldberg.

Sim, eu sou! Phil já estragou o suficiente e este dia é nosso e estamos andando de novo, mais leves, e eu dou uma palmada na sua bunda e você pula. Você gostou. Eu provoco você dizendo que isso dificilmente seria o que eu chamo de *caminhada*, e você me diz que a subida vai ficar mais íngreme e eu digo que não acredito em você e você está flertando com uma tempestade e então meu telefone vibra. A porra do Oliver.

Você me encara.

— Essa não, sério?

— Vai demorar só um segundo.

— Desliguei meu telefone antes de sair do carro, Joe.

— Eu não sabia.

— É por isso que *eu* gosto de caminhadas, porque para mim significa desligar os aparelhos e curtir apenas o momento, entende?

Eu desligo meu telefone e você sorri — *muito bem* —, mas depois você tira uma câmera Polaroid da bolsa e eu digo que você está trapaceando, mas você é uma raposa astuta.

— Isso é diferente — você diz. — Não é um dispositivo de comunicação. Diga *xis*.

Eu odeio que tirem fotos de mim e Melanda está num barranco ao fundo e o mundo está cheio de podcasts de assassinatos para quem *quer* pensar o pior das pessoas e eu vejo uma manchete do inferno. *ACUSADO DE HOMICÍDIO DIZ XIS NA FRENTE DO LOCAL ONDE ENTERROU O CORPO DE UMA FEMINISTA.*

Mas eu não a matei, porra, não matei não, e você tira uma foto e assobia.

— Agora *esse* foi um sorriso de verdade.

A vida é para os vivos — é um fato bem conhecido — e lá vamos nós, e você é minha guia de turismo, contando-me sobre a origem dos bunkers que ficam logo ali *dobrando a curva*.

— Eles construíram uma base militar aqui há mais de cem anos. Era a última linha de defesa do estaleiro naval de Bremerton.

— Muita pressão?

Você sorri como uma professora decidida a concluir sua aula.

— Aqui era uma guarita onde soldados vigiavam qualquer navio de guerra que se aproximasse. Depois virou um acampamento para crianças carentes... — *Depois um lugar para fodermos.* — E depois um acampamento para marinheiros...

Você olha para mim do mesmo jeito que olhava naquele dia quando empurrou o livro do Murakami para cima daquele velho e eu quero que as aulas acabem. *Agora.*

— Você realmente conhece Fort Ward, Mary Kay.

— Sem perguntas por enquanto — você diz. — Veja, realmente era interessante em 1939. Havia aqui rádio transmissores onde eles interceptavam mensagens sobre a guerra, tentando nos proteger de um ataque... mas depois fecharam tudo isso nos anos 1950. — Você coça a cabeça e faz contato visual para ter certeza de que estou ali também. E eu estou. — Bem... — você continua. — Isso conclui a minha aula, mas eu só... adoro isso aqui porque nos lembra de como as coisas mudam e não mudam tudo de uma vez. Quer dizer, olhe só para a merda desses bunkers!

Você desce um degrau e eu me junto a você e faço o que você quiser. Eu *olho* para a merda dos bunkers.

— Eles ainda estão aqui — eu digo.

— Ééé — você diz. — O bunker é para você ficar escondido, agachado. Pensei nisso por muito tempo, que eu tinha de ser como aqueles soldados, sabe? Me agachar no bunker para o caso de algo ruim acontecer e bem... aqui estamos.

Eu te beijo, mas você desvia e agarra minha mão como se estivéssemos no colégio e você *precisa* me mostrar seu grafite favorito — DEUS MATA A TODOS — e eu me encolho com o grande emoji de *cocô* marrom e você também não gosta disso e me mostra do que gosta, os andares inferiores dos bunkers, e eu aperto sua mão e você aperta de volta.

— Eu sabia que você entenderia.

— Bem, é claro que entendi. Eu entendo você.

Não há mais como ficar *Closer*. Finalmente chegamos. Aqui. A calçada acabou e deu lugar à terra e seu cabelo passou de um coque a um rabo de cavalo e a uma juba que desce pelas suas costas e você me leva por degraus íngremes e profundos em uma pequena caverna quadrada e é um lugar sujo, bolorento e retangular, um buraco no chão, você tira o suéter preto e suspira.

— Bem, Garoto da Cidade, diga-me se tem um cobertor nessa mochila.

E fizemos.

Seu lugar favorito agora é meu lugar favorito e nós fizemos sexo no bunker em Fort Ward e nos banqueteamos com carne e brócolis — eu vim preparado — e desmaiamos e acordamos e trepamos de novo e voltamos a dormir e o chão é de *concreto* e não é assim que sabemos que estamos apaixonados?

— Vamos nessa — você diz. — Eu posso matar o trabalho, mas não posso desaparecer.

Você quer saber onde *eu* fiz sexo no colégio e eu lhe conto sobre uma orientadora e você fica mortificada, mas asseguro a você que ela não era *minha* orientadora e... você ainda está um pouco mortificada e eu deixei você tirar mais fotos Polaroids e tirei algumas de você e chegamos ao estacionamento — somos só nós dois agora — e quero dizer a você que este foi o melhor dia da minha vida.

Você me entrega as fotos.

— É melhor você ficar com elas.

Eu destranco meu carro e você destranca o seu. Você pega seu telefone e o liga e eu também ligo o meu. Você suspira.

— Estou tão feliz por termos vindo aqui.

— Também estou.

Seu telefone volta à vida e meu telefone volta à vida e minhas notícias não são notícias — Oliver quer mais cadeiras Eames e Nanicus quer cerveja —, mas as suas são más notícias. Sei disso porque você está ouvindo uma mensagem de voz. Eu sei porque você ofega e se afasta.

— Mary Kay.

Você me afasta com o braço. Mau sinal. Alguém nos viu?

Você deixa cair o telefone no chão e se vira e todo o vermelho que coloquei em suas faces desapareceu. Você está branca como Melanda, que descanse em paz, sabia? Você grita para o céu e é por causa do seu pai? Ele teve um derrame?

Eu te alcanço, mas você desaba no chão e sua voz é um filme de terror e suas mãos estão em seu cabelo e então você diz, um pouco alto:

— Phil. Ele... ele morreu. Ele... eu não estava lá e ele morreu e Nomi...

Phil. *Merda*. Eu estendo a mão para você e desta vez você não apenas recua. Você me empurra para longe e corre para o seu carro e não está em condições de dirigir e nem consegue abrir a porta, mas me avisa *para ficar bem longe de você agora* — por que Phil? Como? — e você está ensandecida demais para ter habilidades motoras e joga sua mochila no carro e olha para o teto e toda a raiva se transforma em tristeza — você está soluçando — e então, de repente, a tristeza volta a ser raiva.

Você aponta o dedo para mim.

— Este dia nunca aconteceu. Eu não estive aqui.

Não é um pedido. É uma ordem. É um *senta!* Ele morreu — estou em choque, eu não fiz nada —, mas a forma como você vai embora e me deixa na poeira é como se pensasse que eu fiz.

31

ESTE é o meu problema com recepções após os funerais. Você põe na mesa todos esses minissanduíches, todas essas pizzas Bene e, em seguida, olha para mim no momento em que estou mordendo uma pequena fatia de capocollo — a melhor opção do cardápio — e aí desvia o olhar como se o que eu estivesse fazendo fosse de alguma forma desrespeitoso com o seu marido morto porque agora que ele está morto, ele é O MELHOR MARIDO, O MELHOR PAI, O MELHOR HOMEM. Estou sozinho no bufê porque não tenho namorada — você é viúva dele — e cuspo a pizza no guardanapo e que desperdício de comida. Ok, ele construiu um presente de Natal para a sua filha e levou tempo — *um montão de tempo precioso demais* —, mas a sua sala de estar é uma incubadora de mentiras e FODA-SE, Phil, que descanse em paz.

Como ele pôde fazer isso conosco, Mary Kay? Você estava indo tão bem — *ia abandoná-lo, deixá-lo para trás* — e Nomi estava indo tão bem — ela percebeu os sinais do divórcio chegando a mais de um quilômetro de distância —, mas aquele rato filho da puta teve que estragar tudo. Ele não foi abalroado por uma carreta quando voltava para casa depois de "compor" músicas. Não. Seu marido (futuro ex) preguiçoso e egoísta teve que se drogar e *ter uma overdose na sua casa, na casa da esposa.* Sua filha teve que chegar em casa e encontrá-lo. E ninguém vai dizer o que todo mundo sabe: ELE SABIA QUE TINHA PROBLEMAS COM AS DROGAS E INVEJAVA KURT COBAIN QUE MORREU DE OVERDOSE NA CASA *DELE.* Você é uma mulher. Então, é claro que você sente como se fosse

Tudo. Culpa. Sua.

Você está errada, Mary Kay. Completamente errada.

Você deveria estar indignada e talvez no fundo esteja, mas como posso saber? Você não fala comigo desde que fugiu do estacionamento em Fort

Ward. Dissemos *eu te amo* e estávamos fazendo sexo de forma cada vez mais frequente e prazerosa, mas agora estamos fodidos. Nomi está fodida. Eu estou fodido. Você está fodida. E o sonho do preguiçoso Phil virou realidade. Ele é uma estrela do rock morta, quem sabe descansando lá no céu lendo seu obituário na *Rolling Stone* — lembra quando você perguntou se eu acredito na existência do céu? —, e tudo o que posso fazer é ficar aqui no canto da sua sala de estar mergulhando um triângulo de pão sírio no que sobrou do hummus de alho.

Será que algum dia vou te abraçar de novo? Será que você vai sorrir de novo?

Eu olho para você. Você está assoando o nariz num guardanapo enquanto uma Naftalina dá um tapinha de consolo nas suas costas. Sua filha de olhar vazio só fica sentada sem tocar nos minissanduíches no prato, e as perspectivas para nós são sombrias. *Foda-se, Phil DiMarco. Foda-se desde o dia em que se infiltrou como um verme neste mundo injusto.*

Você não deve se sentir culpada. Eu não me sinto culpado, Mary Kay. Claro, eu comprei os comprimidos de fentanil para ele — foi num momento particularmente sombrio do nosso namoro —, mas Oliver os levou embora. E, sim, eu comprei *heroína* para o Phil. Coloquei a *heroína* no quarto dele porque heroína é (era) o demônio que ele conhece. Mas sou uma pessoa racional. Eu sei que seu rato não morreu por minha causa. Ele nem mesmo morreu de overdose de heroína. Ele morreu porque foi dirigindo até aquela espelunca em Poulsbo e comprou por sua própria conta aqueles malditos compridos de fentanil venenosos. Eu não matei Phil e você também não, mas você está dizendo isso de novo agora, dizendo à sua solidária Naftalina que você *pressionou Phil até o limite*.

Minha vontade é de irromper na sua rodinha fúnebre, pegá-la pelos ombros e te mandar parar com isso.

Pessoas se divorciam todos os dias, Mary Kay. Não há nada de escandaloso nisso e o seu rato era uma *criança mimada*. Ele não poderia ter esperado até estar morando em alguma pocilga decadente-demais-para-ser-chamada-de--matadouro-de-solteiro para voltar a se drogar? Não! Ele engoliu aqueles comprimidos *nesta casa*. Tudo o que ele precisava fazer era dirigir até a Grand Forest ou um dos incontáveis lugares da ilha onde as pessoas vão para fazer o que não presta. Meu estômago revira, Mary Kay. Até *Oliver* se abalou e fez comentários agressivamente passivo-agressivos sobre o fato de eu ser "o outro". Eu disse a ele para ler a porra do *Texto Básico* e aprender que a recuperação de adictos é uma batalha penosa, que ninguém tem culpa, especialmente *eu*. Ele me interrompeu para dizer que minha contagem de corpos nesta ilha está em dois — MENTIRA, EU NÃO MATEI NINGUÉM. O que Phil fez com essa família é terrível, Mary Kay. Eu nunca poderia fazer algo assim. Nem você poderia. Agora você puxa o seu cabelo — *Como pude não perceber?* — e eu quero confortá-la. Estou tentando consolá-la há três dias. Mas você sempre estremece e se afasta, como se quisesse que *eu* estivesse morto, eu, aquele que te fazia feliz.

Eu sei. A vida não é justa. Mas apenas uma vez eu queria que o amor fosse justo. Eu fiz tudo certo. *Tudo.* E agora estou perdendo você, não estou?

Você derruba o copo de cerveja de alguém e reclama.

— Droga, Lonnie, use um *porta-copo*.

Lonnie se desculpa e você começa a chorar de novo.

— Eu sinto muito. É só que... estou tão furiosa que poderia matá-lo.

Lonnie diz que isso é natural — desde quando *natureza* é sinônimo de *bom?* — e ela está encorajando você a desabafar e não! Você bem sabe, Mary Kay. Você não quer *matá-lo* porque você leu a merda do livro favorito dele e eu também li. Nós dois sabemos que o vício é uma doença e esses "amigos" — você nunca mencionou Lonnie, nem uma vez — não estão do seu lado. Eles não estão ajudando e, no mínimo, estão tornando tudo pior ao validarem cada inverdade que você diz e, dessa forma, eles são como a porra da família do Phil.

Que corja, Mary Kay! A mãe e o pai dele já foram embora, como se tivessem outro lugar para ir, e o irmão nem *deu as caras*. Que educado. De acordo com o obituário, o irmão é um *life coach muito conhecido,* e talvez seja por esse motivo que ele não tinha dinheiro para pagar a porra de uma passagem de avião. *Muito conhecido* é o código para 21.000 seguidores, e ele *não* é um Tony Robbins. Eu quero que as coisas voltem ao normal. Quero que os pais de Phil entrem num avião e voltem para a Flórida. Talvez eles partam amanhã. Eles não apareceram na sua recepção esta noite — *Estamos de luto privado* —, mas, ah, vai se foder, família do Phil. Ninguém gosta de hospitais, ninguém gosta de funerais, mas todos sabem que às vezes temos de encarar isso e *comparecer*. E se eles fossem pessoas decentes, talvez você não estivesse tão mal.

Você está tão dominada pela culpa que reescreve a história se escondendo atrás de seus óculos cor-de-rosa invisíveis e novinhos em folha. "Ele era realmente admirável..." Ah, qual é, Mary Kay. "As pessoas não entendem, ele desistiu da carreira para ficar em casa..." Mentira. Ele não conseguia se relacionar bem com seus companheiros de banda e tinha bloqueio criativo. "Ele foi o melhor pai, nós fazíamos ótimas viagens para Seattle..." Outra mentira. Ele era seu filhinho adolescente que sumia de vista para tocar guitarra enquanto você e a Suricato desperdiçavam grana comprando *bugigangas*. Você assoa o nariz em um guardanapo de papel. "E eu deveria ter percebido."

Com seus braços de velha, a Naftalina envolve você, que começa a chorar de novo e agora *eu* me sinto culpado por ser tão severo com você. Eu sei que é difícil perder alguém, mas, Deus, Mary Kay, você precisa se apoiar na sua raiva, porque tem todos os motivos para ficar brava. O vício é uma doença, sim, mas ele era um marido e era um pai e em vez de procurar ajuda, em vez de se cuidar para poder manter-se vivo para a filha, voltou para as drogas. Você sai da sala para retocar a maquiagem, *passar um pó no nariz* — diante das circunstâncias, uma péssima escolha de palavras —, e aí chora mais ainda. Você sabe que foi uma péssima escolha de palavras. A Suricato ainda está em coma no sofá. Olhando para você. Ela não está chorando. Ela não pode chorar porque você não *para* de chorar. Pego outra fatia de pizza Bene, desta vez maior, dobro-a ao meio e coloco a porra toda na boca.

Nanicus me dá uma cotovelada.

— E aí? Por onde você andava? Eu não te vi na academia.

Nanicus sendo Nanicus. Estamos na porra de um bufê fúnebre e ele fica falando de CrossChatice. Ele pega um talo de aipo e mastiga.

— Não entre nessa — diz ele. — Não queira terminar como *esse* cara.

A insensibilidade do pobre palerma, e eu tiro um floco de pimenta vermelha da boca.

— É só uma pizzazinha.

— Você já experimentou? — ele pergunta. E então ele conclui com um sussurro. — Heroína?

— Não — eu digo. — E você?

— Eu nunca faria isso. — Ele estremece. — Eu não entendo... as pessoas não sabem que existem endorfinas? Francamente, elas não sabem que podem *transar*?

É a pior coisa para ser forçado a imaginar agora, Nanicus enfiando seu Nanicus dentro de alguém tonificado, sem terminações nervosas e viciado em CrossChatice, o que é um lembrete de que três dias atrás, em outra vida, eu era uma das pessoas felizes deste planeta. Eu estava fazendo sexo com você. Dou uma olhada em torno da sala de estar e você ainda não voltou, na biblioteca você nunca sai sem me avisar para onde está indo.

Você está fazendo a transição e é como se eu não existisse, como se você não *quisesse* que eu existisse e a Suricato não está mais no sofá. Ela também se foi. Pego meu copo de plástico de vinho da Eleven Winery.

— Pode ser — digo, porque aprendi minha lição e não vou perder meu tempo debatendo com outro cachorro teimoso e irracional. — Vou tomar um pouco de ar fresco.

Você não está no banheiro e eu não posso subir — ainda somos um segredo, mesmo que você não tenha me beijado ou falado comigo desde que me largou sozinho em Fort Ward —, então saio pela porta lateral porque talvez você esteja fumando. Você fez isso com o rato há muito tempo.

— Oi.

É a Suricato e ela está fumando, tragando o seu bong.

— Nomi — eu digo. — Sei que é uma pergunta boba, mas como você está?

— Fodida da cabeça. E você?

Eu dou um gole no meu vinho de plástico e ela pede o meu copo. Ela é menor de idade, mas viu um cadáver pela primeira vez na vida — esteve lá —, então passo meu cálice de plástico e ela vira tudo de uma vez e rápido demais.

— Seus pais ainda são vivos?

— Francamente, não tenho certeza.

— O que eles fizeram de tão ruim que você não sabe?

— Eles me ignoraram.

Ela assente com a cabeça.

— Fodam-se eles.

— Não — eu digo, o Joe Bonzinho, o Joe Compassivo. — Eu costumava me sentir assim. Mas depois, com a idade, você percebe que não odeia ninguém, mesmo a merda dos seus pais, porque todo mundo está apenas fazendo o melhor que pode.

Ela tosse. Ainda não sabe usar direito o bong, ainda não tem amigos. Contei dois adolescentes lá dentro, um veio com os pais e o outro por causa do vinho.

— Isso é profundo, Joe.

— Na verdade, não — eu digo. A última coisa que quero é que sua Suricato sinta que hoje, no segundo pior dia de sua vida, ela vai ter que ser educada e grata. Sabe, Mary Kay, eu gostaria que você pudesse me ver agora. Sou Jack Nicholson no final de *Laços de ternura*. Estou progredindo com sua filha e pronto para ser padrasto. Estou aqui para *ajudar*.

Ela coloca o bong em uma jardineira vazia e boceja, seus braços estão estendidos acima da cabeça e ela começa a gargalhar. Eu não rio e não a julgo e logo ela se curva — *assim vou fazer xixi nas calças* — e digo a ela que não há problema nisso, não há problema em fazer qualquer coisa agora.

Ela revira os olhos e resmunga.

— Ah, tá.

— Falo sério, Nomi. É difícil perder alguém. Sua mãe sabe disso.

Ouvimos passos e a porta se abre. Nanicus.

— Ah — ele diz. — Então a festa é aqui.

Era o jeito dele de tentar aliviar a tensão — o idiota tem pavor de emoções reais —, e Nomi não ri da piada e ele a abraça.

— Eu sinto muito, Nomi. Só sei que ele te amava mais do que tudo no mundo.

Exceto pela heroína, o som da própria voz, a boca de uma mulher agasalhando o seu *Philstick* e sua música, mas funerais são assim. Eles trazem à tona a imbecilidade que há em todos, principalmente nos imbecis.

Nomi dá um tapinha nas costas dele — "Obrigada, tio Seamus" — e ele se afasta como deveria, porque ele não é realmente a porra do tio dela e a garota precisa de espaço.

— Vou te dizer uma coisa — ele diz. — Quando minha mãe morreu, todo mundo ficou, tipo, vendo TV, enchendo a cara, relaxando, mas nada disso funcionou para mim... — Porque sua capacidade de concentração é zero, você é peso-leve. — O que me ajudou foram as endorfinas.

É a segunda vez que ele usa essa palavra em vinte minutos e ele nunca vai se casar, não é?

— Obrigada — ela diz. — Vou me lembrar disso.

Ele respira fundo e olha para as árvores.

— Vou fazer um Murph em homenagem ao seu velho — diz ele. — Eu sei que ele gostaria disso.

Phil era um filho da puta de um preguiçoso que nunca suava se pudesse evitar, e ele não gostaria nada disso. Eu sorrio.

— Bacana, Seamus. Sério.

No segundo em que ele sai, é como se nunca tivesse estado lá, e a Suricato volta direto para onde estávamos.

— Você acha mesmo que posso fazer *o que eu quiser* agora?

— Sim.

— E minha mãe não vai ficar chateada?

— Não.

— Bem, neste caso, você pode dizer a ela que fui para Seattle?

Eu nunca me ofereci para ser cúmplice dela, mas ela está usando uma camiseta da Sacriphil e dá para ver o *Columbine* saltando de sua mochila, e uma coisa é uma festa de aniversário em que amigo nenhum comparece, mas agora é o *funeral* do pai dela e nenhum deles apareceu. Conheço bem a sensação. Quando alguém que se ama, apesar dos defeitos, morre e ninguém no mundo se importa com o que você sente.

— Faça-me um favor, Nomi. Deixe o bong aqui.

Ela faz continência para mim como JFK Jr. fez no funeral do pai e vai embora pelos fundos direto para a trilha.

Dentro de casa, os membros da Sacriphil pegaram seus instrumentos — eu sabia que era só uma questão de tempo para começarem uma jam session *Unplugged* sem Phil —, e lá está a versão acústica do *tubarão dentro do meu tubarão* — e eu tenho um propósito agora. Preciso encontrar você. Eu volto para a sala, me esquivando dos meus vizinhos multigeracionais de olhos fecais, e para você esta sala é triste, mas para mim é uma zona de perigo. A *Sra. Kahlúa* está aqui e isso não pode, não será, *não deve ser*, a festa de revelação de Jay.

Eu fujo para a cozinha, mas ali estou fodido também. A jovem simpática que me alertou sobre Phil está de pé na frente da geladeira. A porta bloqueia o rosto dela — obrigado, porta —, mas reconheço sua mão. Os dois anéis de noivado de diamante. Ela está conversando com um alcoólatra mais velho que vi no Isla uma vez e estou encurralado, mas a porta do banheiro de hóspedes se abre e eu me escondo ali mais uma vez.

Fecho a porta. Estou salvo.

Alguém bate na porta:

— Se for xixi, não dê descarga. Os canos não vão suportar.

Abro a torneira e ouço o pessoal dos Narcóticos Anônimos cochichando se vão ficar muito tempo ali — VÃO EMBORA AGORA! — e eles estão indo — *isso!* —, então dou a descarga — ops! — e saio do banheiro e lá está você, na sua cozinha, cercada por outras Melandas. Eu finjo uma tosse.

— Mary Kay, posso falar com você um segundo?

Você está zangada comigo, mas eu não me aproximei de você nem a beijei e, de qualquer modo, a essa altura não tem como colocar a pasta de dente de volta no tubo. Nós *fomos sim* a Fort Ward e você *montou sim* em mim lá no bunker — duas vezes — e o blog do Dr. Nicky está correto: eu também tenho sentimentos e tenho direito a tê-los.

Você pede licença e as palmas das minhas mãos estão molhadas de suor. O que eu vou dizer agora importa e será possível dizer a coisa certa se você parece outra pessoa? Você abre a porta lateral e agora somos eu e você ao lado da jardineira e você acende um dos cigarros do rato e solta um anel de fumaça, quem diria que você soubesse fazer isso?

— Eu não quero continuar com isso agora, Joe. Eu não posso.

— Eu sei.

— Você não sabe, Joe. Você não sabe o que é isso para mim.

— Eu sei.

Você me olha. Rígida. E depois sopra a fumaça em uma linha reta venenosa.

— Eu não tinha nada que desligar meu telefone. Eu tenho uma filha.

— Desabafe.

Você range os dentes porque seria muito mais fácil para você se eu fosse um idiota agora, mas não vou fazer isso por você.

— Tudo o que tínhamos que fazer era esperar. Você não conhece o Phil... — Sim, eu conheci. — Você não sabe que tínhamos uma espécie de acordo. Eu cuidava dele e ele... — Nunca fez nada por você a não ser arrastá-la para baixo. — Ele precisava de mim. Eu sabia que ele estava mal enquanto eu saía por aí com a porcaria de um cara que mal conheço sem ele saber, enquanto o meu próprio *marido* estava morrendo por dentro.

Isso foi cruel, mas sou forte.

— E você deve se sentir horrível por causa disso.

— Eu me sinto a maior filha da puta da face da Terra. Ele merecia coisa melhor de mim.

E você merecia coisa melhor dele, mas isso é outra coisa que odeio em funerais, em recepções após um funeral. Não podemos culpar o Morto. Ele é como uma noiva neurótica. É o dia *dele* e ele pode reclamar e ter um ataque pelos motivos mais insignificantes do mundo.

— O que posso fazer para ajudar?

Você joga o cigarro no gramado e dá de ombros.

— Nada — você diz, sua voz monótona de tantos tranquilizantes e clones de Melanda e toda a pressão de receber pessoas em sua casa enquanto *você só morre por baixo.* — Não há nada que alguém possa fazer ou dizer para trazê-lo de volta e, francamente, isso é tudo o que eu quero. Qualquer coisa que você fizer será um desperdício. Tudo o que disser será um desperdício. Agora tudo que eu quero neste mundo é a única coisa que não posso ter. Mais um dia com Phil para dizer a ele que sei que ele está escondendo heroína na mesa de cabeceira dele, debaixo do amplificador, para pegar tudo e jogar no vaso sanitário e forçá-lo a entrar num carro, numa clínica de reabilitação, para que minha filha não tenha que passar o resto da vida sem um pai, para que ela não tenha que passar o resto da vida sendo a pessoa que o encontrou morto. Eu sou uma mulher adulta. Eu sei que não posso ter isso. Mas é como me sinto neste exato momento.

Você não me toca. Você não faz contato visual. Você é um zumbi com uma *segunda dentição* e os dentes são *dele*, uma prova constante de que ele estava vivo, e eu serei paciente. Eu já passei por isso, Mary Kay — eu sei o que é perder alguém que foi ruim para a gente. Eu sei que você está sangrando por dentro. Essa dor que você está sentindo não lhe dá o direito de me magoar, mas não vou sofrer por isso.

Ao contrário do seu rato morto, sou um homem forte. Um bom homem que é capaz de colocar você em primeiro lugar e respeitar a realidade de que a morte dele é mais difícil para você do que para mim. Mas você é uma viúva agora. Você foi ungida com um novo título e eu *também* poderia matar aquele maldito rato pelo que ele fez conosco. Os *caras* da banda dele terminam de tocar o único verdadeiro sucesso que Phil já compôs e os aplausos são altos, altos demais. Você começa a chorar e fecha a porta deslizante atrás de você, me deixando no seu deque sozinho, e se você tivesse qualquer intenção de um futuro comigo, não teria fechado aquela porta.

32

EU fui para casa. Comi como um porco. Ouvi um pouco de Prince, ouvi um pouco de Sinéad e fiquei me preparando para suportar *sete horas e quinze dias* sem uma palavra sua. Mas eu estava enganado, da melhor maneira possível. Você me ligou ontem à 1h13 da madrugada e chorou e eu deixei você chorar e depois você falou dos pais de Phil — *Eles sempre me trataram como se eu não fosse boa o suficiente e acham que é culpa minha* — e aí você chorou de novo — *É tudo culpa minha* — e depois ficou com raiva — *Como ele pôde fazer isso com Nomi?* — e então a culpa voltou — *Eu deveria estar lá para ajudá-lo, eu deveria saber que era demais para ele.* Fui tão bom com você, Mary Kay. Eu encorajei você a desabafar e você adormeceu e mesmo assim eu não encerrei a ligação. Fiquei acordado a noite toda até você começar a tossir.

— Joe? — você disse.

— Bom dia.

— Você ainda está aí.

— Claro que estou.

Você disse que foi a coisa mais gentil que alguém já fez por você — foda-se aquele estúpido telhado gramado de casa de bonecas —, e já se passaram quase duas semanas. Você está de luto, ainda cheia de culpa. E eu entendo. Sua separação era um segredo e é *complicado*, mas você me mandou uma mensagem dizendo que se esqueceu de comprar papel higiênico — sempre tem alguma coisa —, então fui até a loja e comprei papel higiênico e você está rasgando o plástico.

— Hum.

— O que foi?

— É do tipo certo.

Eu sei, porque passei muito tempo na sua casa, e dou de ombros.

— É a melhor marca, então é claro que é o seu tipo.

Faço força para me lembrar: comprar o papel higiênico caro de Mary Kay antes de ela vir à *minha* casa e nesse momento a porta deslizante se abre e é o Nanicus, que de alguma forma tornou-se meu rival indigno neste episódio irritante de nossa vida em *Cedar Cove*. Ele estala os nós dos dedos, estala as costas e suspira.

— Suas calhas estão oficialmente limpas, MK.

Você é uma viúva de luto e agradecida aos seus *Friends* — Obrigada, Seamus, você é uma bênção dos céus — e vasculha a geladeira.

— E então, meninos — você diz, como se eu fosse seu filho e Nanicus, um coleguinha que levei para casa. — Quem está com fome?

Ele se joga numa cadeira e não é um homem, é um menino da quarta série.

— Queimei muitas calorias lá fora, MK. Preciso comer!

Eu gostaria que ele fosse embora. Ele está diferente desde que Phil, que descanse em paz, morreu. É como um daqueles reality shows onde o perdedor acha que tem uma chance porque o líder distendeu um músculo e desistiu da corrida. Nanicus está competindo ativamente comigo para ser o homem desta casa e não é isso que *eu estou* fazendo. Eu amo você. Sinto falta de estar dentro de você e sou seu *namorado*, mas ele é um CrossChato solitário, um verdadeiro sexista patriarcal que age como se você precisasse de nós, homens, e que babaquice, Mary Kay. Você não precisa de *homens*. Você precisa de mim.

Pego o *Águas do Norte* da minha bolsa e coloco sobre a mesa.

— Quase esqueci — digo a você, não a ele. — Este é aquele livro que eu te falei.

Em outras palavras, SE MANDA, NANICUS, e ele bufa.

— Caramba, Joe, não acho que a mulher tenha condições de *ler* agora. Ainda estamos em choque, sabia?

Ele nem *gostava* do seu marido, mas não posso brigar com ele porque ele é seu *amigo* e se ele não estivesse aqui, estaríamos falando de Ian McGuire, mas ele está aqui, então você apenas sorri para o livro — Obrigada, Joe — e depois se levanta para cuidar da comida. Este é um momento crítico para nós. Você está processando tantas emoções e precisamos ficar mais próximos. Eu não sou burro, Mary Kay. Eu sei que você quer um amortecedor. É por isso que você deixou o Nanicus vir e tem uma política de portas abertas com as clones de Melanda que dão "uma passadinha" na sua casa levando umas comidinhas — ninguém gosta dessa merda nem quando está vivo, por que iria querer depois que alguém morre? Nanicus levanta de um salto e puxa uma cadeira para você.

— Mocinha, eu insisto que você tire a carga dos ombros e se sente.

Ele é o patriarcado e eu quero socar a cara dele e onde está Melanda, que descanse em paz, quando se precisa dela? Você não quer se sentar. Você coloca lasanha no prato dele e ele passa o prato para mim.

— Isso é muito para mim, MK. Vamos dar para o viciado em livros aqui, quem sabe ele não consegue pôr um pouco de carne nesses ossos!

Você gosta do meu corpo como ele é e Nomi hesita no corredor.

— Que cheiro é esse?
— Lasanha — você diz. — Você quer?

Ela geme.

— Estou indo para Seattle.
— Nomi...
— Eu quero ver o tio Don e a tia Peg.

Conheci Don e Peg no bufê fúnebre. Eles são ex-hippies e avós substitutos de Nomi e têm uma loja de guitarras e você me contou sobre eles no dia em que caminhamos até a lanchonete, o dia em que você *quase* me contou sobre Phil. Você morde o lábio.

— Mas, querida, você já ficou *muito* lá.

Nomi está impassível.

— E daí?
— E daí que talvez você pudesse ficar aqui... conosco.

Nomi agarra as alças de sua mochila.

— Eles estão cansados de mim ou algo assim?
— Não, Nomi, só acho que seria bom para você ficar um pouco mais em casa.

— Mãe — ela diz, e todos nós pensamos a mesma coisa agora. Que o rato morreu nesta casa. Que Nomi encontrou o rato morto.

Você abraça sua Suricato e Nanicus pega um montão de lasanha que é muito maior do que a minha porção e você leva Nomi até a porta e ele mastiga a lasanha com a boca aberta, como um solteirão, como um porco, e você nunca vai saber que ele comeu mais do que eu porque agora você está lá fora. Tem outra maldita amiga dando uma passadinha na sua casa e não culpo Nomi por pular naquela balsa todos os dias. Você volta taciturna, segurando um cheesecake.

— MK — Seamus diz. — Você faz aquela coisa de rastrear o telefone de Nomi?

Você escava o cheesecake bem no meio. Não fazemos sexo desde Fort Ward e você está ficando louca também.

— Hum?

— Aquele negócio para você saber a localização dela — ele diz.

Você enfia o garfo no cheesecake e essa é a minha garota.

— Eu não sou stalker da minha filha, Seamus, se é isso que você quer dizer.

— Bem, cautela nunca é demais. Você sabe o que ela anda fazendo? Você sequer sabe se ela está em Seattle?

Isso, Nanicus! Irrite-a com a sua agressão passiva de *Papai Sabe-Tudo*. Você está fervendo.

— Sinceramente, Seamus, se tem uma coisa que fizemos certo, foi a Nomi. Ela sempre gostou de sair de casa e passar uma ou duas noites com Peggy e Don.

Ele passa as patas na camisa Cooley Hardware e ajusta o boné Cooley Hardware e como eu pude ser "amigo" desse cara?

— Só estou tentando ajudar, MK. Minha loja tem gente tomando conta. Eu já fui na academia hoje de manhã... então não vai me dar trabalho nenhum se você quiser que eu veja onde ela está.

Você acabou de perder o marido e ele fica falando *de si mesmo* como se fosse um santo. Você dá um tapinha no braço dele.

— Agradeço, mas estamos bem.

Estou a ponto de cuspir minha lasanha e ele dá um tapinha no seu braço.

— Eu sei que estão, MK.

— Francamente, não a culpo por ficar longe de casa. Isso aqui virou uma Grand Central e ainda tem as lembranças...

E *é* realmente a merda da Grand Central, porque tem um cachorro latindo e outro intruso. Você pula da cadeira para cumprimentar mais um e eis que a amiga é a mamãe monstro de olhos fecais. Enfim, somos devidamente apresentados e a mão dela é um peixe morto e sua labrador amarela ainda me ama e viu isso, Mary Kay? Os cães reconhecem as pessoas boas.

Nancy de Olhos Fecais acabou de voltar de uma caminhada e não pode ficar muito tempo e você lhe oferece um cheesecake e ela faz uma careta, como se você tivesse piolhos, como se a viúva não tivesse o direito de enfiar um garfo em seu próprio cheesecake.

Olhos Fecais se repete — *Só vim dar um pulinho aqui, não posso ficar* — e você arruma uma cadeira para ela e ela se senta.

— Devo perguntar ou não devo me intrometer nisso?

A labrador descansa a cabeça no meu colo. Eu a acaricio e você suspira.

— Não ouvi falar dela — você diz. — Mas, como eu disse a você, tivemos um desentendimento.

Nanicus vira o boné Cooley Hardware para trás.

— Ah, cara — diz ele. — Eu não sabia como te dizer.

Todos os olhos em Nanicus, como ele quer, menos a labrador, que só tem olhos para mim. Você toma um gole do seu café.

— Basta dizer. Você conversou com ela?

— Sim — diz. — Melanda me ligou há alguns dias.

Olhos Fecais hesita e você também, e não, ela não ligou. Ela está morta. Há rumores sobre ela porque isso aqui é uma ilha e até mesmo no bufê fúnebre ouvi umas pessoas cochichando que Melanda *teve um caso com um aluno*, mas não me importo com isso. Melanda está morta e mulheres mortas não falam ao telefone. Lamentavelmente, Seamus quer atenção, ele quer se sentir especial, e fingir ser um canal de comunicação com sua amiga Melanda é uma forma de conseguir isso.

Olhos Fecais cutuca o cheesecake, e é para isso que ela veio: fofocar.

— Inacreditável.

Nanicus coça o logotipo da camisa.

— Ela me pediu para dizer a você e a Nomi que manda lembranças.

Você bufa e faz uma boa imitação dela:

— Que ótimo.

— Eu sei — ele diz. — Ela teria voltado, mas você sabe como é. Todo mundo está falando do seu "comportamento impróprio" com aquele garoto da escola... Ela não queria roubar os holofotes.

Olhos Fecais pega seu garfo, não tem mais medo de piolhos.

— Então *é* verdade. Aquela mulher dormiu com um *aluno*. Eu sabia e, me desculpem, mas não posso dizer que estou surpresa.

Graças a Deus que a labrador de olhos fecais está aqui ou eu jogaria o cheesecake na porra da parede.

Finalmente Olhos Fecais se movimenta — *Gente, eu tenho taaanta coisa para fazer* —, e Nanicus olha para o telefone e solta um grande suspiro.

— Porcaria — ele diz. — Na verdade, não posso ir a Seattle, mesmo que você queira que eu vá. As garotas precisam de mim na loja.

Quase me sinto mal por ele quando você o empurra porta afora, pela forma como ele se refere à sua equipe de funcionárias como *as garotas*. Deve ser horrível sentir-se tão intimidado pelas mulheres, tão inseguro que precisa inventar fofoca. Ele não consegue nem me olhar nos olhos, apenas acena — *Talvez uma cerveja mais tarde?* —, e eu concordo e ele a manipula a dizer mais um *Obrigado* quando você dá a ele um pouco de lasanha para levar para a loja, como se não fosse ele que devesse estar agradecendo a *você*.

E então ele se vai. Você *tranca* a porta e volta para a mesa.

— Ele tem boas intenções — você diz. — Mas está fazendo uma corrida 5K por Phil e colocou um banner. Você viu?

Sim.

— Não.

— Espere — você diz, depois pega o telefone e digita. Você morde os lábios enquanto espera e, em seguida, relaxa os ombros. — Oi, Peg, ainda bem que te peguei em casa... Nomi está indo para aí... Ah, ela já chegou? Que bom. Tudo bem, só quero agradecer a vocês... Eu sei, mas ainda assim quero agradecer... Certo, está ótimo, obrigada, Peg. Deus te abençoe, Peg.

Eu me importo e faço a pergunta certa.

— Nomi chegou bem?

Você faz que sim.

— Ela ligou para eles da balsa... — Deveres de mãe cumpridos, agora você só quer ficar se queixando do *Nanicus*. — Então, o tal banner... Seamus colocou no banner o logotipo dos Narcóticos Anônimos numa fonte gigantesca e chamativa e isso realmente me irrita, como se tudo aquilo fosse para o Phil. E a Nancy... — Olhos Fecais. — Ela tem boas intenções, mas seus parentes fazem *tudo* por ela e pelos pais de Phil... que, aliás, nem telefonaram desde que voltaram para a Flórida... Eu sei que é chato demais ouvir isso.

— Não. Desabafe.

Você dá um gole no café.

— Eu não quero falar mal de todo mundo que conheço. Não são eles, realmente não são. Eu nem estou puta porque Melanda não ligou nem nada. Quando acabou, acabou. — Você suspira. — Acho que estou só cansada de gente.

Meu coração está acelerado e somos apenas nós dois e eu jogo minha linha para você, minha isca.

— Olha, eu entendo essa sensação de cansaço de gente, então se você quiser que eu vá embora...

Seus olhos sugam os meus, gatinhos mamando.

— Não — você diz. — Eu quero que você fique.

Eu faço o que você quiser. Eu fico. Mas não posso fazer um movimento. Você está de luto. Tenho sido cauteloso. Respeitoso. Nenhuma menção a

Fort Ward. Nada de conversa de Cama Vermelha. Eu sei que você o amava. Eu sei que o odiava. Eu sei que uma separação definitiva é impactante. E sei que a culpa está te comendo viva e que você precisa deixá-la sair.

Eu acaricio seus cabelos e deixo você chorar. Deixo você em paz. Eu faço o que nenhum de seus amigos deixa você fazer. Eu a apoio silenciosamente, totalmente, e assim você é capaz de chorar alto tudo o que tem para chorar, e quando seu telefone toca — toca insistentemente —, você vê que é seu pai e me diz que *talvez devesse* atender, mas não atende, não consegue. Ele se sente mal por não ter ido ao funeral, mas não pôde porque fez uma cirurgia nas costas. Você deixa cair na caixa postal e essa é a minha deixa, Mary Kay. Eu beijo sua mão.

— Vamos — eu digo. — Vamos lá para cima.

CONSEGUIMOS. Fizemos amor em seu leito conjugal e ficamos no seu quarto a maior parte das últimas vinte e quatro horas. Está divertido. Você se preocupa com meus gatos e eu conto sobre os comedouros automáticos que podem programar as refeições para eles e você me diz como sou *atencioso*, como sou *responsável*, e é assim que você se cura. É assim que você aprende a me amar em voz alta, sem se sentir culpada por isso.

Você puxa o edredom para cobrir nossas cabeças e eu sou o homem dos seus sonhos, sempre pronto para servir, e você é a mulher dos meus sonhos, levando minha mão às suas pernas, à sua Murakami. Quebramos as leis da física, viajamos no tempo e entramos no nosso futuro e eu te abraço sabendo que te abraçarei para sempre, que esta é a nossa pequena amostra do Para Sempre.

Beijo seu cabelo de raposa, cachos por todo o meu peito nu.

— Você quer um café?

Você passa a mão pelo meu cabelo e suspira.

— Você sabe ler meus pensamentos, Joe. Verdade.

Phil, que descanse em paz, nunca fez coisas boas para você. Nada de café da manhã na cama, nem mesmo a merda de uma xícara de café. Mas então você vê um dos sacos de lixo com a roupa dele e começa a chorar de novo, culpada.

— Eu sou a pior mulher do mundo, se alguém souber que você esteve aqui... Não podemos entrar de sola nisso. Você sabe que não pode estar aqui quando Nomi voltar.

— Eu sei. — Beijo sua cabeça, o homem mais paciente do mundo. — Você quer que eu leve esses sacos lá para baixo?

Você se afasta.

— Ei, vá devagar aí. — Você puxa as cobertas para cobrir parte do ombro, a pele que eu acabei de beijar. — Muito cedo, cedo demais.

— Desculpe, eu só estava tentando ajudar.

Você morde o lábio. Você não vai deixar o passado destruir nosso futuro.

— Eu sei, mas agora só quero mesmo café. E, desculpe, não quis ser agressiva com você.

Eu beijo o topo da sua cabeça.

— Não se preocupe comigo.

Coloquei a calça e a camisa — a Suricato realmente pode voltar a qualquer momento — e desci as escadas e mal posso esperar que você se livre desta casa, deste albatroz. Você está nervosa porque está aqui. Na sua cabeça, esta casa pertence ao seu marido morto. E eu entendo. Tudo ficará melhor quando tirarmos você deste lugar, quando minha casa se tornar *nossa* casa. Já posso nos ver no sofá, observando nossos gatos se lambendo sob as luzes de Natal que ficarão acesas o ano todo, acesas a qualquer hora. Eu te amo, Mary Kay, e abro o freezer com a lasanha que nunca vamos comer porque essa lasanha é como os sacos de lixo de Phil, como esta casa. Ela também precisa sair daqui.

Finalmente encontro a droga do café, fecho a porta e recuo.

Há um homem parado ali, olhando para mim como se *eu* fosse o intruso — foi Oliver que o mandou aqui? Seu rosto é familiar, mas ele é velho demais para ser irmão do Oliver e está usando um Rolex, então não é policial.

Ele rompe o silêncio.

— Quem é você, caralho?

Eu devolvo a merda da pergunta a ele.

— Quem é *você*, caralho? E como entrou aqui?

Ele olha a pia cheia de pratos sujos.

— Eu sou irmão do Phil. Tenho a chave — diz ele. Displicente. Frio. — E pelo visto você também tem uma, hein?

33

ESTE *life coach* medíocre e ausente começa a lavar os seus pratos como se fosse o dono da casa, como se as travessas não precisassem ficar de molho. Ele é uma versão puritana de Phil e eu quero que ele vá embora — nós não precisamos disso neste momento. Ouço você lá em cima. Você está se vestindo rápido, lavando o rosto e agora desce as escadas correndo. Está cheirando a sabonete. Você tirou o meu cheiro de você.

— Ivan — você diz, passando direto por mim, colocando os braços em volta de Phil Parte Dois. — Você está aqui.

Você deveria odiá-lo — ele não foi à merda do *funeral* —, mas não o odeia. Você é obsequiosa. Você agradece por ele ter lavado os pratos, como se eles ainda não estivessem com crostas, e se derrete por ele ter colocado detergente no recipiente da escova de limpeza — ora, *francamente* — e o trata como um gadget humano. Como se ele fosse o Sr. Faz-Tudo. Temos o iPhone, o iPad e agora temos o filho da puta do *iMan*.

Sim, seu cunhado Ivan é um *Ivan* clássico — metido, arrogante, *engomado* na parte de baixo e camiseta amassada por cima —, a peça que faltava no quebra-cabeça, *o tubarão dentro do tubarão de Phil*. Nariz mais bonito. Mais inteligente. Mais frio. Ele é apenas o *meio*-irmão de Phil — têm a mesma mãe —, e deveríamos estar falando dele, mas leva cerca de onze segundos para *Ivan* anunciar que está conseguindo *levar as coisas para o próximo nível* na sua "profissão de life-coaching". Parece palhaçada, mas você está ocupada idolatrando o cara, então procuro no Google e sim. É verdade. Ivan está conseguindo alguma atenção da imprensa e ele é "tendência" — esta palavra precisa morrer —, mas é óbvio que toda a sua "carreira" é impulsionada pelo desejo de ser um astro do rock como o irmão. Será que você pode parar de salivar por esse filho da puta e se lembrar dos fatos? Ele só apareceu *depois* do funeral do seu marido — que monstro —, e um *life coach* deveria ter compaixão, sem falar de botões na porra da camisa.

Mas olhe só você, ainda sendo tão simpática com ele! Vocês dois estão botando as novidades em dia, e estou em uma cadeira no canto da sua cozinha lendo sobre *Ivan*. A saúde mental das pessoas nos Estados Separados da América está uma bosta por causa de gente que nem ele. Ele fez um doutorado — é doutor, mas não conseguiria salvar a vida de alguém em um avião — e fez fortuna lubrificando as engrenagens da grande e diabólica indústria farmacêutica. E o que ele faz com tanto dinheiro extra? Ele cria uma ONG? Constrói uma *incubadora* para garantir que o futuro seja feminino? Não. Ele cria um site — bem, *paga* alguém para criá-lo — e se declara um *life coach*. Assisto a um videozinho legendado do sujeito "apresentando" sua "filosofia".

Vocês deram o primeiro passo. Estão aqui. Estou aqui para ajudá-las a dar o próximo passo. Estão prontas, senhoritas? Porque estou prestes a fazer a cabeça de vocês explodir. (Um olhar demorado e dramático.) *Não confiem nos seus sentimentos.* (Outro olhar demorado e ainda *mais* dramático.) *Sua vida toda disseram que vocês têm sentimentos. E se as pessoas que disseram que vocês são sentimentais dissessem que são inteligentes?* (Ele coloca um boné de beisebol onde se lê BONÉ PENSANTE e argh, ele fez produtos para a *lojinha*.) *Bem-vindas a um novo mundo onde vocês não confiam em seus sentimentos. Vocês os veem pelo que são: teias de aranha. Areia movediça. Tralha. Estou aqui para fazer vocês pensarem.*

Não é de admirar que ele tenha tão poucas visualizações e, mesmo assim, olhe só para você agora, enchendo a cafeteira de vinagre porque *ele* mandou. Como o irmão morto, ele traz à tona o que há de pior em você, então clico no *não gostei* da porra do vídeo e me concentro na performance dele aqui. O sujeito tem uma desculpa para tudo.

Por que ele não foi ao enterro? *Eu tinha mil e duzentos clientes com voos reservados e hotéis já pagos. Eu precisava estar lá.*

Não! Ele *pagou* para participar de um seminário sobre branding nas redes sociais para *life coaches* e não *precisava* estar lá.

Por que ele não apareceu na semana de condolências? Na recepção depois do funeral? *Tive uma reunião com o pessoal da revista* GQ *em Nova York. Implorei ao meu agente para me deixar fazer a reunião pelo telefone, mas eles queriam o combo todo, sessão de fotos, o fator X quando eu entrasse no saguão do Four Seasons, todas essas coisas de primeira.*

A matéria, na verdade, era para o *site* da *GQ*, só está disponível on-line e sinto muito, Ivan, mas você não teve *reunião* nenhuma. É um artigo sobre empresários aposentados que tiveram um "segundo ato" numa nova carreira. Ivan contratou um *assessor* depois que o irmão morreu e esse cara usou a merda do Phil DiMarco, que descanse em paz, para chamar a atenção da mídia para Ivan. Eu sou o mocinho aqui e Ivan é o bandido, um impostor filho da puta do tipo finja-até-conquistar. E repito: QUE TIPO DE LIFE COACH FALTA AO FUNERAL DO PRÓPRIO IRMÃO?

Ele baixa os olhos para o café que você entrega a ele. Ele baixa os olhos para você.

— É bom você não se culpar pelo que aconteceu, Emmy. Você sabe que não é sua culpa, né? Você sabe que não há nada que pudesse ter feito.

Não tenho *PhD em psicologia*, mas ele está projetando e você está bajulando-o. *Obrigada por todas aquelas flores, Ivan, elas realmente marcaram presença no funeral...* Eu me intrometo.

— Que irmão bom — digo. — Foi muita generosidade, considerando que você não pôde comparecer.

— Bem, eles eram meios-irmãos — você diz. — E Ivan vive tão ocupado em Denver...

Ele bate palmas e quase atinge o seu nariz.

— Pare com isso, Em. Não existe essa de meio-irmão. Ele era meu irmão caçula. Ponto final. — O telefone dele vibra. Ele sorri e vai até a porta de entrada, e nós dois o seguimos, como ovelhas.

Nomi está na rua, correndo mais rápido do que nunca.

Você fica perplexa.

— Ela disse que ia ficar em Seattle.

Ele se vangloria.

— Eu falei que estava aqui.

Esse cretino egoísta tirou Nomi de perto das pessoas que a amam de verdade, e ela o abraça. Ele diz que ela já está tão adulta, e eu não gosto daquele Rolex escorregando pelo pulso dele para cima e para baixo, de modo que ninguém se esqueça de que está lá.

— E então? — diz ele. — Para onde vamos no outono?

Ivan está com o braço em volta de Nomi e eles estão entrando em casa. Devo ficar? Devo ir embora? Você acena para mim — *venha* —, então te sigo, mas está tudo errado. Tenho mais sintonia com essa família do que esse Ivan Atrasado, mas é para ele que Nomi está contando, toda animada, sobre a Universidade de Nova York.

— Você vai adorar Nova York — eu me intrometo.

Estamos todos de volta à cozinha e há um silêncio constrangedor.

Ivan olha para você, não para mim.

— Desculpe, MK... mas quem é esse cara?

Você esfrega a clavícula como costuma fazer quando um Naftalina pede ajuda com a porra de um cartão eletrônico, e Nomi responde à pergunta.

— Joe é voluntário na biblioteca. E é de Nova York, então é claro que vai ser fã da Universidade de Nova York. — Ela arranca um naco de pão e ri. — Ele também tem três gatos.

Não preciso que Ivan saiba sobre os *nossos* gatos, e fui um mentor para Nomi. Eu a escutava falar sobre livros. Eu a ajudei a descobrir como é gratificante ajudar os "velhos", e é assim que ela me retribui? Você deixa o clima mais leve servindo café, e são vocês três, e eu sou só um, e não posso nem ficar bravo por você não ter contado a Ivan que sou seu namorado porque... Ah, é verdade.

Nosso amor é um segredo. Nomi também não sabe. Ela acha que eu sou um fracassado que nem o Nanicus.

Você abre o freezer para pegar comida e Ivan bate palmas de novo. Você e a Suricato ficam imóveis como se estivessem na porra de uma aula de improvisação e ele fosse o professor.

— Regra número um — diz ele. — Essa comida vai para o lixo. Foi algo que outras pessoas precisaram fazer para expressar suas condolências. Mas essa comida não é para vocês comerem, garotas. — "*Garotas.*" Ele é apenas mais um babaca inseguro, a merda de um Nanicus alto. — Regra número dois — diz ele, de pé agora, arregaçando as mangas como se estivesse prestes a abraçar um bebê em uma convenção política. — A mesma lógica se aplica às coisas do Phil.

— Ivan — digo. — Não faz isso.

Você não olha para mim. Seus olhos estão colados em Ivan, que coloca as mãos nos seus ombros.

— Emmy, eu te conheço... Acredite em mim quando digo que a morte faz parte da vida. Somos animais e temos que seguir em frente. Seus sentimentos são intensos. Mas sentimentos não são reais. — Ele aponta para a própria cabeça, e eu só queria que o dedo dele fosse uma arma. — Precisamos usar a cabeça para nos proteger dos impulsos espontâneos e *reacionários* de nossos corações.

A palavra certa é *reativos*, e ele está falando de mim, Mary Kay. É como se ele quisesse me pegar e me enfiar num dos malditos sacos de lixo de Phil, que descanse em paz, mas ele está errado. Seus sentimentos por mim não são uma *reação* àquele rato morto — estamos nos apaixonando há meses

—, mas o que você faz? Diz a ele que tem razão e que vai juntar as coisas do Phil *hoje*. Quando eu me ofereci para me livrar daqueles malditos sacos de lixo há menos de uma hora, você só faltou arrancar a minha cabeça a mordidas. Vocês estão todos se abraçando, e eu bem que poderia voltar à floresta e pegar a trilha. Minha cadeira range quando me levanto.

— Acho que vou indo.

Você mantém a cabeça onde não posso ver, enterrada no peito de Ivan, e sua voz soa abafada — *Obrigada, Joe*. Ivan dá um tapinha nas costas de vocês duas e se oferece para me acompanhar como se estivesse na casa dele. Você e a Suricato se escondem na cozinha e ele abre a porta antes que eu consiga pegar a maçaneta.

— Obrigado por ajudar por aqui... — A voz se reduz a um sussurro. — Mas nós dois sabemos que uma mulher recém-enviuvada precisa de um tempo sozinha.

— É claro. Só vim ajudá-la com algumas coisas da casa.

Ele me encara por um longo momento. A porra da minha camisa está do avesso. Será que ele ainda sente o seu cheiro em mim?

— Bem — ele diz. — É por isso que sinto tanta falta deste lugar, por toda essa generosidade...

Eu saio e não há nada que possa fazer, porque a presença dele não muda nada — nosso amor é um segredo, está cedo demais —, mas ao mesmo tempo muda tudo. Nada de ficar de preguiça na cama comigo. Nada de superar o luto da maneira correta, atrás de portas fechadas, comigo. Neste momento você está naquela casa, regredindo a 150 km por hora, fazendo o seu teatrinho de viúva respeitável para o irmão ausente do seu marido morto. Você era a musa do Phil, e isso era um problema, mas agora é pior, Mary Kay. Agora é você que está no palco.

34

UM dia se passa. Nenhuma palavra sua. Compro um violino para Oliver. Minka está tendo aulas.

Outro dia se passa. Nenhuma palavra sua. Compro a porra de um *piano* para Oliver. Minka não gostou do violino.

Outro dia se passa. Nenhuma palavra sua. Tenho um ataque com Oliver quando ele liga, e ri.

— Eu sei — diz. — Mas tem um Casio na 1stdibs. É supervintage, anos 1980, meu amigo. A gente não precisa aprender a tocar. É intuitivo... ou alguma coisa assim. Seja como for, queremos.

Compro o Casio *não* intuitivo para Oliver — será que verei você de novo? —, e minha campainha toca. Sim! Você! Corro até a porta, abro, e não. Ivan. Eu queria não estar de moletom e queria que Riffic fosse um maldito rottweiler.

Ivan ri dos meus gatos.

— Desculpe por aparecer sem avisar.

— Não tem problema. Quer entrar? — *Para que eu possa trancá-lo no meu porão?*

— Na verdade, Nomi mencionou que você mora aqui... — Nomi. Não você. — E eu sei como você foi prestativo na semana passada... — Alguém tinha que ser, seu merda. — Eu queria te convidar para cear conosco hoje à noite. É o mínimo que podemos fazer para agradecer por ser um vizinho tão bom.

A palavra certa é namorado, *seu babaca, e é melhor ele não te contar sobre a minha calça de moletom cheia de pelos de gato.*

— Fico sempre feliz em poder ajudar, e agradeço pelo convite, mas não precisa. Não quero me intrometer.

— Não seja ridículo. — Ele me diz que a gente se vê às seis. Quando começo a fechar a porta, ele estala os dedos.

— Ah, outra coisa — ele diz. — Sinta-se à vontade para levar a sua *parceira*, se tiver uma...

Odeio a palavra *parceira*. Imagino Rachael Ray atirando uma de suas facas no meio do peito dele e sorrio.

— Obrigado — digo. — Mas sou só eu.

Algumas horas depois, você me liga, escondida na garagem, sussurrando, como se *você* fosse hóspede na casa dele. Você diz que *lamenta tanto* pelo *sumiço* e que é tudo *tão complicado*.

— É que Ivan e Phil não tinham o melhor relacionamento do mundo, e acho que você acabou preso no meio de uma história antiga.

— Mary Kay, vou dizer o que sempre digo. Não se preocupe comigo. Mesmo.

Você me manda um beijo, mas ouço Ivan em sua voz e é muito melhor na minha casa, sem nenhum *Ivan* nos atrapalhando. Desço para o meu Quarto dos Sussurros no porão para me preparar para a *ceia* (ou seja, para pesquisar melhor o tio Ivan), e eis a minha conclusão, Mary Kay.

Ele não é um *life coach*. Ele é um aspirante a líder de culto.

Ele bate palmas e as mulheres param de falar. Essas mulheres *pagam* pelo "coaching" autoritário dele. O homem é um charlatão. Mas sejamos francos, Mary Kay. Ele é um cara mau, e esse é o problema da porra da internet. Graças ao assessor dele, as mulheres estão *assistindo* aos seus vídeos, e a cada hora ele tem mais seguidoras e "convertidas" do que antes. Não atrapalha nada o fato de ele não ser um cara feio que impõe uma regra de tolerância zero — isso é tão culto — e encara a câmera dizendo às mulheres o que elas querem ouvir, o que todos nós queremos ouvir: *Vocês merecem coisa melhor.*

Não, Ivan. A maioria das pessoas é péssima e não merece nada melhor, e eu gostaria que Phil, que descanse em paz, voltasse dos mortos para que eu pudesse dizer a ele que entendo demais, *cara*. Se esse sujeito fosse meu irmão — Deus me livre —, mesmo meio-irmão, eu estaria me drogando e cantando músicas de tubarão também.

Ivan também é viciado no Instagram — mulheres que adoram caras do tipo do Ivan também adoram o Instagram. Aqui está um post recente dele, uma foto de uma BMW vintage na garagem da casa de veraneio dos pais dele em Manzanita. A legenda é sexista, dirigida a você: *Bom estar em casa, baby. Senti sua falta.*

Você não é um automóvel. Ele estudou em Yale, e tem coisa pior do que um homem de 49 anos que ainda se apresenta com o nome da universidade que o aceitou antes que ele pudesse legalmente comprar cerveja? Ivan não é famoso (por enquanto). Ele não é a merda do John Stamos. Três anos atrás, estava voando de uma bolha autofabricada para outra, falando para "multidões" — truques fotográficos — de mulheres que o cercavam nos bares do saguão de vários hotéis Marriott em todo o país. E este ano, antes mesmo de seu marido morrer, Ivan encontrou a porra do nicho e a mentira está se tornando verdade.

Não dava para um sujeito se tornar um Ivan tão fácil assim vinte anos atrás — vá se foder, internet, vão se foder, imagens. Visto seu suéter preto favorito e sei que consigo fazer isso. Seu cunhado não inventou a propaganda enganosa, e eu consigo fingir simpatia com ele.

E se não conseguir, posso... bem, não, não posso.

Dobro a esquina, pego a trilha e lá está Ivan no seu deque, colocando carvão na churrasqueira. Ergo minha garrafa de vodca Bainbridge e ele acena o pegador de carne, mais comprido do que minha garrafa, e olha para a minha vodca.

— Uau — ele diz. — Bebida forte no meio da semana. Credo. A gente não vê muitas bebidas fortes na terra do vinho. — Não estamos na *terra do vinho* e você gosta de vodca e está escrito BAINBRIDGE na garrafa. — Eu não bebo essas coisas. É como dizem: entra como perfume, sai como esgoto.

É muito raro eu nocautear alguém com um *na verdade*, mas faço isso agora.

— Na verdade, Ivan, dizem isso de champanhe. Não de vodca.

Ele não engole o fato de estar errado, embora estivesse, e então suspira.

— Quando você disse que se mudou para cá?

— Eu não disse. — Pausa para um efeito dramático. — Uns meses atrás.

Ele quer fazer mais perguntas, mas aí você aparece com um vestido de verão vermelho da cor da Cama Vermelha e dou de ombros, todo hóspede afável, mudando de assunto, e você mantém distância de mim, mas Ivan observa, avaliando nossa linguagem corporal como o pervertido de carteirinha que é. Você serve vinho, Nomi coloca uma tábua de queijos no meio da mesa e Ivan começa a contar uma história longa e chata, do tipo você-tinha-que-ter-visto, sobre a vez em que você, ele e o seu rato fizeram um concurso de quem comia mais azeitonas. Ivan aponta para mim.

— Vá em frente, Joe. Coma uma azeitona.

Este não é o seu estilo, MK. Eu já vi sua sitcom e te conheço. Você não é uma gourmand. Você se empanturra de Tostitos na cama e deixa o salmão queimar de frio no freezer. Então pego um pedaço de queijo branco.

— Esta é uma bela tábua de *charcuterie*.

— Muito bem — diz ele, batendo palmas como se estivéssemos numa reunião dos Narcóticos Anônimos. — Muitas pessoas não conseguem pronunciar essa palavra... — Como se fosse surpreendente que *eu conseguisse*. — Você não gosta de azeitonas, Joe?

Eu detesto azeitonas, mas coloco uma na boca — eu e você temos que ficar juntos —, meu corpo se retesa e todos riem de mim. Ele me passa um guardanapo.

— Apenas cuspa. Faça como quiser, Joe.

Você morde o lábio e bebe mais vinho. Nomi abre seu *Columbine* e começa a contar ao *tio Ivan* sobre o livro, e Ivan *conhece* a mãe de Dylan Klebold, conheceu a mulher em um *almoço de editores* num restaurante. Ele diz que adora aquele aplicativo que é *resy* — *Resy* é o nome do app, não um adjetivo, seu idiota — e nos mostra um e-mail de confirmação que começa com uma validação vazia: *Você é popular*.

Eu sei que você está tão enojada quanto eu, então dou uma risada.

— Imagine levar isso para o lado pessoal.

Você não ri — não pode, nosso amor é um segredo —, e Ivan guarda o telefone. Nomi pula da cadeira — ela precisa fazer xixi e diz isso, como garotas da idade dela fazem —, e agora somos apenas nós. Adultos.

— Então — Ivan diz, como se ele fosse seu pai e eu quisesse te levar ao baile. — Emmy me disse que você é um voluntário.

Ele ficou tão feliz em usar a palavra *voluntário*, então conto a ele sobre meus negócios no ramo dos livros, e ele é Tom Brokaw e eu sou o terrorista. Ele me dá um tapinha nas costas.

— Não fique tão constrangido, cara.

Não estou *constrangido*, mas permaneço calmo. Ele diz que estava pensando em escrever um livro — não estamos todos, Ivan? —, mas decidiu fazer um site em vez disso. *Sim, Ivan, porque você nunca seria capaz de escrever a porra de um livro*. Você está bebendo demais, rápido demais, e elogia as azeitonas e pergunta onde ele as comprou — VOCÊ NÃO DÁ A MÍNIMA PARA A MERDA DAS AZEITONAS E VOCÊ NEM GOSTA DE AZEITONAS —, para depois lavar o sabor forte que elas deixam na boca com mais vinho.

— Desculpe — você diz. — É que vêm umas ondas... Não *acredito* que Phil se foi.

Assim está melhor, Mary Kay. Você não precisa agradar a este homem e elogiar a porra da tábua de queijos dele. Você acabou de perder o seu *marido*.

Ele concorda.

— É normal sentir essas ondas, Emmy. Domine-as. Aguente firme.

Ele diz isso como se fosse um *insight* do caralho e em seguida aponta os holofotes para mim novamente, me colocando na berlinda.

— Então, Joe, qual é a sua visão sobre tudo isso?

Não vou *polemizar* sobre a sua vida porque você é um ser humano, não um problema a ser discutido.

— Acho que essas semanas foram bem difíceis para a família...

Família da qual Ivan não faz parte. Nomi abre a porta de tela e olha para a mesa.

— Espera aí — ela diz. — Mãe, você contou a ele?

Você esfrega a testa.

— Nomi...

— Tio Ivan, você sabia que a mamãe e o papai iam se divorciar?

Ivan franze a testa.

— Não. Emmy, é verdade?

Você tosse.

— Nomi, é um pouco mais complicado do que isso. Não vamos entrar nesse assunto, ok?

— Por que não? — ela diz. — Ele estava dormindo no sofá há duas semanas, não é?

Eu deveria ter ficado em casa. Você bate com o prato na mesa e marcha para dentro de casa e ordena que Nomi a acompanhe. Ivan faz um gesto para que eu o acompanhe.

— Joe, você come cordeiro?

Nego com a cabeça. Ele quer saber se é por razões políticas, e eu rio dele.

— Eu simplesmente não gosto do sabor.

Ele coloca um pernil de cordeiro na grelha da churrasqueira e, lá dentro, você e a Suricato estão gritando. Eu só ouço alguns fragmentos — ela diz que você partiu o coração dele, você diz que *ele* queria abandonar *você* —, e Ivan fecha a tampa da churrasqueira.

— Você não chegou a conhecer meu irmão, não é?

Eu concordo. Ele abre a tampa da churrasqueira e vira o cordeiro indefeso e tudo que eu quero é mandar esse cara se foder.

— É uma pena — diz ele. — Ele não era perfeito... mas era um cara legal. Emmy e Nomi, elas eram *tudo* para ele... — Não é verdade. — Joe — diz. — Não quero me intrometer... — Mentiroso. — Mas qual é exatamente a sua relação com Mary Kay?

— Ivan, olha, acho que começamos com o pé errado. Eu moro superperto, as coisas ficaram *péssimas*... Você pode imaginar o quanto, com Nomi encontrando o pai morto... Mary Kay *em estado de choque*.

Uma pessoa normal deixaria a bomba da culpa atingi-lo, mas Ivan apenas vira o pernil.

— Deve ser difícil para você agora... sua namorada se sentindo tão culpada por trair o marido...

— Espere aí, Ivan. Não é isso que está acontecendo.

— Fica calmo — ele diz. — Não estou aqui para julgar. Eu vejo a culpa comendo você vivo...

Eu nunca disse que me sentia culpado. Novamente ele vira o pernil do cordeiro inocente, e sinto falta do silêncio dos *nossos* inocentes. Não sei dizer se você e Nomi estão brigando ou se reconciliando, ele me chama de o *mais recente adotado de Mary Kay, outro órfão da biblioteca*, e eu não sou seu projeto, nós cuidamos *um do outro*, você está chorando, a Suricato está chorando, e eu quero entrar e te ajudar, mas não posso. Ivan joga pedaços do inocente cordeiro morto em uma bandeja. Ele é o tubarão dentro do tubarão de Phil circulando, encontrando alguém novo: eu.

— Vou facilitar as coisas para você — diz ele com um sorriso. — Nós vamos comer cordeiro. Você não gosta de cordeiro. Por que não vai para casa?

DOIS dias depois, e ainda não sei de você.

Meus gatos não saem de cima de mim. Eles sentem a minha dor, e eu também sinto a sua. Você está de luto. Você e Nomi precisam se curar e nosso amor é um segredo e meu ódio por Ivan é um segredo — eu não a sobrecarregaria com minhas opiniões agora —, mas o tempo está passando. Você está se aninhando com outro homem e eu estou sozinho. Oliver voltou para Los Angeles para ver Minka e está me importunando por causa de *Jesus Is My Homeboy*, de David LaChapelle, que custa trinta e cinco *mil* dólares. Eu compro — ai — e ele diz que virá me ver na *Ilha da Menopausa* em breve, mas quando eu vou te ver?

Ivan está ficando na sua casa e te atraindo para a seita dele, e nem posso te culpar por isso porque você perdeu a porra do seu marido e a sua filha encontrou o próprio pai caído no chão.

Morto.

Vocês são as duas mulheres mais vulneráveis do mundo, e homens como Ivan... é isso o que eles fazem. Caçam mulheres como vocês. Nomi compartilha muitas fotos de Denver, a cidade que Ivan chama de lar, e você não me liga. Só me manda perguntas por mensagem de *texto*, e ouço a voz de Ivan em sua voz.

Você, infectada por Ivan: *Pergunta. Como você se interessou por livros raros?*

Eu: *Trabalhei numa livraria em Nova York. Meu mentor era incrível. Levei anos para construir contatos e aprender a ler um livro, para identificar os falsos. Meus olhos estão sempre cansados!*

Você não diz nada. Não ri da minha piada. Mas leia nas entrelinhas, Mary Kay. *Trabalhei* duro para conquistar meu lugar neste mundo. Não comprei meu ingresso como *certas* pessoas.

Você, infectada por Ivan: *Pergunta. Por que você não tem um site?*

Eu te acalmo — *Meu trabalho é totalmente orgânico, as pessoas falam de mim para outras pessoas* —, e você está ficando fria comigo — *Obrigada* —, compartilhando fotos das *batatas fritas caseiras de Ivan feitas com gordura de pato*. Sua mente está se transformando em gordura de pato, é claro que ele sabe cozinhar, Mary Kay. Todo filho da puta sórdido desse tipo aprende alguns pratos para parecer um *partidão* e você não é uma mulher que vive on-line, mas aí está você no Instagram, estragando sua marca livre e sem grife falando sobre... *ele*.

Você não está enlouquecendo. Você está a caminho da sanidade. @IvanKing #PalavrasdeSabedoria

Você não está *a caminho da sanidade*. Você está enlouquecendo. Nomi também:

Denver aqui vou eu! #ACaminhodaSanidade

Essa é uma decisão importante — ela tem que estudar em Nova York —, e eu não deveria descobrir sobre as grandes decisões da nossa família em formação pelo *Instagram*.

Oliver me interrompe com uma DM: *Instagram faz mal para sua saúde mental. PSC.*

Ele não deveria *saber* que estou on-line, mas invadiu minha conta e alterou minhas configurações, então mudo minha senha — vai tomar no cu, Oliver — e deixo passar duas horas, como se eu fosse a porra de uma criança com pais paranoicos e autoritários.

Volto ao Instagram e Ivan andou ocupado. Há uma foto de vocês três com bonés de beisebol novos combinandinho na balsa para Seattle.

Adeus, bonés sentimentais. Bem-vindos, bonés pensantes. #FamíliaÉTudo

Pego o *meu* chapéu — vai se foder, Ivan — e saio de casa. Família é tudo, Mary Kay. Mas ele não é a sua família. Eu sou. E é hora de ajudá-la a se lembrar disso.

35

VOU a pé até a Pegasus. É um país livre, a ilha é pequena, então continuo caminhando, como às vezes as pessoas fazem. Viro na sua rua, atravesso seu jardim — somos *amigos*, podemos dar uma passadinha na casa um do outro — e depois entro pela porta lateral — você não trancou, *tsc-tsc* —, jogo meu copo de café na sua lixeira de reciclagem onde estão todos os outros copos da Pegasus, subo as escadas e entro no seu quarto. Respiro fundo. Tudo certo. É uma boa notícia. Você não está dormindo com Ivan. Eu sentiria o cheiro dele.

Mas há algo que você não está me contando, e eu pego um de seus sacos de lixo. Meu telefone vibra e é como um choque elétrico no meu sistema nervoso — me deixa em paz, Oliver —, mas não é Oliver. É a porra do Nanicus — *quer correr?* — e não, seu idiota, eu não quero correr. Digo a ele que já *fui* correr hoje e ele me chama de cagão. Coloco meu telefone de volta no bolso e pego um saco de lixo. Este não é macio como os outros porque está cheio de diários. É hora de saber o que você *realmente* pensa de Ivan. Eu deito na sua cama. Tem diários pra cacete aqui, em quase todos você se culpando por não ser uma boa mãe, não ser uma boa esposa, desejando que Melanda encontrasse alguém, desejando que você tivesse ido embora quando teve a chance. Não posso ficar aqui o dia todo e você é uma *raposa*, você é astuta, então pego um bloco amarelo com listas de compras e anotações. Meu coração acelera. Viro as páginas. E claro, depois de vinte e três páginas do bloco de anotações, encontro o diário *verdadeiro*, o que não tem a merda de um pôr do sol na capa. Aquele em que você usa um lápis em vez de caneta.

- sapatilhas de balé Nomi?
- terapeuta Phil ou terapeuta de casais
- lavagem a seco

Ai, meu Deus, eu vou para o inferno e vai ser apenas um jardim das oliveiras. Apenas azeitonas. Alguma coisa mudou. Ele me deu uma azeitona... e eu dormi com ele. Será que sou um monstro? Eu me sinto tão atraída por ele e ele é tão controlado e, ah, Deus, eu sou um monstro. Quero tanto ele. Mas não você não pode fazer isso na vida. Não pode deixar seu marido pelo irmão dele, mas eles são meios-irmãos e, meu Deus, o que há de errado comigo? Eu quero azeitonas. Eu quero Ivan.

-inhames, salmão, batatas chips, coca diet

Não havia nada de errado com você, Mary Kay. Você era jovem, casada com um homem desequilibrado.

Dois dias depois, você usou um lápis de ponta mais fina, e meus olhos agradecem por isso.

- devolver sapatilhas de balé
- LAVAGEM A SECO
- picles, pizza congelada, aquele macarrão com queijo que Nomi gosta

Bem, é isso. Grande notícia! Não sou boa o bastante para Ivan. AHAH surpresa do século, não é? Sim, eu me atirei pra cima dele, tão esperta, tão esperta, MK! E ele me disse que nunca daria certo e sim, vai mesmo atrás do melhor aluno da turma, sua puta. Bem feito. E agora... se Phil algum dia descobrir... Olha, bom trabalho, MK. Tenho certeza de que posso escolher.

- corte de cabelo?

Meu coração dói por Phil, que descanse em paz, e fecho o seu diário secreto. Então é por isso que Ivan consegue te controlar. Você dormiu com ele. Mas não importa o que você fez. Era jovem. Todos nós já fomos jovens.

Deixo sua cama, ligo seu computador — ele é antigo e grande, e a senha é previsível: LADYMARYKAY — e abro seu e-mail. No quarto dia de cada mês, durante os últimos anos, você escreveu para ele:

Querido Ivan,
Um dia vamos te pagar o que devemos. Eu sei como isso soa. Mas falo sério.
Com amor,
MK

E no quinto dia de cada mês, Ivan responde a você:

Querida Mary Kay,
   Somos uma família. Fico feliz em ajudar.
Com amor, Ivan

Eu mergulho no caos financeiro da vida de vocês. Phil detonou os royalties e o fundo fiduciário dele — ele não gostava de trabalhar —, mas Ivan foi inteligente. Não desperdiçava, era careta. Os pais deles cortaram a mesada, e você e seu rato eram clientes regulares do Banco de Ivan, e a casa, na verdade, não é sua. É o nome dele que está na hipoteca.

Sua casa cheia a lírios mortos e ao suor de Ivan. Meu telefone vibra e quero que seja você, mas é Oliver: *De olho em você, meu amigo. Não estou gostando do que vejo...*

OS dias passam e você piora e realmente está numa seita. Vou para a Pegasus no início da manhã e espero por você — estou lendo *The Girls* e mal posso esperar para dizer a palavra SEITA para você. Enfim, você entra na cafeteria. Mas não fica contente em me ver.

— Joe, estou com pressa.

Eu fecho o livro.

— Tudo bem — digo. — Mas você já leu esse?

Você nega com a cabeça e não pergunta sobre mim ou meus malditos gatos e é como se você nem mesmo *ouvisse* Bob Dylan tocando ao fundo. Você apenas aponta para o balcão.

— Eu realmente preciso ir... Sei que você talvez queira conversar, mas eu só...

— Entendo.

— Temos companhia e está uma loucura lá em casa.

Essa é a palavra certa, Mary Kay: *loucura*.

— Ei — digo. — Só uma coisa, rapidinho... como está Nomi? Eu espero que ela esteja bem. As primeiras semanas são difíceis...

Já sei que Nomi está com problemas. Ela disse a todo mundo no Instagram que vai tirar a porra de um ano sabático e que *vai deixar a Universidade de Nova York de lado* por enquanto para fazer um estágio com o *tio Ivan* em Denver. A hashtag me deixou nauseado: *#EscuteSuaMente*

Mas você não me fala sobre a má decisão de Nomi. Você mal me olha nos olhos.

— Isso é gentil da sua parte — você diz. — E prometo que estamos bem. Aguentando firme. Tudo está sob controle.

Sim, Mary Kay. Ivan está controlando você e ele está controlando a Suricato. Você compra três lattes — nenhum para mim — e sai com um aceno assexuado — *Tchau, Joe!* — e aquele tubarão está se movendo rápido e a Suricato está à deriva. Tecnicamente, ela é uma "adulta", mas é uma jovem de dezoito anos e precisa de alguém para lhe dizer que você não toma decisões importantes quando está de luto. O iPhone matou o romance e nos transformou em stalkers preguiçosos e desagradáveis, e agora Ivan, o iMan, está nos matando.

TRÊS dias depois, é como se você tivesse ido para o lado sombrio. Eu realmente *não existo* para você. Não saio. Oliver está tão "preocupado" comigo que me mandou a porra de um cheesecake pelo Postmates, como se um cheesecake compensasse os milhares de dólares que gastei com ele.

Eu tenho tocado "Hallelujah" sem parar, tentando te odiar, tentando pensar em você como a mulher que trepou com o marido bem na minha frente, a filha da puta semiarrependida que transou com o irmão do marido e não entendeu quando a melhor amiga estava dando para seu marido. Estou tentando aceitar que algo nesses homens afeta você. Seu rato morre e você imediatamente se apoia no irmão do rato. Você passou por uma lavagem cerebral e eu sei disso. Eu sei. Mas não consigo parar de pensar em você. Não consigo parar de te amar.

Então te mando uma mensagem: *oi*

Você me manda uma mensagem: *oi*

Eu te mando outra mensagem: *é ruim se eu disser que sinto saudade?*

Você não me responde e onze longos minutos se passam — ah, foda-se, relógio —, e eu sou o homem mais burro do planeta e talvez devesse matar seu *meio*-cunhado porque um homem tão burro quanto eu merece apodrecer na prisão por ser burro.

E alguém bate na minha porta e é você.

— Olá.

Você está usando um vestido largo que nunca vi e é branco estilo seita.

— Oi — eu digo. — Pode entrar.

Você entra em silêncio e não percebe a música e não dá seu sorriso de raposa e não chora suas lágrimas de raposa. Está com os olhos mortos. Está aqui, mas não sei quem você é e você não quer se sentar no meu sofá Cama Vermelha e agora seus lábios estão se movendo. Eu sigo seu olhar.

— Mary Kay, você... você por acaso está contando quantas coisas vermelhas tem aqui?

— Bem, tem vermelho demais, Joe. Isso é para transformar a sua casa numa Cama Vermelha?

Sim.

— Não, eu só gosto de vermelho.

Você assente. Ainda está aí dentro e sabe quando estou mentindo e me diz que isso diz muito sobre mim, e diz mesmo. Mas então você franze os lábios.

— Você não pode deixar o mundo vermelho. Isso é muito agressivo da sua parte, Joe. E arrogante.

— Nossa — digo. — De onde você tirou isso?

Você dá de ombros. E eu sei de onde saiu isso. Você ouviu a *opinião* de Ivan sobre nós.

— Olha — digo. — Eu sei que você está passando por um inferno, mas por favor. Sou eu. Eu amo você.

Você fecha os olhos.

— Não diga que me ama, Joe. Isso é apenas uma sensação física. É só um sentimento.

Eu reconheço que você está em uma seita e que não é sua culpa. A seita apareceu na sua porta e se mudou para a merda da sua casa, e você deve *dinheiro* para o líder da seita. Mas você está aí, em algum lugar, e tenho que tentar entrar em contato com você.

— Não me leve a mal, Mary Kay, mas como vai aquele Jim Jones?

— Como é que é?

E lá vai você, defendendo aquele monstro que está *apenas cuidando de você* e eu nunca deveria ter trazido ele para a conversa. Você está se escondendo de mim ao falar dele. Você me diz que sabe que não *tive a intenção* de me aproveitar de você, e é aí que eu fico de pé.

— Eu *não* me aproveitei de você, Mary Kay.

— Ah, não? Você não ficou na minha casa sabendo que eu estava frágil, que o meu *marido* tinha acabado de morrer? Você não apareceu *sem avisar* com papel higiênico e esperou que todos fossem embora e não me impediu de ficar sozinha para controlar meus sentimentos e colocar meu boné pensante? Você não fez isso? Nada disso?

— Mary Kay...

— Porque do jeito que *eu* vejo... — E com *eu* leia-se *Ivan*, e ele é pior do que o falecido Steve Jobs e sua implacável determinação de ser proprietário do pronome pessoal mais importante do mundo: *eu*, aquele que faz você ser *você*. — Bem, Joe... — Você nunca fala assim. — Eu não vim aqui para brigar com você... — Veio, sim. — Eu não vim aqui para me explicar para você... —

Veio, sim. — Eu vim aqui para responsabilizá-lo por seu comportamento, seu comportamento que foi muito prejudicial para mim, seu comportamento que, quer tenha sido sua intenção ou não, me tirou do rumo.

O Quarto dos Sussurros está logo ali, no andar debaixo, e você está em uma seita e não está comendo o suficiente — Ivan está deixando você faminta, é parte da lavagem cerebral —, e eu quero ajudá-la, salvá-la. Quero abraçá-la, e você se levanta.

— Não sou obrigada a ouvir o que você tem a me dizer porque não é minha função cuidar de você... — É, sim. Nós cuidamos um do outro. — E, sim, eu tenho sentimentos por você... mas não podemos confiar em nossos sentimentos.

— Mary Kay, você está ouvindo o que está dizendo? Esta não é você. É *ele*.

— E você não gosta dele.

Não vou mentir para você e não posso mentir para você, então não digo uma palavra. Você olha para o seu vestido branco de seita.

— Bem, eu vou deixar você processar suas emoções e fazer por você o que você não fez por mim. Vou te dar espaço para reconhecer seus sentimentos sobre a dissolução deste relacionamento.

— Mary Kay, o que você está tentando dizer?

Eu sei muito bem o que você está tentando dizer, mas talvez se eu forçar você a dizer, você mude de ideia.

— Você sabe o que eu estou dizendo.

— Não — insisto. — Não sei.

Você ignora um dos meus gatos quando ele te marca como território e fica tensa comigo, com meus gatos, nossos gatos.

— Acabou, Joe.

— Então você quer terminar comigo.

— Não. As pessoas precisam estar em um relacionamento sério para haver um término... — Para mim era um relacionamento sério. Para mim *é* um relacionamento sério. — Eu estava em uma névoa... — Você está em uma névoa *agora*. — E Phil poderia estar vivo se nós não estivéssemos... — Você faz parecer que fui eu que plantei a porra das sementes de papoula, e enxuga uma lágrima. A névoa fica mais espessa. Você estremece quando dou um passo na sua direção e seus canais lacrimais ficam bloqueados. — Não — declara. — Acabou.

Ivan ganhou a sua cabeça. Ele reconfigurou o seu coração. Eu não posso desistir. Digo que não tem que ser assim e lembro a você há quanto tempo nos conhecemos, o quanto trabalhamos para chegar até aqui. Você bufa.

— Ééé — você diz, e você não é a marionete de Ivan e eu gostaria que fosse, mas não, esta é você, a mulher que eu conheço. — Você disse isso, Joe. E nós realmente estragamos tudo. Mas não quero discutir isso com você. — Você franze os lábios. — E não adianta...

Dou um passo na sua direção e você dá um passo para trás.

— Estou me mudando — diz.

— Você *o quê?* — Não não não não *não*.

— Colocamos a casa à venda.

NÃO NÃO NÃO NÃO NÃO. Sua insanidade era para ser *temporária*.

— Mary Kay, por favor. Calma aí. Você não pode estar me dizendo que quer se mudar. Não com ele.

— Acabei de te dizer.

— Só um minuto. Isso parece um pouco injusto, Mary Kay. Eu *amo* você. Você sabe disso. Você disse que me amava.

E agora finalmente você olha nos meus olhos.

— Eu te disse, Joe. Aquele dia nunca aconteceu.

Aquele foi o melhor dia da minha vida — tenho as Polaroids para provar isso —, e você me interrompe quando tento argumentar.

— Eu agradeceria se você respeitasse meus sentimentos e não me procurasse. — Você pega a maçaneta. Você a aperta. — Adeus, Joe. Boa sorte.

Você fecha a minha porta — não bate —, e eu ando até a janela e espero que você olhe para trás — a mulher sempre olha para quem ama —, mas você não faz isso, Mary Kay. Você não me ama mais.

36

NA tranquilidade do meu Quarto dos Sussurros, e seguindo a grande tradição de tantos autores nesta ilha, eu abro o Microsoft Word e o Chrome, porque os antigos provérbios são verdadeiros: escreve sobre o que conhece e conhece o teu inimigo, especialmente se vais escrever sobre ele.

Abro a cabeça — ai — e vejo um vídeo de uma das recém-convertidas de Ivan — possivelmente uma atriz paga, na verdade vamos dizer *provavelmente* —, que está usando seu boné pensante e energizada. "Ivan deveria ser o maior *life coach* do planeta", diz ela. "Ele mudou tudo para mim. Chega de música pop, chega de Air Supply quando estou de TPM e chega de filmes melosos. Ivan me ensinou a parar de mergulhar nos meus sentimentos e começar a seguir a minha mente."

Eu desencavo a biografia de Ivan em seu site e lá está ele com a esposa e filhos — segundo casamento — e o nome dela é Alisa, uma morena insípida que *cuida de tudo em casa*. Ela é rígida. Vestindo uma blusa de tricô com um cardigã combinando. É de outra época e está no Facebook — claro — e sua "ocupação" é criar os filhos... que estão na faculdade. Nenhuma dessas pessoas apareceu no funeral de Phil, e Ivan e Alisa se conheceram na pós-graduação — caguei — e a citação no topo do perfil dela faria Melanda, que descanse em paz, vomitar: "*Pare seus sentimentos antes que eles parem você.*" — *Ivan King, meu marido.*

Ivan realmente queria que sua nova carreira decolasse e, em algum momento, uma mulher inteligente *deve* ter deixado o cara irritado e o mandou parar de encher o saco.

Procuro no Google #MeToo Ivan King.

Nada. O que faz sentido. Ele só começou a vender oficialmente suas curas milagrosas picaretas há uns dois anos. Mas tem uns vídeos mais antigos, alguns deles bem amadores, quando ele não entendia nada de rebatedores e iluminação. Certamente ele cometeu um erro em algum momento, e não me refiro a essas merdas técnicas.

Pesquiso vulgaridades no Google: *Ivan King boquete. Ivan King amantes. Ivan King rumores. Ivan King assédio.* Mas é sempre a mesma coisa. *Ivan King decente. Ivan King fiel. Ivan King aliado.*

Não tem como, Mary Kay. Eu me lembro de minha antiga vida em Los Angeles, brigando com Forty, que descanse em paz, sobre nossos roteiros, e do único bom conselho que ele me deu — *Confie na sua intuição, meu caro. Está tudo aí* —, e é o que faço agora. Confio na minha intuição e sei que posso ser inflexível em relação à tecnologia. Odeio esse nome. Odeio a intenção clara de reduzir ainda mais nossa capacidade de atenção. Mas insisto. Eu entro na porra do TikTok.

Este é o milagre do processo criativo. Da inspiração. *Você.* Porque eu te amo, estou em contato com todos os corredores da minha alma, do meu talento. *Eu não achava que existisse alguém como você.* Você me encontrou e eu existo e meu instinto estava certo — bom trabalho, instinto. Eu encontro Megan.

Megan não é muito popular no TikTok — ela não filma o rosto inteiro, apenas a boca —, mas gosto dela por resistir ao sistema superficial e obcecado pela imagem. Também gosto da voz de Megan. Ela é indignada. Emocionada. Corajosa. Leva alguns *TikToks* para contar toda a história — geeks de San Francisco filhos da puta, vocês conseguem fazer melhor do que isso —, mas eu escuto a merda toda. E então vejo os vídeos dela novamente e, *desta* vez, escrevo tudo:

Isso tudo é muito assustador. Meu #MeToo não é famoso, mas também não deixa de ser famoso, mas isso não importa. O que importa é o que ele fez comigo. A parte de mim que ama Ivan King diz que estou agindo com meus sentimentos, não com meu cérebro, porque é assim que os homens controlaram as mulheres por tanto tempo, nos dizendo que sentimos tudo demais. Mas eu tenho sentimentos e não consigo mais me conter. Conheci Ivan King em seu workshop. Ele me disse que eu tinha potencial de verdade, mas que me faltava autoconfiança. Disse que ele percebia que eu nunca tinha tido um orgasmo com um homem e isso na época era verdade. Eu falei que não era verdade e ele sabia que eu estava mentindo porque, se você conhece Ivan, sabe como ele é. Como ele SABE. Ele disse que sexo é uma atividade. A mais importante atividade. Ele disse que sem bom sexo eu nunca atingiria meu verdadeiro *potencial*. Ele sabia que eu nunca tinha me apaixonado. Eu chorei demais. Ele disse que eu não era atraente porque os homens também têm intuição. Eles sabem quando você não foi amada corretamente, quando fingiu orgasmos demais e se culpou por isso. Então eu fiz o que ele queria. Tirei minha roupa. Eu sei que fiz isso eu mesma. Ele não me agarrou. Ele não me "obrigou" a fazer nada. Coloquei meu "boné pensante" e fiquei assim durante o sexo. Ele abusou do seu poder. Eu sei que não devo ser a única mulher manipulada por ele. Ele faz com que seja muito difícil falar disso. Ele nos faz sentir culpa por ter sentimentos. Mas estou cansada de fingir que não. Porque, se você me perguntar, ninguém tem mais "sentimentos" do que Ivan King. Se isso aconteceu com você, por favor, me conte. O #MeToo é um bom movimento, mas não é perfeito, ou Ivan King estaria em baixa, não em alta. Eu o vi no site da GQ e bem... Eu só precisava falar isso para alguém.*

Meus dedos estão dormentes e meu olho esquerdo está tremendo e escrevi tudo de uma vez, depois voltei para verificar a precisão — como o megafone de Megan, devo a ela acertar cada palavra —, então faço o que Megan deveria ter feito.

Coloco o manifesto de Megan no Reddit, onde as pessoas gostam de prestar atenção a cada palavra.

E agora espero.

Vivemos tempos estranhos — atualizo a página, nada — porque, apesar de todos os homens expostos, ainda há muitos canalhas que continuam nas sombras porque sabem como convencer as mulheres de que elas são *emocionalmente* responsáveis por tudo o que os homens fizeram com seus paus — atualizo, nada — e eu havia esquecido de como é *bom* dizer a *verdade* e ajudar uma mulher enganada a buscar justiça — Melanda, que descanse em paz, ficaria tão orgulhosa de mim. Atualizo.

Nada.

Mas eu sou paciente. Acredito em Megan. Acredito tanto nela que não me surpreenderia se ela me telefonasse agora para me agradecer por compartilhar a sua história. (Na transcrição, coloquei o link para o TikTok dela. Diferente de Forty Quinn, que descanse em paz, eu dou crédito quando preciso.) Megan tem cabelo louro-escuro — atualizo, nada — e ombros caídos e uma dívida de cartão de crédito por causa de Ivan King — atualizo, nada —, e acho suas outras contas e fico sabendo de suas dívidas atrasadas com personal trainers, terapeutas e... a pós-graduação. Sim! Ela é uma estudante de pós-graduação — infelizmente, gente esnobe valoriza essas merdas — e é empática, extremamente inteligente em sala de aula, mas menos confiante quando se trata de sua vida pessoal. Ela contatou Ivan porque achou que ele poderia ajudá-la em seu sofrimento, mas ele piorou tudo, só que ela não está sozinha e é por isso que ele devia ser *cancelado*. Atualizo.

Nada.

Dou comida para os gatos — gatos foram feitos para momentos de tensão como este —, e eles querem dormir, mas pego um novelo de lã e sacaneio o sono deles. Gatos são como eu. Eles querem *desesperadamente* aquele fio de lã. E então conseguem pegá-lo. Aí saem correndo porque é mais divertido perseguir o fio do que ficar com o fio.

Volto para o meu computador. Atualizo. Nada. Caralho, internet!

Vou até a Blackbird e peço a torrada de que minha vizinha de olhos fecais gosta tanto. Espero a torrada — vamos lá #*EuAcreditoEmMegan* — e entro no Instagram e as mulheres da minha vida estão na merda. Love está tentando ensinar Forty a jogar golfe — ele é uma criança — e você está pirada no maior nível por permitir que Ivan pregue para um grupinho de mulheres na biblioteca.

—Joe!

Minha torrada está pronta e eu pego a torrada e como a torrada e limpo as mãos. Com calma. Com cuidado. Pego o telefone. Atualizo. *Alguma coisa.*

Mas não é coisa boa. Uma usuária chamada *ClaireSays*, que passou por lavagem cerebral, apareceu para atacar Megan. Claire chama Megan de mentirosa — que *audácia* da filha da puta —, e Megan não é uma mentirosa. Quando alguém diz algo que você não gosta, você não pode simplesmente como declarar ilegítima a voz dessa pessoa, e Claire está ali para juntar *aprovações* porque as pessoas adoram odiar. Ela acusa Megan de ter sido paga — tinha que ser a merda de uma teórica da conspiração — e diz que Megan precisa de *ajuda*. E depois se contradiz e diz que Megan deveria estar na cadeia por calúnia e SE DECIDE NESTA PORRA, CLAIRE! Eu quero pular na tela e estrangular *Claire* e colocá-la num porão para ensiná-la o perigo das fake news, mas não posso fazer isso. E nem preciso fazer isso, porque o que apareceu aqui?

É uma usuária chamada *Sandra2001*, e Sandra diz o que eu precisava ouvir: #*MeToo Ele também fez isso comigo. Eu nem sabia quem era esse Ivan. Uma amiga (testemunha) me arrastou para um "seminário" dele no Marriott e tinha tão pouca gente lá que Ivan disse que as bebidas eram por conta dele. Ele pagou a bebida. Minha amiga teve que ir embora. Ele me disse que tinha "indicações de leitura" lá no quarto dele no hotel. Eu disse que ele podia trazer os livros para o saguão. Ele disse que eu estava sendo injusta, tratando-o como um predador. Então entramos no elevador e ele tirou a calça e eu o chutei e desci no 44º andar. Isso foi exatamente 91 dias atrás. Eu me culpei por ter entrado naquele elevador. Mas Ivan tem que cair. Obrigada, Megan. #EuAcreditoEmMegan #AbaixoIvanKing. Além disso, ele me enviou fotos do pau dele no dia seguinte, dizendo que tinha sido "divertido".*

Eu fico olhando a tela e deve ser a única vez na minha vida que uma hashtag me fez sorrir. Sandra quer justiça e acrescenta outro comentário.

Querida ClaireSays e todas as outras que destilam veneno contra mulheres que sofreram abuso. Vocês não são tão ruins quanto os homens. Vocês são piores.

Sandra quer uma revolução. Ela quer salvar outras mulheres de Ivan, o Predador, e quer que tudo comece já.

#EuTambém, Sandra, *#EuTambémPorra.*

37

O mundo se move rápido quando se trata de uma história como a de Ivan King. Surgiram mais dezenove acusações e Ivan agora é um dos assuntos mais comentados no Twitter. Sete horas e oito minutos depois de #*MeganÉtãoCorajosa* contar a sua verdade no Reddit, meu telefone toca. É você.

Eu acompanho as notícias, por isso respondo com *empatia*.

— Mary Kay, você está bem?

Ivan está aos berros no fundo — acho que você está se deixando levar demais pelas emoções, Ivan —, e você está tremendo.

— Joe — diz. — Eu *não* fazia ideia.

— Você quer que eu vá...

— Sim — você diz, me interrompendo. — Joe, por favor, venha para cá. Agora.

Pego meu casaco — *Aqui vou eu salvar o seu dia* —, chego na sua rua e vejo uma placa de Vende-se fincada no seu jardim — não vai rolar! Não reprimo o enorme sorriso que surge de dentro de mim.

Eu te salvei de cometer um erro terrível, e se o barulho na sua casa for alguma indicação — e é —, você não vai abandonar a nossa casa para se juntar à porra da seita de Ivan. Mesmo no limite da sua propriedade, consigo ouvi-lo gritando. Ele está ao telefone com o que parece ser um advogado — isso não é trabalho para assessor nenhum — quando bato uma vez — educado *e* heroico — e você acena para eu entrar. Ivan está fora de vista, na cozinha, e que alívio me dá estar aqui, ver você, Mary Kay. Você voltou a ser você, de meia-calça preta, saia preta e um suéter roxo com decote em V. Você toca no meu braço e se inclina.

— Ele está... ficando... louco.

— Não se preocupe — digo. — Eu estou aqui.

A Suricato está jogada no sofá com seu cobertor de segurança — e aí, *Columbine?* —, então sento na poltrona de Phil, que descanse em paz, enquanto você se junta à Suricato no sofá.

Ivan chuta a sua parede.

— Mas aquela vaca está mentindo, Jerry! Faça alguma coisa para calar a boca dessas piranhas! Elas vão acabar com a minha marca!

Ivan queria tanto sair na revista *GQ* e agora ele saiu na *GQ* — a manchete do artigo polêmico me deixou feliz: A ENERGIA ACABOU... MAS CHEGOU A SER LIGADA? Sim, Ivan é uma estrela apagada agora e sua página na Wikipédia é odiosa: *Ivan King* — *"Life coach" medíocre e meio-irmão do líder da banda Sacriphil, Phil DiMarco, King atingiu a infâmia quando dezenas de mulheres expuseram seus abusos e denunciaram o "coach" por destruir suas vidas.* Ivan ainda não é famoso, mas com certeza é infame, e da próxima vez que ele estiver em um bar lotado de mulheres no saguão do Marriott, elas não tentarão ir para a cama com ele.

Elas vão tentar matá-lo.

Há mais boas notícias, Mary Kay. A esposa de Ivan, Alisa, abriu uma conta no Twitter ontem à noite e seu primeiro tweet foi bem legal: *#MeToo*.

Ivan joga o telefone na parede e por pouco não quebra uma foto emoldurada de você com Phil, que descanse em paz, e a Suricato, o que te faz explodir.

— Ivan. Já chega.

— Sei — ele bufa. — Porque é você, Emmy, sempre cuidando da sua *família*. Só fica calma e me deixa pensar.

Megan estava certa, Mary Kay. Ivan é um porco filho da puta.

Devo ser paciente. Você é muito parecida com Love Quinn, atraída por esses cafajestes, propensa a incentivá-los, mesmo quando eles estão abusando de você. Você deveria ter expulsado esse sujeito, mas em vez disso está fornecendo um porto seguro, enquanto ele murmura na frente da sua filha — *foi a tal da Megan que deu em cima de mim* — e pega uma lata vazia e a joga no seu tapete.

— Onde está a merda da cerveja nesta casa?

Você pula do sofá e corre para a garagem, enquanto Ivan continua se defendendo tentando desacreditar todas as *dezenove* mulheres que se juntaram ao *#ExércitoDeMegan*. É uma desculpa clássica, o código de desonra que mantém homens como Ivan no controle. Ele pega o telefone do chão (finalmente) e nos mostra a foto de uma mulher chamada Wendy Gabriel.

— Estão vendo esta aqui? — ele rosna. — Eu não encostei um dedo nela. Ela agarrou minha mão e colocou na perna *dela*. Mas elas não contam *essa* parte da história. — Ele cospe no artigo em seu telefone. — Vão se foder, isso é fake news!

Você volta da garagem com duas cervejas e ele reclama — *Isto é Michelob Light* —, mas abre uma das latas e enfia a outra no freezer, antes de voltar a gritar com seu advogado sobre como nunca assediou ninguém. Nunca!

Estou preocupado com Nomi. Ela está encarando o mesmo poema de Klebold no livro já faz vários minutos, e eu sou um padrasto protetor. Pego o controle remoto e ligo a TV. Ela olha para a TV.

— Você pode colocar um filme?
— Claro. O que você quer ver?

Ela fica olhando a propaganda de um antidepressivo.

— Algo leve.

Vou até o guia e vejo *Doze é demais 2*, clico nele e ela resmunga.

— Bem, não *tão* leve. Eles têm aquele filme da *Hannah* que você me disse para assistir?

Não vamos ver isso agora. Ela abre o livro.

— Tanto faz — ela diz. — Eu estou lendo.

Ivan ainda está gritando com seu advogado e precisamos tirá-lo desta casa. *Peça para ele ir embora, Mary Kay. Faça isso.* Você morde o lábio superior e estala os dedos e Ivan pede *desculpas* e é um pedido tão vazio e a voz dele some quando ele bate a porta do banheiro. Eu saio da poltrona de Phil e jogo o controle remoto para a Suricato. Você me segue até a cozinha.

— Mary Kay — digo. — Você não precisa deixá-lo ficar aqui. Você sabe como essas coisas são. Só vai ficar pior.

— Não é tão simples, Joe.

Nomi abre *Columbine* — *regressão* é a palavra do dia —, e você suspira.

— Isso é constrangedor, mas esta casa é dele.

Isso é bom, você está se abrindo para mim, e eu assinto.

— Entendo...

— É uma longa história. Phil e eu não éramos muito bons com dinheiro.

— Então, a casa está no nome de Ivan?

Você está envergonhada e não deveria, e estamos tão perto, Mary Kay, a centímetros de distância da verdadeira liberdade. A poucas palavras de distância.

Ivan bate a porta do banheiro e está no telefone novamente.

— E você diz que é advogado? Demora quatro *horas* para retornar minha ligação e me ridiculariza quando sugiro que a gente ofereça dinheiro a essas garotas? Desde quando todas essas mulheres se tornaram alérgicas a dinheiro? Antes ou depois de se tornarem alérgicas a pau?

Nomi fecha o livro e pega o telefone.

— Vou ver se consigo recuperar a vaga na Universidade de Nova York.

Viu isso, Mary Kay? Essa é uma boa notícia, já estamos de volta aos trilhos. Mas então Nomi joga o telefone no sofá e suspira.

— Não sei para quem mandar e-mail sobre a universidade e talvez nem adiante fazer faculdade. — Ela pega o controle remoto. — Quer dizer, por que me preocupar quando a nossa família está nessa confusão toda, não importa o que a gente faça?

O argumento dela é bom, mas ela não vai se sentir tão triste quando você e eu começarmos a *nossa* família. Você tenta se sentar ao lado dela e ela a empurra.

— Nomi, porcaria, olhe para mim. Eu te amo. Prometo que as coisas vão melhorar.

Ela está chorando, mas ainda está lutando contra você, te empurrando para longe, do jeito que ela fazia quando estava dentro de você, hesitante em deixar seu útero e entrar neste mundo de pesadelo. Na terceira tentativa sua, ela te deixa envolvê-la e volta ao seu útero agora, chorando baixinho em seu peito.

É um momento de ternura entre mãe e filha, então permaneço em silêncio, respeitoso, mas Ivan bate o telefone na sua mesa. Ele derrama cerveja no seu piso de madeira.

— Bem, as bruxas estão ganhando. Bom trabalho para os pais e *ótimo* trabalho para as mães.

— Ivan — você diz, lembrando-o da presença da porra da própria sobrinha. — Por favor. Estou pedindo que você se acalme.

Ele reclama que não consegue se *acalmar* porque não há lugares suficientes para sentar na porra desta casa, então pulo da poltrona de Phil, que descanse em paz.

— Ivan, por favor. Sente-se.

Ele não me agradece e não se move.

— Eu não posso ficar sentado enquanto tem uma caça às bruxas a toda por aí.

Então ele se contradiz e pega minha poltrona. A sala está silenciosa, exceto pela família na tela. Ivan começa a chorar.

Meu trabalho aqui está terminado — você sabe disso, eu sei disso —, então visto meu casaco e dou tchau para a Suricato para que você possa mandar Ivan embora, o que você fará. O choro era uma bandeira branca e o homem sabe que é um caso perdido.

Mas então Ivan se apruma e diz:

— Bem, pelo menos tem *uma* boa notícia.

Você olha para Ivan e Nomi olha para Ivan e eu não olho para Ivan porque não quero saber se ele marcou uma entrevista em algum talk-show diurno para se defender.

Ele pega a outra cerveja do freezer.

— Vou poder pagar os honorários do advogado...

Ele abre a lata.

Todos os olhos em Ivan, até os meus. E ele sorri.

— Porque vendi a casa.

Seu rosto diz tudo. Você não fala. Você fica pálida. Nunca quis se mudar de verdade, e ele age como se não fosse nada. Sem emoção. Este é o seu lar e ele está se gabando de que conseguiu *vendê-lo à vista*. Você está olhando pela sala — é aqui que você *mora* — e sua Suricato olha para você e grunhe:

— E agora, mãe? Somos sem-teto?

38

VOCÊ não é uma sem-teto. E se algum homem nesta ilha merece ser canonizado, esse homem sou eu. Abri minha casa para você — Joe Generoso! — e você mora comigo agora!

Mais ou menos. É curioso como a vida dá voltas. Quando escolhi esta casa, eu estava na *cadeia*. Mostrei-a a Love porque achei que ela ficaria feliz com a casa de hóspedes, um lugar para os pais dela ficarem durante as visitas. Ela zombou de mim — *É pequena demais para eles* —, mas me mantive firme porque *amava* minha casa. Fica de frente para o mar. Tem personalidade. Não é daquele estilo *Craftsman* de Los Angeles — fiquei tão enjoado daquelas casas —, que são populares por lá porque mantêm o calor do lado de fora. Mas em Bainbridge, temos o clima a nosso favor. É bom ter uma casa com muitas janelas, um lugar que te deixe aproveitar o sol. Achei que minha casa de hóspedes ficaria vazia até Forty ter idade suficiente para deixar sua prisão matriarcal, mas agora você e a Suricato estão na minha casa de hóspedes.

Foi um mês difícil, Mary Kay. Você não teve tempo para mim, ocupada demais implorando ao iMan para reconsiderar e cancelar a venda. Mas aquele narcisista de merda não cedeu, ainda mais porque a esposa obediente dele pediu o divórcio.

☺

Precisei ir devagar. Ivan foi para a clínica de reabilitação — é um imitador mesmo —, e você começou a procurar um novo lar. Você estava mais exasperada a cada dia, nervosa porque Naftalinas endinheiradas ficavam tecendo comentários passivo-agressivos sobre os seus gastos, como se deixar de tomar seus lattes fosse torná-la uma milionária. Fui educado. E então, duas semanas antes de seu iminente despejo, bati na porta de sua sala na biblioteca.

— Como você está?

— Péssima — você disse. — Almoço?

Eu insisti em levá-la para comer fora — *É para isso que servem os amigos* — e tivemos um bom, longo e *relaxante* almoço no Sawan. Mencionei minha casa de hóspedes de passagem e, uma semana depois, você insistiu em *me* levar para almoçar. Dessa vez, fomos ao Sawadty e *você* mencionou minha casa de hóspedes. Mudar-se para lá foi ideia sua — *precisava* ser ideia sua — e você insistiu em pagar o aluguel. Não estamos dormindo juntos — mudar de casa é estressante — e meu telefone vibra: *Você está acordado?*

É a sua primeira noite em uma casa nova e casas novas às vezes são assustadoras. Já passa das duas da manhã e eu sou seu senhorio — você *insiste* em pagar o aluguel —, então respondo, como qualquer bom senhorio faria.

Eu: *Você está bem?*

Você: *Sim. Essa cama é boa. A sua é do mesmo tipo?*

Você está na minha casa de hóspedes, mas quer estar na *minha* casa, e a Suricato está dormindo e o cheque do aluguel tinha fundos. Eu digo que você deveria vir ver por si mesma.

Três minutos depois, você está batendo na minha porta e eu estou abrindo a porta.

Você pega Licious no colo e promete a ele que vamos trocar esse nome *horrível* dele. Ele se contorce e foge, e isso te deixa com as mãos livres. Um corpo livre. Uma noite livre.

Você vem na minha direção. Devagar.

— Eu não estou aqui.

Eu vou na sua direção. Devagar.

— E você não tem permissão para dormir.

Nossas bocas estão próximas. Nós estamos próximos. Sua filha vai se formar no ensino médio em questão de semanas e isso vai ser um grande marco para nós. Você estará um passo mais perto da liberdade, de não precisar mais ser uma boa mãe todos os dias. Você treme. Seus músculos estão doloridos de trazer todas aquelas caixas para a minha propriedade.

— E você não tem permissão para contar a ninguém que eu estive aqui.

Você se inclina para mim e leva minha mão até a sua Murakami e depois para o seu Lemonhead e você sentiu a minha falta. Você me deseja. Eu beijo o seu pescoço.

— Mary Kay — sussurro. — Como eu poderia contar a alguém que você esteve aqui se não está aqui?

Você me envolve com suas pernas e eu a carrego para a minha cama — SIM — e você se livra dos meus braços, pula na minha cama e quica. Você apalpa o colchão e sorri para mim.

— Seu mentiroso.

— Por que diz isso?

— Joe, a sua cama é *muito* melhor do que a da casa de hóspedes.

Primeiro você me quer em cima de você e depois quer ficar por cima e agarra meu cabelo.

— Desculpe.

— Você está de brincadeira? Eu não estou reclamando.

Eu estou dentro de você e te abraço e você me abraça forte.

— Eu só quero você todo — você diz. — Eu quero você todo de uma vez.

FAZER às escondidas é divertido e somos bons nisso, Mary Kay. Você "amou" a primeira noite em que voltamos, mas tem razão. É arriscado demais estarmos na minha cama quando a Suricato está ali do lado, na casa de hóspedes. Então, improvisamos. Você vai "almoçar" em casa, ou vai para o trabalho e "esquece o telefone", daí precisa voltar correndo para mim, e *sempre* deixa Nomi ir a Seattle para visitar Peggy e Don porque Peggy e Don têm tantas fotos de Phil e tantas histórias sobre ele. A loja deles já era um santuário dedicado a Phil antes mesmo de ele morrer, e eu concordo que é bom para Nomi estar com pessoas que amavam seu pai.

Na verdade, não há nada de condenável em nossos encontros furtivos. Estamos cuidando de Nomi. Eu estou feliz. Você está feliz. Até Oliver está feliz, cacete — *Quando Minka e eu tivermos um filho, vou sugerir esse lance de duas casas* —, mas a Suricato está passando por um momento difícil. E eu entendo. Ela sente falta da casa, ela sente falta do pai — está usando a mesma camiseta da *Sacriphil* desde que vocês duas se mudaram — e às vezes, como agora, você fica nervosa. Um minuto atrás estávamos rindo, mas então nuvens carregadas passam por seus olhos e você suspira.

— Estou preocupada que ela saiba.

— Nada — digo. — Ela não sabe. E a aula só acaba daqui a uma hora e doze minutos. Eu coloquei um alarme.

Você sorri ao ouvir isso — você gosta de mim — e faço cócegas na sua perna, mas você se afasta. Eu paro. Eu me afasto.

— Você quer parar?

— Sim — você diz, enquanto acaricia a porcaria da minha perna. E então bate a cabeça de leve na minha perna e geme. — Você sabe que eu não quero que você pare, mas sou a mãe dela... — E eu sou o padrasto. Quase. — Ela acabou de perder o pai. Talvez ela aceitasse isso, nós, mas se *não* aceitasse e isso a fizesse se sentir *pior* do que já está... Bem, Joe, eu me sentiria uma merda tão grande que nem ia querer estar com você. Eu me odiaria demais.

— Eu entendo, Mary Kay. E se for mais fácil darmos um tempo até ela ir para a faculdade, você me conhece. Sabe que eu ficaria feliz em esperar.

Eu me ofereço para esperar, e você responde montando em mim bem aqui, na sala de estar, como se a mera ideia de nos afastarmos fosse tão terrível que temos que foder loucamente até expulsá-la do nosso organismo. Depois de terminarmos, você se abotoa — tão linda — e para na minha porta.

— Quer saber o meu sonho?

Sim.

— Sim.

— É muito simples. Não há mais mudanças para Nomi agora. Por alguns meses tudo fica como está. Continuamos na casa de hóspedes, ela tem férias de verão ótimas e depois vai para a faculdade. Então, antes que ela volte para passar o Dia de Ação de Graças em casa, eu conto a ela sobre nós, e ela tem tempo para assimilar isso antes de nos ver juntos.

Eu beijo sua mão direita. Eu beijo sua mão esquerda.

— Prometo que seu sonho vai se tornar realidade.

Você sai e eu sou um homem de palavra. Algumas horas depois, alguém bate na minha porta. É a Suricato.

— Nomi! — chamo. — Pode entrar.

— Posso usar o seu forno?

— Claro que pode — digo. — E falo sério. Você não precisa pedir. Sei que a cozinha da sua casa precisa de reparos.

— Ah, precisa mesmo — ela diz, carregando uma forma cheia de massa de brownie. — A geladeira é barulhenta, as janelas estão embaçadas e eu sei que os gatos não entram lá, mas mesmo assim tem o cheiro deles... — Ela acabou de perder o pai. Deixe a menina desabafar. Ela engole em seco. — Mas é estranho entrar na sua casa do nada, então vou bater primeiro, ok?

— Combinado, Nomi.

A garota não está errada sobre a casa de hóspedes. Está em mau estado, porque pensei que faltavam anos até Forty aparecer. A casa principal tem três quartos, e você e a Suricato poderiam morar na *minha* casa — e isso vai acontecer em breve —, mas por enquanto temos limites, e é por isso que eu amo você, Mary Kay.

Nomi preaquece meu forno e suspira.

— Por que você tem tantos livros?

— Ora, por que não teria?

— Minha mãe detesta se eu respondo assim a uma pergunta dela.

Pego um exemplar de *A estrada*.

— Você já leu esse?

Ela pega o livro.

— Vi o filme.

— O livro é melhor e ajuda de verdade depois que a gente perde alguém que ama.

— Quem você perdeu?

Eu olho para o forno e não, ainda não está quente o suficiente.

— Meu tio Maynard.

— Quem era ele?

Na verdade, só vi meu "tio" Maynard uma vez. Eu perguntei se poderia morar com ele, que disse que me pegaria no dia seguinte. Eu fiz a mala e ele não apareceu. Simplesmente sumiu e, alguns meses depois, morreu, mas sei que a garota quer me imaginar com uma família.

— Bem, ele era um *ghost-writer*. Escrevia muito bem.

— Ele era legal?

— Era incrível. A gente ia a livrarias juntos, ele me ensinou a jogar sinuca e tinha uma gaita. Você pedia qualquer música e ele sabia tocá-la. Escrevia livros para pessoas famosas que queriam contar suas histórias, mas não sabiam fazer isso sozinhas.

A mentira me faz sentir bem, como se eu realmente tivesse tido um tio assim, e a mentira faz a Suricato relaxar. O forno apita e eu estou mais perto, então coloco os brownies no forno, ajusto o cronômetro e Nomi suspira.

— Minha história de fantasma favorita é sobre um hotel em Concord, onde tem um quarto mal-assombrado e costumava ter um matadouro no andar de baixo.

Ela se distrai com o telefone e perde todo o interesse em mim, nos fantasmas, e me pede para mandar uma mensagem para ela quando os brownies estiverem prontos e isso é grosseiro, mas também é bom; menos bobagens para eu lembrar caso você pergunte sobre o meu "tio". Ela vai embora e eu mando uma mensagem para você: *Oi*.

Você: *Oi*

Eu: *Mais tarde?*

Esse é a senha para "Você quer trepar no Quarto dos Sussurros?"

Você: *Não sei. O que você acabou de dizer a ela? Eu acho MESMO que ela sabe de nós.*

Nunca perco a paciência com você por ter uma imaginação ativa. E adoro o quanto você se preocupa com as pessoas, mesmo quando isso é *um pouco* irritante, caralho.

Eu: *Eu juro. Ela não sabe de nada. Estava aqui agora mesmo, e, acredite em mim, eu sei do que estou falando.*

Você: *Sei lá... acho que estava enganada. Isso me deixa muito paranoica. Precisamos parar.*

Isso não está certo.

Eu: *Está certo.*

Você: *Você não tem mesmo problema com isso? Eu me sinto mal... Você sabe o que eu disse, não quero parar, mas ahahaha. Não posso viver com essa paranoia.*

Nosso relacionamento é a sua caneca de mijo e é preciso cada grama de empatia em mim para não pirar com você. Eu sei o que disse. Eu sei que disse que *esperaria*. Mas isso é ridículo pra caralho e nós somos adultos. O timer do forno toca. Esqueci os brownies da Suricato e não fiz *nada* de errado — ela não sabe e se sabe, não é por minha causa —, então pego um descanso de panela e tiro os brownies do forno e como vamos sobreviver a um verão inteiro assim, porra?

Aí minha porta se abre.

É a Suricato, mas você está bem atrás dela e não está sorrindo e por que está aqui? Se realmente quer parar de dormir comigo, então não deveria vir junto quando a Suricato viesse pegar seus brownies. Você mal olha para mim. A Suricato entra na minha cozinha e pega uma faca. Você fica na porta e a Suricato segura a faca, mas não corta os brownies.

— Querida — você diz. — Não vá se queimar.

Pego o descanso de panela e ofereço a Nomi, mas ela apenas segura a faca.

— *Estou bem.*

Você está de braços cruzados olhando para os pés e não, Mary Kay. *Não.* Não é assim que se faz. Você não vem aqui e age como se estivesse com raiva de mim — que melhor maneira de confirmar que estamos trepando? —, e já falei que ela não sabe sobre nós e prometi que ela não iria descobrir. Mas os olhos dela são mortais como a faca em sua mão e todas essas facas estão apontadas para mim.

— Você acha que eu sou burra, Joe?

— Claro que não, Nomi. Acho que você é excepcionalmente inteligente.

Ela enfia a faca nos brownies e você ainda está na porta, como se já tivesse recebido sua punição. Pego um descanso de panela e ela rosna:

— Não dê uma de *pai* para cima de mim, Joe. Todos nós sabemos que *você* também não é burro, então deve saber por que estou puta. Por quanto tempo você achou que poderia fazer isso?

— Eu juro, Nomi... — *Não, Joe. Não minta, porra.* — Desculpe.

Ela está tremendo do jeito que as crianças fazem quando são forçadas a pensar em seus pais como seres sexuais e aperta a faca, a minha faca.

Você entra na sala agora, como se fosse uma deixa.

— Nomi, ele pediu desculpas. — Você está olhando para ela, não para mim, e ela deixa cair a faca na pia.

— Não, mãe. Eu quero que ele me diga a verdade. Quero saber até que ponto ele acha que eu sou uma imbecil. Meu pai acabou de morrer e isso já é ruim o suficiente, mas vocês vivem juntos por aí pelas minhas costas, e agora ele quer mentir para mim.

Você esfrega a testa — mau sinal — e os ombros de Nomi estão tremendo. Ela está chorando? Eu fiz sua filha chorar e você nunca vai me perdoar e eu preciso da sua ajuda e olho para você, mas você está... rindo.

A Suricato se vira e ela não estava chorando, porra. Ela também está rindo e levanta a faca e pisca para mim.

— Te peguei!

Porra. Suas cretinas.

— Espere aí — digo. — Vocês estão curtindo com a minha cara?

Você se apoia na porta, talvez até fazendo xixi nas calças, e a Suricato pega o descanso de panela e leva os brownies para a mesa.

— Mãe, meu Deus, eu juro, você quase estragou tudo quando disse "não vá se queimar".

Você está vermelha como a Cama Vermelha e me beija no rosto. Que merda está acontecendo?

— Eu sei — você diz. — Não sei por que falei aquilo.

— Estou um pouco confuso — digo, por causa do beijo, das risadas.

— Bem — diz Nomi. — Eu não sou retardada.

Você suspira.

— Nomi...

— Desculpe — ela diz. — Mas, de qualquer maneira, perguntei a mamãe sobre vocês... Não que eu *precisasse* perguntar, mas ela me contou e eu fiquei assim... Bem, qual é o problema?

Eu olho para você. Você sorri.

— Direto dos lábios das crianças.

Você está contente porque sua filha está contente, e sua filha está contente porque pregou uma peça em mim. Não seremos como os chatos de olhos fecais nossos vizinhos. Nós vamos nos divertir.

Você fala comigo — *Desculpe se exageramos* — e eu digo a verdade — *Vocês me pegaram nessa* — e está tudo perfeito, Mary Kay. E dá certo. Não é um sonho — seu sonho era irreal, como a maioria dos sonhos —, é a vida real. Nossa vida real. E é muito melhor, e é o que significa fazer parte de uma família. Pego os pratos e a Suricato corta os brownies e você serve o leite e nós nos sentamos em volta da minha mesa como a família que somos, repassando tudo, como foi engraçado, como vocês atuaram bem, como eu fui *estúpido* de cair no truquezinho de Nomi. Isto é amor. O amor que eu nunca conheci. Nós enchemos a boca de brownies e você suspira.

— Que alívio.

— De nada — diz Nomi com sarcasmo. — Sem querer ofender, mas vocês são tão bobos. Vou dizer, porém, que até foi engraçado ver vocês se achando sorrateiros, e eu meio que vou sentir falta disso.

Eu me dou conta de que a Suricato pode estar encobrindo seus verdadeiros sentimentos com suas piadas sarcásticas e malcriadas, então olho para você — *Ela está realmente bem com isso?* — e você assente — *Sim, nós conversamos*. Você sorri para mim e eu sorrio para você e a Suricato olha para você, depois para mim, depois para os brownies e suspira.

— Acho que vou vomitar.

Quando você se levanta para pegar mais leite, você aperta meu ombro e seu toque é diferente agora. Melhor. Você me ama abertamente, bem na frente de sua filha, e é a primeira festa surpresa da minha vida e é a melhor festa surpresa que já existiu.

— Tudo bem — diz Nomi. — Podemos falar sobre uma coisa importante de verdade?

Você faz que sim com a cabeça. Eu também. Que pais maravilhosos!

— Joe — ela diz. — Eu sei que devo dizer que foi legal da sua parte nos deixar mudar para sua casa de hóspedes, mas também não foi legal porque... você já entrou lá? Tem mofo e cheira a velho!

— Nomi, o cheiro é normal — você reclama.

— Ah, por favor — digo, olhando para você, olhando para sua filha. — Por que vocês acham que parei de fazer as reformas? Parte de mim acha que vamos ter de botar aquilo tudo abaixo.

É nosso primeiro plural coletivo e você ri. Nomi aperta as mãos, suplicante.

— Tá, então podemos, por favor, por favor, parar com essa farsa idiota e apenas virmos para cá de uma vez? Quer dizer, se mamãe e eu ficarmos lá, acho que vamos acabar morrendo de câncer de pulmão de ação rápida ou algo assim. Por favor, gente. *Por favor.*

Rimos como uma família e Nomi nos dá espaço para conversar e você é a futura sócia-fundadora da Empathy Bordello.

— Ela está sendo dramática, Joe. Não é *tão* ruim e, por favor, não se sinta na obrigação de concordar.

Eu também sou o futuro sócio-fundador da Empathy Bordello.

— Bem, eu estava mais preocupado com você — digo. — Não vou ficar chateado se você ainda não estiver pronta para morar comigo.

Você me dá um soquinho. Raposa gentil.

— Ah, por favor, Buster. Você sabe que estou pronta.

Chamamos a Suricato de volta para dentro — ela fica com o Quarto dos Sussurros — e embalamos as caixas como uma família e nosso primeiro abraço familiar acontece naturalmente. Parece certo. Esta é a história da vida. As pessoas seguem em frente. Depois de trazermos suas coisas, cozinhamos juntos e comemos juntos — burritos e salada! — e a Suricato posta meus gatos no Instagram dela — *nossos gatos, nossa casa* — e então vocês duas vão para o Quarto dos Sussurros — mulheres precisam conversar, sobre isso, sobre mim — e não sou seu marido codependente. Arrumo a casa, limpo a caixa de areia, apago a luz e vou para a cama esperar por você, torcendo para que você e Nomi não estejam prestes a fazer uma festa do pijama de mãe e filha ou coisa assim. E nós realmente estamos em sincronia, porque não faz nem cinco minutos que estou na cama quando ouço a porta se fechar no andar de baixo e isso é real. É você na escada. É você no meu quarto, nosso quarto.

— Bem — digo. — Como ela está com tudo isso?

— Ela está ótima. Não sei por que eu estava tão preocupada.

— Eu sei — digo. — Porque você se importa.

— Ééé — você responde. Acaricia meu cabelo. — Eu gostei quando você olhou para mim na mesa, quando quis ter certeza de que ela não estava só posando de forte, que realmente *estava* aceitando nós dois estarmos juntos.

Eu pego sua mão.

— Bem, eu gosto quando você lê a minha mente.

Você me manda um beijo e pega um pote de creme para o rosto e passa o creme no pescoço como se achasse que vamos *dormir*. Você olha para a minha parede vermelha vazia.

— Consegue acreditar neste dia? Acredita mesmo que estamos aqui?

— Você me enganou por um segundo, então estou *duplamente* feliz por estarmos aqui.

Você passa um pouco do creme no *meu* rosto e assim está melhor, Mary Kay.

— Ah, dá um tempo. — Você provoca. — Nós enganamos você por um minuto inteiro. Você estava com medo.

Pego o pote de creme brochante e coloco na mesa de cabeceira e seguro seus pulsos.

— Se você quer saber, sim, nunca me senti mais assustado na minha vida.

Depois de fazermos amor — esta é a nossa vida agora! —, você lava o rosto e reaplica seu *creme noturno* e você é mulher, então tem a necessidade de racionalizar suas decisões. Você me conta coisas que já sei, que Patton Oswalt se casou novamente poucos meses depois que a esposa faleceu, que ele tem uma filha, que ninguém pode determinar quanto tempo dura o processo de luto para outra pessoa. Você tira uma foto nossa e recorta a imagem — não precisamos que as pessoas saibam que estamos na cama —, mas somos oficialmente da Cama Vermelha e estamos oficialmente no Instagram, e a Suricato é a primeira a curtir e mais curtidas não param de chegar, tanto amor, e você curte essas curtidas, e é nossa primeira noite como um casal e a Suricato te manda uma mensagem. Ela quer saber se pode tirar o cobertor do meu sofá, e eu digo que ela não precisa pedir.

— Esta é a nossa casa, Mary Kay. Minhas coisas são todas nossas, e vocês duas podem fazer o que quiser.

Você me beija no rosto.

— Você é meu leitor de mentes, Joe. Eu amo você.

E você ama. Ama mesmo.

39

ONTEM encomendei dois exemplares de um novo Murakami porque essa é a nossa vida agora. Você mora aqui comigo há vinte e duas noites em nossa casa, onde *nós fazemos as regras* e seus livros estão todos misturados com os meus. Seu Murakami beija o meu e seu Yates se apoia no meu Yates, e você está ali, nos degraus da sala de estar rebaixada, nossa sala de estar rebaixada.

— Não sei se você sabe disso, mas temos acesso a uma biblioteca.

— Não brinca?

— Você é engraçado, Buster.

— Bem, alguém se mudando para cá... misturando os livros. É novo para mim.

Há momentos em que sou uma criança de novo, jovem demais, e você é a criatura *safa*, velha demais para mim, mas então sua mão encontra a minha nuca.

— Lembre-se de que menos de dez anos nos separam...

— Então, eu tenho a mesma idade.

Você me beija.

— Eu também nunca fiz isso, sabe? Phil não gostava muito de ler. — Aí você suspira e se senta no sofá Cama Vermelha. — Acho que fiz algo de errado.

— O que você fez de errado?

Você põe os pés — sempre com meias, algo que sei agora que moramos juntos — na mesa de centro e ainda me surpreende você estar aqui, Nomi no Quarto dos Sussurros vendo *Dirty Dancing*, seus pratos sujos na minha pia, seus sapatos alinhados no meu capacho. Vou me sentar ao seu lado e te beijo do jeito que você me beijou na janela da Eleven Winery ontem à noite. Você me adverte que Nomi está lá embaixo, o que me faz rir.

— Estou apenas tentando entender a lógica disso. Tudo bem a gente se agarrar à vista de todos no bar de vinhos da Winslow Way e postar uma selfie no seu Instagram para o mundo todo ver... mas isso é demais? Ela está lá embaixo.

Você me cutuca.

— Não sacaneie o meu Instagram.

— Fique tranquila, Mary Kay. Eu *sempre* vou sacanear o seu Instagram.

É por isso que funcionamos juntos, porque somos diferentes. Você é uma exibicionista. Uma raposa que quer que todos saibam que tem um lobo na sua toca, e eu ajudo você a se lembrar de que a melhor coisa da felicidade é que ela é sua. Nossa.

— Está bem — eu digo. — Confesse. O que você fez de tão horrível?

Você olha para o seu iPad.

— Você tem algo para fazer no fim de semana?

— Nada de importante, por quê?

Você me passa o seu iPad e não fez nada de *errado*. Só planejou uma viagem para nós até outra ilha que você descreve como *Cedar Cove do Caralho: Versão Vitoriana*. Você garante que Port Townsend é um paraíso vitoriano de casas antigas e me diz que faremos *sexo vitoriano*. Você fica repetindo que está aliviada por eu ter ficado animado com a ideia, e como eu poderia ficar outra coisa *senão* animado?

— Você vai adorar, Buster...

Eu amo que às vezes sou Buster e outras vezes sou Clarice, então beijo o topo da sua cabeça.

— É perfeito, Hannibal.

— Gostou? São só duas noites, mas, cá entre nós, duas noites já bastam, e tem gente lá que *vive* que nem vitoriano, e eu... mal posso esperar para você ver.

Esta é a segunda festa surpresa que você dá em minha homenagem. A Suricato emerge do porão.

— Oi, gente. Tchau, gente.

— Aonde você vai? — você pergunta.

— Seattle — ela diz. — A amiga de Peg tem uma filha... Eu não sei, ela é legal e os amigos dela não são chatos. Sei lá. Eu tenho que ir.

Sua Suricato está longe do *Columbine* e está usando uma camiseta diferente, e você diz a ela para levar um casaco, o que a faz resmungar.

— Eu não tenho onze anos.

Ela bate a porta e você ri.

— Essa aí é minha filha?

Eu digo a você que toda mudança, mesmo quando para melhor, é difícil, e nós trepamos na Cama Vermelha e eu digo para você postar *isso* no Instagram e você ri. "Que pervertido." Nós comemos nossa carne e nosso brócolis e vamos para a cama cheios, saciados, mas no dia seguinte você acorda gritando. Isso acontece às vezes, você tem pesadelos. Tento pegar a sua canção triste e melhorá-la, mas você não quer me contar o que sonhou. Meu telefone vibra enquanto estamos abraçados.

— Quem está te mandando mensagem? — Você nunca fica bem depois de um pesadelo, e sua voz está cheia de desconfianças, como se eu fosse mentir para você.

Meu novo amigo Oliver.

— Meu velho amigo Ethan.

— Você deveria convidá-lo para vir aqui. Ele tem namorada, não tem?

Abro o app da 1stdibs e pergunto sobre outro David LaChapelle. Não quero que você conheça os meus *amigos*. Aperto você com força.

— Uma esposa — digo. — E é uma ótima ideia.

Eu coloco o telefone de lado e você se afasta e entra no banheiro nua, coloca uma música para tocar — "Hallelujah". Ah. Você estava sonhando com o seu rato. Então vou para a *nossa* cozinha e ponho a *minha* música. Sou um homem legal. Você tem permissão para sentir seu luto do seu jeito esquisito enquanto misturo leite e ovos e farinha, e eu também sonho, Mary Kay. Às vezes, gostando ou não, vejo Beck, que descanse em paz, na gaiola, e Candace, que descanse em paz, nas águas de Brighton Beach, viva, nadando em um mar de sangue.

— Humm — você diz, já vestida. Rabo de cavalo baixo. Você se masturbou no chuveiro? — Estou morrendo de fome.

Viro uma panqueca e você sorri e estica os braços acima da cabeça e os mantém lá. Alongando os cotovelos. Torcendo.

— Quem é?

— Rilo Kiley. "With Arms Outstretched".

Você ri, eu também — seus braços permanecem esticados —, e você diz:

— Sabia que estou feliz pra caralho agora? Porque estou...

Eu estico os braços, que nem você:

— Eu te amo pra caralho.

— Ainda bem — você diz. — Porque estou gostando muito de toda essa coisa de a-vida-é-um-dom que estamos vivendo agora.

Você está caminhando até a porta para ir ao trabalho — você tem que ir à biblioteca todos os dias, mas eu só vou três dias na semana — e põe a mão na maçaneta. Mas depois tira. Você olha para uma caixa de sacos de lixo.

— Quando isso chegou?

Ontem às 16h12.

— Não sei. Importa?

— Eu te disse que ia comprar sacos de lixo. Esqueci completamente.

Eu me aproximo de você. Bem perto.

— Eu pedi pela internet. Sem problema.

Você estala a língua. Estendo a mão, mas você não quer saber.

— Olha aqui — você diz. — Você nunca foi casado. Você nunca morou comigo. Eu dizia para ele que compraria leite de amêndoas e minha intenção era *mesmo* comprar leite de amêndoas... — E VOCÊ COMPROU.

— Mas aí eu me esquecia.

— Eu não me importo em comprar sacos de lixo.

— Agora não se importa — você diz. — É tudo muito novo entre nós. Mas aí é que está o problema. Da próxima vez que eu me esquecer de comprar sacos de lixo, e da próxima vez depois dessa, você não vai perceber, mas coisas assim... Elas se acumulam e, antes que você perceba, vai se ressentir de mim. E vou ficar ressentida com você porque, como você diz... Estamos falando sobre algo tão prosaico como *sacos de lixo*.

— Mary Kay, eu estou cagando para sacos de lixo. Nunca vou dar a mínima para eles.

Mas você olha para os sacos de lixo.

— Todos os dias eu vou para o trabalho pisando em nuvens, sabe? Porque é um sonho estar com você. Mas depois, quando estou prestes a voltar para casa, fico nervosa. Será que hoje é o dia em que ele vai ficar *enjoado* de mim? — Você engole em seco. — Será que hoje é o dia em que eu vou ficar enjoada *dele*?

Essa última parte foi mentira. Você está com medo porque sabe que nunca vai enjoar de *mim*. Seguro suas mãos.

— Posso dizer uma coisa? — Você responde com os olhos. — Olha, Mary Kay, eu não sou um sonho que se tornou realidade. Eu não sou perfeito... — Eu costumava ter um *péssimo* gosto para mulheres. — Mas quero que você saiba que nunca vou te deixar. E eu sei que isso pode parece banal.

— Não parece.

— Eu não tenho uma bola de cristal.

— Não — você diz, se acalmando agora. — Não tem mesmo.

— Mas só para você saber, todos os dias, quando sei que você está voltando para casa... Bem, essa é minha parte favorita do dia. — Você ergue as sobrancelhas. Com malícia. — Bem, quer dizer, é minha parte favorita do dia quando não estou no mesmo espaço que você.

Isso era tudo de que você precisava e eu consertei as coisas. A gente apoia a cabeça uma na outra. Sua testa na minha. Sinto suas células se misturando às minhas. Sinto nossos corações fazendo pressão, querendo ficar mais próximos, como se fundidos num só.

— Joe — você diz. — Me promete que você veio para ficar.

— Eu prometo, Mary Kay. Não vou a lugar algum. Você não vai fugir de mim.

Você ri e canta baixinho um pouco daquela velha canção de Huey Lewis e depois fica séria. Segura meu braço e não solta. Aperta para selar o acordo, o maior acordo da minha vida.

— Que bom.

40

QUANTO a nós, tudo só melhora. Na biblioteca é divertido. É mais lento, e isso nos dá tempo para fazer o nosso próprio jogo sutil de esconde-esconde. Adoro sentir que você está me observando quando empurro o carrinho pelo primeiro andar e adoro quando você desce lentamente as escadas em direção à Cama Vermelha, certificando-se primeiro de que percebi que devo segui-la. Você estava certa sobre isso — é divertido pra *caralho* — e está certa em relação a tudo e é difícil não atirar os livros na parede e gritar a plenos pulmões EU TE AMO, MARY KAY DIMARCO.

O dia se arrasta e a quietude é assustadora. Tudo parece morto, o que nos dá tempo para traçar planos para a nossa Bordello. Mas, às vezes, o silêncio é demasiado e você sussurra para mim *Acho que nossas vibrações sexuais afastaram todo mundo,* e tem razão. O amor é mesmo poderoso e, enfim, é hora de irmos para casa. Nós alimentamos os gatos e trepamos até não poder mais — oba! — e mais uma vez estamos nus e suados, envolvidos um no outro. Voltando para a Terra.

— Que dia — você diz. — Mal posso esperar para cairmos fora por alguns dias. Isso é horrível?

— Nem um pouco — eu digo. Porque não é.

— Ei, você sabe do Seamus?

— Não muito... Acho que ele viajou por causa de alguma coisa do CrossFit...

— Você não acha que ele anda meio desligado?

Estúpido, sim. Raso, sim. Desligado, não.

— Bem, eu acho que isso é de se esperar. É difícil para quem está sozinho ver duas pessoas apaixonadas.

— É verdade — você diz. — Todo mundo diz que o amor é que move o mundo, mas também o torna um lugar cruel e exclusivo, como um clube do livro onde não há mais lugar à mesa.

Você é tão inteligente. Beijo seu braço.

— Eu ficaria deprimido se estivesse no lugar dele.

— Ah, não — você diz. — Ele não gosta tanto assim de mim... — Claro que gosta. — Só estou preocupada.

— Acho que isso é natural. Quando as coisas estão especialmente bem, você se preocupa mais do que o normal.

Você está vulnerável, com remela nos cantos dos olhos.

— Ééé.

— Mas amanhã vamos para Cedar Cove Vitoriana.

Você sorri como uma criança.

— Ééé.

— E tudo vai ficar bem. Supondo que o sexo vitoriano não seja perigoso.

Você ri.

— Sexo vitoriano é perfeitamente seguro, prometo.

— Não, Mary Kay. Você e eu somos perfeitamente perfeitos.

Logo você está dormindo de roncar, e nem *isso* eu acho chato. Estou feliz demais para dormir. Encomendo mais balões para a festa de formatura de Nomi no próximo fim de semana — aposto que *Phil* não teria comprado balões —, então pego um dos seus Murakamis e estou meio lendo, meio sonhando com você enquanto você sonha apoiada no meu corpo. Adoro olhar para o lado e ver você ali. Adoro que você queira ficar aqui comigo. Sinto que posso ver os neurônios disparando dentro da sua mente, forjando novos caminhos, todos levando a mim, à felicidade.

Estou com fome e desço para preparar um lanche. Estamos sem ovos, então pego um Hostess Cupcake — Melanda, que descanse em paz, tinha bom gosto para porcarias — e rasgo a embalagem. O cupcake tem gosto de infância, puro açúcar.

Então meu telefone vibra. Uma nova mensagem de texto, e essa mensagem é da porra da Love Quinn: *Precisamos conversar.*

Ela nunca me escreve e minhas pernas começam a formigar. Coloco o telefone na bancada e não. Isso não está acontecendo. Eu estou alucinando — eu deveria ter ido dormir, como você — e minha tela está preta e talvez tenha sido uma alucinação, sim.

Mas em seguida o telefone acende novamente. Um novo e-mail de Love Quinn. Porra.

Ela nunca me mandou uma mensagem de texto e nunca me mandou um e-mail, mas é a mãe do meu filho. Todos os piores pensamentos inundam minha mente de uma só vez — *Forty caiu da escada, Forty se afogou na piscina, Tressa roubou Forty* —, então pego a merda do telefone, ando de um lado para outro e ligo para Love Quinn.

O telefone toca uma vez e ela não atende e vejo o meu filho nos braços de algum pervertido foragido do Sistema de Injustiça que conseguiu um emprego na Disney. O telefone toca de novo e vejo meu filho com metade do rosto arrancado por um rottweiler — Love confia em cães perigosos, eu, não. O telefone toca pela terceira vez e não sei onde meu filho está agora. Ele acabou de sair engatinhando por uma janela aberta num arranha-céu de Nova York e são minhas essas lágrimas no paraíso? Ele morreu sem ter conhecido o próprio pai?

— Oi — diz ela. — Achei que você estivesse dormindo.

— Está tudo bem com Forty?

— Ah, eu estou bem, Joe. Obrigada por perguntar.

— Ele está doente?

— Acho que estou com novas alergias, mas estou sem ânimo para fazer o teste. Todas aquelas agulhas...

O tanto que não tenho saudade nenhuma da voz dela... Interrompo na mesma hora.

— Para com essa merda. Meu filho está bem? Sim ou não.

— Joe... ele está bem.

— Graças a Deus.

— É, mas talvez você devesse ter dito *graças a mim*, porque sou eu que cuido dele de verdade...

— O que está acontecendo, Love?

— Eu te mandei um e-mail. Comprei uma passagem de avião e você vem para Los Angeles amanhã.

Não digo nada porque é isso que ela merece: nada.

— Olha só, Joe. É simples. Eu preciso ver você. *Nós* precisamos ver você. Então te comprei uma passagem de avião.

Se eu pedir a ela para esperar até segunda-feira, ela pode desligar na minha cara. Eu quero ver meu filho. Mas quero ficar com você, Mary Kay. Meus neurônios estão sendo rasgados ao meio.

— Joe?

— Estou aqui.

— Ótimo. E você estará aqui amanhã, porque se não vier... Bem... Você está se dando *tão* bem com a sua namorada e a filha dela. Quer dizer, eu sei que você *odiaria* que elas descobrissem que você tem uma família que abandonou...

Ela sabe. Como ficou sabendo? E está fazendo o de sempre, distorcendo todos os fatos, e quero entrar no telefone e estrangulá-la e estamos em 2021, caralho, POR QUE NINGUÉM INVENTOU O TELETRANSPORTE? Tento me controlar. *Respire, Joe, respire.*

— Eu não abandonei vocês, Love.

— Ah, abandonou, sim — diz ela. — Você entrou em um carro que meus pais lhe deram e dirigiu até uma casa que meus pais compraram para você. Isso é fato. Tenho certeza de que você distorceu tudo na sua cabeça para virar a vítima da situação, algum tipo de mártir... mas eu sei das coisas. E se você quiser que eu fique de boca fechada... Enfim, a gente se vê amanhã. Hoje, na verdade. Então é melhor você voltar para a cama. O carro chega aí em breve.

Ela desliga na minha cara e *eu não consigo me mexer, não consigo respirar, e eu só morro por baixo* e ela é o tubarão dentro do meu tubarão. Ela me cortou ao meio e extraiu todos os meus segredos. Vomito na lateral do deque, olho para cima e as luzes ainda estão apagadas em nosso quarto.

Entro no meu carro — *um carro que meus pais lhe deram* — e ligo para Oliver. A ligação cai na caixa postal, aí mando uma mensagem para Oliver — *SOS* — e ligo de novo. Isso é reconfortante de uma forma enlouquecedora, como tricotar enquanto a pessoa que você ama está em cirurgia. Finalmente ele atende. Grogue.

— Joe, está meio tarde.

— O que você contou a ela?

— O que eu contei pra quem?

— Love me ligou, Oliver. Ela me mandou uma passagem de avião. E nós tínhamos a porra de um acordo.

— Devagar aí.

— Comprei todas as *obras de arte* que você queria, e disse que iria me proteger. Você disse que manteria os Quinn fora de cena.

— Joe.

— Que foi?

— Você está calmo?

— Como posso estar calmo? Ela me comprou a porra de uma passagem de avião.

— E o que você fez antes disso?

— Oliver, você está me seguindo e vigiando cada porra de movimento meu. Você sabe que eu não fiz *nada*.

Ele suspira.

— Em primeiro lugar, não sei nada de passagem de avião nenhuma.

— Mentira.

— Em segundo lugar, se a minha ex-namorada, a mãe do meu *filho*, fosse rica e, digamos, um pouco dramática, acho que eu pensaria duas vezes antes de ficar me gabando da minha nova família em um fórum público.

— Eu não postei *uma* foto de Mary Kay. Só posto sobre livros.

Mas ele insiste.

— Eu não avisaria ao mundo inteiro que estou apaixonado por uma mulher, nem iria querer que minha ex me visse brincando de papai com outra família, porque seria inteligente o suficiente para saber que minha ex não ia gostar nada disso, meu amigo.

— Oliver, puta que pariu, eu *não* postei nada sobre Mary Kay.

— Ah — ele diz. — Mas sua MILF postou.

É como se eu levasse um soco. Oliver ri, e eu ouço Minka ao fundo.

— Escute — ele continua. — Minka diz que isso foi uma cagada dupla, porque sua namorada te marcou. O que faz parecer que você achou que estava sendo reservado, sabe, postando sem postar.

Não adianta discutir com ele porque Oliver tem razão e Minka tem razão e eu nunca deveria ter deixado você nos atirar aos lobos. Mas eu deixei você fazer isso, não foi? Não é sua culpa *querer* postar a porra de uma selfie, mas é minha culpa ter concordado com isso. Você me faz tão feliz que fiquei burro. A culpa disso tudo é minha, e eu estava indo tão bem. Eu não matei Melanda. Eu não matei Phil. Eu não matei Ivan.

Mas posso ter acabado de nos matar, Mary Kay.

A ligação termina e não consigo sentir meus pés e minhas pálpebras estão tremendo involuntariamente. Subo as escadas para o nosso quarto. Você ainda está dormindo, mas pela manhã você vai acordar e eu não estarei aqui. Pego um bloco de anotações na minha mesa de cabeceira. Pego um de seus lápis de loja de quinquilharias. A cabeça de Virginia Woolf no lugar da borracha. O absurdo deste momento. O horror. Não sei o que te dizer e meu voo sai em questão de horas e eu havia acabado de prometer que ficaria *aqui*. Com você. Rabisco mentiras em um bloco de anotações — minhas mentiras são espinhos que vão te machucar —, e as três últimas são pedras.

Com amor, Joe.

Você sabe que eu te amo, mas não sabe que não posso evitar Love Quinn. Eu puxo as cobertas. Deito na cama e você está dormindo profundamente, mas mesmo assim é atraída para mim, movendo-se na minha direção enquanto abre espaço para mim. Um encaixe perfeito. O único encaixe verdadeiro que já conheci. Eu odeio saber que você vai acordar amanhã e perceber que Melanda, que descanse em paz, estava certa o tempo todo, que os homens são sempre uma decepção, que eles sempre vão embora, porque homens são mesmo uns merdas. Mas Love também é uma merda, Mary Kay. Love também é uma merda.

41

BON Jovi disse que o amor verdadeiro é suicídio e ele estava certo. Love está tentando nos matar, Mary Kay. Desci do avião e entrei no carro preto que ela mandou, e agora estou na porta de uma *suíte lua de mel* na merda do Commerce Casino. Ela está na sala ouvindo meu George Harrison — *Hare Krishna, Hare Forty* —, e bato na porta como um perdedor do reality *The Bachelor* do horário nobre, como se eu quisesse a rosa dela. Ela abre a porta e está magra, mais magra pessoalmente do que no Instagram, vestida com uma camiseta dos Pixies, como se gostasse dos Pixies, e calcinha transparente. Sinto o cheiro de kombucha, água saborizada e matchá, e será que eu realmente amei essa criatura ou só amei a sensação de estar *dentro* da criaturinha?

Ela não me beija.

— Entre, Joe.

Há pétalas de rosa na cama king size e a banheira está cheia de *Veuve Clicquot*, e ela acha que podemos voltar para aquela primeira noite em que trepamos numa banheira cheia de bolhas irritantes. Eu não queria essa merda na época e não quero agora; aliás, odeio pétalas de rosa e abomino champanhe caro, e ela não me entende, não como você, e é quando eu sinto algo encravar-se nas minhas costas.

Uma arma.

Isso não é um duelo — eu não tenho uma arma — e Melanda estava certa — UMA GAROTA É UMA ARMA —, e se alguém deveria ter uma arma, esse alguém sou *eu*. Ela roubou o meu filho.

— Ah — diz ela, enquanto faz contato visual comigo pelo espelho. — Então você não sentiu saudade de mim.

— Love, abaixe essa arma.

— Responda. Eu te conheço. Eu *sinto* que você não me deseja. Você não me ama. Não está excitado em me ver.

— Você está com a porra de uma arma nas minhas costas.

— Ora, por favor. Isso não te assusta. Não se esqueça, Joe. Eu te conheço.

Ela não me conhece. Ela sabe coisas do meu passado, mas eu não sou mais aquele homem. Lentamente eu me viro e encaro a mulher que fez de mim um pai.

— Love, é uma rua de mão dupla. Não se esqueça de que eu também te conheço.

Ela rosna.

— Conhece nada.

— Love, você não me quer de volta. Você não pode fazer o que fez comigo e depois vir dizer que me "ama" com a bosta de uma cama cheia de pétalas de *rosa*.

Ela resmunga.

— Você é um tipinho tão esnobe. Realmente é, Joe.

— Viu só? Aí está. Tudo isso... Não sei o que é, mas certamente não é uma atitude grandiosa. Você não pode apontar a porra de uma arma para mim e dizer que me quer de volta.

— Estou apenas te respondendo — diz ela. — Você começou com isso. Você não me quer.

— Você me pagou para ir embora. Vocês... — Eu olho em volta. Eu gostaria que ele estivesse aqui (ele é meu filho), mas também não quero que ele esteja aqui. Ela está com uma arma. — Ele nem está aqui, está?

— Quem?

— Meu *filho*.

— Ah, sei — ela diz. — *Seu* filho. Veja só, normalmente é a mulher que usa o cara para fazer um filho. Normalmente é a mulher que ama o filho mais do que o marido. Mas você não é um cara normal, não é?

— O que você está querendo dizer?

— Que você deixou de me amar no dia em que eu disse que estava grávida.

— Isso é ridículo. O bebê foi uma surpresa tanto para mim quanto para você. Só porque eu estava entusiasmado para ser pai... Love, abaixe a arma.

— Não.

— Então o que vai ser? Pétalas de rosa ou balas?

— A escolha é sua.

— Eu estava na *cadeia*.

— E eu estava grávida. Aonde você quer chegar?

— Eu te disse, Love. A única razão pela qual sobrevivi lá, a única razão pela qual não perdi a porra da minha cabeça, foi o fato de que nós teríamos uma família.

— Ah, tá — ela diz. — Você deveria colocar isso em um cartão, Joe. "Eu só me apaixonei pela minha namorada quando ela ficou grávida do meu filho e eu soube que havia espalhado a minha semente."

— Como você pode dizer isso?

— Porque é a verdade. Porque no minuto em que contei da gravidez, *antes* mesmo de você ser preso... você passou a não me olhar da mesma maneira. Você não me queria mais. Você queria o *seu filho*.

— Love, abaixe a arma.

— Já percebeu que toda vez que eu digo a verdade, você me diz para abaixar a arma?

É verdade, mas ela acabou com todas as possibilidades de uma negociação honesta quando puxou a porra da arma, e essa é a única "verdade" que importa agora. Ela pode atirar em mim, então preciso me manter calmo. *Gentilmente, Joseph.*

— Ora, vamos, Love. Você sabe que isso não é verdade.

— Você é incapaz de amar, Joe. Você não podia ver a cara que fazia toda vez que eu arriscava me expor a doenças e criminosos... espiritualmente... fisicamente... mas toda vez que eu ia ver você, você não olhava para *mim*. Você olhava para o meu corpo como se eu fosse a merda de um Tupperware carregando o seu *almoço*.

— Abaixe a...

Ela sorri. Maligna. Mimada. *Errada.*

— O que você disse, Joe?

— Você não está se lembrando das coisas com clareza. Eu me preocupava com você, com todo o estresse...

— Nossa — ela diz. — Você achava que eu não era forte o bastante para o trabalho, não é?

— Sim, achava, caralho.

— Ah — ela diz. — Então você *realmente* achava que o meu "trabalho" era trazer ao mundo a sua prole. No segundo em que soube da sua semente plantada dentro de mim, parei de ser uma pessoa para você.

— Não é assim.

— Ah, e daí? Você vai para a "cadeia" e se acha tão *experiente* e depois você simplesmente deixa de me amar porque estou fazendo compras para o bebê e me encontrando com doulas, e não obcecada por *você* vinte e quatro horas por dia?

— Não é verdade — eu disparo. — Você sabe por quem eu *estava* obcecado naquele buraco atrás das grades? Por você, Love. Eu podia *sentir* você virando-se contra mim um pouco mais a cada vez que me visitava. Eu detestava o fato de não poder ir com você comprar berços ou encontrar as malditas doulas, mas eu culpava o *sistema*. Você, por outro lado, culpa *a mim*.

Eu também falo a verdade, mas é ela que segura a arma, e continua reclamando, delirando sobre como eu não a amava. Isso vindo de uma mulher cuja família pagava *mercenários* para livrar-se de mim, como se eu fosse o único nesta família cheio de problemas. Ela é a doente. Foi ela quem me disse que eu não matei Beck ou Peach, que descansem em paz, porque as duas estavam apenas *"usando você para a história delas de homicídio seguido de suicídio, que começou antes mesmo de elas te conhecerem"*. E a pior parte é que eu deixei mesmo de amá-la. Eu *também* fui perdendo o entusiasmo cada vez que ela me visitava.

Eu *queria* amá-la. Queria mesmo. Mas não consegui. Das coisas mais graves, tipo ela usar nosso *bebê* como uma peça de xadrez, até as pequenas, de preferir a neve falsa do shopping a céu aberto a neve de verdade. Ela ainda está reclamando e alimenta meu filho com *guacamole* e *coentro*, e eu fiz as vontades dela, eu me afastei. Fui contra as regras da porra da natureza para apaziguá-la, e o que ela faz comigo? Ela me derruba quando estou ficando de pé — eu não *quero* te amar, Mary Kay, eu simplesmente amo — e Love aponta para o sofá.

— Bem ali — ela diz. — E não tente me enfrentar. Estou preparada para atirar em você. Essa coisa tem um silenciador muito bom... — Como se eu não soubesse que ela pode pagar por *tudo* que há de melhor, como se este não fosse o motivo de ela ser tão louca, porque dinheiro não faz ninguém feliz a menos que as pessoas façam algo de bom com ele. — Eu pratiquei — diz ela. — Tenho passado muito tempo praticando tiro ao alvo. E se você tentar revidar... — Ouço isso da mulher que roubou o meu filho. — Estou falando sério, Joe. Eu vou te matar.

— Eu não quero enfrentar você, Love. Vim aqui para fazer as pazes.

Pessoas que têm filhos gostam de dizer às que não têm filhos que há coisas que só se consegue entender quando somos pais, que ter um filho *muda* a gente e que só sabemos o que é o amor quando nos tornamos mãe ou pai. É uma afirmação ultrajante que faz você perceber o quanto de desamor essas pessoas todas carregam. Mas elas têm razão numa coisa.

A maternidade muda as mulheres. Esta não é a Love Quinn. Esta é a Love *Doente*, armada e perigosa.

Meu telefone está desligado. Você já acordou — me desculpe, Mary Kay —, e Love está andando de um lado para o outro roendo as unhas, ou o que sobrou delas. Será que está viciada em metanfetamina?

— Não sou feliz, Joe.

— Lamento ouvir isso.

— Lamenta, é?

— *Claro* que sim. Você tem todos os motivos para ser feliz. Você tem o Forty. Ele está com seus pais?

— Meus pais não sabem que estou aqui, Joe. Não sou uma adolescente. Não digo a eles tudo que faço. — Ela inclina a cabeça. — E eu não sei por que você está fingindo se importar com Forty agora. Você sempre quis uma menina, *nunca* quis um menino. Sua namorada Mary Kay tem uma filha, não é?

É um golpe inesperado, eu não havia previsto e não consigo acompanhá-la. O chão está tremendo — há terremotos em Los Angeles, mesmo quando não há — e Oliver estava certo. É *disso* que se trata. Eu permaneço calmo.

— Love, sempre amei o Forty. Estou emocionado por ter um filho. E Mary Kay não tem nada a ver conosco. Eu a conheci porque você me mandou embora. Sejamos sensatos.

— *Sensatos*.

— Love...

— Joe, você nunca foi *sensato*. E você diz isso como se eu não soubesse do que você é capaz.

Trinco os dentes. Eu *era* capaz.

— Sim, eu estava no puerpério... — Ela *está* no puerpério. — E "te mandei embora". Mas você é você. Eu achei que você atravessaria o fosso a nado e jogaria pedras na minha janela. Pensei que você lutaria, que roubaria meu filho ou morreria tentando, ou estouraria seus miolos.

— Você sabe que eu nunca estouraria meus miolos, nem colocaria nosso filho em perigo. Colocamos a criança em primeiro lugar. Isso foi tudo o que fiz.

— Não — ela diz. *Irracional* e mais mimada do que nunca e imagine o que ela deve estar fazendo com o meu *filho*. — Tudo o que *você* fez foi me stalkear no *Instagram*.

— O que esperava que eu fizesse? Você não me bloqueou.

— Eu estava tentando ser legal.

— Então você acha isso "legal"? Você acha que eu deveria me contentar em assistir *vídeos* do meu filho.

— Bem, eu te conheço. Sei que você fica mais à vontade observando as pessoas de longe do que realmente ficando perto delas.

Não sou mais assim. Não desde você, Mary Kay.

— Isso não é verdade, Love.

— Então aqui vai a verdade. Você conheceu a sua bibliotecariazinha e acha que pode ter a sua vidinha feliz e ainda *nos* espionar?

— Eu nunca quis ser um espião. Só queria ser *pai*. Eu sou o pai dele.

— Você foi sumindo — ela diz. — Você não nos viu no zoológico na semana passada... — Eu estava com você e Nomi, e não é culpa *minha* que os stories desapareçam. — Você assiste cada vez menos, como se não estivéssemos te entretendo o suficiente, como se não precisasse mais de nós. Eu sei, Joe. Eu *sempre* dou uma olhada na lista de visualizações. Você sabe como foi olhar para essa lista e ver seu nome cada vez menos?

PORRA DE INSTAGRAM! NINGUÉM DEVE OLHAR PARA A PORRA DESSA LISTA.

— Love, o Instagram não é real.

— Bem, o tempo é real, Joe. E você investiu cada vez mais do seu tempo nas suas *novas* aspirantes a família, o que diz muito sobre o quanto você "ama" o seu pequeno "salvador".

— E você? Você não tem um fosso. Você não é uma maldita princesa indefesa. Você não me ligou para dizer, *Ei, o que aconteceu com você?* O que você quer que eu diga? Como podemos fazer isso dar certo?

Mas ela não é minha mãe nem meu pai.

— Bem, veja só — diz ela. — Amor e felicidade fazem bem a você, Joe.

— Não estou feliz — minto.

Ela ri.

— Você está de brincadeira? Você está muito *feliz*. A maioria dos homens... se você tirar o filho deles e a mulher que eles supostamente amam, a única mulher viva que realmente os conhece...

— Você fez isso, Love. *Você me* mandou embora.

— E você foi embora — ela diz. — Você se importa em como eu fiquei nessa?

— Claro que me importo. — Mas eu não me importo. Não mais. Eu amo você, não ela.

Ela mexe no cano da arma.

— Bem, eu fui convocada para fazer parte de um júri.

— Eu pensei que seu pai sempre conseguia te livrar disso.

— Desta vez eu fui — diz ela. — Como uma pessoa comum sem conexões, sabe como é, como uma *bibliotecária*. — Ela tem a arma e o dinheiro, então pode jogar sujo e eu fico em silêncio. — Deixei Forty com Tressa e fui de carro até o Centro de *Justiça* Criminal Clara Shortridge Foltz. Eles fazem você estacionar a um quilômetro de distância e eu tive que andar todo o caminho desde o Disney Hall, mas cheguei lá... — Eu gostaria que você estivesse aqui, Mary Kay, porque, como minha sócia-fundadora da Empathy Bordello, você veria o que eu vejo, uma mulher profundamente solitária sem ninguém para conversar, ninguém para ouvi-la, descrever o dia dela. — Eu levei meus energéticos, LäraBars... — Ela pisca para mim e minha pressão arterial aumenta. Eu disse a ela que Beck comia LäraBars. Sinto falta do homem que sou com *você*. — Então depois fui selecionada... — Ela vira os cabelos como se tivesse conseguido um papel em um filme. — Subi as escadas e vi um pobre coitado, vestindo uma calça social uns doze centímetros mais curta, junto com o advogado, que era *terrível*...

— Love, nós dois sabemos que o Sistema de Injustiça é uma fraude.

Seus olhos se estreitam.

— É mesmo, Boyzinho de Bainbridge? Posso apenas contar a minha história?

Eu faço que sim. Não posso me esquecer. Love é mal-amada. Sozinha. Los Angeles.

— Recebemos uns números e eu era o número um... — Ah, certo, ela é uma *atriz*. — O juiz me fez todas aquelas perguntas pessoais sobre minha história e ficou andando pela sala perguntando para os outros, e todos estão contando suas histórias e eu simplesmente... Eu me sinto tão próxima daquelas pessoas, como se estivéssemos naquilo juntas, como uma família, entende?

Não, não entendo.

— Entendo. É muita coisa para assimilar.

— Eles nos mandaram para casa e eu saí com alguns dos jurados porque estávamos todos tão *bolados*... — Eu não gosto da palavra *bolados*. É uma palavra falsa e esta é uma notícia falsa. — E acabamos num lounge no centro da cidade e era tarde da noite *mesmo*... — Sua voz flutua à deriva de um jeito que me lembra que Love é pervertida. — Enfim, no dia seguinte, eu voltei lá, mas não fui escolhida para fazer parte do júri. Comecei a procurar meus novos amigos e todos eles simplesmente... me ignoraram. Todos eles, sem exceção.

Ela está tão sozinha. Você também se sentiria mal por ela, Mary Kay, embora ela esteja tornando impossível para mim confortá-la agora. A arma. A *arma*.

— Lamento por isso, Love. De verdade.

— Tenho saudades do meu irmão, Joe. Sinto falta dos meus amigos. Achei que aquelas pessoas podiam ser minhas amigas... — Los Angeles é o oposto de *Friends* e meu coração sofre por Love, sofre sim, mas eu não a quero. Eu quero você. — De qualquer forma, eu disse a Tressa, a mamãe e ao papai que fui escolhida. E nas últimas semanas estou aqui, "confinada".

Morar em um cassino deixaria qualquer um maluco e digo a Love que poderíamos conseguir ajuda, mas ela dispensa.

— Não — ela diz. — Eu não preciso de ajuda. Eu sei por que não fui escolhida para o júri e sei por que todos me rejeitaram. O juiz nos perguntou se seríamos capazes de ser imparciais, apesar de nossas experiências. A maioria das pessoas disse não. Eu disse sim. Eu sei amar as pessoas que fazem coisas terríveis. É quem eu sou. Eu *nasci* assim.

— Bem, fodam-se os jurados, Love, porque, se você me perguntar, isso é uma coisa linda que você tem. Você tem um coração aberto. Não é motivo para ficar triste.

— Você acha que eu não sei o que você fez com o meu irmão?

Meus nervos perdem o controle e não.

— Eu não fiz nada com o seu irmão.

— Você estava em Las Vegas com ele. Você o arrastou para o deserto.

— Love, você não sabe o que está dizendo.

— Eu sabia, Joe... no fundo. E fiquei esperando que meu amor por você acabasse, porque se aquelas garotas... Bem, eu não as conhecia. Mas Forty era meu *irmão*. Ele era meu *gêmeo*.

— Eu não matei o seu irmão.

— Não — ela diz. — Mas também não o salvou.

— Love, por favor. Ninguém poderia "salvar" Forty... — Ele estava além da redenção. — Você faz parecer que eu estava com ele, como se eu pudesse tê-lo impedido de andar na rua, como se eu pudesse ter parado aquele carro. Eu não queria que ele *morresse*... — Claro que eu queria matá-lo, porra. Ele estava me chantageando, me apagando de todo o trabalho que fiz. E sim, quase fiz isso em Vegas, eu *queria* acabar com a vida dele. Mas eu não fiz, assim como não matei Melanda ou Phil. Querer matar alguém não é crime.

— Julie Santos — ela diz. — Eu penso naquela mulher todos os dias.

O nome é *Saint* Julie e eu balanço a cabeça.

— Não é culpa dela. Não é minha culpa. Love, você tem razão. Irmãos gêmeos têm um vínculo e nada pode atrapalhar isso e ninguém o conhecia como você. Então, ninguém sente falta dele como você e eu não posso mudar isso, mas posso ajudar.

— Não — ela diz. — Você não pode ajudar. Nós somos iguais. Você perdeu o seu *filho*, mas está lá naquele lugar saltitando como o cara mais feliz do mundo...

— Você viu umas merdas de fotos que nem fui eu que postei.

— Mas você está nelas, Joe. Você não se importa conosco porque não consegue se importar.

— Eu me importo, sim.

— Não, Joe. Veja, o meu irmão matou o meu *cachorro* e eu não deixei de amá-lo. Mas *você*... você perde o seu filho e o que você faz? Você foge e encontra uma nova família. Há algo de errado conosco, Joe. É um fato.

— Não, não há, Love. Não somos anormais. Somos sobreviventes. E isso é uma coisa *boa*.

Mas ela apenas aponta a arma para mim.

— Levante-se e vire-se — ela comanda, e ela é *o tubarão dentro do meu tubarão*. Ela libera a trava de segurança e eu olho pela janela, para aquela cidade comercial, e não vou deixar Love vencer, não quando finalmente estou feliz, não quando finalmente tenho tudo que quero. Não posso fazer isso com você. Digo a ela que Los Angeles traz à tona o que há de pior nela, em todos, que estou melhor porque *saí* dali e que ela também poderia ser melhor.

Mas ela apenas ri.

— Ah, Joe. Eu não vou morar na sua *casa de hóspedes*.

— Love, me escute. Sinto falta de Forty a cada segundo de cada dia, e você sabe que não posso ser feliz se você não estiver feliz.

Comecei com a verdade e passei para a mentira e ela sabe que eu não a amo e diz que sabe que eu queria sair de Los Angeles.

— Você não se mandou por causa do *contrato*. Você foi embora porque tinha medo de ser pai. Você me conhece. Você sabia que eu nunca iria topar o plano de *Bainbridge*. Você pode não perceber, mas foi por isso que inventou esse sonho. Para me afastar. E eu entendo, entendo sim. Você não voltou para nos encontrar porque, no fundo, sabe que eu sou igual a você. Ruim e irrecuperável.

Foram palavras perigosas. Quando uma torradeira está *ruim e irrecuperável*, você não quebra a chave de fenda. Você não tenta consertar. Você só joga em uma lixeira. E há lixeiras neste edifício, neste cassino.

— Estou aqui agora, Love.
— Eu sei — ela diz. — Assim como eu.
Não pertencemos ao mesmo barco e eu sei aonde este barco está indo: para o fundo. Tenho que remar. Tenho que lutar.
— Love, não somos pessoas ruins.
Ela não vai olhar para mim. Ela não vai me dar um remo.
— Você está aqui porque as ama, não a mim, mas não vou deixar que elas acabem como o meu irmão, Joe. Como aquelas garotas. Eu não posso fazer isso. Não vou deixar.
Ela ergue a arma e seu dedo aperta o gatilho. A explosão é silenciosa, mortal. O circuito é interrompido. As luzes se apagam de uma vez e eu caio em um buraco negro.

42

O buraco negro sucumbe à luz branca e a luz branca revela paredes brancas e todos os bipes me dizem que não estou no céu. Estou em um hospital e o bipe é incessante e onde você está? Onde eu estou? Havia uma arma. Love tinha uma arma.

Uma enfermeira chamada Ashley entra correndo e ela se parece com Karen Minty e eu não matei Karen Minty. Eu a libertei. Ela está viva e bem no Queens, casada com um policial, grávida pela segunda vez em um ano. Eu também estou vivo. Eu sobrevivi. Pergunto à Minty da Costa Oeste o que aconteceu e ela sorri. Tem cabelos louros compridos e exagera no delineador.

— Você levou um tiro, querido. Mas está bem. O médico chegará em breve.

— Há quanto tempo?

Ela aponta para um quadro branco e sabe-se lá quantas horas e *treze dias* e eu rasgo os lençóis porque perdi a formatura de Nomi — os balões que encomendei chegaram e você está achando que abandonei você? — e onde está o meu maldito telefone? Minty da Costa Oeste quer que eu me acalme, mas tenho direitos. Eu quero o meu telefone.

— Querido — diz ela. — Seu pai está com o seu telefone. Ele estará de volta daqui a pouco. Fique calmo.

Não tenho *pai* e posso não ter mais namorada — você me odeia? Você sabe onde estou? —, e, como prometido, como ameaçado, o médico está aqui com uma horda de não médicos e onde está a merda do meu "pai"? Minty da Costa Oeste me abandona e meu médico parece mais um corretor de imóveis do que um médico, e eu realmente *odeio* Los Angeles. Ele folheia meu prontuário.

— Então, como estamos indo, Joe?

Digo a ele que preciso do meu telefone, e os não médicos riem e dizem que meu senso de humor está intacto. O médico aponta para a minha cabeça.

— Eu tenho três palavras para você, Joe. Localização, localização e localização.

Ele realmente está desperdiçando sua vocação para o mercado imobiliário e se gaba de seu trabalho, como ele "salvou" a minha vida, como se essa não fosse a porra do seu trabalho, como se eu me importasse, como se eu não precisasse da porra do meu telefone. Todos os detalhes entram por um ouvido e saem pelo outro porque não me importa que menos de 5% das pessoas se recuperam desse tipo de ferimento de bala. ONDE ESTÁ A PORRA DO MEU TELEFONE?

— Vamos mantê-lo aqui por mais alguns dias.

Seguindo a grande tradição de Mel Gibson em *Teoria da conspiração* e de outros inúmeros sobreviventes que lutam para fugir dos hospitais, eu sorrio.

— Parece uma boa ideia.

— Você é um homem de sorte, Joe. Não sei se você é religioso, mas se desejar conversar com alguém, temos muitas pessoas.

Quero falar com *você* e preciso da porra do meu telefone. Ele vai embora — que boa relação com os doentes —, e não sou um homem de *sorte*. Love sequestrou o meu filho e atirou na minha cabeça e onde ela está? Onde está o meu filho? Onde está a porra do meu telefone?

Aperto o botão de emergência e sento na minha cama. Acalme-se agora.

— Ashley — eu digo. — Você pode me contar o que aconteceu?

ASHLEY sabe tudo.

Ela *ama loucamente o The Pantry* e se mudou para cá de Iowa na esperança de conhecer pessoas famosas. E ela conheceu. Ela viu o filme de Love e é por isso que é tão difícil para ela me contar o que aconteceu, mas também é por isso que ela está tão animada para fazê-lo.

— Love atirou em você — ela me diz, e então verifica a porta pela décima vez. — E você promete que não vai contar a eles que eu te disse? Não quero perder o meu emprego.

— Ashley, juro por Deus.

Ela segura a minha mão, eu olho para os nós dos dedos dela e penso nos seus, e então Ashley Minty me diz que Love Quinn está morta.

As palavras estão truncadas. Meu cérebro não as deixa entrar. Meu coração sucumbe. *Não.* Love Quinn não pode ter morrido. Love Quinn deu a *vida* ao meu filho e não é a hora dela e, sim, ela estava transtornada. Estava deprimida consigo mesma. Mas todos nós já passamos por isso, e ela não faria uma coisa dessas com o nosso filho. Ela não poderia fazer isso com nosso filho. Ashley está enganada, porque ela só pode estar enganada.

— Não — digo. — Isso é impossível.

— Eu não deveria ter te contado.

— Ashley, espere.

Mas Ashley Minty não espera. Ela pega seus prontuários e me faz jurar novamente que não contarei a ninguém e olho em volta do quarto.

— Mas vou contar a quem?

Ela sai e eu começo a chorar e ainda estou nisso uma hora depois e Bon Jovi pode ir se foder porque o verdadeiro amor não é suicídio, afinal. É tentativa de *homicídio* seguido de suicídio e meu filho não tem mãe, não mais, e a única coisa pior do que uma mãe ruim é *não ter mãe*. Eu não tenho pai — *seu pai está com o seu telefone* — e estou sozinho. Como se eu não tivesse filho, namorada, enteada, e meus olhos estão latejando, minha cabeça está latejando e depois meu peito está pegando fogo e soa uma voz.

— Muita calma nessa hora.

A voz pertence a Ray Quinn, mais velho e um pouco mais largo, com muito mais manchas hepáticas no rosto. Ele está parado na porta e vem se sentar na cadeira ao lado da minha cama. Ele devolve meu telefone — *um* pai, não *meu* pai. O pai de Love.

— Muito bem, então ficou assim — diz ele. — Dissemos aos nossos amigos e familiares que Love tinha câncer.

— E tinha?

— Não. Deixe-me terminar de falar, porque você precisa ouvir cada palavra que eu disser para depois se lembrar de cada palavra. Entendido?

Eu concordo. Como se estivesse em condições de me lembrar de qualquer coisa.

— Dissemos às autoridades que você foi assaltado naquele cassino.

Eu não fui assaltado. Love me deu um tiro. E depois atirou em si mesma.

— Tudo bem.

— É um lugar horrível, aquele cassino, e um maluco drogado... o atirador... Bem, ele sabia a localização das câmeras, então é por isso que não há gravações da segurança.

Eu olho para o meu telefone, mas Ray é da velha guarda.

— Você está me ouvindo?

— Sim — eu digo, e finalizo minha mensagem para você: *Desculpe. Posso te ligar?* — Então, basicamente, se me perguntarem... Love morreu de câncer.

— Câncer.

— Que tipo?

— Câncer de mulher. — Ele é velha guarda *demais,* e então esfrega os olhos. — Cervical — diz ele.

— E eu levei um tiro no corredor.

Ele me encara.

— Sim, isso mesmo, Joe. Sim, você foi baleado no corredor.

Meu telefone está mortalmente silencioso e Love está morta e a morte está ao meu redor, está nos olhos vazios de Ray. Quero você. Preciso de você. Você ignora minhas mensagens e eu entendo, mas levei um *tiro*. Meu filho está órfão. Isso é demais para suportar e Ray suspira.

— Se você me der licença.

No segundo em que a porta do banheiro se fecha, ligo para você e caio na caixa postal.

— Mary Kay, sou eu. Eu sinto muito. Eu tive... — Eu não quero que você se preocupe. — Volto para casa em breve. Estou bem e, de novo, sinto muito.

Entro no Twitter e obviamente Tressa está postando uma música dos Beatles que ela não sabe de cor: *Isso é para você, Love Quinn. Ainda não consigo acreditar. Kombucha kisses forever. #RIPLove #FuckCancer.* Eu clico no obituário de Love. É tudo mentira. Eles não nos dizem que ela mentiu quando afirmou estar confinada por ser parte de um júri. Não nos dizem que ela comprou uma arma de destruição em massa em Claremont e não nos dizem que ela tentou e fracassou quando quis me matar, mas que obteve sucesso em acabar com a própria vida. Los Angeles que se foda e morra, porque realmente é o lugar mais solitário do mundo. Fico olhando para a última linha da fake news.

Em vez de flores, pedimos doações para a Sociedade Americana do Câncer.

Ray volta, e ele deve estar se odiando agora. Ele tinha dois filhos e nenhum deles chegou aos quarenta anos. Ele se senta na cadeira ao lado da minha cama, a cadeira que foi feita para as pessoas que nos amam.

— Então — ele diz. — Como está se sentindo?

— Estou chocado. E você?

Ray ignora a minha pergunta e se levanta com dificuldade da cadeira. Ele se move como um mafioso, o tempo não tem sido generoso com ele, arrastando os pés nos seus sapatos de crocodilo brilhantes. Sem meias. Fedendo a colônia, como se isso não fosse grosseiro de se fazer quando se visita alguém no hospital. Ele tranca a porta e isso é permitido?

— Você está bem, Ray?

Então ele se vira e atravessa o quarto voando. Ele tira a gravata e vem até mim e a coloca em volta do meu pescoço e eu *não posso me mexer, não posso respirar, e eu só morro por baixo* e soco o ar, mas estou fraco. Finalmente, ele afrouxa o aperto. Então ele joga a gravata em mim e cospe.

— Dottie — ele diz. — A única razão pela qual não posso fazer isso é Dottie.

Eu ainda não consigo respirar. Ele disse que não vai me matar por causa de Dottie, mas ele quer me matar, e se ele fizesse isso, eu também teria "câncer". Ele pega a gravata de volta e é meticuloso com ela, enrolando-a no seu pescoço largo e gordo, dando aquele nó perfeito, conversando casualmente sobre o pai *dele*, que o ensinou a dar um nó perfeito numa gravata. Ray tinha um ótimo pai. Eu não tive pai. Eu ainda não sei como dar um nó na porra de uma gravata. Mas uma boa infância não significa nada, porque não sou eu que estou aqui tentando *matar* alguém.

— Tudo bem — diz ele. — Você acordou e eles me avisaram que isso poderia acontecer. Então, quanto mais vai demorar para eu me livrar de você de uma vez por todas?

Eu não quero dinheiro — sobrevivi a um tiro — e o "homem de família" deveria saber disso.

— Eu só quero Forty, Ray. É isso.

— Quê? Quarenta mil, é isso?

Inacreditável, mas eu deveria ter esperado por isso.

— Forty, o meu filho.

Ele fecha o punho e abaixa a mão.

— Ele não é *seu* filho. Você foi embora.

— Você me obrigou a ir e eu fui porque era isso que Love queria.

— Você tem gelo nas veias — diz ele.

— Ele é meu filho.

— E você me diz que cuidaria bem dele?

— Sim, cuidaria.

— Então você é um homem reformado. Sr. Serviço Comunitário de Bainbridge Island?

— Nós íamos nos visitar uma vez por mês. Mais do que isso.

— E você está indo bem lá?

— Ray, sou o primeiro a agradecer por tudo o que você fez por mim. E você me viu. Eu chorei o dia todo e nunca vou superar isso e nunca vou me perdoar por não ter conseguido tirar aquela arma... — Eu não quero dizer o nome dela. Não estou preparado. — Olha, me deixe fazer a coisa certa aqui. Me deixe cuidar do meu filho...

— Bem...

Ele não diz sim, mas também não diz não, e eu me sento. Eu o olho nos olhos.

— Você sabe que é o que ela iria querer.

— Ah, moleque — diz ele. — Você não está em posição de especular sobre os desejos da minha filha. Ela queria que você fosse embora.

— Eu sei — eu digo. — Mas ela fez esse plano quando estávamos separados. Ela estava, bem...

— Está nos genes — diz ele. — Dottie também estava no puerpério.

Ele revira os olhos, e se ao menos *ele* pudesse engravidar e rastejar de quatro e sangrar e cagar e dar à luz. Talvez então ele não fosse tão arrogante sobre o que significa ter um bebê, e não foi isso que eu quis dizer, mas concordo mesmo assim.

— Ray, você está certo. Ela fez o contrato. Ela queria que eu fosse embora. Eu sei que isso vai soar estúpido... mas ela não me bloqueou no Instagram.

— Fale em língua de gente.

— Ela publica stories no Instagram, entende? E quando você publica stories...

— Filmes?

— Fotos. Vídeos.

— Quem escreveu os roteiros?

EU VOU PERDER A CABEÇA E NÃO VAI DEMORAR.

— Eles são como filmes caseiros. Você os coloca na internet e decide quem pode vê-los. E é muito fácil bloquear pessoas, Ray. Mas Love *queria* que eu visse nosso filho crescer. E eu acho que ela gostaria que eu participasse e cuidasse dele.

— Ela deu um tiro na sua cabeça.

Não tenho a porra de uma resposta para isso e eu nunca deveria ter trazido os *stories* dela para essa conversa maluca.

— Eu sou um homem razoável, Joe... — Ele também tentou me matar. — E Dottie e eu não somos mais jovens.

— Você está ótimo, no entanto.

Eu conto suas manchas hepáticas e ele sorri.

— Obrigado, filho. Agora você está lá em... Mercer Island, não é?

— Bainbridge — eu digo. — E realmente é um lugar excelente para criar uma família. A casa é ótima, obrigado por isso. E tenho uma casa de hóspedes. Poderíamos fazer isso juntos. Forty poderia morar comigo. E você e Dottie, bem, serão bem-vindos a qualquer hora, sempre.

Ele pega o telefone e isso está realmente acontecendo? Eu posso ver isso agora, Mary Kay, você e eu e meu *filho* e sua Suricato e as coisas realmente funcionam para o melhor — desculpe, Love, mas talvez você soubesse que Forty precisa de mim agora, agora — e Ray é da velha guarda, um pouco violento, mas distingue o certo do errado e sabe que o que o Love fez foi errado. Ele é pai e *eu sou* pai.

Ele joga seu telefone no meu colo.

— Aqui está uma "história" que assisti recentemente.

É como se outra bala acertasse minha cabeça, só que, desta vez, eu não desmaio. Eu estou no vídeo. Estou arrastando Melanda, que descanse em paz, para o barranco em Fort Ward e esse "vídeo" conta apenas *metade* da história. Eu *não* a matei. Eu não fiz isso. Oliver deveria ser meu amigo. Ele me deu sua palavra. Isso não é justo, porra, e Ray apenas sorri.

— Nós somos iguais nesse aspecto, Joe. Eu também só digo o que vejo. E eu vejo você.

— Ray, não é o que parece. E você não pode confiar em Oliver... — E eu confiei em Oliver. — Ele deve ter alterado esse vídeo. Eu não matei Melanda. Ela cometeu suicídio na minha casa.

— E suponho que você também não matou o cara da banda, aquela estrela do rock... o sujeito cuja esposa você está bimbando lá.

Eu não estou *bimbando* você e digo a porra da verdade.

— Não, Ray. Eu não matei Phil DiMarco. Ele era viciado em drogas e tomou alguns comprimidos perigosos.

As manchas hepáticas de Ray escurecem.

— Você é um veneno, Joe. Essa pessoa, Melanda... Esse Phil que você mencionou... Preciso lembrar a você que meus dois filhos também estão mortos por sua causa?

Não é minha culpa que os filhos dele estejam fodidos e muitos jovens ricos vivem menos que os pais e meu coração está batendo forte e Ashley me envenenou com adrenalina?

— Agora ouça aqui — diz ele. — Eu sou pai. Você não é nada. Você é um doador de esperma.

Eu sou pai.

— Ray, por favor.

— Eu cuido da criança. Eu ganho o dinheiro, então digo o que vale. E agora, eu digo que você não chegará a menos de trinta metros do meu neto pelo resto da vida. Minha filha não era boa atiradora... mas se você tentar chegar perto do meu neto... Bem, Joe, meus homens não erram.

Ele joga um contrato na minha bandeja e depois uma caneta.

— Tudo bem, professor, assine.

É isso. Este é um momento da minha vida. Esta é minha segunda chance, a segunda vez que um Quinn me intimidou com um contrato.

— Ray, você está tomando uma decisão ruim. Você tem uma ideia errada sobre mim e Forty vai querer conhecer o pai dele um dia.

— Nem por cima do meu cadáver — diz ele. — Não, me corrijo: nem por cima do *seu*.

O sol está forte hoje, mostrando as manchas hepáticas de Ray. Ele as vê no espelho todas as manhãs, manchas sinistras, lembretes de que não durará para sempre, não importa o quão competente seja com seus investimentos e sua sonegação de impostos. Vou sobreviver a esse oligarca americano e é *por isso* que ele me odeia, não por conta do que ele acha que eu fiz a seus filhos. Ele sabe que eu sei que ele fracassou como pai. Isso não é uma derrota. É um novo território.

Ele tem o dinheiro. Ele tem o poder. Ele tem armas. É por isso que leva tempo para se destruir o patriarcado. Pessoas como Ray Quinn não têm apenas o apoio do Sistema de Injustiça. Elas o possuem. Se quero viver para conhecer o meu filho, só tenho uma opção: assino o contrato.

Tenho fé em meu filho — *Hare Forty, Hallelujah* — e nas manchas hepáticas de *Hare Ray* também. O câncer está vindo para esse filho da puta e... quem sabe? Talvez já tenha chegado.

43

O médico e a enfermeira não me deixaram sair, Mary Kay. Eles me mantiveram refém — *Se não se tem saúde, não se tem nada* —, e no meu terceiro dia de recuperação Howie teve uma convulsão na biblioteca. Eu li sobre isso na página de Bainbridge no Facebook.

Mandei uma mensagem para você — *Eu sei que você está zangada, mas como está Howie? Estou preocupado com ele* — e falei sério. Eu estava preocupado com o Naftalina. Mas você me ignorou.

Perdi dezesseis dias da nossa *vida* naquele leito de hospital porque, claro, saúde é bem-estar, mas de que serve saúde sem amor? Liguei para você, Mary Kay. Mandei mensagem. Você me ignorou e depois me ignorou um pouco mais. Encomendei pizza Bene para você e para a Suricato pelo Postmates, e a entrega foi marcada como *incompleta*. Assim como nós. Perdi a formatura de Nomi — imperdoável, como perder o nascimento do meu *filho* —, e não consigo te ver no Instagram — você me bloqueou —, e a Suricato anda quieta em seu próprio perfil.

— A renovação desta receita só com nova avaliação clínica, mas esses comprimidos aqui já devem ajudá-lo a superar problemas — diz a enfermeira na saída.

Pego a porra dos comprimidos e o saco plástico com meus pertences e aperto os botões do elevador — anda logo —, então vou para o aeroporto de Burbank, mas meu voo está *atrasado* e fico lá sentado olhando os aviões indo e vindo, escutando músicas de Stephen Bishop encobertas por músicas de Steely Dan e *finalmente* é hora de embarcar.

Pousamos no SeaTac e, agora que estou realmente aqui, realmente perto, algo começa a me preocupar.

Você pode não me perdoar nunca. Afinal, Love nunca me perdoou.

Eu peço um Lyft, entro no Lyft, embarco na balsa e o relógio com o aviso ESTOU QUEBRADO ainda está quebrado e eu desapareci de você. Quebrei a promessa que fiz a você.

Chegamos a Bainbridge e o estacionamento está cheio de turistas e bicicletas e ainda nem é verão, mas os homens estão de sandálias e as mamães de casacos leves e o tempo passou. Foi muito tempo?

Eu vou a pé para casa e viro na minha rua e você estava certa, Mary Kay. Aqui não é *Cedar Cove*. Se fosse, você estaria regando nossas flores e protegendo os olhos com a mão e acenando para mim. *Joe! Você está aqui!*

Entro na minha casa que não cheira a brownies e você encheu os potes de ração e Licious me encara como se não tivesse certeza de quem eu sou — vai se foder, gato — e Riffic bufa — vai se foder também — e Tastic nem sai da porra do sofá, que se foda mais ainda, mas não. Eles não fizeram nada de errado.

Eu fiz.

Seus sapatos não estão alinhados no capacho, e eu ligo para Oliver e uma mulher com sotaque libanês diz, *Aqui não tem Oliver nenhum,* e isso é típico. Ele trocou o número do telefone. Ele nunca foi meu amigo. A casa dele está mobiliada e as pessoas de Los Angeles apenas nos usam para conseguir o que querem, então vou até a casa de hóspedes e espero ver suas coisas aqui, mas minha segunda casinha está vazia também. Você desapareceu, e eu tenho que respirar apesar da minha dor. Você sumiu de mim porque acha que eu sumi de você.

Eu nunca faria isso com você, no fundo você sabe disso, não é?

Sou um *Soldier of Love* ferido voltando para casa depois da Terceira Guerra Mundial. Tomo um banho e *talvez eu devesse* ir de carro até a biblioteca em vez de caminhar, mas gosto da ideia de você me ver ferido, lutando e suado. Quando chego lá, hesito na porta da frente da Biblioteca Pública de Bainbridge e, em seguida, respiro fundo, como se estivesse na primeira página de um livro novo. Abro a porta e lá está você, no mesmo lugar em que estava na primeira vez em que pus os olhos em você. Seu livro cai no balcão. *Paf.* Roxane Gay hoje, muito diferente do nosso Primeiro Dia Murakami, *quase sugados para dentro*.

Você marcha pela biblioteca e eu a sigo até lá fora porque você se dirige à nossa namoradeira. Você não se senta — mau presságio — e fecha os punhos e ferve.

— Ah, foda-se.

Agora você se senta — presságio invertido — e eu também me sento. Você cruza as pernas, meia-calça até hoje, no início do verão, como uma viúva de luto, e devo colocar a mão no seu joelho para lembrá-la do calor entre nós? Não coloco.

— Mary Kay.
— Não. Nem tente.
— Desculpe.
— *Nyet*.
— Eu levei um tiro.
— Que bom.

Isso *não* é bom e eu toco o curativo na minha têmpora e você cruza os braços.

— Se você veio aqui em busca de piedade, pode simplesmente ir embora.
— Eu *sei* que fiz merda. Eu estava internado no hospital, Mary Kay. Eu levei um *tiro* e liguei para você... Mandei uma mensagem... Merda, eu tentei mandar uma pizza para vocês.

Você assente.

— Howie morreu.

Não é culpa minha. Howie era um viúvo que se sustentava por um fio, por um poema.

— Eu sei. Eu vi. E mandei uma mensagem quando soube disso e liguei para você... — Eu não posso ficar falando só de mim. — Como você está? Como foi a formatura de Nomi?

Você descruza as pernas e aperta os joelhos, como se não quisesse que eu os visse, muito menos os tocasse. Os nós dos seus dedos são montanhas de bronze. Mudas.

— Hannibal, eu sei que estraguei tudo. Não estou tentando me justificar.

Você não me chama de Clarice e sua voz é nova.

— Eu acho que você deveria ir embora.
— Temos que conversar sobre isso. Você não pode simplesmente me punir porque fui *atacado*.

Raposas são terríveis, matam gatos domésticos, e você não é diferente.

— Você simplesmente não entende, Joe. É preciso entrar e voltar para o meu trabalho.
— Espere. Você tem que me deixar explicar o que aconteceu.
— Eu não "tenho" que fazer nada. E este é o nosso padrão. Percebo isso agora. Sempre sou eu dizendo que você não me deve uma explicação

ou você me dizendo que eu não *te* devo uma explicação. Nós tentamos... mas não deu certo.

— Isso é diferente.

Você dá de ombros.

— Somos uma combinação péssima. Estamos sempre nos desculpando ou dando grandes saltos ridículos para os quais nenhum de nós está realmente preparado. Eu não te odeio. Mas sei que isso não dá certo.

— Você não pode fazer isso comigo, Mary Kay. Você não pode se recusar a *falar* sobre isso.

— Não, Joe. Isso é o que você parece não entender de relacionamentos, de mulheres. Seus sentimentos não são responsabilidade minha.

É claro que são, porra. Isso chama-se "amor". Isso chama-se "nós".

— Eu sei disso.

— Então, vamos ser adultos. Eu também errei. Eu percebi que estava indo nas coisas com muita intensidade, rápido demais, indo morar com você, pedindo que nunca me deixasse...

— Você não estava indo rápido demais. Eu amei tudo.

— Você não pode dizer isso depois do que fez, Joe. Atos falam mais do que palavras. E você se senta aqui e nem entende por que estou furiosa, não é?

— Você está furiosa porque eu fui embora. Mas, Mary Kay, deixei um bilhete para você.

— Um bilhete — você diz. — Sim, você deixou um bilhete. *Mary Kay, tive que ir a Los Angeles por causa de uma emergência familiar. Eu te ligo assim que chegar. Mil desculpas. Com amor, Joe.*

É por isso que você está com raiva de mim, por causa da merda do *bilhete*. Mas você memorizou o que escrevi, então ainda tenho uma chance.

— Desculpe por isso.

— Eu não me importo com seus pedidos de desculpa, Joe. Eu me importo que você não tenha me acordado para me contar o que aconteceu. Eu me importo que você tenha sido vago. Quando as pessoas estão *juntas*, elas falam a verdade. Elas não dizem asneiras como "emergência familiar". Elas agarram seus ombros. Elas acendem as luzes, contam *exatamente* o que aconteceu e pedem que você as acompanhe, Joe. Isso é o que pessoas adultas fazem.

— Desculpe. Olha, não era coisa de família, não *exatamente*. Mas uma garota que namorei em Los Angeles, a família dela é terrível... — É verdade. — E ela ficou doente e...

— Joe, é tarde demais. Você está perdendo o seu tempo.

Você diz isso, mas não se move, e está certa, mas está errada.

— Bem, que tal ver as coisas pela minha perspectiva, Mary Kay? Você foi casada com alguém, *eu sei*. E Deus o abençoe, que ele descanse em paz, mas ele despejava tudo em você todos os dias. Ele não hesitava em descarregar os problemas em você às quatro da manhã, e você já pensou que... talvez eu só estivesse tentando deixar você ter uma boa noite de sono? Você já pensou que talvez eu tenha feito isso porque achei que era uma boa forma de amá-la naquele momento?

— Talvez amar não seja da sua natureza.

Arrepios brotam em meus braços e novas balas atingem minha cabeça e meu coração. Essa foi a pior coisa que você já me disse e estamos na merda da nossa *namoradeira* e você suspira.

— Desculpe. Isso é exatamente o que eu não queria. Eu não queria brigar e espero que sua ex esteja bem, mas acabou, Joe. E você precisa aceitar.

Esfrego a cabeça, apenas o suficiente para lembrá-la de que estou *ferido*.

— Bem, eu não acho que acabou.

— Estou muito contente que você tenha mencionado Phil... — Eu nunca deveria ter trazido aquele rato ao assunto. — Porque realmente tem a ver com ele. O único dia em que ele precisava que eu estivesse lá... eu estava com você. Eu nunca vou me perdoar por isso, Joe. E todo esse ato de desaparecimento, a parte do guerreiro ferido, você tem razão. Parece familiar demais. Não vou gastar mais meu tempo cuidando de um homem que me dá as costas, volta ferido e precisa que eu resolva.

Você dá aquela respiração profunda de quem chegou no final do livro, como se estivesse pronta para o fim desse maldito romance, e então oferece a sua mão como se não acreditasse mais no amor.

Você diz aquela palavra suja de novo.

— *Amigos?*

Love não me matou, mas ela conseguiu o que queria em seu estado psicótico depressivo. Ela nos matou. Eu aperto a sua mão — *Amigos* — e a energia sai por todo o meu corpo e eu caminho para o estacionamento. Não tenho condições de andar, de dirigir. Procuro a sombra de uma árvore.

— Então está vivo.

Olho para cima e é a Suricato. Ela cresceu enquanto eu estava fora. Ou talvez seja apenas eu e talvez eu esteja em negação porque ela também sofreu uma regressão. Ela está de volta ao *Columbine*, franzindo os olhos.

— Nomi — eu digo. — Parabéns pela formatura. Como você está?

— Bem, eu não levei uma punhalada na cabeça.

— Tiro — eu digo. — Mas não foi grave.

Ela quer ver a ferida de perto, mas digo a ela para ficar onde está porque, se você estiver nos observando — e espero que esteja —, quero que saiba que não estou usando meu *ferimento* para chamar atenção e gostaria de arrancar esse curativo da porra da minha cabeça se eu pudesse. Ela acena com a cabeça.

— Legal.

— Olha, desculpe por eu ter desaparecido...

— Ah, eu mal estive aqui. Fiz alguns amigos em Seattle, fiquei muito na casa de Don e Peggy. Enfim, vamos voltar para a sua casa? Porque o Marshall Suites é tão nojento, e eu *odeio* dividir o quarto com minha mãe.

Você me odeia tanto que se mudou para o antigo hotel de Oliver e maldita seja, Love Quinn, que descanse em paz.

— Bem — eu digo. — Sua mãe não está muito feliz comigo agora...

Ela dá de ombros.

— Minha mãe nunca está feliz. Exceto quando está com você. — Então ela balança para a frente e para trás com seus tênis que são infantis demais para ela, tênis que acendem luzinhas. — Sério, Joe, a gente se vê em breve. Está tudo bem, sim.

Ela diz isso com tanta confiança porque conhece você de uma maneira que eu não conheço. Ela te conhece a *vida* inteira e diz que está certa sobre você, Mary Kay. Você *fica* feliz quando está comigo e esse é o principal. Vejo você na biblioteca e você vê que eu e a Suricato estamos botando a conversa em dia. Você sabe que isso é para ser. A Suricato vai embora — *Lamento por você ter levado um tiro na cabeça* — e eu olho para a janela, para os seus olhos.

Você não acena, mas não me mostra o dedo do meio. Você me dá as costas agora e finge estar ocupada com uma Naftalina — você não está —, mas ainda não terminou comigo. Eu só tenho que consertar as coisas.

A caminhada para casa é brutal e minha cabeça está latejando e eu *talvez devesse* ter pegado um táxi da balsa para a minha casa e *talvez devesse* ter ficado deitado no meu primeiro dia de volta. Enfim desisto e tomo um analgésico e pego seu capacho imundo e jogo na máquina de lavar. Preciso deixar a nossa casa pronta para você voltar, então assisto ao capacho girando — são os remédios, eu detesto essas drogas — e coloco minhas mãos no vidro — *veja os barcos indo velejar* —, e estou babando e suando e minha cabeça está cheia de algodão-doce contaminado.

Esses comprimidos são demais para mim e o capacho é um veleiro. Estou alucinando. Ouço Stephen Bishop no aeroporto, cantando sobre as mulheres da Jamaica e então a música, que não é real, morre. Estou de volta em minha casa e meus pés estão no chão da lavanderia. Estes são meus pés e o capacho não é um veleiro.

Mas não estou sozinho.

Eu vejo um homem no vidro. Aqui é *Bainbridge* e é seguro, mas eu estive fora por duas semanas e os criminosos fazem isso. Eles vigiam casas. Ele provavelmente pensou que eu tinha ido embora.

Ele dá um passo à frente e eu fecho o punho. Sua sombra fica mais clara agora, mas aqui é Bainbridge e talvez seja um mal-entendido, um vizinho preocupado com a atividade repentina na casa. Mas Bainbridge é uma ilha em um estado americano, e a América é violenta e se o homem estivesse aqui em uma visita de cortesia, ele diria isso.

Eu franzo os olhos como a Suricato e olho mais de perto seu reflexo. Vejo um boné de beisebol e ombros estreitos e inclinados. Ele é baixo. Baixo como o Nanicus. Eu me viro e é o Nanicus, mas ele não deu uma *passadinha* na minha casa para se certificar de que estou bem. Ele está armado e eu estou de mãos vazias e lento — as drogas são um mal — e o golpe é rápido. *Toing*.

Homem abatido, Mary Kay, um dos bons.

44

DIZEM que culpar a vítima é uma coisa ruim, mas às vezes a vítima *deveria* sim ter parte da merda da responsabilidade. Tomei um maldito analgésico com o estômago vazio e não tranquei as portas, como se eu fosse um caipira da quarta geração de Bainbridge que se recusa a trancar as portas porque antigamente a ilha era segura e ninguém precisava trancar as portas da casa, e sabe do que mais? Eu mereço ser amarrado por um lunático CrossFit da *sexta* geração de Bainbridge em sua cabana afastada nas Montanhas Olímpicas.

Nanicus não fez isso comigo. Eu mesmo fiz isso comigo.

Sinto o cheiro de Windex. Clorox. Coisas que terminam com a letra x, e eu não posso socá-lo — minhas mãos estão amarradas — e não posso chutá-lo — minhas pernas estão presas na altura dos tornozelos — e tenho um ferimento na cabeça e não sei caratê.

Ele colocou um saco na minha cabeça. Não consigo ver nada. Ele enfiou uma meia na minha boca — acho que a meia está suja — e eu mexo minha língua e não é assim que tudo vai terminar para nós. Nanicus não vai me *matar*.

Ou talvez me mate porque ele está perto agora.

— Você simplesmente não conseguia ficar longe, não é?

Eu faço um som e ele cospe no saco na minha cara.

— Você se infiltrou naquela biblioteca. Você se infiltrou em nossas *vidas*. Aquele fracassado chorão de merda bateu as botas e você se infiltrou na *casa* dela.

Eu estava certo. Isso tem a ver com você. Tento *exfiltrar* as palavras da minha boca, mas a meia não deixa e ele está de pé agora. Pisando forte.

— E o pior é que eu sabia. Eu sabia que você não era coisa boa. — Você e eu, idiota. — Você se muda para cá e de repente só ouço falar do *Joe*. Ele é *voluntário*. Ele *lê* muito. Na minha cabeça, fico pensando: *Parece a porra de uma bichinha*. Mas ela não para de falar de você. Então eu penso, preciso conhecer esse cara, ver qual é a dele. Aí eu dou uma olhada em você e você é fraco. Não tem emprego. É um fracassado. Daí penso: esse pobre fracassado não é uma *ameaça*. Eu consigo uma vaga para você na academia de CrossFit, deixo você vir beber cerveja comigo, mesmo que todo mundo ache que você é a bosta de um esnobe. Mas eu me preocupo? Não. Você dá uma de penetra no almoço no restaurante e fica conversando sobre *filmes de mulherzinha* com Melanda. Você é ainda mais bicha do que eu julgava que fosse e penso... beleza. Talvez aquela feminazi finalmente vai calar a boca se ela arrumar um bom pau pra ela.

Eu sabia que almoçar com os seus *Friends* era uma má ideia, Mary Kay, e ele está distorcendo minhas palavras como o Twitter da vida real. Estou silenciado. Bloqueado.

— Eu deixei você ficar circulando por aí com seus suéteres engomadinhos... — Cashmere não é engomado, seu idiota. — Eu deixei que ela continuasse falando de como você é *inteligente*, mesmo que você nunca tenha feito uma faculdade... — Mesmo lá em Cedar Cove deve haver algum babaca falando de fazer *faculdade* e VÁ SE FODER, SISTEMA AMERICANO DE CASTAS. — Mas eu não sou burro, seu voluntário cuzão de suéter. — O galo na minha cabeça está jogando ping-pong com um disco de hóquei no *buraco* da minha cabeça e o maluco está perto de novo. Respirando. — Ela sofreu muito por amar você. Você a fez morar na *sua casa*. — Acho que ouço o coração dele. Ele está com uma faca? — Mesmo assim, eu não estava preocupado. Você voou para cima *dela* depois que o roqueiro fracassado finalmente esticou as canelas, e todas as mulheres enlouquecem quando estão tristes. Não fiquei surpreso quando você se mandou. Eu mesmo disse a ela, *Você não pode confiar num homem que não cuida do próprio corpo*. E eu estava *prestes* a cuidar dela. — Sinto cheiro de urina. Ele está mijando em mim. Nas minhas pernas. — Você não deveria ter voltado, bichinha. E não deveria ter ido à biblioteca e tentado reconquistá-la.

Ele fecha o zíper e é por isso que se mata pessoas, porque a maioria delas é horrível. Ele chuta minhas bolas e é tão previsível que não dói tanto quanto doeria se houvesse o elemento surpresa. A dor nas minhas bolas é outro disco de hóquei e agora elas estão em jogo com o buraco e o galo na minha cabeça, e é assim que eu morro? De *Ping-Pong*?

— A choradeira, cara. *Joe voltou. Preciso de tempo para pensar.* — Ele chuta minhas bolas novamente. — Eu disse: *Você perdeu o juízo. Ele é um fracasso, não consegue nem mesmo se comprometer com o CrossFit.* — Ah, Deus, ele pensa que é meu *treinador* e chuta minha perna. Minha canela entra no jogo agora. *Ping. Pong. Ai. Pong.* — Tenho tentado ganhar essa garota para mim há *anos* e, ao contrário de *você*, eu nunca fugi. *Nunca.*

Mais um chute na outra canela e o Ai Pong é agora um torneio de sofrimento, uma partida mortal, e *sinais, sinais, sinais em todos os lugares*, e eu perdi cada um deles. Você o chamou de um *verdadeiro santo*, e a primeira vez que me falou dele foi para defender a honra desse sujeito. Ele limpou as suas calhas, um animal marcando a merda do seu território da mesma forma que marca o próprio corpo com aquele logotipo da Cooley Hardware, para que você veja o sobrenome dele e pense que talvez pudesse ser *a porra da Sra. Cooley.*

Ele cospe na minha cara.

— Sem emprego. Sem músculos. Sem *nada*. É isso que você é.

Você estava enganada sobre ele, mas estava certa sobre mim, e eu *sou* ruim de interpretar as pessoas. Como pude não perceber que a loja de ferragens dele é uma armadilha de ciúme? Ele chama as funcionárias da loja de "garotas" para fazer você se sentir velha. Ameaçada de extinção. E o pior sinal de todos: ele colocou a sua filha para trabalhar na porra da loja. Não admira que ela tenha pulado fora. Ele provavelmente enchia o saco dela dez vezes por dia: *Então, como está a sua mãe, Nomi? Diga a ela que o tio Seamus mandou um oi.*

Minha vida não passa diante dos meus olhos, mas eu me lembro de coisas que eu não sabia que lembrava, como o bloco de notas de Melanda no telefone dela, de como ela se queixava de Mary Kay e Seamus: *O apego de MK por Seamus é tão estranho. Eu sei que MK tinha apenas dezessete anos quando eles trepraram e eu sei que a coisa toda durou apenas cinco minutos, mas argh!* Eu deveria ter percebido na época, da mesma forma que deveria ter percebido quando ele ouvia Kid Rock a todo volume na academia — o remake da música sobre sexo adolescente no verão à beira de um lago. Ele é apaixonado por você desde que tinha dezessete anos.

Ele rosna. Perto.

— Olha só como você ficou fracote. O que você andou fazendo nas últimas semanas, bichinha? Porque eu posso te garantir que não deu resultado.

Não há tema de conversa mais enfadonho do que exercícios físicos e é por isso que é perigoso as mulheres serem "boazinhas" com os homens, Mary Kay.

Ele golpeia a lateral da minha cabeça. *Ping Ai. Ai Pong.*

— Você se mandou da cidade. Depois voltou do nada, e ela está pronta para se jogar em cima de você. Mas o santificado Seamus está aqui para *consertar* as coisas. — Ele é o Roman no quiz de *Succession*, Mary Kay. Ele é mau. Pura maldade. — Você está me escutando, Judeu Goldberg? Você terminou com ela. Acabou.

Ele me bate e me chuta e é March Madness na minha cabeça e é o Campeonato Mundial da Dor nas minhas bolas. Se eu sair dessa, os idiotas da indústria farmacêutica receberão uma carta com palavras duras de mim. Seus pequenos analgésicos não adiantam porra nenhuma. Ele me dá um soco na cara.

— Ela é *minha*, seu viadinho judeu. — Sou apenas metade judeu, mas o odeio por inteiro, e você também o odiaria se estivesse ouvindo-o agora. — E ela vai ser minha para sempre e você sabe por quê, seu judeuzinho?

Não sou ofendido por ser judeu desde que tenho dez anos de idade e ele está próximo agora. Respirando na minha direção. Na minha cara.

— Porque eu sou um homem, seu viadinho rato de biblioteca. E no mundo real... — Ah, Nanicus, Bainbridge Island não é o mundo real e, no mundo real, pessoas em situações como essa morrem. Beck, que descanse em paz, morreu. Ela *continuou batendo* na porta, mas não conseguiu sair e será que sou o próximo? Eu me dobro e empurro, mas não consigo sair e ele está quieto demais. Eu me lembro daquele primeiro toque na biblioteca. Sua mão na minha. *Não conte a ninguém.* Eu não contei, Mary Kay. *Você* contou. Você contou aos outros. Você nos vomitou no Instagram. Você é uma raposa e queria se exibir, queria me beijar na janela da Eleven Winery e queria que todos soubessem que estávamos morando juntos. Você queria que seus *Friends* aprovassem. Não é a dor, não é a possibilidade da morte, é o fato de que realmente poderíamos ter nossa família se você tivesse apenas jogado seus braços em volta de mim há algumas horas, quando eu estava com uma espécie de dor que pode ser curada com um abraço. Agora você vai me perder e eu não quero isso para você. Você já perdeu demais.

Nanicus me puxa pelo pescoço e meu corpo bate no chão e o torneio Ai Pong é um corpo a corpo, discos de hóquei sendo arremessados em cada campo de jogo dentro de mim.

— Não vou matar você — diz ele. — Você acha esta ilha tão "segura", e ela é. Nosso povo é gente boa. Mas temos animais, judeuzinho. Temos *um montão* de animais, e um deles vai pegar você.

45

MINHAS costas estão grudadas na casca — ele me amarrou a uma *árvore* — e ainda não consigo ver nada por conta do saco enfiado na minha cabeça. Os pássaros cantam e não posso pedir ajuda. Ainda estou amordaçado e Nanicus tem um rifle. É cedo demais, Love apontou uma arma para mim *semanas* atrás e olha no que deu, ela está morta. Você chamou esse homem de *Árvore Generosa* e ele me chama de abraçador de árvores e eu não posso falar, porra. Ele está perto de novo, perto como se estivesse armado e pelo amor de Deus, América, LIVRE-SE DE SUAS MALDITAS ARMAS.

— Hoje é o dia em que você vai se transformar na merda de um *homem*.

O bom de uma infância ruim é que ela nos prepara para o inferno do mundo adulto e Nanicus não cortou os meus membros — pensamento positivo —, mas ele tem um balde de sangue — sangue de quem? — e está aspergindo o sangue em mim como se fosse água benta. Isso não é um *Hallelujah* frio e quebrado, porra, isso é cruel. As cordas estão bem apertadas — nós de marinheiro. Ele não esteve na porra da Marinha, mas fez *acampamentos* — e muitas pessoas perderiam a cabeça, mas ao contrário das mimadas Peach Salingers deste mundo, não preciso de ajuda quando se trata de autocontrole. Sei como sobreviver e vou sobreviver porque ele mesmo disse — *você dificultou as coisas para mim* — e você quer ficar comigo. Você está aqui comigo agora, na escuridão do meu pânico. Em minha mente, eu vejo você em nossa namoradeira e você me vê e quer que eu esteja bem — você me ama — e não quero que você se preocupe, então tento fazer você rir. Eu canto porque você gosta quando eu canto e você conhece a melodia de "How Will I Know": *Como saberei se ele vai me matar? Faço uma prece, mas estou amarrado nesta árvore.* Nanicus interrompe meu canto com um tiro — *bang* — e ele atira em um bicho e aposto que era um coelho, porque ele cospe e resmunga:

— Desculpe, Tambor.

Ele pega seu balde novamente e borrifa sangue nas minhas costas, na minha pele.

— Precisamos de criaturas *de verdade* — diz ele. — Esses coelhos são uma porcaria.

Também não consigo acreditar, Mary Kay. Seu amigo está derramando sangue em mim para atrair criaturas inocentes da floresta, e até agora são apenas as pequenas, coelhos e esquilos, mas ele as deixa chegar perto. Eu sou farejado e beliscado e depois ele mata essas coisas vivas, e eu estou seguro. Mas não estou seguro, porra. E se surgir um urso? Tem ursos aqui, se devo acreditar nele, e *Morrer de amor é um doce amargo, e eu pergunto como você pôde não ver o psicopata dentro dele?* Você está esvanecendo. Não consigo mais ver seu rosto. Ele chuta a parte de trás do meu joelho.

— Você se mijou como um viadinho.

Eu ouço as botas Timberland dele pisando duro no chão, ele está se afastando novamente e o balde retorna ao jogo, mais sangue no meu corpo. Ele começa a uivar chamando coiotes e, se eles vierem em matilha — porque eles se movem em matilhas; eles são como os *Friends* —, estamos mortos. Nós dois. Ele grita e assobia — *Venham aqui, pumas, eu sei que vocês estão aí* —, e é um menino da quarta série escolhendo seu animal selvagem favorito por nenhum bom motivo.

Ele se senta em algum lugar e ruge, convocando os pumas. Tem pumas nessas montanhas? Ele dá uma gargalhada.

— Está chorando, bichinha? Ah, cara, você sabe que eu gostaria que tivéssemos colocado um pouco de carne nesses seus ossos. Pumas também precisam comer! — Ele ruge outra vez e diz que Robert Frost tinha razão e não poesia. Não. — Nada que é dourado permanece, Ponyboy... Eu adoro esse filme, cara. Verdade. — Era um *livro*, seu filho da puta burro, e ele bufa. — Mas tem um final de merda, porque Ponyboy deveria ter morrido como o seu amiguinho bunda-mole. A gangue dos Socs... eles eram os mocinhos, mas o filme faz com que todos sejam tão ruins só porque eles têm boas famílias. — Ele atira em alguma coisa. Um coelho? Um esquilo? Não sei. Não tenho como saber. — Veja só, a gente é o que acontece na vida real, seu bandido de merda, e há quanto tempo você está nesta ilha sem que *um* único amigo apareça para te visitar? Sua aberração da natureza.

Odeio quando ele fala porque não consigo ouvir os galhos ou os passos de Deus-sabe-lá-o-quê se aproximando. Nanicus enfim para de falar e então escuto os galhos e os passos de só-Deus-sabe-o-quê e o tema da porra do meu bar-mitzvá é a morte. Nanicus está em movimento. Correndo. Na minha cara.

— Nem pense que vou deixar um pequeno esquilo beliscar você, sua bicha. Você precisa sangrar. Assim como todos os bichinhas que viram mulher.

Eu *estou* sangrando, porra — as cordas estão cortando meus pulsos — e tento falar, agito meus braços e ele cospe nos meus braços.

— Isso é queimadura de corda, seu viado. Você precisa sangrar como um homem.

Ele está se movendo novamente, as Timberland amassando as folhas secas no chão, e eu te vejo num corredor de espelhos e você canta para mim, você quer me salvar — *Há um homem que eu conheço, Joe é aquele com quem sonho* — e você está segura num aconchegante corredor de espelhos, onde nada de ruim pode acontecer com você e eu estou aqui na floresta. Há mandíbulas na minha perna. *Dentes*. A minha pele se rasga e o meu sangue vaza nas minhas calças e então *bang*. As mandíbulas se soltam e é outro coelho caído, mas estou enganado. Nanicus assobia.

— Hum — ele diz. — Acho que essa raposa estava prenha.

Ele matou uma raposa e você é minha raposa e ele está fazendo algo diferente, balançando o telefone.

— Cara — ele diz. — Quando eu descer essa montanha e voltar a vê-la, vou dizer que estava certa em reclamar da merda do Wi-Fi. Não consigo nem pegar o placar do jogo do Sounders.

Você esteve aqui com ele — como pôde fazer isso comigo? —, e a imagem de vocês dois nesta floresta é um *tubarão dentro do meu tubarão* e ele é um mentiroso. Nanicus mente. Disso eu sei como um fato e tenho que decidir que você *nunca* esteve aqui, então faço isso agora. Ele matou minha raposa e deixou cair o telefone. Ele ouviu algo. Eu também ouvi. Algo maior que um esquilo e estou no livro de Stephen King, *Jogo perigoso*, e, ao contrário da esposa de Gerald, cujo marido era mau e foi morto, eu tenho alguém por quem viver: você.

Imploro e suplico ao universo que cancele o puma — ou será um urso? — e prometo que, se eu sair dessa, serei melhor. Serei o melhor maldito homem da porra do planeta Terra. Para a esposa de Gerald foi fácil, ela não tinha um saco enfiado na merda da cabeça. Meus sentidos estão em ligação direta e não consigo ouvir e não consigo ver, mas sinto a língua de algo selvagem, algo incapaz de saber a diferença entre um homem bom como eu e um escorpião de homem como Nanicus. Será um lobo? *Bang*, e a criatura viva berra e cai e Nanicus suspira.

— Pato pato *cabra*. Malditos hippies e suas cabras. Limitem-se a fazer sua ioga e deixem os animais fora disso.

Cabra, que descanse em paz — nenhuma força sobrenatural vem para me salvar na bosta deste fim de mundo —, e Nanicus deixa cair sua arma. As moscas estão todas sobre mim agora, zumbindo alto e perto. Mundanas.

— Uma tonelada de garotas por aí, Joe, e você *tinha* que querer logo a minha.

Você não é uma mulher marcada a ferro. Você não pertence a ele. Eu grito na meia enfiada na minha boca.

— A pior parte de tudo isso, cara, é ela me dizer que quer você, e que ela e eu podemos ser *amigos*.

É isso mesmo, Mary Kay, e quando você me disse isso, sequestrei seu marido? Não. Aceitei os seus termos e foi isso que ganhei em troca, e grito de novo. Não adianta.

— Uma semana atrás, a merda de uma *semana* atrás, ela estava na minha cabana *comigo* e você agora volta do nada e bum. Fim. Ela estaria aqui agora se não fosse por você, seu merda viciado em livros.

Dói pensar em você nesta floresta com ele e não é assim que quero morrer. Saber que você dormiu com ele quando tinha dezessete anos é uma coisa. Mas na semana passada... não. Você deveria ter me dito que ele é louco por você, Mary Kay. Todos temos fraquezas, todos cometemos erros e eu poderia ter martirizado o seu *santo* e dessa forma não estaria amarrado a esta árvore. Ele enfia o rifle nas minhas costas.

— Pare de chorar, viado. Isso não é nada comparado com o que eu passei com o meu time de futebol *ou* com a minha fraternidade *ou* com o meu velho. Seja homem.

Estou preso no ciclo tóxico da masculinidade, aquele que é silenciosamente tolerado pelo Sistema Americano de Deseducação, que o humilhou e maltratou e por isso ele quer me humilhar e maltratar e *Morrer por amor é um doce amargo*. Ele atira em outra coisa viva e resmunga — *malditos esquilos* —, e cada animal morto é um lembrete de que os dias realmente passam rápido demais. Minha vida está acabando e eu não quero morrer. Não quero que meu filho seja órfão. Ele perdeu a mãe. Ele não pode me perder também. Tento imaginá-lo mais velho e não consigo, apavorado demais, tento me lembrar de estar com você em nossa namoradeira e também não consigo. O torneio de sofrimento acabou e os bandos de fãs raivosos se foram. Vou morrer aqui e nem posso odiá-lo porque, como você, sou bom demais para o meu próprio bem. A Empathy Bordello foi saqueada e incendiada antes mesmo de existir e ele ouviu algo e sibila.

— Ei — ele grita. — O que é isso?

Minhas trompas de Eustáquio entram em alerta máximo. Eu também ouvi. É você? Você sabe desta cabana. Você o rejeitou hoje e já *esteve* nesta cabana e voltou?

— Estou avisando, amigo. Você está na minha propriedade.

Meu coração bate forte e eu não consigo ouvir tão bem e eu quero que seja você — salve-me — e eu não quero que seja você — ele poderia te *matar* — e eu não sei o que querer. Policiais. Sim. Seja a raposa esperta que sabe das coisas em vez de vir aqui sozinha.

— Estou contando até três — diz ele. — Um... — Por favor, Deus, que seja ela. — Dois... — Por favor, Deus, não deixe que seja ela.

Nanicus não chega ao número três. Sua voz é calada pelo disparo de uma arma. Não é o som da arma dele. É de uma arma diferente. Não consigo ver e não consigo ouvir, mas vejo gente morta, porque no meu coração sei que Nanicus está morto. Eu grito por socorro na meia suada — graças a Deus pelas armas —, e os passos estão se aproximando, mas meu coração está batendo mais rápido. Quero que meu sistema nervoso acompanhe meu cérebro e digo repetidamente a mim mesmo que acabou. *Você precisa se acalmar.*

Então o atirador aproxima-se da minha árvore. Respirando pesado. Mais perto. Ele não é um policial porque policiais são barulhentos. Eles se anunciam. O saco ainda está na minha cabeça, e um policial já o teria retirado. Lá vai meu coração de novo — tique, tique, tique —, e eu estava com tanto medo dos animais que me esqueci do pior de todos os predadores, os predadores mais famintos de poder deste planeta: *os humanos*.

A urina escorre pela minha perna mais uma vez e o atirador encosta na minha nuca o cano da arma que usou para matar o meu inimigo, como se eu fosse o inimigo. Estou chorando agora, minhas súplicas sobre minha família abafadas pela meia em minha boca. Aí ele ri e larga a arma.

— Relaxa, meu amigo. O show acabou. O Clube dos Garotos Pobres marcou um ponto.

Oliver.

46

O saco foi retirado da minha cabeça e acabou. Oliver salvou minha vida. Meu filho não será órfão e você não vai precisar prantear a minha morte, desejando que tivesse me dito que me ama quando teve a chance. Oliver é um herói e estava de olho em mim porque estava preocupado comigo. Nanicus, que descanse em paz, era um falso amigo, mas Oliver é um amigo de verdade. É como costumam dizer: neste mundo tem sorte quem tiver pelo menos alguns amigos de verdade.

Mas todos os amigos têm falhas e ainda estou amarrado à árvore e ele está na cabana de Nanicus e este dia nas montanhas precisa acabar.

— Oliver! Conseguiu encontrar uma faca?

— Um segundo, meu amigo!

Nanicus, que descanse em paz, está morto, sim, mas o torneio de sofrimento está começando novamente, não tem mais adrenalina boa para arrancar do meu corpo, e é impossível não pensar no que Oliver fez de *errado*. Aquele maldito vídeo meu e de Melanda, que descanse em paz, e eu falo de novo, calmo:

— Oliver, eu não quero te apressar, mas estou muito mal aqui.

Ele desce os degraus da frente da cabana e está carregando um jogo do Atari como se ele não tivesse acabado de pôr fim à *vida* de um homem.

— Olha só, Goldberg. Eu estava procurando por um desses na 1stdibs!

Ele tira uma foto de seu novo brinquedo, mas não pode enviá-la para Minka — sem Wi-Fi —, e minha roupa de pele humana se arrasta no tronco da árvore porque... Ah, sim, meu amigo Oliver é um roteirista sociopata mercenário e sem ele eu morro nesta floresta, que nem Nanicus, que descanse em paz.

— Oliver, não sei como te agradecer.

Oliver, mexa esse seu traseiro e me tire da porra dessa árvore.

— Não há necessidade — diz ele. — Nós já conversamos sobre isso. Quando você ganha, eu ganho. Quando eu ganho, você ganha.

Então por que você mostrou a merda daquele vídeo para Ray?

— Bem, ainda assim, obrigado.

Ele me dá um tapinha nas costas, como se eu não estivesse amarrado a uma árvore.

— E sinto muito por Love — diz ele.

E o VÍDEO, seu escroto?

— Obrigado — eu digo. — Ainda estou em choque até agora.

Oliver começa a cortar as cordas e ele não é um Nanicus, que descanse em paz, treinado como os garotos da Marinha. Ele é péssimo com uma faca — malditos pistoleiros — e fica deixando o troço cair no chão, e se ele tiver um ataque cardíaco? E se ele morrer antes de terminar seu trabalho?

— Então, eu tenho novidades. Estou com um novo agente.

ESTOU AMARRADO NUMA ÁRVORE E LEVEI UM TIRO NA CABEÇA, SEU MALDITO ANGELINO.

— Que ótimo.

Ele deixa cair a faca e ela raspa em sua mão e agora ele está *sangrando*. Como diabos ele era capaz de manusear uma faca na cozinha da Baxter's?

— Sim — ele diz. — E vamos apresentar meu projeto na próxima semana.

E ninguém vai comprar e não será por causa do carma. É assim que funciona em Los Angeles.

— Como está a sua mão?

— Ah, está bem — diz ele, e pelo menos ele volta a trabalhar no que importa: Eu. Você. Liberdade. — Então, a minha história, você quer ouvir um breve resumo?

Eu tinha três "amigos" neste planeta, Mary Kay. Meu companheiro de copo transformado em amigo psicopata, Seamus, está morto. Ethan está noivo de Blythe, e este aqui é um narcisista maligno.

— Claro!

— *Cedar Cove* encontra *Dexter*.

O árbitro do Ai Pong pede um tempo e o sangue para de circular em meu corpo. Eu olho para ele e ele olha para mim e sorri.

— Eu não estava mentindo para você, meu amigo. Nós apoiamos um ao outro.

O "projeto" de Oliver é um roman à clef sobre a minha vida — isso é roubo! — e seu protagonista é JOHNNY BATES — "Você sabe, uma junção de *O iluminado* e *Psicose*" — e Oliver não está apenas roubando o meu dinheiro. Ele é como o seu marido morto, está roubando a minha dor. Oliver vai vender o seu projeto de série para FX, HBO ou Netflix — não vai acontecer, e o que não falta são ideias circulando por aí, e não consigo imaginá-lo realmente escrevendo esse troço —, e ele é tão lento com a faca e fica falando sem parar num *potencial spin-off*. Você está por aí em algum lugar, pensando que não estou tentando reconquistá-la, e eu esbravejo.

— Puta merda, Oliver, por que você deu o vídeo para o Ray? Você jurou que não faria isso.

Oliver para de cortar a corda, e esse não era o resultado que eu queria.

— Bem, você sabe por que fiz isso, Joe. Porque os Quinn trazem à tona o que há de pior em nós.

É a resposta de uma criança e foi burrice da minha parte perguntar e EU QUERO SAIR DESTA ÁRVORE.

— Ele hackeou seu telefone?

— Olha — ele diz. — Minka e eu temos uma coleção de obras gigantesca agora... — SEMPRE ÀS ORDENS, OLIVER. — E precisamos de mais espaço. Ray começou a falar como se estivesse prestes a me despedir, mas disse que eu receberia uma polpuda bonificação se eu descobrisse alguma coisa sobre você... Desculpe, meu amigo.

Ele não acrescenta um *mas* ao seu pedido de desculpas e fica brincando com a merda da faca, a faca que também passa a ser a chave para minha libertação dessa verdade.

— Entretanto, houve um *plot twist*. — Malditos escritores de aluguel e seus *plot twists*. — No dia seguinte, Ray faz sua busca e descobre que eu escondi o vídeo e... me despede. E é por isso que vim para cá, meu amigo. Eu não poderia deixar nada acontecer com você... — Talvez seu coração seja maior do que eu pensava. — Você é a minha única fonte de renda até eu vender o meu *Johnny Bates*.

Ele tem sorte de eu estar amarrado a esta árvore. Invoco o que restou da merda da minha *empatia* e agradeço a ele *novamente*, aí ele volta a me salvar — termine o trabalho, seu cretino — e a descrever o seu *protagonista masculino*, como se o mundo estivesse precisando disso, de outro sociopata na TV — ele diz que Johnny Bates é misterioso e culto, mas meio bruto. Finalmente Oliver consegue tirar a corda de cima, mas meu corpo dá uma guinada para trás, meus músculos estão arrebentados de tanta porrada que recebi e perco o equilíbrio e de novo ele tem que me salvar de uma queda. Mais uma vez, sou forçado a *agradecer*.

— Você está bem, meu amigo?

Não, eu não estou bem. Levei um tiro na cabeça, depois chutes na cabeça e agora esse filho da puta está transformando a minha vida em um monte glamouroso de merda para a TV.

— Eu estou bem. Só preciso descansar.

Oliver para de falar na merda do seu roteiro e está melhorando no manejo da faca e agora minhas pernas estão livres — *Hare Oliver, Hallelujah* —, e ele corta as algemas de plástico que prendiam minhas mãos, e eu tenho mãos de novo, dois pés em vez de um toco. Estou tonto e o carro não está perto e ele diz que não podemos pensar em sair dali antes de limparmos as coisas.

— Vamos — ele diz. — Não é tão ruim quanto aquela *masmorra* na sua casa.

Meu Quarto dos Sussurros não é uma *masmorra*, e estou fraco demais para ajudá-lo. Ele me diz para tomar um banho e será que você fodeu com o Nanicus nesta banheira? Não sei. Eu não me importo. Eu tomo banho e Oliver esfrega o chão, interrompendo periodicamente seu fluxo para me contar sobre o seu projeto para a TV, e enfim estou limpo e a cena do crime está limpa e estamos a pé, andando, mancando.

— Então — ele diz. — Você quer voltar para Los Angeles e me ajudar no projeto? Ray disse que vai interferir para eu ser rejeitado, mas meu agente disse que está mentindo.

— Não, obrigado.

— Sério? Estou oferecendo a você acesso a uma oportunidade de ouro, meu amigo.

Acesso ao que não existe é acesso a nada e eu faço que não.

— Vou ficar aqui.

— Bem, em última análise, suponho que seja o melhor para nós dois. Ray não quer você em Los Angeles e, desta forma, bem, ei, se *Johnny Bates* conseguir uma terceira temporada, talvez possamos gravar aqui.

Não consigo pensar em nada para dizer que ele não vá interpretar como um insulto. Ele para de andar e bufa e obviamente interpretou mal o meu silêncio. É melhor irmos andando, Mary Kay. Animais nesta floresta não param para *bater papo*, mas Oliver é arrogante demais, humano da pior maneira possível, tendo acabado de matar um homem.

— Escute — ele diz. — Você levou um golpe no passado... — É mesmo? — Mas você tem que deixar essa merda no passado, Goldberg. Você tem que reconhecer o erro dos seus atos.

Eu vou dar um soco nele.

— Como é que é?

— Ouça-me, meu amigo. Você se mudou para cá para pegar leve e ficou molenga... — Eu detesto que ele tenha razão, mas ele tem. Eu não previ o risco de Nanicus, que descanse em paz. — É como o meu agente disse sobre o meu rascunho... — Diga a palavra *agente* mais uma vez, babaca. — Existe essa coisa de ser mole demais, meu amigo. Você pode *flanar até a Avenida Menopausa* e passar todos os dias numa biblioteca... mas os humanos são o que são. E se você quiser alguma coisa, você tem que trabalhar duro, ir com tudo, meu amigo. Sempre.

Oliver ergueu a mão em um *high five* e eu retribuí o cumprimento. Logo estamos em seu Escalade. Estamos retornando à civilização, passando pelo cassino, a pequena ponte que nos leva do continente a Bainbridge. Oliver está ao telefone com o assistente de seu agente — *Eu tenho uma nova cena para o piloto* — e meu amigo é um psicopata, mas é um psicopata que salvou a minha vida.

Agradeço a ele novamente — até demais, considerando sua inaptidão com a faca — e ele está ao telefone de novo, talvez procurando algum artigo tipo "Como fazer as pessoas acreditarem que você sabe escrever", e me diz que nós conseguimos.

— Estamos livres, meu amigo. Love... lamento por isso... — Não, ele não lamenta nada. — Mas ela não pode mais foder com a sua cabeça e tudo bem, então eu não trabalho mais para aquela família, mas quando minha série entrar em produção... — Ah, Oliver, meu amigo, você realmente acha que isso vai acontecer? — Bem, vou ganhar mais dinheiro. Mas, por enquanto...

Meu telefone dá um sinal e é um link para uma máquina de escrever Smith Corona de 1983 na porra da 1stdibs.

— Eu sei — ele diz. — Mas eu tenho que te dizer, Joe. Desde que voltei a escrever, minha mãe melhorou de saúde. Ela disse que nunca quis comentar nada, mas sentiu que eu havia desistido e se sente mais forte agora, sabendo que estou de volta. Precisamos ser duros, meu amigo. Precisamos ir com tudo. Essa é a única forma de o Clube dos Garotos Pobres ter sucesso.

Não há nada mais irritante do que um bom conselho de alguém que toma muitas decisões ruins. Ficamos em silêncio até Oliver me deixar na minha garagem. Tchau, Oliver, e olá, minhas casas vazias. Você e a Suricato ainda não estão na casa de hóspedes. Tomo outro banho — ainda sinto o cheiro de sangue de coelho — e visto meu suéter de cashmere preto e vou para a minha cozinha e fico diante do meu conjunto de facas Rachael Ray. Escolho uma faca menor, a mais afiada que tenho, coloco a faca dentro de um livro e Oliver tem razão, Mary Kay.

Está na hora de ir com tudo.

47

EU tomo um Percocet — apenas meio comprimido desta vez — e Oliver vai precisar vencer um bando de filhos da puta se quiser que *Johnny Bates* chegue aos lares americanos. Ele é meu amigo, de certa forma, e eu realmente vou cruzar os dedos por ele, mas não vou ter ilusões a respeito. Esse negócio de roteiro não é tão diferente de lidar com os Quinn. Ele tem de ser duro quando eles dizem para ser duro, e quando dizem que ele pegou pesado demais, ele tem de ser mole, e quando mandam recados dizendo, *Mas o que você está pensando? Esse Johnny Bates está mole demais,* ele tem que engolir e dizer aos caras como eles são inteligentes. Não é um estilo de vida fácil. Quanto a mim, eu só terei de triunfar com uma pessoa, com uma mulher: você.

Pego uma balsa para Seattle, faço o que preciso fazer, daí pego outra balsa de volta para Bainbridge e vou para casa. Pego meu carro, mas não estaciono na biblioteca — perto demais e não perto como em *Closer* —, e enfio meu chapéu na cabeça como as pessoas fazem às vezes, quando precisam sair de casa, mas não têm vontade nenhuma de falar com ninguém.

Estou muito nervoso, com a faca Rachael Ray na manga, prestes a ir aonde ela nunca foi antes. Posso fazer isso? Posso realmente *fazer* isso?

Corto caminho pela floresta e entro nos jardins da biblioteca, agachado. As janelas precisam ser lavadas, mas vejo você lá dentro. Você sendo você. Estou nervoso e não posso arriscar que você me veja, então continuo pela floresta, até o estacionamento dos fundos. É capaz de eu vomitar. O meio Percocet. A adrenalina. O Ai Pong.

— Oi, Joe. — É a Suricato que passa sem parar para conversar. — Tchau, Joe.

Ela entra rápido na biblioteca e seu Instagram diz que ela estava em Seattle. Eu trouxe a Rachael Ray aqui para nós, para você e para mim, e agora a Suricato sabe que estou aqui — merda —, será que ela vai te contar?

Abaixo a cabeça e desço os degraus para o jardim e a área de descanso está vazia — graças a Deus. Eu me movo como um mecânico, como o puto do Mick Jagger, manobrando meu corpo arrebentado no chão, enfiando meu tronco embaixo da namoradeira. Eu queria fazer isso da maneira certa, com tinta spray, mas se fizesse isso outras pessoas veriam e a tinta sangraria por toda parte, então simplesmente não é realista, não é? Tiro a faca da manga e começo a trabalhar. É uma progressão lenta. Tenho empatia por Oliver porque facas não são fáceis e, nesse ritmo, nunca vou terminar. Eu jamais esculpi iniciais em uma árvore. Eu nem sei se você vai ficar comovida porque, sim, você adora aquele grafite em Fort Ward, mas será que vai adorar o fato de eu esculpir nossas iniciais na parte de baixo de uma namoradeira que é propriedade da Biblioteca Pública de Bainbridge? Você será capaz de ler minha inscrição à faca?

— O que você está fazendo?

Eu estremeço e deixo cair a faca. A Suricato precisa ser menos cafeinada. Menos intrometida.

— Tem um parafuso solto — digo. — Estou apenas consertando para que ninguém se machuque. Você pode me esperar um minuto?

— Eu posso te esperar um milhão de minutos — diz ela e depois se vai, com passos pesados.

Preciso agir rápido porque a Suricato não é burra e estou desfigurando propriedade pública para fins particulares e esta é apenas a parte um da Operação Vai Com Tudo e eu tenho que chegar à parte dois, a parte mais difícil de jogar duro.

A porta se abre. É você.

— Ok — você diz. — Por favor, não me faça ter que te mandar parar de vandalizar nossa propriedade.

A maldita Suricato me delatou e eu não terminei ainda e eu tinha um plano. Eu ia colocar um cobertor vermelho e botar para ouvirmos "One" do U2 — nossa primeira trepada —, e você ia se deitar e ver nossas iniciais e a vida não é o que acontece enquanto você está fazendo planos. É o que acontece enquanto você tem a porra de um *ferimento na cabeça* e se transforma num idiota sentimental. Você diz meu nome de novo.

— Joe, vamos. Pare.

Eu coloco a faca no bolso e bato com a cabeça enquanto tento sair de debaixo da namoradeira. Consigo ficar de pé. Tonto. Minha pobre cabeça. Você apenas suspira.

— Eu te disse. Não temos nada para falar. Vá para casa.
— Espere.

Você não se mexe. Eu fico de joelhos? Não, eu não fico de joelhos. Não somos assim. Eu sento no banco. Eu não peço que você se junte a mim, mas você vem. Você cruza os braços.

— Você estava certa — eu digo.
— Sobre o quê?
— Você me disse que amar não é da minha natureza.
— Eu estava zangada e pedi desculpas. Não podemos parar com isso?
— Sim — eu digo. — Podemos parar com isso agora mesmo. Eu posso ir para casa. Posso colocar minha casa à venda e posso me mudar. E você pode voltar para dentro e fingir que eu não existo.
— Joe...
— Não é da minha natureza amar, Mary Kay. E a verdade dói. E você tem todos os motivos para fingir que eu não existo, porque está absolutamente certa. O bilhete que deixei para você foi genérico e vago. Eu desapareci de você. E meu bilhete não foi apenas vago. Foi uma *mentira*, porque não podemos nos abrir para alguém sem abrir todo o passado. Eu fiquei assustado. Eu fugi. Foi imperdoável.
— Posso ir agora?
— Eu abandonei você quando você me contou sobre Phil?
— Está tentando me dizer que *você* também é casado?
— Acredite em mim, Mary Kay, eu pensei em fugir por medo. O homem era uma *estrela do rock*. Eu me senti intimidado...

Eu nunca me senti intimidado por aquele maldito rato, mas certas situações exigem uma certa lógica e está funcionando.

Você continua me escutando. As janelas da sua Empathy Bordello estão se abrindo e você está me deixando entrar um pouco.

— Mary Kay, eu prometo que nunca vou me acovardar com você novamente. Eu sei que fugi.

Você não diz nada. É claro que não diz nada. Um mentiroso não pode prometer que nunca mais mentirá. Você diz que talvez devesse voltar para dentro e eu digo para você esperar e você ergue as mãos.

— Eu esperei. Esperei o dia inteiro pela sua ligação.
— Eu liguei.

— Não quando você saiu do avião.

— Fui assaltado.

— Ah, você espera que eu acredite que você foi assaltado no aeroporto? Como assim, Joe? Você foi... *baleado* na Starbucks do aeroporto de Los Angeles?

— Eu estava no aeroporto de Burbank.

— Pouco me importa. É tarde demais.

— Mary Kay, eu te disse. Você está certa. Eu estraguei tudo. E não culpo você por me dar gelo naquele dia e em todos os dias seguintes. Você tinha todo o direito de fazer isso.

— É melhor você ir agora.

— Não — eu digo. — Eu preciso te contar algo sobre mim.

Não tenho nenhum plano e não sou um *improvisador*. Sou um *planejador*. Mas eu não vou ganhá-la de volta com sentimentalismo barato — você quer que eu seja vulnerável e você quer a merda de uns *fatos* — e eu tenho de te contar tudo sem te contar tudo.

— Ok, escute — eu começo. — Eu fui para uma psiquiatra da escola quando era criança. Ela falou sobre a permanência do objeto. Como os bebês, se você mostrar a eles uma maçã, eles verão a maçã. E se você cobrir a maçã com uma caixa, eles esquecem que a maçã estava lá. Eles esquecem que a maçã existe porque ela não existe para eles quando não podem vê-la.

— Estou familiarizada com o conceito de permanência do objeto.

— Eu menti para você, Mary Kay. Na primeira vez em que saímos juntos... eu escondi meus relacionamentos... — É verdade. — Eu queria parecer o Sr. Independente. O Sr. Evoluído... — Deus, como é bom falar a verdade. — Mas, na verdade, eu me mudei para cá porque deixava minha ex pisar em cima de mim... — Na verdade, ela me *atropelava*. — Eu a deixava me tratar como um capacho... E sei que isso parece machista e estúpido, mas eu achava que você perderia o interesse em mim se eu contasse como fui um trouxa.

— Joe...

— Veja, pensei, aqui está o meu recomeço. Se eu não contasse a você sobre Lauren... — Não posso dizer o nome verdadeiro de Love porque o que saiu na internet é uma mentira, ela não morreu de câncer e estou preso na teia de mentiras de sua família. — Eu pensei que, se eu não contasse a você que Lauren existia, eu sentiria que *ela* nunca tivesse existido, como aquele cara que eu era quando estava com ela, como se *ele* também nunca tivesse existido.

Você pega uma lasca de madeira.

— Então você correu de volta para a sua ex. E você se referiu a isso como uma "emergência familiar", o que me diz que ela ainda "existe" para você...

— Eu sei — digo. — Fui estúpido demais. Indesculpável. E se eu pudesse voltar àquela noite, eu te acordaria e contaria sobre Lauren. Eu diria que ela havia acabado de me ligar ameaçando cometer suicídio. Eu diria que me odeio por não ter contado antes, por não bloquear o número dela... mas também diria que nunca bloqueei o número dela por pura empatia. A mulher não tem *ninguém*.

— Exceto você...

— Não mais, Mary Kay. — Love, que descanse em paz. — Minha empatia me derrubou, mas cortei o cordão umbilical.

— Que bom para você.

— Escute. Eu a vi... — Verdade. — Ela estava a ponto de tirar a própria vida... — Mais verdade. — Mas agora acabou. Ela está com o irmão, a única pessoa que ela realmente amou, e eu bloqueei o telefone dela. Foi o fim da linha para nós.

Quem disse que a verdade apenas soa diferente estava certo. Você está engolindo tudo e eu realmente *não terei* mais notícias de Love Doente, que descanse em paz. Ela nunca mais foi a mesma depois que perdeu o irmão, e se existe um paraíso, ela está com ele, e se não, bem, ela não pode me prejudicar mais. Mais importante, ela não pode prejudicar o meu *filho*, porra.

Você aponta para os meus ferimentos.

— O irmão dela fez isso com você?

— Não — eu digo, me deliciando com toda essa *verdade* catártica. — Mas estou feliz que tenha acontecido.

Você suspira e isso foi muito Phil da minha parte, então corrijo.

— Quero dizer que foi um alerta sobre o hipócrita que tenho sido, escondendo o horror de como era com Lauren, como se qualquer um pudesse apenas "apagar o passado". Fugir de você com aquele *bilhetinho* ridículo. Esse tiro, essa surra, foi o universo me dizendo que bancar o herói com Lauren, me precipitando para "salvá-la"... Bem, você não pode achar que é um herói se estiver mentindo para alguém que ama. Não vou cometer esse erro de novo, Mary Kay, falo sério, nem com você, nem com ninguém.

Tiro o anel do bolso. Nenhum programa no estilo YouTube. Nada de flores. Nenhum quarteto de cordas dobrando a esquina para nos fazer uma serenata com o U2. Basta colocá-lo no meu dedo médio.

— Consegui na 1stdibs.

— Ah — você diz. — Bonito.

— Isso me fez pensar em por que eu fugi, no que os anéis significam para as pessoas. Porque alguns de nós... nós nunca aprendemos sobre a permanência do objeto, não de verdade. Quer dizer, eu estava naquela psiquiatra porque me recusava a deixar meu casaco e minha mochila no meu armário porque achava que se não pudesse vê-los o tempo todo... eles sumiriam.

— Você está me perguntando por que eu não usava aliança quando era... quando Phil estava vivo?

Eu fecho minha mão em torno do anel.

— Sim.

— Bem, eu não tenho uma aliança. Perdi quando estava grávida.

— Como?

— Eu perdi na praia... — Você coça os cotovelos. — Phil *nunca* estava em casa. De qualquer forma, ele terminou o *Moan and Groan*, com todas aquelas músicas em que ele se queixa de mim e do bebê arruinando sua vida, e o álbum estourou e ele estava tão feliz e eu, tão sozinha. Eu estava grávida. Precisava estudar. Todo mundo agia como se eu devesse ser diferente, *Ah, você ainda está fazendo mestrado?* — Você cerra os punhos. — Nomi nasceu. Ele me comprou um novo anel. Eu disse a ele que também perdi este. Era mentira. Só escondi no sótão. Mas pensei que estava fazendo uma coisa boa. Achei que ele poderia fazer uma música disso... dois anéis perdidos... Enfim, alguns anos depois, Nomi devia ter uns três anos... Phil sobe para o sótão. Ele encontrou o anel, aquele que eu disse ter perdido. Ele não gritou comigo. Ele não chorou. Ele deixou no meu travesseiro, e eu sei o que ele quis dizer: *Você é tão má quanto eu.*

— Você não é má, Mary Kay.

— Vou ser completamente franca com você.

Bom.

— Bom.

— Eu adorei não contar a você sobre Phil. Eu tive *prazer* com o perigo, a realidade de que você poderia descobrir e me odiar. Foi um jogo, e eu finalmente consegui ser a mulher horrível que todos por aqui secretamente achavam que eu era.

— Não é culpa sua eu ter sido estúpido. Já passamos por isso. Depende de mim também.

Você sorri e eu vejo esse novo lado seu. Altivo. Todas essas cordas de veludo e não há ninguém na sala, mas você e eu queremos entrar.

— Joe. — Você sorri. — Você é sério. E eu... não tenho certeza se sou uma pessoa inteira. Às vezes penso que tudo o que faço e digo... é uma reação ao que todos pensam de mim... *Ela acha que é a gostosona por causa de um álbum. Seu pobre marido estava certo. Ela o puxou para baixo como ele disse que faria! E ela nem usa aliança. Se tivesse alguma dignidade, ela o deixaria e aí talvez ele compusesse músicas boas. Ela age como se fosse uma espécie de santa, mantendo-o longe das drogas, mas o homem é um infeliz! E ela simplesmente anda pela biblioteca fingindo ser independente. Que piada. Que mentira. Quem ela pensa que está enganando? O que está procurando? Quando será o suficiente para ela?*

— Agora chega — eu digo. — Você não me assusta, nem com essa bobagem de "não ser uma pessoa inteira". Boa tentativa. Você quase me pegou... quase...

É hora de ser duro, mas não muito duro, e mole, mas não muito mole. Abro meu punho e o anel está bem ali. Você passou toda a sua vida adulta tirando Phil da areia movediça do estrelato. Eu não vou te pedir em casamento. Você sabe o que o anel significa. Eu relaxo para que você possa ir com tudo — por favor, por favor, por favor — e finalmente você pega o anel e o desliza no dedo e seu rosto se ilumina e você é a estrela, minha estrela.

— Está certo — você diz. — Eu entendi agora. Você existe mesmo.

— Eu existo de verdade. E eu estraguei tudo de verdade. Mas aprendi minha lição, Mary Kay, porque estamos no mesmo barco. Eu também nunca achei que existisse uma mulher como você.

Você me olha.

— E eu existo.

— Sim, você existe.

Quando nos beijamos, a Suricato grita e olhamos para a biblioteca e ela está lá com alguns Naftalinas e alguns frequentadores e eles não podiam ouvir o que falávamos, mas estavam assistindo. Todo mundo adora um pedido de casamento, mesmo um tão simples e tolo como o nosso e você está rindo.

— Bem, acho que não posso tirar agora!

Eu beijo sua mão.

— Nunca.

A Suricato irrompe pela porta e abraça você, me abraça, e há aplausos, tantos aplausos, e um Naftalina traz uma garrafa de champanhe falso e eu deveria estar sentindo dor. Eu levei um tiro na cabeça. Love tentou me matar e Seamus tentou me matar, mas sua mão está agarrada à minha e você está exibindo seu anel. A Suricato está nos colocando no Instagram e é isso, a porra do meu final feliz, a porra do meu *começo* feliz.

— Nomi — você diz. — O que você está fazendo aí embaixo?

Ela está deitada de costas, embaixo da poltrona, tirando uma foto do meu vandalismo.

— Lendo — ela diz. — Acho que ele estava tentando esculpir suas iniciais.

— Eu te amo — você diz. — Mas não brinque com a minha biblioteca, ok?

Eu fui com tudo e você foi com tudo e agora vamos com tudo juntos.

— Combinado — eu digo. — Eu serei bom para você e sua biblioteca, especialmente aquela grande Cama Vermelha lá dentro... — Foi erótico o suficiente e você piscou para mim, minha raposa, minha noiva.

48

JÁ se passaram *quatro semanas e dezesseis dias* e as canções de amor diziam a verdade. Quando é real, é real, e isto é real, Mary Kay. Você nunca tira seu anel e o compromisso chega a um acordo conosco. Nós nos esforçamos muito para chegar até aqui. Sacrificamos muito. Seu amigo Nanicus morreu em um acidente de caça — muito bem, Oliver —, e eu não me importo se você dormiu com ele naquela cabana ridícula. Ele já era, eu estou aqui e participamos da porra da corrida 5K para homenagear aquele homenzinho preconceituoso e doente. Depois tomamos banho juntos e você não perdeu o controle, não entrou em desespero.

Você sobe na cama comigo e me abraça.

— Prometa que não vai entrar nessa de caçar.

É quase como se você soubesse que minha vida foi atormentada por violência por tanto tempo.

— Eu prometo.

Tudo é diferente agora. *Nancy* de Olhos Fecais deu em cima de mim quando estava bêbada no pub na semana passada e eu te contei na mesma hora e você me disse que eu fiz a coisa certa. Fizemos sexo no banheiro ao lado da sereia de Normal Norman Rockwell na gaiola, ao lado do marinheiro naufragado e a mulher nua de suas fantasias induzidas por escorbuto. E então você decidiu que talvez *não* começasse a fazer ioga com Olhos Fecais, afinal, e é fácil crescer longe das pessoas. As torradas da Blackbird são boas, mas não são uma coisa sem a qual não possamos viver, e não importa que Olhos Fecais não tenha *de fato* dado em cima de mim. Eu não gosto dela. Eu não a quero em nossa vida e é melhor tirá-la do caminho porque prometi que não mataria ninguém. Não matei ninguém por você e quero que as coisas continuem assim. Quero honrar meu primeiro voto a você, aquele que você nem conhece.

A Suricato irrompe na sala e resmunga:

— Chega de Taylor Swift.

Você é aquela que continua brincando de "Amante" o tempo todo e eu entendo que a Suricato esteja um *pouco* enjoada. O amor pode ser repugnante para quem não está amando, ainda mais quando envolve a mulher que deu à luz você. Você faz a coisa certa. Você faz cócegas nela.

— Nunca — você diz, de brincadeira. Aí você promete que vai tirar a música da playlist após o grande dia e a Suricato estala os dedos.

— Mas *é* o grande dia.

Sim, é! Você sorri.

— Mas o grande dia ainda não acabou, querida.

Ela geme, mas não está brava *de verdade*, e vamos nos casar em questão de horas. Sim! Eu sou um bom padrasto e desligo a Taylor Swift, e a Suricato graceja:

— Obrigada, Joe.

— Qualquer coisa por você, garota.

É sábado e não restam muitos sábados como este. A Suricato vai para a faculdade em breve — engula *essa*, Ivan —, e somos nós três agora, somos a família embarcando na balsa e não há tubarões nessas águas. Eu não ignoro você como o seu rato fazia, e as *Gilmore Girls* encontraram seu Luke. Nós passamos o dia inteiro em Seattle, perambulando pelas ruas, procurando por quinquilharias que não compramos, porque estou aqui para lembrar a você de que não precisamos de quinquilharias. Eu adoro os seus amigos donos da loja de discos e eles me adoram.

Eles encontraram todos os discos que eu procurava, e este é o meu presente de casamento para você: uma jukebox, do tipo antigo, com discos de verdade, aquela que você me disse que sempre imaginou em sua *Empathy Bordello*. Você tem razão, Mary Kay. Eu me lembro de tudo *mesmo*, e levei um golpe de Oliver — a merda da 1stdibs —, mas ainda tenho um pé de meia e estamos fazendo planos para a nossa livraria, enviando um ao outro links de imobiliárias para escolhermos um lugar.

Eu ainda sou voluntário e você ainda trabalha na biblioteca. Os dias de verão são longos, como os dias em um livro de Sarah Jio, e às vezes é uma pena que seus *Friends* não tenham sido bons o suficiente para nós, porque a felicidade é contagiante. Seria bom se Melanda, que descanse em paz, estivesse aqui para nos invejar, se Nanicus, que descanse em paz, estivesse aqui para nos construir uma namoradeira, se o seu rato fosse um homem grandioso o suficiente para se sentar na plateia e forçar um sorriso quando o amor da vida dele escolhesse um amor melhor.

Infelizmente, não podemos controlar as outras pessoas. Podemos apenas nos controlar.

Somos uma família tão boa que quero que a gente vá no *Family Feud* porque ganharíamos, mesmo que fôssemos apenas nós três, *porque* éramos apenas nós três. Você riu quando eu disse isso na semana passada — *Isso nunca vai acontecer* —, mas quando entrei no seu computador e vi os resultados de sua busca, lá estava: *Como participar do Family Feud?* Eu sabia. Eu sabia que, assim que fizesse o pedido de casamento, estaríamos todos em um lugar melhor. Estamos na montanha-russa agora e não há como pular fora. Nossa vida é a fotografia que ricos estúpidos pagam no parque temático porque, para eles, a memória sozinha não basta. Acreditamos, nos jogamos, e a montanha-russa demorou para engrenar — os parques de diversões estão envelhecendo e são perigosos —, mas arriscamos. Embarcamos. Colocamos nossos cintos de segurança. E agora nossas mãos estão no ar e estamos em movimento.

Nossa casa de hóspedes é para convidados — Ethan e Blythe não podem ir ao casamento porque Blythe está com infecção estomacal depois de comer sushi —, mas haverá convidados, no fim das contas. Eu gosto mais assim. Estamos nos aninhando e olha o que fiz por você, Mary Kay! Você não é a viúva da cidade que foi enganada pelo marido drogado e seu cunhado desprezível. Você é a minha noiva. Você guardou minha guitarra no closet — *Não quero passar por isso de novo, sabe?* —, e eu sei. Eu não sou Phil, que descanse em paz. Não quero ser uma *estrela do rock* e é como se você mandasse uma mensagem de texto para sua semiamiga Erin, que está disputando o posto de Melanda em sua vida: *Sempre ouvi dizer que um segundo casamento era assim. Eu sei que ainda não somos casados, mas MEU DEUS. Todos os dias eu fico tipo ah! Então é ASSIM que pode ser. Então é, sim. Traga o novo cara para a festa. Acredite no amor!*

Não entrei furtivamente em seu telefone nem invadi sua privacidade. Você mudou suas configurações e, quando recebe uma mensagem, as palavras estão ali porque, pela primeira vez na sua vida adulta, você não tem nada a esconder de mim, de Phil, que descanse em paz, e de ninguém. Eu só olho para as suas conversas quando você deixa seu telefone aberto na bancada porque você precisa fazer xixi e muitas pessoas olham nos telefones de seus cônjuges, Mary Kay. Tenho certeza de que você faria o mesmo comigo também se eu fosse mais como você. Mas eu sou eu. E você é você. E não seremos aqueles insuportáveis babacas invasivos que criam uma conta *Sr. e Sra. Joe e Mary Kay Goldberg*. Não negamos a nossa individualidade. Mas, em um bom relacionamento, você respeita as necessidades do seu parceiro. Você se preocupa, então não precisa saber que acabei de gastar cinco mil em uma máquina de um videogame vintage chamado Centipede que antes pertencia à merda de um Pizza Hut. Você não precisa saber que Oliver ainda não vendeu o seu projeto — problemas com o *carisma* do personagem Johnny Bates —, mas continua tentando vendê-lo naquela cidade infame com o seu agente. Ser eu é estar atento a todas as canecas de urina do mundo, em nossa casa. Eu sei onde você guarda o seu diário — bem no alto do closet que é seu agora —, mas não o abri nenhuma vez e mergulho meu aparelho de barbear na pia com espuma e o creme de barbear gruda na lâmina.

Perfeito.

Eu puxo minha pele e a lâmina faz o que as lâminas fazem, remove os pelos indesejáveis — não quero que seu rosto arda quando formos para a cama juntos —, e tudo está certo neste mundo, nesta casa, nesta lâmina de barbear, e você bate na moldura da porta.

— Estou muito feliz. É isto... É assim que vai ser?

Eu mergulho a lâmina na espuma e, mais uma vez, perfeição.

— Sim — eu digo.

Você acena com a cabeça. Está de meias. Eu faço *tsc-tsc* — meus pisos são de madeira, escorregadios, seus pisos eram diferentes, e você não pode usar meias nesta casa e andar com segurança. Você é teimosa — as meias são suas meias-calças de verão — e está sempre tropeçando e deslizando. Eu quero te proteger. Imploro que você use chinelos ou ande descalça, mas você acha que é Tom Cruise em *Negócio arriscado*. Você imita a famosa dança deslizando pelo chão, e eu balanço a cabeça e digo o que sempre digo quando você anda de meias, que a *vida* é um negócio arriscado.

— Mocinha — eu digo. — Você precisa calçar os sapatos.

Você chega mais perto.

— Você está quase pronto?

Gosto de nossas implicâncias porque isso significa que somos uma família de verdade. Estamos sendo nós mesmos. Você estava de TPM na semana passada e eu a surpreendi trazendo absorventes e você riu.

— *Obrigada... acho.*

E você comeu as sobras da pizza que eu estava planejando comer no café da manhã, e eu fiquei chateado.

— Eu falei que uma pizza só não era suficiente para três pessoas, isso só acontece na TV.

E você ficou chateada.

— Fique de TPM todos os meses e veja como você vai lidar com a situação quando o seu próprio corpo se volta contra você.

E a Suricato ficou chateada.

— Mãe, será que você pode, por favor, não falar tanto sobre a sua menstruação?

E foi incrível pra caralho! Porque significa que somos como Seinfeld e companhia no Festivus, estamos expondo nossas queixas em vez de deixá-las ferver dentro de nós. Há ervas daninhas em nosso jardim e elas complementam as flores e é assim que eu sei que isso é real. As flores e as ervas daninhas, eu não consigo diferenciá-las, mas no final do dia, amo todas elas. Não temos medo de Virginia Woolf nesta casa. Quando nos descabelamos, é uma luta justa. Limpa.

Você enrubesce, excitada como a noiva que é, e me diz que estará no deque. Eu respiro o seu cheiro e você beija meu rosto e o creme de barbear cobre seus lábios e eu queria que fosse chantilly. Você dá um risinho safado. Estende a mão para mim e a porta fica escancarada, mas você é uma raposa. Você gosta do risco e é isso que somos agora. *Amantes*. Você quer minha mão em seu cabelo, e eu faço o que você quer, e não há razão para você saber de Beck ou Candace, que descansem em paz — sua língua roça meu sexo —, e o que temos é real. É agora.

Você fica de pé. Tonta. Eu fecho o zíper. Tonto.

Você está envergonhada, evitando seu próprio reflexo no espelho, como se o que acabamos de fazer fosse errado. Você me golpeia com uma toalha — *Joe Mau, Joe Bom* — e eu ergo as mãos — *Culpado*. Digo que você me faz sentir jovem e depois volto atrás.

— Essa era a palavra errada — eu digo. — Você me faz sentir melhor do que jovem. Você me faz sentir velho. Sempre gostei da música "Golden Years" e sei que somos velhos *daquele* jeito, mas entendo o que Bowie quis dizer de uma maneira que nunca entendi antes.

Você gosta disso. E ri.

— Engraçado — você diz. — Quando Phil me pediu em casamento, eu estava dormindo.

Já estou acostumado com isso agora. Quando faço uma referência ao rock and roll, você responde falando do seu marido *rock and RIP*. E isso é bom, Mary Kay. É saudável. Você está se lembrando de todas as pequenas coisas que o tornaram falível, porque nada se compara a *mim*, e eu adoro quando você vê a luz. Estou animado para o resto de nossas vidas e sorrio.

— Não.

— É verdade — você diz. — Ele colocou o anel no meu dedo e saiu de casa e demorei muito a perceber e ele ficou furioso...

Não falo mal dos mortos, mas os dias do casamento são assim. Você reflete. Eu beijo sua testa.

— Eu amo você.

Você apoia sua cabeça no meu peito.

— Sim, você ama mesmo, Joe.

Então você me dá um tapa na bunda e me lembra que temos cinquenta pessoas esperando lá embaixo e eu presto continência a você.

— Certo, Hannibal.

Aí você muda de ideia e fecha a porta.

— Ou você prefere *Buster*?

Tranco a porta que você fechou e pressiono meu corpo contra o seu. Eu corro minha mão pelas suas costas e tiro sua calcinha e estou de joelhos e quem se importa com as cinquenta pessoas lá fora quando estou aqui, mais perto do que em *Closer*?

49

É uma pena que Melanda, que descanse em paz, não viveu para ver isso.

Nosso casamento no jardim acontece no tipo de noite que Melanda imaginou para si mesma quando leu *As violetas de março*, de Sarah Jio, e seus amigos dos tempos de colégio são irritantes e faz frio em Seattle — um idiota apareceu vestido com uma camiseta da *Sacriphil*, como se Nomi precisasse disso hoje —, porque este é o nosso casamento, a celebração do nosso amor.

O Sacriphilchato me dá um tapinha nas costas.

— Ele iria querer vê-la feliz — diz ele. — Mas sabe como é... ainda é estranho para a gente.

O babaca está bêbado, mas você aparece para me resgatar.

— Paul — você diz. — Você parece estar morrendo de frio. Tem uma pilha de casacos perto do bar. Por que não pega um?

Ele entende a indireta e você salva o momento, me salva, você salva tudo. E me beija.

— Conseguimos.

— Sim, conseguimos.

Você é minha conspiradora e esfrega o seu nariz no meu.

— Eu não tinha razão? Não é mais divertido assim?

Eu digo que você tinha razão porque *tinha*. Nós fizemos umas merdas. Não tiramos a certidão de casamento ainda, mas você disse que queria oficializar tudo de forma privada, depois das fotos e da festa, porque, afinal de contas, ninguém tem nada a ver com isso.

Você aperta a minha bunda e sussurra no meu ouvido.

— Se Nancy bancar a engraçadinha de novo, eu protejo a sua retaguarda.

— Tecnicamente, você está agarrando a minha bunda.

Você aperta a minha bunda com mais força.

— Questão de semântica.

E depois você começa a circular, como uma noiva deve fazer, tão amorosa e calorosa como você é na biblioteca, só que esta é a nossa casa, a nossa vida. Tudo está no lugar agora. Erin, a nova aquisição, é realmente a melhor substituta. Ela não é assanhada e arrogante como Olhos Fecais, e não é um fóssil tóxico do seu passado como *Melanda*. É triste, mas, no final das contas, é bom que Melanda, que descanse em paz, não esteja aqui para tirar fotos de você e colocar corações nas piores, para criticar a letra da música dos Beatles por ser problemática — *Well, she was just seventeen* —, e há tanto amor no ar que ela poderia ter ficado fraca e acabar apelando para o falecido Nanicus ou *tio Ivan*, não que ele tenha vindo. Mas você não sente falta dele. Você diz que nunca vai perdoá-lo por ignorar o convite e, se ele estivesse aqui, ele recairia no vício e começaria a recrutar as novas amigas de Nomi e aquela mamãe frustrada de olhos fecais para uma suruba. Eu giro você na pequena pista de dança e você fica um pouco triste quando "Golden Years" termina, mas é assim que acontece com todas as músicas, todos os casamentos, e eu me pergunto o que aconteceu com Chet e Rose, os recém-casados na floresta onde Beck, que descanse em paz, foi dormir.

Eu te beijo suavemente.

— Algo de errado?

— Estou bem. Isso vai passar. Só um pouco emotiva agora.

Beijo sua mão.

— Eu sei.

— É estranho estar aqui sem o núcleo dos meus amigos... — Podres até o núcleo, todos eles. — E, ao mesmo tempo, estou lembrando por que perdi contato com metade dessas pessoas... — Boa garota. Eu te beijo e não precisamos começar a ter uma *Noite do jogo* como você ameaça de vez em quando. — É estranho — continua. — Mas no bom sentido, sabe?

Whitney Houston vem em nosso socorro e você quer dançar e não é fácil dançar. A pista é pequena. Meu jardim é pequeno. Amigos chatos de terceiro escalão formam um círculo confuso ao nosso redor. Somos *Chet e Rose* e somos *nós* no centro. Essas pessoas não são nossas amigas, são corpos quentes em uma noite de fim de verão, e nenhuma delas vai dar uma *passadinha* aqui amanhã — nem mesmo Erin, a nova aquisição —, e Nomi bate em seu ombro e nós a puxamos para perto e somos aquela família agora, aquela família que todo mundo deseja poder ser, e então a música acaba e não somos mais o centro. Uma música mais lenta começa, a merda de um reggae, uma coisa que fica em algum lugar entre dançar e não dançar, e está lotado e as pessoas estão amontoadas e nós três continuamos dançando. Você pergunta a Nomi se as amigas dela estão se divertindo e ela dá de ombros e eu digo a ela que as amigas dela parecem maneiras e ela ri.

— Não diga *maneiras*. Você parece ridículo.

Damos uma risada em família e tudo bem porque as amigas dela não parecem muito maneiras. Elas estão de mau humor como fãs *Philisteias* que não querem dançar com um bando de velhos. Mas, como sabemos, os amigos são importantes, e Nomi finalmente se livrou dos pequenos óculos redondos. Ela está balançando os quadris que eu não sabia que existiam e não será uma virgem de *Columbine* para sempre e meu cérebro viaja. Imagino meu filho daqui a alguns anos, um eu mais jovem, beijando Nomi em um bar... mas ele é jovem demais para ela agora e será jovem demais para ela no futuro, e estamos bem. Todos nós.

O reggae acaba e começa "Shout", e Olhos Fecais e as mulheres do seu Clube do Livro ficam chamando por você — *Mary Kay, venha tomar um shot* —, e é a parte da música em que você desce o corpo lentamente e, que cena, ciclistas de mountain bike de meia-idade tentando dançar. Podemos ter uma noite de jogo com amigos, tudo bem, mas não teremos nenhuma merda de festa dançante, nem pensar.

Nomi perde o equilíbrio e agarra meu ombro.

— Melanda me mandou uma mensagem ontem.

Impossível. Ela está morta, e Nanicus disse a porra da mesma mentira e eu tropeço, mas não agarro o ombro da Suricato.

— Ah, é? Como ela está?

É a parte da música em que voltamos a subir com o corpo e Nomi fala de Melanda como se ela estivesse *viva*. Esta é a minha enteada. Uma criança — ele tem dezoito anos, mas é uma jovem de dezoito — e cresceu em um lar que deveria ter sido desfeito, então eu não deveria estar surpreso que ela seja uma mentirosa. Ela mentiu pelo mesmo motivo que Nanicus mentiu, porque mentiras fazem com que nos sintamos melhor conosco mesmos.

A Suricato tira uma mecha de cabelo do rosto e constrói um mundo melhor. Ela me conta que Melanda está muito mais feliz em Minneapolis do que jamais esteve aqui.

— Ela ainda está puta com a minha mãe por não a ter defendido... — Na fantasia de Nomi, Nomi é a cola. O segredo. Aquela que detém todo o poder. — Mas eu entendo e, francamente, ela também entende, porque aquele garoto era uma criança, entende?

Eu entendo e concordo.

— De qualquer forma, ela está muito feliz por você ter me ajudado a voltar à Universidade de Nova York e tal.

— Bem, isso é ótimo — eu digo, e Billy Joel escolheu um momento horrível para começar a cantar sobre amar alguém *just the way you are*.

Enfio as mãos nos bolsos. Não vou dançar música lenta com a porra da minha enteada. Ela usa sutiã e aquelas danças de pai e filha no Facebook são bizarras. Ela é sua *filha*, seu imbecil. Infelizmente, o pai de Nomi estava morto quando estava vivo — *você lembra do verão, o fim de toda a sua diversão* —, e ela coloca as mãos em volta do meu pescoço. Ela quer dançar e isso é errado — dezoito anos é perto demais de dezessete —, mas ela não me deixa escolha. Eu descanso as mãos em seus quadris e encontro a pele nua, mas se minhas mãos descerem mais, elas tocarão a bunda dela, e, se subirem, encontrarão o peito. Ela olha para mim e a lua brilha — as pessoas estão olhando para nós? — e ela sorri.

— Eu te devo essa.

— Não seja ridícula — eu digo, e gostaria que Billy Joel calasse a boca e gostaria que você voltasse. — Você não me deve nada.

— Devo, sim — ela diz. — A única razão pela qual vou para Nova York é porque você me ajudou a ver que Ivan era um idiota.

Minto para ela e digo que Ivan não é necessariamente um cara mau, que pessoas boas passam por momentos difíceis e que a vida é longa, que Ivan voltará a ser bom. O sorriso dela é muito brilhante e precisamos encontrar um namorado para essa garota. Ou uma melhor amiga. Essas novas amigas dela não são boas — duas delas estão enchendo de vodca seus copos de plástico vermelho —, e Nomi olha nos meus olhos — não — e procuro por você, mas você está ocupada perto da fogueira com seus malditos amigos. A Suricato tem dedos — quem diria — e passa a ponta desses dedos pelo meu cabelo. Eu me afasto. Ela bate palmas e se curva, rindo de mim — *Meu Deus, como você é paranoico* —, ela está me provocando — *Você realmente vê filmes demais de Woody Allen* —, e em seguida fica séria porque eu sou muito sério. Depois dou uma risada.

— Desculpe.

— Você estava com um inseto no cabelo. Eu estava tirando.

Eu coço a cabeça do jeito que se faz quando alguém nos diz que tem um inseto ali.

— Obrigado.

— Não se preocupe — diz ela, dando um passo para trás, a caminho de suas amigas de má influência. — Eu não vou contar a minha mãe do seu ataquinho. Não sou burra.

Nenhum dos convidados do nosso casamento viu o que aconteceu e talvez seja porque nada aconteceu. Eu preparo uma bebida — sou maior de idade — e procuro insetos no ar ao meu redor. Mosquitos. Moscas de fruta. Nada. Eu não vejo nada. Então você está aqui, ao meu lado, seguindo minha linha de visão no abismo.

— Nós realmente tiramos a sorte grande, hein? Sem chuva.

Você torna tudo melhor, olha para as estrelas no céu e suspira.

— Eu vi você dançando com a Nomi — você diz. — Isso realmente me deixou feliz. Foi quando tudo me bateu, Buster. Nós conseguimos. Nós realmente conseguimos.

Todos nós conhecemos as regras. SE VOCÊ VIR ALGUMA COISA, DIGA ALGUMA COISA. Você nos viu dançando e não viu nada, e essa é a parte *boa* da minha vida, então sigo em frente, vou aonde você for porque eu posso, porque preciso.

— Sim — eu digo. — Isso também me deixou feliz.

50

MELHOR prevenir do que remediar e estou jogando Centipede, assim como Oliver e Minka. Eu jogo sozinho — você não sabe do meu jogo — e estou ganhando. O objetivo é simples: não fique sozinho com Nomi. Mate essa Centopeia toda vez que ela aparecer na tela. Exceto neste jogo, eu não a mato. É da natureza dela querer estar comigo e *há* insetos, ela pode estar tentando tirar um do meu cabelo. Mas nunca se sabe, não é? E a Centopeia não é *má* e todos nós estamos propensos a torcer pelo soldado, o jogador, porque a Centopeia é apresentada como o inimigo. Eu sou como você — um futuro sócio-fundador da Empathy Bordello — e sou capaz de ver as coisas pela perspectiva de Nomi. Ela perdeu o pai. O tio é um filho da puta. Seu falso tio morreu num acidente de caça e acabou sendo dilacerado por animais selvagens. E agora ela tem um padrasto. É uma história confusa, e a Centopeia está em sua missão de se aproximar de mim e é meu dever fazer o que é melhor para a Centopeia: ficar bem longe dela.

Isso não é jeito de viver, sentir-me ameaçado na minha própria casa, mas daqui a quatro dias ela vai para Nova York, e isso significa que não haverá mais a merda da Centopeia. Pelo menos, não até que a *verdadeira* Centopeia do videogame chegue numa máquina para dois jogadores que comprei para jogarmos. Você entra na cozinha e eu coloco café em sua caneca e você diz que não tem tempo para isso. Você precisa pegar a balsa. Erin vai se encontrar com você em Seattle para verem um *designer*. Eu empurro a xícara de café sobre a mesa.

— Ora, vamos. — Tento seduzir. — Você pode fazer isso outra hora. Fique em casa.

Você bebe o café.

— Você não presta, Joe.

Eu sorrio.

— Sim, acertou.

Se Nomi não morasse aqui — só faltam quatro dias e três noites para ela ir embora —, eu levantaria sua saia e colocaria você na bancada, mas Nomi mora conosco e ela está aqui agora, vasculhando a geladeira atrás de um Red Bull. Você a critica por querer beber aquilo — *Isso vai envenenar o seu cérebro* —, e Nomi rebate defensivamente — *Não é diferente de café* —, e eu vou jogar meu videogame, casualmente mudando de posição para ficar do lado oposto de Nomi.

Você não sabe da minha pontuação no Centipede. Você não notou uma mudança no meu comportamento desde que ela tocou no meu cabelo. Mas eu sou o melhor marcador do jogo e não fiquei sozinho ou perto de sua filha *uma única vez* nos últimos quatro dias.

Quando você boceja e diz que precisa ir para a cama, eu vou atrás de você.

Quando a Centopeia — não mais uma Suricato — *dá uma passadinha* na biblioteca e me vê pegando minhas coisas para sair e pergunta se quero ir andando para casa, digo a ela que preciso ir a Seattle para ver um livro.

Quando estou lá fora, virando filés na grelha — chega de pernil de cordeiro para nós —, e você está lá dentro picando legumes e a Centopeia abre a porta e pergunta se preciso de ajuda, eu sorrio — educado — e digo a ela que *já está tudo pronto*.

A Suricato tem *problemas com figuras paternas* e como eu sou um padrasto tão bom, não quero que ela encontre outro inseto no meu cabelo. Eu não quero que ela se culpe por nada quando estiver em Nova York, começando de novo.

Você me beija no rosto e Nomi está dentro de casa e você está saindo de casa e eu preciso impedir isso.

— Espere — eu digo. — Você está saindo *agora?*

Nomi ri.

— Vocês são tão nojentos.

Você me diz que tem que pegar a balsa e a Centopeia sobe na bancada e está de short e com as pernas balançando e eu digo que quero que você fique e Nomi geme de novo.

— Não aguento mais — diz ela. — Vou para a praia com Anna e Jordan e, por favor, não me encham o saco por causa do jantar mais tarde!

É o que às vezes acontece nos videogames. O inimigo aparece na tela e você está fora de posição, você não consegue esquivar-se das balas, mas de repente ele some da tela e você se preocupou à toa. Você apalpa minha testa. Tão maternal.

— Você está se sentindo bem? Parece um pouco vermelho.

Eu puxo você porque posso fazer isso agora que a Centopeia está lá fora — GAME OVER — enrolando uma toalha para colocar na bolsa.

— Tchau, gente! — ela grita da garagem.

— Vamos — eu imploro. — Temos a casa toda só para nós. Você pode ver esse "dizáiner" qualquer outro dia.

Você me beija, mas é um beijo de despedida.

— Erin está esperando por mim, Buster. Ora, por favor, me deixe ir. Daqui a quatro dias, teremos a casa só para nós *todos* os dias.

— Daqui a quatro dias, uma bomba pode explodir e podemos estar todos mortos.

Você joga a bolsa no ombro.

— E eu achando que *sou eu* a paranoica.

Tento mais uma vez. Eu coloco sua mão no meu pau.

— Por favor, Hannibal...

Seus olhos são duas raposas, têm dentes mais afiados que os meus.

— Não — você diz. — E francamente... podemos parar com esse negócio de Hannibal?

Isso fere meus sentimentos, mas em qualquer relacionamento as coisas evoluem e, de qualquer modo, não sou uma pessoa que gosta dessas merdas de apelidos.

— O que você quiser, Mary Kay DiMarco.

Você caminha até a porta e me sopra um beijo.

— Seja bonzinho.

Eu te sopro um beijo.

— Vejo você em vinte minutos, quando mudar de ideia?

Seus olhos pousam no sofá e você tenta reprimir um sorriso de tesão, você me ama, mas me deixa sozinho, e eu sento em nossa Cama Vermelha doméstica e ligo a TV. Tudo está bem. Fico vendo *Succession* para botar a história em dia — você tinha razão, é legal, e tem um apelido de que você gosta: Ken Doll —, mas não consigo me concentrar. Preciso me distrair, então mudo para ver *Family Feud*. Não sou paranoico, mas isso é um desafio para mim. As coisas estão dando certo pela primeira vez na minha vida e às vezes penso em Nova York ou penso em Los Angeles e ouço Aimee Mann em *Magnólia* me avisando de que conseguir tudo o que se deseja pode ser insuportável. Estou tão acostumado a nunca conseguir o que quero que não sei bem como sentar no meu sofá e ser um *maridinho* Bainbridge básico de short cáqui matando o tempo enquanto sua quase esposa — será *oficialmente* no dia 8/8, você gosta dessa data — procura cortinas e minha enteada vai à praia com seus *amigos*.

A porta se abre e eu desligo a TV. Você sabia que eu precisava de você hoje e cá está, tirando os sapatos na entrada.

— Sentiu minha falta, Mary Kay em-breve-*Goldberg*?

Eu ergo os olhos da almofada vermelha que acabei de deslocar para abrir espaço para você, e não é você.

É a Centopeia. Este é um novo nível no jogo — um nível perigoso —, e ela tira uma lata de spiked seltzer da geladeira e ela tem dezoito anos e são onze horas da manhã. Ela fecha a geladeira com o quadril e sacode a lata antes de abri-la. Ela ri.

— Até que enfim, hein? Meu Deus, eu já estava ficando maluca.

Eu agarro minha almofada. Minha armadura.

— Nomi, você não deveria estar bebendo.

Ela se joga no sofá e eu pulo fora do sofá e ela é a Centopeia, do lado dela agora pernas intermináveis e maravilhosas, e quem diria que Nomi tinha pernas e o que ela está fazendo? Ela está tomando sua água com gás batizada com álcool e está apoiando a cabeça numa almofada vermelha.

— Tanto faz — diz ela. — Essas coisas mal têm álcool. Não se preocupe. Eu não vou ficar *bêbada* nem nada.

Eu seguro minha almofada vermelha e a Centopeia não está se movendo com o corpo, mas se movendo de outras maneiras. Passando a mão na clavícula e a clavícula não é sua, Mary Kay, mas é. Veio de dentro do seu corpo.

— Joe — diz ela. — Relaxa. Ela já foi.

Ela toma um gole e vá se foder, Woody Allen. Você fez isso. *Você*. Ela é virgem — não é? — e não tem idade suficiente para saber o que quer, mas diz que *eu* sei o que ela quer e depois lambe os lábios.

— Fala sério. Ela e Erin... elas vivem para coisas assim, comprar *cortinas*.

Ela suspira.

— Nomi, você não deveria beber.

— E você não devia *se casar*. Meu Deus, Joe. Nós dois estávamos com tudo em cima.

A Centopeia me atinge de lado e eu perco uma vida e gaguejo.

— Não existe essa de nós dois.

Ela ri e sempre riu assim desse jeito?

— Entendi — diz ela. — Você prefere as coisas da maneira difícil. Estávamos tão perto... — Perto como em *a Centopeia está vencendo*. — Mamãe estava pronta para trepar com o cunhado filho da puta e se mandar com Ivan... — Não, você não estava. — Mas você vai lá e acaba com o cara... — Não, não fiz isso. — Depois você vai caçar com meu ex-namorado... Ele me disse que ia "te ensinar uma lição" por tentar me roubar dele, como se não fosse *minha* escolha. Que babaca.

A máquina de videogame voa no ar e eu me agacho para me proteger. Ela disse *ex-namorado*, então era ela que ficava com Seamus na cabana dele. Não você.

Nomi.

Ele não estava querendo você, ele era um pedófilo e achava que *eu* era um pedófilo, da mesma forma que Melanda, que descanse em paz, achava que eu era um pedófilo e NÃO SOU UM PEDÓFILO. A Centopeia não está mais sozinha. Há bombas caindo do alto da tela e meu painel de controle está travado — será que ela sabe dos coelhos e da porra dos baldes de sangue? — e eu quero socar o console e gritar.

— Você... e Seamus...?

Ela se sacode como se seu corpo estivesse coberto de formigas e grita.

— Nem me lembre disso. Eu sei. Ele não era exatamente inteligente. Ele quase nunca lia um livro. Mas não me encha o saco por causa disso. Eu era jovem.

— Você *é* jovem.

Ela pisca e minha vontade é que ela ainda estivesse usando aqueles óculos redondos feios.

— Mesmo assim, ele sabia ser um cara bacana, ia até Seattle me buscar de carro na casa de Peggy e Don e me levava para a cabana dele. Acho que não teria concluído o colégio sem aqueles fins de semana.

A cabana. As garotas não tinham vinte e dois anos, como você disse, Mary Kay. As garotas eram *Nomi* e eu imploro que ela cale a boca e ela suspira.

— Não fique assim, Joe. Não precisa ficar com ciúme. A cabana era um *tédio* horrível e eu nunca fui *apaixonada* por aquele cara.

— Nomi, por favor. Pare com isso.

— Mas os garotos daqui... eles são como os garotos de todos os lugares. São um pé no saco. Seamus era... Bem, um dia eu estava entediada andando pelo riacho perto da escola e... lá estava ele.

O CrossFit do outro lado da rua da merda daquela escola e eu esbravejo.

— Ele é um estuprador.

Agora ela senta reta no sofá.

— *Para* com isso. Ninguém me estuprou, Joe.

— Isso se chama estupro estatutário. E é errado.

Ela cruza os braços. Todos os cem braços.

— Ah, está falando sério, Sr. Lição de Moral? *Sr. Escondido no mato me observando*...

— Eu *não* estava te observando.

— Ah, tá — ela diz. — Você apenas ficou lá o tempo todo do mundo só para fazer aquela caminhada longa e vagarosa até o supermercado comigo...

A tela muda de laranja para verde e estou morrendo. Eu fiz mesmo isso. Mas não fiz.

— Nomi, por favor, não era disso que se tratava.

— Agora você vai me dizer que não ficou me convencendo a assistir ao seu filme favorito...

Eu odeio que isso seja verdade — eu fiz mesmo isso, eu fiquei convencendo uma adolescente a ver o maldito Woody Allen —, e eu sou *um* soldado e ela é uma lacraia em chamas.

— Você ficou preocupado que eu fosse um fantoche nas mãos de Melanda, era *tão* fofo que realmente acreditava que eu nunca tivesse visto um filme de Woody Allen. Por favor, eu moro numa ilha, mas não sou uma caipira. Eu sei quando alguém está me observando.

— Eu não estava te observando.

— Certo — ela diz. — Da mesma forma que você não apareceu *literalmente* na minha casa no meio do dia quando eu estava matando aula.

— Eu fui deixar um livro.

É verdade e não é, e a Centopeia se move rapidamente.

— Não — ela diz. — Você estava esperando por mim. E você não me dedurou para a minha mãe, foi quando eu *realmente* percebi que estávamos nessa até o fim.

— Nomi, sinto muito que você tenha interpretado mal as coisas, mas você está totalmente enganada.

— Uma palavra — ela diz. — Sacanagem.

Sacanagem: a única palavra pior do que *Centopeia*, e eu atiro nela.

— Não.

— Todo aquele tempo que você me ajudou na biblioteca, você estava me deixando nervosa, com medo de ser flagrada, eu ficava olhando para ver se a minha mãe tinha percebido alguma coisa. Você é tão gracinha, Joe. Tão fofo.

— Nomi, eu não estava olhando para você. Eu estava fazendo contato visual, e existe uma diferença.

— Ah, qual é. Você pode mandar a real comigo agora. Não lute contra isso.

— Nomi, eu não estou lutando contra nada. Você interpretou mal as coisas.

— Ah, pensei em outro de nossos pequenos "momentos", aquele dia em que você quase fugiu... Eu vi aquela caixa no seu carro, Joe. E percebi que você iria embora... Mas então você me viu. — Não. — E você foi tão lindo, todo preocupado de que talvez eu achasse que você era como um daqueles velhos da biblioteca. — Não. — Eu não tinha ideia de que você era tão inseguro por causa da sua idade e prometi ser mais sensível... — Não. *Não foi assim que aconteceu.* — E aí você não foi embora. Você ficou. — Ela põe a mão no coração. — Foi um amor.

A bomba quase me atingiu dessa vez, e o jogo está viciado.

— Nomi, isso tudo é um grande mal-entendido e você já passou por muita coisa e eu realmente estou... *Desculpe*, não é a palavra certa... Estou horrorizado com o que Seamus fez com você, mas eu *não* sou assim.

Ela dá de ombros.

— Ele não "fez" nada comigo. Eu gosto de caras mais velhos. Você e Seamus gostam de mulheres mais novas. Quase *todos* os caras gostam de mulheres mais jovens. Não há nada de errado nisso. Aquela garota de Nova York com quem você saiu... a que morreu...

Desta vez, a bomba me atinge. O jogo acabou. Como diabos ela sabe disso? Coloquei outra moeda na máquina em minha mente e vou *ganhar*, porra. Digo a Nomi que ela tem transtorno de estresse pós-traumático. Ela perdeu o pai. Ela não está pensando com clareza. Digo que entendo o que ela está passando. Tive uma infância complicada também. Eu sei como é difícil quando nossos pais brigam e não sabemos com quem podemos contar e digo a ela que podemos conseguir alguém para conversar com ela, alguém que possa ajudá-la a resolver esse problema.

Mas ela apenas sorri. Uma Centopeia com olhos.

— Você me lembra ele, sabe. — Não diga Woody Allen. — Dylan — completa ela. — Dylan Klebold. — Dylan Klebold é um assassino em massa, e eu sou o seu futuro marido. Por que não nos casamos oficialmente *hoje*?

— Você não só diz coisas. Você realmente *faz* coisas. O dia em que você me deu aquele Bukowski...

— Sua mãe te deu aquele livro.

Ela sorri.

— Eu sei. Muito bem, acertou.

— Nomi, eu não sou o Seamus.

Ela olha para mim e dá uma gargalhada.

— Ah, qual é, Joe. A maneira como vocês dois agiram na minha casa depois que meu pai morreu... Foi inacreditável. Ele não me largava e você não me *pegava*... E minha mãe... *argh*... — Você se ressentia de sua mãe, e Nomi se ressente de você, e um mamilo aparece sob a blusa dela. — Você não precisa ter ciúme, Joe. Eu não terminei com ele no dia em que te conheci, mas... ele morreu e nós dois estamos aqui. Além disso, francamente, quando comecei com ele, eu era outra pessoa. Eu era jovem, então nem conta.

— Nomi, você *é* jovem — repito.

Ela sorri.

— Eu sei.

Fracassei. O homem estava abusando da sua filha, e eu ouço Oliver na minha cabeça. *Existe essa coisa de ser mole demais, meu amigo.* Cedar Cove apodreceu meu cérebro e quebrou meu radar e a Suricato nunca foi a porra de uma Suricato porque as crianças crescem cada vez mais rápido — porra de Instagram — e sabem como ser quatro pessoas diferentes ao mesmo tempo, e eu aceitei os pequenos óculos redondos dela como sendo fato. Julguei que ela fosse inocente, e ela estava apenas se *fingindo* de inocente, mas ela *é* inocente porque ELE ERA A PORRA DE UM PEDÓFILO. Eu digo a palavra em voz alta — alguém tem que consertar isso —, e ela joga uma almofada em mim.

— Não use essa palavra.

— Nomi, essa é a única palavra que existe agora.

Ela então cita Melanda, que descanse em paz.

— *Não é "HIStory". É "HERstory".* — Depois fala sobre Seamus como se ele fosse igual a ela. — *Ele também soltava ovos de salmão quando era criança e podia ser meigo.*

Eu digo a ela que isso é impossível.

— Ele era um adulto, Nomi. Ele tinha todo o poder, e o que fez foi errado. Ele deveria ter sido preso, caralho.

Ela estala os dedos.

— *É por isso* que Melanda odiava você. Achei que ela estivesse com ciúme, como sempre, mas você é melhor do que isso. Você não pode *me* dizer como me sinto. Eu sei que você sabe disso.

Eu digo que ela precisa parar, e ela se recusa como se fôssemos amantes em uma guerra.

— Não me diga do que eu *preciso*, fã número um do Sr. Woody Allen. Até *Seamus* sabia que não devia me tratar como se eu fosse uma criança.

Seamus era um pervertido que tentou me matar, e eu sou o adulto. O padrasto.

— Nomi, o que ele fez foi errado.

Ela me diz que em muitas culturas garotas da idade dela têm filhos, e que eu não consigo tomar uma posição quando fui eu que a iludi desde o dia em que nos conhecemos.

— Foi horrível quando você desapareceu. Mas eu entendo. Eu sei que foi muito doloroso para você eu estar tão perto, mas tão longe... — Não. — E não importa, porque você voltou. Você me esperou no estacionamento da biblioteca e, mais uma vez, eu disse para você ficar. Eu disse para você não desistir. — Ela me olha, e a Centopeia me queima vivo. — E você não desistiu — diz ela. — Sim, o casamento foi nojentinho, mas nós dois sabemos que você não vai seguir com o pequeno plano 8/8 da minha mãe. Vocês nem são casados de verdade.

Eu estou reduzido a uma vida agora e ela ri.

— Pare de ficar tão assustado. Sou *eu*, Joe. Sou *eu*. — Mas então ela para de rir, como a Centopeia que se tornou. — Quase me esqueci — diz. — Você deveria ter visto a sua cara quando eu disse que Melanda me mandou uma mensagem. Outro clássico.

Esta é a parte do jogo em que você mata o inimigo e a tela muda de cor e o inimigo renasce mais forte e mais rápido. Ela diz que não é burra. Ela sabe que Melanda *se foi para sempre*, e eu digo a ela que não é assim.

— Você já passou por muita coisa, e se sua mãe soubesse... se ela soubesse que aquele Seamus... que ele estuprou você.

— Meu Deus do céu, você não vai deixar isso pra lá? Nós terminamos. Acabou. E depois o idiota morreu caçando. Para ser sincera, não foi a maior surpresa do mundo... Ele estava tão deprimido por ter sido dispensado, não estava no estado de espírito para se enfiar na floresta, ficar falando do que ele ia fazer com *você*...

A Centopeia está me encarando, diminuindo a velocidade e me desafiando a entrar no modo defensivo. Eu não sou burro. Fico calado. *Será* que ela sabe o que ele fez comigo? Sabe o que Oliver fez com ele?

Ela cruza os braços novamente.

— Não me olhe assim. Eu sei que ele estava em uma espiral. E estava puto com você...

Ele não estava *puto* comigo. Ele tentou me *matar*. Ela se levanta — a Centopeia tem pés — e puxa minha almofada, e eu me agarro na almofada e ela pega aquela lata infinita de spiked seltzer, uma bebida projetada para atrair crianças, para fazê-las se sentirem mais velhas do que são.

Digo que ela está com a ideia errada e que este jogo não é para mim, porque, mesmo quando ganho, perco. O jogo fica mais difícil. Ela me *agradece* por eu resistir, por esperar que ela se forme, por *ganhar tempo* para nós, e não posso derrotar a Centopeia, posso? Ela tira a almofada das minhas mãos e me abraça. Eu fico paralisado. *Game Over.* Penso rápido. *Implacável.*

Deixo ela me abraçar. Ela não vai contar a você sobre isso. Em quatro dias, entrará em um avião e irá para Nova York e ficará obcecada por algum professor tipo Dr. Nicky e você não precisará ficar sabendo desse *Family Feud*. Nanicus está morto. A vingança é impossível e *Cedar Cove* danificou o *seu* cérebro também. Você também não viu — você estava preocupada com o seu marido e não há tantas preocupações que um coração pode suportar — e eu nunca te julgaria por isso. Eu tenho de deixá-la dizer o que ela precisa dizer para que ela possa seguir em frente, para que *eu e você* possamos seguir em frente.

Eu a agarro pelos ombros. Estamos perto agora, tão perto que posso ver a inocência nos olhos dela — Nomi realmente me ama —, e eu já passei pelo que ela está passando. Eu amei pessoas que não me amaram e digo a ela que o que vou falar vai doer — Jude Law em *Closer* —, e minha voz soa firme:

— Eu não te amo, Nomi. E não tem problema, porque você não me ama.

Os dentes dela começam a ranger dentro da boca e seus ombros tremem sob minhas mãos e a coisa mais difícil de uma Centopeia é que ela está sempre em movimento. Este é o pesadelo do jogo. Mantenho-a no lugar enquanto disparo minha munição porque gostaria que qualquer mulher que partiu meu coração tivesse sido tão gentil comigo, disposta a me dar força quando eu soubesse que não sou amado. Minhas mãos ainda estão nos ombros dela quando você irrompe na sala. Você tira os sapatos e calça as meias aconchegantes.

— Está bem! — você diz. — Você venceu, Buster. Estou em casa.

51

JÁ se passaram alguns minutos desde que você entrou no pior pesadelo de todas as mães e a Centopeia está enrolada feito uma bola no sofá e está gritando — *Ele veio pra cima de mim* — e você está gritando — *Eu não aguento mais* — e você também está no jogo agora, mas seu controle está comprometido porque isso foi demais. Você me defende — *Nomi, por que está dizendo isso?* — e você a defende — *Joe, não diga nada agora* — e eu obedeço e a Centopeia chora e você cruza os braços.

— Tudo bem — você diz. — Todo mundo precisa se acalmar aqui.

A Centopeia olha para você como se quisesse ser abraçada, mas você não abraça sua filha. Você não corre para o sofá e a segura. Você não acredita nela e não sabe sobre Nanicus e não posso ser o único a ver que Nomi está projetando e está em uma situação ruim agora — eu não a amo e ela sabe disso. Ela quer que você me odeie, e você não quer me odiar, e ela pega a lata de spiked seltzer, mas o poço finalmente secou. Ela bate a lata na mesa.

— Mãe — ela diz. — Podemos, por favor, sair já daqui?

Há apenas um jogador no jogo e é você. Você cruza os braços.

— Nomi, querida, por favor, pare de chorar. Não vamos sair desta casa. Não assim.

Existe uma maneira infalível de fazer alguém chorar: dizer para parar de chorar. Ela está chorando de novo agora, e eu digo seu nome e você rosna para mim — *Eu te disse para ficar fora disso* —, e depois rosna para ela.

— Por que diabos você está fazendo isso? Por que você está inventando essas coisas?

— Inventando? Mãe, esqueci meu telefone e voltei para casa. Você viu o Joe tentando me beijar. Você precisa de óculos?

Seu coração está batendo tão rápido que posso sentir em meu coração e suas narinas dilatam-se como as de Melanda, que descanse em paz, e você repete:

— Nomi, por que você está inventando isso?

Ela esfrega os olhos. Parte Suricato. Parte Centopeia.

— Mamãe. Ele me *beijou*.

— Eu não fiz isso!

Você não olha para mim. Você olha para ela.

— Nomi...

— Uau — ela diz. — Você acredita *nele*. Legal, mãe. Que ótimo.

Você diz a ela que acredita em *você*. Você confia no seu instinto e não acha que eu faria isso — eu não faria, mas Seamus sim, e sua filha precisa de você, mas você não sabe o que eu sei —, e você está culpando a vítima, avisando-a sobre o perigo de fazer *acusações falsas*. Ela pula do sofá e a Suricato é possuída por uma Centopeia descalça. Ela joga a lata vazia na parede e te chama de *maluca*, porque *que tipo de mulher acredita na porra do namoradinho e não na sua própria filha?* Você passa por mim e eu não existo. Não agora. Esse é o seu *Family Feud* e eu estou impotente, impedido de entrar no fliperama, e você a ataca.

— Não fale assim comigo. Temos que ser francas.

— Ah, é? — ela dispara. — Você quer que eu seja franca? Bem, mãe, *falando francamente*, acho que você é uma farsa. A maioria das mulheres *acredita* em todas as mulheres e tudo o que você faz é inventar desculpas para *cada* homem de merda que você arrasta para a minha vida.

— Pare com isso, Nomi.

— Por quê? Ele está morto. Papai está morto!

É por isso que não vimos a Centopeia dentro da Suricato, porque a Suricato é como eu, ela armazenou toda a sua dor bem no fundo, onde ninguém conseguia vê-la. Se você faz isso por dezoito anos, acaba ficando bom nisso, e esse abismo sempre esteve ali, é a razão pela qual Phil, que descanse em paz, ficava *Philin' the blues* todas as noites. A Suricato dá um golpe baixo — *Você tem pena de si mesma por ser mãe, e só por isso pode ir à merda* — e você rebate — *Você torna impossível ser sua mãe porque você nunca fala comigo sobre nada* —, e eu sento no sofá e tudo que eu queria era te fazer feliz e veja como você está agora. Você está chorando e ela está chorando e você diz a ela que a morte dele não é culpa sua e você tem razão, mas ela explode com você — *Pro inferno que não é! Você trepou com o irmão dele!* —, e você responde à parte errada do que ela disse — *Não fale assim de mim* —, e não olha para mim porque está com vergonha e não há vergonha em nosso amor e eu quero que você saiba disso, mas não posso ir aonde você for, no seu ninho com sua filha. Estou com medo por nossa família e devo ser o pai, o homem desta casa, mas esse é um pensamento patriarcal e Melanda, que descanse em paz, estaria certa se me dissesse que esse assunto não me diz respeito, não é sobre mim.

Não é. Eu me mudei para cá para ser bom. Eu *era* bom. Não matei seu marido adúltero. Não matei a mentirosa da sua melhor amiga e não matei Seamus, o estuprador. Mas cometi um erro. Eu queria acreditar que todos são como nós, bons, e, nesse sentido, fui ingênuo. Você também, Mary Kay. Sua filha diz que você arruinou a vida dela e isso te faz chorar e eu não posso te abraçar, não posso ir até você. Você assoa o nariz na manga e não se permite olhar para mim para conseguir o amor de que precisa tão desesperadamente. Nomi também está chorando.

— Nomi — você diz. — Por que você... por que você me odeia tanto?

Vocês são mãe e filha. Você para de chorar e ela para de chorar e eu permaneço onde estou, desejando ter desligado o *Family Feud* em vez de colocar no mudo quando ouvi você entrar.

Ela puxa a bainha da blusa.

— Porque você não se importa comigo.

— Querida, como pode dizer isso? Você é tudo que me importa. Eu amo você. Eu te vejo.

A Suricato está tão fixada em você que não aponta para mim para dizer que você está me protegendo e isso é bom, espero. Apaziguador.

— Você olha, mas não me vê. Você não está enxergando.

— Nomi.

— O que você acha que eu estava fazendo o tempo todo?

— O tempo todo... de quando você quer dizer? O que está querendo dizer?

Eu me lembro de uma fala da série *Veep*, quando o sujeito altão que concorre à presidência faz seus correligionários gritarem: *De quando vocês são? De quando vocês são?* Eu luto contra as lágrimas — não é minha função chorar, é a última coisa de que você precisa —, e o homem da *Veep* estava certo. Não viemos de lugares. Nós viemos de tempos. De momentos traumáticos que não podem ser desfeitos.

— Mãe — ela diz. — Por que você acha que tenho tantas infecções urinárias?

— Nomi, não.

— Mãe — ela diz. — Eu li *Columbine* para você. Achei que você acabaria me obrigando a ir a um psicólogo... E talvez se eu falasse com um psicólogo...
— Não.
— Ele me diria que você sabia. Diria que as mães sabem de tudo. Mas você não sabia.

Você tapa os ouvidos com as mãos como uma criança e sei que isso dói. Aquele filho da puta estuprou a sua filha, e você chora como se fosse você a vítima, porque você se sente ferida agora. Mas Nomi quer que você *a* deixe chorar e está com raiva de você por isso, gritando que foi culpa sua, que você deixou o *tio Seamus* entrar na sua casa, que você não percebeu todos os sinais que uma boa mãe perceberia. Quero mandá-la parar, mas como dizer a uma adolescente para parar de falar quando ela está dizendo o que precisa dizer?

Ela dá um tapa no seu rosto e você segura a bochecha com a mão e isso foi pesado demais, mas ao mesmo tempo vocês duas precisam aprender de uma vez por todas que a vida é o que acontece agora, não o que aconteceu anos atrás e não pode ser desfeito.

Eu digo o nome dela, como um padrasto.
— Nomi.

Ela para de se mover e Centopeias não fazem isso. Elas não param. Você diz que é melhor vocês duas descerem para poderem conversar *em particular*, e você acha que eu não te amo mais, e é o contrário, Mary Kay. Nunca te amei tanto. É isso, essa é a nossa Empathy Bordello, e uma coisa é sonhar com ela, mas viver nela é outra.

E você não pode fazer isso agora. Sinto que está escapando — Nova York em novembro, Dia de Ação de Graças — e não sei como agarrá-la porque você não sabe que eu *sei* de Nova York em novembro, Dia de Ação de Graças. Você esfrega o rosto — dói onde ela bateu em você —, e ela esfrega a própria mão — também dói —, mas você não gostou disso e bufa.

— Então é isso, não é? Você me culpa por tudo, mas eu tenho novidades, querida... — Não faça isso, Mary Kay. — Quem você deve culpar por todo esse caos é o seu pai.

A Centopeia está cuspindo fogo.
— Pare com isso, mãe. Pare com isso.
— Ele deveria ter protegido você.
— Eu disse para parar.
— Nomi, você sabe por que sua tia Melanda realmente se mudou daqui? Sabe?

Não, Mary Kay. Não faça isso. Ela acha que Melanda a ama profundamente e as crianças *precisam* disso. Será que eu devo me intrometer? Será que eu posso? Você grita:

— Bem, eu cansei de proteger o seu pai roqueiro que nunca fez *nada* de errado e sua tia feminista tão perfeita.

Não, Mary Kay. Eles estão mortos. Você sabe que deve deixá-los descansar em *paz*, mas se sente tão culpada por não ter percebido o que aconteceu com Seamus que você quer que ela sinta pena de você. Eu conheço esse jogo, eu conheço.

— Em algum momento, todos nós aprendemos que nossos pais não são perfeitos. Sua *tia* Melanda estava tendo um caso com o seu pai, entendeu? Seu *pai* estava dormindo com a minha melhor *amiga*. Portanto, antes de colocá-los em pedestais, saiba que foi isso que o seu amado pai e sua amada tia fizeram *comigo*.

Ela não diz nada. Você não diz nada. Você sabe que cometeu um erro e você é melhor do que isso, mais inteligente do que isso. Eu sei que ser mãe é o emprego mais difícil do mundo — a Love, que descanse em paz, pediu demissão também —, mas a Suricato não precisava disso agora e você está prestes a se desculpar — vejo isso nos seus olhos —, mas aí ela atira um livro em você. Um Murakami. Você desvia e o livro bate na parede, e ela grita:

— A filha aqui sou eu, mãe. *Eu!*

Você cobre os ouvidos outra vez e minha mãe fazia isso também quando fumava maconha, quando voltava do trabalho e eu estava no chão assistindo TV. Eu olhava para cima e dizia oi e ela acenava, sem contato visual, *Estou cansada, Joe*. Estou cansada.

Eu sei onde você está. Eu vejo você em sua mente, se chutando. Você nunca rasgou *Columbine* nem a arrastou para um psicólogo, mas tratava Seamus bem, e é por isso que você chora. A culpa. Você quer que a Suricato cuide de você, e ela quer que você cuide dela, e você está chorando, ela está chorando, e vocês duas choram como tubarões dentro de tubarões, privadas de ar fresco, de liberdade. Você coloca as mãos nos ombros de Nomi e ela encosta a cabeça na sua, e suas testas se tocam.

— Nomi, querida, não se preocupe. Eu não estou brava com você.

Foi a coisa mais errada a se dizer e eu percebo isso. Nomi também percebe, e ela agarra seus ombros e meu piso é de madeira. Encerado. Você se contorce como espaguete, ela empurra você contra a parede e seu pé escorrega — as meias. Eu sou lento demais. Chego atrasado. Você rola escada abaixo e a Suricato grita e eu congelo por dentro, por fora.

Imagino o iminente relatório da polícia.

Arma do crime: meias.

Não. Não há crime nenhum e você não. Está. Morta. O tempo passa devagar e rápido, rápido e devagar, e Nomi ainda está gritando e é claro que ela está gritando. Ela voltou para casa e encontrou o pai morto no chão, e agora a mãe está desacordada

— Você morreu? Você não pode estar morta! — E Nomi grita: — *Mamãe!*

Não é natural para uma criança ver um dos pais inconscientes no chão, quanto mais dois. Seu corpo está em nosso porão — não, você não é um corpo, você é uma mulher, minha mulher, e eu não consegui protegê-la. Meu coração está em chamas e você é o amor da minha vida e você é o amor da *nossa* vida e Nomi gruda as mãos no corrimão. Ela está descendo a escada, mas cada degrau tem quilômetros e quilômetros de comprimento e por que tantos degraus, merda?

Ela para no penúltimo degrau.

— Ela não está se mexendo.

Quero arrancar o coração de Nomi de seu peito — isso é demais para ela, é sim — e quero arrancar o meu também — isso é demais para mim, é sim.

Ela dá mais um passo e fica perto de você. Ela está com medo de te tocar. Medo de pegar a sua mão e constatar a ausência de pulsação.

— Ai, meu Deus — diz ela, gemendo, e eu conheço esse tipo de som de lamento. Ela acha que te matou. Acha que a dor vai matá-la e que há menos amor por ela neste mundo do que quarenta segundos atrás.

Eu me inclino sobre seu corpo e seguro o seu pulso entre os dedos. Seu coração está batendo.

— Nomi — digo. — Ela está viva.

Eu respiro fundo, um tipo de respiração de final de livro, a respiração do último livro que o autor escreveu antes de morrer.

— Estou ligando para a emergência.

Nomi acena com a cabeça. Mas ela não consegue falar. Não agora. Ela é uma Suricato de novo, tremendo e com medo. A operadora atende e pergunta a natureza da minha emergência, e Nomi grita — *Eu acho que ela não está mais respirando!* —, e a operadora está enviando uma ambulância e eles *vão* salvá-la, Mary Kay. Eles têm que salvá-la. Não apenas por mim, não apenas por você, mas por Nomi.

Ela acha que isso é culpa dela e você precisa sobreviver para poder acordar e dizer o que ela precisa ouvir, que não é culpa dela. Você tenta amar. Você tenta ser boa. Mas no final usa meias em pisos de madeira e Ivan estava certo. Nós merecemos coisa melhor, nós três. Seus lábios se mexem e o desespero de Nomi se transforma em esperança e ela sente a pulsação em seu pulso e olha para mim.

— Ela está viva.

Fico no telefone — eu sou o *adulto* —, dou meu endereço — nosso endereço —, sigo a orientação deles — não mexa na vítima — e digo todas as coisas certas para a sua filha — *Está tudo bem, Nomi, ela vai ficar bem* —, e eu seguro a sua mão e sussurro todas as coisas certas para você também. Você está perdida no mar — *Veja os barcos indo velejar* — e minha voz é o seu farol. Mas eu não posso dizer tudo o que quero dizer e não posso dar a você minha atenção total e exclusiva. Sua Suricato está perto demais.

Não foi o que Nomi disse — *Ela está viva* —, foi o que ela não disse — *Graças a Deus, ela está viva*. Ela estava... Ela *queria* que você morresse? Uma vez eu a vi empurrar Licious de uma mesa de cabeceira. Ele caiu de pé, mas você...

Eu sei, Mary Kay. Não é hora para dúvidas. Quando você acordar — e você vai acordar —, seremos você e eu contra o mundo. Eu prometo. Suas pálpebras tremem, eu acho, espero que sim — gostaria que estivéssemos sozinhos —, e acaricio seus cabelos e digo tudo em voz alta.

— Eu te amo, Mary Kay. Você caiu, eu sei, mas agora vai melhorar. Vou cuidar de você todos os dias, prometo. Você me conquistou, você é o meu amor. E eu estou aqui.

A Suricato é uma Centopeia. Muda.

EPÍLOGO

EU saí da América. Tive que fazer isso. Quanta tragédia uma pessoa pode suportar? Tudo bem, eu não cruzei a fronteira, mas minha nova casa parece outro país. Moro na Flórida agora, bem no centro, perto do Kingdom, *ééé*, mas não tão perto como em *Closer*. Posso fingir que ele não existe. Estou sozinho. Seguro. E entendo uma coisa agora. Eu me sinto melhor na contramão da pista. Você foi especial, Mary Kay. Você viu algo em mim. Mas, no final, acabou sendo como meus amores de elite do meu passado em Nova York ou Los Angeles, enredada demais em suas raízes tristes para pavimentar um novo caminho comigo. Chega de sonhos americanos banais de um amor que conquista tudo por *este* homem da Flórida.

Estou de portas fechadas, como dizem, e acendo as luzes da Empathy Bordello. Está escuro demais e ao mesmo tempo claro demais e tento seguir em frente com a vida. Ontem à noite assisti a um documentário sobre Sam Cooke, que descanse em paz — ele me emociona —, porque eu estava querendo saber mais sobre a sua música, mas acabou que o documentário era mais uma especulação sobre o assassinato dele, como se isso fosse tudo que importasse. Estou farto dessa obsessão pela *morte*, Mary Kay. E o que fazemos de nossas vidas? Licious mia — seus irmãos ficaram em Bainbridge — e você tinha razão. Ele é o melhor gato, um *rei frustrado* em perpétua marcha da vitória, comportando-se como se tivesse *acabado* de compor "Hallelujah", e se você estivesse aqui diria que todo sufixo precisa de um prefixo, e eu sinto falta de você, Mary Kay.

Verdade.

Quis construir uma vida com você e fiz tudo certo. Fui um bom homem. Eu me ofereci como voluntário na biblioteca. Abri meu coração para você e acreditei que poderíamos ser felizes em *Cedar Cove*. Mas, como tantas mulheres americanas ousadas que confiam nos próprios sentimentos, você revelou a sua verdade e foi jogada escada abaixo. Meu coração está em pedaços. Para sempre.

Não posso falar com você, então boto para tocar uma música de Sam Cooke, aquela em que ele fica triste porque uma mulher o abandonou. Ela partiu o coração dele — *ela ficou fora a noite toda* — e ele implora que ela volte para casa. Ele oferece seu perdão. Nós podemos fazer isso quando a pessoa que amamos está viva. Você foi empurrada. A vida faz isso com a gente. Mas você perdeu o equilíbrio e rolou escada abaixo porque estava usando *meias* — eu te avisei —, e agora está em coma e não pode aparecer de repente na Bordello para me dizer que se arrependeu de ter ido embora, me deixando para trás. Você é como todas as mulheres que já amei. Você não foi embora. Você não ficou fora a noite toda. Você deixou a porra do planeta.

Você queria a Bordello antes de me conhecer, e eu queria que passássemos o Natal juntos e deixássemos as luzes acesas o ano todo, e agora você nem consegue ver nossa jukebox. Você não pode fazer a coisa mais importante que fazemos como pessoas: evoluir. Pedir perdão a sua filha por ser humana, por ser mãe, por permitir que a empatia a cegasse.

Olho para o meu telefone só para ter certeza de que é real, e é: *Eles vão desligar os aparelhos amanhã. Achei que você deveria saber.*

Nomi nem ligou para me contar de você — ela mandou uma *mensagem de texto* —, e eu ligo o néon cor-de-rosa de Aberto da minha livraria, onde sirvo *Cocktails & Dreams* sozinho. Você não me ajudou a construir a Bordello e não posso culpar Nomi por sua frieza e sei que ela ficará bem com o passar do tempo. Ela não gosta de empatia — ainda a vejo pairando sobre você, ainda ouço aquelas palavras, *ela está viva* —, e não é culpa dela, Mary Kay. Ela está seguindo em frente com a vida, estudando o nosso meio ambiente fodido na Universidade de Nova York, e as garotas sofridas que se tornaram sociopatas prosperam na cidade de Nova York e eu deveria saber bem disso.

Mais do que algumas delas me fizeram sofrer.

Tento ficar otimista. Há pessoas no mundo que me amam. Ethan pode me visitar — mas ele traria *Blythe* —, e lá vou eu de novo, repassando tudo na minha cabeça. Eu te amei como ninguém mais te amou. Os paramédicos chegaram e me deram esperança. O Sistema de Injustiça dos Estados Unidos cooperou desta vez — causa da lesão traumática: acidente — e não houve nenhuma "investigação" tendenciosa, nenhum maluco na internet tentando me culpar por sua queda. Tentei ser o sujeito da *namorada em coma profundo* — temos este livro em estoque na Bordello — e fui zeloso. Fiquei ao seu lado. Mas toda vez que eu ia buscar um refrigerante, voltava e encontrava um de seus amigos na minha cadeira ao lado do seu leito. Erin desapareceu e Olhos Fecais apareceu com sua família multigeracional de curiosos e eu sei que você não iria me querer sentado lá com aquela mulher que extraía o pior de nós.

Eu te amei. Mas meu amor não foi suficiente para salvá-la. Agora você dorme em uma cama mecânica enquanto os aparelhos fazem todo o trabalho pesado. Eu era o homem dos seus sonhos — *Eu não achava que existisse alguém como você* —, e você sempre quis dançar com alguém (que te ama). E eu te amei e nós dançamos. Mas desde o momento em que nos conhecemos, ficamos presos no meio do círculo. Seus *Friends* e sua família nos mantiveram reféns a cada passo do caminho porque não queriam que você fosse feliz. E veja como eles estão agora.

Sua melhor amiga Melanda está vendo filmes em Fort Ward.

Seu marido Phil está cheirando heroína no céu.

Seu cunhado Ivan está escrevendo num blog sobre seu novo *vício em jogos*.

Seu amigo Nanicus está no inferno fazendo CrossFit, e sua filha Nomi está viva, mas sem mãe.

Eu boto para tocar nossa música do Lemonheads e não posso acreditar que nunca vou te ver novamente e eu me pergunto o que você acharia de eu colocar a máquina do Centipede na parede do fundo da Bordello. Mas nunca vou saber, não é?

O ácido sobe disparado para o meu esôfago, todo aquele resto de amor que sobrou sem ter para onde ir.

Arrasto um barril de garrafas vazias de volta para a lixeira, onde o ar é denso como pão e a Flórida faz você acreditar no éter, no desconhecido. Às vezes fico paranoico. Eu imagino você me assombrando por dentro como um fantasma do qual não posso escapar, o *tubarão dentro do meu tubarão*.

Mas fantasmas não existem. Estou envelhecendo e você não está, e vou levar algum tempo para me ajustar a esse tipo de vida, em que você está morta e eu estou ligando a TV porque a música dói, mas as notícias ajudam.

Em Ocala, mulher nua urina em clientes do Popeyes.

Em Broward County, marido diz à polícia: "Minha esposa chamou minha namorada de prostituta! Foi legítima defesa!"

Pai e filho presos por venderem metanfetamina em quermesse da escola.

E então um anúncio do novo programa na Fox: *Johnny Bates: The Man You Hate to Love.*

Depois que você caiu da escada e nossa família se estilhaçou, pensei em procurar Ray, tentar resgatar o meu filho. Mas eu estava certo sobre ele.

Está com câncer. E se há uma coisa que aprendi durante o tempo que passei com você, é que Dottie já tem o suficiente para fazer. Ela está cuidando do meu filho. Ela abriu uma conta no Instagram e eu a segui e ela me seguiu de volta e me mandou uma mensagem importante: *Ssssshh*.

Ela não posta tanto quanto Love, mas ajuda ter um museu virtual da família e estou feliz que meu filho tenha mais privacidade agora. Também tenho um alerta do Google para "Ray Quinn" e "obituário", e isso é algo que me faz continuar.

A porta da *Empathy Bordello Bar & Bookstore* abre e são apenas 11h32 da manhã e normalmente todos estão mortos até o meio-dia — mesmo por aqui perto, as pessoas têm vergonha de beber de manhã —, mas eu tenho uma cliente. Ela ainda não é uma pessoa para mim. Ela é um borrão na porta, segurando-a aberta com o quadril. Ela está enviando uma mensagem para alguém e não consigo ver seu rosto na luz branca. O ar-condicionado está ligado e o ar fresco está saindo, levando nosso planeta ao desespero. Se eu pedir a ela para fechar a porta, serei grosseiro, porque ela está falando com alguém — um namorado? —, e se eu deixá-la ficar assim, serei cúmplice na destruição deste planeta, do meu coração.

Ela move o quadril e a porta se fecha e estamos sozinhos no escuro, que não é tão escuro quanto parece. Meus olhos ainda não conseguem chegar lá e estou piscando, franzindo os olhos, como se os olhos de Mary Kay estivessem cobrindo os meus olhos, distorcendo minha visão. Eu quero ver essa mulher — estou vivo — e não quero ver essa mulher — todas me abandonam, me deixam para trás —, mas não importa o que eu quero. Por fim, meus músculos se ajustam — os buracos da nossa cara têm livre-arbítrio —, e, goste ou não, vejo o mundo claramente, a mulher que acabou de se sentar no bar da minha Bordello. Ela diz olá e eu digo olá e isso desafia toda a lógica — eu perdi todos a quem amei, todos —, mas de alguma forma meu coração está intacto. E bate loucamente, assim como o dela.

AGRADECIMENTOS

Muitas pessoas me ajudaram a colocar este livro nas mãos dos leitores.

Minha editora, Kara Cesare, responde aos meus e-mails, a minhas ansiedades e aos meus medos. Tenho muita sorte de ter Kara ao meu lado, uma sensitiva amiga dos livros que me desafia, me estimula e entende o que estou tentando dizer. Também sou grata pela sabedoria e perspicácia de Josh Bank e Lanie Davis. Obrigada por me enfiarem dentro de um avião! É motivo de constante felicidade ter o apoio de Les Morgenstern e Romy Golan. Meu advogado, Logan Clare, é hilário e prestativo. Adoro fazer parte da família Random House, que tem tantas pessoas afetuosas e compassivas: Avideh Bashirrad, Andy Ward, Michelle Jasmine e Jesse Shuman, entre outras. E agradeço a Claudia Ballard e sua equipe na WME por sua fé duradoura em meu trabalho, além de todas aquelas lindas edições estrangeiras.

Muita coisa mudou desde que escrevi o primeiro rascunho de *Você*, em 2013. (Acho que está oficialmente claro que Penn Badgley foi a pessoa certa para interpretar Joe na tela.) Algo que não mudou é que ainda me emociono demais ao perceber que meu "amigo" imaginário Joe *existe* de uma forma real e significativa para tantas pessoas. Uma prova disso é que Natalia Niehaus, uma fã da série *Você*, da Netflix, que mora em Bainbridge e atuou como minha guia turística na ilha, ficou muito animada com a nova casa de Joe. Agradeço de coração às pessoas que leem meus livros e passam pela Gaiola, pelo *Everythingship*, e a todas aquelas que divulgam os livros — inclusive você, Mother Horror —, porque o boca a boca, seja escrito ou falado, é algo muito especial, o sonho de todo autor.

Eu não incomodo só meus editores com e-mails angustiados sobre Joe enviados tarde da noite. Valorizo muito meus amigos e família, aqueles que lidam com meus incessantes prints de uma página e nervosismos com outra página e são compreensivos quando desapareço. Eles me fazem rir e me fazem sentir que tudo vai ficar bem, mesmo quando é 8 de julho de 2020, o dia de hoje, e... Bem, se vocês estiverem lendo isso em 2021 ou 2061, espero que nosso mundo esteja melhor.

Amo você, mãe, Alex, Beth, Jonathan, Joshua. Beijos.

Impressão e Acabamento:
GRÁFICA GRAFILAR